主编　阎纯德　吴志良

北京语言大学
列国汉学史书系
Sinological History Series

中国新文学俄苏传播与研究史稿

宋绍香　著

语言资源高精尖创新中心支持项目

学苑出版社

图书在版编目（CIP）数据

中国新文学俄苏传播与研究史稿 / 宋绍香著. — 北京：学苑出版社，2017.6
（列国汉学史书系 / 阎纯德，吴志良主编）
ISBN 978-7-5077-5253-3

Ⅰ.①中… Ⅱ.①宋… Ⅲ.①文学－文化交流－文化 史－研究－中国、俄罗斯－现代 Ⅳ.①I209②I512.09

中国版本图书馆CIP数据核字(2017)第153982号

责任编辑：杨　雷
封面设计：徐道会
出版发行：学苑出版社
社　　址：北京市丰台区南方庄2号院1号楼
邮政编码：100079
网　　址：www.book001.com
电子信箱：xueyuanpress@163.com
联系电话：010-67601101（销售部）　67603091（总编室）
经　　销：新华书店
印　刷　厂：北京建宏印刷有限公司
开本尺寸：710×1000　　1/16
字　　数：500千字
印　　张：22.5
印　　数：1500册
版　　次：2017年8月第1版
印　　次：2017年8月第1次印刷
定　　价：50.00元

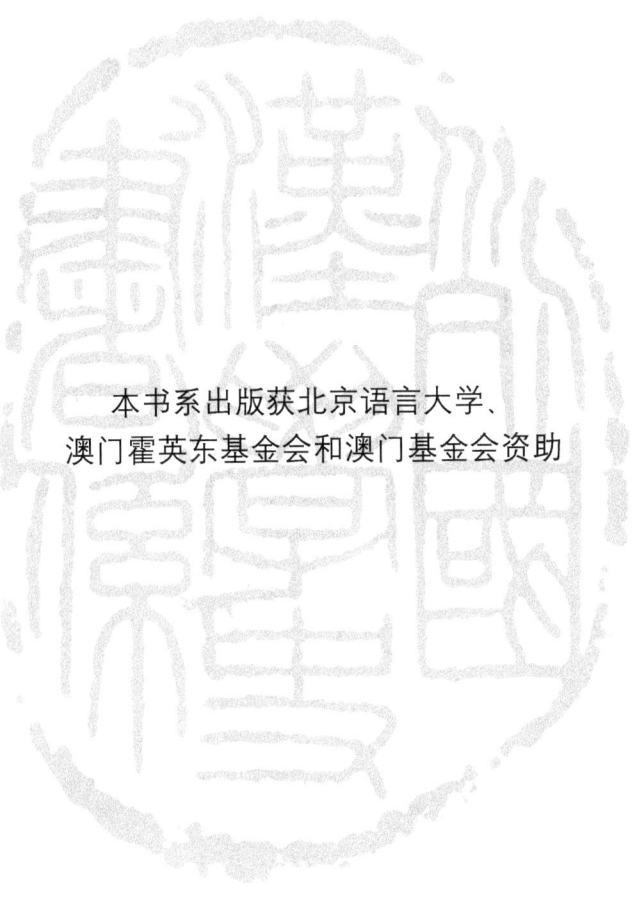

本书系出版获北京语言大学、
澳门霍英东基金会和澳门基金会资助

 北京语言大学列国汉学史书系
编辑委员会

顾　问：季羡林　李学勤　汤一介　李宇明　倪海东
主　任：崔希亮　刘　利
副主任：韩经太　曹志耘
主　编：阎纯德　吴志良
编　委：王晓平　乐黛云　安平秋　许光华　刘顺利
　　　　吴志良　张国刚　严绍璗　李明滨　李海绩
　　　　陈开科　侯且岸　柴剑虹　钱林森　耿　昇
　　　　阎纯德　阎国栋　熊文华

序 一

经过近 30 年多位学者的辛劳努力,现在我们可以说,国际汉学研究确实已经成长为一门具有特色的学科了。

"汉学"一词本义是对中国语言、历史、文化等的研究,而在国内习惯上专指外国人的这种研究,所以特称"国际汉学",也有时作"世界汉学""国际中国学",以区别于中国人自己的研究。至于"国际汉学研究",则是对国际汉学的研究。中外都有学者从事国际汉学研究,但我们在这里讲的,是中国学术界的国际汉学研究。

自从"改革开放"以来,国际汉学研究改变了禁区的地位,逐渐开拓和发展。其进程我想不妨划分为三个阶段:一开始仅限于对国际汉学界状况的了解和介绍,中心工作是编纂有关的工具书,这是第一个阶段。到了 20 世纪 90 年代,出现国际汉学研究的专门机构,大量翻译和评述汉学论著,应作为第二个阶段。在这两个阶段里,学者们为深入研究国际汉学打好了基础,准备了条件。新世纪到来之后,进入全面系统地研究国际汉学的可能性应该说业已具备。

今后国际汉学研究应当如何发展,有待大家磋商讨论。以我个人的浅见,历史的研究与现实的考察应当并重。国际汉学研究不是和现实脱离的,认识国际汉学的现状,与外国汉学家交流沟通,对于我国学术文化的发展以至于多方面的工作都是必要的。我曾经提议,编写一部中等规模的《当代国际汉学手册》,使我们的学者便于使用;如果有条件的话,还要组织出版《国际汉学年鉴》。这样,大家在接触外国汉学界时,不会感到隔膜,阅读外国汉学作品,也就更容易体味了。必须指出的是,国际汉学有着长久的历史,因此现实和历史是分不开的,不了解各国汉学的历史传统,终究无法认识汉学的现状。

我们已经有了不少国际汉学史的著作及论文。实际上,公推为中国最早的汉学史专书,是 1949 年出版的莫东寅《汉学发达史》,尽管是通史体裁，也包含了分国的篇章。这本书最近已有经过校勘的新版，大家容易看到，尽管只是概述性的，却使读者能够看到各国汉学互相间的关系。由此可见，有组织、有系统地考察各国汉学的演进和成果，将之放在国际汉学整体的背景中来考察，实在是更为理想的。

这正是我在这里向大家推荐阎纯德教授、吴志良博士主编的这套"列国汉学史书系"的原因。

阎纯德教授在北京语言大学主持汉学研究所工作多年，是我在这方面的同行和老友，曾给我以许多帮助。他为推进国际汉学研究，可谓不遗余力，所做出的重要贡献是学术界周知的。在他的引导之下，《中国文化研究》季刊成为这一学科的园地，随之又主编了《汉学研究》，列为《中国文化研究汉学书系》，有非常广泛的影响。其锲而不舍的精神，我一直敬服无地。特别要说的是，阎纯德教授这几年为了编著这套"列国汉学史书系"所投入的心血精力，可称出人意想。

在《汉学研究》第八集的《卷前絮语》中，阎纯德教授慨叹："《汉学研究》很像同人刊物，究其原因，是从事这个领域研究的学者太少，尤其是专门的研究者更是少之又少，所以每一集多是读者相熟的面孔。"现在看"列国汉学史书系"，作者已形成不小的专业队伍，这是学科进步的表现，更不必说这套书涉及的范围比以前大为扩充了。希望"列国汉学史书系"的问世成为国际汉学研究这个学科在新世纪蓬勃发展的一个界标，让我们在此对阎纯德教授、这套书的各位作者，还有出版社各位所做出的劳绩表示感谢。

李学勤

2007年4月8日

于清华大学国际汉学研究所

序 二
汉学历史和学术形态

汉学历史和学术形态历史是既抽象又具体的存在,是浩瀚无边的过去、现在和未来。历史会让我们兴奋,也会使我们悲哀,有时会令人觉得它又仿佛是一个梦。但是,当我们梦醒而理智的时候,便会发现——自然史、时间史、太阳史、地球史、人类社会史,一切的一切,不管是曾经存在过的恐龙,还是至今还在生生不息的蚂蚁社群,天上的,地下的,看得见的,看不见的,一切都有自己的历史。一切都有过发生,一切都还在发展,一切都还会灭亡。

任何事物的发生都有一个有形或无形的孕育过程,"汉学"(Sinology)也是这样,其孕育和成长,就是中国文化与异质文化相互交媾浸淫的历史。这个历史,始于公元1世纪前后汉代所开通的丝绸之路,接下来是七八世纪的大唐帝国、十四五世纪的明代、清末的鸦片战争和"五四"新文化运动,这种文化的碰撞和交流之潮时起时伏直到今天,还会发展到永远。这是历史,是汉学的昨天、今天和未来,是其孕育、发生和成长的过程显现出的文化精神。但是,昨天有远有近,我们可以循蛛丝马迹地探讨找回其真;而今天,只是一个过渡,一俟走过,便成为昨天的陈迹。写作汉学史是一件艰难的劳作,尤其对象是遥远的昨天,尤其是"遗失"在异国他乡的昨天,更非一件易事。时至今日,朦胧面纱下的汉学还不为一些学人所认识,因此有必要取下面纱,让人们看个究竟。

从20世纪70年代中期之后,尤其90年代以降,"汉学"(Sinology)便逐渐成为学术界耳熟能详的学术名词。中国大陆重提"汉学"(Sinology)至今,汉学就像隐藏在深山里的小溪,经过30年的艰辛跋涉之后,才终于形成一条奔腾的水流,并成为中国文化水系不可或缺的组成部分。这个变化是时代和历史变迁带来的结果,也是文化自己发展的规律。

那么,究竟什么是汉学(Sinology)呢? 首先,这里的汉学非指汉代研究经学注重名物、训诂——后世称"研究经、史、名物、训诂考据之学"的"汉学",而是指外国人研究中国历史、语言、哲学、文学、艺术、宗教、考古及社会、经济、法律、科技等人文和社会科学领域的那种学问,这起码已是200多年来世界上的习惯学术称谓。李学勤教授多次说:"汉学,英语是Sinology,意思是对中国历史文化和语言文学等方面的研究。在国内学术界,'汉学'一词主要是指外国人对中国历史文化等的研究。有的学者主张把它改译为'中国学',不过'汉学'沿用已久,在国外普遍流行,谈外国人这方面的研究,用'汉学'比较方便。"① Sinology一词来自外国,它不是汉代的"汉",也不是汉族的"汉",不指一代一族,其词根sino源于秦朝的"秦"(Sin),所指是中国。

在历史长河里,汉学由胚胎逐渐发育成长。当汉学走过少年时代,在西学东渐和中学西传互示友情后,中学开始影响西方而成为人类文明史上的伟大事件。中世纪以来,欧洲视中国为"修明政治之邦",对中国充满了好奇与好感,当"中国热"蜂起欧洲,19世纪初期法国便成为西方汉学的中心,巴黎成为"汉学之都"。戴密微(Paul Demiéville)曾说汉学的先驱是葡萄牙、西班牙和意大利。但是,汉学作为学术研究和一种文化形态,举大旗的则是法国人。1814年12月11日,雷慕沙(Jean Pierre Abel Rémusat)在法兰西学院首开"汉语和鞑靼——满语语言与文学讲座",启开了西方真正的汉学时代。但指代汉学的"Sinologie"(英文"Sinology")一词则出现在18世纪末,应该早于雷慕沙主持第一个汉学讲座的时间,更不会晚于1838年。从此之后,"Sinology"便成为主导汉学世界的图腾、约定俗成的学术"域名"。在世界文化史和汉学史上,外国人把研究中国的学问称为"汉学",研究中国学问的造诣深厚的学者称为"汉学家"。因此,我认为,我们不必要标新立异,根据西方大部分汉学家的习惯看法,"Sinology"发展到如今,这一历史已久的学术概念有着最广阔的内涵,绝不是什么"汉族文化之学",更不是什么汉代独有的"汉学",它涵盖中国的一切学问,既有以儒释道为核心的传统文化,也包含"敦煌学""满学""西夏学""突厥学"以及"藏学"和"蒙古学"等领域。但是一直以来人们对汉学的理解和解释相

---

① 李学勤《国际汉学漫步·序》,河北教育出版社1997年版。

左,因此便有了"中国学""海外汉学""海外中国学""域外汉学""国际汉学""世界汉学""国际中国文化"等不同的叫法;如果咬文嚼字,推演下来,一定还会有"国内汉学""国内中国学",甚至"北京汉学""河南汉学"等。由于汉学的发展、演进,以法国为首的"传统汉学"和以美国为首的"现代汉学",到了20世纪中叶之后,研究内容、理念和方法,已经出现相互兼容并包状态,就是说Sinology可以准确地包含Chinese Studies的内容和理念;从历史上看,尽管Sinology和Chinese Studies所负载的传统和内容有所不同,但现在可以互为表达、"雌雄同体"同一个学术概念了。话再说回来,对于这样一个负载着深刻而丰富历史内涵的学术"域名",我以为还是叫它Sinology最好,因为,Sinology不仅承继了汉学的传统,而且也容纳了Chinese Studies较为广阔的内容。另外,中国人对中国文化的研究应该称为国学,而外国学者研究中国文化的那种学问则称为汉学。汉学是国学的有血有灵魂的"影子",而汉学不是国学,是介于中学与西学两者之间,本质上更接近西学的一种文化形态。说它与国学同根而生,说它们是一条藤上的两个瓜,都不为过,然而瓜的形象与味道却不相同,一个是"东瓜",一个是"西瓜"。我认为这样认识汉学,既符合中国文化的学术规范,又符合世界上的历史认同与学术发展实际。

　　汉学的历史是中国文化与异质文化交流的历史,是外国学者阅读、认识、理解、研究、阐释中国文明的结晶。汉学作为外国人认识中国及其文化的桥梁,是中国文化和外国文化撞击后派生出来的学问,实际上也是中国文化另一种形式的自然延伸。但是,汉学不是纯粹的中国文化,它与中国文化有着密不可分的血缘关系,既是中外文化的"混血儿",又是可以照见"中国文化"的镜子,是可以攻玉的"他山之石"。"'Sinology'是一门在国际文化中涉及双边或多边文化关系的近代边缘性的学术,它以'中国文化'作为研究的'客体',以研究者各自的'本土文化语境'作为观察'客体'的基点,在'跨文化'的层面上各自表述其研究的结果,它具有'泛比较文化研究'的性质。"[①]以上两种表述虽有不同,但学理一致,基本可以厘清我们对于Sinology(汉学)的基本学术定位。

　　法国汉学家马伯乐(Henri Maspero)说过:"中国是欧洲以外仅有的这

---

① 严绍璗《我对Sinology的理解和思考》,载《世界汉学》2006年第4期。

样的一个国家：自远古起，其古老的本土文化传统一直流传至今。"法国哲学家弗朗索瓦·于连（François Jullien）也说："中国文明是在与欧洲没有实际的借鉴或影响关系之下独自发展的、时间最长的文明……中国是从外部审视我们的思想——由此使之脱离传统成见——的理想形象。"[①]他在《为什么我们西方人研究哲学不能绕过中国》中提出："我们选择出发，也就是选择离开，以创造远景思维的空间。人们这样穿越中国也是为了更好地阅读希腊。"为了获得一个"外在的视点"，他才从遥远的视点出发，并借此视点去"解放"自己。这便是一个未曾断流、在世界上仅存的几种古老文化之一的中国文明的意义。中国文明是一道奔流不息的活水，活水流出去，以自己生命的光辉影响世界；流出的"活水"吸纳异国文化的智慧之后，形成既有中国文化的因子，又有外国文化思维的一种文化，这就是"汉学"。也就是说，汉学是以中国文化为原料，经过另一种文化精神的智慧加工而形成的一种文化。从某种意义上说，汉学既是外国化了的中国文化，又是中国化了的外国文化；抑或说是一种亦中亦西、不中不西有着独立个性的文化。汉学作为一门独立的具有跨文化性质的学科，是外国文化对中国文化借鉴的结果。汉学对外国人来说是他们的"中学"，对中国人来说又是西学，它的思想和理论体系仍属"西学"。

汉学研究是指对外国汉学家及其对中国文化研究成果的再研究，是中国学者对外国学者研究中国文化的反馈，也是对外国文化借鉴的一个方面。凡是对历史或异质文化进行研究，都有一个价值判断和公正褒贬的问题。因此，对于外国汉学家对于我们中国文化的研究，必得有我们自己的判断，然后做出公正的褒贬。我们说汉学是可以攻玉的"他山之石"，但是这句箴言并非只是适用于中国人，对外国人也是一样。汉学也像外国的本体文化一样，对我们来说有借鉴作用，对西方来说有启迪作用——西方学者以汉学为媒介来了解中国，汲取中国文化的精华，完善自己的文明。人类由于文化背景差异和文化语境的不同，思维方向和方式也会不同，因而就会得出不同的结论，讲出不同的道理。"西方学者接受近现代科学方法的训练，又由于他们置身局外，在庐山以外看庐山，有些问题国内学者司空

---

① ［法］弗朗索瓦·于连（François Jullien）《迂回与进入》，香港：生活·读书·新知三联书店1998年版。

见惯,习而不察,外国学者往往探骊得珠。如语言学、民俗学、考古学、人类学、社会学诸多领域,时时迸发出耀眼的火花。"①汉学的学术价值往往不被国人重视,并利用汉学家对于中国文化的一些误读贬低汉学的价值。其实,这并不公平,有些汉学家对于中国文化确实有其独到的见解,能发中国人未发之音。法国汉学家马伯乐(Henri Maspero,1883—1945)对中国上古文化和上古宗教的研究就有独到的贡献,被称对中国宗教研究有"先河"之功。他研究中国宗教的宗教社会学的方法,促进和推动了中国学者采用宗教社会学来研究中国宗教,被称为"中国宗教社会学研究的真正创始人"。瑞典汉学家高本汉(Bernhard Karlgren,1889—1978),终生的最高成就是根据研究古代韵书、韵图和现代汉语方言、日朝越诸语言中汉语借词译音构拟汉语中古音和根据中古音和《诗经》用韵、谐声字构拟古音,写出了著名的学术专著《中国音韵学研究》《汉语中古音与古音概要》《古汉语字典重订本》《中日汉字形声论》《论汉语》《诗经注释》《尚书注释》和《汉朝以前文献中的假借字》等,他对汉语音韵训诂的研究是不少中国学者所不及的,并深刻影响了对于中国音韵训诂的研究。20世纪著名的日本学者津田左右吉关于中国文化的研究著述甚丰,他认为中国文化是一种"人事本位文化",其核心是"帝王文化",其他认识上尽管有偏颇,但也有其独异性和深刻之处。这就是"他山之石"的意义和价值。当然,不可否认,汉学家对于中国文化的误读或歪曲也是常见的,诸如瑞典考古学家安特生(John Gunnar Andersson)于1921年10月对河南仰韶文化遗址发掘之后,便说中国彩陶制作技术源于西方,并在他的《甘肃考古记》和《黄土儿女》著作中反复强调他的这一错误观点。这一观点亦为"西方文化东移造成中国文化之说"提供了说辞。日本学者石田幹之助也推波助澜,闭门造车地推测出西方文化东渐的路线;甚至连我们的国学大师章太炎、刘师培也被"忽悠"得认可了"中国文化西来说"。② 美国现代汉学(中国学)的奠基人费正清对中国历史尤其近代史的研究独具风采,为美国人民认识中国搭建了一座桥梁;但他在研究上的所谓"冲击—回应"模式,却近乎荒谬,认为

---

① 季羡林《汉学研究·序》第七集,中华书局2003年版。
② 《章太炎全集·〈訄书·序〉·〈种姓篇〉》,上海古籍出版社1985年版;刘师培《刘申叔先生遗书·〈思念祖国〉·〈华夏篇〉·〈国土原始论〉》。

是西方给中国带来了文明,是西方的侵略拯救了中国。综上所述,对于汉学成果的研究,只有冷静、公正、客观、全面,才能在沙中淘得真金,拥抱"他山之石"。

在中国,汉学的接受与命运,诚实地说,在20世纪80年代初期之前,基本上是无视它的学术价值,更没人把它看作是中国文化的延伸。此外,由于民族心理上的历史"障碍",我们还曾视汉学为洪水猛兽,甚至觉得它是仇视中国、侮辱中国的一个境外的文化"孽种"。这种"观点",虽嫌偏颇,但也不是空穴来风。因为自19世纪"鸦片战争"前后,直至20世纪40年代,偌大的中国曾经惨遭蹂躏,整个历史写满了炮火压迫和宗教怀柔,其间也不乏为列强殖民政策服务的传教士、"旅行家"和"学者"深入中国腹地,以旅行、探险、考古之名而实行搜集社会情报、盗窃和骗取中国大批文物。

人类思想的飞翔,是受社会和历史禁锢的,山高水远的阻隔也使得人类互相寻找的岁月特别漫长。交流是人类文化选择的自然形态,汉学就发生在这种物质交流和文化交流之中。

公元前后,中国人被称为赛里斯(Seres),中国叫赛里加(Serice),这是陆路交往关于中国最初的叫法,时间较早;另一种叫法,把中国人称为秦尼(Sinai),中国叫秦(Sin),这是海路交往关于中国的叫法,时间较晚。由商人输往西方的中国丝绸绢绘是当时帝王贵族倾慕的奢侈珍品,Seres 和 Serice 两字系由阿尔泰语所转化,是希腊罗马称谓中国绢绘的 Serikon、Sericum 两字简化而来。西方人当时称中国为"秦"(Sin),称中国人为"秦尼"(Sinai),则是源于秦朝。①

人类在互相寻找的初级阶段,中国和西方试探性的商业交往还很原始,那时的人类,不同的国家、民族和族群处于相对落后和封闭的状态,人类各个角落的不同文化还处于相对不自觉或是相对蒙昧的历史时期。在人类最早的沟通中,中国人走在最前边。公元前139年,张骞奉汉武帝之命,越过葱岭,亲历大宛、康居、大月氏、大夏、乌孙、安息等地,直达地中海东岸,先后两次出使中亚各国,历时十多年,开创了古代和中世纪贯通欧亚非的陆路"丝绸之路",为人类交往开创了先河,也为汉学的萌发洒下最初

---

① 莫东寅《汉学发达史》,北平文化出版社中华民国三十八年(1949年),第3页。

的雨露。

在文化史上,以孔孟儒家学说为核心的中国文化最先影响朝鲜半岛,然后才是日本和越南等周边国家。这些周边国家与中国的关系复杂,甚至被说成同种同文,因此可以说它们的文化与中国文化有着很深的"血缘"关系。公元522年,中国佛教渡海东传日本,从那时开始,中国典籍便大量传入日本,但这只是一种"输入",只是日本创建自己文化的借鉴,并没有形成对于中国文化的深层研究。及至唐代,由于文化上承接了汉朝的开放潮流,那时与异质文化的交流相对更加频繁,商贸往来和文化沟通有了发展,西方和中国周边国家或地域的人士通过陆路和水路进入中国腹地,长安、洛阳、扬州、广州、泉州等城市,都是中外贸易和文化交汇的重要都会,尤其是前者,更是当时世界最大的商业文化之都;而后者,由于东南沿海经济崛起、人口增多、手工业发达、农田水利的改善,为海外贸易发展创造了条件,再由于唐代中期"安史之乱"切断了陆路"丝绸之路"的缘故,曾称为"鲤城""温陵""刺桐城"的泉州,便成为联结亚洲、欧洲和非洲的海上丝绸之路的"东方第一大港",是那时以丝绸、金银、铜器、铁器、瓷器为主的国际贸易之都。通过频繁的往来和交流,外国人对中国文化的认识越来越多、越来越深,汉学也便在这种交流中不知不觉慢慢衍生。

但是,源远流长的汉学,人们习惯地认为其洪流和网络在西方,西方是汉学的形象代表。这一看法一是源自近代以来西方强势文化和中国人的崇洋心理;二是西方汉学的某些特征也确实有别于朝鲜半岛、日本和越南的汉学。其实,如果我们从世界汉学历史发展的角度看,日本、朝鲜半岛和越南的汉学要早于西方的汉学,比如日本在十四五世纪已经初步形成了汉学,而那时西方的传教士还没有进入中国。因此,对于汉学的研究,无论是西方还是东方(朝鲜半岛、日本和越南),我们都不能顾此失彼,要以同样的关注和努力探讨其历史。当然,汉学的历史藏在文献里,而隐性源头却在文献之外。

文化往往伴随经济流动,其交流也会在不自觉或无意识状态下发生。到了明代初年,郑和率舰队出使西洋,前后七次,历经二十八年,到过三十多个国家,最远抵达非洲东岸和红海口,真正拓展了海上"丝绸之路"。

在公元八九世纪至十六七八世纪期间,关于中国,多见于西方商人、外交使节、旅行家、探险家、传教士、文化人所写的游记、日记、札记、通信、报告之中,这些文字包含着重要的汉学资源,因此有人把这些文献称为"旅游汉学"。这些来源于文艺复兴,因为思潮的开放影响了欧洲人的思想和生活,他们或通商,或传教,或猎奇,但了解和研究中国文化却是一致的,于是汉学便在葡萄牙、西班牙、意大利、法国、荷兰、英国、德国、俄罗斯等主要的西方国家逐步发展起来。

这类游记和著作较早的有约在公元851年成书的描述大唐帝国繁荣富强的阿拉伯佚名作者的《中国与印度游记》,吕布吕基斯的《远东游记》(1254),意大利的雅各·德安克纳的《光明城》,贝尔西奥的《中华王国的风俗与法律》(1554),《利玛窦中国札记》,亚历山大·德·罗德的《在中国的数次旅行》(1666),南怀仁的《中国皇帝出游西鞑靼行记》(1684),费尔南·门德斯·托平的《游记》,李明的《关于中国现状的新回忆录》(1696)和《中华帝国全志》(《中国通志》)等,以及罗明坚、金尼阁、汤若望、卫匡国等名士的著作,还有大量名不见经传的传教士、商人、旅行家、探险家的各种记述,都成为日后汉学兴旺发达的必然因素。这类著作主要涉及中国的物质文明,较多描述、介绍中国的山川、城池、气候以及生活起居、饮食、服饰、音乐、舞蹈,也涉及一些中国的观念文化。这些"旅游汉学"著作中,影响最大的是《马可·波罗纪行》(《东方见闻录》)。马可·波罗(Marco Polo)于1275年随父亲和叔父来中国,觐见过元世祖忽必烈,1295年回国后出版了这本书,它以美丽的语言和无穷的魅力翔实地记述了中国元朝的财富、人口、政治、物产、文化、社会与生活,第一次向西方细腻地展示了"唯一的文明国家"——"神秘中国"——的方方面面。

这些包罗万象的文献,不仅记录了不同时代的中国,还以自己的文化视角开始了中西文化最初的碰撞。作为文献,这些游记、日记、札记、通信和报告,有赞美,有误读,也有批评,但因为其中包含大量中国物质文化及政治、经济、历史、地理、宗教、科举等多方面的文化记载,而成为汉学的重要组成部分,在学术史上有重要价值。

汉学的发生、发展与经济、政治、交通以及资讯分不开。有学者把汉学的历史分为"萌芽""初创""成熟""发展""繁荣"几个时期,也有的分为"游记汉学时期""传教士汉学时期"和"专业汉学时期"三个阶段。但汉学的真正形成是在明末兴起的"西学东渐"和"中学西传"的互动之中。

从16世纪到十八九世纪,在数以千计的散布在中国各地的传教士中,有不少人成为名载史册的汉学先驱，他们为汉学的发展做出了重大贡献。自 1540 年罗耀拉（S.Ignatins de Loyola）、圣方济各·沙勿略（Francisco Xavier）等人来华，开始了以意大利、西班牙传教士为主的第一时期的耶稣会的传教活动。接着，意大利的范礼安（Alexandre Valignani）、罗明坚（Michel Ruggieri）等著名传教士来华。1583 年，即明朝万历十一年，罗明坚将利玛窦神甫（Matteo Ricci）带到中国，从此，耶稣会士在中国的宗教活动无论是对于西方或是东方，都开始了一个新的历史时期。西班牙的胡安·冈萨雷斯·德·门多萨（Juan Gonzalez de Mendoza）的《中华大帝国史》于 1588 年问世，这部世界汉学史上的第一部汉学著作，名副其实地对中国的政治、历史、地理、文字、教育、科学、军事、矿产、物产、衣食住行、风俗习惯等做了百科全书式的介绍，具有相当的学术价值，以七种文字印行，风靡欧洲。以利玛窦为核心的耶稣会士的历史意义在于他们开始了对中国文化的全面"开垦"，不仅著书立说，还把《大学》《中庸》《论语》《孟子》等中国文化经典译成西文，不仅开西学东渐之先河，也推动了中学西传，使中国文化对西方科学与哲学产生重要影响，因此这位思想家当仁不让地被视为西方汉学的鼻祖。与其先后到达中国的著名的传教士都著书立说、传播中国文化，对推动西学东渐和中学西传做出了贡献。在世界汉学史上，除了以上提及的，还有许多汉学家的名字十分响亮，诸如曾德照、柏应理、卫匡国、殷铎泽、南怀仁、汤若望、龙华民、金尼阁、罗如望、熊三拔、李明、张诚、白晋、马若瑟、宋君荣、钱德明、翟理斯、安特生、雷慕沙、儒莲、德理文、安东尼·巴赞、蒙田、冯秉正、尼·雅·比丘林、巴拉第·卡法罗夫、瓦西里耶夫、沙畹、伯希和、马伯乐、葛兰言、斯文赫定、马礼逊、斯坦因、理雅各、翟理斯、李约瑟、韦利、霍克斯、卫礼贤、福兰阁、孔拉迪、高本汉、卫三畏、费正清、戴密微、石泰安、谢和耐、欧文等。他们和东方日本、朝鲜半岛的富有建树的汉学家以及当今散布在各国的汉学家，对中国文化的独特理解，铸造成汉学史上的思想学术之碑，开垦了汉学成长的沃土。

"西方的汉学是由法国人创立的。"但是，在欧洲全面研究中国文明的问题上，"法国的先驱是葡萄牙、西班牙和意大利"。① 戴密微把以上三个

---

① 戴密微《法国汉学研究史》，载《法国当代中国学》（耿昇译），中国社会科学出版社 1998 年版。

国家誉为汉学的先锋,"他们于 16 世纪末叶,为法国的汉学家开辟了道路,而法国的汉学家稍后又在汉学中取代了他们",真正建立起作为学术的汉学传统。就传统汉学而言,法国是汉学家最多的国家之一,有许多汉学界的学术巨擘,不断为汉学的崇高而添砖加瓦。

中外文化交流的结果不仅意味着中国文化"外化"的传播,也意味着异质文化对中国文化"内化"的接受。汉学家作为中外文化交流的桥梁和使者,在异质文化的交流中,也是人类和谐与进步的推动者。

汉学诞生在与异质文化碰撞、交流和相互浸淫之中。这个结果无异于一枚果子的成熟,只有"风调雨顺"才生长得好。和谐、宽容、理解与尊重,是异质文化彼此借鉴的保证。作为文化形态的汉学,其成长和生存离不开良好的国际语境。就中国而言,历史上凡是开放的时代,文化交流多,汉学就发展;反之,汉学就停滞,这似乎成为一种规律。

作为学术公器的汉学,文化上有其自己的成长过程。汉学是发展的,这一植根于中国文化土壤,生存于异国他乡的文化,同样深受不同时代语境的极大影响。这里所说的语境,既包括中国的历史演变,也包括异国和世界的历史变化。也就是说,不同的历史时期,不同的社会、政治、经济、文化背景,在很大程度上左右着汉学的发展方向和内容;换句话说,汉学的形成和发展,不仅受制于中国历史的更迭,也受制于他者社会的变化。这就是以历史悠久的中国文化为研究对象的汉学发展的基本轨迹。

汉学作为一种学术形态,总体上可以分为"传统汉学"和"现代汉学"。传统汉学以法国为中心,而现代汉学兴显于美国,20 世纪中期以来,在西方其他国家葆有传统汉学的同时,现代汉学也很繁荣。随着中国与世界政治关系的变化,随着中国文化与世界文化交流的拓展,现代汉学有了显著的发展。

虽然 20 世纪的后五十多年,中国文化与世界各国文化接触开始多了起来,但就整体而言,1949 年后约有三十多年是一个相对"闭关锁国"的时期。公正地讲,这道意识形态的"长城"也并非就是中国的政策,是那时期以美国为首的国家在政治、经济、军事、文化上对我国全面封锁的结果。这个时期的"汉学"涂满了政治色彩,以法国为代表的汉学较多地保持着传统汉学的学术精神,而美国的"中国学"却成了充满政治意识的现代汉学的代表。美国的"中国学"所关心的不是中国文化,更不是中国的传统文化,而是中国的政治、经济、军事、教育和社会生活各个层面的问题。这种政治特征,是那个时期美国汉学的基础,这一特征也影响了其他国家汉学的研究方向和内容。

由于中国与世界的隔离,由于西方与中国少有交流,因此汉学家不了解中国最新的文化进展(比如新的考古发现),致使汉学处于断炊或"无米之炊"的状态,没有中国文化的支持,西方汉学要想取得研究上的突破也很困难。陌生感和神秘感困扰着汉学家,这不仅是文化的尴尬,也是汉学家的难堪。

人类文化包含了物质文化和观念文化等。物质文化表现在衣食住行生活方面,是一种看得见、摸得着又极易变化的"具象"文化,如饮食、服饰、住房、音乐、舞蹈等;观念文化是一个民族的核心,表现在人的价值观、道德观、家庭观、宗教观等诸多方面,以及关于自由、平等、民主的理解,观念文化是一个民族的思维经过高度抽象后形成的思想、观念和精神,它通过文化灵魂——哲学、文学、语言、宗教、历史等来表达。[①] 观念文化,一俟进入外国汉学家的研究视野,他们的研究也就进入了对中国文化核心的深层研究。

汉学家从对中国物质文化到观念文化的研究,其领域越来越广越来越深。现在,汉学不仅包括对中国的哲学、文学、宗教、历史领域的研究,还包括社会学、政治学和自然科学。Sinology(汉学)和 Chinese Studies(中国学),它们已经发展到可以"异名共体"的地步。

时至今日,传统汉学和现代汉学这两种汉学形态不仅同时存在着、共荣着,而且还互相浸透着。

19世纪末至20世纪初,美国汉学悄然嬗变为中国学,并以自己独有的个性特点和极强的生命力出现在世人面前。美国汉学始自1830年东方学会(American Oriental Society)的建立,这个学会虽然代表了欧洲那种对东方学文学的兴趣,但这个学会"从一开始就有一种与众不同的使命感"——"为美国国家利益服务,为美国对东方的扩张政策服务"。[②] 这个

---

① 任继愈《汉学发展前景无限》,载《中华读书报》2001年9月19日。
② 侯且岸《费正清与中国学》,载李学勤主编《国际汉学漫步》(上),河北教育出版社1997年版。

特点也与"美国海外传教工作理事会"向中国派出基督教传教士的宗旨相一致。可见,美国汉学一开始就和美国的国际战略和对华政策联系在一起。卫三畏(Samuel Wells Williams)1848年出版的百科全书式的《中国总论:中华帝国的地理、政府、教育、社会、生活、艺术、宗教及其居民观》就带有较为浓厚的社会科学特点,与欧洲具有人文科学特征的汉学颇有差异,但它依然属于Sinology的范畴。

美国从南北战争后的统一中走向强大,加入强国之列。八国联军对中国的侵略行径,是列强联合的第一次尝试。从那时起,承担着相当"政治"角色的传教士进入中国。真正美国式的"汉学"——中国学,就从那时开始,而奠基人和开拓者是之后的费正清(John King Fairbank)。作为美国首席中国问题专家的费正清,他的中国学研究不仅影响了美国,也对其他国家的汉学研究或中国学研究有强烈的影响。

在西方,费正清的魅力在于,没有谁能像他那样以更清晰、更富于洞察力的笔触来表述中国。"在使美国人了解中国,了解中国的传统、中国纷扰不安的近代史,以及中国神秘莫测的现状等方面,谁的贡献也没有像他那样大。"费正清等一批知名的美国中国学家都参与过战时情报工作,在战后作为美国政府的智囊而直接为制定对华政策服务。费正清的研究虽然充满了实用和功利色彩,立场和观点也有偏见,但这并不妨碍他在历史上作为一个贡献巨大的汉学家和中国人民的朋友的光辉。美国学者从事研究的根本出发点是"使命感""学术个性"和"反唯理智论倾向","蔑视学问,更为强调实用性知识","更为明显同自己以外的社会,即政治家、实业家及其实践家始终保持紧密的联系"。① 这就是美国中国学家的基本心态,他们讲究功利和实用,不理会学术上的理智倾向,这与法国汉学家的学术心态、学术个性与学术传统几乎大相径庭。

传统汉学(Sinology)和现代汉学(Chinese Studies)的差异在于前者是以文献研究和古典研究为中心,它们包括哲学、宗教、历史、文学、语言等;而以美国为中心的现代汉学(中国学)则以现实为中心,以实用为原则,其兴趣根本不在那些负载着古典文化资源的"古典文献",而重视正在演进、发展着的信息资源。但是,汉学发展到21世纪,其研究内容和方式已经出

---

① [美]赖肖尔《近代日本新观》,生活·读书·新知三联书店1992年版。

现了融通这两种形态的特点。这种状况既出现在欧洲的汉学世界,也出现在美国的中国学研究之中,可以说世界各国汉学家的研究中,都兼有以上两种汉学形态。

汉学(Sinology)对中国研究者来说,被尘封得太久,所以它的空白很多,浩如烟海的资源还有待于深入开掘。这种开掘,不仅可以收获汉学,还可以无意中发现被历史"放逐"和"遗失"在异国他乡的中国文化。编撰"列国汉学史书系"的目的和宗旨,不仅是为了梳理已有的汉学资源,在世界范围内追踪中国文化的外传历史状况、经验及影响,同时探究汉学的产生、成长、发展与繁荣,还要尽可能厘清这块"他山之石"对于中国文化的作用。当然,"列国汉学史书系"还期望对推动中国文化与世界文化的交流有所裨益。

"列国汉学史书系"作为一个文化工程,其撰写的难度非一般学术著作所能比拟。严绍璗教授谈到 Sinology 的研究者的学识素养时提出四个"必须":①必须具有本国的文化素养(尤其是相关的历史、哲学素养);②必须具有特定对象国的文化素养(同样包括历史、哲学素养);③必须具有关于文化史学的基本学理素养(特别是关于"文化本体"理论的修养);④必须具有两种以上语文的素养(很好的中文素养和对象国的语文素养)。这几点确实都是汉学研究者必须具备的文化和语文素养,否则很难进入汉学研究的学术境界。

写作"列国汉学史"艰难,而出版可谓难上加难。人间的事好像天上的云、地上的风,飘忽不定没有根,铁板钉钉是没有的,因为钉子可以用"权力"拔出来,一切承诺和协议,都可以化为乌有。虽然"列国汉学史书系"一直受到经济的困扰,但它终没有自毙于摇篮之中,冬天之后是春天,接着便是收获的季节。这套富有创意和价值的书系,将对中外文化交流和汉学的发展及其比较研究产生深远影响。

有人认为"汉学史中国人写不了",当然这是一个很奇怪的"立论"。日本人石田幹之助写了《欧人的中国研究》(1932)、莫东寅写了《汉学发达史》(1949),接下来又有严绍璗的《日本中国学史》(1991),张国刚的《德国的汉学研究》(1994),张静河的《瑞典汉学史》(1995),何寅、许光华主编的《国外汉学史》(2002),刘正的《图说汉学史》(2005)和李庆的《日本汉学史》(2005)相继面世。在人类的文化长廊里,无论是中国还是外国,各种史书琳琅满目,这其中有外国人写中国的各类历史,也有中国人写外国的各类历史。历史,是往事,是记录,是选择,并有相对独立的评论和褒贬。但是,事实上任何一部历史都不是最后的历史,历史随着时光的流逝而演进,修史很难一步到位,它需要一代代学者"积跬步"才能"至千里",只有"积土成山,积水成渊",方能"风雨兴""蛟龙生"。学问之事非一夕之功,非得有前赴后继者敢于赴汤蹈火"流血牺牲",才会达至光明顶峰。

开拓者也许会在某个时候将自己的真诚劳作化为欢乐,因为在以后的岁月里,定会有人踏着自己的肩膀或是踩着自己的鼻子和头顶攀上高峰,以鸟瞰美丽风光。21世纪是经济的大空间,对汉学来说也是一个"大空间"。但是,要探索这个"大空间",需要有个和谐的"太空站",需要大家联袂共建;当然世界上需要多元文化和谐相处的历史语境,共同创造彼此接近、认识、理解、尊重、沟通、借鉴与融合的机会,这个机会,就是汉学研究发展的机会。

时间在行走,历史在行走。人类创造过历史,书写过历史,但是没有最后的历史。汉学有历史,而且还正在创造新的历史,汉学及其研究将以自己的品格和个性在人类文化的世界里放出异彩。

阎纯德
2006年12月5日
于北京半亩春

目 录

第一章 绪论 ……………………………………………………… (1)
　一　关于俄罗斯汉学的分期 ……………………………………… (1)
　二　现代汉学的重要分支学科——中国文学翻译与研究 ……… (22)

第二章 中国新文学俄苏传播史迹 ……………………………… (29)
　一　中国新文学俄苏译介分期 …………………………………… (29)
　二　中国新文学俄苏译介业绩 …………………………………… (33)
　三　中国新文学俄苏译介反响 …………………………………… (38)
　四　中国新文学俄苏译介编年 …………………………………… (44)

第三章 中国新文学俄苏研究史迹 ……………………………… (76)
　一　中国新文学俄苏研究分期 …………………………………… (76)
　二　中国新文学俄苏研究成果 …………………………………… (86)
　三　中国新文学俄苏评论概观 …………………………………… (93)
　四　中国新文学俄苏研究编年 …………………………………… (110)

第四章 现代作家作品研究 ……………………………………… (147)
　一　俄苏鲁迅译介与研究60年 …………………………………… (147)
　二　郭沫若著作在俄苏：译介、研究、评价 …………………… (163)
　三　俄苏茅盾译介与研究50年 …………………………………… (174)
　四　老舍文学在俄苏：译介、研究、评价 ……………………… (185)
　五　巴金文学在俄苏：译介、研究、评价 ……………………… (198)
　六　曹禺话剧在俄苏：译介、研究、评价 ……………………… (207)
　七　其他作家(诗人)：译介与研究 ……………………………… (214)

第五章 解放区作家作品研究 …………………………………… (224)
　一　萧三的文学活动在俄苏 ……………………………………… (224)
　二　丁玲文学在俄苏：译介、研究、评价 ……………………… (231)

三　赵树理文学在俄苏：译介、研究、评价 …………………（241）
　　四　切尔卡斯基论艾青——在20世纪世界诗坛上应怎样给
　　　　艾青定位 ………………………………………………（250）
　　五　周立波文学在俄苏：译介、研究、评价 …………………（259）
　　六　刘白羽创作在俄苏：译介、研究、评价 …………………（267）
　　七　马烽作品在俄苏：译介、研究、评价 ……………………（276）

第六章　俄苏中国新文学学派的形成与发展 ………………（283）
　　一　俄苏中国新文学学派的奠基者 ……………………………（283）
　　二　俄苏中国新文学学派的开拓者 ……………………………（289）
　　三　俄苏中国新文学学派的形成与发展 ………………………（293）
　　四　俄苏学派的翻译理论与研究方法 …………………………（316）

第七章　结语 …………………………………………………（323）
　　一　价值取向与文学认同 ………………………………………（323）
　　二　中国新文学的特质 …………………………………………（324）
　　三　外来影响与继承传统 ………………………………………（326）
　　四　"和而不同"与"世界大同" …………………………………（328）

参考文献 ………………………………………………………（331）

第一章 绪 论

一 关于俄罗斯汉学的分期

汉学是世界资本主义经济发展和政治扩张的产物。由于残酷的奴隶制经济的制约,俄国的资本主义姗姗来迟,所以,俄罗斯汉学的兴起也比欧洲其他国家较晚。然而,由于俄罗斯汉学家们的勤奋和努力,植根于深厚的俄罗斯文学土壤中的俄罗斯汉学,很快便跻身于世界汉学之林,而且,后来居上。

如果从1608年,沙皇 B.舒伊斯基(Василий Шуйский)下旨派使团前来中国算起,俄罗斯汉学,从准备阶段到形成和发展时期,至今已有400多年的历史。这400多年,经历了三个不同的历史时期,因而,俄罗斯汉学的分期十分复杂、繁难,但却十分必要。

20世纪俄罗斯汉学巨匠、《俄罗斯汉学史》的编著者斯卡奇科夫(П.Е. Скачков)以俄罗斯学术发展分期和俄中关系史重要时期为基础,对俄罗斯汉学做了如下分期:

第一时期(1608—1727),包括俄罗斯国家同中国疆界接近并建立初步接触的阶段。这一阶段,俄罗斯国家通过外交使节、旅行家和东正教传教使团的各种报告和笔记积累了关于遥远中国的大量资料,初步认识了东方的邻国,通过条约确定了两国关系,开始尝试撰写关于中国的地理和政治状况的著作。

第二时期(1727—1805),俄清经济和政治联系得到了发展,俄国东正教驻北京使团成员开始研究中国,科学院开始研究满族、汉族及清帝国的其他民族的历史、文化、语言。

第三时期(1805—1860),沙俄封建农奴制瓦解、新的资本主义关系形成,俄罗斯汉学发展进入了新的阶段。俄国汉学中出现了一些民主、进步的倾向,在大学开始教授汉学课程,俄罗斯汉学达到了世界汉学的水准。

第四时期(1860—1895),西方资本主义大国在东方开始更为积极地推行其侵略政策,沙俄对此做出回应。无论在俄国,还是在中国,都经历着翻天覆地的政治动荡。俄国农奴制被推翻,资本主义迅速成长,社会主义思想得到发展;中国发生了太平天国起义、被压迫民族奋起反清,酝酿着自由资产阶级的变革。俄国汉学实现了根本性飞跃:出现了批判性反思中国现在和过去的论著,汉学学科出现了独立的趋势。

第五时期(1895—1917),中国人民的民族解放运动蓬勃发展,俄国处于伟大十月社会主义革命的前夜。这一时期充满了帝国主义对中国的侵略,由于日俄战争的失败,俄罗斯在远东的地位被削弱,同时还面临着革命的风暴,譬如在中国动摇了清帝国统治的义和团运动和辛亥革命;对中国和俄罗斯的革命运动都有巨大影响的俄国1905年的革命。①

俄国汉学虽然从17世纪初期(1608)就开始准备和奠基,但是俄国汉学界大都认为,那"还不能算是汉学"。俄国汉学直到18世纪下半叶才"真正出现"。根据俄国著名汉学家彼得罗夫(А.Петров)的观点,俄罗斯汉学经历了以下几个阶段:

第一阶段:18世纪下半期—19世纪上半期。这一时期,汉学的主体是常驻北京的俄罗斯东正教传教士团,基本按俄国外交部和清廷的安排进行教学和翻译,基本停留在对中国的简单介绍上,还没能力和精力进行研究。此时,取得较大成绩者是:罗索欣(И.К.Россохин,1717—1761)、列昂季耶夫(1716—1786)、卡缅斯基(1765—1845)、利波夫措夫(1770—1841)、列昂季耶夫斯基(1799—1874)等。其中,随俄国第二届东正教传教使团来华的罗索欣,1729—1740年在京学习满语和汉语,曾任清朝理藩院通译。他翻译和注解了包括《三字经》《千字文》《资治通鉴纲目》等在内的近30部中国书籍,被誉为俄国第一个汉学家和满学家。

彼得罗夫也将比丘林(Н.Я.Бичурин,1777—1853)列入了这一阶段。他认为这一阶段,成就最突出者当属第九届传教士团领班比丘林,他在中

---

① 参见[俄]П.Е.斯卡奇科夫著,[俄]B.C.米亚斯尼科夫编《俄罗斯汉学史》(柳若梅译),社会科学文献出版社2011年版,第45,48-49页。

国14年,学习汉满蒙藏语,回国时带走了12箱中国书籍,撰写了大量著作,真实、全面地介绍了中国。其代表作是《西藏志》《蒙古纪事》《中国帝国统计资料汇述》等。这些著述既超过前人,也超过同代人,也领先于当时的欧洲。它激发了俄国汉学家和文学家对中国和汉学的兴趣,他当之无愧地成为俄国公认的汉学及东方学的奠基人。这一阶段,亦称比丘林阶段。

第二阶段:19世纪下半期。这一时期的代表人物是瓦西里耶夫(В.П. Васильев,1818—1900)院士,1840年他随俄罗斯东正教传教使团来京,学习汉满蒙藏语言,1850年回国,1855年任彼得堡大学东方系教授、汉语教研室主任。其汉学著作甚丰:《东方的宗教:儒释道》《中国史》《中国象形文字分析》《中国文学史纲要》等。其《中国文学史纲要》系世界第一本中国文学史,在国际汉学界享有盛誉。他是俄罗斯第一个汉学学派的奠基人,使俄罗斯汉学向前跨越了一大步,从此,汉学研究不再是传教士团的业余行为,而代之以有计划有目的地对中国进行研究。彼得堡大学东方系汉学教研室成了俄罗斯汉学学派的学术重镇,从这里培养出了一批优秀的汉学家。

第三阶段:20世纪上半期。这一时期的代表人物是阿列克谢耶夫(В.М.Алексеев,1881—1951)院士,他创立并领导了俄罗斯第二个汉学学派。阿氏一生从事科研、教学、普及中国知识、领导组织学术活动,为俄国汉学确定了新的任务,制定并实施了新的研究方法和教学内容,促进了汉学学科及其研究方向的形成,为俄罗斯汉学在世界汉学领域争得了一席之地。这一时期,休茨基、弗卢格是阿氏学派的代表人物。

20世纪20—40年代,俄苏汉学家在科学院和高等学校除进行研究外,还开展了汉语与汉学的教学工作,莫斯科成为继列宁格勒(今彼得格勒,下同)之后的第二个汉学人才培养基地。为此做出重要贡献的汉学家有:科洛科洛夫(1896—1979)、鄂山萌(1900—1982)、卡拉·穆尔扎(1906—1945)、罗高寿(1900—1981)、波兹德涅耶娃(1908—1974)等。这一阶段的特点是表现出对中国特感兴趣,不但汉学家(极少数)而且普通百姓和一般工作者都参与写文章介绍评论中国。

第四阶段:20世纪下半期。这一阶段的显著特点是,汉学家已不再是像比丘林、瓦西里耶夫、卡法罗夫、阿列克谢耶夫等那样的百科型人才,而是某一汉学分支学科的专门研究人才,于是出现了汉语语言学家、中国哲学史专家、中国文学专家、中国民族学专家、中国艺术专家等。科学院、莫斯科大学、列宁格勒大学、远东大学以及有关图书馆、博物馆组织起汉学研究机构,凝聚集体的力量,依照内容广泛的科研计划从事汉学研究并培养符合时代要求的汉学人才。阿列克谢耶夫以其丰富而卓越的汉学成就和在学术界的重大影响而成为苏联汉学的奠基人和领导者,他的最大功绩在于,他继往开来,将俄罗斯汉学纳入了马克思列宁主义的研究轨道,为俄国汉学确定了新的研究任务,制定并实施了新的研究方法;完成了一大批科研成果,培养了一大批卓越的汉学家:休茨基(1897—1941)、弗卢格(1900—1955)、拉祖莫夫斯基(1905—1942)、彼特罗夫(1907—1979)、龙果夫(1900—1955)、施普林钦(1907—1974)、杜曼(1907—1979)、布纳科夫(1908—1942)等,推动了俄国及国际汉学的发展。①

我国社会科学院的俄苏汉学译者和研究者理然对帝俄时期的汉学也做过分期研究,他将帝俄时期的汉学分为5个阶段:

第一阶段:准备阶段——初识中国(1608—1727)

为了接近中国,1608年沙皇 B.舒伊斯基下旨派使团前来中国,只因俄国当时内战频仍未能成行;10年后,又组成以 И.裴特林(Иван Петлин)为首的使团来到北京。由于不懂中国礼仪,未带礼品,被拒之紫禁城外。此后又于1654年、1670年数次派团前来北京觐见大清皇帝,直到1689年与清朝签订了尼布楚条约,1727年签订了《恰克图条约》,大大促进了两国的贸易和交流;通过每次使团的"工作报告",逐渐积累了关于中国的知识,开始认识中国。

第二阶段:形成阶段(1728—1800)

1762年叶卡捷琳娜二世(1729—1796)即位,她继承彼得一世的事业,对外扩张,对内强化农奴制,确立了俄国作为欧洲一流强国地位。她兴办学校、发展科学、保护文献、下令翻译《大清会典》,1715年经康熙批准向中国派遣东正教使团。当时传教士的主要任务是学习满汉语言,培养翻译人才,搜集中国的政治、经济、军事、文化、历史、地理、民族、宗教等各方面的情报和资料,并进行研究。俄国最初的传教士汉学开始形成。

从传教士团中脱颖而出的第一位汉满学家是伊拉利昂·罗索欣(Иларион Калинович Россохин,1717—1761)。他12岁跟第二届传教士团来北京学习满语和汉语,18岁任理藩院通译,1741年回国,到俄国科学

---

① 参阅阎国栋《阿列克谢耶夫与俄国汉学》,载《汉学研究》第四集,第110-113页。

院任通译并教授满、汉语,他以自己翻译的《三字经》《千字文》为教材教授满、汉语,他说:"这一天也许可以认作是俄国汉学的肇端。"(В.Ф.索罗金《两个半世纪的俄国汉学》)其译著颇丰,有《资治通鉴纲目前编》《准噶尔平叛记》,还有《八旗通志》(合译)、《大清一统志》(摘译)、《图理琛异域记》(摘译)等。

第三阶段:开始从一般文化意义上介绍中国(1801—1860)

1801年,亚历山大一世即位,俄国汉学得到了进一步发展,代表人物是比丘林(Бичурин Никита Яковлевич,1777—1853)。他为俄国汉学形成一门独立学科奠定了坚实基础。

比丘林生于喀山省一个神父家庭,在喀山神学院修过拉丁语、希腊语和法语,1799年毕业后剃度为僧。1807年作为领班率俄国第9届传教士团来京。比丘林勤学不辍,克服万难编写多卷本《汉俄语音词典》,翻译中国古籍《四书》(1812)、《大清一统志》和《通鉴纲目》《北京记述》《三字经》《西藏记》等。1821年比丘林回国时带走了12箱满汉文书籍,其中有5种汉文2种满文词典、中国历史、《四书》《十三经》、金、辽、元代历史等著作。因其巨大成就,1828年当选为俄国科学院通讯院士,成为名扬国内外的著名汉学家。

第四阶段:学院阶段(1861—1910)

这一阶段在一定文化背景上比较系统地介绍中国文学,并有研究著作问世。到1861年,已积累了130年的汉学经验,师资与教材(主要是词典与语法)有了一定积累,汉学研究人才培养基地与研究中心转向内地高校。这一时期的代表人物是В.П.瓦西里耶夫(Василий Павлович Василъеb,1818—1900)。瓦西里耶夫,1837年毕业于喀山大学语文系东方专业,同年通过副博士论文答辩,留校准备教授职称。在导师О.М.科瓦列夫斯基指导下攻读佛学,1839年以论文《论佛教哲学原理》获硕士学位。他的天才和勤奋深得学界的赞誉和上司的赏识,当年即作为第12届教士团成员被派往北京。1850年12月瓦西里耶夫回国,回国时带回849种,2737函中国书籍,回国后被聘为喀山大学客座教授。1854年10月,彼得堡大学东方系聘其为满汉文教研室主任。瓦西里耶夫在此开设中国历史、地理和中国文学史等多门课程。他在忙于教学的同时还潜心汉学研究,学术成果甚丰:《佛教及其教义、历史文献。第一部分:总论》(1857)、《第三部分:印度佛教史》(1869)。这两部著作皆被译成法文。此后又出版了《中国象形文字分析》(1866)、《汉字的字形系统》(1867),是国外第一部按字形检索的汉语外语词典。1880年,瓦氏出版了专著《中国文学史纲》。该著的价值在于它是世界第一本中国文学史,把中国文学列入了世界文学之林。1866年,他当选为俄罗斯科学院院士。瓦西里耶夫从事汉学教育38年,亲传弟子近60名,培养了一大批诸如格奥尔基耶夫斯基(Сергей Михайлович Георгиевский)、А.伊万诺夫斯基(Алексей Осипович Ивановский)等优秀的汉学家,创建了第一个俄国汉学学派,将俄罗斯汉学推到了世界汉学的先进行列。

第五阶段:苏联汉学的奠基阶段(1910—1917)

中国文学开始从一般文化的范畴中独立出来,被作为专题进行研究。

20世纪初,以阿列克谢耶夫为代表的新学派已经崛起。在其之前是瓦西里耶夫的弟子、彼得堡大学东方系教授А.伊万诺夫主宰俄罗斯汉学,直到1910年阿列克谢耶夫作为客座副教授来到东方系,俄罗斯汉学才进入了一个新时代——以阿列克谢耶夫为首领的俄罗斯现代汉学时代。他以其新的教学法和研究方法,以其丰硕的研究成果,在俄国汉学界创立了俄罗斯第二个汉学学派,成为俄罗斯现代汉学的奠基人。阿列克谢耶夫首先是一位杰出的教育家,他继承了瓦西里耶夫的传统,同时又有创新;他一直在探索将汉学教学与中国文学史研究有机地结合起来,将中国文学研究发展成为俄罗斯汉学的一个重要分支学科。阿列克谢耶夫一生写了研究中国历史、文学、文化方面的著作260余种;他的著译偏重于中国文学,他最早翻译了中国小说《聊斋志异》和诗歌《诗品》,代表作是《中国论诗人的长诗:司空图〈诗品〉》(1916)。他不但注意翻译实践,而且重视翻译理论,尤其重视研究中国文学史。1917年发表了《关于中国文学的定义和中国文学史家的当前任务》,充分阐释了将"经"从教学大纲中取消的意见,主张"从作为文学核心的诗人着手","这样就可以为中国文学史的科学研究奠定基础"。他不但提出主张,而且很快便付诸实践,为苏联汉学奠定了坚实的基础。①

以上对俄罗斯汉学的三种分期,从研究对象的各个局部来看,无疑是非常准确、客观而学理的,然而从对象的总体来观,由于历史的原因,还感到有些不足,基本不是对整个俄罗斯汉学的分期,而是对其局部的分期。

---

① 参阅理然《帝俄时期:从汉学到中国文学研究》,载《汉学研究》第四集,第77-108页。

第一种斯卡奇科夫的分期,显然只是对十月革命前的帝俄时期的汉学分期;第二种彼特罗夫的分期,根据分期者的年龄和所处的时代,显然是对整个俄罗斯汉学的分期,然而将帝俄时期和苏联时期的汉学拢在一起分期:第一阶段与第二阶段是帝俄汉学时期,第三与第四阶段是苏联汉学时期。这种分法既淡化了历史的色调,又混淆了前后汉学的时代和本质的不同;第三种理然的分期,实际上也是只对帝俄时期的汉学分期。当前世界文化处于一种总体的转型期,中国热和汉学热又在全球涌动,俄罗斯也经历了两次重大的变革和动荡,应该对俄罗斯汉学进行总体的分期。笔者认为,为了客观地、历史地、现实地观照俄罗斯汉学,理应将俄罗斯汉学分为:俄罗斯古典汉学、现代汉学和当代汉学三个汉学时期。具体分期如下:

(一)古典汉学时期(1608—1917)

第一阶段(1608—1715):准备阶段

从1608年沙皇B.舒伊斯基下旨派外交使团前来中国,到1715年正式向中国派出东正教传教士团,在这百多年间,沙皇政府曾多次向中国派出外交使团和商队,目的是加强与中国的接近和联系。1689年彼得一世亲政后,当年就与中国签订了《尼布楚条约》,大大促进了两国的贸易和交流。沙皇政府派往北京的外交官和传教士团的各种工作报告、回忆录和日记等,是俄国关于中国的最早的历史资料。它们中最有学术价值的资料是:И.裴特林的《一览》(1618—1619),Ф.И.巴伊科夫的《实录》(1654—1657)和Н.Г.斯帕法里的《实录》(1675—1677),以及И.伊杰斯、A.勃兰德等人的日记[①]等。这些资料的不断积累,加深了关于中国的知识,开始认识中国,激发起对于汉学的欲望和需求。

第二阶段(1715—1801):形成阶段

从1715年俄国政府向北京派驻东正教传教士团,到1801年叶卡捷琳娜二世亲自抚育的亚历山大一世即位,这一阶段主要是通过东正教驻北京传教士团了解、研究中国,是俄国汉学的形成阶段,也有人称为俄国汉学最

---

① 参见,Н.Ф.杰米多娃、B.C.米亚斯尼科夫《早期在中国的俄国外交官》,莫斯科,1966年版;《17世纪俄中关系:资料与文件(1608—1683)》第1卷,莫斯科,1969年版;伊兹勃兰特·伊杰斯、阿达姆·勃兰特《回忆录:俄国大使馆在中国(1692—1695)》,领衔文章、注释:M.И.卡扎宁。莫斯科,1967年版。

初的"僧侣时期"。

这期间,1727年10月21日与中国签订的《恰克图条约》,对俄国汉学的形成意义重大,其第五条规定:将"4名男学生,两名年龄稍大,懂俄语和拉丁语,留在北京学习语言,他们将住在沙皇出资建造的住所,学成后归国"。① 这为在传教士人员中培养汉学人才奠定了基础。同时,在这一时期,彼得一世(Петр Ⅰ)的改革也开始触及东方学领域。1724年1月28日彼得一世《关于创建俄国科学院问题》的"上谕书",为俄国汉学的形成奠定了坚实的学术-组织基础。1725年,还特邀德国东方学家拜耶尔为俄国科学院第一位汉学家院士。彼得一世和叶卡捷琳娜所采取的种种举措和对中国的积极的外交政策,对汉学的形成都极为有利。此时的驻京东正教传教士团,可说是"天时地利人和",俄国汉学开始形成,势在必然。

这期间,俄国政府共向北京派去8届传教士团,学生及神职人员百余人。从众多传教士中脱颖而出的第一位汉满学家是伊拉利昂·罗索欣(Иларион Калинович Россохин,1717—1761)。他12岁跟第二届传教士团来北京学习满语和汉语,18岁任理藩院通译,1741年回国,到俄国科学院任通译并教授满、汉语,他以自己翻译的《三字经》《千字文》为教材教授满、汉语,他说:"这一天也许可以认作是俄国汉学的肇端。"(В.Ф.索罗金《两个半世纪的俄国汉学》)其译著颇丰,有《资治通鉴纲目前编》《准噶尔平叛记》,还有16卷本的《八旗志》(与А.Л.列昂季耶夫合译)、《大清一统志》(摘译)、《图理琛异域记》(摘译)等。А.Л.列昂季耶夫,在当时是与罗索欣齐名的大汉学家。

第三阶段(1801—1860):发展阶段

1801年,亚历山大一世即位,俄国汉学获得了进一步发展。这一时期的代表人物是第九届传教士团领班比丘林(Бичурин Никита Яковлевич,1777—1853)。他在中国学习汉满蒙藏语14年,回国时带走了12箱中国书籍,翻译和著述了大量著作,真实、全面地介绍了中国。主要译著有《四书》《大清一统志》《通鉴纲目》《北京记述》《三字经》等;主要专著有《西藏志》《蒙古纪事》《中国帝国统计资料汇述》《汉俄语音词典》等。这些著述

---

① 参见[俄]П.Е.斯卡奇科夫著,[俄]В.С.米亚斯尼科夫编《俄罗斯汉学史》(柳若梅译),社会科学文献出版社2011年版,第45页。

既超过前人,也超过同代人;也领先于当时的欧洲。它激发了俄国汉学家和文学家对中国乃至汉学的兴趣,为俄国汉学形成一门独立的学科奠定了坚实的基础。1828年当选为俄国科学院通讯院士,他是当之无愧的俄国汉学及东方学的奠基人。所以,这一阶段,亦称"比丘林阶段"。

第四阶段:学院阶段(1861—1895)

1861年,俄国驻京传教士团完成了历史使命。俄国汉学已具有130年的教学和研究经验,教材和师资都有了一定的积累,所以,汉学人才培养基地和学术研究中心便从传教士团转到了内地著名高校,从一定文化层面上比较系统地研究中国宗教、哲学、历史、文学等。这一时期的领军人物是彼得堡大学东方系的 В.П.瓦西里耶夫(Василий Павлович Васильев,1818—1900)教授。瓦西里耶夫,1837年毕业于喀山大学语文系东方专业,同年通过副博士论文答辩,留校准备教授职称。在导师 О.М.科瓦列夫斯基指导下攻读佛学,1839年以论文《论佛教哲学原理》获副博士学位。他的天才和勤奋深得学界的赞誉和上司的赏识,当年即作为第12届传教士团成员被派往北京。1850年12月瓦西里耶夫回国,回国时带走849种,2737函中国书籍,回国后被聘为喀山大学客座教授。1854年10月,彼得堡大学东方系聘其为满汉文教研室主任。瓦西里耶夫在此开设中国历史、地理和中国文学史等多门课程。瓦西里耶夫在教学之余还潜心汉学研究,学术成果甚丰,著有《佛教及其教义、历史文献。第一部分:总论》(1857)、《第三部分:印度佛教史》(1869)。这两部著作皆被译成法文。此后又出版了《中国象形文字分析》(1866)、《汉字的字形系统》(1867),它是国外第一部按字形检索的汉语外语词典。1880年,瓦氏出版了专著《中国文学史纲》。该著的价值在于它是世界第一本中国文学史,把中国文学列入了世界文学之林。1866年,他当选为俄罗斯科学院院士,是俄国研究中国文学的第一位院士。瓦西里耶夫从事汉学教育38年,亲传弟子近60名,培养了一大批诸如格奥尔基耶夫斯基(Сергей Михайлович Георгиевский)、А.伊万诺夫斯基(Алексей Осипович Ивановский)等优秀的汉学家,创建了第一个俄国汉学学派,将俄罗斯汉学推到了世界汉学的先进行列。

第五阶段:古典汉学最后阶段(1895—1917)

从1895年到十月革命前夜,共20多年,这一时期远东政治形势风云变幻,其间1894—1895年爆发了日俄战争,俄国以失败告终,俄国在远东的地位被削弱,来自本国和中国的革命风暴,使俄罗斯汉学面临着重大的危机和挑战——旧的汉学即将消亡,新的汉学就要诞生,这是一个新旧交代的过渡时期:其一,1900年4月,瓦西里耶夫逝世,伊万诺夫斯基身患重病,于1903年去世;而A.M.波兹涅耶夫,又调往东方学院(海参崴)任校长;留校任教的施密特和鲁达科夫被派往中国(回来后也调到了东方学院),彼得堡大学的瓦西里耶夫学派面临着严重危机;其二,1905年俄国上空飞驰而过的革命风暴,对东方国家和中国局部地区的民族解放斗争产生了重大影响。这些因素的出现,一方面引起了汉学任务的急剧增加,而另一方面,又制约了高质量的中国研究著述的出现:中国的社会现实已成为马克思-列宁主义社会科学研究的对象。尽管如此,旧的汉学仍在发展,东方学院经过数年奋斗,到1916年,已培养出300多名学生和200多名军官毕业生,形成了一支翻译、汉语教学队伍,出版了大量教材和学术著作。学院教授中成长起来的汉学家和满学家施密特、鲁达科夫、屈纳、格列比翁希科夫,藏学家斯皮钦,在世界汉学界都享有盛誉;而彼得堡大学东方系,在20世纪第一个十年,П.С.波波夫、А.И.伊瓦诺夫、А.Е.柳比莫夫、В.Л.科特维奇工作得都很出色。在这一时期,俄国汉学在中国及清帝国边疆的地理学、民族志学和考古学研究方面做出了巨大贡献。Н.М.普尔热瓦利斯基、Г.Н.波塔宁、Н.М.亚德林采夫、П.К.科兹洛夫、В.И.罗勃罗夫斯基、Д.А.克列缅茨的考察工作,为俄国汉学学术在历史和现时悲剧性研究方面开辟了一个广阔的中亚世界。

　　无论汉学领域的扩展还是世界地理学和考古学的发现,仍然不能克服俄国汉学内部的危机,这一危机还在19世纪就已出现,不只是在汉学界,而是在整个俄国社会。在俄国和中国"重新评价一切(价值)的时刻即将来临!激浪之声可闻,那新生活的激浪!"①——1910年В.М.阿列克谢耶夫副教授来到东方系,就是俄罗斯汉学即将"换代"的一个重要标志。他以精湛的全新的汉学研究,很快就替代了瓦西里耶夫的弟子А.伊万诺夫(Алексей Ивановский Иванов)而主宰了俄罗斯汉学。这表明,俄国古典汉学已经结束,一个崭新的,俄罗斯现代汉学——苏联汉学时期即将到来。

---

① В.М.阿列克谢耶夫《在旧中国》,莫斯科,1958年版,第192页。

(二)现代汉学——苏联汉学时期(1917—1991)

俄罗斯现代汉学——苏联汉学,作为一种新型的汉学,经历了自己发展的若干阶段。

第一阶段:马列主义汉学的确立与其学术骨干的形成时期(1917—20年代中期)

十月革命后,俄国汉学家继承和发展俄罗斯古典汉学,创建了新型的现代汉学——苏联汉学,其重要标志是20世纪20年代中期苏联马列主义汉学的确立与其学术骨干的形成。

苏联马克思列宁主义汉学的代表人物是瓦西里·米哈伊洛维奇·阿列克谢耶夫(Василий Михайлович Алексеев,1881—1951)。他1881年1月14日生于彼得堡一个贫苦之家。1898年考入彼得堡大学东方系,先后师从瓦西里耶夫、佩休罗夫和伊万诺夫斯基。1902年毕业后留在汉满文学教研室。1904年到法、英、德博物馆和图书馆工作,回国后准备硕士论文。1907年跟随法国汉学家沙畹到中国进行科学考察,搜集了大量民间文学资料和民间绘画,沿途所写日记由后人汇集成《旧中国纪行》(1956年出版)。1909年他再访欧洲和中国,1910年开始在彼得堡大学东方系任教。从此开始了其汉学教学与研究生涯。

B.M.阿列克谢耶夫丰富的治学经历和勤奋的治学精神,使其很快获得了丰硕的学术成果:1916年他出版了其代表作和成名作《司空图的〈诗品〉翻译与研究》;1922年翻译出版了中国古典名著《聊斋志异》等。这样,十月革命后,阿列克谢耶夫便认真学习马克思列宁主义,注意团结广大汉学家,主动将马列主义运用于自己的汉学教学与研究之中,很快便写出了《关于中国文学的定义和中国文学史家当前的任务》(《国民教育部杂志》1917年第5期),以卓越的研究成果及其全新的教学法与研究方法,自然成为苏联汉学界的首领,创建了新的汉学学派,成为俄罗斯现代汉学的奠基人,获得了阿翰林的美誉。

应该指出,十月革命后,绝大多数老汉学家都非常爱国并忠诚于苏维埃政权。但是,"旧汉学的一切知识缺陷,毫无疑问,肯定会影响他们的新汉学之路的探索。所以,尽管在初期一些旧汉学的代表人物仍然继续运用旧的方法论原理来关注古代中国,然而,俄国汉学发展的经验迫使他们必须积极参与创建苏联汉学学派的工作。"①所以,马列主义汉学学派很快确立,其主要代表人物有休茨基、弗卢格、霍多罗夫、沃伊京斯基等。其实,那些把自己的生命和革命实践都专注于东方各族人民的解放运动,专注于中国革命问题的人,譬如,年轻苏维埃共和国的那些从事远东外交工作的干部和新闻工作者们、卫国战争时期东方战线的政治工作者们,他们才是俄国新汉学的创始人。列宁经常关注这些问题,对苏联汉学教学中心的形成和研究工作的开展起了重大作用。列宁认为必须在全国范围内组织关于东方和中国的学术研究工作。按列宁的指示,1920年彼得堡和莫斯科创建了东方研究所;1921年成立了全俄东方学家协会。

苏共在东方学领域的组织工作成果很快表现了出来。东方学刊物横空出世:《新东方》(莫斯科)、《新远东》(符拉迪沃斯托克)、《东方》(列宁格勒)等期刊相继出刊,发表了第一批以马克思主义方法论研究中国问题的学术成果,诸如,В.Д.维连斯基-西比里亚科夫的《中国与苏维埃俄国》(1919)、《中国的政治集团》(1922),А.Е.霍多罗夫《世界帝国主义与中国》(1922)以及Г.Н.沃伊京斯基的一系列论文等。这一切均表明,在俄国,马列主义汉学已经确立,而且,一开始便蒸蒸日上。

第二阶段:马列主义汉学的发展与巩固时期(20年代下半期—40年代末)

这一时期,始终充满了许多重大事件。世界上第一个社会主义国家的不断成长与发展,苏联改造国民经济的宏伟计划的实现,文化革命的进行,苏联为争取世界和平而进行的毫不妥协的反法西斯斗争——所有这些因素,都决定了苏联学术的繁荣,都正面地影响着苏联汉学的发展。与此同时,中国共产党的成长与发展,中国学者论述中国问题的马克思主义论著的出现,中国发生的1925—1927年的大革命,这些都向苏联汉学工作提出了新的更为复杂的要求。

1925年庆祝科学院建院200周年时,苏联科学院通讯院士В·阿列克谢耶夫所组织的苏联汉学成果展览,成了很有代表性的中国图书史领域的亚洲博物馆陈列馆。这一年,莫斯科成立了孙中山大学(后改为孙中山中国劳动人民共产主义大学,简称КУТК)。在该大学汉学研究室

---

① В.С. Мясников, Кандидат исторических наук. Становление и развитие отечественного китаеведения.——《Проблемы Дальнего Востока》,1974,№2,СС. 41-62.

的基础上,后来建立了中国研究所。该研究所成了苏联汉学中心基地之一。

这一时期苏联出版了关于中国革命问题、中国历史和经济、中国社会制度等的许多汉学资料性著作:《中国问题资料集》(1925)、《中国问题》(1929—1935)、《革命的东方》(1927)、《关于殖民地问题资料》等。苏联汉学的马克思主义方法论,通过党同学术界的交流得到了加强。这样,孙文主义和陈独秀主义的阶级实质、太平天国运动的性质、中国社会制度等迫切问题,都得到了广泛的讨论。这是一个"大辩论"的时代,"辩论"的结果,使马克思列宁主义关于社会结构的学说为汉学研究奠定了坚实的基础。在这一时期,М.沃林、Л.马季亚尔、А.伊文、П.米夫、М.科京、Г.帕帕扬、B.库丘莫夫、Г.卡拉-穆尔扎等汉学家都发挥了积极作用。

1930年,列宁格勒成立了苏联科学院东方研究所,阿列克谢耶夫被任命为东方研究所中国分所的领导者。1940年出版了В·阿列克谢耶夫、Л·杜曼、A·彼特罗夫主编的大型文集《中国:历史、经济、文化、争取民族独立的英勇斗争》。这是一部汉学领域独具特色的总结性著作。阿列克谢耶夫称这部书是"关于中国现代历史的第一本用俄文写的教科书"。这一时期,苏联汉学出现了一种对中国、中国历史、文化、外交、语文学等进行综合研究的倾向。B.阿列克谢耶夫、H.康拉德、Ю.休茨基、A.什图金、B.什捷伊恩、O.塔尔哈诺夫、E.伊奥尔克、A.坎托罗维奇、H.涅夫斯基、A.彼特罗夫、K.弗卢格、Π.斯卡奇科夫及其他学者的学术著作,组成了苏联汉学的一条黄金线,确立了苏联汉学在世界汉学的地位。

这一时期的特点是战前奠定的汉学基础、战时也没有停止教学与学术研究,这些都使苏联汉学较快地恢复了自己的元气,并为战后时期的发展开辟了广阔的研究战线。亚洲形势的根本转变,帝国主义殖民制度的破产,中华人民共和国的建立,无与伦比地扩大了汉学专家的活动天地,对汉学提出了原则性的新课题。

第三阶段:兴旺发展时期(20世纪50年代)

这一时期,正值中苏友好的"蜜月"时期,苏联汉学进入了一个巅峰时期。如果说从1917年至1949年出版了大约有100部关于中国的各种书籍,那么,只在从1950年至1957年的8年间这个数字就增至447部,印数高达2300万册,而最近两年又新出版增加了242部图书①。许多大部头的中国文学作品也被译成了俄文出版,然后又被译成苏联28种少数民族文字出版,印数超过两千万册。②

这一时期,出版了Г.叶菲莫夫著《中国近现代史纲》(1951)、В.马斯连尼科夫著《中华人民共和国的经济制度》(1958)、Г.阿斯塔菲耶夫著《美国对中国的干涉及其失败》(1958)、А.佩列维尔泰洛、В.格卢宁、К.库库什金、Б.尼基福罗夫合编《中国现代史纲》(1959)、费德林著《中国文学》(1958)、С.季赫文斯基著《中国改革运动与康有为》(1959)、М.卡皮查著《苏中关系》(1958)、И.奥沙宁编校《汉俄词典》(1952、1955)、М.斯拉德科夫斯基著《苏中经济关系概论》(1957),再版了П.斯卡奇科夫著《中国图书索引》(1960)。

1950—1953年,再版了装帧精美的Н.比丘林著作《古代中亚各族人民信息集》第Ⅰ、Ⅱ卷(1950)、第Ⅲ卷(1953)。

莫斯科东方研究所中国分所、莫斯科大学与列宁格勒大学的相应系科都扩大了招生名额;塔什干大学的许多系的研究所都开设了汉学教学学科。学术研究工作在列宁格勒东方研究所、莫斯科太平洋研究所、莫斯科东方研究所、莫斯科汉学研究所等单位迅速开展起来。出刊了学术专业刊物《苏联中国学》(1958),科学院的其他学术刊物,首先是《东方学问题》,也给中国研究辟出了许多版面。许多加盟共和国的科学院也都相继建立了汉学研究室、研究组、研究部等。

苏联汉学,为了使苏联和世界人民了解中国人民的精神和物质文化,广泛宣传中国社会主义建设所取得的伟大成就,巩固了中国在国际舞台上的地位。为了真诚地履行自己的国际主义义务,许多苏联汉学家都直接参与实现苏联共产党和苏联政府在学术、政治、经济诸领域与中国密切合作的列宁政策,将苏联汉学推向了一个高峰。

第四阶段:分支学科大量涌现时期(60年代—1991)

这一时期苏联汉学的特点是,汉学研究更加深化、细化、专业化;研究方向逐渐从综合学科向分支学科转移。出现了大量汉学领域各种专业的

---

① Р.В.维亚特金《汉学》,第20页(手稿)。
② Р.В.维亚特金、Л.И.杜曼《汉学》第12卷,莫斯科:(СИЭ)苏联经济出版社,1969年版,第890页。

专门家。

20世纪50年代末,中苏两国领导人在意识形态方面发生了严重分歧,严重影响了两国关系;60年代中期后中国又进行了10年祸国殃民的"文化大革命"。在这种条件下,摆在苏联汉学面前的任务和问题,从来都没有这么复杂和严重!然而,中俄人民的传统友谊仍然是汉学领域工作的基础。他们继续组织并加强了汉学研究机构:远东国立大学、莫斯科大学重新组建了东方语言研究所、苏联科学院成立了远东研究所,同时,在苏联科学院东方研究所及其列宁格勒分所、苏联科学院社会主义制度研究所、社会科学信息研究所、国际工人运动研究所、民族志学研究所、世界文学研究所、新西伯利亚和符拉迪沃斯托克研究中心、伏龙芝、阿尔玛-阿塔和塔什干研究中心等,也都在研究中国问题。从教于莫斯科大学和列宁格勒大学的汉学家集体对中国问题的学术研究做出了重要贡献。在苏联汉学的这一发展阶段,积极进行研究工作的汉学家有:H.康拉德院士(1970年前)、费德林通讯院士、C.季赫文斯基、M.斯拉德科夫斯基、优秀的中国专家B.科洛科洛夫和Б.潘克拉托夫教授,大约有五十多位博士和数百位副博士。苏联汉学形成了一支最庞大的马克思主义学术队伍,他们从事中国问题研究,并在研究中反击外来敌对思想,捍卫了汉学研究中的马克思主义立场。苏联汉学家与兄弟国家汉学家的合作是该阶段俄国汉学发展的一个新因子。

这些年,苏联不断扩大汉学文献的出版,仅在1960—1965年出版的关于中国问题的图书又增加了325种①。在许多综合性的百科全书式的著作《普及历史》《哲学史》《苏联大百科全书》《东亚各族人民》中,也发表了许多研究中国的长篇章节。

苏共中央委员会1967年通过的决议《关于今后发展社会科学并提高其在共产主义建设中的作用的办法》,对汉学研究具有重大意义。1971年11月29日至12月1日在莫斯科召开了第一届全苏汉学家代表大会,会议讨论了苏联汉学的迫切问题,协调了今后中国研究在全苏范围内的工作。

苏联汉学最重要的任务是深入研究中国的内外政策,以便最大限度地帮助党和国家,在苏联和中国人民之间建立相互理解的睦邻关系。要完成这一任务,不能不广泛发展所有的汉学学科。

---

① P.B.维亚特金《汉学》,第20页(手稿)。

所以,苏联汉学在达到高水平的分科研究后,现在已变成多分支学科的综合性学科,从事这些分支学科研究的有历史学家、经济学家、语文学家、哲学家、文艺理论家、国际关系专家、民族志学家、考古学家、法学界代表人物。而且,为了推进学科的发展,在每一个分支学科中,照例,还需要更加细密的专业化。汉学家们充分利用了各种研究方法,利用了许多社会学科的成果,首先是苏联共产党和国际工人、共产主义运动历史、苏联历史、俄国通史、社会主义政治经济学、苏联文艺理论、马克思主义关于国家和政权的理论等。同样,汉学对世界历史问题的精心研究、世界民族解放运动历史的研究、东方问题研究,对世界文学、国际关系的研究,总而言之,不仅对东方问题,而且对人类所有知识领域的研究都做出了重大贡献。苏联汉学积极反对欧洲中心主义,同样也反对以中国中心主义的态度观察问题。

70年代,苏联汉学在中国历史研究方面取得了毫无疑义的成绩:对"历史上事实存在"的各朝各代的历史,都毫无例外地进行了研究;对中国古代、近代、现代史中的重大问题也都有精心的学术研究,完成了一系列教学参考书和研究各历史时期的综合性著作,并非常关注西方、中国和苏联历史文献的翻译和出版①。所以,尽管还有足够多的问题等待解决,对一系列问题的看法,也还存在重大分歧,然而毫无疑问,大部头的集体著作(1972年出版的《中国近代史》《中国现代史》,1974年出版的教学参考书《中国历史:古代至当代》)的出版证明了,这支庞大的史学家—汉学家队伍的创作成熟期已经到来。

当时,中国对外政策的历史和现状分析已成为一个独立的研究方向②。这方面出版的许多集体著作,诸如《中国与邻国》(1970)、《远东国际关系》(1973)、《中华人民共和国的对外政策与国际关系》(1974),再现了中国各历史时期外交关系的真实画面。

就是说,当时苏联汉学家们在中国社会政治思想史和哲学史的研究方

---

① 参见,С.Л.季赫文斯基、Л.П.杰柳辛《中国历史研究的某些问题》;Л.С.佩列洛莫夫《中国古代问题研究》;Л.В.西莫诺夫斯卡娅《中国近代问题研究在苏联》;Г.Я.斯莫林《中国近代问题研究》;В.Н.尼基福罗夫《未解决的中国现代史问题》;Т.Н.阿卡托瓦《中国工人运动史研究问题和苏联历史学术》—《苏联汉学问题》,莫斯科,1973年版。

② 参见,Г.В.阿斯塔菲耶夫、А.Г.亚科夫列夫《中华人民共和国外交政策与国际关系问题研究》;В.С.米亚斯尼科夫《俄中关系史研究的问题与任务》;Р.А.米罗维茨卡亚《苏联60年代的苏中关系史研究》—《苏联汉学问题》,莫斯科,1973年版。

面,就其规模和水平而言,做出了极其重要的贡献①。这一研究领域非常广泛,从翻译古代文论到深刻分析批判"四人帮"的理论观点,已有的珍贵的学术专著,无论个人著作还是集体汇编著作都得到了修改和补充。

苏联汉学家们的关于中国社会不同历史时期的经济基础与经济思想的研究著作,具有最高的学术价值②。这里备受关注的是对中国经济发展特点的研究和对"大跃进""大调整""文化大革命"时期的各种"实验"所造成的损失的研究。与此同时,当年还出版了一系列学术研究专著,精心研究了19世纪至20世纪上半叶中国土地关系的各种观点。

研究中国文化、语言、文学的学者们是一支由众多资深学者,如费德林(Н.Т.Федоренко)、艾德林(Л.З.Эйдлин)、切尔卡斯基(Л.Е.Черкасский)、索罗金(В.Ф.Сорокин)、彼特罗夫(В.В.Петров)、李福清(Б.Л,Рифтин)、А.热洛霍弗采夫(А.Н.Желоховцев)、孟列夫(Л.Н.Меньшиков)、谢马诺夫(В.И.Семанов)、波兹德涅耶娃(Л.Д.Позднеева)、施奈德(М.Е.Шнейдер)、贾托夫(Агей Гатов)等组成的学术队伍。他们的研究方向和原则,是由В.阿列克谢耶夫的极具学术价值的著作所奠定的。70年代末,苏联汉学又被中国古代文献和现代作家作品的翻译、研究中国文学史和文学理论的学术专著、研究中国散文、戏剧和诗歌的高度专业化著述而丰富起来。木刻收藏品古文献解读研究,是一种很吃力的工作,也在进行之中。苏联汉学家们坚决反对"四人帮"歪曲艺术创作,捍卫了中国人民的民族文化遗产。③

汉语知识永远是汉学学术准备的基础。苏联汉学家-语言学家们在汉语知识方面的著作,在编著词典和教材方面,达到了世界级学术水平。④ 在这方面,无论在科学院研究所,还是在大学和其他高校的汉学教

---

① В.Г.布罗夫、В.А.克里弗佐夫《中国现当代社会政治思想研究》;Н.Г.谢宁《中国哲学研究在苏联》—《苏联汉学问题》,莫斯科,1973年版。

② Г.В.阿斯塔菲耶夫《论经济研究的一般方向》;Е.А.科诺瓦洛夫《论中华人民共和国人口问题研究》;Г.Д.苏哈尔丘克《中华人民共和国建国前苏联的中国经济史研究问题》;М.М.尼科利斯基《中华人民共和国经济基础的形成与发展问题研究》;В.И.阿基莫夫、В.И.奥列霍夫《中华人民共和国生产力发展问题研究》;Л.康德拉舍瓦《中华人民共和国工业化理论与实践变化研究》—《苏联汉学问题》,莫斯科,1973年版。

③ 费德林《中国文学研究的问题与任务》;Л.Н.孟什科夫《关于中国书面文献研究》;Л.З.艾德林《中国近代文学研究问题》;В.Ф.索罗金《中国当代文化研究:成绩与问题》;С.А.托罗普采夫《论中国电影研究》—《苏联汉学问题》,莫斯科,1973年版。

④ В.М.索勒恩采夫《苏联汉语研究问题》—《苏联汉学问题》,莫斯科,1973年版。

研室,都在进行着大量的研究工作。

苏联汉学家在国际学术界受到了赞许和尊重。苏联汉学家的著作被翻译成西方语言的数量在日益增加,引起了日本学术界的极大兴趣。从1974年起,用英语和日语出版了广泛阐释当代中国国情的刊物《远东问题》。在国际会晤、学术研讨会和代表大会上,苏联汉学家们发出了保卫中国社会主义的声音,苏联汉学家们积极参与苏中友好协会的工作,他们非常珍重地保存着对那些优秀的中国文化工作者的记忆,认为他们是把自己的生命献给中国革命事业的英雄,是为中国人民的解放事业而斗争的马克思主义者和国际主义者。苏联汉学家们参加过中国20—30年代的民族解放斗争,深受中国人民的尊重,他们出版的回忆录是苏联汉学文献不可分割的一部分。

在苏联科学院建院250周年的日子里,为了总结汉学工作、确定汉学发展的前景,苏联汉学集体从历史经验教训观念出发,准确地明确了认识过去和今天中国事情的目标。这个目标很高,也很高尚,那就是捍卫马克思列宁主义原则的纯洁性,反对伪革命的、主观主义的思想体系,千方百计使苏中关系正常化,恢复苏中两国人民之间的睦邻、友好关系。

中国改革开放以后,中苏关系开始回暖,苏联汉学更加活跃,继续创造着最后的辉煌。

(三)俄罗斯当代汉学时期(1991—)

1991年苏联解体之后的俄罗斯汉学,被称为俄罗斯当代汉学。由于历史的惯性和学术的滞后性,苏联解体后至今,活跃于当代汉学界的汉学家大底仍是现代汉学(苏联汉学)时期著名的汉学家。如Б.李福清院士、Л.切尔卡斯基博士、В.索罗金、В.谢马诺夫、А.热洛霍弗采夫等。

进入90年代以后,活跃于俄国汉学界和中国学界的李福清院士,是汉学家"老兵新传"的杰出代表人物。李福清(1932—2012),1955年毕业于列宁格勒大学东方系。1965—1966年在北京大学进修。1961年以《万里长城传说与中国民间文学的体裁问题》论文获语文学副博士学位;1970年以专著《中国的历史长篇小说与民间文学传统(三国故事的各种口头与书面材料)》获博士学位。1972年晋升高级研究员。从1956年起,在苏联科学院高尔基世界文学研究所从事研究工作。出版专著除上述两部外尚有

《从神话到长篇小说》(1979)。发表有关中国古代神话、俗文学的论文数十篇。辑选和翻译中国民间故事集数种。翻译了中国先唐小说集《紫玉》(1980)。新世纪以来,他的最大的学术成就是:

1.编辑、修订、补遗、再版俄罗斯现代汉学奠基人阿里克的重要译著[①]

(1)阿里克《中国文学论集》两卷本,李福清编辑,莫斯科:东方文学出版社2002—2003年版,卷1:511页;卷2:774页。

(2)蒲松龄《志怪集·异人集》,译自中文,阿里克院士译并作序、评注,李福清编辑,莫斯科:东方文学出版社2007年版,399页。

(3)阿里克《论诗人的长诗——司空图的诗品(837—908),翻译与研究》(附中文文本),李福清编辑,莫斯科:东方文学出版社2008年版,702页。(俄国东方研究经典)

(4)李福清编《阿里克院士译著:中国古文经典》(三卷本),莫斯科:东方文学出版社2006年版、2007年版、2012年版。

(5)M.B.班科夫斯卡娅《阿里克与中国:一部关于父亲的书》,李福清编辑,莫斯科:东方文学出版社2010年版,487页。

(6)B.M.阿里克《旧中国纪行》增订版,莫斯科:东方文学出版社2012年版,512页,李福清编辑并《前言:俄国汉学家阿里克和他的中国行》,第3-21页;另有注释、选图、图片评注,第503-510页。

2.李福清撰文、序跋篇

(7)李福清参编六卷本百科全书《中国精神文化大典》第2卷《神话与宗教卷》(莫斯科,2007),其中李福清撰写了200多个词条,并论文3篇:《文学中的古代神话》《年画》《阿里克——第一位年画学术收藏家及其他》。1990年,该卷作者被授予国家奖。

(8)《王希礼:宋代短篇小说翻译》,李福清作序,载《东—西、历史和文学年鉴》,2003—2004年,莫斯科:东方文学出版社2005年版,第109-116页。

(9)李福清编《东方古典文学俄译本:评论、分析、批评》,莫斯科:东方

[①] 参见冯骥才主编《永存的记忆:李福清中国文化研究国际学术研讨会论文集》,天津社会科学院出版社2013年版,第84-91页。

文学出版社 2008 年版,447 页。

(10)李福清撰《果戈理〈死魂灵〉的汉译本》,载《东—西、历史和文学年鉴 2009—2010》,莫斯科:东方文学出版社 2011 年版,第 223-248 页。

(11)李福清撰《东蒙古说书艺人与汉族说书艺人对英雄坐骑描述的比较》,献给蒙古院士策·达木丁苏伦一百周年诞辰(2008)。

(12)李福清著《中国年画与小说》(专著),莫斯科:东方文学出版社 2012 年版。

(13)李福清著《中国神话、民间故事和小说》(李福清院士选集两卷本),莫斯科:东方文学出版社 2012 年版。

世界著名汉学家 Л.Е.切尔卡斯基,在 20 世纪 90 年代和新世纪初期,也活跃于俄罗斯汉学界。先后出版了三四部汉学巨著。切尔卡斯基(1925—2003),1961 年毕业于军事外语学院。1962 年以论文《曹植的诗》获语文学副博士学位。1965—1966 年在北京大学进修。1971 年以论文《中国二三十年代的新诗》获博士学位。从 1960 年起,任科学院东方研究所研究员。1973 年晋升为高级研究员。专著有《曹植的诗》(1963)、《中国 20—30 年代的新诗》(1972)、《马雅可夫斯基在中国》(1976)。翻译曹植诗集《七哀》(1962)、翻译《中国之声(诗集)》(1954)、《多雨的林荫路(中国 20—30 年代抒情诗)》(1969)、《五更天(中国 30—40 年代抒情诗)》(1975)、《中国战争年代(1937—1949)的诗歌》(1980)。苏联作家协会会员。苏联解体后,他虽然被在以色列从医的女儿接去,在耶路撒冷大学教授中国新诗,但他仍是俄罗斯作家协会会员,他仍然用俄语写作,写的著作仍然寄给俄罗斯出版社出版。1993 年,莫斯科东方文学出版社出版了他的学术专著《艾青:太阳的使者》;1997 年,他又完成了一部学术专著《徐志摩:在梦幻与现实中飞行》,他将其寄给了在俄罗斯的李福清院士,打算在莫斯科出版。

В.Ф.索罗金,1927 年生于萨马尔市。1950 年毕业于莫斯科东方学院。1958 年以研究鲁迅早期创作的论文获语文学副博士学位。1950—1957 年从教于莫斯科东方学院、莫斯科大学、莫斯科国际关系学院。1957—1967 年后,在科学院东方学研究所和远东研究所从事研究工作。1962 年晋升为高级研究员。其著作有《鲁迅世界观的形成·早期政论与〈呐喊〉》(1958)、《茅盾的创作道路》(1962)、《13—14 世纪的中国古典戏曲》(1979)、与艾德林合著《中国文学简编》(1962)。兼任欧洲汉学家协会副主席,苏联汉学家理事。进入21世纪后,他与孟列夫、苏霍鲁科夫、斯米尔诺夫一起担任再版阿里克遗著的顾问,为这部俄罗斯汉学经典文献做出了重要贡献。2000年他还在俄罗斯重要学术期刊《远东问题》第4期上发表了研究胡风的长篇论文《胡风的学术观点及其命运》①。近年他早已进入耄耋之年,但为了当代汉学的发展,他仍然笔耕不辍。

Д.斯米尔诺夫也是一个闲不住的老汉学家。21世纪初他也任李福清再版阿里克遗著编委会的顾问,也做出了重要贡献。2004年,他还撰写了《邓小平与中国现代化》万言长文,发表于《远东问题》第5期,以纪念邓小平百年诞辰。

值得提及的是A·热洛霍弗采夫。他1933年诞生于莫斯科,1958年毕业于莫斯科国际关系学院,1965年以论文《作为文学体裁的话本小说》获语文学副博士学位。1958—1969年在科学院东方学研究所工作,1969年调入远东研究所工作。著有《话本——中世纪中国北方市民小说》(1969)。同时还为高尔基主编的9卷本《世界文学史》撰写了如下专章:《佛教翻译文学》《7—9世纪哲学散文》《10—13世纪哲学散文》(1984)。中国"文化大革命"期间翻译了邓拓的《燕山夜话》等作品。

热洛霍弗采夫是一位很有学术个性的汉学家,他本是研究中国近现代文学的,是中国的"文化大革命"改变了他的研究方向;1966年,天才的汉学家A·热洛霍弗采夫在中国进修时,亲眼看见了中国的"文化大革命",他非常震惊! 从此,改变了自己对中国近现代文学研究的学术兴趣,转而关注中国当代作家和中国文化的命运。回国后,1968年他在苏联《新世界》(*Новый мир*)杂志上发表了见闻录——《"文革"近距目击记》。1973年又出版了单行本。这本书出版后被译成了世界多种文字,先后在法国、土耳其、保加利亚、捷克、意大利等国出版。他关心中国作家及其创作的命运,尤其关注邓拓杂文的命运,并开始研究邓拓,很快便写出了研究论文《论邓拓的杂文》(载《远东问题》,1972年第2期),并为邓拓选集《燕山夜话》俄译本撰写了序言(1974),还写了论文《邓拓死后的遭遇》(载《远东问题》,1984年第3期)。由此可见他对汉学的执着和投入。1982年,他撰写了长篇论文《鲁迅在美国汉学界》发表于《远东问题》1982年第3期。关于

---

① Сорокин.В., Ху Фэн, его взгляды, его судьба.—Проблемы Дальнего Востока.№4 2000г. CC. 170-178.

鲁迅的论文还有《"文革"后鲁迅著作在中国的遭遇》《鲁迅纪念日在中国》等;还有研究郭沫若的论文《郭沫若最后的历史剧》《郭沫若——"文革"的"英雄"还是受害者?》等;关于巴金,他写了论文《巴金:爱国主义作家》;其他还有对中国文学的总体观照:《中国文学的新方向》(1972)、《在十字路口:中国当代文学》(Литературное Обозрение,1981,№1.)等①。

进入新世纪后,他的笔耕始终不辍,几乎每年都有新作问世:2001年,他在《远东问题》第2期发表了《中国当代文学的新题材》(第152-160页);2002年他又在该刊第4期发表了万言长文《中国文艺研究家对中国历史长篇小说的评价》(Китайский исторический роман в оценке литературоведов КНР)。

俄罗斯的老一代汉学家们,新时期以来,老骥伏枥,对俄罗斯当代汉学的发展,做出了显著贡献。有这样一代老汉学家为榜样,笔者深信,俄罗斯一代年轻汉学家很快就会成长起来,加之,当代中俄关系正在蓬勃发展,中俄两国的大环境十分有利,俄罗斯汉学的新高峰即将到来。

二 现代汉学的重要分支学科
——中国文学翻译与研究

中国文学翻译与研究是俄罗斯现代汉学的重要分支学科。俄罗斯现代汉学的最大特点之一就是从汉学综合学科向分支学科的大量转移,分支学科丛生,如汉学-宗教学、汉学-历史学、汉学-考古学、汉学-哲学、汉学-经济学、汉学-军事学、汉学-文化学、汉学-文艺学等。从研究人员之众,研究队伍之壮,研究成果之丰来看,中国文学翻译与研究逐渐成为现代汉学的一门重要分支学科——汉学-文学或汉学-文艺学学科。当然,其奠基人仍是现代汉学的创始人 B.M.阿列克谢耶夫。不过,其深入的发展与成熟时期,却是在阿列克谢耶夫去世(1951年)之后的20世纪五六十年代。

纵观俄罗斯汉学发展史,我们发现,虽然古典汉学时期,俄罗斯汉学大师们就对中国文学开始关注并有研究著作面世,然而,那还不是现代意义

---

① См. Федоренко Н. Т., Исследование и переводы китайской литературы в СССР.—Проблемы Дальнего Востока. 1987, №1, CC. 99-100.

上的文学研究,而是从文化的层面,从文史经典研究的角度涉猎的中国文学,不是真正从审美意义上研究中国文学,仍然是继承西方汉学的"本初意义":"即有关中国语言遗存之物即汉语文献的语文学"①研究。俄国著名汉学大师 Н·比丘林(Н.Я.Бичурин,1777—1853)的学术成就,主要是全面阐述中国历史、人文科学、文化和日常生活。尽管他并非专门研究中国文学,然而,他的工作却为俄国其后的中国文学艺术史的专门研究奠定了基础;继 Н·比丘林之后,与其齐名的汉学大师巴拉第(Палладий—П.И. Кафаров,1817—1878),其学术成就是对蒙古史、中国宗教史的翻译与研究②,其最大成就是编著了俄国第一部《华俄辞典》(1888),为以后中国文学的翻译和研究减少了障碍,从而使更多的俄国人认识了中国文学,但他亦非专门研究中国文学;俄罗斯第三位汉学大师 В·瓦西里耶夫(В.П. Васильев,1818—1900)院士是俄国汉学界志在把中国文学艺术作品介绍给俄国的第一人。他的研究课题是中国文学(文字)史,主要专著有:《汉字的字体系统》(1867)、《中国文学史纲要》(1880)、《汉字分析》(1884)。其《中国文学史纲要》,系俄国第一部也是世界第一部中国文学史书,目的在于"将中国文学置于最伟大的文学之林,置于世界文化尤其东方文化发展史中应有的位置"③。然而,就其文本分析,也不属纯文学研究,而是对中国语言、文字、儒学、哲学、宗教、科技、法律等的研究。全书共163页,只用13个页码书写了中国的"美文学""俗文学"和戏剧、小说。由此可见,瓦西里耶夫的书仍属于中国古籍、古文化的研究,并非真正意义上的文学研究。俄苏著名汉学家 В.Ф.索罗金指出,瓦西里耶夫的学术著作《中国文学史纲要》,尽管不仅最早论证了《诗经》这部著名的中国古代诗歌总集的基本内容的人民性,最早指出了后来经院哲学家们给其塞进了某些模糊不清的教诲隐喻,而且还展示了这些被"正式"学术轻蔑的体裁的美学和历

---

① [美]薛爱华《汉学的内涵与现状》,转引自周发祥《比较文学与国际汉学的学科同异性》,载《中国比较文学教学与研究》2002年第1期。

② 巴拉第对蒙古史的研究主要有3部著作:1.巴拉第译注《长春真人西游记》(1866);2.巴拉第译注《元朝秘史》(1866);3.巴拉第译注《圣武亲征录》(1866)。详述,请参阅陈凯歌著《巴拉第的汉学研究》(学苑出版社2007年版)第二章;巴拉第对中国宗教史的研究与翻译有4部著作:1.《中国佛教诸神及他们的画像纪要》(手稿,1843);2.《迦毗罗学说》(1844);3.《佛陀传》(1847);4.《古代佛教史纲要》(1847)。详见上著第四章。

③ Федоренко Н.Т., Исследование и переводы китайской литературы в СССР.—Проблемы Дальнего Востока. 1986, №4, С. 121.

史性的重要价值,他的学生 C.M.格奥尔基耶夫斯基的评论和著作《中国人的神话观与神话》也都写得非常精湛,然而,很遗憾,无论是瓦西里耶夫院士本人,还是他的战友学生们,几乎都没有留下中国文学艺术作品的实际上的翻译作品。① 真正意义上的中国文学翻译与研究,则是到了 B.M.阿列克谢耶夫为旗手的现代汉学时期才开始的。

阿列克谢耶夫专心致力于汉学研究,一生共发表汉学著述 260 余种,其内容主要是对中国古典文学(古典诗歌、古典散文)的翻译与研究,其次是对中国历史、文学史、语言、民间文化、艺术(年画和戏曲)的研究。

阿列克谢耶夫研究中国文学的力著是《司空图的〈诗品〉翻译与研究》(彼得格勒,1916)。这是一部纯粹研究中国文学的书。该著由翻译和研究两部分组成。翻译部分:在逐字逐句理解原文的基础上,参阅历代中国批评家的注释和解读,对照不同版本,深刻理解原文之后,方进行翻译,所以,译品不但正确表达了俄国人都能读懂的中文原意,而且还译出了作品的风格和韵味,堪称俄译之精品;研究部分:有 4 篇文章。第一篇,研究《诗品》内容、特点及其在中国和世界文学中的地位;第二篇,考察版本、注家、仿作,对英译本提出质疑和批评;第三篇,评析作者生平与创作;第四篇,从方法论视角阐释《诗品》的价值和意义。阿列克谢耶夫运用世界文艺学理论,全面、系统、科学地对司空图及其《诗品》进行了评析,高度评价了这部中国诗论的学术价值。

阿列克谢耶夫的翻译力著是《聊斋志异》。它是俄罗斯汉学界公认的最高翻译成就。阿列克谢耶夫不但是一位翻译实践家,而且是一位翻译理论家。对汉文的翻译有其独特的思考。通过对汉字、汉文特点的分析,他决定其译法既不能采用"自由写作式",也不能采用"准确的语言学式"译法,而是采用了介乎这二者之间的"中间方法"。所以,其译文既有"可读性",又具科学性和文学性,堪称世界中国古典文学翻译的上乘之作。

然而,翻译并不是其最终目的,其最终目的是通过翻译,梳理中国文学脉络,从感性到理性,最后完成中国文学史的研究与写作。为此,他非常重视最能表现中国文学水准的古典诗歌的翻译。他翻译和研究中国诗歌的

---

① В. Ф. Сорокин. Вступительная стотья к русскому изданию " Китайская классическая литература: Библиографический указатель русских переводов и критической литературы на русском языке ", М. 1986. С. 7.

第一篇作品是《李白咏自然诗》(《俄国皇家考古学会东方部丛刊》,1911)。其后才是对司空图《诗品》的翻译与研究(1914)。除翻译和研究司空图的作品以外,从1911年开始翻译李白诗歌起,到1951年(仙逝)的40年间,共翻译了数十位中国古代诗人和学者的诗作。按翻译先后排列他们是:李白、欧阳修、陆机、苏洵、文天祥、屈原、柳宗元、刘禹锡、苏轼、韩愈、宋玉、司马相如、司马迁、贾谊、张衡、高适、顾况、戴叔伦、杜甫、刘长卿、孟郊、贺知章、贾岛、崔颢、陈子昂、王维,还有王羲之、陶渊明、王勃、王安石等。另外还翻译了许多集体著作,如《中国抒情诗选》(1922)、《中国诗歌》(1930)、《古代中国的古典诗歌》(1937)、《中国诗人论中国诗歌》(1947)、《中国古代经典著作〈诗经〉俄译前提》(1948)等。这些都为中国文学史诗歌章节的撰写奠定了坚实的基础;同时,阿列克谢耶夫,也很重视古典散文的翻译和研究,他甚至认为其最大的学术成就不是对《诗品》的翻译和研究,而是对中国古典散文的翻译与研究①。他先后翻译发表了许多重头译著和研究著述,有的生前发表了,有的未来得及发表,只是手稿,直到后来后人给其发表;如《中国散文经典》(1945)、《中国古典文学选译》(1955)、《中国古典散文》(1958)、《〈史记〉选译》(1973)、《中国散文精品》(1974)、《中国文学选集》(1978)、《中国古典散文选集》(1981)等。这样,由此可见,阿列克谢耶夫要写一部真正意义上的《中国文学史》的任务已经完成。而且,不仅如此,更重要的是他完成了从汉学的综合研究向其分支学科——中国文学翻译和研究偏离和转移的重要任务。为俄罗斯现代汉学的重要分支学科——中国文学翻译与研究的形成奠定了坚实的基础;为这一学科的发展树立了标杆,转变了概念,培养了人才,积蓄了力量。

　　1951年阿列克谢耶夫去世后,俄苏汉学家继承先师的这一传统,在中国古典文学翻译与研究方面继续取得了辉煌成绩。在这方面,应首先提到阿氏弟子艾德林(Л.З.Эйдлин),他翻译了大量中国古典诗歌和散文,写出了许多研究中国文学史的著述。他的学术研究和译著《白居易四行诗》(1949)是对唐朝大诗人白居易进行精心研究的总结,是"以苏联汉学学派优秀的传统精神翻译中国语言艺术家们的最佳艺术品"②。译者拒绝那种

---

① 阎国栋《阿列克谢耶夫与俄国汉学》,载《汉学研究》第四集,第118页。
② Федоренко Н.Т.,Исследование и переводы китайской литературы в СССР.—Проблемы Дальнего Востока.1986,№4,С.123.

企图再现原作形式特色的诱惑(限制诗行中的音节数),拒绝押韵,也没有根据俄国的作诗法联想中国的音韵学。相反,他努力严格地模仿主人公形象和作者的思维过程,进行翻译和创作,非常成功。他撰写的《陶渊明及其诗歌》(1972),也是研究中国古代语言艺术大师陶渊明的鸿篇巨制,在汉学界享有盛誉;康拉德(Н.И.Конрад)也撰写了许多研究中国古典文学的著述,其《中国文学史简编》(1959)就是其学术研究的总结性成果。该著的最大成就是书中援引了原作中许多独具特色的评价和观察,涉足了广阔的文史领域,具有很大的学术价值。另外,他还写了许多研究中国文学诸问题的学术著作。其中值得注意的论文有《关于文学关系问题》《现实主义与东方文学问题》《中国和日本的封建文学》。在这些论文中作者阐释了中国文学在同外国文学的相互联系中文学创作的最重要过程,同时还深入研究了关于东方文学现实主义的关键性问题;谢列勃里亚科夫(Е.А.Серебряков)潜心于宋代诗歌研究,填补了俄苏汉学对中国中世纪文学研究的空白,十年间一连推出了3部重头巨著:《陆游(入蜀记):翻译、评论和跋》(1968)、《陆游:生平与创作》(1973)和《10—11世纪的中国诗歌:诗与词》(1979),为阿氏传统的发展做出了重要贡献;戈雷基娜(К.И.Голыгина)致力于中国中世纪文学与理论研究,先后出版了《中国雅洁文学理论》(1971)、《中世纪中国短篇小说:情节的起源与演化》(1980)和《中世纪初的中国散文》(1983),对中国中世纪文学及其理论问题进行了深入的研究,填补了中国和国内外的研究空白;缅什科夫(Л.Н.Меньшиков)的主要贡献是对中国古典戏曲的翻译与研究,对中国古代文献、敦煌"变文"的研究以及关于中国文学史的分期问题研究等。其论文《〈西厢记〉及其在中国戏剧史上的作用》(1960)、《关于中国文学史的分期问题》(1968)、论著《中国文学中的佛教语言》等皆是学术价值极高的学术著述;菲什曼(О.Л.Фишман)的研究也很突出,1962年他发表了《中国七大诗人》;1966年出版了一部研究中国文学遗产的著作《中国讽刺长篇小说(启蒙时代)》;1980年出版了《三位中国短篇小说作家(13—17世纪):蒲松龄、纪昀、袁枚》,最早翻译了纪昀和袁枚的作品。另外,瓦赫京(Б.Б.Вахтин)对汉代乐府诗歌的翻译,基托维奇(А.Гитович)对唐朝诗歌的翻译(《三位唐代诗人》集,1956),都堪称精心之作。1957年问世的《诗经》全译本也是值得关注的,其全部诗篇皆由什图金(А.А.Штукин)首次译成俄文。

值得高兴的是,1954年俄苏出版了第一部中国古典长篇小说——罗贯中著《三国志演义》。紧接着又翻译出版了施耐庵著《水浒传》、曹雪芹著《红楼梦》、吴承恩著《西游记》、吴敬梓著《儒林外史》。著名翻译家 В.А.帕纳秀克、А.П.罗加切夫和 Д.Н.沃斯克列先斯基为俄苏汉学的发展做出了重大贡献。1970年又补充出版了 В.С.曼·辛翻译的《金瓶梅》。

还有两部集体著作值得关注:一部是《中国古代文学》(1969),该著分析了中国古典经典《诗经》《书经》《易经》和《史记》,研究了中国神话的特点,探讨了文学与民间创作的相互关系等,极具学术价值;另一部是由众多大汉学家参与翻译的四卷本《中国诗选》。本书召回了中国人民的天赋,以空前独具特色的新鲜气息展现了中国历代著名诗人的爱国主义思想、人道主义精神和热爱自由的追求。本《诗选》共分4卷:第一卷,除编选了《诗经》的民歌、颂诗和国风外,还编入了屈原的《楚辞》、公元3—7世纪的中国诗歌——曹操、曹丕和曹植的五言诗等;第二卷全书为唐代诗歌:李白、杜甫、白居易、元稹、王维、孟浩然、韩愈等大诗人的佳作;第三卷包含了宋明清三个时代活跃于诗坛的大诗人:苏东坡、欧阳修、柳永、陆游、李清照、辛弃疾以及后来的林则徐、黄遵宪等诗人的诗歌;第四卷则是1919—1957年的中国新诗。该著的出版,使俄苏中国古典文学的翻译与研究又进入一个更高的层次,引起了国际汉学界的高度关注。

另外,值得提及的是许多后来在中国新文学翻译与研究方面做出了重大成绩的汉学家,诸如费德林(Н.Т.Федоренко)、切尔卡斯基(Л.Е.Черкасский)、索罗金(В.Ф.Сорокин)、李福清(Б.Л.Рифтин)、波兹德涅耶娃(Л.Д.Позднеева)、热洛霍夫采夫(А.Н.Желоховцев)、谢马诺夫(В.И.Семанов)、克里弗佐夫(В.Н.Кривцов)等,也都对中国古典文学的翻译与研究做出了卓越贡献:费德林著有《中国文学史纲要》(1956)、《〈诗经〉及其在中国文学史上的地位》(1958)、《中国文学研究问题》(1974)、《中国古代文学作品》(1978)、《中国文学遗产与现时代》(1981)等;切尔卡斯基的博士论文《曹植的诗》(1963),在导师艾德林的指导下,取得了重大突破:该著指出了曹植诗歌同民歌的有机联系,阐释了诗人的创作道路、诗歌的创新特质及其审美价值,从而确立了曹植在中国文学史上的地位;索罗金除对中国新文学翻译与研究之外,他对中国传统戏曲,尤其繁荣时期的元杂剧都很感兴趣。其学术专著《中国8—14世纪的古典戏曲》(1979)取得了重大成就:科学阐释了元杂剧的形成过程,展现了元杂剧中诗词、散文、民间传说的神韵并形成独特的戏曲品位与特征。他还撰写了大量研究论文,并翻译了4部剧本;李福清研究的基本方向是中国大众文学、民间传说和古典小说,成果甚丰:著有《长城的传说和民间创作的风格问题》(1961)、《中国的历史演义小说与民间创作传统》(1970)、《从神话到长篇小说》(1979),另外,他还为中国古典长篇小说《红楼梦》《金瓶梅》《三国志演义》《三侠五义》等俄译本撰写了各自的长篇序言;波兹德涅耶娃潜心研究唐代诗人元稹。被认为在研究语言文学艺术著作中必须提到波氏论述元稹著名的《莺莺传》的著述及其论述诗人世界观的论文。它是揭示元稹诗作特质的开端;热洛霍夫采夫的汉学是从对中国中世纪文学的研究开始的。1958—1969年其研究成果有:学术专著《话本——中国中世纪市民小说》(1969)和关于这一课题的一系列论文。同时还为《世界文学史》撰写了专章(1984);《佛教翻译文学》《7—9世纪哲学散文》《10—13世纪哲学散文》《10—13世纪宋代民间小说》等;谢马诺夫致力于中国近代长篇小说的研究,写出了《18世纪末至20世纪初中国长篇小说的嬗变》(1970);克里弗佐夫翻译了《王维诗选》并撰写了《论王维的诗歌》的领衔论文,该译著的价值在于,提供了关于王维诗歌语言艺术的最充分的概念,帮助人们真正了解了中国诗歌的繁荣时期。

  总之,阿列克谢耶夫将综合的汉学学科向中国文学翻译与研究倾斜,并发展成为一门独立的分支学科——中国文学翻译与研究。在阿氏的影响带动下,俄苏现代汉学的中国古典文学翻译与研究取得了举世瞩目的巨大成绩和重大突破,形成了人才济济,资源丰富,实力雄厚的中国文学学派。实在是功不可没!

第二章
中国新文学俄苏传播史迹

一 中国新文学俄苏译介分期

文学作品的传播方式,主要是笔头翻译,即文字翻译,统称译介。

俄苏对中国新文学的译介,起于20世纪20年代中期,迄于苏联解体的90年代初。其间经历了66年,共翻译中国新文学作品550余种,成绩斐然,反响强烈,影响巨大。

1925年在河南国民革命军第二军俄国顾问团工作的青年汉学家王希礼(Б.А.瓦西里耶夫)将《阿Q正传》译成俄文,鲁迅为其撰写了《著者自叙传略》和《俄文译本〈阿Q正传〉序》。

从此,俄苏拉开了译介中国新文学的序幕。

纵观汉学家们的译介史迹,俄苏对中国新文学的译介,大致可分五个时期:

(一) 初始时期:1925—1948年

这一时期共24年。虽然时间不短,但译介作品不多,译介势头不大,所以这一时期被称为"初始"时期。在1925年至1948年的24年间,共翻译中国新文学作品56种:其中,翻译鲁迅的《阿Q正传》(Б.А.瓦西里耶夫译编)、《鲁迅选集》(B.罗果夫译)、《药》鲁迅短篇小说集(费德林译)等14种译品;翻译茅盾长篇小说《子夜》(霍富、B.鲁德曼合译)、《动摇》(C.辛译)、短篇小说《春蚕》(H.涅克拉索夫译)等11种译品;翻译萧三的《萧三诗集》(A.罗姆译)、《血书》(A.罗姆译)、《湘笛》(A.罗姆译)等8种译品;

翻译丁玲的早期短篇小说《某夜》(A.史沫特莱编《中国短篇小说集》英文版)、短篇小说《水》(Л.波兹德涅耶娃译)、《从夜晚到天明》(哈尔科夫编译)等7种译品;翻译郁达夫的短篇小说《一个人在路上》和《春风沉醉的晚上》两种译品;翻译郭沫若的两篇短文(《两种文学关系》和一封"来信")两种译品;翻译罗烽的《第七个坑》(Л.艾德林译)一种译品。另外还翻译了集体著作《中国诗人的宣传诗》(А.罗姆、Л.波兹德涅耶娃译)、《中国诗选》(П.科马罗夫译)、《中国短篇小说集》(B.罗果夫编)、《中国——文学集》(哈尔科夫编)等11种译品。这几项加起来,这一时期,也不过翻译中国新文学作品56种,占俄译中国新文学总量的10%,然而,时间却花去了24年,几乎占去了俄译中国新文学总时间的40%的时光。实在令人遗憾!

这一时期,正赶上以鲁迅为首的中国新文学(五四文学)蓬勃发展的20—30年代,也遇上了以新进作家赵树理为首的解放区作家的异军突起和抗战时期中国新诗发展的40年代。

当时以阿列克谢耶夫为首领的俄苏汉学的中国新文学翻译与研究应该搞得比这要好,比这要红火。然而,俄苏汉学的发展史迹却让人们看到了这么不尽人意的景象。这说明,这一时期俄苏汉学处于一种危机状态。究其原因,不外两个:其一,阿列克谢耶夫将俄苏汉学这门综合学科向中国文学翻译与研究倾斜,并将其发展为一门独立的分支学科,将中国古典文学的翻译与研究达到了一个新的高度——跃居国际汉学的领先水平,功不可没!然而,在这一发展过程中,似乎"冷淡"了中国新文学,"只研究古文及中国传统文化"。对于俄国"好多"学者的这一批评,虽然有的学者如李福清院士认为阿列克谢耶夫"实际上并非如此"[1],然而,这一时期的汉学实践,却证明了上述批评不无道理;其二,应该说,形成这种局面的原因是多方面的,但其主要原因,还是发生在20世纪30—40年代的战争——第二次世界大战:德军突袭苏联和日本的侵华战争。当时,为了粉碎德国法西斯的进攻,俄苏大部分汉学家都同全苏人民一道,纷纷奔赴前线,不少人献出了宝贵的生命。同样,中国爱国作家、诗人也大都奔赴战场,与日本侵略者展开了生死搏斗。战争,不但毁灭人类的肉体,而且毁灭人类的文化

---

[1] [俄]李福清(В.Л.Рифтин)《中国现代文学在俄国(翻译及研究)》,载阎纯德主编《汉学研究》第1集,中国和平出版社1996年版,第341页。

和文明。俄译解放区文学出现从1943年至1947年的五年空白,这无疑是战争的因素造成的。

(二) 繁盛时期:1949—1959年

第二次世界大战以世界人民战胜德国法西斯和日本军国主义而告终。随着中华人民共和国的建立,世界和平民主力量空前壮大,中国的国际地位空前提高。从1949年至整个50年代,我们称它为俄译中国新文学的繁盛时期,或黄金时期。其繁盛时期的重要标志有四:其一,译介势头来势汹涌:1949年一开春,苏联《远东》杂志第2期就全文译载了赵树理的《李家庄的变迁》(B.克里弗佐夫译);接着,《旗帜》杂志,从第5期开始连载丁玲的《太阳照在桑干河上》(Л.波兹德涅耶娃译),一直连载到第7期;再接着,就是《矿工小说报》从第9期开始全文连载《太阳照在桑干河上》,一直到第25期才连载完。不久,莫斯科外国文学出版社又一连出版了《李家庄的变迁》和《太阳照在桑干河上》俄译本单行本。这一年,俄译中国新文学作品14种(除一种鲁迅作品外,其余全是解放区作家作品);其后,1950年发表(出版)了28种(现代作品7种,解放区作品21种);1951发表(出版)了33种(现代作品3种,解放区作品30种)。译介势头可谓"来势汹涌"。其二,译介数量大为可观:1949年—1959年的11年间,俄译中国新文学作品共286种,约占66年俄译中国新文学总量的52%,平均每年以26种译品的速度发展,发展态势蔚为大观。其三,译介队伍不断壮大,译介事业统一规划,分工协作:译介人员由上一时期的十来个人猛增为这一时期的八九十人。至此,一支以罗果夫、费德林、艾德林、彼特罗夫、索罗金、切尔卡斯基、李福清、波兹德涅耶娃、谢马诺夫、鲁德曼、施奈德、帕钠秀克、贾托夫、克里弗佐夫、帕霍莫夫、季什科夫、亚罗斯拉夫采夫等著名汉学家为骨干的译介队伍已经形成,并按"统一规划,分工协作"有序进行。其四,各大报纸、期刊和各大出版社密切合作,有序配合,使中国新文学的译介在当时搞得红红火火。

这一时期,形成这种大好形势的原因,应该是不言而喻的:一是"中华人民共和国的成立开创了中国历史的新纪元","苏联中国学界对社会主义中国的诞生表现出了极高的热情"[①];二是现代老作家茅盾、巴金、老

---

① 何培忠主编《当代国外中国研究》,商务印书馆2006年版,第312页。

舍、曹禺、张天翼等具有国际声誉,而且还活跃于当时的中国文坛;解放区老作家丁玲、周立波、艾青等,新秀作家赵树理、孙犁、刘白羽等正逢创作丰收期;三是中苏友好关系正在"蜜月"期,重视在高校和科研单位培养汉学人才,一代新的学人在成长并开拓出了一片译介与研究的新天地。

(三)降温时期:1960—1965 年

如果说,俄译解放区文学在 50 年代一直在升温的话,那么,到了 60 年代就开始降温了。在上一时期末(1959)出版了 41 种译品,而进入 60 年代后则是:1960 年译介了 14 种;1961 年译介了 8 种;1962 年译介了 3 种,下两年翻译了不超过 5 种。由此可见,俄译事项明显降温。事发原因,当然是众所周知的。苏共二十大之后,中苏关系发生了一些微妙变化,到 60 年代初发展到意识形态针锋相对的斗争;加之中国 1957 年的"反右"运动,伤害了一大批著名作家,这都为俄苏汉学家的工作泼了冷水,降了温度。

(四)静观等待时期:1966—1976 年

这是中国的一个非常时期,也是俄译中国新文学的一个非常时期。面对中国的"文化大革命",汉学家们大都感到"莫名其妙",只好"静观""等待"。十年间所译中国新文学作品不过 20 种,实在令人遗憾!但是,"静观"不等于"静止",而是为了弄清真相,选准目标。1966 年,天才的汉学家 A·热洛霍夫采夫在中国进修时,目睹了中国的"文化大革命",非常震惊,从此,改变了自己对中国现代文学研究的学术兴趣,转而关注中国当代作家和中国文化的命运。回国后,1968 年他在苏联《新世界》杂志上发表了见闻录——《"文革"近距目击记》。后来又出版了单行本(1973)。他关心中国作家及其创作的命运,尤其关注邓拓杂文的命运,并开始研究邓拓,很快就写出了论文《论邓拓的杂文》(苏联《远东问题》,1972 年第 2 期),并为邓拓选集《燕山夜话》俄译本撰写了序言。由此可见"静观""等待"中的俄苏汉学家们的焦躁而期待的心态。

(五)复苏时期:1977—1991年

十年"文革"结束后,从70年代末,中国施行了"改革开放",国民经济迅速发展,综合国力不断提升。世界上一个新的"中国热"和"汉学热"又在涌动。俄苏汉学界也不例外。尤其从80年代初到苏联解体(1991)前,中苏关系开始解冻,并于1989年恢复了两国的正常关系。俄苏汉学家们终于"等"来了一个新的译介"春天"。从苏联《译丛》1977年第8期发表丁玲的小说《在医院中时》(曾.M.瓦卡译),俄译中国新文学开始复苏(实际上,从"文革"末期的1974年,就显示出了这种复苏迹象:这一年共出版了老舍的《善人》《月牙儿》,丁玲的《梦珂》和赵树理的《李有才板话》等6部译品)。此后每年都有多种译品面世,译坛新人不断涌现。不过,在这支新的译介队伍中,还是以50~60年代培养出来的汉学家为骨干,他们有实力,有经验,也有"感情"。Л.Е.切尔卡斯基自然是这批骨干中的佼佼者:1978年他翻译出版了大型诗集《40诗人:20—40年代中国抒情诗》(莫斯科,1978);1982年他又翻译出版了一部大部头的《中国诗歌》(莫斯科,1982);接着,他又编/译了《蜀道难——50—80年代中国诗选》(莫斯科,虹出版社,1983)、《艾青历时诗选》(莫斯科,1985)、《蜀道难》(再版,莫斯科,1987)等。另外还有其他一些多产的汉学家,恕不一一列举。种种迹象表明,"复苏"时期到来了……

回顾俄译中国新文学的这段历史,虽然感慨万千,但冷静下来较为理性地想想,我只用三句话来做这个"结":一、成绩辉煌;二、道路艰难;三、失去的才是最珍贵的。

二 中国新文学俄苏译介业绩

上一节已经提到,俄译中国新文学"成绩辉煌"。怎样"辉煌"呢?还是用数字来说话。据不完全统计,从1925年至1991年的60多年间,俄苏共翻译出版了中国新文学作品427部(篇)。实际上,所译作品要比这个数字大得多。因为在这些译品中有50余部集体著作,每部著作都译载了大量不同作家作品,所以仅按一部统计是不科学的。如集体著作《中国短篇小说集》(B.罗果夫编译,1944),就译载了现代作家姚雪垠、老舍、茅盾、端木蕻良、萧红、张天翼、司马文森等七位作家的作品;《中国作家短篇小说集》(费德林主编,1955)译载了鲁迅、郭沫若、茅盾、巴金、丁玲、叶圣陶、老舍、柔石、艾芜等10位现代作家的作品;M.卡皮查编《中国短篇小说集》(莫斯科,1950)则译载了赵树理、邵子南、孙犁、刘白羽、束为、王若望、草明、康濯、鲁煤等十几位解放区作家的作品。再如集体诗集《中国新诗集》(1919—1958)(费德林主编,1959)译载了毛泽东、朱德、刘伯承、柯仲平、萧三、蒲风、何其芳、卞之琳、力扬、田间、王亚平、严辰、戈壁舟、李季、阮章竞、张志民、贺敬之、郭小川等20多位诗人的作品;《新中国诗人诗集》(费德林主编,1953)同样译载了毛泽东、郭沫若、艾青、田间、袁水拍、臧克家、吕剑、严辰、柯仲平、王亚平、萧三、李季、李伯钊、沙鸥、王雪波、邵子南、黄药眠、魏巍、王希坚等31位新中国诗人的作品。凡此种种,这50余部集体著作集,为俄译中国新文学作品开辟了广阔的译载空间,不但翻译出版大量的名著,而且还能尽量多地译载各种不同流派的名篇佳作。这样一来,实际上,这期间俄译中国新文学作品已达550余部(篇)。可以说,中国五四文学、抗战文学和解放区文学的代表作家的代表作品,都毫无遗漏地被移植到了俄国;像《阿Q正传》《狂人日记》《呐喊》《彷徨》《野草》《女神》《屈原》《倪焕之》《子夜》《腐蚀》《动摇》《春风沉醉的晚上》《沉沦》《二月》《家》《春》《秋》《骆驼祥子》《月牙儿》《四世同堂》《雷雨》《日出》《北京人》《围城》等中国现代文学名著;像《太阳照在桑干河上》《暴风骤雨》《白毛女(歌剧)》《中国人民的伟大胜利(电影)》《小二黑结婚》《李家庄的变迁》《李有才板话》《新儿女英雄传》《吕梁英雄传》《地雷阵》《高干大》《火光在前》《保卫延安》《萧三诗选》《艾青诗选》《柯仲平诗选》《田间诗选》《黎明的通知》《太阳的话》《王贵与李香香》等解放区文学作品,早已为一般俄苏读者所熟知和深爱,从而加深了中俄两国人民的友好感情。

当年为了译介这些作品,俄苏绝大多数汉学家都积极行动起来,形成了一支庞大的翻译队伍。据不完全统计,包括世界著名汉学家罗果夫、王希礼、费德林、艾德林、彼特罗夫、帕钠秀克、贾托夫、波兹德涅耶娃、克里弗佐夫、施奈德、鲁德曼、罗加切夫、基托维奇、季什科夫、索罗金、切尔卡斯基、李福清、谢马诺夫、亚罗斯拉夫采夫、热洛霍夫采夫等在内的有120多位翻译家和汉学家参与翻译。其阵容之大,热情之高,态势之活跃,可以说,在50年代的世界汉学界是"独领风骚"的。

为了使这些译品尽快与读者见面,俄苏出版界也不甘落后,他们出动了包括国家文艺出版社、外国文学出版社、国际出版社、远东出版社、东方出版社、苏联作家出版社、国家儿童文学出版社、军事出版社、青年近卫军出版社、科学出版社、虹出版社、真理报出版社、莫斯科工人出版社等在内的数十家出版社,形成一个强势的出版阵容,日夜兼程出版这些来自友好邻邦的文学作品。但是,就这样他们还嫌不够,还要充分发挥报纸杂志的"短平快"作用。这期间,据不完全统计,俄苏有近50种期刊和报纸发表过中国新文学作品。不但像《国际文学》《外国文学》《文学报》《苏联艺术》《青年文艺》《(苏联)小说报》《矿工小说报》等这样的文艺期刊刊登中国新文学作品,而且像《国境线上》《远东(杂志)》《旗帜(杂志)》《苏维埃妇女》《红色处女地》《新世界》《接班人》《苏联沿海》《青年集体农庄庄员》等这样一些综合性刊物也发表这些文学译品,甚至连像《真理报》《消息报》《共青团真理报》《喀山真理报》《东方真理报》《红星报》《莫斯科共青团》这样一些党报性质的报刊也抢先发表这些译品。其译介中国新文学作品的这种热情和重视程度,实在令人惊叹和敬佩!

俄译中国新文学作品550余部(篇),涉译作家近百位。中华人民共和国成立之前,俄译中国新文学主要是以鲁迅、茅盾、丁玲(早期作品)为代表的现代作家作品;成立之后,尤其50年代,译介的重点则是解放区文学作品。而70年代后则注意译介有影响的现代老作家,甚至非主流的有影响的大作家、大诗人。纵观俄译中国新文学史迹,可看出以下几个明显的特点:

(一)译介面铺得很广

不但译介鲁迅、郭沫若、茅盾、郁达夫、叶圣陶、刘半农、蒋光慈、谢冰心、王统照、巴金、老舍、曹禺、柔石、殷夫、胡也频、闻一多、田汉、夏衍、张天翼、艾芜等五四时期和二三十年代的现代老作家的作品,而且还译介丁玲、赵树理、周立波、孙犁、刘白羽、萧三、艾青、柯仲平、田间、何其芳、严辰、邵子南、贺敬之、李季等解放区作家与诗人的作品;不但译介主流作家、诗人的作品,而且还译介非主流作家、诗人的作品。如对胡适、郁达夫、徐志摩、朱湘、陈梦家、邵洵美、张资平、戴望舒等作家与诗人的译介即如此。

（二）译介重点很集中

尽管译介面铺得很广，但译介重点却很集中。笔者按译品之多寡为作家搞了一个"排行榜"，排行前10名的作家是：鲁迅（百余种）、老舍（译品78种）、丁玲（48种）、茅盾（41种）、赵树理（39种）、郭沫若（20种）、萧三（14种）、艾青（13种）、田间（12种）、刘白羽（10种）。前10位作家的译品共计346种。约占俄译总量的63%。按人数计，10位作家仅占涉译作家总数（按百位计）的10%，然而，被译作品却占了译介总量的63%，由此可见，译介重点是非常突出的。

（三）中国新诗翻译的重大突破

俄苏爱好和翻译中国新诗的翻译家和汉学家很多，诸如 A.罗姆、A.基托维奇、C.贝托沃伊、C.鲍特文尼克、B.萨巴诺夫、Г.哈利列茨基、B.图尔金、B.彼特罗夫、B.卢戈夫斯基、Э.伊奥德科夫斯基、Я.赫列姆斯基、Л.罗加诺夫、Г.亚罗斯拉夫采夫、A.艾弗隆、П.科马罗夫、B.乌利亚诺夫、C.马尔科娃、Л.切尔卡斯基等翻译家和汉学家，都为中国新诗的译介做出了重要贡献。但是，成就最大者，当属国际著名汉学家 Л.Е.切尔卡斯基。他对中国新诗的翻译做出了重大突破。切尔卡斯基热爱中国、中国文化，尤其热爱中国新诗。他从青年时代辗转学习汉语，就是为了翻译中国诗歌，具体来说是翻译中国新诗。从50年代中期至80年代末期，仅中国新诗选集，切尔卡斯基就翻译出版了十余种：

《中国16诗人诗选》（赤塔，1954）：其中选译田间诗歌15首，艾青诗歌3首等。

《红朝》（五四诗选。莫斯科，1964）：书中选译了刘半农、刘大白、朱自清、汪静之、应修人、潘漠华、瞿秋白、蒋光慈、殷夫等9位诗人的68首诗。

《雨巷》（中国二三十年代抒情诗选。莫斯科，1965）：其中选译了刘半农、朱自清、徐玉诺、谢冰心、徐志摩、朱湘、陈梦家、殷夫、蒋光慈、戴望舒、蒲风、王亚平等16位诗人的161首诗。

《五更天》（30—40年代中国抒情诗选。莫斯科，1975）：选译了田间、艾青等24位现代诗人的161首诗歌。

《中国40诗人诗选》(莫斯科,1978)。所选诗人,除上述《雨巷》中16诗人外,又新增诗人徐玉诺、谢冰心、王统照、郑振铎、瞿秋白、郭沫若、臧克家、卞之琳、何其芳、李广田、袁水拍、沙欧、李季、柯仲平、梁宗岱、宗白华、康白情、徐志摩、朱湘、邵洵美、陈梦家、冯至、戴望舒、蒲风、王亚平、温流、萧三、艾青、田间、任钧等。

《为要寻一个明星》("中国文学丛书"之一。莫斯科,70年代)。书中选译了黄遵宪、秋瑾、苏曼殊及20—40年代诗人共38位中国近现代诗人的作品。当然。该诗集并非全由切氏独译,但其中刘半农、刘大白、朱自清、徐玉诺、汪静之、徐志摩、朱湘、应修人、潘漠华、瞿秋白、蒋光慈、邵洵美、陈梦家、蒲风、王亚平、任钧等诗人的诗作翻译,当属切氏之译笔。

《蜀道难》(50—80年代中国诗选。莫斯科,1983):选译了55位诗人的112首诗歌。其中新增作家和诗人叶圣陶、顾工、公刘、蓝曼、李瑛、王尔碑、浪波、李发模、韩瀚等,其中有不少是"文革"后的诗人。

《为要寻一个明星》(8首诗和一篇散文),徐志摩著,Л.切尔卡斯基译,莫斯科,1988年。

《太阳的话》(艾青诗选。莫斯科,1989):选译艾青诗歌121首。

《王贵与李香香》长诗,李季著,Л.切尔卡斯基译,载苏联《西北利亚之火》1954年第4期,第16-24页。

《田间历时诗选》,田间著,载苏联《旗帜》1954年第10期,第65-68页。内容:《预言》《抗战诗抄》(《奋起保卫》《假使我们不去打仗》《金花》《黑妮之歌》《给饲养员》《不屈的人》),《记到和平书中》《中国人民志愿军进行曲》,Л.切尔卡斯基译,《钢都-鞍山》,B.卢戈夫斯基译,《祖国颂》,Э.伊奥德科夫斯基译。

够了,恕我不再罗列。仅这十余部中国现当代诗歌翻译,可以说,已经涵盖了中国现代诗歌的全部。涉译诗人50位,所译诗歌千余首,五四以来的中国现代诗歌不同社团,不同流派的代表诗人的代表作品,可以说,都已翻译在册。选译诗歌之广,选译诗人之全,选译诗篇之准,选译质量之精,堪称世界译坛之最!这不仅满足了俄罗斯广大读者阅读、欣赏中国新诗的审美需求,而且对俄罗斯的中国新诗研究,提供了充足的资料支撑,其价值难以估量。

总之,俄译中国新文学取得的重大成绩,使其跻入了国际汉学的先进行列。

三 中国新文学俄苏译介反响

中国新文学作品被译成俄文陆续在俄苏问世后,在俄苏读者、学界、舆论界引起了强烈反响。各大报刊争相报道中国作家的消息,发表读者的读后感和专家、学者的短评和评论。一时间,"解放了的中国的作家""自由中国的诗人""新中国的艺术家"等成了人们茶余饭后交谈的热门话题。据不完全统计,当年俄苏有50多种报纸和期刊共发表关于中国作家的报道、采访、简介、资料、短评和研究论文数百篇,约有一百多位学者、作家、汉学家撰写文章。在这些作者中,除汉学家外,还有许多著名的俄苏作家(如法捷耶夫、吉洪诺夫等)和文学评论家(如阿尼西莫夫等)。其社会反响非同一般。

因所评作家、作品较多,恕不一一赘述,只能择取译介"繁盛时期"俄苏报刊的反响简述之,以窥当年反响盛况之"全豹":

(一)这一时期,引起俄苏读者、汉学界、学界强烈反响的第一部作品是丁玲的《太阳照在桑干河上》;反响力度较大的第一篇论文是著名汉学家Л.艾德林发表在苏联《文学报》(1949.10.12)上的著名论文《发展中的中国文学》。此前,苏联《远东》杂志1949年第2期,在发表赵树理的中篇小说《李家庄的变迁》时也发表了B.克里弗佐夫的《〈李家庄的变迁〉译者序言并后记》,但并没引出其他评论文章。直到苏联《矿工小说报》1949年第9—25期发表了丁玲的长篇小说《太阳照在桑干河上》后,此时中华人民共和国刚刚成立,Л.艾德林的文章在《文学报》上一发表,便引发了第一波的评论热潮:

10月22日,苏联《消息报》发表了M.谢苗诺夫《当太阳升起的时候》(评《太阳照在桑干河上》);

10月26日,苏联《文学报》发表了P.金《伟大的转变》(评《太阳照在桑干河上》);

10月31日,苏联《文化与生活报》第30期发表了M.切察诺夫斯基《两本中国作家的书》(评《太阳照在桑干河上》和《李家庄的变迁》);

11月17日,莫斯科《布尔什维克》发表了《会见中国女作家丁玲》;

11月23日,苏联《文学报》刊登了《在〈旗帜〉杂志编辑部会见中国女作家丁玲》;

12月5日,苏联《真理报》发表了苏联作家法捷耶夫《在自由的中国》;

1949年,《布尔什维克》第19期发表了费德林《论中国文学》;

1949年,《火花》第26期发表了《中国文化活动的记述》(关于丁玲);

1949年,《新时代》第30期发表了C.乌克伦杰夫《描写中国农村的小说》。

这一评论热潮一直在持续:

1950年,《苏维埃军事》第1期发表了E.苏尔科夫《太阳照在中国》(评《太阳照在桑干河上》);

1950年,《西伯利亚火花》第1期发表了B.托克马科夫《两本描写新中国的书》;

1950年2月15日,《乌德摩尔梯真理报》发表了里诺夫《〈太阳照在桑干河上〉简介》;

10月15日,苏联《加里宁格勒真理报》刊登了格利涅维奇《〈太阳照在桑干河上〉》;

10月15日,《远东》第1期刊登了H.彼特罗夫《评〈太阳照在桑干河上〉》;

1950年,苏联《火花》第3期发表了Б.阿克辛斯基《评〈太阳照在桑干河上〉》;

1951年4月15日,苏联《真理报》刊登了费德林《中国文学的新作品》;

1952年3月6日。苏联《共青团真理报》刊登了《丁玲、曹禺》(介绍);

3月15日,苏联《真理报》《消息报》刊登了《关于对1951年度科学、发明、文学、艺术方面的优秀著作颁发斯大林奖金》(消息);

3月15日,苏联《真理报》刊登了《关于给丁玲、周立波、贺敬之、丁毅颁发1951年度斯大林奖金》(消息);

3月15日,苏联《文学报》发表了社论:《社会主义现实主义文学的新成就》;

3月19日,苏联《真理报》刊登了阿尼西莫夫《从人民中来的作家》;

4月1日。苏联《文学报》刊登B.彼特罗夫《丁玲》;

4月1日,苏联《苏联文学》发表B.彼特罗夫《介绍〈太阳照在桑干河上〉》;

5月18日,《列宁格勒真理报》刊登了П.阿尔奇米耶夫《评〈太阳照在桑干河上〉》；

6月5日，苏联《喀山真理报》刊登了 И.叶尔马雪夫《丁玲和她的小说〈太阳照在桑干河上〉》；

1952年，《远东》第6期发表了 В.克里弗佐夫《〈太阳照在桑干河上〉》（评论）；

1952年，苏联《农民》第8期发表了《新中国的女作家》；

1952年，《苏联军人》第18期发表了 А.马卡洛夫《在火线上》（评《太阳照在桑干河上》）；

1952年，11月10日，苏联《真理报》刊登了《斯大林奖金送达中国文学艺术活动家》（来自太阳照耀的地方的电文）；

1953年，莫斯科出版了 Г.М.卡《在丁玲长篇小说〈太阳照在桑干河上〉读者讨论会上的发言》。

（二）1949年，苏联《远东》杂志第2期译载赵树理小说《李家庄的变迁》后，苏联报刊立刻引起了反响：

10月26日，苏联《文学报》发表了 Р.基姆《伟大的变迁》；

10月31日，苏联《文化与生活》发表了 М.切恰诺夫斯基《中国作家的两本书》；

1949年，《新时代》第30期发表了 Ю.斯维特洛夫、М.乌克拉英采夫《描写中国农村的中篇小说》；

1950年，《火花》第3期发表了 Е.布科夫斯基评论赵树理文章；

1950年4月1日，苏联《夜列宁格勒》发表了 С.马尔科夫、Г.涅克拉索夫评论赵树理文章；

1950年，《远东》第2期发表了《赵树理的创作——译者的话》；

1950年，《星火》第3期发表了 К.布科夫斯基《评〈李家庄的变迁〉》。

评论在继续关照赵氏的其他作品：

1950年，《星火》第41期发表了 В.克里弗佐夫《〈小二黑结婚〉短篇小说集序言》；

1951年，《新世界》第8期发表了费德林《会见中国作家》；

1951年，《新世界》第2期发表了 Л.艾德林《赵树理》；

1952年12月11日，苏联《真理报》刊登了 Л.艾德林《评〈李有才板话〉》；

1958年7月18日，《文学与生活》发表了 С.伊凡科《中国农村的歌手》

(评赵树理);

1958年8月21日,苏联《文学报》发表了扎雷金《人民作家》(评赵树理)。

(三)周立波《暴风骤雨》俄译本(莫斯科:外国文学出版社,1951—1952)出版后,苏联报刊引起的反响:

1952年1月27日,苏联《真理报》发表了Н.霍赫洛夫《描写中国农村伟大变迁的长篇小说》,评论周立波的长篇小说《暴风骤雨》;

1952年3月19日,苏联《真理报》发表了文艺评论家阿尼西莫夫《与人民同行的作家》;

1952年,苏联《远东》第6期发表了В.克里弗佐夫《新中国上空的太阳》;

1952年7月2日,苏联《劳动》杂志发表了З.特罗伊茨卡娅的《胜利的果实》,评论赵树理作品;

1952年7月18日,苏联《乌克兰真理报》发表了Л.波兹德涅耶娃的《兄弟般人民的形象》;

1952年,苏联《女工》第8期发表了Н.帕霍莫夫《描写伟大转变的书》;

1952年,苏联《东方之星》第11期发表了鲁德曼《新中国文学的旗手们》;

1952年,《苏联军人》第18期发表了А.马卡罗夫《在火线上》。

(四)《吕梁英雄传》《新儿女英雄传》俄译本(外国文学出版社,1951)出版后,苏联报刊也引起了强烈反应:

1951年11月16日,苏联《太平洋之星》发表了Н.А.彼特罗夫《描写新英雄的小说》,评论这部译作的问世;

1952年1月23日,苏联《共青团真理报》发表了И.叶尔马舍夫《新中国的英雄》;

1952年5月15日,苏联《文学报》发表了费德林《中国的新人》;

1952年,苏联《新世界》第10期发表了В.谢马诺夫、李福清《中国文学的新英雄人物》;

1952年,《苏联军人》第24期发表了А.茹拉夫斯基《描写中国爱国者的中篇小说》;

1952年,苏联《文化教育工作》第12期发表了《新书》简介。

(五)胡可《战斗里成长》俄译本(外国文学出版社,1952)出版后引起的评论:

1952年11月12日,《苏联艺术》发表了Н.佐尔卡娅的评论文章;

1952年,苏联《戏剧》第9期也发表了评论文章;

1953年1月8日,苏联《文学报》发表了А.波波夫的评论文章;

1953年6月19日,苏联《消息报》刊登了Н.格罗莫夫的文章(关于胡可《战斗里成长》在苏军中心剧院的演出);

1953年7月9日,《莫斯科共青团员》报发表了Б.麦德维杰夫《苏军中心剧院里青年演员的成就》(关于胡可话剧在苏军中心剧院的演出)。

(六)1953年《郭沫若文艺作品选集》(莫斯科:国家文艺出版社)出版后引起评论9篇:

(1)К.西蒙诺夫评郭沫若作品,载苏联《文学报》1953年4月18日;

(2)Е.茹科夫《伟大人民的代言人》,载《莫斯科真理报》1953年4月30日;

(3)Б.利西查《中国人民的优秀作家》,载《列宁格勒晚报》1953年6月17日。

(4)Н.季洪诺夫评郭沫若作品,载苏联《真理报》1953年6月29日;

(5)Е.谢列勃里亚科夫《爱国作家的声音》,载《列宁格勒真理报》1953年7月4日;

(6)И.谢尔格耶夫《伟大民族的诗人》,载《苏联文化》1953年7月11日;

(7)В.托克马科夫《俄语译品中的郭沫若》,载苏联《西伯利亚之火》1953年,第170-172页;

(8)Б.尤林的评论,载苏联《接班人》1953年第13期,第22页。

(9)Р.伊茨评《郭沫若文艺作品选集》(莫斯科,1953),载苏联《十月》杂志,1954年第7期,第187-191页。

(七)俄译中国作家集体作品集出版后,引起的反响:

(1)《中国短篇小说集》(莫斯科:外国文学出版社,1950)出版后,苏联报刊发表的评论文章:1950年,《新时代》第40期发表了Л.杜勃罗维娜《中国当代短篇小说》;1950年12月22日,《太平洋之星》发表了В.克里弗佐夫《描写新中国人的短篇小说》;1950年12月31日,《文化与生活》发表了С.伊凡科、В.卡斯西斯、В.奥夫钦尼科夫《玩忽职守》;1950年12月31日,《列宁格勒真理报》刊登了Г·康德拉舍夫《描写中国人民斗争的真实小说》;1951年,《远东》第1期发表了В.克里弗佐夫《新中国战士和建设者的形象》。

(2)《中国作家短篇小说集》(莫斯科:国家文艺出版社,1952)出版后,苏联报刊发表的评论文章:1952年10月21日,苏联《文学报》发表了С.格拉西莫夫的评论文章;1952年11月22日,苏联《夜列宁格勒》发表了Е.谢列勃里亚科夫、Б.利西查《自由生活的幸福》;1953年,苏联《青年共产党员》第1期发表了М.斯捷帕诺夫的评论文章;1953年2月22日,《列宁格勒真理报》发表了Т.卡尔斯卡娅的评论文章。

(3)《中国作家短篇小说集》(Н.费德林主编/国家文艺出版社,1953)出版后,苏联报刊发表的评论文章:1954年6月5日,苏联《真理报》发表了В.基塔耶夫的评论文章;1954年8月12日,苏联《文学报》发表了Е.多勒马托夫斯基《描写新旧中国的短篇小说》;1954年10月3日,苏联《红星》杂志发表了Л.帕夫洛夫的评论文章。

(4)《解放了的中国的诗歌》(苏联作家出版社,1951)出版后,苏联报刊发表的评论文章:1951年7月6日,苏联《消息报》发表了А.扎罗夫的评论文章;1951年9月4日,《列宁格勒真理报》发表了Н.彼特罗夫的评论文章。

(5)《新中国的诗人》(Н.费德林主编,青年近卫军出版社,1953)出版后,苏联报刊发表的评论文章:1953年10月11日,《莫斯科真理报》发表了К.彼特罗娃《解放了的人民的诗歌》(关于准备付印《新中国诗人》诗集情况);1954年2月22日,苏联《文学报》发表了А.扎罗夫《中国诗歌集》;1954年4月3日,苏联《共青团真理报》发表了И.雷连科夫的评论文章;1954年,苏联《接班人》第19期发表了А.季什科夫的评论文章;1954年9月8日,苏联《真理报》发表了С.希帕切夫《人民中国的诗人》。

(八)其他作家作品俄译本出版后的反响:

(1)1951年,苏联《新时代》第49期发表了П.扎罗夫《描写中国工人的中篇小说》(评论草明的《原动力》);

(2)1951年,苏联《火花》第14期发表了С.伊凡科评论欧阳山《高干大》的文章;

(3)1952年7月23日,苏联《夜列宁格勒》发表了Б.利西查《和平与自由的诗人》(评艾青的《黎明的通知》);1953年2月5日,苏联《文学报》发表了В.叶尔莫拉耶夫的文章评艾青的《黎明的通知》;1954年,莫斯科出版

了 Б.彼特罗夫《艾青评传》;

(4)1952 年 5 月 15 日,苏联《文学报》发表了费德林《中国的新人》,评论李季的长诗《王贵与李香香》。

在当时电视还没有或还没有成为主导媒体的情况下,报纸杂志无疑是读者面和影响力最大的媒体,笔者罗列的上述资料,尽管还很不完备,甚至遗漏的还不少,但仅就这些资料,我们也总能看出俄苏读者、学界、出版界、甚至普通的俄苏人对中国新文学的关注,以及这些俄译作品出版后在俄苏社会所引起的强烈反响。

反响,就是对话;反响,就是友谊,就是文化交流。

四 中国新文学俄苏译介编年

文学传播的主要方式是译介。认真阅读和仔细梳理"译介编年",是发现、整理和研究其传播史迹的唯一途径和捷径。

1925 年

1.1925 年在河南国民革命军第二军俄国顾问团工作的王希礼(Б.А.瓦西里耶夫)将《阿 Q 正传》译成俄文,鲁迅为其撰写了《著者自叙传略》和《俄文译本〈阿 Q 正传〉序》。

1929 年

2.《阿 Q 正传》(俄译本),中短篇小说集,作者:鲁迅、张资平、郁达夫、张闻天等,编者、领衔文章:А.哈尔哈托夫,后记:Б.科洛科洛夫教授,附录:Б.科洛科洛夫《关于汉字书写的几句话》,莫斯科:青年近卫军出版社 1929 年版。365 页。

3.《阿 Q 正传》,鲁迅著,王希礼(Б.А.瓦西里耶夫)译编,鲁迅为俄文版撰写了序言(第 7-8 页),其中除收录《阿 Q 正传》外,还收入了卡北克维奇选译的《幸福的家庭》《高老夫子》和什图金选译的《头发的故事》《孔乙己》《风波》《故乡》和《社戏》,列宁格勒:激浪(Прибой)出版社。

4.《阿 Q 正传》和《孔乙己》(俄译本),М.科金(М.Д.Кокин)译,载《当代中国中短篇小说集》,莫斯科:青年近卫军出版社 1929 年版。

5.《一个人在途上》（俄译本），短篇小说，郁达夫著，B.阿德日马穆多娃译，载《〈阿Q正传〉俄译本》，莫斯科：青年近卫军出版社1929年版。

1932 年

6.《萧三诗集》，萧三著，A.罗姆译，内容：《棉花》《故乡——南京》《纪念广东公社》《我们的命运就如此》《张五嫂的决心》《向兄弟们致敬！》《瓦西电影院》《血书》《三个上海摇篮》《上海——大财阀》，莫斯科：国家文艺出版社1932年版。70页。

1933 年

7.《中国作家为恢复中苏两国外交关系的致电》（文/丁玲），载苏联《国际文学》1933年第3期。

1934 年

8.《中国和十月》，诗歌翻译，载苏联《国际文学》1934年第3-4期。（苏联作家向代表大会献礼）

9.《春蚕》，茅盾著，H.涅克拉索夫译，载苏联《国际文学》1934年第3-4期。

10.《在我们与你们之间不存在"中国墙"》（致苏联作家协会第一次代表大会），茅盾撰，载苏联《国际文学》1934年第3-4期。

11.《某夜》，丁玲著，A.史沫特莱编《中国短篇小说集》（英文版），莫斯科：国际出版社1934年版。

12.《罢工之前》（选自《子夜》），茅盾著，A.伊文译，载苏联《青年近卫军》1934年第5期。

1935 年

13.《动摇》，长篇小说，茅盾著，C.辛译，Б.А.瓦西里耶夫、В.Г.鲁德曼校，Б.А.瓦西里耶夫作序，列宁格勒：国家文艺出版社1935年版。256页。

14.《暴动》（《子夜》的一章，译自英语），茅盾著，普霍夫译，载苏联《国际文学》1935年第5期。

15.《水》，丁玲著，Л.波兹德涅耶娃译，载苏联《国境线上》1935年第11-12期。

16.《血书》,萧三著,A.罗姆译,内容:《血书》《语言》《故乡—南京》《我们的命运就如此》《张五嫂的决心》《三个上海摇篮》《长诗〈列宁〉片断》《纪念广东公社》《致马克西姆·高尔基》。莫斯科:国家文艺出版社1935年版。90页。

1936 年

17.《某夜》(译自英文),丁玲著,斯坦贝尔格译,载苏联《青年文艺》1936年第2期。

18.《毛泽东》,随笔,萧三著,载苏联《青年近卫军》1936年第6期;载苏联《十月》1936年第6期。(《苏维埃中国的人们》丛书之一)

19.《某夜》,丁玲著,苏联《青年无产者》1936年第18期。

20.《中国文学集》,苏联:哈尔科夫出版社1936年版。

21.《暴动》(《子夜》的一章,译自英文),普霍夫译;《春蚕》,译者不详,《中国文学集》,苏联:哈尔科夫出版社1936年版。

22.《春风沉醉的晚上》,郁达夫著,载《中国文学集》,苏联:哈尔科夫出版社1936年版。

23.《从夜晚到天明》,丁玲著,哈尔科夫出版社编译《中国文学选集》,莫斯科:国家文艺出版社1936年版。

24.《鲁迅:1881—1936》,佚名,载苏联《外国文学》1937年第11期。(世界反法西斯作家:中国作家)

1937 年

25.《子夜》,长篇小说,霍富、B.鲁德曼合译,B.鲁德曼作序,列宁格勒:国家文艺出版社1937年版。653页。

26.《消息》(译自英文),丁玲著,Ю.萨维丽耶娃译,载苏联《国境线上》1937年第9期。

27.《祝福》,鲁迅著,E.K.克尼波维奇译,载苏联《国际文学》1937年第10期。

28.《礼物》,丁玲著,A.伊万娜译,载苏联《外国文学》1937年第11期。

1938 年

29.《鲁迅(1881—1936)作品翻译与研究集——纪念中国现代伟大文

豪鲁迅》,苏联科学院编,其中选译了《阿Q正传》《奔月》《祝福》《白光》《端午节》《示众》《狗的驳诘》《一九三三年上海所感》等8篇小说、杂文、散文诗。莫斯科—列宁格勒:苏联科学院出版社1938年版。

30.《朱德》,随笔,萧三著,苏联《国际文学》,1938年第11期。

31.《毛泽东》,随笔(《苏维埃中国的人们》丛书之一),萧三著,苏联《红色处女地》1938年第12期。

1939年

32.《两篇短篇小说:〈药〉和〈一件小事〉》,Б.鲁德曼译,载苏联《西伯利亚之火》1939年第2期。

33.《第七个坑》,罗烽著,Л.艾德林译,载苏联《国际文学》1939年第7-8期。

34.《短篇小说〈药〉和〈一件小事〉》,费德林译,载苏联《国际文学》1939年第11期。

35.《毛泽东·朱德》,萧三著,莫斯科:青年近卫军出版社1939年版。112页。

1940年

36.《鲁迅自传》,翻译,载《莫斯科东方学院著作集》(第2集)1940年版。

37.《两种文学关系》,郭沫若著,载苏联《文学报》1940年7月28日。

38.《写什么》,茅盾著,М.鲍戈斯洛夫斯卡娅译,载苏联《国际文学》1940年第7-8期。

39.《中国短篇小说》,萧三著,М.先加列维奇译,内容:《田作明沉默》《一多上校的计划》《人民军队》《礼物》《女主人》《三个朋友》《平型关战斗》《政治委员兰英》《关于母亲、儿子、女儿》,莫斯科:国家文艺出版社1940版。187页。

40.《湘笛》,萧三著,А.罗姆译,44首诗:《在花园里》《战争》《归来》。列宁格勒:国家文艺出版社1940年版。104页。

1941年

41.《来自中国的信》,郭沫若撰,载苏联《国际文学》1941年第1期。

42.《故乡》《明天》,鲁迅短篇小说,Л.波兹德涅耶娃、Ф.鲍戈莫莉娜合译,载《青年近卫军》1941 年第 3 期。

43.《中国作家的信》,载苏联《国际文学》1941 年第 5 期。

1942 年
44.《中国诗人的宣传诗》,А.罗姆、Л.波兹德涅耶娃译,内容:田间、史轮的诗歌,载苏联《国际文学》1942 年第 7 期。

45.《中国作家拥护苏联》,载苏联《国际文学》1942 年第 11 期。

1943 年
46.《中国作家致苏联作家协会函,庆祝伟大十月社会主义革命 25 周年》,郭沫若、茅盾、老舍等签字,载苏联《国际文学》1943 年第 1 期。

1944 年
47.《林家铺子》(俄译本),И.奥沙宁译,载《中国短篇小说集》(俄译本),莫斯科:国家文艺出版社 1944 年版,第 38-78 页。

48.《中国短篇小说集》,В.罗果夫编并作序言、注释,作者:姚雪垠、老舍、茅盾、端木蕻良、萧红、张天翼、司马文森,作者小传:第 147-155 页。莫斯科:国家文艺出版社 1944 年版。155 页。

1945 年
49.《鲁迅选集》,鲁迅著,В.罗果夫译,其中收录了《呐喊》《彷徨》和《野草》,莫斯科:国家文艺出版社 1945 年版,第 214 页。《鲁迅自传》,Вл.罗果夫译,载《鲁迅选集》俄译本,莫斯科:国家文艺出版社 1945 年版,第 190-192 页。

50.《来自中国的信》,苏联《文学报》1945 年 7 月 7 日。(来自中国作家协会重庆分部祝贺苏联作家协会的信)

1946 年
51.《祝苏联朋友们幸福!》,茅盾撰,载苏联《文学报》1946 年 12 月 28 日。(新年贺词)

1947 年

52.T.萨莫伊洛娃译鲁迅散文《雪》,载苏联《东方文集》(第1集),莫斯科东方学院1947年版。

53.《阿Q正传》,B.罗果夫译,上海时代出版社(Эпоха)1947年版。

54.《向远方的朋友们致敬!》,茅盾撰,载苏联《文学报》1947年6月21日。

55.《中国作家茅盾向苏联人民致敬!》,载苏联《真理报》《消息报》1947年11月5日。

1948 年

56.《中国诗选》,П.科马罗夫译,内容:艾青、田间、郭沫若诗歌作品,苏联《外贝加尔人》(文学艺术作品选集,第2集),1948年版,第195-198页。

1949 年

57.《鲁迅小说、杂文与书简集》,B.罗果夫主编,书后附译许寿裳、许广平等人写的回忆文字,上海时代出版社(Эпоха)1949年版。

58.《李家庄的变迁》,中篇小说,赵树理著,B.克里弗佐夫译,载苏联《远东》1949年第2期。

59.《中国人民的庆祝》,丁玲著,载《苏维埃妇女》1949年第6期。

60.《太阳照在桑干河上》,长篇小说,丁玲著,Л.波兹德涅耶娃译,附有作者为俄译本写的前言,载苏联《旗帜》1949年第5-7期。

61.《李家庄的变迁》,中篇小说,赵树理著,B.克里弗佐夫译并作序,Б.舒普列佐夫校,莫斯科:外国文学出版社1949年版。172页。

62.《太阳照在桑干河上》,长篇小说,丁玲著,Л.波兹德涅耶娃译并作序,附有作者为俄译本写的前言,莫斯科:外国文学出版社1949版(初版)。

63.《太阳照在桑干河上》,长篇小说,丁玲著,玛加达:苏维埃摇篮出版社1949年版(初版)。

64.《太阳照在桑干河上》,长篇小说,丁玲著,Л.波兹德涅耶娃译,载苏联《矿工小说报》1949年第9-25期。

65.《牢固的友谊》,丁玲著,载苏联《文学报》1949年11月7日。

66.《中国人民学习苏联的榜样——在苏联对外文化协会记者招待会

上的讲话》,丁玲著,载苏联《真理报》《消息报》《共青团真理报》《红星报》1949年11月11日。

67.《为新中国而斗争》,丁玲著,载苏联《文学报》1949年11月23日。

68.《新中国的文学》,丁玲著,载《真理报》1949年11月30日。

69.《伟大的榜样》,丁玲著,载苏联《汽笛》1949年12月4日。

70.《指路星》,丁玲著,载莫斯科《夜报》1949年12月5日。

1950年

71.《解放了的中国的诗歌》,A.基托维奇译,B.彼特罗夫注释,其中译载了毛泽东、艾青、邵燕祥等诗人作品,载苏联《星》1950年第1期。

72.《小二黑结婚》,赵树理著,B.克里弗佐夫译,载苏联《远东》1950年第2期。

73.《小经理》,赵树理著,Н.帕霍莫夫译,载苏联《青年集体农庄庄员》1950年第2期。

74.《张天翼寓言集》,Л.艾德林译,载苏联《火花》1950年第2期。

75.《小二黑结婚》,赵树理著,B.克里弗佐夫译,载苏联《星火》1950年第7期。

76.《中国诗人作品选》,Л.艾德林译,内容:严辰、臧克家、谢挺宇、田间等诗人作品,载苏联《新世界》1950年第9期。

77.《鲁迅和苏联文学》,冯雪峰著,载《人民中国》(俄文版)1950年第9期。

78.《寄往江南的信》,谢挺宇著,Л.艾德林译,载苏联《新世界》1950年第9期。

79.《解放了的中国的诗人作品》,A.基托维奇译,B.彼特罗夫注释,其中译载了毛泽东、沙鸥、王亚平、艾青、佐贤等诗人作品,载苏联《星》1950年第12期。

80.《田寡妇看瓜》,赵树理著,A.科托夫译,载苏联《接班人》1950年第23期。

81.《他们的侵略行径将受到惩罚!》,茅盾撰,A.贾托夫译,载苏联《火花》1950年第36期。(原载《人民文学》1950年8月号)

82.《呐喊》,上海时代出版社1950年版。

83.鲁迅《故乡》,短篇小说集,莫斯科—列宁格勒:国家儿童文学出版社 1950 年版。

84.《鲁迅短篇小说集》,费德林、Л.艾德林、Л.波兹德涅耶娃、B.罗果夫等译,作者小传,第 2 页;法捷耶夫论鲁迅,第 3-5 页,莫斯科:《真理报》出版社 1950 年版。48 页。(列为《星火》丛书第 10 集)

85.《鲁迅短篇小说和论文集》,莫斯科:国家文艺出版社 1950 年版。

86.《呐喊》,短篇小说集,鲁迅著,B.罗果夫主编并参与翻译,上海时代出版社 1950 年版。

87.《原动力》,中篇小说,草明著,A.罗加切夫译并作序,H.维托什金校,莫斯科:外国文学出版社 1950 年版。

88.《太阳照在桑干河上》,长篇小说,丁玲著,莫斯科:国家文艺出版社 1950 年版。

89.《小二黑结婚》,短篇小说集,赵树理著,B.克里弗佐夫译,莫斯科:《真理报》出版社 1950 年版。

90.《小二黑结婚》,短篇小说集,赵树理著,B.克里弗佐夫作序,莫斯科:《真理报》出版社 1950 年版。62 页。(《星火丛书》第 41 集:《结婚》,B.克里弗佐夫译;《地税》,E.沙卢诺夫译;《福贵》,E.沙卢诺夫译;《小经理》,H.帕霍莫夫译。)

91.《李家庄的变迁》,赵树理著,B.克里弗佐夫译并跋,苏联:远东出版社 1950 年版。231 页。

92.《小经理》,赵树理著,H.帕霍莫夫译,载苏联《星火》1950 版。

93.《中国作家短篇小说集》(俄译本),B.H.罗果夫主编,书中简单介绍了短篇小说《夜》的作者丁玲,短篇小说《登记》的作者赵树理,短篇小说《政治委员》的作者刘白羽,短篇小说《芦花荡》的作者孙犁,短篇小说《改造的开端》的作者赵熙,短篇小说《幸福》的作者秦兆阳,短篇小说《煤》的作者李纳,短篇小说《第一次收获》的作者束为,短篇小说《三年早知道》的作者马烽,短篇小说《家和日子旺》的作者俞林,短篇小说《生长》的作者思基等,北京 1950 年版。

94.《中国短篇小说集》,M.卡皮查编,H.帕霍莫夫作序,З.波特波夫校对,收录了赵树理、邵子南、孙犁、刘白羽、束为、王若望、草明、鲁煤等作家的作品,莫斯科:外国文学出版社 1950 年版。298 页。

95.《我们胜利了》(关于中国人民解放军的故事),M.卡皮查编并作序,其中译载了刘白羽、西虹、曾克、朱丁的作品;译者:M.卡皮查、Г.巴奇宁、K.鲁季科夫、H.谢宁、H.帕霍莫夫、B.斯维特洛夫,莫斯科:军事出版社,1950年版。167页。

96.《政治委员/回家》,短篇小说集,刘白羽著,莫斯科:儿童文学出版社1950年版。32页。

97.《地雷阵》,邵子南著,A.彼特罗夫译,莫斯科-列宁格勒:国立儿童文学出版社1950年版。

98.《激荡的十年》,黄艾著,М.多涅茨、B.索罗金、И.缅希科夫译,B.鲁德曼撰写领衔论文,B.索罗金作注释,莫斯科:外国文学出版社1950年版。296页。

1951年

99.《为和平而斗争的中国作家》,丁玲著,C.契乌译,载《旗帜》1951年第1期。

100.《中国诗人诗歌》,C.贝托沃伊、Б.克容合译,其中选译了邵子南、白刃等诗人作品,载苏联《星》1951年第2期。

101.《登记》,短篇小说集,赵树理著,B.罗果夫等译,载苏联《新世界》1951年第2期。

102.《欢腾的中国》,茅盾撰,载苏联《文学报》1951年2月13日。(与准备签订《中苏友好同盟互助条约》有关)

103.《中国诗人诗歌》,C.贝托沃伊译,载苏联《星》1951年第3期。

104.《太阳照在桑干河上》,丁玲著,载苏联《小说报》1951年第5期。

105.《心中的呼唤》,丁玲著,载苏联《文学报》1951年5月8日。

106.《为和平而斗争的进步人物》,载苏联《喀山真理报》1951年5月16日。(丁玲等中国作家致朝鲜人民的信)

107.《献给朝鲜兄弟—新中国诗人诗歌》,C.鲍特文尼克译,B.彼特罗夫注释,其中选译了吕剑、高兰、严辰、王雪波、田间等诗人的作品,载苏联《星》1951年第5期。

108.《新中国的女英雄》,丁玲著,载苏联《苏维埃妇女》1951年第6期。

109.《自由中国青年诗人诗歌》,B.萨巴诺夫、Г.哈利列茨基、B.图尔金译,其中译载了艾青等诗人的作品,载《苏联沿海》1951年第10期。

110.《屈原》(话剧),郭沫若著,费德林译、领衔文章,莫斯科:外国文学出版社1951年版。

111.《登记》，短篇小说集，赵树理著，B.罗果夫等译，载苏联《星火》1951年23期。

112.《必须承认，同世界和平委员会委员——中国作家茅盾交谈的这一事实》，载苏联《火花》1951年第49期。

113.《暴风骤雨》，周立波著，B.鲁德曼、B.卡利诺科夫合译，B.鲁德曼作序，Б.舒普列佐夫校，附有《出版者的话》和周立波《我怎样写〈暴风骤雨〉》，莫斯科：外国文学出版社1951年版。422页。

114.《解放了的中国》，中国作家短篇小说集，北京-上海，1951年版。

115.《李有才板话》，赵树理著，B.罗果夫译，载苏联《新世界》1951年第12期。

116.《李有才板话》，赵树理著，B.罗果夫译，载苏联《星火》1951年第19期。

117.《登记》，短篇小说集，赵树理著，B.罗果夫等译，莫斯科：《真理报》出版社1951年版。

118.《在田寡妇的菜园里》，赵树理著，B.斯佩兰斯基译，莫斯科：，1951年出版。

119.《传家宝》，赵树理著，B.斯佩兰斯基译，载苏联《星火》1951年第13期。

120.《人民公仆》，欧阳山著，莫斯科：外国文学出版社1951年版。

121.《高干大》(Слуга народа)，长篇小说(节译)，欧阳山著，H.帕霍莫夫译并作序，莫斯科：外国文学出版社1951年版。204页。

122.《高干大/前途似锦》，长篇小说，欧阳山著，H.帕霍莫夫、B.斯拉勃诺夫合译，M.切尔卡索娃作序，莫斯科：国家文艺出版社1951年版。

123.《红旗呼啦啦飘》，柯蓝著，A.贾托夫译并作序，伊尔库茨克：国立伊尔库茨克出版社1951年版。

124.《火光在前》，刘白羽著，C.伊凡科、B.帕钠秀克合译，H.帕霍莫夫作序，Ю.卡拉谢夫校，莫斯科：外国文学出版社1951年版。116页。

125.《新儿女英雄传》，孔厥、袁静著，П.扎罗夫、Б.沃洛金合译，O.冈恰尔作序，莫斯科：外国文学出版社1951年版。304页。

126.《吕梁英雄传》，马烽、西戎著，A.罗加切夫、B.斯佩兰斯基译，B.罗扎诺夫校，莫斯科：外国文学出版社1951年版。568页。

127.《太平洋的书》,C.贝托沃伊编译,其中译载了毛泽东、邵子南、董妮、严辰、吕剑、高兰、白刃等作家作品,列宁格勒出版社1951年版。112页。

128.《东方红》,C.鲍特文尼克译,其中译载了毛泽东、臧克家、贺敬之、田间、吕剑、高兰、王亚平、严辰、柯仲平、邹荻帆、王雪波、石方禹等诗人的作品,B.彼特罗夫《致读者》(评论本书),列宁格勒:青年近卫军出版社1951年版。114页。

129.《解放了的中国的诗歌》,A.基托维奇译,B.彼特罗夫前言及注释,其中译载了艾青、田间、王亚平、端木其良、佐贤、沙鸥、吕剑、毛泽东、邵燕祥等诗人作品,苏联:作家出版社1951年版。119页。

130.《中国人民的意志》,夏衍著,载苏联《文学报》1951年5月1日。

131.《刘氏兄弟》,中国民间故事,萧三编校,莫斯科:儿童文学出版社1951年版。

1952年

132.《中国当代诗人诗歌》,A.基托维奇译,译载了朱德、柯仲平、艾青、吕剑的作品,载苏联《新世界》1952年第1期。

133.《力量的源泉——祖国》,丁玲著,载苏联《苏联艺术》1952年3月26日。

134.《活人塘》,陈登科著,B.罗果夫译,载苏联《新世界》1952年第5期。

135.《中国的春天》,丁玲著,载苏联《苏维埃妇女》,1952年第5期。

136.《中国的春天》(为苏联《文学报》而写),丁玲著,载《文学报》1952年6月21日。

137.《战斗里成长》,话剧(四幕五场),胡可著,C.周、Л.艾德林译,丁玲作序,载苏联《旗帜》1952年第7期。

138.《我们为什么喜欢歌德》,茅盾撰,载苏联《保卫和平》1952年第10期。

139.《万恶之物——无名疾病》(随笔),茅盾撰,载苏联《保卫和平》1952年第12期。

140.《侵略者撕下面具,制止侵略者的罪行!》,丁玲著,载苏联《火花》1952年第13期。

141.《中国诗人作品选》，B.图尔金译，译载了艾青、田间等诗人作品，载《苏联沿海》1952年第14期。

142.《鲁迅选集》，B.罗果夫编译，费德林撰写领衔文章，莫斯科：国家文艺出版社1952年版。

143.《子夜》，长篇小说节译本，B.鲁德曼译并作序，莫斯科：国家文艺出版社1952年版。

144.《白毛女》，贺敬之、丁毅著，B.H.罗果夫翻译并作序，B.B.罗果夫歌词翻译，B.科洛科洛夫校，莫斯科：外国文学出版社1952年版。

145.《太阳照在桑干河上》，长篇小说，丁玲著，Л.波兹德涅耶娃译并作序，B.托佩尔校，莫斯科：外国文学出版社1952年版(第二版)。

146.《太阳照在桑干河上》(乌德摩尔梯语、维吾尔语文版)，丁玲著，伊热夫斯克译，苏联：乌德摩尔梯图书出版社1952年版。

147.《暴风骤雨》，周立波著，B.鲁德曼、B.卡利诺科夫合译，Б.舒普列佐夫校，附有《出版者的话》和周立波《我怎样写〈暴风骤雨〉》，莫斯科：外国文学出版社1952年版(再版)。

148.《新儿女英雄传》，孔厥、袁静著，Π.扎罗夫译，O.冈恰尔和郭沫若作序，莫斯科：外国文学出版社1952年版(第二版)。

149.《李有才板话》，赵树理著，B.罗果夫译，莫斯科：《真理报》出版社1952年版。

150.《战斗里成长》，话剧(四幕五场)，胡可著，C.周、Л.艾德林译，丁玲作序，莫斯科：外国文学出版社1952年版。

151.《中国作家短篇小说集》，B.帕纳秀克、B.鲁德曼合译，费德林作序，其中译载了谷雨、马烽、鲁煤等作家作品，莫斯科：国家文艺出版社1952年版。

152.《黎明的通知》，诗集，艾青著，A.基托维奇译，B.彼特罗夫作序，Вл.罗果夫校，内容：《北方》《他死在第二次》《黎明的通知》《欢呼》，莫斯科：外国文学出版社1952年版。

153.《中国和朝鲜现代诗人诗歌》，A.基托维奇译，B.彼特罗夫领衔文章、注释。在注释中对本书作者们的简历做了简介。其中收录了吕剑、艾青、田间、柯仲平、臧克家、萧三、邵燕祥、沙鸥、王亚平、佐贤等诗人作品。列宁格勒：列宁格勒出版社1952年版。

1953 年

154.《地板》，赵树理著，B.克里弗佐夫译，载苏联《远东》1953 年第 2 期。

155.《党在召唤》，短篇小说，韩峰著，Ю.诺弗戈罗德斯基译，载《旗帜》1953 年第 4 期。

156.《消息》，丁玲著，B.鲁德曼译，载苏联《东方之星》1953 年第 4 期。

157.《新中国的戏剧艺术》，老舍撰，载《苏联艺术》1953 年 5 月 1 日。

158.《在我家》，老舍撰，载苏联《文学报》1953 年 6 月 30 日。

159.《高尔基和中国作家》，冯雪峰著，载《人民中国》(俄文版)1953 年第 8 期。

160.《冯雪峰寓言》，A.季什科夫译，载苏联《文学报》1953 年 9 月 17 日。

161.《地板》，赵树理著，B.克里弗佐夫译，载苏联《接班人》1953 年第 13 期。

162.《新的现实与新的任务》，载《人民中国》(俄文版)[北京]1953 年第 21 期。（选自茅盾在 1953 年 9 月 25 日召开的第二届全国文艺工作者代表大会上的报告）

163.《鲁迅小说集》，苏联远东布拉戈维申斯克的阿穆尔州出版社。

164.《鲁迅短篇小说集》，费德林、Л.波兹德涅耶娃、B.罗果夫、A.罗加切夫译，B.罗果夫领衔论文，莫斯科：国家文艺出版社 1953 年版。

165.《鲁迅选集》，Вл.罗果夫编、译，费德林领衔论文，莫斯科：国家文艺出版社 1952 年版。

166.《郭沫若文艺作品选集》，费德林主编、领衔文章，内容：费德林《郭沫若生平与创作》(第 3-16 页)、郭沫若为本书撰写的序言(第 17-19 页)、诗歌(第 2-86 页)、短篇小说、剧作(第 87-308 页：短篇小说，H.帕霍莫夫译；剧作《孪生兄弟》，B.彼特罗夫译；《屈原》，费德林译)，论文(第 309-347 页，Г.蒙泽列尔译)，莫斯科：国家文艺出版社 1953 年版。352 页。

167.《春蚕——林家铺子》，茅盾著，B.鲁德曼译，《中国作家短篇小说集》，莫斯科：国家文艺出版社 1953 年版。

168.《中国作家短篇小说集》，费德林主编、序言，作者：鲁迅、郭沫若、茅盾、张天翼、老舍、丁玲、赵树理、刘白羽、魏巍、白艾，莫斯科：国家文艺出版社 1953 年版。43 页。

169.《太阳照在桑干河上》(哈萨克语、拉脱维亚语、摩尔达维亚语文版),丁玲著,苏联:阿拉木图"新生活"出版社 1953 年版。

170.《太阳照在桑干河上》(乌兹别克语文版/节译本),丁玲著,苏联:塔什干"克兹尔-乌兹别克斯坦"和"东方真理报"联合出版社 1953 年版。

171.《太阳照在桑干河上》(阿塞尔拜疆语、阿美尼亚语、塔吉克语、土库曼语文版),丁玲著,巴库出版社 1953 年版。

172.《消息》《某夜》,丁玲著,B.鲁德曼译,费德林编,载《中国作家短篇小说集》,莫斯科:外国文学出版社 1953 年版,第 328 和 342 页。

173.《赵树理短篇小说集》(哈萨克文版),赵树理著,苏联:哈萨克共和国小说诗歌出版局 1953 年版。

174.《赵树理选集》,赵树理著,М.卡皮查翻译、校对、序言,内容:В.克里弗佐夫译《小二黑结婚》《地板》《小经理》《李家庄的变迁》;В.罗果夫译《李有才板话》《登记》;В.斯佩兰斯基译《邪不压正》《田寡妇看瓜》《传家宝》;Е.沙卢诺夫译《福贵》,莫斯科:外国文学出版社 1953 年版。376 页。

175.《中国中短篇小说集》,Ю.卡拉谢夫编,С.伊凡科作序,其中收录袁静、孔厥、马烽、周立波、康濯等作家作品,莫斯科:外国文学出版社 1953 年版。387 页。

176.《描写新中国的短篇小说》,Р.М.马马耶夫编,莫斯科:国防部军事出版社 1953 年版。

177.《新中国诗人诗集》,费德林主编、序言,В.彼特罗夫撰《作者简明传记资料》。主要作者:毛泽东、郭沫若、艾青、田间、袁水拍、臧克家、吕剑、严辰、柯仲平、王亚平、萧三、李季、李伯钊、沙鸥、王雪波、邵子南、黄药眠、魏巍、王希坚等 31 位新中国诗人,莫斯科:青年近卫军出版社 1953 年版。327 页。

1954 年

178.《迎接 1954 年!》,茅盾撰,载苏联《火花》1954 年第 1 期。(友谊祝酒词)

179.《龙须沟》,老舍著,А.季什科夫译注,载《远东》1954 年第 1 期。

180.《传家宝》,赵树理著,В.斯佩兰斯基译,载苏联《东方之星》1954 年第 4 期。

181.《王贵与李香香》长诗,李季著,Л.切尔卡斯基译,载苏联《西北利亚之火》1954年第4期。

182.《文学与作家》,丁玲著,Г.戈洛夫涅夫译,载苏联《新世界》1954年第5期。

183.《雪峰寓言》,A.季什科夫译,载苏联《火花》1954年第7期。

184.《语言艺术家、人民作家》,张天翼撰,载苏联《真理报》1954年7月15日。

185.《这是我们的生活》,老舍撰,载苏联《文学报》1954年9月14日。

186.《我心中的宪法……》,载苏联《文学报》1954年9月22日。(丁玲在中华人民共和国全国人民代表大会上的发言)

187.《理想的实现》,茅盾撰,载苏联《文学报》1954年9月30日。(关于中华人民共和国宪法)

188.《孟祥英翻身》,赵树理著,B.斯佩兰斯基译,载苏联《东方之星》1954年第10期。

189.《田间历时诗选》,田间著,内容:Л.切尔卡斯基译《预言》《抗战诗抄》《奋起保卫》《假使我们不去打仗》《金花》《黑妮之歌》《给饲养员》《不屈的人》《记到和平书中》《中国人民志愿军进行曲》;B.卢戈夫斯基译《钢都-鞍山》;Э.伊奥德科夫斯基译《祖国颂》,载苏联《旗帜》1954年第10期。

190.《一件小事》,短篇小说,鲁迅著,Л.艾德林译,载苏联《东方之星》1954年第10期。

191.《谈谈生活、学习和工作》,老舍撰,载《人民中国》1954年第18期。

192.《这是我们的明天》,老舍撰,载苏联《文学报》1954年11月7日。

193.《预祝苏联作家协会第二届全会圆满成功!》,茅盾撰,载苏联《真理报》1954年11月27日。

194.《答〈文学报〉问》,丁玲著,载苏联《文学报》1954年12月16日。

195.老舍《答苏联〈文学报〉记者问》,载苏联《文学报》1954年12月18日。

196.《新年——新成绩》,老舍撰,载苏联《消息报》1954年12月30日。

197.《鲁迅选集》(四卷本),苏联教育出版社1954年版(盲文版)。

198.《鲁迅选集》(四卷本),科洛科洛夫(В.С.Колоколов,汉名郭质生)等人主编,第一卷为《呐喊》《野草》《彷徨》,第二卷为杂文集,第三卷为《朝花夕拾》《故事新编》,第四卷为书简,莫斯科:国家文艺出版社1954—1956年版。

199.《茅盾短篇小说集》,费德林主编,В.鲁德曼译,Л.乌里茨卡娅作序(第3-9页),内容:《春蚕》《林家铺子》《赵先生想不通》《微波》《夏夜一点钟》《第一个半天的工作》《儿子去开会去了》《列那和吉地》《喜剧》,莫斯科:国家文艺出版社1954年版。

200.《老舍短篇小说集》,А.季什科夫作序,莫斯科:国家文艺出版社1954年版。125页。

201.《龙须沟》,话剧(三幕六场),А.季什科夫译并序,莫斯科:艺术出版社1954年版。

202.《太阳照在桑干河上》(白俄罗斯语文版),丁玲著,苏联,明斯克:白俄罗斯国家出版社1954年版。

203.《丁玲选集》,丁玲著,Л.波兹德涅耶娃译并作序,С.马尔戈利斯校,内容:В.帕钠秀克译《梦珂》;Я.亚舒拉文、В.斯拉勃诺夫合译《莎菲女士的日记》;T.茨维特科夫译《庆云里中的一间小房里》《过年》《消息》《奔》;В.帕钠秀克译《田家冲》;Н.帕霍莫夫、К.马林合译《水》《某夜》《一颗未出膛的枪弹》《给孩子们》《入伍》;В.斯拉勃诺夫、Я.舒拉文合译《诗人亚洛夫》;В.斯拉勃诺夫译《我在霞村的时候》;В.戈洛夫涅夫译《夜》,莫斯科:外国文学出版社1954年版,352页。

204.赵树理著《李家庄的变迁》,В.克里弗佐夫译,М.卡皮查作序,伊尔库茨克:图书出版社1954年版。172页。

205.《能工巧匠——中国短篇小说、童话、寓言、民间故事、谜语》,А.季什科夫编,作者:小说,董钧伦、高玉宝等;寓言,冯雪峰、张天翼等。赤塔读书出版社1954年版。

206.《刘氏兄弟》,中国民间故事,萧三编校,苏联古比雪夫1954年版。

207.《中国之声.中国诗人诗集》,Л.切尔卡斯基编、译并撰写序言,苏联:赤塔出版社1954年版。72页。

208.《萧三(埃弥.萧)诗选》,萧三著,萧三译,И.弗连克利校,莫斯科:外国文学出版社1954年版。

209.《中国在述说》,中国诗人诗集,赤塔出版社1954年版。

1955 年

210.《考验》，话剧（五幕六场），夏衍著，B.图尔金译，载苏联《远东》1955 年第 1 期。

211.《我们是兄弟！》，丁玲著，载苏联《真理报》1955 年 2 月 28 日。

212.《必须彻底地全面地展开对胡风文艺思想的批判》，载苏联《外国文学》1955 年第 2 期。（原载《文艺报》1955 年第 5 期）

213.《三里湾》，长篇小说，赵树理著，B.斯米尔诺夫、A.季什科夫译，载苏联《外国文学》1955 年第 3-5 期。

214.《求雨》赵树理著，B.克里弗佐夫译，载苏联《星火》1955 年第 4 期。

215.《列宁：红色十月》，瞿秋白著，载苏联《外国文学》1955 年第 5 期。

216.《面向生活》，老舍撰，载苏联《外国文学》1955 年第 5 期。

217.《茅盾在世界和平大会上的发言》，载苏联《真理报》1955 年 6 月 29 日。

218.《伟大人民的声音》，中国现代诗人诗集，Л.罗加诺夫译，其中译载了周良沛、胡昭、吕剑、海默等诗人作品，载苏联《外贝加尔人》1955 年第 8 期。

219.《三里湾》（摘登），赵树理著，A.季什科夫译，载苏联《莫斯科共青团》1955 年 10 月。

220.《田大妈》，老舍著，T.茨维特科娃译，载《苏联妇女》1955 年第 10 期。

221.《婚礼》，短篇小说集，马烽著，A.贾托夫译，莫斯科：《真理报》出版社 1955 年版，载苏联《火花》杂志 1955 年第 12 期。另译：《韩梅梅》《八十亩黏土地》《饲养员赵大叔》。

222.《演员的命运》（评论，节选），丁玲著，Д.沃斯克列先斯基、М.施奈德合译，载苏联《接班人》1955 年第 12 期。

223.《鲁迅文集》（四卷本），B.C.科洛科洛夫、K.M.西莫诺夫、费德林总编，Л.Д.波兹德涅耶娃编辑，费德林领衔文章，B.C.科洛科洛夫、B.H.贾托夫翻译编辑，第一卷，462 页，1954 年版；第二卷，423 页，1955 年版；第三卷，319 页，1955 年版；第四卷，262 页，1956 年版。莫斯科：国家文艺出版社。

224.《阿Q正传》,中短篇小说集,罗果夫译,Л.艾德林主编并撰写领衔论文,莫斯科:儿童文学出版社1955年版。155页。

225.《郭沫若选集》,费德林、郭沫若主编,费德林领衔文章,B.彼特罗夫注释,A.基托维奇、Ю.阿列克桑德罗夫、B.鲁德曼、Б.穆德罗夫、H.帕霍莫夫、Л.林、B.彼特罗夫、费德林、Г.蒙泽列尔译,莫斯科:国家文艺出版社1955年版。468页。

226.《茅盾选集》,内含长篇小说《子夜》,短篇小说《春蚕》《秋收》《林家铺子》等,费德林主编,B.鲁德曼、Л.乌里茨卡娅译,茅盾为俄文版撰写了序言,莫斯科:国家文艺出版社1955年版。696页。

227.《林家铺子》,短篇小说集,B.鲁德曼译,莫斯科:《真理报》出版社1955年版;同年,《星火》第47-48期也全文译载了这篇小说。

228.《春蚕》《秋收》等,茅盾著,B.鲁德曼译,《中国作家短篇小说集》,莫斯科:国家文艺出版社1955年版。

229.《叶圣陶短篇小说童话集》,费德林主编,莫斯科:国家文艺出版社1955年版。

230.《故事与寓言》集,叶圣陶著,费德林编,莫斯科:国家文艺出版社1955年版。

231.《巴金短篇小说集》,费德林主编,B.彼特罗夫作序,Б.穆德罗夫、A.康金、A.兹沃诺夫译,莫斯科:国家文艺出版社1955年版。

232.《老舍短篇小说集》(乌克兰文),老舍著,K.斯克里普钦科译,基辅:乌克兰国家出版社1955年版。121页。

233.《中国作家短篇小说集》,费德林主编及前言,作者:鲁迅、郭沫若、茅盾、巴金、丁玲、叶圣陶、老舍、柔石、艾芜,莫斯科:国家文艺出版社1955年版。共522页;

234.《张天翼短篇小说集》,Л.切尔卡斯基译,A.贾托夫作序,费德林主编,莫斯科:国家文艺出版社1955年版。

235.《光明在我们的前面》,胡也频著,H.马特科夫译并作序,莫斯科:国家文艺出版社1955年版。

236.《梦珂》,丁玲著,《中国作家短篇小说集》费德林编辑并作序,莫斯科:国家文艺出版社1955年版。

237.《太阳照在桑干河上》(格鲁吉亚语文版),丁玲著,苏联:梯比利斯,格鲁吉亚国立出版社1955年版。

238.《太阳照在桑干河上》(蒙古语文版),丁玲著,苏联:布里亚特,蒙古语出版社1955年版。

239.《刘白羽选集》,刘白羽著,С.伊凡科编,Я.切尔尼亚克校,Г.罗扎诺夫作序,内容:作者简介、短评(3-10页);В.帕钠秀克、С.伊凡科译《火光在前》;Н.帕霍莫夫译《回家》;П.扎罗夫译《血凝》;В.帕钠秀克译《红旗》;Д.沃斯克列先斯基译《永远前进》《斗争的幸福》;王光明译《无敌三勇士》;М.卡皮查译《早晨六点钟》;А.贾托夫译《路标》;В.斯拉勃诺夫、Я.舒拉文合译《红领巾》,莫斯科:外国文学出版社1955年版。244页。

1956年

240.《竭力推广通俗易懂的口头语言》,老舍撰,载《苏联文学》1956年4月17日。

241.《答苏联〈外国文学〉杂志"国际调查"》,老舍撰,载《外国文学》1956年第5期。

242.《全中国作家都支持赫鲁晓夫的建议》,老舍撰,载苏联《外国文学》1956年第7期。

243.《鲁迅选集》,莫斯科:国家文艺出版社1956年版。

244.《茅盾文集》,第一集462页,第二集561页,第三集571页,莫斯科:国家文艺出版社1956年版。

245.《叶圣陶长篇小说〈倪焕之〉、短篇小说集》,В.索罗金作序,莫斯科:国家文艺出版社1956年版。

246.《家》,巴金著,В.彼特罗夫译,莫斯科:国家文艺出版社,1956年出版。

247.《春》,巴金著,莫斯科:国家文艺出版社1956年版。

248.《骆驼祥子》(俄译本),老舍著,Е.罗日杰斯特文斯卡娅译,И.索维托夫编辑,В.彼特罗夫领衔论文,莫斯科:国家文艺出版社1956年版。230页。

249.《老舍选集》,短篇小说、剧本、论文,俄译本,莫斯科:国家文艺出版社1956年版。335页。

250.《龙须沟》,老舍著,А.季什科夫译注,载《中国现代剧》,莫斯科:国家文艺出版社1956年版。

251.《月牙儿》,东干文,老舍著,А.阿尔布杜译,伏龙芝:吉尔吉斯国家出版社1956年版。40页。

252.《艾芜短篇小说集》,艾芜著,B.谢马诺夫译并作序,莫斯科:国家文艺出版社1956年版。

253.《淮河边上的儿女》,中篇小说,陈登科著,Г.戈洛夫涅夫、П.扎罗夫合译,莫斯科:外国文学出版社1956版,298页。

254.《三千里江山》,杨朔著,B.斯拉勃诺夫、Я.舒拉文合译,莫斯科:外国文学出版社1956年版。184页。

255.《伟大人民的儿女》,中国作家短篇小说集,莫斯科:国家文艺出版社1956年版。

256.《中国现代话剧集》,莫斯科:国家文艺出版社1956年版。

257.《把一切献给党》,吴运铎著,莫斯科:国家文艺出版社1956年版。

1957年

258.《自由与作家》,老舍撰,载《人民中国》1957年第1期。

259.《感谢苏联作家》,老舍撰,载苏联《文化与生活》1957第Ⅱ期。

260.《茶馆》话剧第一幕,老舍著,E.罗日杰斯特文斯卡娅译,载《外国文学》1957年第9期。

261.《答苏联〈外国文学〉杂志问》,老舍撰,载苏联《外国文学》1957年第9期。

262.《两颗心》,老舍撰,载苏联《真理报》1957年11月1日。

263.《感谢苏联人民和作家》,老舍撰,载苏联《文学报》1957年11月5日。

264.《伟大的力量》,老舍撰,载《莫斯科晚报》1957年11月19日。

265.《爱情三部曲》,巴金著,莫斯科:国家文艺出版社1957年版。

266.《秋》,巴金著,莫斯科:国家文艺出版社1957年版。

267.《老舍文集》,俄译本两卷本,费德林主编并领衔论文,莫斯科:国家文艺出版社1957年版。1卷398页,2卷360页。

268.《张天翼选集》,Л.Е.切尔卡斯基译,莫斯科国家文艺出版社,1957年版。

269.《铁水奔流》,周立波著,索维托夫、C.伊凡科译,P.阿法纳西耶夫校,莫斯科:外国文学出版社1957年版。

270.《中国短篇小说》,巴文版,A.比舍夫译,乌法:巴什基里亚图书出版社 1957 年版。120 页。

271.《春天来到了鸭绿江》,雷加著,Г.戈洛夫涅夫译,A.戈利德曼校,莫斯科:外国文学出版社 1957 年版。250 页。(《潜力》三部曲第一部)

272.《火光在前——中国作家中短篇小说集》,刘白羽著,M.卡皮查编、校并作序,莫斯科:苏联国防部军事出版社 1957 年版。

273.《谁是最可爱的人》,魏巍著,C.马尔科娃译并作序,莫斯科:国家文艺出版社 1957 年版。

274.《谁是最可爱的人》,以同名通讯命名的中国作家短篇小说集,B.尤尔扎诺夫主编,莫斯科:苏联国防部军事出版社 1957 年版。

275.《保卫延安》,长篇小说,杜鹏程著,A.贾托夫、B.克里弗佐夫合译,B.科热弗尼科夫校对并作序,莫斯科:军事出版社 1957 年版。

276.《在和平的日子里》,中国作家的战争小说和特写,莫斯科:国家文艺出版社 1957 年出版。

277.《真正的战士》,中篇小说,丁红、赵环、董小华著,Ю.沙什洛夫译,莫斯科:东方出版社 1957 年版。204 页。(关于解放军战士董存瑞的故事)

278.《展翅飞翼》,中篇小说,郭墟著,Я.帕列伊译,莫斯科:儿童文学出版社 1957 年版。96 页。

279.《神秘的数字》,中国中短篇小说集,莫斯科:军事出版社 1957 年版。152 页。

280.《战斗命令》(雅库梯语文版),低学龄儿童读物,罗丹著,E.瓦西里耶夫译,雅库茨克:雅库茨克图书出版社 1957 年版。39 页。

281.《战斗命令》(白俄罗斯语文版),中年级学龄儿童读物,罗丹著,Л.阿拉别伊译,明斯克:白俄罗斯国家文艺出版社 1957 年版。44 页。

282.《上甘岭》,中篇小说,陆柱国著,П.扎罗夫译,莫斯科:军事出版社 1957 年版。142 页。

283.《柳枝》,中国短篇小说集,B.伊斯特林编译,莫斯科:青年近卫军出版社 1957 年版。367 页。

284.《毛泽东诗词十八首》,莫斯科:国家文艺出版社 1957 年版。

285.《中国诗选》(四卷本),郭沫若作序,费德林作领衔文章,第一卷 423 页,第二卷 376 页,第三卷 335 页,莫斯科:国家文艺出版社 1957 年版。

286.《雷之歌》,A.麦日罗夫编校,Л.切尔卡斯基作序,莫斯科:军事出

版社 1957 年版。119 页。（歌颂中国人民解放军的中国诗歌）

1958 年：

287.《我们的红旗》，老舍撰，载苏联《文学报》1958 年 5 月 1 日。

288.《答〈外国文学〉杂志"国际调查"》，老舍撰，载苏联《外国文学》1958 年第 5 期。

289.《相反逻辑》，老舍撰，А.诺维科夫译，载苏联《鳄鱼》1958 年第 17 期。

290.《老舍（朋友的话）》，载《苏维埃俄国》1958 年 10 月 29 日。

291.《"锻炼锻炼"》，赵树理著，А.贾托夫译，载苏联《新世界》1958 年第 11 期。

292.《阿 Q 正传》，鲁迅著，莫斯科：国家文艺出版社 1958 年版。

293.《郭沫若文集》（Ⅰ-Ⅲ卷），费德林主编，莫斯科：国家文艺出版社 1958 年版。

294.《二月》《为奴隶的母亲》，柔石著，Л.波兹德涅耶娃等译，莫斯科：国家文艺出版社 1958 年版。

295.《无名高地有了名》，老舍著，中国人民志愿军中篇小说集，А.П.罗加切夫译，С.В.霍赫洛娃主编，В.索罗金作序，莫斯科：军事出版社 1958 年版。179 页。

296.《方珍珠》（五幕六场），话剧，老舍著，А.季什科夫译，作者作序，莫斯科，艺术出版社 1958 年版。115 页。

297.《明朗的天》，话剧，曹禺著，林丘恩、Л.波波娃译，莫斯科：外国文学出版社 1958 年版。

298.《大林和小林》，儿童文学，张天翼著，А.贾托夫译，莫斯科：儿童文学出版社 1958 年版。

299.《赵树理选集》，赵树理著，В.克里弗佐夫编，费德林作序，В.维利古斯校对，莫斯科：国家文艺出版社 1958 年版。

300.《陈登科中篇小说集》，陈登科著，Л.普利谢茨卡娅作后记《陈登科》，内容：三部中篇小说，Л.普利谢茨卡娅、Е.罗日杰斯特文斯卡娅合译《杜大嫂》；Л.普利谢茨卡娅译《活人塘》；М.切尔卡索娃译《黑姑娘》，莫斯科：国家文艺出版社 1958 年版。

301.《刘胡兰》，梁信著，Л.切尔卡斯基译，Б.穆林校，Ф.马霍宁插画，А.

贾托夫作序,莫斯科:国立儿童文学出版社1958年版。

302.《中国当代短篇小说集》(第1—2集),莫斯科:1958年版。

1959年

303.《苏维埃国家的荣光高于天》,老舍撰,载苏联《文学报》1959年1月8日。

304.《论中国和苏联文学》,老舍撰,载苏联《外国文学》1959年第1期。

305.《光荣属于苏联人民》,老舍撰,载《共青团真理报》1959年2月7日。

306.《我祝贺光荣的一周年》,老舍撰,载苏联《文学报》1959年2月14日。

307.《祝贺苏联作家第三次代表大会的召开》,老舍撰,载苏联《外国文学》1959年第3期。

308.《红旗赞歌》,老舍撰,载苏联《文学报》1959年5月1日。

309.《从莫斯科归来》,老舍撰,载苏联《外国文学》1959年第8期。

310.《十年!》,老舍撰,载苏联《文化》1959年9月26日。

311.《瞿秋白随笔与论文集》,瞿秋白著,莫斯科:国家文艺出版社1959年版。

312.《阿Q正传》短篇小说集,鲁迅著,Л.艾德林主编并作序,莫斯科:国立儿童文学出版社1959年版。

313.《子夜》,茅盾著,B.鲁德曼、Л.乌里茨卡娅译,费德林作序,莫斯科:国家文艺出版社1959年版。

314.《巴金文集》(1—2卷),巴金著,莫斯科:国家文艺出版社1959年版。

315.《二月》《为奴隶的母亲》,中篇小说集,柔石著,莫斯科:国家文艺出版社1959年版。

316.《骆驼祥子》(四卷本),E.罗日杰斯特文斯卡娅译,莫斯科:教育出版社1959年盲文版。

317.《月牙儿》,老舍著,A.季什科夫译,列宁格勒:国家文艺出版社1959年版。

318.《老舍短篇小说集》(楚瓦什文),老舍著,B.尤金译,契博克萨雷:

国家出版社1959年版。127页。

319.《百炼成钢》,长篇小说,艾芜著,莫斯科:国家文艺出版社1959年版。

320.《邪不压正》,中国短篇故事、谚语、俗语集,列宁格勒:国家文艺出版社1959年版。

321.《"锻炼锻炼"》,赵树理著,А.罗果夫译,《新风》(中国作家短篇小说集),莫斯科工人出版社1959版。

322.《传家宝》,短篇小说集,苏联:斯维尔德洛夫斯克图书出版社1959年版。

323.《六十年的变迁》,李六如著,莫斯科:国家文艺出版社1959年版。

324.《关汉卿》,话剧,田汉著,莫斯科:国家文艺出版社1959年版。

325.《中国短篇小说·谚语·俗话集》,内含老舍、赵树理等作家作品,列宁格勒:报刊书籍出版社1959年版。

326.《中国作家短篇小说集》,В.彼特罗夫编,莫斯科:国家文艺出版社1959年版。

327.《无脚拖拉机手》(Неугасимое пламя),刘白羽著,В.斯米尔诺夫译,С.别尔克曼校,А.马列西耶夫作序,莫斯科:军事出版社1959年版。

328.《走向胜利》,中篇小说,周洁夫著,Ю.沙什洛夫译并作序,莫斯科:军事出版社1959年版。

329.《站在最前列》,雷加著,Г.戈洛夫涅夫译,А.戈利德曼校,莫斯科:外国文学出版社1959年版。(《潜力》三部曲第二部)

330.《红日》,吴强著,В.谢马诺夫、В.斯米尔诺夫、М.施奈德合译,А.贾托夫校,莫斯科:军事出版社1959年版。

331.《浮沉》,艾明之著,М.索弗罗诺夫译,莫斯科:青年近卫军出版社1959年版。

332.《西流水的孩子们》,中篇小说,周而复著,Г.麦利霍夫译,莫斯科:国家儿童文学出版社1959年版。

333.《儿女风尘记》,张孟良著,С.伊凡科译,莫斯科:青年近卫军出版社1959年版。

334.《苦菜花》,冯德英著,В.帕纳秀克译,И.阿尔汉格利斯卡娅校,莫斯科:外国文学出版社1959年版。

335.《中国新诗集》(1919—1958),费德林编,Л.艾德林、Л.切尔卡斯基、A.基托维奇、Г.亚罗斯拉夫采夫、A.艾弗隆等35位译者参与翻译。其中译载了毛泽东、朱德、刘伯承、柯仲平、萧三、蒲风、何其芳、卞之琳、力扬、田间、王亚平、严辰、戈壁舟、李季、阮章竞、张志民、贺敬之、郭小川等诗人作品,莫斯科:国家文艺出版社1959年版。

1960年

336.《阿Q正传》,鲁迅著,B.罗果夫译,卷首附有鲁迅写的《自叙传略》和《俄文译本〈阿Q正传〉序》,莫斯科:国家文艺出版社1960年版。

337.《茅盾短篇小说集》,茅盾著,B.鲁德曼、B.索罗金等译,莫斯科:国家文艺出版社1960年版。

338.《一生》,叶圣陶短篇小说集,В.Ф.索罗金译,莫斯科:国家文艺出版社1960年版。

339.《应该羡慕他们》,老舍撰,载《共青团真理报》1960年9月25日。

340.《应该羡慕他们》,老舍撰,载苏联《外国文学》1960年第10期。

341.《骆驼祥子》(哈萨克文),老舍著,A.汉格利金译,阿拉木图:哈萨克国家出版社1960年版。245页。

342.《曹禺剧作集》(1-2卷),曹禺著,B.费奥克季斯托夫译,B.彼特罗夫作序,莫斯科:国家文艺出版社1960年版。

343.《闻一多选集》,闻一多著,B.乌利亚诺夫、Г.亚罗斯拉夫采夫译,莫斯科:国家文艺出版社1960年版。

344.《山乡巨变》正篇,周立波著,B.克里弗佐夫译并作序,B.沃叶沃金校,莫斯科:外国文学出版社1960年版。

345.《白求恩大夫》,中篇小说,周而复著,A.法伊恩加尔翻译并作序,莫斯科:外国文学出版社1960年版。

346.《上海的早晨》,长篇小说,周而复著,B.斯拉勃诺夫译,Г.罗扎诺夫校,C.伊凡科作序,莫斯科:外国文学出版社1960年版。

347.《仅仅十年》,短篇小说集,马烽著,A.贾托夫译并作跋,莫斯科:外国文学出版社1960年版。

348.《不能忘记的人》,短篇小说集,马烽著,译者不详,莫斯科:国家文艺出版社1960年版。

349.《红旗谱》,长篇小说,梁斌著,H.帕霍莫夫、H.亚诺夫斯基合译,C.霍赫洛娃校,莫斯科:外国文学出版社1960年版。

1961 年

350.《(朋友谈)老舍》,载苏联《环球》1961 年第 1 期。

351.《宇宙主人》,老舍撰,载苏联《真理报》1961 年 4 月 15 日。

352.《鲁迅文集》(Ⅰ—Ⅳ卷),莫斯科:国家文艺出版社 1961 年版。

353.《全家福》,话剧(三幕七场),老舍著,Л.尼科利斯卡娅译,莫斯科:艺术出版社 1961 年版。86 页。

354.《女店员》,戏剧(三幕九场,带有幕间剧),老舍著,Г.托罗波夫译,И.普鲁特翻译、评论和主编,载《现代戏剧》(第 21 集),莫斯科 1961 年版。

355.《高干大/前途似锦》,长篇小说,欧阳山著,Н.帕霍莫夫、B.斯拉勃诺夫译,莫斯科:国家文艺出版社 1961 年版。

356.《红色交通线》,中篇小说,袁静著,Г.戈洛夫涅夫编校,莫斯科:苏联共青团中央青年近卫军出版社 1961 年版。264 页。

357.《迎春花》,冯德英著,B.帕纳秀克译,M.施奈德作序,莫斯科:外国文学出版社 1961 年版。

1962 年

358.《宝葫芦的秘密》(小学生版),张天翼著,Р.И.菲利普诺娃责任编辑,莫斯科:儿童文学出版社 1962 年版。

359.《芭蕉谷》,中篇小说,艾芜著,B.索罗金译,莫斯科:国家文艺出版社 1962 年版。

360.《山乡巨变》续篇,周立波著,B.克里弗佐夫译并作序,C.彼佩特罗夫校,莫斯科:外国文学出版社 1962 年版。

1963 年

361.《骆驼祥子》(亚美尼亚文,译自俄语),老舍著,К.西莫尼扬译,埃里温出版社 1963 年版。275 页。

362.《骆驼祥子》(拉脱维亚文),老舍著,Э.卡泰和Ю.恰库尔斯译,里加:拉脱维亚国家出版社 1963 年版。339 页。

363.《骆驼祥子》(立陶宛文),老舍著,Ю.瓦伊什诺拉斯译,维利纽斯:国家出版社 1963 年版。254 页。

364.《张来兴》(Крепкая кость),赵树理著,А.贾托夫译,А.鲍尔夏戈夫斯基作序,莫斯科:外国文学出版社 1963 年版。

1964 年

365.《鲁迅的讽刺故事》,Л.波兹德涅耶娃领衔文章并做注解,莫斯科:国家文艺出版社 1964 年版。

366.《红潮》五四诗集,Л.Е.切尔卡斯基译,莫斯科:国家文艺出版社 1964 年版。

367.《血字》,诗集,殷夫著,Г.亚罗斯拉夫采夫译,莫斯科:国家文艺出版社 1964 年版。

1965 年

368.《末一块钱》,短篇小说集,老舍著,А.А.法伊恩加尔编并序,В.Ф.索罗金责任编辑,莫斯科:科学出版社 1965 年版。118 页。

369.《在被占领的城市中》,老舍著,Л.波兹德涅耶娃译,《20 世纪外国文学选集》,莫斯科:国家文艺出版社 1965 年版。

1966 年

370.《小坡的生日》,中篇小说,老舍著,Е.罗日杰斯特文斯卡娅和 С.霍赫洛娃译,В.谢马诺夫作序,莫斯科:儿童文学出版社 1966 年版。

371.В.彼特罗夫《才能与劳动——庆祝茅盾 70 周岁诞辰》,载苏联《文学报》(第 113 期)1966 年 9 月 24 日。

1967 年

372.《离婚》,老舍著,Е.罗日杰斯特文斯卡娅译,А 基利洛夫作跋,В.谢马诺夫注释,莫斯科:国家文艺出版社 1967 年版。220 页。

1968 年

373.《猫城记》,长篇小说,В.И.谢马诺夫译;А.Н.热洛霍夫采夫作序,载《新世界》1969 年第 6 期。

1969 年

374.《雨巷:20—30 年代中国抒情诗》,Л.Е.切尔卡斯基译并序,莫斯科:国家文艺出版社 1969 年版。199 页。

375.《猫城记》,长短篇小说集,老舍著,В.И.谢马诺夫编并序言,莫斯科:科学出版社 1969 年版。199 页。

1970 年

376.《骆驼祥子》(俄译本再版),莫斯科:国家文艺出版社 1970 年版。232 页。

1971 年

377.《鲁迅中短篇小说集》,鲁迅著,莫斯科:国家文艺出版社 1971 年版。

1972 年

378.《鲁迅中短篇小说集》,莫斯科:国家文艺出版社 1972 年版。

379.《腐蚀》,长篇小说、短篇小说集,茅盾著,В.索罗金领衔文章,莫斯科:国家文艺出版社 1972 年版。

380.《春风沉醉的晚上》,短篇小说集,郁达夫著,В.阿德日马穆多娃编,В.索罗金、В.谢马诺夫等译,莫斯科:国家文艺出版社 1972 年版。

381.《猫城记》(哈萨克文),老舍著,阿拉木图:国家出版社 1972 年版。

1973 年

382.《咏菊》,诗集,闻一多著,Г.亚罗斯拉夫采夫译,В.苏霍鲁科夫作序,外国文学主编,莫斯科:外国文学出版社 1973 年版。

1974 年

383.《批评简讯:老舍致〈诗刊〉主编臧克家函:谈诗歌比较》,А.А.安季波夫斯基译、序、注,载苏联《远东问题》1974 年第 1 期。

384.《善人》《月牙儿》,老舍著,А.季什科夫译,载《雨》,莫斯科:国家文艺出版社 1974 年版。

385.《月牙儿》(乌克兰文),中短篇小说集,老舍著,И.奇尔科译,李福清作领衔论文,基辅:国家文艺出版社 1974 年版。303 页。

386.《雨:中国 20—30 年代作家短篇小说集》,费德林主编,莫斯科:国家文艺出版社1974年版。

387.《李有才板话》,中短篇小说集,赵树理著,苏联科学院东方学研究所编译,И.利谢维奇作序,М.施奈德责任编辑与校对;东方文学主编;莫斯科:科学出版社1974年版。

388.《梦珂》,丁玲著,《雨:中国20—30年代作家小说集》(费德林编),莫斯科:国家文艺出版社1974年版。

1975年

389.《五更天:30—40年代中国抒情诗》,Л.切尔卡斯基译并序,莫斯科:国家文艺出版社1975年版。128页。

1977年

390.《猫城记》,长短篇小说集,老舍著,再版,修订补充本,В.И.谢马诺夫编并作序,莫斯科:科学出版社1977年版。261页。

391.《从莫斯科归来》,老舍撰,载《我看见了未来》第2集,莫斯科:科学出版社1977年版,初版载《外国文学》1959年第8期。

392.《在医院中时》,丁玲著,曾.М.瓦卡译,载苏联《译丛》1977年第8期。

1978年

393.《骆驼祥子》,长篇小说,老舍著,И.奇尔科译,基辅:国家文艺出版社1978年版。240页。

394.《40位诗人:20—40年代中国抒情诗》,Л.切尔卡斯基译、序及注释,莫斯科:国家文艺出版社1978年版。324页。

1979年

395.《智者说:秋天来到山里》,老舍著,《东方文学选集》(第7版),莫斯科:国家文艺出版社1979年版。

396.《猫城记》(亚美尼亚文,译自俄文),长短篇小说集,老舍著,Ж.阿维季西扬译,埃里温出版社1979年版。

1980年

397.《围城》,长篇小说,钱锺书著,В.Ф.索罗金译,莫斯科:文艺出版社

1980年版。

1981年：

398.《鲁迅选集》，С.霍赫洛娃编，Л.艾德林领衔文章，В.彼特罗夫注释，莫斯科:国家文艺出版社1981年出版。(印数7.5万册,很快销售一空。鲁迅作品在苏联译介除俄文外,还被译成了多种民族文字:拉脱维亚文、爱沙尼亚文、格鲁吉亚文、阿塞拜疆文、乌兹别克文、吉尔吉斯文、阿尔泰文、图瓦文、土库曼文、乌克兰文、立陶宛文、哈萨克文、阿瓦尔文、亚库梯文、乌德摩尔梯文等。)

399.《艾青抒情诗选》,艾青著,Ю.索罗金译并作序,莫斯科:青年近卫军出版社1981年版。

400.《老舍选集》(俄译本),А.А.法伊恩加尔编,莫斯科:进步出版社1981年版。512页。(现代散文精品)

1982年

401.《中国诗歌集》,Л.切尔卡斯基译、序及注释,莫斯科:国家文艺出版社1982年版。239页。

402.《人妖之间》,中国短篇小说集,А.热洛霍夫采夫、В.索罗金编并序言,莫斯科:进步出版社1982年版。

1983年

403.《蜀道难:50—80年代中国诗选》,Л.切尔卡斯基编译,莫斯科:虹出版社1983年版。199页。内容:第一部,50年代的诗;第二部,70—80年代的诗。其中,切译55位中国诗人的112首诗歌。

1985年

404.《艾青历时诗选》,艾青著,Л.切尔卡斯基译,莫斯科:国家文艺出版社1985年版。

405.《中国中篇小说选》,其中有《人到中年》《乔厂长上任记》《啊》《杂色》《犯人李铜钟的故事》《天云山传奇》《立体交叉桥》等,莫斯科:国家文艺出版社1985年版。

1986 年

406.《阿Q正传》，鲁迅著，Л.艾德林编并领衔文章(《鲁迅》)，莫斯科：儿童文学出版社1986年版。

407.《鼓书艺人》，长篇小说，老舍著，Н.斯佩什涅夫译并作序，莫斯科：虹出版社1986年版。

408.《芙蓉镇》，长篇小说，古华著，В.谢马诺夫译，А.热洛霍夫采夫编并作序，莫斯科：虹出版社1986年版。

1987 年

409.《蜀道难:50—80年代中国诗选》，切尔卡斯基编、译、序，莫斯科：国家文艺出版社1987年版。199页。

410.《冯骥才中短篇小说集》，冯骥才著，李福清译，莫斯科：虹出版社1987年版。399页。

1988 年

411.《为要寻一个明星》(八首诗和一篇散文)，徐志摩著，Л..切尔卡斯基译，莫斯科：国家文艺出版社1988年版。

412.《中国现代散文集》，费德林主编并作序，莫斯科：虹出版社1988年版。

413.《王蒙小说选》，王蒙著，李福清选译，莫斯科：国家文艺出版社1988年版。

1989 年

414.《鲁迅选集》，鲁迅著，Л.艾德林领衔文章，В.彼特罗夫注释，莫斯科：国家文艺出版社1989年版。

415.《太阳的话》，艾青诗选，艾青著，Л.切尔卡斯基主编并作序，Л.古巴列娃校，莫斯科：虹出版社1989年版。

416.《围城》，长篇小说与短篇小说集，钱锺书著，В.索罗金译，莫斯科：文艺出版社1989年版。

1990 年

417.《郭沫若文集(诗、剧、小说)》，费德林主编，莫斯科：国家文艺出版社1990年版。

418.《中国现代剧作选》,内含:田汉《谢瑶环》、锦云《狗儿爷涅槃》、刘树钢《一个死者对生者的访问》等,莫斯科:国家文艺出版社1990年版。

1991年

419.《巴金选集》,巴金著,B.索罗金编并作序,莫斯科:虹出版社1991年版。

第三章
中国新文学俄苏研究史迹

一 中国新文学俄苏研究分期

俄苏的中国新文学研究,是与译介同步进行的,也是始于20世纪20年代中期。

1925年,苏联《东方》杂志第5卷发表了B.M.阿列克谢耶夫的论文《你研究新诗否?》,这是俄苏汉学研究中国新文学的第一篇文章。紧接着,第二年即1926年,阿列克谢耶夫应邀赴法国讲中国文学,他最后的一讲是对胡适《尝试集》的介绍与分析。他对胡适的分析和研究非常客观:一面称赞胡适的研究方法是对传统观点的批判;一面又指出胡适观点的矛盾及缺点。虽然本讲稿到1937年才在法国出版,但已表明,中国新文学研究已经被提上了俄苏汉学的"日程"。从1925年至1991年,经历了漫长、曲折、战乱和内斗不止的66年。因多方面的错综复杂的原因,各个时期的发展是不平衡的,但始终是在艰难地发展着。纵观其研究遗迹,俄苏中国新文学的研究历程,可分以下五个时期:

(一)初步介绍时期(1925—抗战前夕)

这一时期共十一二年,俄苏开始介绍中国新文学,12年间共发表有关中国新文学的文章32篇,其中还有数篇消息报道文章,其余大多为简介和书评。所以,这一时期,只是对中国新文学的初步的一般性的介绍阶段,还谈不上什么研究。所以称其为"初步介绍时期"。

这一时期的介绍、评论者多为无名学者,除阿列克谢耶夫外,只有两位是当时稍有名气的汉学家:一位是当时在河南国民革命军第二军俄国顾问团工作的青年汉学家王希礼(Б.А.Васильев),另一位是刚崭露头角的青年翻译家鲁德曼(В.Рудман)。

这一时期对中国新文学介绍面很窄,主要介绍了5位新文学作家和诗人:(1)В.М.阿列克谢耶夫在《你研究新诗否?》(1925)和1926年在巴黎讲学中以及在《中国当代文学问题》(1929)中,几次提及胡适及其《尝试集》,有肯定也有批评,非主论,而是兼论;(2)王希礼、Я.弗里德对鲁迅《阿Q正传》的介绍和评论(1929);(3)列旺京、П.涅兹纳莫夫对《萧三诗集》和《血书》的介绍与评论(1932、1935);(4)В.鲁德曼、霍夫对"中国革命中的女作家"丁玲的介绍与评论(1933—1936);(5)里米达利夫(评《动摇》)、В.鲁德曼(《中国革命作家茅盾(沈雁冰)》)对茅盾的介绍与评论(1936)。

俄苏汉学这一时期对中国新文学研究的冷清局面,与当时中国五四文学和二三十年代文学的蓬勃发展,与鲁迅创作的旺盛景象,产生了极大反差。这不能不引起俄苏汉学家们的思考。虽然这与苏维埃政权初期,工作繁杂,国内外斗争频仍,无暇顾及有关,但其根本原因,还是苏联汉学初期,在研究方向上自身出了问题,致使对中国的古典研究与现代研究,出现了严重失衡现象——不但研究成果,还有研究人才。这已引起了不少汉学家的关注。

(二)关注抗战文学时期(1937—1948)

这一时期,中国经历了抗日战争和解放战争;苏联经历了世界反法西斯战争和卫国战争。中苏作家和汉学家有着共同的命运和感受。所以,在战争期间,虽然大部分汉学家都奔赴战场,有的甚至献出了宝贵的生命,但留下来的汉学家仍在死守这块阵地。(也是)12年间,他们共发表了70多篇(部)研究中国新文学的著述,其中除研究鲁迅《阿Q正传》、茅盾《子夜》和丁玲早期作品外,主要是研究抗战文学的论文和著述,明显地表现出了对于抗战文学的关注,清醒地彰显出歌颂正义战争、张扬战争文学的浩气!这正是苏联文学和批评的特质。

一个时代有一个时代的文学,同样,一个时代有一个时代的学术。法国著名作家阿兰·佩雷菲特曾说:"在被占领期间,作家面对威胁便会骤然发挥他的真正才华:创作出流传千古的文学作品。"①这样的作品,值得研究!这样的研究,为中国抗日战争和世界反法西斯战争做出了重要贡献!其主要成果有:

B.鲁德曼《中国的抗战文学》,载苏联《旗帜》1938年第2期。

B.鲁德曼《中国民族解放斗争文化》,载《旗帜》1938年第3期。

А.Л.斯特隆格《被战争修复的中国文学》,载苏联《国际文学》1938年第7期。

埃弥·萧《抗日文学在中国》,载苏联《批评家》1938年第7期。

埃弥·萧《英雄中国的文学与艺术》,载苏联《新世界》1938年第7期。

А.法勃里奇内《中国人民的英雄们》,载苏联《书籍与无产阶级革命》1939年第10期。

钦杰克(Чен Джек)《中国的国防文学》,载《国际文学》1939年第11期。

Е.波塔波夫《与侵略者搏斗的中国》,载莫斯科《青年近卫军》1940年第4期。

Н.谢尔格耶夫《愤怒与勇敢的书》(评萧三《湘笛》),载苏联《国际青年》1940年第10期。

B.罗果夫《民族解放战争时期的文学》,载《国际文学》1940年第3—4期。

《中国人民英勇斗争的三年》,载《国际文学》1940年第7—8期。

А.法捷耶夫《在卫国战争中的文艺知识界》——苏联《文学和艺术》1942年1月11日。

О.Л.菲什曼《反映民主势力同反动势力斗争的中国新文学》,载《列宁格勒大学学报》1948年第8期。

……

这是用鲜血和生命凝成的汉学结晶,可歌可泣!

(三)欢呼新中国文学时期(1949—1959)

这一时期共10年,中经中苏友好的"蜜月"期,自然也是俄苏中国新文

---

① [法]阿兰·佩雷菲特《中国的抗战文学》(杨剑译),载钱林森编《法国汉学家论中国文学——现当代文学》,外语教学与研究出版社2009年版,第171页。

学研究的繁盛期。其明显标志是,这10年共发表(出版)研究成果有260余种,约占66年俄研总量(550篇/部)的47%。可见这是一个丰收时期,一个繁盛时期。因为俄苏汉学家大都认为,是俄国"十月革命的一声炮响,给中国送去了马列主义",所以,将中国革命的胜利,视为苏维埃的胜利,同时,也将中国新文学的发展,看作是中国作家向苏联文学学习的结果,因而,中国人民文学的兴起,就是社会主义现实主义的成功。所以,这一时期一个很显著的特点就是,对新中国文学的"友好、欢呼、庆功"。因而,这一时期被称为"欢呼新中国文学时期"(1949—1959)。这一时期的研究表现出以下几个特征:

1.研究成果丰硕

这一时期共发表(出版)研究成果260篇(部),占66年俄研总量的47%,这是一个可喜可贺的数字。

2.研究重点突出

在这260篇(部)研究成果中,研究解放区作家作品的著述约有150篇(部),研究五四时期、二三十年代的现代作家作品的著述也有百余篇(部),显然是以描写"新生活,新人物,新思维"的"新型的"人民文学,即解放区作家作品的研究为重点的。而对解放区作家作品的研究,虽然面铺得很广,但是研究重点也是很突出的:一是对中国解放区文学的总体观照和宏观把握;二是对荣获1951年度斯大林奖金的两部长篇小说《太阳照在桑干河上》和《暴风骤雨》以及新型的人民歌剧《白毛女》的研究;三是对反映中国农村生活的作家赵树理、马烽等的作品研究;四是对军事题材作家刘白羽、魏巍、陈登科等的作品研究;五是对萧三、艾青、田间、柯仲平、何其芳、李季等战争年代的诗歌及诗人研究,对五四及二三十年代现代作家作品研究主要是对鲁迅、郭沫若、茅盾、巴金、老舍、曹禺、张天翼等作家作品的研究,也有对翻译家、文艺理论家瞿秋白的研究。

3.研究格局在发生变化

这一时期,10年发表(出版)了260篇(部)研究成果,平均每年以26篇(部)成果的速度向前发展。但是发展是不平衡的,1949年发表了21篇,1950年发表了27篇,高潮期在1952年,发表了46篇(部)研究成果。从1949年至1952年的4年间共发表125篇(部),其中研究五四现代作家作品的论文仅25篇,研究解放区文学的100篇。但从1953年之后,情况就开始发生变化:1953年共发表25篇,其中研究五四文学的14篇,研究解放区文学的11篇;1955年共发表17篇,其中研究现代文学的14篇,研究解放区文学的3篇;1956年共发表20篇,其中研究现代文学的17篇,研究解放区文学的3篇;1958年共发表21篇,其中研究现代文学的12篇,研究解放区文学的9篇。这一研究格局的变化,表明俄苏汉学的研究逐渐走向深化,逐渐从感性走向理性;从意识形态走向文学自身,或曰文学的复归。这一时期也发表了不少研究五四现代作家的力著,诸如:

В.Ф.索罗金《鲁迅世界观的形成》,莫斯科:国家文艺出版社1958年版;

В.鲁德曼《中国革命文学奠基者之作》(评《鲁迅短篇小说集》,莫斯科,1950年版),苏联《西伯利亚之火》1950年第5期;

Л.波兹德涅耶娃《鲁迅》,莫斯科:国家文艺出版社1957年版;

费德林《郭沫若——〈郭沫若选集〉俄译本序言》,莫斯科:国家文艺出版社1955年版;

Л.瓦西里耶夫《郭沫若关于中国古代奴隶社会的研究》,载《苏联中国学》1958年第2期;

费德林《茅盾论》,载《茅盾选集》俄文版,莫斯科:国家文艺出版社1955年版,第3-16页;

В.罗果夫《论茅盾》,载苏联《旗帜》1956年第7期;

В.索罗金《长篇小说〈倪焕之〉俄译本序言》,莫斯科:国家文艺出版社1956年版;

В.彼特罗夫《巴金的创作及其长篇小说〈家〉》,载巴金长篇小说《家》,莫斯科:国家文艺出版社1956年版;

В.彼特罗夫《老舍及其创作——长篇小说〈骆驼祥子〉俄译本序言》,莫斯科:国家文艺出版社1956年版;

施耐德《瞿秋白论苏维埃俄国》,载《苏联中国学》1958年第1期;

Л.А.尼科利斯卡娅《曹禺的戏剧艺术》,载《苏联中国学》1958年第4期。等。

(四)加强五四文学研究时期(1960—1976)

汉学的发展与研究国和对象国的意识形态和彼此关系密切相关;随着1953年斯大林的去世,苏联文坛和政界发生了重大变化:先是1954年爱伦堡发表了中篇小说《解冻》,掀起了"解放思想"、"真实反映"社会现实的"解冻"思潮;接着,1956年苏共召开二十大,提出了批判斯大林"个人崇拜"问题,全盘否定了斯大林。这便引发了中苏两党意识形态的严重分歧和两国的非正常关系。当然也给俄苏的"新中国"文学"热"泼了冷水;加之苏联"解冻"思潮的崛起,苏联文坛发出了要修改"社会主义现实主义的定义"和恢复俄罗斯"现实主义传统"之声,这自然也影响到苏联汉学家的研究"走势"。他们的研究重点逐渐从反映新生活的"新中国"文学,转向了反映劳动人民疾苦的"旧中国"文学,即五四之后的批判现实主义文学。

这一时期共16年,涵盖了中国"文革"全过程。面对中国文化的"劫难"和俄苏文学的"解冻",汉学家们排除意识形态的干扰,理性地加强了作为"人学"的中国新文学研究。这期间共发表学术著述130多篇(部),其中研究五四文学的就占了近百篇。可见其研究重点的转移。这部分内容可分两部分:一部分是对中国五四文学的综合研究;另一部分是对五四作家作品的研究。这两部分内容,展示出了如下明显的特征:

1.研究的深入与深化

从对作家作品的微观研究而进入对总体新文学的综合的宏观研究,这本身就是对中国新文学研究的一种深入和深化。这部分研究共有60多篇,几乎占了这一时期总体篇什的一半份额。仅列举如下十数篇,便可观其研究水平在深化:

М.А.蒂尔洛夫《十月革命与1918—1927年的中国进步文学》,莫斯科:国家文艺出版社1960年版;

В.И.谢马诺夫《关于东方文学中的"新时代"问题》,载《亚非人民》1962年第2期;

В.索罗金、Л.艾德林《中国文学简论》(专著),莫斯科:国家文艺出版社,1962版;

А.Г.克雷莫夫《1917—1927年中国的社会思想与思想斗争》(博士论

文),莫斯科,1962年版;

A.E.康拉德《西方和东方》,莫斯科,1966年版;

О.Л.菲什曼《中国的讽刺长篇小说》,莫斯科,1966年版;

В.В.彼特罗夫《从中国传播马克思主义美学、文艺学理论著作谈起》,列宁格勒,1967年版;

Л.Е.切尔卡斯基《论五四诗歌中的人道主义问题》,莫斯科,1967年版;

Л.Е.切尔卡斯基《论中国新诗的分期》,莫斯科,1969年版;

费德林《中国革命文学20年》,莫斯科,1973年版;

О.П.鲍洛季娜《论苏中文学关系(1937—1945)》,《远东问题》1976年第1期。

Л.А.尼科利斯卡娅《巴金作品概论》,莫斯科大学出版社,1976年版。
凡此种种,不一而足。

2.涉研作家多为主流作家;鲁迅、老舍为"众矢之的"

本期涉研作家15人,他们是鲁迅、瞿秋白、郭沫若、茅盾、叶圣陶、老舍、闻一多、郁达夫、殷夫、巴金、曹禺、张天翼、蒋光慈、艾芜、许地山。但重点研究的是鲁迅和老舍,有关他们的研究著述均在数十种以上,其次是茅盾和闻一多。仅从对鲁迅与老舍研究的部分成果,便可观其研究的提升与深化。诸如:

В.彼特罗夫《鲁迅生平与创作概论》,莫斯科,1960年版;

В.彼特罗夫《鲁迅与郁达夫》,载《列宁格勒大学学报》1967年第2期。

В.И.谢马诺夫《鲁迅论外国文学》,载《亚非人民》1965年第5期。

В.И.谢马诺夫《鲁迅及其前驱者》,莫斯科,1967年版;

3.艾德林《论鲁迅的情节散文》,莫斯科,1971年版;

А.Н.热洛霍夫采夫《鲁迅遗产在中国"文革"中的遭遇》,莫斯科,1973年版;

……

А.А.安季波夫斯基《老舍的早期创作(1926—1936)》,莫斯科,1964年版;

А.А.安季波弗斯基《老舍的早期创作:主题、主人公、形象》,莫斯科,1967年版;

В.И.谢马诺夫《讽刺作家、幽默作家、心理学家——老舍》——莫斯科,1969年版;

В.И.谢马诺夫《老舍的戏剧理论》——莫斯科,1960年版;

О.П.鲍洛季娜《老舍1937年至1949年的创作》(史料),符拉迪沃斯托克,1975年版。

……

3.对非主流作家的研究令人瞩目

本期令人瞩目的一个看点是对几位非主流作家的关注并开始研究:

一是对郁达夫的研究:1967年,В.彼特罗夫在《列宁格勒大学学报》(1967年第2期)发表了其学术论文《鲁迅与郁达夫》,比较全面地阐释了鲁迅与郁达夫的异同,给予郁达夫及其文学以充分肯定;1971年,莫斯科科学出版社出版了В.С.阿德日马穆多娃的学术专著《郁达夫和创造社》;紧接着,1972年苏联出版了俄译本郁达夫著《春风沉醉的晚上》短篇小说集,发表了著名汉学家В.彼特罗夫为其撰写的长篇序言:《郁达夫的创作道路——〈春风沉醉的晚上〉短篇集俄译本序言》。郁达夫短篇小说的被译介和这几部研究著述的问世,比较全面地诠释了郁达夫的创作、治学和为人,全面、客观地评析了郁达夫的作品,给予了很高的学术评价,他们把郁达夫在中国文坛的地位放到了与鲁迅、茅盾一类作家的位置,实在高明!

二是对许地山的研究:1973年莫斯科科学出版社出版了一部汉学论集《中国文学研究在苏联》,其中发表了В.И.戈列洛夫的研究论文《许地山的散文精品》,比较精道地评析了许地山的散文创作,为俄苏的许地山研究开了个好头。

(五)复苏—成熟时期(1977—1991)

这的确是一个复苏时期。其含义有两层:一是中国结束了"文革",中共十一届三中全会之后,中国走上了"改革开放"的快车道,中国经济开始"复苏";二是中苏关系开始"复苏",1989年两国恢复了正常关系,俄苏的中国新文学研究开始复苏,并很快达到了成熟阶段。其研究水平的成熟在于:

1.本期共14年,发表(出版)研究著述70多篇(部)。这一数量虽然不算很多,但研究质量却很高:一是研究者多为名家,水平高;二是研究成果质量高,最值得提及的是,这一时期仅大部头的学术专著就出版了11部

Е.齐宾娜著《现代东方文学·左翼作家联盟时期和抗日战争时期的文学》,莫大1977年版;

Л.Е.切尔卡斯基著《中国战争年代的诗歌(1937—1949)》,莫斯科:科学出版社1980年版;

В.彼特罗夫著《鲁迅(1881—1936)》,莫斯科:国家文艺出版社1981年版;

Н.А.列别杰娃著《东方文艺学问题:传统与现代》,莫斯科:科学出版社1982年版;

О.П.鲍洛季娜著《老舍战争年代的创作(1937—1949)》,莫斯科:科学出版社1983年版;

И.К.格拉戈列娃编《老舍:作品翻译、研究文献索引》,莫斯科:书籍出版社1983年版;

Л.А.尼科利斯卡娅著《曹禺创作概论》,莫斯科大学出版社1984年版;

Л.艾德林著《鲁迅》,莫斯科:儿童文学出版社1986年版;

Л.Е.切尔卡斯基著《俄罗斯文学在东方:翻译理论与实践》,莫斯科1987年版;

Л.切尔卡斯基著《艾青:太阳的使者》,莫斯科:科学出版社1993年版;

Л.Е.切尔卡斯基著《徐志摩:在梦幻与现实中飞行》(手稿),耶路撒冷犹太大学1997年。

2.这一时期,以汉学权威期刊《远东问题》为核心的期刊发表了一批学术精湛的研究论文

А.А.安奇波夫斯基《纪念人民作家赵树理70诞辰》,《远东问题》1977年2卷第6期;

В.Ф.索罗金《纪念茅盾》,载苏联《文学报》1981年4月8日;

А.Н.热洛霍夫采夫《鲁迅在美国汉学界》,载《远东问题》1982年第3期;

А.Н.热洛霍夫采夫《爱国作家巴金》,载《远东问题》1983年第4期;

费德林《艾青:生平与时代》,载《远东问题》1984年第4期;

费德林《中国文学研究与翻译在苏联》（Ⅰ），载《远东问题》1986年第4期；

费德林《中国文学研究与翻译在苏联》（Ⅱ），载《远东问题》1987年第1期；

3.Ю.阿勃德拉赫马诺娃《论老舍的文艺美学观》，载《远东问题》1987年第1期。

以上这些论文的发表，明显提升了中国新文学研究的档次，使其进入了成熟研究时期。

3.研究成熟期还有一个重要标志，那就是"研究索引"篇什和著述的大量出现

费德林远在1956年出版的《中国文学》一书中，就载有《中国文学作品俄译图书索引》，其中也有不少研究索引。同年，莫斯科国家文艺出版社出版的《鲁迅选集》俄译本第4卷书末列出了俄译和研究鲁迅书目85种（索引）。20世纪80年代，费德林在《远东问题》1986年第4期和1987年第1期上，用两期的篇幅发表了自己的研究成果《中国文学研究与翻译在苏联》。这样的学术著述，没有或不参阅大量的"翻译索引"和"研究索引"是做不出来的；1958年，В.В.库宁编辑出版了《茅盾著作翻译研究索引》（莫斯科，1958）；1967年，А.А.安季波夫斯基在其《老舍的早期创作：主题、主人公、形象》（莫斯科：科学出版社，1967）中，添加了附录：《老舍著作译介、研究目录索引》；1977年，В.И.谢马诺夫发表的《老舍论讽刺与幽默》（载《远东文学研究理论问题》，1977）中，也特地添加了《附录：老舍译介、研究索引》；1978年，О.П.鲍洛季娜在其《老舍的艺术散文（1937—1949）》中，也附有《老舍译介、研究索引》（候补博士论文，1978）；1983年，俄苏出版了第一部"老舍研究"索引著述：В.Ф.索罗金《老舍作品、译介、研究目录索引》（莫斯科：书籍出版社，1983）。这一学术现象，表明俄苏的中国新文学研究已进入成熟、丰收期。

纵观俄苏中国新文学研究史迹，不难发现，虽然道路曲折、语境艰难，但俄苏汉学家们一直在沉稳坚守，并做出了令国内外学术界瞩目的成绩。在这一过程中，逐渐形成了以王希礼、罗果夫、费德林、艾德林、彼特罗夫、切尔卡斯基、索罗金、李福清、谢马诺夫、热洛霍夫采夫、波兹德涅耶娃、鲍洛季娜、安季波夫斯基、尼科利斯卡娅、齐宾娜、鲁德曼、克里弗佐夫、施耐德、贾托夫等为骨干的俄苏汉学队伍中的中国新文学研究学派,将中国新文学研究,跻入了世界汉学先进行列,这是俄苏汉学家的贡献,也是中国新文学的荣光!

二 中国新文学俄苏研究成果

俄苏中国新文学研究与译介同步,也是起于20世纪20年代中期。1925年В.М.阿列克谢耶夫在《东方》杂志(第5卷)发表的《你研究新诗否?》,是俄苏涉研中国新文学的第一篇论文。截至1991年苏联解体,据不完全统计,66年间共发表(出版)研究中国新文学的学术著述550余篇(部)(包括写于此时日后出版的),取得了辉煌成就。

其辉煌成就,主要表现为以下几个方面:

(一)广泛、深入地研究了中国新文学作家及其作品

1. 涉研中国新文学作家、诗人、剧作家近百人,按首次研究先后顺序排列,他们是

胡适、鲁迅、萧三、丁玲、茅盾、赵树理、草明、邵子南、周立波、欧阳山、孙犁、刘白羽、马烽、柯蓝、黄艾、孔厥、袁静、束为、王若望、康濯、鲁煤、曹禺、贺敬之、丁毅、李季、艾青、柯仲平、何其芳、田间、胡可、郭沫若、郁达夫、刘半农、叶圣陶、冯至、蒋光慈、谢冰心、王统照、巴金、老舍、曹禺、柔石、殷夫、胡也频、闻一多、张天翼、田汉、夏衍、艾芜、胡也频、柔石、陈登科、魏巍、杜鹏程、瞿秋白、毛泽东、朱德、刘伯承、袁水拍、蒲风、卞之琳、臧克家、吕剑、力扬、王亚平、严辰、戈壁舟、阮章竞、张志民、郭小川、李伯钊、沙鸥、王雪波、黄药眠、王希坚、梁信、周洁夫、吴强、冯德英、雷加、张孟良、周而复、梁斌、韩起祥(说书艺人)、姚雪垠、端木蕻良、萧红、萧军、司马文森、许地山、钱锺书、邓拓、徐志摩、朱湘、陈梦家、邵洵美、张资平、戴望舒等作家与诗人。

2. 涉研中国新文学作品近百五十部(排列顺序如前)

《尝试集》《阿Q正传》《狂人日记》《女神》《萧三诗集》《血书》《毛泽

东/朱德》《动摇》《子夜》《湘笛》《重逢》《中国短篇小说集》《鲁迅短篇小说集》《鲁迅选集(《呐喊》《彷徨》《野草集》)》《李家庄的变迁》《太阳照在桑干河上》《小二黑结婚》《原动力》《地雷阵》《暴风骤雨》《高干大》《火光在前》《吕梁英雄传》《红旗呼啦啦飘》《登记》《激荡的十年》《新儿女英雄传》《白毛女》《李有才板话》《王贵与李香香》《黎明的通知》《战斗里成长》《郭沫若文艺作品选集》《屈原》《大林和小林》《赵树理选集》《新中国诗人诗歌集》《中国诗歌集》《中国作家短篇小说集》《茅盾短篇小说集》《萧三诗选》《丁玲选集》《跨到新的时代来》《丁玲早期作品集(《梦珂》《莎菲女士的日记》等)》《鲁迅文集》《郭沫若选集》《林家铺子》《茅盾选集》《叶圣陶故事与寓言集》《龙须沟》《二月》《光明在我们的前面》《刘白羽选集》《茅盾文集》《倪焕之》《家》《春》《秋》《骆驼祥子》《老舍选集》《艾芜短篇小说集》《淮河边上的儿女》《巴金爱情三部曲》《老舍文集》《月牙儿》《茶馆》《张天翼选集》《铁水奔流》《谁是最可爱的人》《保卫延安》《郭沫若文集》《曹禺戏剧集》《毛泽东诗词》《赵树理选集》《陈登科中篇小说集》《刘胡兰》《巴金文集》《百炼成钢》《无脚拖拉机手》《走向胜利》《红日》《苦菜花》《站在最前列》《儿女风尘记》《中国新诗集(1919—1958)》《闻一多选集》《白求恩大夫》《上海的早晨》《山乡巨变》《红旗谱》《仅仅十年》《不能忘记的人》《高干大/前途似锦》《红色交通线》《迎春花》《血字》《芭蕉谷(诗集)》《张来兴》《瞿秋白(1899—1935)创作集》《故事新编》《老舍短篇小说集》《沉沦》《春风沉醉的晚上》《在路上》《蒋光慈诗集》《中国二三十年代抒情诗选》《鲁迅中短篇小说集》《鲁迅杂文集》《猫城记》《腐蚀》《蚀》《锻炼锻炼》《咏菊诗集》《许地山散文集》《"文革"样板戏》《我的一生》《火葬》《中国战争年代的诗歌(1937—1949)》《四世同堂》《围城》《艾青抒情诗选》《老舍战争年代的创作(1937—1949)》《雷雨》《日出》《北京人》《明朗的天》《燕山夜话》《鼓书艺人》《太阳的话》《巴金选集》《徐志摩全诗集》等。

3.研究面虽然铺得很广,但研究重点却十分突出

按获得研究专著或专篇数量多寡来排序,排在前十名的作家是:鲁迅、赵树理、丁玲、老舍、茅盾、郭沫若、周立波、萧三、艾青、巴金。俄苏研究中国新文学的成果共计550篇(部),仅研究前十位作家的著述就有214篇(部),约占俄研总量的38%,可见研究重点十分突出。

中国新文学作品在俄苏大量地被译介和研究,大大加深了俄罗斯人民对中国文学和中国人民的认识和了解;大大促进和发展了中俄两国人民的传统友谊;大大提高了中国文学的国际地位,对弘扬中华文化乃至东方文化做出了卓越贡献,他们的成就十分令人敬佩!

(二)研究队伍庞大,研究成果丰硕

1.俄苏的中国新文学研究队伍庞大

俄苏对中国新文学作品的研究是与译介同步进行的。一部中文俄译本新书出版后,立马在苏联报刊上进行报道、评论、研究和宣传,不但在文学期刊上,而且往往首先是在《真理报》《消息报》等党报上发表。所以,招徕了许多读者和撰稿者。当时参与评论和研究的人员很多,很快便形成了一支庞大的"研究队伍",阵容十分壮观。据不完全统计,当时参与撰稿的有数百人。虽然笔者清楚,在这众多撰稿者中并非全是懂中文的汉学家,而是有许多虽不懂汉语却根据译本对中国新文学作品发生了浓厚兴趣的俄苏学者、作家,甚至还有一般的读者——文学爱好者,也都加入了这一评论和研究中国新文学的队伍。笔者认为,精通汉语、专职研究中国文学的汉学家固然值得重视;然而那些根据译本(可信资料)对中国新文学进行评论和研究的学者、作家、读者,更值得敬重,因为他们才是中国文学的真正爱好者和知音,中国新文学在俄苏掀起的这股"热浪"与他们密切相关,他们是汉学家们工作意义的见证人,他们完成了并享受着文化传播的重任。所以,这些学人一个都不能忘记,一个都不能"拉下"。按发表文章或著作的先后排序,他们是:

В.М.阿列克谢耶夫、Я.弗里德、Б.А.瓦西里耶夫(王希礼)、列旺京、П.涅兹纳莫夫、Н.马佐金、里米达利夫、В.鲁德曼、霍夫、В.沃勒科娃、А.Л.斯特隆格、А.法勃里奇内、钦杰克(Чен Джек)、К.布钦斯卡娅、В.洛巴诺夫、Е.波塔波夫、А.奥鲍林、С.列文、Е.德米特里耶娃、Н.加宾斯基、В.罗果夫、Н.谢尔格耶夫、Н.А.彼特罗夫、В.洛西耶夫、А.什捷英别尔格、Л.艾德林、А.法捷耶夫、О.Л.菲什曼、В.克里弗佐夫、М.谢苗诺夫、Р.基姆、М.切察诺夫斯基、费德林、Л.波兹德涅耶娃、С.乌克伦杰夫、М.切恰诺夫斯基、Ю.斯维特洛夫、М.乌克拉英采夫、В.托克马科夫、Е.布科夫斯基、С.马尔科夫、Г.涅克拉索夫、Е.苏尔科夫、里诺夫、К.布科夫斯基、格利涅维奇、Н.А.彼特罗夫、

Б.阿克辛斯基、А.罗加切夫、Л.杜勃罗维娜、С.伊凡科、В.卡斯西斯、В.奥夫钦尼科夫、Г.康德拉舍夫、А.茹拉弗斯基、П.扎罗夫 А.扎罗夫、Н.帕霍莫夫、В.罗扎诺夫、А.贾托夫、И.叶尔马舍夫、В.谢马诺夫、李福清、Н.巴拉绍夫、В.彼特罗夫、П.阿尔奇米耶夫、А.马卡洛夫、И.阿尼西莫夫、Б.舒普列佐夫、Н.霍赫洛夫、З.特罗伊茨卡娅、Б.利西查、Н.佐尔卡娅、С.格拉西莫夫、Е.谢列勃里亚科夫、С.格拉西莫夫、М.斯捷帕诺夫、Т.卡尔斯卡娅、Е.茹科夫、И.谢尔格耶夫、К.西蒙诺夫、Н.季洪诺夫、Б.尤林、В.叶尔莫拉耶夫、Г.М.卡、М.卡皮查、А.波波夫、Н.格罗莫夫、Б.麦德维杰夫、К.彼特罗娃、И.雷连科夫、А.季什科夫、С.希帕切夫、В.基塔耶夫、Е.多勒马托夫斯基、Л.帕夫洛夫、Р.伊茨、Г.帕弗洛夫、И.弗连克利、С.科切托娃、В.科热弗尼科夫、Ю.普雷舍夫斯基、Г.亚罗斯拉夫采夫、Ю.奥西波夫、Н.马特科夫、Г.罗扎诺夫、В.索罗金、А.阿那斯塔西耶夫、П.Е.斯卡奇科夫、И.К.格拉戈列娃、Р.别洛乌索夫、Л.Е.切尔卡斯基、Р.阿法纳西耶夫、М.С.卡皮查、С.马尔科娃、В.В.尤尔扎诺夫、С.奥勃拉兹佐夫、施耐德、Л.С.瓦西里耶夫、В.В.库宁、Л.А.尼科利斯卡娅、扎雷金、Л.普利谢茨卡娅、Б.波斯佩洛夫、В.克特林斯卡娅、А.马列西耶夫、Ю.И.沙什洛夫、И.阿尔汉格利斯卡娅、А.戈利德曼、М.А.蒂尔洛夫、В.乌利亚诺夫、А.А.法伊恩加尔、С.霍赫洛娃、Г.戈洛弗涅夫、Н.Ф.马特科夫、А.Г.克雷莫夫、А.鲍尔夏戈夫斯基、И.Г.涅乌波科耶娃、А.А.安季波夫斯基、А.Е.康拉德、В.Т.苏霍鲁科夫、Ю.М.加鲁申茨、В.С.阿德日马穆多娃、А.Н.热洛霍弗采夫、С.А.托罗普采夫、В.И.戈列洛夫、Н.П.拉扎耶娃、А.Г.什普林钦、В.И.戈列洛夫、М.В.塔拉索娃、И.利谢维奇、А.艾利亚舍维奇、О.П.鲍洛季娜、Е.齐宾娜、И.勃拉金斯基、Ю.А.索罗金、Н.А.列别杰娃、И.К.格拉戈列娃、Н.斯佩什涅夫、З.Ю.阿勃德拉赫马诺娃等。

2.40 余研究专著

66 年间俄苏汉学家和广大热爱中国新文学的俄苏作家、学者和读者,对中国新文学进行了热情的传播和评论、研究,共发表(出版)了550多篇(部)研究成果,其中有40余部研究专著,在国内外产生了重大影响。诸如:

研究鲁迅的专著 10 部

(1)В.罗果夫《鲁迅论俄罗斯文学》,上海时代出版社 1949 年版。

(2)费德林《中国的伟大作家鲁迅》,苏联知识出版社 1953 年版。

(3)Л.Д.波兹德涅耶娃《鲁迅》,莫斯科:国家文艺出版社 1957 年版。

(4)В.Ф.索罗金《鲁迅世界观的形成》,莫斯科:国家文艺出版社 1958 年版。

(5)Л.Д 波兹德涅耶娃《鲁迅生平与创作(1881—1936)》,莫斯科:国家文艺出版社 1959 年版。

(6)В.彼特罗夫《鲁迅生平与创作概论》,莫斯科:国家文艺出版社 1960 年版。

(7)В.И.谢马诺夫《鲁迅及其前驱者》,莫斯科:科学出版社 1967 年版。

(8)格拉戈列夫编著《鲁迅著作索引》(В.索罗金作序),莫斯科科学出版社 1977 年版。

(9)В.彼特罗夫《鲁迅(1881—1936)》,莫斯科:国家文艺出版社 1981 年版。

(10)Л.艾德林《鲁迅》,莫斯科:儿童文学出版社 1986 年版。

研究老舍的专著 5 部

(1)А.А.安季波夫斯基《老舍的早期创作(1926—1936)》,莫斯科:国家文艺出版社 1964 年版;

(2)А.А.安季波夫斯基《老舍的早期创作:主题、主人公、形象》,莫斯科:国家文艺出版社 1967 年版;

(3)В.彼特罗夫《老舍及其创作》,莫斯科:国家文艺出版社 1970 年版;

(4)О.П.鲍洛季娜《老舍战争年代的创作(1937—1949)》,莫斯科:国家文艺出版社 1983 年版;

(5)И.К.格拉戈列娃编《老舍:作品翻译、研究文献索引》,莫斯科:国家文艺出版社 1983 年版。

研究茅盾的专著 2 部

(1)В.В.库宁编《茅盾作品翻译、研究文献索引》,全苏书籍出版署 1958 年版;

(2)В.Ф.索罗金《茅盾的创作道路》,莫斯科:国家文艺出版社 1962

年版。

研究艾青的专著2部
(1)В.彼特罗夫《艾青评传》,莫斯科:国家文艺出版社1954年版;
(2)Л.切尔卡斯基《艾青:太阳的使者》,莫斯科,科学出版社,1993年版。

研究郭沫若的专著
С.Д.马尔科娃《郭沫若的诗歌创作》,莫斯科:科学出版社1961年版。

研究瞿秋白的专著
施奈德《瞿秋白(1899—1935)的创作道路》,莫斯科:国家文艺出版社1964年版。

研究郁达夫的专著
В.С.阿德日马穆多娃《郁达夫和创造社》,莫斯科:科学出版社1971年版。

研究殷夫的专著
Н.Ф.马特科夫《殷夫——中国革命的歌手》,莫斯科大学出版社1962年版。

研究闻一多的专著
В.Т.苏霍鲁科夫《闻一多的生平和创作》,莫斯科:科学出版社1968年版。

研究巴金的专著
Л.А.尼科利斯卡娅《巴金作品概论》,莫斯科大学出版社1976年版。

研究曹禺的专著
Л.А.尼科利斯卡娅《曹禺创作概论》,莫斯科大学出版社,1984年版。

研究徐志摩的专著

Л.Е.切尔卡斯基《徐志摩:在梦幻与现实中飞行》(手稿),耶路撒冷犹太大学 1997 年。

另外,还有综合研究专著 20 余部:诸如,费德林的《中国现代文学概论》(1953)、《中国札记》(1955)、《研究中国文学的问题》(1974),Л.艾德林的《论当代中国文学》(1955),С.Д.马尔科娃的《中国民族解放战争时期的诗歌(1937—1945)》(1958),В.索罗金、Л.艾德林的《中国文学简论》(1962),Л.Е.切尔卡斯基的《中国 20—30 年代新诗》(1972)和《中国战争年代的诗歌(1937—1949)》(1980)等。

以上这些著作的问世,在国际汉学界产生了重大影响。70 年代末,美国翻译出版了谢马诺夫著《鲁迅及其前驱者》(阿列别尔译),在美国和西方汉学界产生了较大影响;切尔卡斯基在中国新诗研究方面,以 20 余部翻译作品和研究著述被国际汉学界誉为中国现代诗歌研究的权威学者,20 世纪 80 年代欧洲利学基金会在编纂大型学术书 A selective Guide to Chinese Literature.1900—1949(《中国文学精选指南(1900—1949)》)时就特约他编纂本书的《现代诗歌卷》。为此,他撰写了徐志摩、戴望舒、汪静之、蒲风、艾青、田间等中国现代诗人的篇章,把中国诗人推向了世界,在世界产生了良好影响。

(三) 俄苏中国新文学研究学派的形成

在中国新文学研究的过程中,涌现出了一批学有专长、研究成果特出的汉学家,形成了一支活跃于俄苏汉学界的中国新文学研究学派。该学派形成的重要标志有四点:其一,创造出了一大批高质量的研究成果;其二,具有科研成果突出、善于团结学人、极具权威性的学科带头人(费德林——撰写了数百篇/部论文、序跋、专著);其三,有一大批学有专长、扎实治学的学术骨干(切尔卡斯基、彼特罗夫、艾德林、索罗金、谢马诺夫等);其四,具有可靠的发表学术成果的学术"阵地"——《苏联中国学》《远东问题》《外国文学》《文学报》等。这一切都已表明,俄苏的中国新文学研究学派已经形成,其名望早已蜚声海内外。他们就是:

费德林（Н.Т.Федоренко）、切尔卡斯基（Л.Е.Черкасский）、彼特罗夫（В.В.Петров）、艾德林（Л.З.Эйдлин）、索罗金（В.Ф.Сорокин）、谢马诺夫（В.И.Семанов）、李福清（Б.Л.Рифтин）、克里弗佐夫（В.Н.Кривцов）、鲍洛季娜（О.П.Болотина）、鲁德曼（В.Рудман）、王希礼（Б.А.Васильев）①、罗果夫（В.Рогов）、施奈德（М.Е.Шнейдер）、波兹德涅耶娃（Л.Д.Позднеева）、热洛霍夫采夫（А.Н.Жедоховцев）、彼特罗夫（Н.А.Петров）、贾托夫（Агей Гатов）、伊凡科（С.Иванько）、帕霍莫夫（Н.Пахомов）、利西查（Б.Лисица）、谢列勃里亚科夫（Е.Серебряков）、马尔科娃（С.Д.Маркова）、马特科夫（Н.Ф.Матков）、尼科利斯卡娅（Л.А.Никольская）、А.А.安季波夫斯基（А.А.Антиповский）等。

三 中国新文学俄苏评论概观

（一）现代文学评论

俄苏汉学家研究中国文学与俄国时代研究中国文学的根本不同在于，俄国时代研究者们观察中国文学问题主要是从当时统治中国精神生活的孔孟之道、儒教世界观的立场出发，而不是从文学创作的语言文学艺术的立场出发去研究中国文学；而俄苏汉学家们更新了研究观念，一开始便从新的、真正科学的立场出发，在马列主义学说的理论指导下进行研究，将中国文学作品开始视为中国社会的经济关系和阶级斗争的思想反映。基于这一点，俄苏汉学家们特别注意从宏观上去把握中国现代文学，把握它产生的那个特定时代，强调作家与时代的关系，探索作家的人生和创作道路，重视本国前辈作家和世界作家对作家的影响，并运用比较研究的方法阐明作家对于这些"影响"的发展、突破、创新和超越。在此基础上对作品进行充分的艺术的分析：人物形象、艺术风格、语言特色等等，对作家作品给出一个客观、公正的评价。

---

① 在俄罗斯汉学史上，出现了两位著名的姓"阿列克谢耶夫"的汉学家。一位是俄罗斯科学院院士 В.П.瓦西里耶夫（В.П.Васильев，1818—1900）；另一位是苏联汉学家 Б.А.瓦西里耶夫（Б.А.Васильев，1899—1937）。前者的汉名叫王西里，后者的汉名叫王希礼。王希礼是俄苏翻译鲁迅《阿Q正传》的第一人。他与鲁迅和曹靖华有深交。

著名汉学家 B.彼特罗夫对鲁迅的总体概括可以代表俄苏学者对鲁迅的总评价:"鲁迅是中国现代文学的奠基人。鲁迅真实地、多面地描绘了中国社会现实,以其伟大的作品开辟了中国现实主义文学艺术的新纪元。鲁迅优秀的文学遗产是 20 世纪初期中国社会生活的百科全书,是中国人民的智慧及其憧憬光明未来的具体体现。"彼特罗夫认为鲁迅早期的学术研究和翻译活动对鲁迅后来的文学创作意义重大;学术研究使他接受了先辈作家的优秀传统,翻译西方作品使他找到了东欧和俄苏文学。所以,他指出:"鲁迅创造性地发展了以罗贯中、施耐庵、曹雪芹、吴敬梓的不朽作品为代表的中国古典小说传统,发展了西方批判现实主义主要是俄罗斯古典文学的创作经验和优秀的文学成就。"但是,他强调,外国文学作品的影响,"决不会破坏鲁迅创作风格的独立性,决不意味着鲁迅摒弃了自己的民族传统。鲁迅永远是一位深刻的富有民族性的作家"。①

郭沫若的好友著名汉学家费德林,经过对郭沫若多年研究后,这样概括道:作为社会活动家、作家的郭沫若的形成是与中国民族解放运动新时期的开端,与与之相关联的革命斗争的新形势同步发生的,他的"20 年代的诗歌创作是与 1919 年反帝反封建的'五四'运动紧密相连的:作品充满了对于封建传统思想和反动统治的憎恨,愤怒地揭露了社会的不平等现象"。他指出,郭沫若的异乎寻常的多才博学、完全创新的科研活动、积极主动的社会政治工作以及直接参与中国人民的革命运动,"这一切便决定了郭沫若作品的开阔、精深、博学"。②

茅盾,以其半个多世纪的光辉的文学活动、杰出的现实主义创作、精辟的文学理论和大量的文学翻译,早为俄苏汉学界所倾慕。著名汉学家 B.Φ.索罗金在其《纪念茅盾》一文中评论道:在中国历史处于重要转折关头的几十年中,茅盾描绘了异常广阔而又丰富多彩的生活图景,塑造了社会各阶层的各式各样的人物形象。"在这方面,恐怕没有一个中国作家能与之相媲美。"③无独有偶,费德林在自己的研究论文中也指出,"茅盾著作是本世纪(20 世纪)二三十年代中国生活的百科全书。任何一位中国作家,

---

① [俄]B.彼特罗夫《中国人民的伟大作家——鲁迅》,载费德林等著《前苏联学者论中国现代文学》(宋绍香译),新华出版社 1994 年版,第 32 页。
② [俄]费德林《郭沫若简论》,载费德林等著《前苏联学者论中国现代文学》(宋绍香译),新华出版社 1994 年版,第 69、72、66 页。
③ 原载《苏联文学报》,1981 年 4 月 8 日。

也许,不能创作出如此广阔的现代中国社会的画卷,不能描绘出这么丰富多姿的同代人形象系列,不能像茅盾在其中、长篇小说中那样提出这么多重大的社会问题。"①他分析茅盾最杰出的长篇小说《子夜》(1932),认为"作品以独特巨大的艺术魅力","运用一位现实主义艺术大师所应有的艺术手法",创作了"中国社会生活的巨幅画卷"。指出茅盾文学艺术创作的基本特点首先是"反映时代的重大社会现实,塑造各种社会阶层的代表人物,描写他们的性格、环境和思想"。②

俄苏学者们对于叶圣陶的儿童文学特感兴趣,他们往往运用比较研究的方法,对叶圣陶儿童文学的研究提出独到的见解。年轻学者 H·列别杰娃认为国际汉学界对叶圣陶早期儿童文学作品的研究有两种评价:一种是以美国学者夏志清为代表的评价,认为叶圣陶的儿童题材作品代表了传统上对儿童心理和儿童福利的冷淡,以及社会对于现代教育的漠视……而另一种则是以苏联评论家 M·蒂尔洛夫为代表的评价,认为叶圣陶描写儿童的短篇小说的主题之一,是人类的幸福,精神生活的充实。作家用他笔下的形象有力地表明,人是为幸福而生的;他还呼吁对青年一代要给予极大的关注。列别杰娃认为这两种观点都有其存在的道理,"不过我们认为苏联学者的看法更正确,更能给人以启发"③。一些研究者很重视叶圣陶创作风格同中国文学传统的关系。施奈德在评论捷克汉学家雅·普实克认为叶圣陶文学,一方面"根植于传统文学的土壤";另方面"(然而)它已渗进了新的精神"④的论点时指出,普实克把叶圣陶创作技巧形成过程中的民族传统的影响放在首位是正确的,他说:"虽然中国文学可能也从欧洲文学中借鉴了不少东西……然而滋育中国作家的主要源泉还是中国古典文学。"⑤

巴金的大名及其作品在俄苏早已广为人知,他的作品在俄苏发行了近五十万册,B·彼特罗夫为他的俄译本《家》(1956)和两卷文集(1957)撰写

---

① [俄]费德林《茅盾论》,载费德林等著《前苏联学者论中国现代文学》(宋绍香译)新华出版社 1994 年版,第 85-86 页。
② 同上。
③ [俄]H.A.列别杰娃《叶圣陶的儿童题材作品》,载《东方文艺学问题:传统与现代》,莫斯科科学出版社 1982 年版。
④ [捷]雅·普实克《叶绍钧和安东·契诃夫》,载《普实克中国现代文学论文集》,湖南文艺出版社 1987 年版,第 199 页。
⑤ [俄]M.E.施奈德《俄罗斯古典文学在中国》,莫斯科:国家文艺出版社,1977 年版。

了洋洋大观的序言,介绍了他的生平和创作。

早在1937年,巴金的短篇小说就被译成俄文刊登在《在国外》杂志(第9期)上。1976年,莫斯科大学又出版了Л·尼科利斯卡娅的学术专著《巴金作品概论》。该著作详细介绍了巴金的主要长篇及中、短篇小说,论述了作品的政治倾向和现实意义,为巴金30—60年代的作品勾画出了一个清晰的轮廓。著者指出,巴金20年代所受世界观方面和文学方面的影响是非常复杂的,因而片面地解释他的世界观问题是不妥当的。巴金走过了一条曲折的道路,他的作品里也有一些矛盾交织着、共存着。但是,"不管外国思想对他的影响多强烈,巴金还是成了批判现实主义者——首先是他的同胞鲁迅——的文学和美学原则的坚定信徒。"① 著名汉学家A·热洛霍弗采夫声称"巴金是中国作家中最欧化的一个,外国文学,特别是19世纪的俄国文学,对他的影响是巨大的"②。但是,他又批驳那种"说他(巴金)是个欧化的、信奉世界主义的、与民族土壤格格不入的作家"的说法。他说:"巴金是位既有声望又多产的作家,对促进中国革命进步的'左倾'气氛的形成是做出了贡献的。他吸引读者走上了倾向革命的道路,他的作品传播着革命情绪,是第一个台阶,走上这个台阶之后,距离中国共产党,距离有组织的反对帝国主义和国内反动派的斗争便不远了。"③看来,这种评价是中肯的也是客观的。

关于老舍,费德林在其专著《中国文学》中以《老舍》为题设了专章(第13章),在其主编的《老舍短篇小说、剧本、论文集》中写了以《老舍》为题的领衔文章,它们全面而深刻地分析、评论了老舍的艺术作品。费德林指出,20世纪中国很活跃的散文作家之一——老舍的极具独特风格的人道主义的创作,很久已跨越了民族的界限,博得了国际的好评。老舍在创作中国现代长、短篇小说方面所发挥的作用,是异乎寻常的巨大——他属于那一代老作家(茅盾、叶圣陶、巴金等)之列,他们跟随鲁迅,为中国文学开辟了一条崭新的道路,掌握了真正珍贵的资料,学会了大众文学的表现形式。在老舍的长篇、中篇、短篇小说中,展现了全国各地一系列"破旧立

---

① [俄]Л.A.尼科利斯卡娅《巴金作品概论·第一章》,载《巴金作品概论》,莫斯科:莫斯科大学出版社1967年版。
② A.H.热洛霍弗采夫《爱国作家巴金》,载苏联《远东问题》1983年第4期。
③ 同上。

新"生活方式的历史时代。① B.彼特罗夫也为俄文版《骆驼祥子》写了题为《老舍及其创作》的领衔论文。他认为老舍的短篇小说有很高的艺术造诣。老舍善于选取表现人物性格特征的最本质的东西,善于运用结构故事的各种方法,避免篇章冗长和空泛的议论。老舍的短篇小说中,没有那种纠缠不休的作者的"教学论"。作品的思想,是通过人物的行动、语言和人物之间的相互关系而展现出来的。②

关于这一点,著名学者3.阿勃德拉赫马诺娃则写了专论——《论老舍的文艺美学观》,详尽地、全面地、科学地论述了老舍的文艺美学观。论者指出:"研究老舍的文艺批评活动,不仅能深刻理解这位多才多艺的天才的全部意义,而且能拓宽我们的文艺批评观念,了解进步的文艺工作者们为反对导致'文革'灾难的方针而进行的种种斗争方式和方法。"③

曹禺的恢宏精湛的剧作博得了俄苏汉学家的浓厚兴趣和赞许。他们主要关注他的早期剧作《雷雨》《日出》和解放后的话剧《明朗的天》。B.彼特罗夫在分析《雷雨》《日出》等剧本后指出:"爱国主义与人道主义,对美好幸福生活的向往与人类思想解放的理想,这一切永远是曹禺剧作的思想基础。作家坚定地站在民主立场上向旧社会发起了猛烈的攻击。"④评论家非常欣赏《明朗的天》,指出在评判生活问题和生活现象,在鲜明的艺术特点与心理描写的深度,在塑造人物形象诸方面表现出来的高度思想性原则,"使话剧《明朗的天》跻入了当代中国文学的优秀作品之林","其作品的现实主义的深度、人道主义、鲜明独特的艺术风格,使曹禺不仅享有全民族的,而且享有全世界的盛誉"⑤。

中国现代文学大家们,不但以瑰丽的文学精品而且以精湛的文学翻译也博得了俄苏汉学家们的赞许。我们的文学大家们,真不愧"五四"新文

---

① Федоренко Н.Т.Лао Шэ и его творчество (Предисловие). В кн.: Лао Шэ. Избранное. Сборник.—М.:《Прогресс》,1981.(Мастера современной прозы).C. 16.

② Петров В.Лао Шэ и его творчество. В кн.: Лао Шэ Рикша.—М.,: Гослитиздат, 1956. C. 7.

③ Абдрахманова З. Ю. О литературно-эстетических взглядах Лао Шэ.—Проблемы Дальнего Востока,1987,№1,C. 106.

④ [俄]B.彼特罗夫《论曹禺的创作》,载费德林等著《前苏联学者论中国现代文学》(宋绍香译),新华出版社1994年版,第188页。

⑤ 同上。

化运动那"需要巨人而且产生了巨人——在思维能力、热情和性格方面,在多才多艺和学识渊博方面的巨人的时代"(恩格斯语)。他们大抵少年时代深受中国古学——古典诗歌、古典小说的影响;青年时代学习了外语或出国留学(大多赴东洋),大都精通一两种外语,于是攻读外国名著、翻译外国作品,吸收了外国文学作品中许多有益的养分。对此,汉学家们非常关注,几乎每一位研究家在每一篇著述里都涉猎了这一问题,探讨中国现代作家们在翻译、传播世界文学特别是俄苏文学方面的功绩,研究作家、作品所受西方尤其俄国文学的影响。B.彼特罗夫说:"鲁迅是俄国古典文学和苏联文学的热情宣传者,他在自己生命的最后10年特别积极地翻译俄国和苏联作家的作品。"他列举了鲁迅翻译的果戈理、契诃夫、高尔基、谢德林、法捷耶夫、A.雅各武莱夫等作家的作品。指出:"俄国古典文学及其先进的民主革命思想和人道主义传统对鲁迅创作风格的形成产生了卓有成效的影响。"①郭沫若研究家费德林也指出:"郭沫若作为世界作家和学者的优秀作品的传播者和译者成就卓著。他的译著甚丰。"他列举了郭翻译马克思、恩格斯、托尔斯泰、屠格涅夫、歌德、莪默·伽亚谟等的著作。他还指出,郭沫若从青少年时代就拜读了泰戈尔、惠特曼、海涅、雪莱的诗歌,潜心研究屠格涅夫、托尔斯泰、契诃夫、高尔基的作品。尤其"惠特曼的歌颂人、歌颂人的劳动、歌颂愉快的生活感受和大自然的作品对郭沫若的早期创作给予了很大的影响"②。另外,对瞿秋白、茅盾、叶圣陶、巴金、老舍、夏衍、艾青等诸多中国现代作家、诗人,也有类似的评述。

某些西方的汉学家们始终感到不解的是,为什么大多留学于东洋(日本)和西洋(英法)的中国现代作家们竟会喜欢俄国文学?起初,他们不得其解,仅仅认为是"心灵的相像"。譬如,1942年O.布里耶尔就说过:"就对中国现代作家的吸引力来说,俄国小说是无可匹敌的。俄国和中国小说家的心灵太相像了。"③直到60年代末奥尔格·朗才确认:"中国知识分子对俄国文学的兴趣是由他们对日益高涨的俄国革命运动的同情引起

---

① [俄]B·彼特罗夫《中国人民的伟大作家——鲁迅》,载费德林等著《前苏联学者论中国现代文学》(宋绍香译),新华出版社1994年版,第62-63页。
② 同上,第66、72页。
③ [美]奥尔格·朗《巴金和他的著作——两次革命之间的中国青年》,坎布里奇1967年版,第224页。

的。"①那么,俄国和苏联时期的汉学家们又是为什么如此热情地译介和研究中国文学?联想奥尔格·朗的"确认",就不难回答了。

文学无国界。20世纪的文学,其主流,是开放的文学,革命的文学。

歌德说:"民族文学在现代算不了很大的一回事,世界文学的时代已快来临了。现在每个人都应该出力促使它早日来临。"②

俄苏汉学家们对异质文学(文化)的潜心研究,为"促使"世界文学的"早日来临",做出了重要贡献!

(二)解放区文学评论

俄苏汉学家善于以科学的马克思主义文艺观、美学观将中国解放区文学置于以五四新文化运动为发端的中国新文学的大系统中对其进行总体考察和宏观把握。他们认为,中国解放区文学作家发扬光大了鲁迅战斗的优良传统,深刻理解和把握民族文学遗产和民间口头文学创作,在传统风格的基础上,创作出了充满现代内容的新型的人民文学。著名汉学家B·索罗金在1959年为《中国作家短篇小说集》俄译本撰写的序言中指出:"1942年中共中央在延安召开的'文艺座谈会'就是中国解放区文学发展的重要标志。"他认为延安文艺座谈会的重大成功在于:其一,"为作家艺术家提出了文艺要为工农兵服务的重大任务";其二,向作家艺术家"指出了掌握先进世界观的重要性";其三,"号召作家艺术家创作出中国人民'喜闻乐见'的独具风格的作品"。③ 所以,在其1962年与另一位著名汉学家Л.艾德林合著的《中国文学简论》一书中,在论及20世纪40年代的中国人民文学时,他们又一次阐明了这一观点:"延安文艺座谈会对中国文学的发展具有重大意义。"他们指出,历史已经证明,从五四运动,尤其从中国共产党成立起,中国进步作家们的一切追求就是真实地描写中国革命发展的现实。然而这在过去(国统区),总是办不到的。作家与人民群众的真

---

① [美]奥尔格·朗《巴金和他的著作——两次革命之间的中国青年》,坎布里奇1967年版,第221页。
② [德]爱克曼辑录,朱光潜译《歌德谈话录》,人民文学出版社1978年版,第113页。
③ B·索罗金《〈中国作家短篇小说集〉俄译本序言》,原载《中国作家短篇小说集》俄译本,莫斯科:国家文艺出版社1959年版;译文载宋绍香译/编《中国解放区文学俄文版序跋集》,中国文史出版社2004年版,第301-302页。

正联系,只有在摆脱了国民党压迫的自由的解放区里才能得到实现。所以,"许多当代优秀的作品在中国解放区诞生了"。① 解放区的作家们生活在人民中间,他们"以自己的文学作品帮助人民消解战争的重荷,以便鼓舞他们投入抗日战争"。② 解放区作家们继承和发扬"喜闻乐见"的人民文学传统,将传统形式与现实生活的新内容结合在一起,"描写了伟大的革命现实,描写了旨在民族与社会解放的战无不胜的群众运动"。③ 所以,Б.索罗金将其概括为:"新生活,新人物,新思维——这是中国解放区文学的特征。"并且指出:"这一新的特征,在当代中国最受欢迎的作家之一——赵树理的创作中得到了光辉体现。"④这一论断,应该说,是客观、中肯而又到位的,与40年代郭沫若的宏论有异曲同工之感。⑤

对一种文学的总体审视与宏观把握,必须以对其具体作家作品甚至细节、情节进行细致而精当的微观研究为前提的。俄苏汉学家们正是这么做的。他们集中人力、精力对1951年度获奖作品,进行了精要的研究。他们首先瞄准了富有个性的中国解放区女作家丁玲及其长篇代表作品《太阳照在桑干河上》。该书俄译本译者著名汉学家Л.波兹德涅耶娃在其译者序言中多次指出:"这部小说全面地而非简单化地反映了土改这一复杂进程",作品以"大部分篇幅描写了解放区新的人、新的组织……解放区农村生活的一切新生事物",同时"也非常注意描写农村的反动势力"——"解放区的土地改革以其全部的复杂性被展现在我们面前"。⑥ Л.波兹德涅耶娃首先对该作品描写人物之众多、反映事件之复杂、题材之宏巨性给予了充分的肯定。另一位著名汉学家费德林对此亦有同感,他说:"总的看来,(《太阳照在桑干河上》)开头部分比后面写得更充实、宏伟,读者捧读起来

---

① Б.索罗金、Л.艾德林《20世纪40年代的中国人民文学》,原载俄文版《中国文学简论》,莫斯科东方文学出版社1962年版,第178页;译文载宋绍香译/编《中国解放区文学俄文版序跋集》,中国文史出版社2004年版,第309页。

② 同上,译文载第309—310页。

③ 同上,译文载第310页。

④ Б.索罗金《〈中国作家短篇小说集〉俄译本序言》,原载《中国作家短篇小说集》俄译本,莫斯科国家文艺出版社1959年版;译文载宋绍香译/编《中国解放区文学俄文版序跋集》,中国文史出版社2004年版,第301—302页。

⑤ 郭沫若《谈解放区文艺创作》,1946年8月24日《群众》第12卷,第4—5期。

⑥ Л.波兹德涅耶娃《〈太阳照在桑干河上〉俄译本第二版序言》,原载《太阳照在桑干河上》俄译本(第二版),莫斯科外国文学出版社1952年版;译文载宋绍香译/编《中国解放区文学俄文版序跋集》,中国文史出版社2004年版,第29页。

就会想到,自己是在读一部史诗。"①但是,在其另一部著作中他又指出:这一长篇的史诗性内容,固然与它题材的宏巨性有关,但更为重要的是"丁玲既不简单化也不夸大地反映了包涵着全部复杂性和多样化的生活真实。也许作家的才能在这里表现得最充分和多方面。这位语言艺术家所描写的暴风雨将临的情景是令人难忘的"②。作品之所以能达到如此的艺术效果,Л.波兹德涅耶娃对此也做了深入探讨,她说:"长篇小说《太阳照在桑干河上》的基本优点是运用现实主义手法描写人,就其全部复杂性和多样性方面描写中国农村的活生生的人。"③她指出,丁玲继承中国近代长篇小说传统,对作品中每个主要人物都写成一个单独的短篇,从而展示其经历与性格特征。所以,她说:"这部作品,就其艺术技巧,其展示形象和事件的现实主义手法而论,表明了女作家的长足进步","表明了丁玲创作已进入符合创作规律的时期","对创建新民主的真正的现实主义文学做出了重大贡献"。④

另一部获奖作品——周立波的长篇小说《暴风骤雨》,也是反映土地改革的作品。土地改革,俄苏学者认为,它是解放中国生产力,保障中国经济、政治独立的基础,也是创建独立的人民共和国十分必要的条件,所以,它是当代中国文学的一个"中心主题"。在表现这一"中心主题"的作品中,周立波的《暴风骤雨》得到了很高的评价。该著俄译本编者Б.舒普列佐夫在编者前言中写道:"反映土改的第一部巨著,就是天才的中国作家周立波的长篇小说《暴风骤雨》。"⑤著名汉学家、学者В.索罗金、Л.艾德林在论及反映这一"中心主题"的作品时也强调指出:"在这里,首先应该提到

---

① 费德林《丁玲印象记》(李荣生译,毛树智校),载孙瑞珍、王中忱编《丁玲研究在国外》,湖南人民出版社1985年版,第400页。
② Федеренко Н.Т.Китайская литература—М.: Гослитиздат,1955.
③ Л.波兹德涅耶娃《〈太阳照在桑干河上〉俄译本第二版序言》,原载《太阳照在桑干河上》俄译本(第二版),莫斯科外国文学出版社1952年版;译文载宋绍香译/编《中国解放区文学俄文版序跋集》,中国文史出版社2004年版,第32页。
④ 同上,译文载第32-35页。
⑤ Б.舒普列佐夫《〈暴风骤雨〉俄译本第二版出版前言》,原载《暴风骤雨》俄译本(第二版),莫斯科外国文学出版社1952年版;译文载宋绍香译/编《中国解放区文学俄文版序跋集》,中国文史出版社2004年版,第67页。

共产党员作家周立波的长篇小说《暴风骤雨》。"①该著译者、著名作家 B.鲁德曼在译者序言中也表达了这一观点:"长篇小说《暴风骤雨》,以其激动人心的题材的宽广与丰富,明显地区别于中国描写土改生活的其他作品。"②那么,俄苏学者们的这一论点是基于什么样的"论据"而提出来的呢?综合他们的宏论,可以概括为如下几点:其一,文学是人学,应该写人,写新人,尤其要写新人的形成历程。他们认为:土改这一主题对当代中国文学的鲜明意义在于,它最充分地展示了人民中的新人的形成历程。③ Б.舒普列佐夫说:"周立波在其小说中并未局限于描写农民反对使他们陷入贫困与饥饿的封建土地所有制的斗争,他集中描写的主题是展现新人的诞生和成长的历程"④;其二,文学作品应塑造艺术形象,周立波成功地塑造了"一系列农村典型人物"。B.索罗金、Л.艾德林在其论著中曾经提出文学作品主要应该塑造艺术形象。而 B.鲁德曼就指出周立波在其作品中成功地推出了"一系列农村典型人物"。如"党的智慧与良知的体现者"肖祥,"农民的领头人"赵玉林,老雇农郭全海,还有"色彩鲜丽的人物"白玉山和白大嫂形象等等。但是,他又进一步阐明,"但作者决不仅限于此,同时,他还描写出了中国农村先进人物的形成和思想发展的典型的当代中国画卷";其三,人民文学应具有使人民通俗易懂的艺术形式。B.鲁德曼认为《暴风骤雨》正是这样的作品。所以,"这部从艺术形式到语言运用都是广大人民群众通俗易懂的长篇小说受到了热烈的欢迎"⑤。基于以上的因素,所以 B.索罗金、Л.艾德林结论道:"《暴风骤雨》作者的成就在于,他创作了具有高度思想性与艺术性相结合的作品,描写了当代从未发生过的历

---

① B.索罗金、Л.艾德林《20 世纪 40 年代的中国人民文学》,原载俄文版《中国文学简论》,莫斯科东方文学出版社 1962 年版,第 178 页;译文载宋绍香译/编《中国解放区文学俄文版序跋集》,中国文史出版社 2004 年版,第 313 页。

② B.鲁德曼《〈暴风骤雨〉俄译本第一版序言》,原载《暴风骤雨》俄译本(第一版),莫斯科外国文学出版社 1951 年版;译文载宋绍香译/编《中国解放区文学俄文版序跋集》,中国文史出版社 2004 年版,第 64 页。

③ 同上,译文载第 61 页。

④ Б.舒普列佐夫《〈暴风骤雨〉俄译本第二版出版前言》,原载《暴风骤雨》俄译本(第二版),莫斯科外国文学出版社 1952 年版;译文载宋绍香译/编《中国解放区文学俄文版序跋集》,中国文史出版社 2004 年版,第 67 页。

⑤ B.鲁德曼《〈暴风骤雨〉俄译本第一版序言》,原载《暴风骤雨》俄译本(第一版),莫斯科外国文学出版社 1951 年版;译文载宋绍香译/编《中国解放区文学俄文版序跋集》,中国文史出版社 2004 年版,第 64 页。

史变革。"①

40年代周立波翻译的第一部巨著是肖洛霍夫的《被开垦的处女地》，俄苏学者对此非常敬重，认为周译苏联优秀作品"对其后来的所有文学创作产生了很大影响"。于是，他们从文学影响学的角度，运用比较文学研究方法，分析研究周立波作品的人物。В.鲁德曼认为周立波自觉地赋予其众多人物以肖洛霍夫人物的特点，最突出的例子就是赶车人老孙头。但是他又强调指出，周立波绝不是模仿，而是具有深刻的原创性。他说："但是，这里要特别说明的是，任何模仿或机械借用当然是绝对不可以的，长篇小说《暴风骤雨》的人物形象决非如此，而是具有深刻的独特风格和原创性，就像养育他的环境那样，具有独特的风格和不可模仿性。"②

第三部获奖作品是由贺敬之、丁毅执笔创作的歌剧《白毛女》。该歌剧以其真正的人民艺术作品的艺术魅力，不仅在国内广为流传，而且在国外也早已闻名遐迩。50年代初，在莫斯科国立赫坦戈夫剧院上演后，反映强烈，随之又在列宁格勒、乌兹别克等其他苏联城市和加盟共和国演出，场场座无虚席，演出盛况空前，引起了学术界的很大兴趣。В.索罗金、Л.艾德林在评论文章中提到《白毛女》歌剧上演后受到了令人惊奇的欢迎，他们认为"该歌剧的悲剧魅力、内容的朴实与真实性以及音乐的人民性，都使《白毛女》成为中国文学的教育人民奋起投入解放斗争的优秀作品之一"。③

《白毛女》俄译本译者之一、著名汉学家В.Н.罗果夫为该剧本写的序文，就是一篇精湛的评论文章，可以说，他是综合当时诸家之说而写成的，很有代表性。其主要论点是：其一，《白毛女》是一部真正的人民艺术作品。他认为《白毛女》具有人民艺术的一切特征。他说"《白毛女》的艺术品格在于，它是一部真正的人民艺术作品"；其二，《白毛女》的音乐富有艺

---

① В.索罗金、Л.艾德林《20世纪40年代的中国人民文学》，原载俄文版《中国文学简论》，莫斯科：东方文学出版社1962年版，第178页；译文载宋绍香译/编《中国解放区文学俄文版序跋集》，中国文史出版社2004年版，第313页。

② В.鲁德曼《〈暴风骤雨〉俄译本第一版序言》，原载《暴风骤雨》俄译本（第一版），莫斯科：外国文学出版社1951年版；译文载宋绍香译/编《中国解放区文学俄文版序跋集》，中国文史出版社2004年版，第65页。

③ В.索罗金、Л.艾德林《20世纪40年代的中国人民文学》，原载俄文版《中国文学简论》，莫斯科：东方文学出版社1962年版，第178页；译文载宋绍香译/编《中国解放区文学俄文版序跋集》，中国文史出版社2004年版，第314页。

术魅力。他说《白毛女》的音乐独具特色,"通过包括中国传统乐器组成的乐队的演奏,使歌剧《白毛女》产生了强烈的艺术效果";其三,《白毛女》运用人民语言,生动而形象。他指出剧作广泛运用了对比手法和生动的人民语言,"甚至在次要的场景中,其人物对话的色调与鲜活性都能创作出一幅独特的极具艺术表现力的图画"。所以,B.H.罗果夫的结论是:人民歌剧《白毛女》是中国现代文学的最动人心弦的作品之一。①

具有独特艺术风格的解放区作家赵树理,以其"充满幽默的","具有极大艺术魅力的","真正体现了艺术天赋的"(费德林语)中短篇小说,引起了俄苏读者、舆论界和批评界的极大兴趣和关注。从1949年《远东》第2期译介赵树理的《李家庄的变迁》后,苏联《文学报》《新时代》《文化与生活》《列宁格勒真理报》《西伯利亚之火》《远东》等报纸杂志就接二连三推出了评论赵树理及其作品的文章。尽管论者的文艺观、审美观不尽相同,审视赵树理作品的趣味和角度也不尽一致,然而,他们被这位中国的新进作家的艺术之笔所"震动",却是共同的。他们感到"一个新的大作家来到中国文坛"了。② И.利谢维奇指出:"近三十年来在描写中国农村生活方面还没有哪一个作家能超过他(赵树理)。"③因文章篇什较多,论点纷繁,限于篇幅,只能摘其有代表性的、有权威性的论者论点简述如下:

一位自称"不是中国文学专家","只是赵树理的一个关心和感激不尽的读者"(其实是一位很有思想、很有见地和艺术灵感的学者)的 A.鲍尔夏戈夫斯基,在其评论中首先说明那些只喜欢猎奇故事书的"贪婪的读者",可能"从(赵树理作品)中学不到多少东西",而他本人读过赵树理作品后却感到"有许多值得读一阵的东西"。然后他又嘲讽了那些"追求独出心裁","以华丽辞藻和装饰图案"进行创作的"艺术家",他说他们得到的报

---

① B.H.罗果夫《歌剧〈白毛女〉俄译本序言》,原载《白毛女》俄译本,莫斯科:外国文学出版社1952年版;译文载宋绍香译/编《中国解放区文学俄文版序跋集》,中国文史出版社2004年版,第55—57页。

② B.克里弗佐夫《论赵树理及其中篇小说〈李家庄的变迁〉》,原载《李家庄的变迁》俄译本,莫斯科:外国文学出版社1949年版;译文载宋绍香译/编《中国解放区文学俄文版序跋集》,中国文史出版社2004年版,第110页。

③ И.利谢维奇《论作家赵树理及其创作》,原载《李有才板话》俄译本,莫斯科:科学出版社1974年版;译文载宋绍香译/编《中国解放区文学俄文版序跋集》,中国文史出版社2004年版,第100页。

复是:生活的真正色彩、声音、气味和真实却从他们的作品中溜走了。而"只有勇敢的艺术家在走着一条朴实的、真诚的道路,他们从人民生活深处获取了自己作品的题材、音响、节奏和创作风格。赵树理就是一位这样的艺术家"①。多么精辟的见解!非一位有思想、有见地、有艺术灵感的学者决然谈不出这种富有诗意的思想火花之高见。А.鲍尔夏戈夫斯基继续写道,对中国文学兴趣盎然的俄苏读者关于这位天才的、朴实无华的艺术家已经形成了这样的概念:赵树理的艺术特点是:"简洁朴素的叙述与诙谐生动的民间幽默相结合;生动的趣味性与心理细节的艺术性相结合。"赵树理写的作品"毫无雕琢痕迹",其目的是想使人民群众都能读懂,"并以各种方式品尝这种农民的'丰盛宴席'"。②

В.索罗金、Л.艾德林是著名的中国文学史家,在论述40年代中国文学的发展时,从文学史的视角点明了赵树理文学的意义。他们指出:"40年代下半期的中国文学,是以一部反映中国农村生活的最好作品——1946年问世的赵树理的大部头小说《李家庄的变迁》为标记的。"③他们认为赵树理创造性地继承了人民文学传统,善于运用绝妙的、朴素而又形象的语言描写人物,"对人物心理观察精致,善于在错综交织的外部环境中揭示人物的内在本质"。所以,赵树理才创作出了"其艺术性与思想性得到了和谐结合的作品,创作了运用人民感到亲切的民族艺术形式描写中国农村的新旧事物斗争的作品"④。

资深学者费德林在其《中国文学》(1956)中设有《赵树理》专章(第14章),还为《赵树理选集》俄译本(1958)撰写了长篇序文,对赵树理可以说是有精深研究的。他从艺术的源泉、艺术的本质价值、审美价值、创作方法、表现手法、艺术风格等诸方面,对赵树理进行了全方位的研究,给出了恰当的评价。他认为赵树理的作品渗透着人民的深刻智慧与伟大质朴,真

---

① А.鲍尔夏戈夫斯基《艺术家和教师》,原载《张来兴》俄译本,莫斯科:外国文学出版社1963年版;译文载宋绍香译/编《中国解放区文学俄文版序跋集》,中国文史出版社2004年版,第147页。

② 同上,第148页。

③ В.索罗金、Л.艾德林《20世纪40年代的中国人民文学》,原载俄文版《中国文学简论》,莫斯科东方文学出版社1962年版,第178页;译文载宋绍香译/编《中国解放区文学俄文版序跋集》,中国文史出版社2004年版,第313页。

④ 同上。

正体现了艺术的天赋,充满幽默,风格独特,"具有极大的艺术魔力"。① 之所以如此,是因为赵树理摆正了艺术与社会的关系,艺术源于生活。费德林指出:赵树理熟悉中国农村,熟悉农民的独特生活,熟悉他们自古以来的习俗、思想和追求,赵树理"把文学创作视为为人民服务,为人民的解放事业服务"。所以,"赵树理的作品始终反映现实中的变革、现实生活中的现象与事实、一切与革命相关的新生事物"。而且,"赵树理从人民的立场出发观察生活和人,用人民的慧眼观察人物的行为和人与人之间的关系"。这一美学思想,就注定了"赵树理的文学艺术创作具有深刻的人民性"。② 费德林称赵树理的独特风格是"自成一家":其小说"摆脱了文学的陈规旧套","人物的心理描写非常简洁","作品的语言生动而形象化"。其"作品的特点是独具特色的生动而富有新意的观察与思考,生机盎然的热情、激情与朴实的故事"。③

费德林的研究在苏联汉学界影响较大,所以,俄苏学者普遍认为"赵树理创作了其艺术性与思想性得到了和谐结合的作品"。④

俄苏汉学家认为,继赵树理之后,"中国新文学迎来了一批在人民中成长起来的青年作家"。他们是:刘白羽、杜鹏程、魏巍、马烽、康濯、孙犁、王愿坚、陈登科和其他许多青年作家。B.索罗金指出:"这些作家学习传统艺术手法,吸取外国先进的文学经验,不断提高自己的理论水平,从而迅速成长起来。"⑤他列举了刘白羽的"描写人民英雄主义的小说",夸"他的作品自然、朴素、真实";列举了马烽的《结婚》和《韩梅梅》,康濯的《我的两家房东》,还有杜鹏程的《平常的女人》和魏巍的《老烟筒》等,称这些作品都是描写工农兵的"著名的短篇小说"。基于这样的分析、观照,所以 B.索罗金进一步指出:"实质上,现在,他们(上述青年作家们)已经决定着人民中国

---

① 费德林《赵树理的创作》,原载《赵树理选集》俄译本,莫斯科:国家文艺出版社1958年版;译文载宋绍香译/编《中国解放区文学俄文版序跋集》,中国文史出版社2004年版,第126-127页。

② 同上,译文载第127-129(145)页。

③ 同上,译文载第145(129)页。

④ B.索罗金、Л.艾德林《20世纪40年代的中国人民文学》,原载俄文版《中国文学简论》,莫斯科东方文学出版社1962年版,第178页;译文载宋绍香译/编《中国解放区文学俄文版序跋集》,中国文史出版社2004年版,第313页。

⑤ B.索罗金《〈中国作家短篇小说集〉俄译本序言》,原载《中国作家短篇小说集》俄译本,莫斯科:国家文艺出版社1959年版;译文载宋绍香译/编《中国解放区文学俄文版序跋集》,中国文史出版社2004年版,第303页。

文学的总体面貌。"①

在诗歌研究方面,应该提到下列几部学术著作:B.彼特罗夫《艾青评传》(1954)、C.马尔科娃《中国民族解放战争时期的诗歌》(1958)、费德林主编《中国新诗集(1919—1958)》(1959)、Л.切尔卡斯基《中国20—30年代的新诗》(1972)和《中国战争年代的诗歌》(1980)。其中成就最大者,当属B.彼特罗夫和Л.切尔卡斯基。

B.彼特罗夫最早关注中国新诗,对中国新诗的发展趋势尤感兴趣,50年代初就写出了非常精湛的学术论文《当代中国诗歌》(1951)。他同艾青、萧三、田间、柯仲平、严辰、李季等解放区诗人有着密切联系和友好往来。他在研究中逐渐倾向于对艾青的研究。1954年推出了学术专著《艾青评传》。该著深入研究了艾青各个时期的作品,深刻分析了他的文艺美学观、独具特色的创作风格及其自由诗体诗歌的艺术魅力;注意揭示诗人与时代的关系、与中国人民的民族独立斗争及其胜利的关系,尤其注意艾青诗作的爱国主义与国际主义的基调。B·彼特罗夫的研究,无论在俄苏汉学界还是在国际汉学界,甚或在中国国内的艾青研究方面,都具有首创性的意义和领先地位。

Л.切尔卡斯基从70年代初开始潜心研究中国20—40年代的新诗,他涉猎了数百种中国新诗集(散见于报刊者未计),一连推出了两部研究力著:《中国20—30年代的新诗》(1972)和《中国战争年代的诗歌》(1980)。作者以翔实的资料,首次运用世界文艺学理论分析了这两个不同历史时期的中国各种艺术流派诗人创作的美学思想和艺术特色,评论了中国自由诗、欧化诗、抒情诗和史诗,精心研究了包括艾青、田间、柯仲平、萧三、何其芳、王亚平、蒲风、严辰、阮章竞、李季等解放区诗人在内的中国现代诗人的创作。Л.切尔卡斯基认为20—30年代的中国诗歌作品在许多方面确定了诗歌尤其战争诗歌的未来命运。他指出:"中国诗歌已成为世界文学交往的积极参与者,它与东西方各国文学的直接和间接的联系在加紧扩大和深化,因而得到了迅速发展。"②

---

① B.索罗金《〈中国作家短篇小说集〉俄译本序言》,原载《中国作家短篇小说集》俄译本,莫斯科:国家文艺出版社1959年版;译文载宋绍香译/编《中国解放区文学俄文版序跋集》,中国文史出版社2004年版,第303页。

② 转引自费德林《中国文学研究与翻译在苏联》(宋绍香译),载《岱宗学刊》2000年第2期,第49页。

1959年费德林主编的《中国新诗集(1919—1958)》(莫斯科:国家文艺出版社),由 Л.艾德林、Л.切尔卡斯基、А.基托维奇等35位汉学家参与翻译。该诗集编选的中国新诗歌上限为1919年,下限为1958年,自然既包括五四时期的新诗,也包括解放区和新中国成立初期的诗歌作品。该集共编选了41位中国新诗人的作品,其中除郭沫若、刘半农、康白情、闻一多、朱自清、冰心、冯至、蒋光慈、殷夫、臧克家等十几位中国现代诗人的作品外,其余几乎全是解放区诗人的作品。这些重点诗作的作者是:毛泽东、朱德、刘伯承、柯仲平、萧三、蒲风、何其芳、卞之琳、力扬、田间、王亚平、严辰、戈壁舟、李季、阮章竞、张志民、贺敬之、郭小川等。由此可见中国解放区诗歌在编选者心目中的位置。主编费德林在《前言》中指出,20年代末至30年代,"中国文坛又出现了许多优秀诗人,他们是:殷夫、冯至、蒋光慈、蒲风、柯仲平、何其芳、臧克家、田间、萧三";抗日战争时期,"又走来了一批新诗人,他们是:王亚平、袁水拍、严辰、沙鸥、李季及其他一些诗人"。他还撰写了评论艾青的长篇论文《艾青:生平与时代》,比较全面地论述了艾青的诗歌创作。他认为艾青是自由诗体的艺术大师,"在他的诗里充盈着清新的泥土色彩和气息",他"能赋予作品以独具一格的美丽的画面和婀娜多姿的形态"。他指出"艾青诗歌的特点是以深刻的现实主义干预生活的现实性"。他认为,诗歌创作劳动是世界上最平和的,最受人尊敬的劳动之一,在这里艺术家(艾青)的犁"耕出了灵感的田地","播下了善良和真理的种子"。①

　　值得关注的是,俄苏汉学界在80年代尤其末期对艾青的研究有了全新的观念:他们认为"艾青抒情诗的主旋律是歌颂全人类";"艾青抒情诗的明确的全人类方向是其抒情诗富于生命力的根源"。② 论者指出艾青诗歌的特点是其"语言的自然性";其自由诗体"就是那种在一切多样、复杂的事物中善于最准确地判定和表现'生命源流'的诗体形式",人类的"生命价值,在艾青的优秀诗篇中,不露声色地、原原本本地流露了出

---

① Федоренко Н. Т. Ай Цин: жизнь и время.—Проблемы Дальнего Востока. 1984, №4, СС. 100—171.
② Ю.А.索罗金《〈我对这土地爱得深沉……〉》,原载《艾青抒情诗选》俄译本,莫斯科:青年近卫军出版社1981年版;译文载宋绍香译/编《中国解放区文学俄文版序跋集》,中国文史出版社2004年版,第281页。

来"。① 所以,汉学界一般认为艾青是世界级的中国诗人,他们执着地在探索着艾青在世界的定位。"在20世纪世界诗坛上应把中国诗人——艾青放在与谁并列的位置?"Л.切尔卡斯基说:"今天在评论艾青五十多年的创作道路时,我们试图回答这个问题。"他追忆了半个多世纪来艾青"与祖国人民同患难共胜利",以自己的诗歌,唤起民众的"危机意识",激发人民的"民族感情","鼓舞人民投入社会主义建设"的创作道路后指出:艾青的这些功德"都是世界著名诗人如纳兹·希克梅特和帕勃洛·聂鲁达所共有的。他们创作的所有诗歌作品,和艾青的作品一样,都唤起了这个世界上最需要的良知和人格、勇敢和英雄主义、善良和希望"②。

综上所述,不难看出:俄苏汉学家们在20世纪半个多世纪里,对中国解放区文学进行了广泛的、大量的译介和精心的、学理的研究,并取得了全世界瞩目的成绩。这是中俄两国人民文化交流的结晶,是俄苏学人为促使"世界文学"的"早日来临"对人类做出的重要贡献。

俄苏汉学家们的成功在于:他们总是以科学的马克思主义世界观、美学观审视艺术作品,"要求艺术家从现实的革命发展中真实地、历史地和具体地去描写现实"。③ 他们认为一部优秀的艺术作品,应反映重大历史变革,反映社会特质,从而唤起人民,"使他(工人——人民)认清自己的力量、自己的权利、自己的自由,激起他对祖国的爱"④。按照这样一种新的美学标准(他们称之为"社会主义现实主义"),俄苏汉学家们就顺理成章地捉住了中国解放区文学的实质和关键:中国解放区文学是继承中国人民文学传统,描写人民(工农兵)、为人民(工农兵)服务的真正的人民文学;"延安文艺座谈会"是其发展的"标志"和"源泉"。所以,将其总体概括为:"新生活,新人物,新思维——这是中国解放区文学的特征。"⑤

---

① Ю.A.索罗金《〈我对这土地爱得深沉……〉》,原载《艾青抒情诗选》俄译本,莫斯科:青年近卫军出版社1981年版;译文载宋绍香译/编《中国解放区文学俄文版序跋集》,中国文史出版社2004年版,第281页。
② Л.切尔卡斯基《〈太阳的话〉俄译本序言》,原载《太阳的话》俄译本,莫斯科:虹出版社1989年版;译文载宋绍香译/编《中国解放区文学俄文版序跋集》,中国文史出版社2004年版,第298-299页。
③ 转引自李毓榛《20世纪俄罗斯文学史》,北京大学出版社2000年版,第3页。
④ 恩格斯《德国的民间故事书》,转引自[美]皮柯维支《马克思主义文学思想与中国》,《国外中国文学研究论丛》,中国文联出版公司1985年版,第9页。
⑤ B.索罗金《〈中国作家短篇小说集〉俄译本序言》,莫斯科:国家文艺出版社1959年版,译文载宋绍香译/编《中国解放区文学俄文版序跋集》,中国文史出版社2004年版,第301页。

四 中国新文学俄苏研究编年

俄苏的中国新文学研究是与译介同步进行的,也是始于20世纪20年代中期。

1925 年

1. В.М.阿列克谢耶夫《你研究新诗否?》,载《东方》1925年第5卷。
2. 王希礼(Б.А.Васильев)《致曹靖华的信》,1925年6月9日《京报副刊》。
3. В.М.阿列克谢耶夫应邀到法国讲中国文学,最后讲演(1925年)是对胡适《尝试集》的介绍与分析。他很客观地分析研究了胡适:一面称赞胡适的研究方法,对传统观点进行了批判,一面又指出了其观点的矛盾及缺点(本讲演稿后于1937年在法国出版)。

1929 年

4. А.伊瓦诺夫(伊文)《现代文学中的新生事物》,苏联《革命的东方》1929年第6期。
5. Я.弗里德评论《阿Q正传》,载苏联《新世界》1929年第11期;载《文学报》1929年第22期;载《青年近卫军》1935年第6期。
6. В.М.阿列克谢耶夫《中国当代文学问题》,载《巴黎杂志》1929年第15期。该文也提到了胡适,阿列克谢耶夫认为,每个改革者第一任务必须具备创新。其结论是在胡适的白话诗中少有诗学因素,只有反讽(irony)及一点避免与古典诗雷同的趋向。

1930 年

7. Б.А.瓦西里耶夫评论(1929年青年近卫军出版社出版的)《阿Q正传》的论文,载《东方学会通报》1930年第4期。
8. 埃弥·萧《无产阶级文学运动在中国》,载苏联《外国文学学刊》1930年第6期。

1932 年

9. Б.А.瓦西里耶夫《帝国主义时代中国文学中的外国影响》,载莫斯科

《东方文学问题》1932年版。

10.《鲁迅》,载莫斯科苏联《文学百科全书》(第6卷),1932年版,第638-641页。

1933 年

11.《中国左翼作家联盟为丁潘被捕反对国民党白色恐怖所发表的声明》,载莫斯科《国际文学》1933年第3期。

12.《丁玲失踪》(消息),载莫斯科苏联《国际文学》1933年第3期。

13.《丁玲小传》,载莫斯科苏联《国际文学》1933年第3期。

14.列旺京评《萧三诗集》,А.罗姆译(1932),载莫斯科苏联《艺术文学》1933年第5期。

1934 年

15.苏联《文学百科全书》(第8卷),莫斯科1934年版。

1935 年

16.费德林《中国现代文学概论》,莫斯科:国家文艺出版社1935年版。256页。

17.埃弥·萧《中国革命文学》,载苏联《文学批评家》1935年第4期。

18.П.涅兹纳莫夫评萧三的《血书》(苏联国家文艺出版社,1935),载苏联《艺术文学》1935年第5期。

19.Н.马佐金评论《东方》(莫斯科出版)的文章,载《革命东方》1935年第6期;Н.Б.的评论文章,载《消息报》1935年5月1日。

20.Я.弗里德评论《阿Q正传》(列宁格勒,1929年版)文章,载苏联《青年近卫军》1935年第6期。

21.埃弥·萧《鲁迅》,载苏联《真理报》(第260期)1935年9月5日。

1936 年

22.简评茅盾,载《文学的列宁格勒》(第5期)1936年1月26日。

23.里米达利夫评茅盾《动摇》(列宁格勒,1935年版),载苏联《星》1936年第3期。

24.В.鲁德曼《中国革命的艺术家》,载苏联《刀具》1936年第16期。

25.B.鲁德曼、霍夫《中国革命中的女作家》,载苏联《青年无产者》1936年第18期。

26.Вл.洛西耶夫《鲁迅》,载苏联《劳动》(第243期)1936年10月21日。

27.拉胡季.斯塔弗斯基《苏联作家沉痛悼念中国著名作家鲁迅逝世》,载苏联《文学报》(第60期)1936年10月27日。

28.埃弥·萧《纪念鲁迅(1881—1936)》,载苏联《文学报》(第61期)1936年10月30日。

29.《伟大的中国作家鲁迅于10月11日逝世》,载苏联《国际文学》1936年第11期。

30.《中国伟大作家鲁迅的葬礼》,载苏联《文学报》(第70期)1936年12月15日。

31.B.鲁德曼《伟大的中国作家》,载苏联《星》1936年第12期。

32.埃弥·萧《纪念伟大的中国作家鲁迅(1881—1936)》,载苏联《国际文学》1936年第12期。

1937年

33.《中国的巨大哀痛》,鲁迅葬礼纪实,载苏联《国际文学》1937年第1期。

34.埃弥·萧《关于鲁迅的记载》,载苏联《在边关》1937年第3期。

35.B.沃勒科娃评《子夜》(列宁格勒,1937年版),载苏联《读什么》1937年第6期。

36.埃弥·萧《伟大的中国诗人鲁迅》,载苏联《文学批评家》1937年第8期。

37. B.鲁德曼评论茅盾——苏联《书讯》,1937年第8期,第34-35页。

38.B.鲁德曼《中国社会百科全书》(评茅盾),载苏联《书讯》,1937年第8期。

39.埃弥·萧《鲁迅》,载苏联《消息报》(第236期)1937年10月9日。

40.《鲁迅:1881—1936》,佚名,载苏联《外国文学》1937年第11期。(世界反法西斯作家:中国作家)

41.《鲁迅照片》,载苏联《国际文学》1937年第11期;另载同刊,1940年第1期,第11-12期;载苏联《文学报》(第58期)1938年10月20日。

42.《茅盾》(图书索引情报),载苏联《国际文学》1937 年第 11 期。(世界反法西斯作家)

43.《丁玲》(反法西斯主义的和平作家),载苏联《外国文学》1937 年第 11 期。

1938 年

44.《鲁迅》,载《苏联大百科全书》,莫斯科:科学出版社 1938 年版。

45.《〈鲁迅(1881—1936)作品翻译与研究集——纪念中国现代伟大文豪鲁迅〉序言》,苏联科学院东方文化研究所编,莫斯科:苏联科学院出版社 1938 年版。

46.B.鲁德曼《中国的抗战文学》,载苏联《旗帜》1938 年第 2 期。

47.B.鲁德曼《中国民族解放斗争文化》,载苏联《旗帜》1938 年第 3 期。

48.《中国作家协会》,载苏联《国际文学》1938 年第 7 期。

49.А.Л.斯特隆格《被战争修复的中国文学》,载苏联《国际文学》1938 年第 7 期。

50.埃弥·萧《抗日文学在中国》,载苏联《批评家》1938 年第 7 期。

51.埃弥·萧《英雄中国的文学与艺术》,载苏联《新世界》杂志 1938 年第 7 期。

52.埃弥·萧《纪念鲁迅》,苏联《文学报》(第 58 期)1938 年 10 月 20 日。

53.《鲁迅照片》,载苏联《文学报》(第 58 期)1938 年 10 月 20 日。

1939 年

54.《鲁迅全集》,载苏联《文学评论》1939 年第 1 期。

55.B.鲁德曼《作家和战士——鲁迅》,载苏联《西伯利亚之火》1939 年第 2 期。

56.《论鲁迅的创作》,费德林副博士论文,莫斯科 1939 年版。

57.Вл.罗果夫《鲁迅和俄国文学》,载苏联《文学报》(第 47 期)1939 年 8 月 26 日。

58.1939 年苏联汉学家 Вл.罗果夫在重庆举行的纪念鲁迅逝世三周年大会上的发言。

59.《纪念鲁迅》,载苏联《文学报》(第 59 期)1939 年 10 月 26 日。

60. А.法勃里奇内《中国人民的英雄们》(评《毛泽东/朱德》),载苏联《书籍与无产阶级革命》1939 年第 10 期。

61. 钦杰克(Чен Джек)《中国的国防文学》,载苏联《国际文学》1939 年第 11 期。

1940 年

62.《鲁迅照片》,载苏联《国际文学》1940 年第 1 期、第 11—12 期。

63. Е.Л.施耐德《中国人民的伟大作家》,载苏联《国际文学》1940 年第 1 期。

64. В.洛西耶夫《利用中国的文学形式》,载苏联《国际文学》1940 年第 1 期。

65. К.布钦斯卡娅评论《毛泽东/朱德》(青年近卫军出版社,1939),载莫斯科《青年近卫军》1940 年第 2 期。

66. В.罗果夫《民族解放战争时期的文学》,载《国际文学》1940 年第 3—4 期。

67.《中国人民英勇斗争的三年》,载《国际文学》,1940 年第 7—8 期。评论《毛泽东/朱德》(青年近卫军出版社,1939)7 篇(68-74):

68. В.洛巴诺夫,载苏联《莫斯科布尔什维克》1940 年 4 月 24 日。

69. Е.波塔波夫《与侵略者搏斗的中国》,载莫斯科《青年近卫军》1940 年第 4 期。

70. А.奥鲍林,载苏联《书籍与无产阶级革命》1940 年第 8 期。

71. В.鲁德曼,载苏联《旗帜》1940 年第 8-9 期。

72. С.列文,载苏联《女工》1940 年第 13 期。

73. Е.德米特里耶娃,载苏联《文学评论》1940 年第 16 期。

74. Н.加宾斯基,苏联《新世界》1940 年第 11-12 期。

75.《纪念鲁迅》,载苏联《国际文学》1940 年第 11-12 期。

76.《关于高尔基和鲁迅文集》,载苏联《国际文学》1940 年第 11-12 期。

77. Н.А.彼特罗夫《中国的新文献:〈中国〉文集和〈历史、经济、文化〉著作》,莫斯科 1940 年版。

78. 苏联作家罗可托夫致郭沫若先生的信,载 1940 年 12 月 20 日《新华日报》。

79.Н.А.彼特罗夫《中国的新文学》,苏联《中国》,莫斯科/列宁格勒1940年版。

评论萧三《湘笛》(列宁格勒:国家文艺出版社,1940)4篇(80-83):

80.Н.谢尔格耶夫《愤怒与勇敢的书》,载苏联《国际青年》杂志1940年第10期。

81.Н.加宾斯基,载苏联《新世界》1940年第11-12期。

82.В.罗果夫,载苏联《国际文学》1940年第11-12期。

1941年

83.А.什捷英别尔格,载苏联《文学评论》1941年第2期。

84.《重逢》(简评),载苏联《外国文学》1941年第2期。

85.Л.艾德林《中国文学期刊〈文学月报〉论苏联文学》,载《国际文学》1941年第5期。

86.苏联Р.巴甫连珂致郭沫若先生的一封信,载1941年11月2日《新华日报》。

87.苏联友人贺郭沫若创作生活二十五周年,载1941年11月16日《新华日报》纪念郭沫若先生创作生活二十五周年特刊。

88.贺柬([苏]米克拉舍夫斯基),载1941年11月16日《新华日报》纪念郭沫若先生创作生活二十五周年特刊。

89.贺柬([苏]凯缅诺夫),载1941年11月16日《新华日报》。

90.贺柬([苏]潘友新),载1941年11月16日《新华日报》。

1942年

91.А.法捷耶夫《在卫国战争中的文艺知识界》,载《文学和艺术》1942年1月11日。

1943年

92.苏联作家卡尔曼给郭沫若的信,载1943年12月30日《新华日报》。

1944年

93.费德林论郭沫若之《屈原》,载《文艺创作》(第3卷第2期)1944年

6月。

94.Вл.罗果夫《七位中国作家》图书索引情报,《中国短篇小说集》(1944)。(内容包含茅盾《林家铺子》、萧红《莲花河》、张天翼《华威先生》、老舍《被占领的城市中》、司马文森《栗色马》、姚雪垠《差半车麦秸》和《红灯笼的故事》和端木蕻良《风陵渡》等7位作家的8篇作品,印行10000册,很快销售一空。)

95.《茅盾》(简短图书索引资料),载《中国短篇小说集》,莫斯科1944年版,第147—148页。

1945年

96.Вл.罗果夫《鲁迅的文学遗产》,载《鲁迅选集》俄译本,莫斯科1945年版。

97.送郭沫若先生赴苏(亚子),载1945年7月30日《新华日报》。郭沫若归国秘记(殷尘),言行出版社,1945年版。

98.Л.艾德林《鲁迅的短篇小说》,载苏联《文学报》(第35期)1945年8月18日。

1946年

99.费德林《论鲁迅文艺创作的特点》,莫斯科1946年版。

100.苏联对外文化协会致郭沫若的信,载1946年3月18日《新华日报》。

1948年

101.《门外文谈》《鲁迅小说杂文书信》《鲁迅论俄罗斯文学》(上海时代,1949年),罗果夫译,其翻译出版的《阿Q正传》系国内外最早的中俄文对照版本(1955年莫斯科国家文艺出版社以此为蓝本出版了单行本)。

102.О.Л.菲什曼《作为反映民主势力同反动势力斗争的中国新文学》,载《列宁格勒大学学报》1948年第8期。

103.Л.艾德林《在民主中国的文学中的新人形象》,载苏联《旗帜》1948年第8期。

1949年

104.В.克里弗佐夫《〈李家庄的变迁〉译者序言并后记》,载苏联《远东》1949 年第 2 期。

105.Л.Д.波兹德涅耶娃《鲁迅杂文的形成》,载《太平洋学院学报》(第 3 卷)1949 年。

106.О.Л.菲什曼《论中国新文学的发展》,载《列宁格勒大学学报》1949 年第 7 期。

107.费德林《论中国的新兴文学》,莫斯科 1949 年版。

108.罗果夫《鲁迅论俄罗斯文学》,上海时代出版社 1949 年版。

109.В.克里弗佐夫《论赵树理及其中篇小说〈李家庄的变迁(俄译本)〉》,莫斯科:外国文学出版社 1949 年版。

110.《〈太阳照在桑干河上〉俄译本序言》,载《太阳照在桑干河上》(俄译本),Л.波兹德涅耶娃作序及翻译,莫斯科:外国文学出版社 1949 年初版,1952 年再版。

111.费德林《论中国文学》,载莫斯科《布尔什维克》杂志 1949 年第 19 期。

112.Л.艾德林《发展中的中国文学》,载苏联《文学报》1949 年 10 月 12 日。

113.Л.Д.波兹德涅耶娃《裴多菲诗歌在中国》,载苏联《火花》(第 42 期)1949 年 10 月。

114.《中国文化活动的记述》(关于丁玲),载苏联《火花》杂志 1949 年第 26 期。

115.М.谢苗诺夫《当太阳升起的时候》(评〈太阳照在桑干河上〉),载苏联《消息报》1949 年 10 月 22 日。

116.Р.基姆《伟大的转变》(评《太阳照在桑干河上》),载苏联《文学报》1949 年 10 月 26 日。

117.А.法捷耶夫《论鲁迅》(纪念鲁迅逝世 13 周年——1949 年 10 月 19 日),载苏联《文学报》(第 87 期)1949 年 10 月 29 日。

118.М.切察诺夫斯基《两本中国作家的书》(评《太阳照在桑干河上》和《李家庄的变迁》),载苏联《文化与生活报》(第 30 期)1949 年 10 月 31 日。

119.《会见中国女作家丁玲》,载莫斯科《布尔什维克》1949 年 11 月 17 日。

120.《在〈旗帜〉杂志编辑部会见中国女作家丁玲》,载苏联《文学报》1949 年 11 月 23 日。

121.A.法捷耶夫《在自由的中国》,载苏联《真理报》1949 年 12 月 5 日。

评论赵树理《李家庄的变迁》(载苏联《远东》1949 年第 2 期)6 篇(122-127):

122.P.基姆《伟大的变迁》,载苏联《文学报》1949 年 10 月 26 日。

123.M.切恰诺夫斯基《中国作家的两本书》,载苏联《文化与生活》1949 年 10 月 31 日。

124.Ю.斯维特洛夫、M.乌克拉英采夫《描写中国农村的中篇小说》,载苏联《新时代》1949 年第 30 期。

1950 年

125.B.托克马科夫《两部描写新中国的书》,载苏联《西伯利亚之火》杂志 1950 年第 1 期。

126.E.布科夫斯基,载苏联《火花》杂志 1950 年第 3 期。

127.C.马尔科娃、Г.涅克拉索夫,载苏联《夜列宁格勒》1950 年 4 月 1 日。

128.H.彼特罗夫《新人的诞生》,载苏联《远东》1950 年第 1 期。

129.E.苏尔科夫《太阳照在中国》(评《太阳照在桑干河上》),载苏联《苏维埃军事》1950 年第 1 期。

130.B.托克马科夫《两本描写新中国的书》,载苏联《西伯利亚之火》1950 年第 1 期。

131.H.彼特罗夫《评〈太阳照在桑干河上〉》,载苏联《远东》1950 年第 1 期。

132.《自由国家的文学艺术》,与作家戈宝权的谈话,载苏联《火花》1950 年第 2 期。

133.Г.Б.埃连布尔格评论鲁迅杂文,载《苏联书籍》1950 年第 2 期。

134.B.彼特罗夫《新中国的文学》,载苏联《星》1950 年第 2 期。

135.里诺夫《〈太阳照在桑干河上〉简介》,载苏联《乌德摩尔梯真理报》1950 年 2 月 15 日。

136.《〈赵树理的创作〉译者的话》,载苏联《远东》1950 年第 2 期。

137.K.布科夫斯基《评〈李家庄的变迁〉》,载苏联《星火》1950 年第 3 期。

138.Б.阿克辛斯基《评〈太阳照在桑干河上〉》,载苏联《火花》1950年第3期。

139.Вл.鲁德曼《中国的民主文学》,载苏联《在边关》(彼得罗扎沃茨克)1950年第3期。

140.В.鲁德曼《中国革命文学奠基者之作》(评《鲁迅短篇小说集》,莫斯科,1950年版),载苏联《西伯利亚之火》1950年第5期。

141.《鲁迅及其创作》,载苏联《人民中国》1950年第9期。

142.格利涅维奇《〈太阳照在桑干河上〉》,载苏联《加里宁格勒真理报》1950年10月15日。

143.В.克里弗佐夫《〈小二黑结婚〉短篇小说集序言》,载苏联《星火》丛刊1950年第41期。

144.王希礼《〈动摇〉俄译本序言》,莫斯科:国家文艺出版社1950年版。

145.В.克里弗佐夫《〈李家庄的变迁〉俄译本后记》,载《李家庄的变迁》(俄译本),苏联:哈巴罗夫斯克远东出版社1950年版。

146.А.罗加切夫《〈原动力〉俄文版序言》,载《原动力》(俄译本),莫斯科:外国文学出版社1950年版。

147.Ал.彼特罗夫《〈地雷阵〉俄译本致读者》,莫斯科-列宁格勒:国立儿童文学出版社1950年版。

《中国短篇小说集》(莫斯科:外国文学出版社,1950年版)出版后,苏联报刊评论文章5篇(148—152):

148.Л.杜勃罗维娜《中国当代短篇小说》,载苏联《新时代》杂志1950年第40期。

149.В.克里弗佐夫《描写新中国人的短篇小说》,载苏联《太平洋之星》1950年12月22日。

150.С.伊凡科、В.卡斯西斯、В.奥夫钦尼科夫《玩忽职守》,载苏联《文化与生活》1950年12月31日。

151.Г.康德拉舍夫《描写中国人民斗争的真实小说》,载苏联《列宁格勒真理报》1950年12月31日。

1951年

152.В.克里弗佐夫《新中国战士和建设者的形象》,载苏联《远东》1951

年第1期。

153.《登记》赵树理著,Б.罗果夫编译并撰写了《〈登记〉俄译本编者的话》,载苏联《新世界》1951年第2期。

154.Л.艾德林《赵树理》,载苏联《新世界》1951年第2期。

155.费德林《中国文学的新作品》,载苏联《真理报》1951年4月15日。

156.《纪念伟大的中国作家鲁迅逝世15周年扩大会》,载苏联科学院东方学研究所《短讯》1951年第4集,大事记。

157.Н.彼特罗夫《鲁迅和苏联文学在中国》,载苏联《远东》1951年第5期。

158.В.彼特罗夫《中国新文学的奠基者》,载苏联《真理报》1951年6月3日。

159.茹拉弗斯基评黄艾《激荡的十年》(莫斯科,1950年版),载苏联《红星》1951年6月13日。

160.А.扎罗夫评鲁迅作品,载苏联《消息报》1951年7月6日。

161.Л.Д.波兹德涅耶娃《伟大的十月社会主义革命和中国作家鲁迅的创作道路》,载《莫斯科大学学报》1951年第7期。

162.《解放了的中国的诗歌》(А.基托维奇译,苏联作家出版社)1951年出版后,苏联《消息报》(1951年7月6日)发表了А.扎罗夫的评论文章;《列宁格勒真理报》(1951年9月4日)发表了Н.彼特罗夫的评论文章。

163.1951年莫斯科外国文学出版社出版了欧阳山的《高干大》(Слуга народа)后,评论《高干大》文章:С.伊凡科,载苏联《火花》1951年第14期。

164.费德林《会见中国作家》,载苏联《新世界》1951年第8期。

165.Вл.鲁德曼《为和平和民主而斗争的中国文学》,载苏联《在边关》1951年第9期。

166.费德林《鲁迅与苏联文学》,载苏联《文学报》1951年10月18日。

167.Л.艾德林《中国人民的伟大儿子》,载苏联《文学报》1951年10月18日。

168.В.弗拉季米罗娃《伟大的中国作家——鲁迅》,载《莫斯科真理报》1951年10月19日。

169.В.奥弗钦尼科夫《伟大的中国作家》,载苏联《真理报》1951年10

月19日。

170.B.索罗金《中国人民的伟大作家》,载苏联《红星》报1951年10月19日。

171.Н.普罗增科《伟大的中国作家》,载苏联《汽笛》报1951年10月19日。

172.Вл.罗果夫《伟大的中国作家——革命家》,载苏联《消息报》1951年10月19日。

173.В.斯佩兰斯基、Ю.Ф.鲍斯特列姆《中国文学经典》,载苏联《共青团真理报》1951年10月19日。

174.Р.莫马耶娃《伟大的中国作家》,载苏联《劳动》杂志1951年10月19日。

175.В.鲁宾《中国人民的伟大作家》,载《莫斯科共青团员报》1951年10月20日。

176.П.扎罗夫《描写中国工人的中篇小说》,(评论草明《原动力》——莫斯科:外国文学出版社1950年版),载苏联《新时代》1951年第49期。

177.В.鲁德曼《〈暴风骤雨〉俄译本第一版序言》,莫斯科:外国文学出版社1951年版。

178.Н.帕霍莫夫《〈高干大〉俄译本序言》,载《高干大》(俄译本),莫斯科:外国文学出版社1951年版。

179.Н.帕霍莫夫《〈火光在前〉俄译本序言》,载《火光在前》(俄译本),莫斯科:外国文学出版,1951年版。

180.В.罗扎诺夫《〈吕梁英雄传〉俄文版编者的话》,载《吕梁英雄传》(俄译本),莫斯科:外国文学出版社1951年版。

181.A.贾托夫《〈红旗呼啦啦飘〉俄译本序言》,载《红旗呼啦啦飘》俄译本,苏联:伊尔库茨克国立出版社1951年版。

1951年莫斯科外国文学出版社出版了《吕梁英雄传》《新儿女英雄传》后,引起了苏联报刊的评论,6篇(182—187):

182.Н.А.彼特罗夫《描写新英雄的小说》,载苏联《太平洋之星》1951年11月16日。

1952年

183.И.叶尔马舍夫《新中国的英雄》,载苏联《共青团真理报》1952年1

月 23 日。

184.费德林《中国的新人》,载苏联《文学报》1952 年 5 月 15 日。

185.B.谢马诺夫、Б.李福清《中国文学的新英雄人物》,载苏联《新世界》1952 年第 10 期。

186.А.茹拉夫斯基《描写中国爱国者的中篇小说》,载苏联《苏联军人》1952 年第 24 期。

187.苏联《文化教育工作》1952 年第 12 期。

188.《关于在压缩机厂召开的讨论中国文学的代表大会》,载苏联科学院东方学研究所《简报》1952 年第 2 期。

189.《丁玲、曹禺》(介绍),第十五出版社《宁静的心》,载苏联《共青团真理报》1952 年 3 月 6 日。

190.《关于对 1951 年度科学、发明、文学、艺术方面的优秀著作颁发斯大林奖金》(消息),载苏联《真理报》《消息报》1952 年 3 月 15 日。

191.《关于给丁玲、周立波、贺敬之、丁毅颁发 1951 年度斯大林奖金》(消息),载苏联《真理报》1952 年 3 月 15 日。

192.《社会主义现实主义文学的新成就》(苏联《文学报》社论),载苏联《文学报》1952 年 3 月 15 日。

193.И.阿尼西莫夫《从人民中来的作家》,载苏联《真理报》1952 年 3 月 19 日。

194.B.彼特罗夫《丁玲》,载苏联《文学报》1952 年 4 月 1 日。

195.B.彼特罗夫《介绍〈太阳照在桑干河上〉》,载苏联《苏联文学》杂志 1952 年 4 月 1 日。

196.费德林《中国的新人》,(为中文版《王贵与李香香》撰写的评论文章),载苏联《文学报》1952 年 5 月 15 日。

197.П.阿尔奇米耶夫《评〈太阳照在桑干河上〉》,,载苏联《列宁格勒真理报》1952 年 5 月 18 日。

198.И.叶尔马舍夫《丁玲和她的小说〈太阳照在桑干河上〉》,载苏联《喀山真理报》1952 年 6 月 5 日。

199.B.克里弗佐夫《〈太阳照在桑干河上〉》(评论),载苏联《远东》1952 年第 6 期。

200.《新中国的女作家》,载苏联《农民》1952 年第 8 期。

201.А.马卡洛夫《在火线上》(评《太阳照在桑干河上》),苏联《苏联军人》1952年第18期。

202.《纪念鲁迅逝世一周年》,载苏联《人民中国》1952年第20期。

203.《斯大林奖金送达中国文学艺术活动家》(来自太阳照耀的地方的电文),载苏联《真理报》1952年11月10日。

204.Л.Д.波兹德涅耶娃《鲁迅为中国的新民主文化而斗争》,载《莫斯科大学学报》1952年第11期。

205.周扬《社会主义现实主义——中国文学的发展道路》,载苏联《旗帜》1952年第12期。

206.Л.艾德林《评〈李有才板话〉》,载苏联《真理报》1952年12月11日。

207.费德林《鲁迅选集俄译本序言》,罗果夫编《鲁迅选集》,莫斯科:国家文艺出版社1952年版。

208.Вл.鲁德曼《〈子夜〉俄译本序言》,莫斯科:国家文艺出版社1952年版。

209.Л.波兹德涅耶娃《〈太阳照在桑干河上〉俄译本第二版序言》,莫斯科:外国文学出版社1952年版。

210.《苏联大百科全书(第二版)·第14卷 丁玲/第21卷 中国》,莫斯科:苏联科学出版社《大百科全书》1952年版。

211.В.罗果夫《〈白毛女〉俄译本序言》,载《白毛女》(俄译本),莫斯科:外国文学出版社1952年版。

212.Л.艾德林《描写伟大改造的长篇小说》,《一九五一年度优秀文学作品论集》,莫斯科:国家文艺出版社1952年版。

213.И.阿尼西莫夫《为保卫和平》,《为和平而斗争的资本主义国家的进步文学》,莫斯科:苏联科学院出版社1952年版。

214.В.彼特罗夫《〈黎明的通知〉俄译本序言》,载《黎明的通知》(俄译本),莫斯科:外国文学出版社1952年版。

215.Б.舒普列佐夫《〈暴风骤雨〉俄译本第二版出版前言》,载《暴风骤雨》(俄译本),莫斯科,外国文学出版社,1952年出版。

1951和1952年莫斯科外国文学出版社出版《暴风骤雨》后,苏联报刊发表评论9篇(第216-224):

216.Н.霍赫洛夫《描写中国农村伟大变迁的长篇小说》,载苏联《真理报》1952年1月27日。

217.И.阿尼西莫夫《与人民同行的作家》,载苏联《真理报》,1952年3月19日。

218.B.克里弗佐夫《新中国上空的太阳》,载苏联《远东》1952年第6期。

219.З.特罗伊茨卡娅《胜利的果实》,载苏联《劳动》1952年7月2日。

220.Л.波兹德涅耶娃《兄弟般人民的形象》,载苏联《乌克兰真理报》1952年7月18日。

221.Н.帕霍莫夫《描写伟大转变的书》,载苏联《女工》1952年第8期。

222.В.鲁德曼《新中国文学的旗手们》,载苏联《东方之星》1952年第11期。

223.A.马卡洛夫《在火线上》,载苏联《苏联军人》1952年第18期。

224.И.叶尔马舍夫、B.维什尼亚科娃《人民巨人的形象》,苏联《1951年优秀文学作品论集》(论文集)莫斯科:国家文艺出版社1952年版,第376—399页。

225.评论艾青的《黎明的通知》(A.基托维奇译,莫斯科:国家文艺出版社1952年版)。

226.Б.利西查《和平与自由的诗人》,载苏联《夜列宁格勒》1952年7月23日。

胡可《战斗里成长》(莫斯科:外国文学出版社,1952)出版后引起的评论2篇(227—228):

227.载苏联《戏剧》杂志1952年第9期;

228.Н.佐尔卡娅,载苏联《苏联艺术》1952年11月12日。

莫斯科国家文艺出版社出版《中国作家短篇小说集》(B.帕钠秀克、B.鲁德曼译)后,从1952年10月到1953年2月苏联报刊发表了4篇评论文章(229—233):

229.С.格拉西莫夫,载苏联《文学报》1952年10月21日。

230.Е.谢列勃里亚科夫、Б.利西查《自由生活的幸福》,载苏联《夜列宁格勒》1952年11月22日。

1953年

231.М.斯捷帕诺夫,载苏联《青年共产党员》1953年第1期。

232.T.卡尔斯卡娅,载苏联《列宁格勒真理报》1953年2月22日。

233.B.叶尔莫拉耶夫再评艾青的《黎明的通知》(A.基托维奇译,莫斯科:国家文艺出版社,1952),载苏联《文学报》1953年2月5日。

胡可《战斗里成长》出版后引起的评论3篇(234-236):

234.A.波波夫,载苏联《文学报》,1953年1月8日。

235.H.格罗莫夫,载苏联《消息报》,1953年6月19日。(关于胡可《战斗里成长》在苏军中心剧院的演出。)

236.Б.麦德维杰夫《苏军中心剧院里青年演员的成就》,载苏联《莫斯科共青团员》,1953年7月9日。(关于胡可话剧在苏军中心剧院的演出)

237.E.谢列勃里亚科夫《友人之书》(评《鲁迅选集》,莫斯科1952年版),载《列宁格勒真理报》1953年4月17日。

238.A.Г.贾托夫《关于伟大的中国作家—革命家的书》,载苏联《新世界》1953年第12期。

239.《中国人民悼念鲁迅》,载苏联《人民中国》1953年第21期。

240.费德林《当代中国文学概论》,莫斯科:国家文艺出版社1953年版。

241.费德林《伟大的中国作家鲁迅》,载苏联《知识》1953年版。

242.Ar.贾托夫《译者的话——〈大林和小林〉俄译本序言》,莫斯科:儿童文学出版社1953年版。

243.费德林《中国作家短篇小说集·序言》,莫斯科:国家文艺出版社1953年版。

244.费德林《中国现代文学概论》,莫斯科:国家文艺出版社1953年版。256页。

245.《苏联百科辞典.第1卷 丁玲》,莫斯科:科学出版社,《小百科全书》1953年9月版。

246.Г.M.卡《在丁玲长篇小说〈太阳照在桑干河上〉读者讨论会上的发言》,莫斯科1953年版。

247.M.卡皮查《赵树理选集.序言》,载《赵树理选集》(俄文版),莫斯科:外国文学出版社1953年版。

1953年《郭沫若文艺作品选集》(莫斯科:国家文艺出版社)出版后,引起评论9篇(248-256):

248.K.西蒙诺夫,载苏联《文学报》1953年4月18日。

249.E.茹科夫《伟大人民的代言人》,载《莫斯科真理报》1953年4月

30日。

250.Б.利西查《中国人民的优秀作家》,载《晚间的列宁格勒》1953年6月17日。

251.Н.季洪诺夫,载苏联《真理报》,1953年6月29日。

252.Е.谢列勃里亚科夫《爱国作家的声音》,载《列宁格勒真理报》1953年7月4日。

253.И.谢尔格耶夫《伟大民族的诗人》,载《苏联文化》1953年7月11日。

254.В.托克马科夫《俄语译品中的郭沫若》,载《西伯利亚之火》1953年版。

255.Б.尤林,载苏联《接班人》1953年第13期。

1954年

256.Р.伊茨评《郭沫若文艺作品选集》(莫斯科,1953),载苏联《十月》1954年第7期。

257.《鲁迅传记》,载苏联《为保卫和平》1954年2月第34期。

258.波兰科学院举行年会,郭沫若等被选为院士,载1954年5月13日《人民日报》。

1953年莫斯科青年近卫军出版社出版了《新中国的诗人》(费德林主编)后,苏联发表了5篇评论文章(259-263):

259.К.彼特罗娃《解放了的人民的诗歌》(关于准备付印《新中国诗人》诗集情况),载《莫斯科真理报》1953年10月11日。

260.А.扎罗夫《中国诗歌集》,载苏联《文学报》1954年2月22日。

261.И.雷连科夫,载《共青团真理报》1954年4月3日。

262.А.季什科夫,载苏联《接班人》1954年第19期。

263.С.希帕切夫《人民中国的诗人》,载苏联《真理报》1954年9月8日。

264.波兰科学院举行年会,郭沫若等被选为院士,载《人民日报》1954年5月13日。

265.费德林《会见中国作家鲁迅、郭沫若、茅盾》,载苏联《新世界》1954年第9期。

1953年莫斯科国家文学出版社出版了《中国作家短篇小说集》(费德

林主编)后,苏联报刊发表了3篇(266—268)评论:

266.B.基塔耶夫,费德林,苏联《真理报》1954年6月5日;

267.E.多勒马托夫斯基《描写新旧中国的短篇小说》,载苏联《文学报》1954年8月12日。

268.Л.帕夫洛夫,载苏联《红星》报1954年10月3日。

评《茅盾短篇小说集》(莫斯科,1954年版)两篇(269—270):

269.Г.帕弗洛夫《伟大的中国人民的声音》,载《红星》报1954年10月3日。

270.B.彼特罗夫《生活的真实》,载《莫斯科真理报》1954年10月12日。

271.波兹德涅耶娃《鲁迅》,载《苏联大百科全书》(第二版,第25卷),莫斯科:科学出版社1954年版。

272.费德林《前言》,载《鲁迅文集》(第1卷),莫斯科:国家文艺出版社1954年版。

273.《茅盾》,载苏联《大百科全书》(第二版,第26卷),莫斯科:科学出版社1954年版,第243页。

274.И.弗连克利《〈萧三诗选〉俄文版前言》,莫斯科:外国文学出版社1954年版。

275.Л.波兹德涅耶娃《〈丁玲选集〉俄译本序言》,载《丁玲选集》俄译本,莫斯科:外国文学出版社1954年版。

276.C.科切托娃《跨到新的时代来》(关于丁玲)报道,莫斯科:苏联科学院报告集(第6卷),莫斯科:苏联科学院出版社1954年版,第146—162页。

277.B.彼特罗夫《艾青评传》,莫斯科:苏联科学院出版社1954年版。

278.M.卡皮查《〈李家庄的变迁〉俄译本序言》,苏联:伊尔库茨克图书出版社1954年版。

1955年

279.B.科热弗尼科夫《拜读〈鲁迅文集〉第一卷》,载苏联《文学报》1955年2月15日。

280.Ю.普雷舍夫斯基《远见卓识的艺术家茅盾》,载《苏联哈萨克斯坦》1955年第2期。

281.费德林《论老舍的作品》,载莫斯科《苏联东方学》1955 年第 5 期。

282.Ю.奥西波夫《痛苦的昔日,愉快的当今》(评老舍《龙须沟》),载苏联《文学报》1955 年 8 月 4 日。

283.Л.艾德林《论当代中国文学》,载《苏联作家》,莫斯科 1955 年版。300 页。

284.费德林《中国札记》,莫斯科:苏联作家出版社 1955 年版。536 页。(其中第 385-410 页论述茅盾)

285.费德林《郭沫若——〈郭沫若选集〉俄译本序言》,莫斯科:国家文艺出版社 1955 年版。

286.费德林《茅盾》,载茅盾《林家铺子》(俄文版),莫斯科:国家文艺出版社 1955 年版,第 3-6 页。

287.费德林《茅盾》,载《茅盾选集》(俄文版),莫斯科:国家文艺出版社 1955 年版,第 3-16 页。

288.Г.亚罗斯拉夫采夫《叶圣陶——〈叶圣陶故事与寓言〉俄译本序言》,莫斯科:国家文艺出版社 1955 年版。

289.Н.马特科夫《〈光明在我们的前面〉俄译本序言》,莫斯科:国家文艺出版社 1955 年版。

290.Г.罗扎诺夫《〈刘白羽选集〉俄译本序言》,载《刘白羽选集》(俄译本),莫斯科:外国文学出版社 1955 年版。

291.Л.艾德林《周立波及其长篇小说〈暴风骤雨〉》,《人民民主国家作家》(论文集),莫斯科:国家文学出版社 1955 年版。第 52-69 页。

292.《苏联百科辞典.赵树理》(第 3 卷),国立苏联大百科全书科学出版社 1955 年版,第 608 页。

1956 年

293.《鲁迅选集》(第 4 卷),载有斯卡奇科夫《苏联鲁迅研究著目》(85 种),莫斯科:国家文艺出版社 1956 年版。

294.Л.波兹德涅耶娃《鲁迅的创作道路》(博士论文),莫斯科:国家文艺出版社 1956 年版。

295.В.索罗金著《鲁迅创作道路的开始和小说〈呐喊〉》(副博士论文),莫斯科:国家文艺出版社 1956 年版。

296.В.彼特罗夫《中国人民的伟大作家——鲁迅》,莫斯科:国家文艺出版社1956年版。

297.费德林著《中国文学》(中国文学史纲),其中第十章至第十五章,分别以专章论述了鲁迅、郭沫若、茅盾、老舍、赵树理、艾青,莫斯科:国家文艺出版社1956年版。

298.Б.利西查《茅盾》,载苏联《外国文学》1956年第7期。

299.В.罗果夫《茅盾》,载苏联《旗帜》1956年第7期。

300.Л.艾德林《茅盾》(关于《茅盾文集》第一卷的出版问题),载苏联《文学报》1956年9月11日。

301.费德林《茅盾》,载《茅盾文集》(三卷本,卷一),莫斯科:国家文艺出版社1956年版,第7—31页。

302.费德林《茅盾》,莫斯科:《知识》出版社1956年版。31页。

303.费德林《中国文学》,莫斯科:国家文艺出版社1956年版。730页。(关于茅盾请参见第557—590页)

304.В.索罗金《长篇小说〈倪焕之〉俄译本序言》,莫斯科:国家文艺出版社1956年版。

305.В.彼特罗夫《巴金的创作及其长篇小说〈家〉》,载巴金长篇小说《家》,莫斯科:国家文艺出版社1956年版。

306.В.彼特罗夫《老舍及其创作——长篇小说〈骆驼祥子〉俄译本序言》,莫斯科:国家文艺出版社1956年版。

307.费德林著《老舍——〈老舍选集〉序言》,莫斯科:国家文艺出版社1956年版。

308.В.谢马诺夫《〈艾芜短篇小说集〉俄译本序言》,莫斯科:国家文艺出版社1956年版。

309.Г.罗扎诺夫《〈淮河边上的儿女〉俄译本编者的话》,莫斯科:外国文学出版社1956年版。

310.А.阿那斯塔西耶《我们朋友的话剧》,载《中国现代戏剧》莫斯科:国家文艺出版社1956年版。

1957年

311.Р.别洛乌索夫《骆驼祥子的命运》,载苏联《文学报》1957年2月24日。

312.Б.利西查、Е.谢列勃里亚科夫《兄弟般的人民——兄弟般的文学》,载苏联《涅瓦河》1957年第5期。

313.П.Е.斯卡奇科夫、И.К.格拉戈列娃《中国艺术文学》,《俄罗斯翻译与批评丛书》(俄文版),莫斯科1957年版。

314.Л.Д.波兹德涅耶娃《鲁迅》,莫斯科1957年版。

315.В.彼特罗夫《巴金的创作》,载《巴金爱情三部曲》,莫斯科1957年版。

316.费德林《老舍——〈老舍文集〉卷一序》,莫斯科1957年版。

317.Л.Е.切尔卡斯基《〈张天翼选集〉跋》,莫斯科:国家文艺出版社1957年版。

318.Р.阿法纳西耶夫《〈铁水奔流〉俄译本出版前言》,莫斯科:外国文学出版社1957年版。

319.苏联《大百科全书·赵树理》(第47卷),国立苏联大百科全书科学出版社1957年版,第305页。

320.М.С.卡皮查《〈火光在前〉俄译本序言》,载《火光在前》(俄译本),莫斯科:苏联国防部军事出版社1957年版。

321.С.马尔科娃《〈谁是最可爱的人〉俄译本序言》,载《谁是最可爱的人》(俄译本),莫斯科:国家文艺出版社1957年版。

322.В.В.尤尔扎诺夫《〈谁是最可爱的人〉俄译本代序》,载《谁是最可爱的人》(俄译本,中国作家短篇小说集),莫斯科:苏联国防部军事出版社1957年版。

323.В.科热夫尼科夫《英雄的史诗》,《保卫延安》(俄译本),莫斯科:苏联国防部军事出版社1957年版。

324.С.奥勃拉兹佐夫《中国人民的戏剧》,莫斯科:国家文艺出版社1957年版。

1958年

325.Л.З.艾德林《论毛泽东的诗词创作》,载《苏联中国学》1958年第1期。

326.施耐德《瞿秋白论苏维埃俄国》,载《苏联中国学》1958年第1期。

327.Б.波斯佩洛夫《日本自然主义理论的实质》,载《苏联中国学》1958年第1期。

328.Л.С.瓦西里耶夫《郭沫若关于中国古代奴隶社会的研究》,载《苏联中国学》1958年第2期。

329.Б.Я.利西查《茅盾的早期创作》，载《苏联中国学》1958年第3期。

330.施耐德《瞿秋白——纪念瞿秋白60周年诞辰》，载《苏联中国学》1958年第4期。

331.Л.А.尼科利斯卡娅《曹禺的戏剧艺术》，载《苏联中国学》1958年第4期。

332.B.H.罗果夫《鲁迅的俄国朋友》，苏联《旗帜》1958年第7期。

333.伊凡科《中国农村的歌手》（评赵树理），载苏联《文学与生活》1958年7月18日。

334.扎雷金《人民作家》（评赵树理），载苏联《文学报》1958年8月21日。

335.В.Ф.索罗金著《论鲁迅的现实主义》，莫斯科：国家文艺出版社1958年版。

336.В.彼特罗夫《鲁迅和中国诗歌》，莫斯科：国家文艺出版社1958年版。

337.В.Ф.索罗金《鲁迅世界观的形成》，莫斯科：国家文艺出版社1958年版。

338.费德林《郭沫若的创作——〈郭沫若文集〉俄译本第一卷序言》，莫斯科：国家文艺出版社1958年版。

339.В.В.库宁编《茅盾作品翻译、研究文献索引》，全苏书籍出版署出版社1958年版。

340.С.Д.马尔科娃《中国民族解放战争时期的诗歌》（1937—1945），莫斯科：东方文学出版社1958年版。

341.费德林《中国笔记》，莫斯科：国家文艺出版社1958年版。

342.费德林《赵树理的创作》，载《赵树理选集》（俄译本），莫斯科：国家文艺出版社1958年版。

343.Л.普利谢茨卡娅《〈陈登科中篇小说集〉俄译本跋》，莫斯科：国家文艺出版社1958年版。

344.А.贾托夫《〈刘胡兰〉俄译本序言》，载《刘胡兰》（俄译本），莫斯科：国家文艺出版社1958年版。

345.В.克特林斯卡娅《中国的今天和明天》，列宁格勒1958年版。

1959 年

346.Л.艾德林《鲁迅——〈阿 Q 正传〉俄译本序言》,莫斯科:儿童文学出版社 1959 年版。

347.Л.Д 波兹德涅耶娃《鲁迅生平与创作(1881—1936)》,莫斯科大学出版社 1959 年版。

348.费德林《〈中国新诗集〉(1919—1958)俄译本出版前言》,莫斯科:国家文艺出版社 1959 年版。

349.送沫若赴苏联(柳亚子),收入柳无非、柳无垢选辑《柳亚子诗词选》,人民文学出版社 1959 年版。

350.费德林《〈子夜〉俄译本序言》,莫斯科:国家文艺出版社 1959 年版。

351.В.彼特罗夫《巴金的创作道路》,载《巴金文集》(俄文版),莫斯科 1959 年版。

352.С.伊凡科《〈百炼成钢〉作者简介》,莫斯科:青年近卫军出版社 1959 年版。

353.А.马列西耶夫《〈无脚拖拉机手〉俄译本序言》,《无脚拖拉机手》(Неугасимое пламя),莫斯科:苏联国防部军事出版社 1959 年版。

354.Н.巴拉绍夫、李福清《刘白羽的创作》,《人民民主国家作家》(论文集,第 3 卷),莫斯科:国家文艺出版社 1959 年版。

355.Ю.И.沙什洛夫《周洁夫》,《走向胜利》(俄译本),莫斯科:苏联国防部军事出版社 1959 年版。

356.А.贾托夫《〈红日〉作者吴强简介》,《红日》(俄译本),莫斯科:苏联国防部军事出版社 1959 年版。

357.И.阿尔汉格利斯卡娅《〈苦菜花〉俄译本出版前言》,莫斯科:外国文学出版社 1959 年版。

358.А.戈利德曼《〈站在最前列〉俄译本前言》,莫斯科:外国文学出版社 1959 年版。

359.С.伊凡科《谈作者张孟良》,载《儿女风尘记》(Годы бедствий),莫斯科:青年近卫军出版社 1959 年版。

360.В.索罗金《〈中国作家短篇小说集〉俄译本序言》,《中国作家短篇小说集》(俄译本),莫斯科:国家文艺出版社 1959 年版。

361.费德林《〈中国新诗集〉(1919—1958)俄译本出版前言》,莫斯科:国家文艺出版社1959年版。

1960年

362.B.彼特罗夫著《鲁迅:生平与创作概论》,莫斯科:国家文艺出版社1960年版。

363.Л.艾德林《新中国文学发展概论》,莫斯科:国家文艺出版社1960年版。

364.《中华人民共和国的文化革命问题》(论文集),莫斯科:国家文艺出版社1960年版。

365.《东方国家的历史和文学问题》(论文集),莫斯科:国家文艺出版社1960年版。

366.施奈德《瞿秋白——革命者、作家、战士(1899—1935)》,苏联《知识》杂志社,莫斯科1960年版。

367.B.彼特罗夫《鲁迅生平与创作概论》,莫斯科:国家文艺出版社1960年版。

368.B.索罗金《叶圣陶及其创作——〈一生〉短篇小说集俄译本序言》,莫斯科:国家文艺出版社1960年版。

369.В.И.谢马诺夫《老舍的戏剧理论》,《人民民主国家作家》(第4辑),莫斯科:国家文艺出版社1960年版。

370.В.Ф.索罗金《中国话剧艺术发展的基本阶段》,载《中华人民共和国的文化革命问题》,莫斯科:国家文艺出版社1960年版。

371.B.彼特罗夫《论曹禺的创作》,载《曹禺话剧集》(第2集)1960年版。

372.《十月革命与1918—1927年的中国进步文学》,载《东方国家的历史与文学问题》莫斯科1960年版。

373.B.乌利亚诺夫《闻一多生平与创作——〈闻一多选集〉俄译本序言》,莫斯科1960年版。

374.A.法伊恩加尔《〈白求恩大夫〉俄译本序言》,载《白求恩大夫》(俄译本),莫斯科:外国文学出版社1960年版。

375.C.伊凡科《〈上海的早晨〉俄译本序言》,载《上海的早晨》(俄译本),莫斯科:外国文学出版社1960年版。

376.В.克里弗佐夫《周立波及其新长篇小说〈山乡巨变〉》,载《山乡巨变》(正篇俄译本),莫斯科:外国文学出版社 1960 年版。

377.《苏联小百科全书.赵树理》(第 10 卷),苏联大百科全书科学出版社 1960 年版,第 429 页。

378.С.霍赫洛娃《〈红旗谱〉俄译本出版前言》,莫斯科:外国文学出版社 1960 年版。

379.А.贾托夫《〈仅仅十年〉俄译本序言》,载《仅仅十年》(俄译本),莫斯科:外国文学出版社 1960 年版。

380.《马烽〈不能忘记的人〉俄译本前言》,莫斯科:国家文艺出版社 1960 年版。

1961 年

381.费德林《论中国文学艺术语言手段的特殊性》,载莫斯科《东方学问题》1961 年第 1 期。

382.费德林《中国的大地和传说》,莫斯科:国家文艺出版社 1961 年版。

383.В.И.谢马诺夫《评两本关于鲁迅的著作——克列勃索娃〈鲁迅生平与创作〉(布拉格)和黄松康〈鲁迅与现代中国的新文化运动〉》,莫斯科:国家文艺出版社 1961 年版。

384.С.Д.马尔科娃《郭沫若的诗歌创作》,莫斯科:东方文学出版社 1961 年版。

385.В.И.谢马诺夫《19—20 世纪中国散文发展中的文学联系》,载《民族文学的相互联系与相互影响:讨论资料》,莫斯科:国家文艺出版社 1961 年版。

386.《〈高干大/前途似锦〉俄译本序言》,载《高干大/前途似锦》(俄译本),莫斯科:国家文艺出版社 1961 年版。

387.Г.戈洛弗涅夫《〈红色交通线〉俄译本跋》,莫斯科:青年近卫军出版社 1961 年出版。

388.М.施奈德《冯德英的创作》,载《迎春花》(俄译本),莫斯科:外国文学出版社 1961 年版。

1962 年

389.В.И.谢马诺夫《关于东方文学中的"新时代"问题》,载苏联《亚非人民》1962 年第 2 期。

390.费德林《中国文学史的分期问题》,载莫斯科《亚非人民》1962 年第 3 期。

391.В.И.谢马诺夫《19 世纪和 20 世纪初的中国文学与鲁迅》(博士论文),莫斯科:国家文艺出版社 1962 年版。

392.В.И.谢曼诺夫《伟大的中国作家——评彼特罗夫著〈鲁迅:生平与创作概论〉》,莫斯科:国家文艺出版社 1962 年版。

393.В.索罗金、Л.艾德林《中国文学简论》,莫斯科:国家文艺出版社 1962 年版。

394.《现实主义及其与其他创作方法的关系》,莫斯科:国家文艺出版社 1962 年版。

395.В.Ф.索罗金《茅盾的创作道路》,莫斯科:国家文艺出版社 1962 年版。

396.Н.Ф.马特科夫《殷夫——中国革命的歌手》,莫斯科大学出版社 1962 年版。

397.В.索罗金《艾芜中篇小说〈芭蕉谷〉俄译本序言》,莫斯科:国家文艺出版社 1962 年版。

398.В.克里弗佐夫《〈山乡巨变〉续篇俄译本序言》,莫斯科:外国文学出版社 1962 年版。

399.《简明文艺百科全书·赵树理》,苏联大百科全书科学出版社 1962 年版,第 429 页。

400.А.Г.克雷莫夫《1917—1927 年中国的社会思想与思想斗争》(博士论文),莫斯科 1962 年版。

1963 年

401.А.鲍尔夏戈夫斯基《艺术家和教师》,《张来兴》(俄译本,Крепкая кость),莫斯科:外国文学出版社 1963 年版。

402.И.Г.涅乌波科耶娃《现代文学相互影响之问题》,莫斯科 1963 年版。

1964 年

403.《东方国家的文学与美学理论问题》,莫斯科 1964 年版。

404.施奈德《瞿秋白(1899—1935)的创作道路》,莫斯科 1964 年版。

405.Л.Д.波兹德涅耶娃《鲁迅的讽刺故事》,载《故事新编》(鲁迅著,波兹德涅耶娃译),莫斯科:国家文艺出版社 1964 年版。

406.A.A.安季波夫斯基《老舍的早期创作(1926—1936)》,莫斯科:科学出版社 1964 年版。

407.Г.亚罗斯拉夫采夫《诗人和战士的道路——〈血字〉诗集俄译本序言》,莫斯科:国家文艺出版社 1964 年版。

1965 年

408.В.И.谢马诺夫《鲁迅论外国文学》,载苏联《亚非人民》1965 年第 5 期。

409.A.A.法伊恩加尔《老舍短篇小说集序言》,莫斯科:国家文艺出版社 1965 年版。

410.李福清《中国说书与韩起祥的创新》(40 年代),《民族传统与社会主义现实主义的起源》(在人民民主国家文学中),莫斯科:科学出版社 1965 年版。

1966 年

411.Л.艾德林《痛苦的无情之笔》(评老舍作品),载苏联《外国文学》1966 年第 Ⅱ 期。

412.谢马诺夫《思想家——革命家》,莫斯科 1966 年版。

413.A.E.康拉德《西方和东方》,莫斯科 1966 年版。

414.О.Л.菲什曼《中国的讽刺长篇小说》,莫斯科 1966 年版。

415.B.彼特罗夫《才能与劳动——庆祝茅盾 70 周年诞辰》,载苏联《文学报》(第 113 期)1966 年 9 月 24 日。

1967 年

416.В.И.谢马诺夫《鲁迅条目》,苏联《简明文学百科全书》(第 4 卷),莫斯科:科学出版社 1967 年版。

417.В.И.谢马诺夫《鲁迅及其前驱者》,莫斯科:科学出版社1967年版。

418.В.В.彼特罗夫《鲁迅与郁达夫》,载《列宁格勒大学学报》1967年第2期。

419.Л.Е.切尔卡斯基《论五四诗歌中的人道主义问题》,载《东方文学中的人道主义思想文集》,莫斯科:国家文艺出版社1967年版。第64-72页。

420.В.В.彼特罗《从中国传播马克思主义美学、文艺学理论著作(20年代末30年代初)谈起》,载《语文学与亚非国家历史》,列宁格勒:国家文艺出版社1967年版。

421.Л.Е.切尔卡斯基《中国诗人蒋光慈论文化遗产》,载莫斯科《亚非人民》1967年第2期。

422.А.А.安季波夫斯基《老舍的早期创作:主题、主人公、形象》,莫斯科:国家文艺出版社1967年版。

1968 年

423.В.И.谢马诺夫《鲁迅和教条主义者》,载《亚非人民》1968年第2期。

424.费德林《中国文学史的分期问题》,载《东方各民族文学史的分期问题》,莫斯科:国家文艺出版社1968年版。

425.В.М.阿列克谢耶夫《高尔基在中国》,载《高尔基与外国东方文学》,莫斯科:国家文艺出版社1968年版。

426.В.Т.苏霍鲁科夫《闻一多的生平和创作》,莫斯科:科学出版社1968年版。

1969 年:

427.Л.З.艾德林《鲁迅笔下的中国》,莫斯科1969年。

428.Л.З.艾德林《鲁迅的中国》,苏联《文学问题》1969年第4期。

429.Л.Д.波兹德涅耶娃《鲁迅》,《外国文学史》(第1卷),莫斯科:国家文艺出版社1969年版。

430.Ю.М.加鲁申茨《1919年五四运动在中国:文件和资料.序言》,莫斯科:国家文艺出版社1969年版。

431.Л.Е.切尔卡斯基《论中国新诗的分期》,载《远东文学理论问题》(论文集),莫斯科:国家文艺出版社1969年版,第354-359页。

432.В.И.谢马诺夫《讽刺作家、幽默作家、心理学家——老舍》,莫斯科:国家文艺出版社1969年版。

433.Л.Е.切尔卡斯基《〈雨巷:中国二三十年代抒情诗选〉俄译本序言》,莫斯科:国家文艺出版社1969年版。

1970年

434.费德林《传统和创作》,莫斯科1970年版。

435.В.И.谢马诺夫《18世纪末—20世纪中国长篇小说的嬗变》,莫斯科:科学出版社1970年版。

436.Л.Е.切尔卡斯基《中国诗社》,载《远东文学研究理论问题》(论文集),莫斯科:国家文艺出版社1970年版,第134-140页。

437.李福清《历史史诗与中国民间文学传统》,莫斯科:国家文艺出版社1970年版。

438.В.В.彼特罗夫《列宁论文学艺术著作的最早中文译本》,载《列宁与亚洲(中国、印度)国家的历史问题》,列宁格勒:国家文艺出版社1970年版。

439.В.彼特罗夫《老舍及其创作》,莫斯科:国家文艺出版社1970年版。

1971年

440.费德林《作家的技巧和他的解释——纪念鲁迅诞辰90周年》,莫斯科:国家文艺出版社1971年版。

441.В.彼特罗夫《鲁迅与苏联》,莫斯科1971年版。

442.А.Н.热洛霍弗采夫《〈猫城记〉与中国正式出版》,载苏联《新世界》1971年第4期。

443.Л.З.艾德林《论鲁迅的情节散文》,载《鲁迅中短篇小说集》(俄文版),莫斯科:国家文艺出版社1971年版。

444.В.С.阿德日马穆多娃《郁达夫和创造社》,东方文学主编,莫斯科:科学出版社1971年版。

445.Л.Е.切尔卡斯基《五四时期的诗歌》,载《五四新诗与西方文学》,

《中国1919年的五四运动》,莫斯科:国家文艺出版社1971年版。

446.C.A.托罗普采夫《中国的电影艺术50年:主题、形象、思想》(副博士论文),莫斯科1971年版。

447.M.施耐德《〈新社会〉与〈人道〉——五四运动时期的杂志》,载《1919年五四运动在中国》,莫斯科:国家文艺出版社1971年版。

448.Л.E.切尔卡斯基《五四新诗与西方文学.五四时期的诗歌》,载《中国1919年的五四运动》,莫斯科:国家文艺出版社1971年版。

449.Л.E.切尔卡斯基与施耐德合著《列宁思想与中国文学中的列宁形象》,载《列宁和国外东方文学》,莫斯科:国家文艺出版社1971年版。

1972年

450.费德林《列宁和东方文学》,莫斯科:国家文艺出版社1972年版。

451.费德林《中国的文学和文化:纪念B.阿历克谢耶夫诞辰90周年》,莫斯科:科学出版社1972年版。

452.В.И.谢马诺夫《鲁迅反对庸俗化者》,莫斯科:科学出版社1972年版。

453.东方文学主编《中国文学与文化》(纪念B.M.阿列克谢耶夫院士90周年诞辰论文集),莫斯科:科学出版社1972年版。

454.A.H.热洛霍弗采夫《新文化的典范》,载《中国文学与文化》莫斯科:科学出版社1972年版,第336-344页。

455.B.索罗金《艺术家与时代——长篇小说〈腐蚀〉俄译本序言》,莫斯科:艺术文学出版社1972年版。

456.В.И.戈列洛夫《茅盾长篇小说〈子夜〉中自然描写的某些看点》,载《中国文学与文化》,莫斯科:科学出版社1972年版,第331-335页。

457.B.彼特罗夫《郁达夫的创作道路——〈春风沉醉的晚上〉短篇集俄译本序言》,莫斯科:艺术文学出版社1972年版。

458.《苏联大百科全书·第8卷·丁玲/第12卷·中国文学》(第三版),莫斯科:科学出版社1972年版。

459.Л.E.切尔卡斯基《中国20—30年代新诗》,东方文学主编,莫斯科:科学出版社1972年版。

460.H.П拉扎耶娃《赵树理的短篇小说〈张来兴〉》,载《中国文学与文化》,莫斯科:科学出版社1972年版,第345-348页。

461.Н.П.拉扎列娃《50年代至60年代末赵树理创作的思想艺术分析》(莫斯科大学学位论文),1972年版。

462.А.А.安季波夫斯基《在50年代末和"文革"时期对赵树理的批判(以短篇小说〈锻炼锻炼〉为例)》,载《中国文学与文化》,莫斯科:科学出版社1972年版,第349—357页。

1973年

463.费德林《苏联对中国文学的研究》,莫斯科:国家文艺出版社1973年版。

464.В.И.谢马诺夫《评波兹德涅耶娃著〈鲁迅:生平与创作〉》,莫斯科:国家文艺出版社1973年版。

465.费德林《革命的10年(1920—1930年的中国文学)》,载莫斯科《外国文学》1973年第9期。

466.费德林《中国文学研究的问题和任务》,载莫斯科《苏联中国学问题》1973年版。

467.东方文学主编《中国文学研究在苏联》,苏联科学院祝贺费德林通讯院士60周岁诞辰论文集,莫斯科:科学出版社1973年版。

468.费德林《中国革命文学20年》,载《中国文学研究中的问题》,莫斯科:国家文艺出版社1973年版。

469.А.Г.什普林钦《论20—30年代苏联出版的汉语文学》,载《中国文学研究在苏联》,莫斯科:科学出版社1973年版。

470.А.Н.热洛霍夫采夫《鲁迅遗产在中国"文革"中的遭遇》,载《中国文学研究在苏联》,莫斯科:科学出版社1973年版。

471.В.苏霍鲁科夫《闻一多——闻一多〈咏菊〉诗集俄译本序言》,莫斯科:国家文艺出版社1973年版。

472.В.И.戈列洛夫《许地山的散文精品》,载《中国文学研究在苏联》,莫斯科:科学出版社1973年版。

473.М.В.塔拉索娃《"文革"中的中国戏剧》,载《中国文学研究在苏联》,莫斯科:科学出版社1973年版。

474.С.А.托罗普采夫《〈白毛女〉与"两结合"的创作方法》,载《中国文学研究在苏联》,莫斯科:科学出版社1973年版。

1974 年

475.В.И.谢马诺夫《鲁迅条目》,新版《苏联大百科全书》(第 15 卷),莫斯科:苏联大百科全书科学出版社 1974 年版。

476.费德林《中国文学研究的问题》,莫斯科:国家文艺出版社 1974 年版。

477.费德林《语言的准确性(作为一种语言艺术的格言)》,莫斯科:国家文艺出版社 1974 年版。

478.费德林《雨:中国 20—30 年代作家小说集》,莫斯科:国家文艺出版社 1974 年版。

479.И.利谢维奇《论作家赵树理及其创作》,载《李有才板话》(俄译本),东方文学主编,莫斯科:科学出版社 1974 年版。

1975 年

480.В.彼特罗夫《鲁迅和瞿秋白》,莫斯科:国家文艺出版社 1975 年版。

481.А.艾利亚舍维奇《抒情风格、表现力强、怪诞手法》,载《论社会主义现实主义文学中的创作流派》,列宁格勒 1975 年版。

482.О.П.鲍洛季娜《老舍 1937 年至 1949 年的创作(史料研究问题)》,载《远东国家的史料研究与史料学》(文集),符拉迪沃斯托克出版社 1975 年版。

483.《简明文学百科全书·张天翼》(九卷集,第八卷),苏联大百科全书科学出版社 1975 年版。

484.Л.Е.切尔卡斯基《〈五更天——二三十年代中国抒情诗集〉俄译本序言》,莫斯科:国家文艺出版社 1975 年版。

485.《简明文学百科全书·赵树理》(第八卷),苏联大百科全书科学出版社 1975 年版,第 513 页。

1976 年

486.В.谢马诺夫《鲁迅条目》,载苏联《简明文学百科全书》,莫斯科:科学出版社 1976 年版。

487.В.彼特罗夫《鲁迅与苏联》,莫斯科:国家文艺出版社 1976 年版。

488.Л.А.尼科利斯卡娅《巴金作品概论》,莫斯科大学出版社1976年版。

489.О.П.鲍洛季娜《中国民族解放战争(1937—1945)对老舍世界观和创作的影响》,载《中国的社会和国家》(苏联第七届科学大会资料第2卷)1976年版。

490.Л.Е.切尔卡斯基《马雅可夫斯基在中国》,莫斯科:科学出版社1976年版。

1977年

491.安奇波夫斯基《纪念人民作家赵树理诞生70周年》,载苏联《远东问题》1977年第2卷第6期。

492.格拉戈列夫编《鲁迅著作索引》,В.索罗金作序,莫斯科:科学出版社1977年版。

493.《现代东方文学·第五章左翼作家联盟时期和抗日战争时期的文学》,Е.齐宾娜等著,莫斯科大学出版社1977年版。

494.И.勃拉金斯基、В.谢苗诺夫等编《现代东方文学·(中国)左联时期和抗日民族解放斗争时期的文学》(1917—1945),莫斯科大学出版社1977年版。

495.鲍洛季娜《老舍与"中华全国文艺界抗敌协会"》О.П.,载《中国的社会与国家》(第8届科学大会资料第3卷)1977年版。

496.В.谢马诺夫《讽刺作家、幽默作家、心理学家——长篇小说〈猫城记〉俄译本序言》,莫斯科:科学出版社1977年版。

1978年

497.《语言艺术和时间(世界文学发展过程中的中国文学)》,载莫斯科《远东问题》1978年第2期。

498.О.П.鲍洛季娜《抗日战争前夕老舍诗学的特点》,载《远东文学研究的理论问题》(第一卷),莫斯科1978年版。

499.О.П.鲍洛季娜《老舍中篇小说〈我的一生〉的艺术个性》,载《中国的社会与国家》《第9届科学大会资料集》(第3卷)1978年版。

500.《简明百科全书第九卷·补遗·丁玲》,载《苏联百科全书》,国家科学出版社1978年版。

501.《苏联大百科全书·赵树理》(第29卷),苏联大百科全书科学出版社1978年版,第183页。

1979年

502.施奈德《纪念朋友老舍80周年诞辰》,载《外国文学》1979年第2期。

503.О.П.鲍洛季娜《关于老舍长篇小说〈火葬〉中的主人公问题》,载《远东国家文学论集》,莫斯科1979年版。

504.О.П.鲍洛季娜《争取文学接近群众斗争的老舍的立场》,载《中国的社会与国家》(第101届科学大会资料第3卷),莫斯科1979年版。

505.М.施奈德《一位作家的命运》(关于丁玲),苏联《文学报》1979年1月4日。

506.Л.Е.切尔卡斯基《论中外文学关系:中国30—40年代诗歌》,载苏联《亚非人民》1979年第1期。

1980年

507.费德林《中国戏剧的一些问题》,莫斯科《远东问题》1980年第3期。

508.费德林《长篇小说在发展》,载《文学问题》莫斯科1980年第8期。

509.费德林《文学笔记》(莫斯科,1980年),《老舍和他的作品》(《老舍》,莫斯科:国家文艺出版社1980年版)。

510.Л.Е.切尔卡斯基《中国战争年代的诗歌(1937—1949)》,东方文学主编,莫斯科:科学出版社1980年版。

511.О.П.鲍洛季娜《论心理学家老舍的创作技巧(《四世同堂》)》,载《远东文学研究的理论问题》(第一卷),莫斯科1980年版。

512.О.П.鲍洛季娜《老舍〈四世同堂〉三部曲中反映的中国社会问题》,载《中国的社会和国家》(第11次科学大会资料集),莫斯科1980年版。

513.Л.艾德林《作家学者钱锺书的〈围城〉——长篇小说〈围城〉俄译本序言》,莫斯科:艺术文学出版社1980年版。

514.《苏联百科辞典·赵树理》(一卷本),苏联大百科全书科学出版社1980年版,第1505页。

1981 年

515. 费德林《中国的托尔斯泰》,载《托尔斯泰》1981 年英文版。

516. 费德林《中国的语文学问题》,载莫斯科《远东问题》1981 年第 3 期。

517. 费德林《中国的文学遗产与现时代》,莫斯科 1981 年版。

518. 费德林《中国的语文学问题(永久性与现实性)》,莫斯科《远东问题》1981 年第 3 期。

519. 谢马诺夫《"迅行"——为纪念鲁迅诞辰一百周年而作》,莫斯科 1981 年版。

520. В.彼特罗夫《鲁迅(1881—1936)》,莫斯科:国家文艺出版社 1981 年版。

521. В.Ф.索罗金《纪念茅盾》,载苏联《文学报》1981 年 4 月 8 日。

522. 费德林《老舍和他的创作——〈老舍选集〉俄译本序言》,莫斯科:国家文艺出版社 1981 年版。

523. Ю.А.索罗金《"我对这土地爱得深沉……"》,《艾青抒情诗选集》(俄译本),莫斯科:青年近卫军出版社 1981 年版。

1982 年

524. 费德林《鲁迅(纪念鲁迅一百周年诞辰)》,载莫斯科《亚非人民》1982 年第 3 期。

525. А.Н.热洛霍夫采夫《鲁迅在美国汉学界》,载苏联《远东问题》1982 年第 3 期,第 72-81 页。

526. Л.Е.切尔卡斯基《〈中国诗歌集〉俄译本序言》,莫斯科:国家文艺出版社 1982 年出版。

527. Н.А.列别杰娃《东方文艺学问题:传统与现代》,莫斯科:科学出版社 1982 年版。

1983 年

528. А.Н.热洛霍夫采夫《爱国作家巴金》,载苏联《远东问题》1983 年第 4 期。

529. О.П.鲍洛季娜《老舍战争年代的创作(1937—1949)》,东方文学主编,莫斯科:科学出版社1983年版。

530.И.К.格拉戈列娃编《老舍:作品翻译、研究文献索引》,老舍作领衔论文,语言学博士 В.Ф.索罗金任责任编辑,莫斯科:书籍出版社1983年版。

1984 年

531.Л.А.尼科利斯卡娅《曹禺创作概论》,莫斯科大学出版社1984年版。

532.А.Н.热洛霍夫采夫《邓拓死后的命运》,载苏联《远东问题》1984年第3期。

533.费德林《艾青:生平与时代》,载苏联《远东问题》1984年第4期。

1985 年

534.Л.Е.切尔卡斯基《在长城画面的阴影下》,载苏联《远东》1985年第7期,第146-153页。

1986 年

535.费德林《中国文学研究与翻译在苏联》(Ⅰ),载苏联《远东问题》1986年第4期,第121-129页。

536.Л.艾德林《鲁迅》,莫斯科:儿童文学出版社1986年版。

537.Н.斯佩什涅夫《老舍及其长篇小说〈鼓书艺人〉——〈鼓书艺人〉俄译本序言》,莫斯科:虹出版社1986年版。

1987 年

538.费德林《中国文学研究与翻译在苏联》(Ⅱ),载苏联《远东问题》1987年第1期,第98-105页。

539.З.Ю.阿勃德拉赫马诺娃《论老舍的文艺美学观》,苏联《远东问题》1987年第1期,第106-113页。

540.Л.Е.切尔卡斯基《俄罗斯文学在东方:翻译理论与实践》,莫斯科:科学出版社1987年版。

1989 年

541.Л.艾德林《〈阿Q正传〉俄译本序言》,莫斯科:国家文艺出版社

1989年版。

542.Л.切尔卡斯基《〈太阳的话〉俄译本序言》,载《太阳的话》(俄译本),莫斯科:虹出版社1989年版。

543.B.索罗金《〈围城〉俄译本译者序言》,莫斯科:艺术文学出版社1989年版。

1990年

544.费德林《〈郭沫若文集——诗、剧、小说〉俄译本序言》,莫斯科:国家文艺出版社1990年版。

1991年

545.B.索罗金《漫长道路的里程碑——〈巴金选集〉俄译本序言》,莫斯科:虹出版社1991年版。

1993年

546.Л.切尔卡斯基《艾青:太阳的使者》,莫斯科:科学出版社,《东方文学》出版公司1993年版。

第四章
现代作家作品研究

一 俄苏鲁迅译介与研究 60 年

鲁迅是与高尔基、伏尔泰、萧伯纳齐名的世界级大作家。他的著作,从 20 世纪 20 年代中期至 80 年代中期的 60 年间,已被全部译成日、英、俄、德、法、西、捷、波、罗、匈、保、塞、阿、意、葡、丹、拉丁、阿拉伯、印地、孟加拉、韩、越、蒙、世界语等五十多种语言,读者遍布五大洲,因而早就引起了世界汉学家们的青睐。在世界鲁迅译介的行列中,日本起步最早(1924),其次就是俄苏(1925)。鉴于鲁迅对俄国文学和苏联文学的酷爱和翻译,俄苏汉学家们对鲁迅似乎更加理解和有感情,因而,他们对鲁迅的译介和研究,都取得了令世界瞩目的成绩。

(一)译 介

鲁迅作品最早被译成俄文的是中篇小说《阿 Q 正传》。

1925 年,当时在国民革命军第二军俄国顾问团工作的青年汉学家王希礼(Б.А.瓦西里耶夫)将《阿 Q 正传》译成了俄文,并通过曹靖华请鲁迅先生为其撰写了《著者自叙传略》和《俄文译本〈阿 Q 正传〉序》,很快,王希礼就将鲁迅亲自过目的这部译稿带回俄苏,交给了相关出版社。

1929 年,列宁格勒激浪(прибой)出版社出版了王希礼翻译的这部《阿 Q 正传》。书内除收入鲁迅撰写的《著者自叙传略》和《俄文译本〈阿 Q 正传〉序》外,还收录了卡北克维奇选译的《幸福的家庭》《高老夫子》和什图金选译的《头发的故事》《孔乙己》《风波》《故乡》和《社戏》等短篇小说。

同年,莫斯科青年近卫军出版社又出版了 B.科洛科洛夫(B. C. Колоколов,汉名郭质生)翻译的《阿Q正传》中短篇小说集。编者、领衔文章:A.哈尔哈托夫,后记:B.科洛科洛夫,附录:B.科洛科洛夫《关于汉字书写的几句话》,全书365页。

同年,同出版社又编译出版了一部《现代中国中短篇小说集》(Повести и рассказы современного Китая)。其中,收录了科金(М. Д. Кокин)翻译的《阿Q正传》和《孔乙己》。

鲁迅去世后,为纪念鲁迅逝世两周年,苏联科学院出版社于1938年出版了苏联科学院东方文化研究所编的《鲁迅(1881—1936)作品翻译与研究集——纪念中国现代伟大文豪鲁迅》,其中选译了《阿Q正传》《奔月》《祝福》《白光》《端午节》《示众》《狗的驳诘》《一九三三年上海所感》等8篇小说、杂文和散文诗。

1939年,《国际文学》第11期发表了著名汉学家费德林翻译的鲁迅短篇小说《药》。

抗日战争中期,俄苏也遭遇了德国法西斯的野蛮入侵。在抗击德国法西斯的战斗中,大部分汉学家都奔赴前线作战,留守人员仍在坚守这块学术阵地。1945年,莫斯科国家文艺出版社出版了罗果夫(B. Рогов)翻译的苏联最早的一部《鲁迅选集》,收录了《呐喊》《彷徨》和《野草》。同年,莫斯科国家文艺出版社出版了罗果夫主编的《鲁迅选集》,其中收录了《阿Q正传》《孔乙己》等小说和《〈阿Q正传〉的成因》等杂文和鲁迅自传。

第二次世界大战时期,世界鲁迅译介受到了严重破坏:日本仅出版鲁迅译品11种,俄苏出版2种,美国出版2种,共15种,约占六十年世界总译量的5%。战争对人类文明的破坏,昭然若揭。

第二次世界大战之后,世界格局发生了重大变化:德、日、意战败,美、苏、中、英、法诸国成为战胜国,加之中华人民共和国的成立,中国的国际地位空前提高,不管是友好的还是敌视的国家都想得到一些"有关中国的"信息,于是,一轮新的"中国热"在全世界涌动。在这一大的历史背景下,世界的鲁迅译介进入了一个战后的繁盛期。俄苏的鲁迅译介也开始复苏。

除1945年莫斯科出版了罗果夫编译的《鲁迅选集》外,1947年,上海时代出版社(Эпоха)又出版了罗果夫的新译《阿Q正传》。

新中国成立后,俄译鲁迅作品更加火爆,1949年上海时代出版社出版了罗果夫主编的《鲁迅小说、杂文与书简集》(Рассказы, статьи, письма),

书后附译许寿裳、许广平等人写的回忆文字;1950年,上海时代出版社又出版了《呐喊》。同年,《真理报》出版社出版了《鲁迅短篇小说集》,列为《星火》丛书之一,译者汇集了费德林、Л.艾德林、Л.波兹德涅耶娃、B.罗果夫等著名汉学家,卷首刊有苏联著名作家法捷耶夫撰写的《论鲁迅》代序,使之成为当年最畅销的外国文学作品之一;同年,莫斯科国家文艺出版社又出版了《鲁迅短篇小说与论文集》;莫斯科儿童读物出版社出版了鲁迅小说集《故乡》等;同年,俄文版《人民中国》(Китай народа)第9期(1950)还特别译载了冯雪峰著《鲁迅和苏联文学》等。总之,在这50年代的开局之年,一年之内出版鲁迅作品五六部,将鲁迅译介掀起了第一次热潮。

1952年,莫斯科国家文艺出版社出版了B.罗果夫编译的《鲁迅选集》,费德林为此撰写了领衔文章,全面、系统地评析了鲁迅及其作品,引起了俄苏读者的强烈反响。同年,远东拉戈维申斯克的阿穆尔州出版社也出版了一部《鲁迅小说集》,同样受到热烈欢迎。

此后,几乎每年都有数种鲁迅作品译品面世,几年间,鲁迅在俄苏,几乎成了家喻户晓的外国作家。这一局面,从50年代初几乎一直持续到60年代中,鲁译成果十分壮观:

先看1953年后的50年代,7年译品20大部:

1.《鲁迅短篇小说集》,费德林、Л.波兹德涅耶娃、B.罗果夫、A.罗加切夫译,领衔论文作者:B.罗果夫(莫斯科,1953);

2.《中国作家短篇小说集》,主编、序言:费德林,543页。其中选译鲁迅作品数篇(莫斯科,1953);

3.四卷本盲文《鲁迅选集》(教育版,1954);

4.四卷本《鲁迅选集》,B.科洛科洛夫等主编,第一卷:《呐喊》《野草》《彷徨》;第二卷:杂文集;第三卷:《朝花夕拾》《故事新编》;第四卷:书简(莫斯科,1954—1956);

5.四卷本《鲁迅文集》,总编:B.C.科洛科洛夫、K.M.西莫诺夫、费德林,编辑:Л.Д.波兹德涅耶娃,领衔文章:费德林,翻译编辑:B.C.科洛科洛夫、贾托夫(莫斯科,1954—1956)。第一卷,462页,1954年版;第二卷,423页,1955年版;第三卷,319页,1955年版;第四卷,262页,1956年版;

6.《阿Q正传》中短篇小说集,罗果夫译,Л.艾德林主编,并撰写领衔论文(莫斯科,1955);

7.《中国作家短篇小说集》,编者、主编、前言:费德林(莫斯科,1955),522页,其中译有鲁迅作品;

8.《鲁迅选集》,莫斯科,1956年版;

9.《阿Q正传》,莫斯科,1958年版;

10.《阿Q正传》短篇小说集,Л.艾德林主编并作序,莫斯科:儿童文学出版社1959年版。

以上十大项成果中有三项四卷本,所以说7年出版了鲁迅作品20大部,基本涵盖了鲁迅之主要精品,成绩斐然。

再看60年代:

进入60年代,"鲁译"热度一直未减,1960年莫斯科国家文艺出版社再版了B.罗果夫翻译的《阿Q正传》,卷首仍附有鲁迅撰写的《自叙传略》和《俄文译本〈阿Q正传〉序》;1961年,同出版社又出版了大部头的《鲁迅文集》Ⅰ—Ⅳ卷(莫斯科,1961),两年后又推出了Л.波兹德涅耶娃编译的《鲁迅的讽刺故事》(莫斯科,1964),译者Л.波兹德涅耶娃撰写了详细注解和长篇领衔论文,对鲁迅的《故事新编》等艺术作品,作了学理的解读和科学的分析,给鲁迅精品以高度评价,再次掀起鲁迅"热潮"。

然而,"世事白云苍狗,不禁感慨系之矣!"(《华盖集后记》)60年代末,中国开展了"文化大革命",将鲁迅置于"风口浪尖"之上,一时间使包括俄苏在内的世界汉学界,茫然失语。"文化大革命"是新中国的一个非常时期,也是世界鲁迅译介与研究的一个非常时期。面对运动中,一部部优秀作品都被打成"毒草";一个个著名的老作家都被打倒;当全国只能读一部小说(《艳阳天》),只能出版一部经典(《鲁迅全集》)时,世界汉学家们感到不解而迷惑了——似乎,鲁迅已不再是"文学大师",而成为"文革主将",其作品已被"诠释"为"阶级斗争"的工具。这些倒行逆施大大伤害了汉学家们的感情。他们一时把不准中国文化的"命脉",只能先观望,大大影响了方兴未艾的"译介"事业。在上一时期("繁盛期")的20年间,全世界平均每年出版14种鲁迅译品;而在这一时期(1966—1973年)的8年间,全世界只出版了26种鲁迅译品:日本出版了10种(26本),美国、俄苏、意大利、西班牙各出版了2种,法国、英国、德国(西)、罗马尼亚、葡萄牙、朝鲜、越南、尼泊尔、缅甸各出版1种。平均每年仅出版3种。其落差之大显而易见。"文革"对中国文化和世界文化交流的负面影响不言而喻。"文革"期间俄苏出版的两部鲁迅著作是:1971年莫斯科出版的《鲁迅中短篇小说集》和1972年莫斯科再版的《鲁迅中短篇小说集》。

"文革"后,中国经济驶入了"改革开放"的快车道,中国的国际地位不断提升,中苏关系逐渐好转,俄苏的鲁迅译介和研究开始复苏。1981年,莫斯科国家文艺出版社出版了C.霍赫洛娃编译的《鲁迅选集》,书中刊发了Л.艾德林的长篇领衔论文和B.彼特罗夫的精彩注释,深受俄苏读者欢迎。此书共发行7万5000册,很快就销售一空。

1986年,莫斯科儿童读物出版社出版了Л.艾德林编《阿Q正传》,Л.艾德林撰写了领衔论文(《鲁迅》),全面系统地评析了鲁迅及其《阿Q正传》。

1989年,莫斯科国家文艺出版社出版了《鲁迅选集》,领衔文章:Л.艾德林,注释:B.彼特罗夫。这是俄译鲁迅著作的压卷之作,具有重大意义。

从1925年王希礼最先翻译《阿Q正传》起,截至80年代末艾德林主编最后一部《鲁迅选集》,俄苏的鲁迅译介经历了一个漫长而艰难的曲折道路。但是,俄苏汉学家们热爱鲁迅和中国新文学。他们坚信,鲁迅属于"人类明灯的作家之列","鲁迅是中国文学的骄傲,而且也是世界文学的著名代表人物"①。所以,他们为此付出了艰辛劳动,因而取得了卓越的成绩。值得提及的是:鲁迅作品在俄苏的译介,除俄文外,还被译成了多种民族文字:拉脱维亚文、爱沙尼亚文、格鲁吉亚文、阿塞拜疆文、乌兹别克文、吉尔吉斯文、阿尔泰文、图瓦文、土库曼文、乌克兰文、立陶宛文、哈萨克文、阿瓦尔文、亚库梯文、乌德摩尔梯文等。这为鲁迅作品在俄罗斯的传播和研究打下了坚实的基础,筑起了一座别开生面的中俄文化交流的文化丰碑。

(二)研 究

俄苏的鲁迅研究是与译介同步进行的,也是始于20世纪20年代中期。

1925年6月9日《京报》副刊第24期,以《一个俄国的中国文学研究

---

① [俄]法捷耶夫语,参见《鲁迅短篇小说集》(俄文版),1950年苏联真理报出版社版,第3-5页。

者对于〈呐喊〉的观察》为题,发表了俄苏著名汉学家王希礼《致曹靖华的信》,信中高度评价了鲁迅的文学成就。他说他读了鲁迅先生的《呐喊》以后,很佩服中国的这位伟大的真诚的"国民作家"!认为鲁迅是中国"社会心灵的照相师,是民众生活的记录者";"他不只是一位中国的作家,他是一位世界的作家!"①

这是俄苏最早评介鲁迅的文字,从而拉开了俄苏鲁迅研究的序幕。

30年代初,俄苏出版的《文学百科全书》,以较大篇幅刊载了《鲁迅条目》,给予鲁迅以高度评价;30年代末,苏联科学院出版了纪念鲁迅的论文集《鲁迅》(1938);次年,俄苏汉学家 B.罗果夫在重庆纪念鲁迅逝世三周年大会上作了精湛的学术发言,充分肯定了鲁迅的文学成就和文学地位;费德林发表了副博士论文《论鲁迅的创作》(莫斯科,1939)全面评析了鲁迅作品。到50年代下半期,俄苏的鲁迅研究已形成很大规模,研究队伍不断壮大,研究质量迅速提高,研究成果极为可观。1956年莫斯科国家文艺出版社出版的俄译本《鲁迅选集》第4卷,刊载了 П.Е.斯卡奇科夫辑录的《苏联鲁迅研究著目》,当时就辑录了俄研鲁迅著目85篇(部)之多。这至少是1956年前的研究成果。据不完全统计,从1956年到80年代末,俄研鲁迅成果至少也有35篇(部)。二者相加,那就是120篇(部)。应该说,俄研鲁迅业绩辉煌!

这些研究成果主要表现为以下几方面的形式和内容:

1. 俄译本作品序跋

这些序跋大抵都由译者或汉学名家撰写,资料新进、翔实、丰富,论述紧紧依附原文文本,深入浅出,全面评析作家作品,论点明确,结论贴切,本身就是篇很精湛的研究论文,往往读者都很喜欢。诸如:

费德林《鲁迅选集俄译本序言》,载罗果夫编《鲁迅选集》(莫斯科1952);

Л.艾德林《鲁迅——〈阿Q正传〉俄译本序言》(莫斯科,1959);

Л.波兹德涅耶娃《鲁迅的讽刺故事——〈故事新编〉俄译本序言》,莫斯科文艺出版社;

---

① 《一个俄国的中国文学研究者对于〈呐喊〉的观察》(王希礼《致曹靖华的信》),《京报》副刊,1925年第24期(1925年6月9日)。

Л.艾德林《论鲁迅的情节散文——〈鲁迅中短篇小说集〉俄译本序言》(莫斯科,1971)。

2.大型《百科全书》词条

大型《百科全书》"鲁迅词条"是对鲁迅及其作品的总体评价和概括,甚至是一种"定论",很有学术参考价值。从 30 年代初,俄苏就开始在大型文学与文化辞书中注意撰写"鲁迅词条",几乎每隔 10 年更换一两次。如:

1932 年,《文学百科全书·鲁迅条目》,莫斯科;

1954 年,Л.波兹德涅耶娃《鲁迅条目》,《苏联大百科全书》(第二版);

1967 年,B.谢马诺夫《鲁迅条目》,苏联《简明文学百科全书》(第 4 卷);

1974 年,B.谢马诺夫《鲁迅条目》,新版《苏联大百科全书》(第 15 卷),莫斯科。

1976 年,B.谢马诺夫《鲁迅条目》,苏联《简明文学百科全书》,莫斯科;

1980 年,苏联《苏联百科辞典·鲁迅条目》,莫斯科。

3.副博士、博士论文

当年在俄苏,鲁迅及其作品几乎成为文科副博士和博士论文的首选课题,因而,出现了不少优质论文,培养了许多世界著名的汉学家。如:

费德林的副博士论文:《论鲁迅的创作》(莫斯科,1939);

Л.波兹德涅耶娃的博士论文:《鲁迅的创作道路》(莫斯科,1956);

B.索罗金的副博士论文:《鲁迅创作道路的开始和小说〈呐喊〉》(莫斯科,1956);

B.谢马诺夫的博士论文:《19 世纪和 20 世纪初的中国文学与鲁迅》(莫斯科,1962)。

4.研究论文

俄苏著名的汉学家大都研究过鲁迅,他们是:费德林、王希礼、罗果夫、彼特罗夫、索罗金、谢马诺夫、艾德林、热洛霍夫采夫等。其主要代表作有:

纪念鲁迅论文集:《鲁迅》,苏联科学院出版社 1938 年版。

B.罗果夫《鲁迅论俄罗斯文学》,上海时代出版社 1949 年版。

B.彼特罗夫《中国人民的伟大作家——鲁迅》,莫斯科:国家文艺出版社 1956 年版。

B.索罗金著《论鲁迅的现实主义》,莫斯科:国家文艺出版社 1958 年版。

B.彼特罗夫《鲁迅和中国诗歌》,莫斯科:国家文艺出版社 1958 年版。

B.И.谢马诺夫《评两本关于鲁迅的著作——克列勃索娃〈鲁迅生平与创作〉(布拉格)和松康〈鲁迅与现代中国的新文化运动〉》,莫斯科 1961 年版。

B.И.谢马诺夫《伟大的中国作家:评 B.彼特罗夫著〈鲁迅:生平与创作概论〉》,莫斯科 1962 年版。

B.И.谢马诺夫《鲁迅论外国文学》,载苏联《亚非人民》1965 年第 5 期。

B.И.谢马诺夫《思想家——革命家》,莫斯科 1966 年版。

B.彼特罗夫《鲁迅和郁达夫》,载《列宁格勒大学学报》1967 年第 2 期。

Л.艾德林《鲁迅笔下的中国》,莫斯科 1969 年版。

B.彼特罗夫《鲁迅与苏联》,莫斯科 1976 年版。

B.Н.罗果夫《萧红谈鲁迅》,载《远东问题》1980 年第 4 期。

B.И.谢马诺夫《"迅行"——为纪念鲁迅诞辰一百周年而作》,莫斯科 1981 年版。

A.Н.热洛霍夫采夫《鲁迅在美国汉学界》,载《远东问题》1982 年第 3 期。

5.研究专著

研究鲁迅的专著有 10 大部:

(1)《鲁迅论俄罗斯文学》,B.罗果夫著,上海时代出版社 1949 年版。

(2)《中国的伟大作家鲁迅》,费德林著,苏联知识出版社 1953 年版。

(3)《鲁迅》,Л.Д.波兹德涅耶娃著,莫斯科:国家文艺出版社 1957 年版。

(4)《鲁迅世界观的形成》,B.Ф.索罗金著,莫斯科:国家文艺出版社 1958 年版。

(5)《鲁迅生平与创作(1881—1936)》,Л.Д 波兹德涅耶娃著,莫斯科:国家文艺出版社 1959 年版。

(6)《鲁迅生平与创作概论》,B.彼特罗夫著,莫斯科:国家文艺出版社 1960 年版。

(7)《鲁迅及其前驱者》,B.И.谢马诺夫著,莫斯科:科学出版社 1967 年版。

（8）《鲁迅著作索引》（B.索罗金作序），格拉戈列夫编著，莫斯科：科学出版社1977年版。

（9）《鲁迅（1881—1936）》，B.彼特罗夫著，莫斯科：国家文艺出版社1981年版。

（10）《鲁迅》，Л.艾德林著，莫斯科：儿童文学出版社1986年版。

当我们回顾俄苏的鲁迅译介与研究这段历史时，不能忘记当年俄苏的几个驻华办事机构：一个是共产国际派往国民革命军的苏联军事顾问团，另一个是苏联塔斯社驻华分社，再就是苏联大使馆。它们直接接触现代中国，积极参与中国的变革，培养了许多了解中国国情，直接参与中国建设的著名汉学家，为鲁迅和中国新文学的传播和研究做出了突出贡献，值得提及：

第一位是《阿Q正传》的第一个俄译者——王希礼。他是苏联军事顾问团的一位青年翻译家。此名系来华后自取的中国名，原名鲍里斯.亚历山德罗维奇.瓦西里耶夫（Б.А.Васильев，1899—1946）。他1899年12月8日生于沙俄首都圣彼得堡的一个普通职员家庭。1922年毕业于彼得格勒大学社会科学系中国部；1924年春来到中国实习，先后担任苏联驻华总领事馆和苏联驻华武官（驻京）秘书。当时正值孙中山确立联俄、联共、扶助农工的三大政策，实现了第一次国共合作。应广州革命政府和孙中山的邀请，共产国际派遣了苏联军事顾问团来华。1925年春，王希礼被分配到以斯卡洛夫为团长的苏联军事顾问团来到河南开封国民二军开展军事顾问工作。王希礼来到开封不久，曹靖华也被李大钊派遣来到开封，他早年留学苏联，这次被派来担任顾问团的翻译。这样，革命工作将王曹二人连在了一起。他们共同住在开封保定巷6号大院工作地，年龄相仿，一见如故。他们经常在一起探讨俄语和汉语的学习问题，互相帮助，很快就建立起了深厚的友谊。为了真正学好现代汉语，曹靖华建议王阅读鲁迅的《阿Q正传》。为此，曹给王买了一本鲁迅的《呐喊》，让他读里面的《阿Q正传》；王也回赠了他一本俄文短篇小说集《十三只烟斗》。

王希礼读过《阿Q正传》后，兴奋地对曹说："鲁迅是同我们的果戈理、契诃夫、高尔基一样的世界大作家！"决心将其译成俄文，并说："我如果真的能把这件事办好，也可以算是没有白来中国了！"他说干就干，很快就开始翻译了。

王希礼译完《阿Q正传》后，曹靖华就写了一封"向鲁迅先生求教的第一封信"。鲁迅先生于1925年5月8日收到了此信，第二天就给曹和王写了复信,并按他们的要求寄来了《俄文译本〈阿Q正传〉序》及著作者《自叙传略》和作者照片等。从此,王希礼与鲁迅书来信往,互相拜访,深入探讨鲁迅著作和中国新文学作品的翻译与研究事宜。很快,就建立起了深厚的友谊。鲁迅对这一友谊也十分重视。他在为俄译本写的序中说:"这在我是很应该感谢,也是很觉得欣幸的事,就是:我的一篇短小的作品,仗着深通中国文学的王希礼(B.A.Vassiliev)先生的翻译,竟得展开在俄国读者的面前了。……看人生是因作者而不同,看作品又因读者而不同,那么,这一篇在毫无'我们的传统思想'的俄国读者的眼中,也许会照见别样的情景的罢!这实在是使我觉得很有意味的。"①

王希礼热爱中国,热爱鲁迅,回国后主要致力于鲁迅的传播与研究。后来他又翻译了《彷徨》,撰写了《中国左翼文学》和《帝国主义时代中国文学的外来影响》等著作。其功绩在于,在俄国现代汉学中,他不仅是鲁迅作品的第一个译者,同时也是鲁迅作品的第一个评论者、研究者,他开了俄苏中国新文学传播与研究的先河,是纪念碑式的伟大汉学家。

第二位是著名汉学家罗果夫。弗拉基米尔·尼古拉耶维奇·罗果夫(B.H.Poгoв,1909—1988),苏共党员,工人出身。1937年初来华任苏联塔斯社远东分社驻中国记者。罗果夫热爱中国,热爱鲁迅和中国新文学,在完成战时采访和报道任务后,注意参与中国现代文坛的活动,保持与中国文学界的密切交往与交流:1938年中华全国文艺界抗敌协会在汉口成立时,罗果夫以国际代表身份出席了会议;1939年在重庆举行的鲁迅逝世3周年纪念会,罗果夫出席并发言,重点介绍了鲁迅在苏联的影响;1940年,B.罗果夫在《国际文学》第3期和第4期发表了《民族解放战争时期的文学》,在苏联产生了强烈反响;1941年,罗果夫资助姜椿芳等人,创立了苏商时代书报出版社,出版《时代周刊》和《苏联文艺》月刊,介绍苏联卫国战争和苏联文艺情况。罗果夫热爱鲁迅,深有感情。为了缅怀鲁迅,1943年10月19日,罗果夫在其创建的苏联呼声广播电台特意播送"鲁迅"两周;全力以赴致力于鲁迅翻译与研究,成绩卓著:

1944年,B.罗果夫编译《中国短篇小说集》(莫斯科,1944),内容:茅盾《林家铺子》、萧红《莲花河》、张天翼《华威先生》、老舍《被占领的城市

---

① 鲁迅《俄文译本〈阿Q正传〉序》,载《阿Q正传》俄译本,列宁格勒:激浪(Прибой)出版社1929年版。

中》、司马文森《栗色马》、姚雪垠《差半车麦秸》和《红灯笼的故事》、端木蕻良《风陵渡》等7位作家的8篇作品;

1945年,B.罗果夫编译《鲁迅选集》并撰写了跋语《鲁迅的文学遗产——〈鲁迅选集〉俄译本跋》(莫斯科,1945);

1948年,B.罗果夫翻译鲁迅《门外文谈》(上海时代,1948);

1949年,罗果夫翻译《鲁迅小说杂文书信》和《鲁迅论俄罗斯文学》(上海时代,1949),其翻译出版的《阿Q正传》,系国内外最早的中俄文对照版本(1955年莫斯科国家文艺出版社以此为蓝本出版了单行本)。

新中国成立后,罗果夫继续从事中苏文化交流,担任中苏友好协会副会长,对中国的文化建设和发展给予了巨大支持与帮助。1951年,B·罗果夫编译了赵树理的《登记》,并撰写了《〈登记〉俄译本编者的话》(苏联《新世界》1951年第2期);1952年,B·罗果夫等翻译了《白毛女》并撰写了序言《〈白毛女〉俄译本序言》(莫斯科:外国文学出版社,1952);1954年,B·罗果夫与郭质生等编译了四卷本《鲁迅选集》第一卷(莫斯科,1954);1956年,B.罗果夫发表了研究茅盾的论文《茅盾》(苏联《旗帜》1956年第7期);1958年,B.罗果夫发表了《鲁迅的俄国朋友》(苏联《旗帜》1958年第7期)等。

罗果夫在中国期间,以塔斯社驻中国记者身份注意参与中国现代文坛的活动,积极翻译和研究鲁迅著作,成绩卓著;他还帮助其他作家发表文章或出版作品。所以,他不但对鲁迅有深入了解,而且与郭沫若、茅盾、田汉、郑振铎、冯雪峰、叶圣陶、臧克家、戈宝权、邹韬奋、曹靖华、萧红、邱东平等著名作家都有密切交往,对中苏文化交流做出了重要贡献。

第三位就是资深汉学家费德林。费德林,系自取的中国名,原名尼古拉·特罗菲莫维奇·费多连科(Николай Трофимович Федоренко,1912—2000),1912年生于皮亚委戈尔斯克一个工人家庭,1937年毕业于莫斯科东方学院中国系,师从著名汉学家阿列克谢耶夫,专攻中国古典文学。1939年,以论文《论鲁迅的创作》取得副博士学位;1943年以论文《屈原的生平与创作》获语文学博士学位。1952年获中国学教授职称,1958年获高级研究员职称。同年6月当选为苏联科学院通讯院士。从1939年调入苏联外交部,被派到苏联驻中国大使馆工作,先后在中国工作12年,从普通外交官提拔为文化参赞,直到大使。他目睹了中国人民抗日战争的伟大胜利,目睹了从国民党统治到新中国诞生这一历史性转变。1949年和1958

年,作为外交官和中国问题专家,他先后参与了毛泽东同斯大林在莫斯科的会谈和毛泽东同赫鲁晓夫在北京的会晤。他是中苏关系从友好到破裂的历史见证人。1962年至1958年,他任常驻联合国代表,"为争取新中国在联合国的席位作了不懈努力,厥功奇伟"①。

作为汉学-文学家,费德林虽然未赶上"鲁迅时代",未见过鲁迅,但他对鲁迅其人其作,都理解深刻、佩服得五体投地。所以,他最早写出了研究鲁迅的学术著述《论鲁迅的创作》(副博士论文,1939)。此后又写出了《论鲁迅文艺创作的特点》(莫斯科,1946)、《鲁迅选集俄译本序言》(罗果夫编《鲁迅选集》,莫斯科,1952)、《中国的伟大作家鲁迅》(苏联知识出版社,1953)、《中国文学》(中国文学史纲)第十章专题论述了鲁迅,《鲁迅(纪念鲁迅一百周年诞辰)》(《亚非人民》1982年第3期)等,堪称鲁迅研究专家。

从40年代的重庆、南京到50年代的北京,他结识了中国文学艺术界的众多精英人物,郭沫若、茅盾、老舍、巴金、徐悲鸿、梅兰芳、赵树理、艾青……他最崇敬郭沫若,尊之为师。他的博士学位论文、翻译剧本《屈原》译稿和专著《郭沫若》一书,均获得郭沫若的指点与帮助。他对这位中国现代文学泰斗的生平与创作给予高度评价。如果说郭沫若是他的"恩师"的话,那么,诗人艾青则是他的挚友。他翻译艾青的诗,两人共同切磋译文;为研究艾青,曾几度到艾青府上促膝长谈。

费德林对中国文学爱之切、知之多、研之广而深,不但在俄苏汉学界,即使在国际汉学界,亦实属罕见。从诗经、楚辞、诗、宋词、元曲到明清小说,从屈原、杜甫、关汉卿到鲁迅、郭沫若、茅盾,他都有精深研究。尤其对屈原的研究,其专心之久、著作之多、成就之大在俄苏汉学界首屈一指。他一生汉学著作等身,发表专著35部,论文300余篇。晚年主持并亲自参编15卷本的《中国文学百科全书》,对中国两千多年丰厚的文学与文化经典作了全面而系统的整理与解读。可说是费德林60多年孜孜不倦传播与研究中国文学的压卷之作和封顶之作。费德林在外交部"为官"30多年,只留下唯一一本关于其外交生涯的书(《我所认识的中苏领导人》,新华出版社,1995),其他34本都是汉学专著。由此可见,其汉学研究之执着,之精专。所以,正如他自己所言,他"首先是一个汉学

---

① 伍修权《〈我所接触的中苏领导人〉序》,载费德林回忆录《我所接触的中苏领导人》,新华出版社1995年版。

家,其次才是外交官"。

(三) 评 价

从总体来说,俄苏对鲁迅及其著作的评价很高。

俄苏著名汉学家 B.B.彼特罗夫(В.В.Петров,1929—1987),是最早研究鲁迅和中国现代文学的汉学家之一。1954 年翻译出版了鲁迅的《野草》,以后又撰写了《中国人民的伟大作家——鲁迅》(1956)、《鲁迅与中国诗歌》(1958)、《鲁迅生平与创作简论》(1960)、《鲁迅和郁达夫》(1967)、《鲁迅和瞿秋白》(1975)等著述,对鲁迅深有研究。他对鲁迅的总体概括可以代表俄苏学者对鲁迅的总评价:"鲁迅是中国现代文学的奠基人。鲁迅真实地、多面地描绘了中国社会现实,以其伟大的作品开辟了中国现实主义文学艺术的新纪元。鲁迅优秀的文学遗产是 20 世纪初期中国社会生活的百科全书,是中国人民的智慧及其憧憬光明未来的具体体现。"彼特罗夫认为鲁迅早期的学术研究和翻译活动对鲁迅后来的文学创作意义重大,学术研究使他接受了先辈作家的优秀传统,翻译西方作品使他找到了东欧和俄苏文学。所以,他指出:"鲁迅创造性地发展了以罗贯中、施耐庵、曹雪芹、吴敬梓的不朽作品为代表的中国古典小说传统,发展了西方批判现实主义主要是俄罗斯古典文学的创作经验和优秀的文学成就。"但是,他强调,外国文学作品的影响,"决不会破坏鲁迅创作风格的独立性,决不意味着鲁迅摒弃了自己的民族传统。鲁迅永远是一位深刻的富有民族性的作家"①。

俄苏另一位著名汉学家 В.И.谢马诺夫(В.И.Семанов),莫斯科大学教授,俄苏鲁迅研究的权威学者之一,其专著《鲁迅和他的前驱者》(1967),早已被美国汉学家(阿利别尔)翻译成英语在美国出版了,在国际汉学界产生了很大影响。在该著中,谢马诺夫指出,梁启超是政论家、诗人、剧作家、长篇小说家,苏曼殊是诗人、散文家、翻译家。"但是,他们都不能与鲁迅相比;鲁迅在散文、散文诗(《野草》)、回忆录、翻译等诸方面都取得了卓

---

① [俄]B·彼特罗夫《中国人民的伟大作家——鲁迅》,载费德林等著《前苏联学者论中国现代文学》(宋绍香译),新华出版社 1994 年版,第 32 页。

越成绩,并创造了一种中国新型的文艺政论文体——杂文。"①B·谢马诺夫认为,鲁迅和20世纪初的小说作家所选择的主要人物之所以不相同,首先在于鲁迅具有强烈的民主主义思想,同时他那与众不同的改造社会的方法和观念也起了很大作用。他指出,旧小说作家主要描写上层社会的代表人物,幻想他们得到改造,而鲁迅则大都描写下层人民,旨在唤起民众;谴责小说作家同情人民,然而看不到人民的真正力量。鲁迅则相信黎民百姓,力求洞悉事物本身发展的内在规律。由此,谢马诺夫指出了鲁迅不同于传统作家的艺术表现手法:其一,鲁迅小说读起来动人心弦,但不是像某些谴责小说那样,是靠惊险、奇妙的故事情节吸引人,而是靠自然而精致的艺术结构、所选择事件的典型性和深刻的心理描写而引人入胜;其二,谴责小说描写的人物基本上千人一面,而鲁迅则追随其最富洞察力的先辈作家(曹雪芹、吴沃尧、曾朴),善于透视人物心理的复杂性与矛盾性,善于运用"自我解剖"的艺术手法表现主题;其三,鲁迅打破了传统文学严格按照时间顺序叙事的旧模式。他笔下的过去与现在互相交叉,结合得贴切自然、天衣无缝。②

著名汉学家 Л.艾德林(1909—1985)也注意研究鲁迅,1959年为鲁迅《阿Q正传》俄译本撰写了《序言》,此后又出版了《鲁迅笔下的中国》(1969)和《鲁迅》专著(1986)。他指出:"伟大的革命作家鲁迅,开创了中国现实主义的新文学,并以自己的不朽作品,为长期闭关自守的中国文化开辟了通向广阔世界的道路。"他认为,鲁迅的创作是世界文学的一个新现象。鲁迅作品是一切优秀的文学传统与鲜活的革命创新和谐结合的典范,是粉碎封建主义的柱石及一切奴役人民思想的封建礼教的最有力的文化武器。他指出,大无畏精神,是鲁迅现实主义的基本特征之一。作家不怕描写最可怕的社会真实。他懂得,正确的诊断病情,是治病救人的最必要的步骤。为了向全世界揭露半封建半殖民地中国的那种人类生存的惨状,作家写出了那些骇人听闻的社会真实。但是,在其中并未流露出无望的情绪,对其时代而言,鲁迅作品具有非常优秀的特质:作品虽令读者惊心动魄,但却没有使他们感到悲观失望。而是恰恰相反,唤起了他们投入斗争,

---

① В.И. Семанов., Лу Синь и его предшественики.——издательство "Наука", Москва 1967,С.94.

② В.И. Семанов., Лу Синь и его предшественики.——издательство "Наука", Москва 1967,СС.102、97、120-121.

激起了他们对压迫者的痛恨,使他们充满了对劳动人民的爱并坚信:人民应得到最好的报应。鲁迅作品之所以如此,是因为他善于表现劳动人民内在的伟大、力量和美德。①

艾德林非常赞赏鲁迅的"开篇"之作《狂人日记》,指出"作品展现了旧中国整个社会的画面",对"人吃人"的封建礼教"进行了毫不妥协的揭露和批判"。它是中国新文学的第一篇作品,打破了旧文学的结构和语言程式,开了创作心理小说之先河。所以,他结论道:"这种文学,是一种具有丰富的生活情节和深刻的心理分析的美质、异格的新文学,是描写新的主题和新的人物的新文学。"艾德林尤其喜欢鲁迅的中篇小说《阿Q正传》,认为它是鲁迅最优秀的作品之一,它以深刻的哲理和艺术的完美,令人惊叹!它完全展现了早已形成的"鲁迅创作的基本方向和艺术风格":"在描写情感方面的冷静""描写人物对话的生动、简洁、精确"以及哲学幽默、精美讽刺和"暴露之勇敢性,使这部中篇小说获得了空前的艺术之力"。总之,鲁迅作品将千百年来的人民传统与现代生活统一于一体。鲁迅的艺术创作,无论就其内容还是就其形式而言,均堪称是创新的、革命的文学。②

费德林(1912—2000)系苏联科学院通讯院士,是世界著名的汉学家,曾获东京中国学研究院名誉院士、美国政治经济科学院院士、意大利艺术科学院院士等。他虽然在苏联外交部为"官"30多年,但他一生的主要精力却在汉学方面,其外交官身份则为他接近中国、认识中国和研究中国提供了得天独厚的条件,加之其执着肯干,所以,他不但精通中国古典文学,而且精通中国现代文学:一生出版汉学专著35部,发表研究论文300余篇,堪称世界汉学大家。他关注"语言艺术和时代",善于从"世界文学过程中"探索中国文学。他认为,各国语言艺术的互相联系和互相渗透乃是历史的必然性,这种必然性无疑包含着很多积极因素并能使西方和东方各民族共同掌握世界文化的优秀成果。正是由于各民族文化的相互联系,人们成了世界公民,同时又依旧是自己祖国的公民。他们的内心世界更加丰富了,他们的审美眼界更加开阔了,他们学会了更好地理解和评价真正的

---

① Эйдлин. Л. З., Лу Синь.——Предисловие к русскому изданию "Подлинной истории А-Кью"(Рассказы). М., 1959.

② Эйдлин. Л. З., Лу Синь.——Предисловие к русскому изданию "Подлинной истории А-Кью"(Рассказы). М., 1959.

艺术成果,同时绝不丧失自己独具的语言艺术原则。① 他认为鲁迅正是这样的作家,他在日本留学期间,通过日语、德语和英语了解了西方文学;从欧洲被压迫民族文学,尤其从俄国文学中,"明白了一件大事,是世界上有两种人:压迫者和被压迫者!"所以,费德林指出,鲁迅作品是"一把火",其"鲜明的社会色彩"是"对剥削者'上层'的极端憎恶,对被压迫'底层'的真挚同情,表现了作家深刻地了解人民的生活及其深重的苦难;了解人民对解放、正义和自由的永恒憧憬"。他称"鲁迅是社会性短篇小说的大师","他创作的小说,是中国新的短篇小说的最高典范";其处女作《狂人日记》"揭露了封建制度人吃人的道德,旧礼教的反动本质","揭开了中国文学史的新的一页"。所以,费德林结论道:"鲁迅的创作标志着中国文学旧时代的结束和新的现实主义文学的开端;鲁迅是公认的中国新文学的奠基人和它的经典大师。"②

A.H.热洛霍夫采夫是一位很有学术个性的汉学家,他本是研究中国近现代文学的,是中国的"文革"改变了他的研究方向。1966年,他在中国进修时,目睹了中国的"文化大革命",非常震惊! 从此,改变了自己对中国近现代文学研究的学术兴趣,转而关注中国现当代作家和中国文化的命运。撰写了《"文革"后鲁迅著作在中国的遭遇》《鲁迅纪念日在中国》等论文。80年代初,他调换了一下研究视角,从俄苏的鲁迅研究在世界的影响入手,从而彰显鲁迅在世界的影响。他成功了,1982年他发表了长篇论文《鲁迅在美国汉学界》(《远东问题》第3期),在美国和西方汉学界产生了强烈反响。在文章中,热洛霍夫采夫指出,苏联还在1929年就出版了《阿Q正传》两种版本:莫斯科版本和列宁格勒版本;③50年代下半期,苏联的鲁迅研究形成了很大规模,研究质量迅速提高,得到了世界的认可。美国翻译出版了谢马诺夫的研究著作《鲁迅与他的先驱者们》,在美国汉学界引起了强烈反响。A.吉尔利克在评论谢氏著作时写道:"革命时代所催生的鲁迅,认清了革命之动因后,成了一个伟大的人和文学战士。也就是说,这种革命激情造就了他创作的文学作品。在这里,谢马诺夫已经指出了他

---

① [俄]费德林《语言艺术和时代——世界文学过程中的中国文学》(李少雍译),载《汉学研究》第5集,第177页。
② [俄]费德林《革命文学二十年》,载费德林《中国文学研究中的问题》,莫斯科1973年版。
③ A.H.热洛霍夫采夫《鲁迅在美国汉学界》(宋绍香译),载《汉学研究》2014年秋冬卷(总第17集),学苑出版社2014年版,第508页。

的价值。"专业汉学杂志的评论者直接指出谢马诺夫的学术著作摧毁了在美国业已形成的关于苏联汉学著作品格的带有偏见的、教条主义的观念。甚至,阿利别尔也不得不承认,Л·波兹德涅耶娃的著作"远远超过了西方的研究著作,在中国和日本产生了很大影响",В.彼特罗夫和В.索罗金的著作,也是对鲁迅作品研究的"文学贡献"。①

最后,А.Н.热洛霍夫采夫总结道:"苏联汉学在研究和传播鲁迅作品方面的功绩,是无可争议的。我们对鲁迅很了解、很亲切;他的名字大家都熟悉,从1929年至1981年,他的作品在苏联的总印数已超过175万册。只在1981年,这位中国大作家的《选集》就出版了俄文版7.5万册,乌克兰文版3.0万册。中国作家在苏联具有这样的知名度和普及性,这在美国是不可想象的。"②

二 郭沫若著作在俄苏:译介、研究、评价

(一)译 介

郭沫若的诗歌,作为中国新文学作品,先于鲁迅的小说,最早走出国门被移植到日本:1922年,日本翻译发表了郭沫若的《三个泛神论者》《地球,我的母亲!》《司健康的女神》等7首(载大西斋、共田浩编译《文学革命与白话新诗》),而俄苏对郭沫若的译介则较晚,始于20世纪40年代初。

1940年7月28日,苏联《文学报》译载了郭沫若撰《两种文学关系》,从此拉开了俄译郭沫若的序幕。

1941年,苏联《国际文学》第1期,发表了郭沫若《来自中国的信》。

1943年,《国际文学》第1期,翻译发表了由郭沫若、茅盾、老舍等中国作家签字的《致苏联作家协会函,庆祝伟大十月社会主义革命25周年》。

1948年,苏联《外贝加尔人》发表了П·科马罗夫翻译的《中国诗选》,文学艺术作品选集第2集,选译了郭沫若、艾青、田间等中国诗人的诗歌作品。

---

① А.Н.热洛霍夫采夫《鲁迅在美国汉学界》(宋绍香译),载《汉学研究》2014年秋冬卷(总第17集),学苑出版社2014年版,第509页。

② 同上,第511页。

1951年，莫斯科外国文学出版社出版了郭沫若著《屈原》（话剧），费德林翻译并作领衔论文，向读者介绍和评论这部剧作，在俄苏社会产生了强烈反响。

1953年，莫斯科国家文艺出版社出版了《郭沫若文艺作品选集》俄译本；主编、领衔文章：费德林；内容：费德林《郭沫若生平与创作》（第3—16页），郭沫若为本书撰写的序言（第17—19页），诗歌（第2—86页），短篇小说、剧作（第87—308页：短篇小说，Н.帕霍莫夫译；剧作《孪生兄弟》，В.彼特罗夫译；《屈原》，费德林译），论文（第309—347页，Г.蒙泽列尔译）。全书352页。

同年，同出版社，翻译出版了《中国作家短篇小说集》，主编、序言：费德林，全书543页。其中选译了鲁迅、郭沫若、茅盾等中国新文学作家的作品。

同年，莫斯科青年近卫军出版社出版了《新中国诗人诗集》（327页），费德林主编并作序言（3—19页）；В.彼特罗夫撰《作者简明传记资料》。其中选译了郭沫若的五四新诗。

1955年，莫斯科国家文艺出版社出版了《郭沫若选集》俄译本，全书468页，主编：费德林、郭沫若；领衔文：费德林；注释：В.彼特罗夫；译者：А.基托维奇、Ю.阿列克桑德罗夫、В.鲁德曼、Б.穆德罗夫、Н.帕霍莫夫、П.林、В.彼特罗夫、费德林、Г.蒙泽列尔等。

同年，同出版社翻译出版了《中国作家短篇小说集》，编者、主编、前言：费德林，全书522页，其中也收入了郭沫若的作品。

1958年，莫斯科国家文艺出版社出版了费德林主编的俄译本《郭沫若文集》Ⅰ—Ⅲ卷。

1959年，莫斯科国家文艺出版社出版了费德林主编的《中国新诗集》（1919—1958）俄译本，译者有 Л.艾德林、Л.切尔卡斯基、А.基托维奇、Г.亚罗斯拉夫采夫、А.艾弗隆等35位翻译家。其中选译了郭沫若的新诗。

1978年莫斯科出版了 Л.切尔卡斯基译、序及注释的《40位诗人：20—40年代中国抒情诗》，全书324页，其中收录了郭沫若新诗若干。

1990年，莫斯科国家文艺出版社出版了费德林主编的《郭沫若文集（诗、剧、小说）》俄译本，全书624页，皇皇巨著。内容包含诗歌、剧本和中短篇小说，十分丰富。

从1940年至1990年的半个世纪间，如果不计苏联《文学报》《国际文学》《外贝加尔人》《真理报》等报纸杂志和集体著作如《中国文学集》《中国诗选》《中国作家短篇小说集》等零星译载的郭沫若的诗歌、散文、剧作和小说的话,俄苏至少翻译出版了郭沫若单行本和专著如《屈原》(话剧)、《郭沫若文艺作品选集》《郭沫若选集》《郭沫若文集》Ⅰ—Ⅲ卷和《郭沫若文集(诗、剧、小说)》等7部大部头著作。除《屈原》外,每部都是五六百页的皇皇巨著,十分壮观!如最后这部译著《郭沫若文集(诗、剧、小说)》,共624页。其中选译诗集《女神》的12首:《序诗》《凤凰涅槃》《心灯》《炉中煤》《立在地球边上放号》《地球,我的母亲!》《夜》《鹭鹚》《晴朝》《天狗》《晨兴》等;诗集《星空》的13首:《星空》《洪水时代》《月下的"司芬克斯"——赠陶晶孙》《苦味之杯》《新月》《雨后》《黄海中的哀歌》《江湾即景》《灯台》《夕暮》《暗夜》《地震》《两个大星》;诗集《瓶》的《献诗》等19首;诗集《前茅》的诗8首:《序诗》《留别日本》《上海的清晨》《力的追求者》《朋友们怆聚在囚车里》《歌笑在富儿们的园里》《我们在赤光之中相见》《暴虎辞》;诗集《恢复》的13首:《恢复》《抒怀》《黑夜和我对话》《归来》《诗的宣言》《对月》《传闻》《如火如荼的恐怖》《巫峡的回忆》《金钱的魔力》《血的幻影》等;诗集《战声》诗11首:《们》《诗歌国防》《疯狗礼赞》《纪念高尔基》《前奏曲》《中国妇女抗敌歌》《民族复兴的喜炮》《战声》《血肉的长城》《所应当关心的》《题廖仲恺先生遗容》;诗集《蜩螗集》诗13首:《罪恶的金字塔》《颂苏联红军》《祭陶行知先生》《中国人的母亲》《纪念李公朴和闻一多》《"十月"感怀诗》《歌唱老渔工》等;诗集《歌颂新中国》诗3首;未编入诗集的诗11首;《重返日本》集2首;关于埃及的诗5首。另外翻译历史悲剧3部:《孪生兄弟》《屈原》《虎符》;中短篇小说有《漂流三部曲》《落叶》《月蚀》《红瓜》《函谷关》《阳春别》《喀尔美萝姑娘》《孔夫子吃饭》《孟夫子出妻》《秦始皇将死》《楚霸王自杀》《司马迁发愤》《贾长沙痛哭》《鸡雏》等17篇/部。本著共译载诗歌110首,剧本3部,中短篇小说17部。加之其他6部巨著所译载的郭氏著作,可以说,郭沫若的文艺和学术的代表作品基本都已译成俄文在俄苏出版。俄苏汉学家们对弘扬中华文化和加强中俄文化交流做出了重大贡献,值得敬佩!

(二)研 究

俄苏对郭沫若的研究是与译介同步进行的。

1940年,苏联作家罗可托夫致郭沫若先生函,表示对郭沫若的尊重和敬意。载同年12月20日《新华日报》。

1941年,苏联P.巴甫连珂致郭沫若先生的一封信,载同年11月2日《新华日报》。

同年,苏联友人祝贺郭沫若创作生活二十五周年,载同年11月16日《新华日报》纪念郭沫若先生创作生活二十五周年特刊。另外,同期还收到苏联米克拉舍夫斯基、凯缅诺夫、潘友新分别发来的庆贺郭沫若创作25周年的贺柬(载1941年11月16日《新华日报》纪念郭沫若先生创作生活二十五周年特刊)。这些贺柬都给郭沫若的创作以高度评价。

1942年,苏联作家卡尔曼给郭沫若的信,载同年12月30日《新华日报》。

1944年,费德林发表《论郭沫若之〈屈原〉》,载同年6月《文艺创作》第3卷第2期。全面论述了郭沫若及其《屈原》(剧本)创作的重大成就。

1945年,郭沫若赴苏,受到苏联各界的热烈欢迎。柳亚子为此赋诗一首《送郭沫若先生赴苏》(亚子),载同年7月30日《新华日报》;同年,言行出版社也出版了《郭沫若归国秘记》(殷尘)。

1946年3月18日《新华日报》发表了《苏联对外文化协会致郭沫若的信》,高度评价了郭沫若对中苏文化交流做出的重大贡献。

1953年,莫斯科国家文艺出版社出版了《郭沫若文艺作品选集》。出版后,苏联报刊连续发表了9篇评论文章:(1)《伟大人民的代言人》,Е.茹科夫,载《莫斯科真理报》1953年4月30日;(2)《中国人民的优秀作家》,Б.利西查,载《晚间列宁格勒》1953年6月17日;(3)《伟大民族的诗人》,И.谢尔格耶夫,载《苏联文化》1953年7月11日;(4)《爱国作家的声音》,Е.谢列勃里亚科夫,载《列宁格勒真理报》1953年7月4日;(5)К.西蒙诺夫的评论,载苏联《文学报》1953年4月18日;(6)Н.季洪诺夫的评论,载苏联《真理报》1953年6月29日;(7)《俄语译品中的郭沫若》,В.托克马科夫,载苏联《西伯利亚之火》1953年;(8)Б.尤林的评论,载苏联《接班人》1953年第13期;(9)评《郭沫若文艺作品选集》(莫斯科,1953),Р.伊茨,载苏联《十月》1954年第7期。

1954年,波兰科学院举行年会,授予郭沫若院士荣誉,载同年5月13日《人民日报》。

1955年,费德林发表了《郭沫若——〈郭沫若选集〉俄译本序言》,莫斯科:国家文艺出版社。

1956年,费德林出版汉学专著《中国文学》(中国文学史纲),其中第十章至第十五章,分别以专章论述了鲁迅、郭沫若、茅盾、老舍、赵树理、艾青,莫斯科:国家文艺出版社。

1958年,费德林发表《郭沫若的创作——〈郭沫若文集〉俄译本第一卷序言》,莫斯科:国家文艺出版社。

1958年,Л.С.瓦西里耶夫发表《郭沫若关于中国古代奴隶社会的研究》,载《苏联中国学》第2期。

1958年,费德林为俄译本《郭沫若选集》第1卷撰写了《前言》,全面、系统地评论了郭沫若的艺术创作,莫斯科:国家文艺出版社。

1959年,费德林出版《〈中国新诗集〉(1919—1958)俄译本前言》,前言中突出评论了郭沫若对中国新诗发展的贡献,莫斯科:国家文艺出版社。

1960年,Л.艾德林发表《新中国文学发展概论》,兼论郭沫若,莫斯科。

1960年,В.Ф.索罗金发表《中国话剧艺术发展的基本阶段》,载莫斯科《中华人民共和国的文化革命问题》,文中也强调了郭沫若对中国新剧发展的贡献。

1961年,莫斯科科学出版社出版了С.Д.马尔科娃的研究专著《郭沫若的诗歌创作》,全面深入地研究郭沫若的新诗创作,对其给予了高度评价。

1962年,莫斯科东方文学出版社出版了В.索罗金、Л.艾德林专著《中国文学简论》,在五四时期和抗战时期的有关章节都对郭沫若进行了充分的论述。

1967年,Л.Е.切尔卡斯基发表了《论五四诗歌中的人道主义问题》,载莫斯科《东方文学中的人道主义思想文集》,第64-72页。对郭沫若的新诗给予了积极肯定和恰当的评析。

1969年,Ю.М.加鲁申茨为《1919年五四运动在中国:文件和资料》撰写了《序言》(莫斯科),也涉足不少郭沫若的新诗资料。同年,Л.Е.切尔卡斯基发表了《论中国新诗的分期》,载《远东文学理论问题》论文集(莫斯科),较多评析了郭沫若的新诗。

1971年,东方文学主编,莫斯科科学出版社出版了В.С.阿德日马穆多娃著《郁达夫和创造社》,也涉足评析了郭沫若的诗歌创作活动和社会学术活动。同年,Л.Е.切尔卡斯基发表了《五四时期的诗歌》,载《五四新诗与西方文学》《中国1919年的五四运动》,重点评析了郭沫若的新诗。

1972年,Л.Е.切尔卡斯基著《中国20—30年代的新诗》,东方文学主编,莫斯科科学出版社出版,郭沫若仍是被重点研究的诗人之一。

1973年,费德林发表了《革命的10年(1920—1930年代的中国文学)》,载苏联《外国文学》第9期,也对郭沫若诗歌创作进行了仔细研究和细致的分析;同年,苏联科学院为祝贺费德林通讯院士60周岁诞辰,出版了《中国文学研究在苏联》,东方文学主编,莫斯科科学出版社出版,该著也对郭沫若著作进行了学理的研究和科学的分析;同年,苏联通讯院士费德林出版了《中国文学研究中的问题》(莫斯科),其中《中国革命文学20年》一节,也多处评析了郭沫若的创作成就;同年,А.Г.什普林钦著《论20—30年代苏联出版的汉语文学》,载《中国文学研究在苏联》(莫斯科),也充分评析了郭沫若的新诗创作。

1975年,Л.Е.切尔卡斯基发表《〈五更天——二三十年代中国抒情诗集〉俄译本序言》(莫斯科),也深入研究了郭沫若的新诗创作。

1986年和1987年,费德林分别发表了《中国文学研究与翻译在苏联》(Ⅰ和Ⅱ),前者载苏联《远东问题》1986年第4期,第121-129页;后者载《远东问题》1987年第1期,第98-105页。这两篇论文重点介绍了В.彼特罗夫、Л.切尔卡斯基和С.马尔科娃对中国新诗的研究和成果,自然也包括对郭沫若新诗的研究成果。

1990年,莫斯科出版了郭沫若文集俄译本《〈郭沫若文集——诗、剧、小说〉》,费德林为其撰写了《俄译本序言》,全面、系统地对郭沫若其人、其作进行了科学的分和研究。使俄苏的郭沫若研究更上一层楼,跻入国际汉学的先进行列。

纵观俄苏郭沫若研究史迹,不难发现,著名汉学家费德林、С.Д.马尔科娃、Л.Е.切尔卡斯基、В.Ф.索罗金、Л.З.艾德林、В.С.阿德日马穆多娃、Л.С.瓦西里耶夫、В.托克马科夫、Е.谢列勃里亚科夫、Е.茹科夫、Б.利西查、И.谢尔格耶夫等,都对郭沫若著作的译介和研究做出了重要贡献。但就专著而言,成就最大者,当属费德林和马尔科娃。

(三)评 价

郭沫若是世界级的大诗人、大作家、大学者,俄苏读者、作家、汉学家大都对他非常敬重,对其诗歌、剧本创作和学术著述评价很高。尤其资深汉学家费德林,"屈原"情结将他们紧紧地连在一起。郭沫若对《诗经》,对

《楚辞》、对屈原都有精深的研究和不朽的著作;而费德林从年轻时就非常喜欢《诗经》《楚辞》和屈原,并企望将来能翻译和研究他们。所以1940年代初,他就选择了《屈原的生平与创作》作为自己的主攻方向和博士论文课题。最终在郭沫若的"指点"和帮助下,费德林成功地完成了自己的博士论文,获得了博士学位。所以,他称郭老为其"恩师"。真诚的学术交往,加深了他们的友谊,加强了他对郭氏其人、其作的理解和研究。他参与翻译《郭沫若选集》《郭沫若文集(Ⅰ—Ⅲ卷)》《屈原(话剧)》等,撰写了专著《郭沫若》(1952)和多篇郭氏著作俄译本《序言》等,对郭沫若给予了高度评价。费德林对郭沫若的评论比较全面、深邃、到位。他大约从以下几个方面论述郭沫若的创作成果和学术成就:

第一,郭沫若具有深厚的中国古学根基,具有充分的文学创作准备。郭沫若生于1892年。良好的家庭教育,使他在童年时期就爱上了中国古典诗词,六七岁时就能背诵《唐诗三百首》和《千家诗》中的很多诗篇,司空图的《诗品》尤其使他着迷! 费氏认为"司空图的诗论,对郭沫若的整个创作产生了巨大的影响"[1];他6岁入私塾学习中国古籍和现代算数,8岁(1900年)还在村塾读书时"就开始了自己初期诗歌的创作";15岁(1907年)时就迷恋于阅读林译外国文学作品,他拜读了泰戈尔、惠特曼、海涅、雪莱的诗歌,潜心研究屠格涅夫、契诃夫、高尔基的作品;还很年轻时就以极大的兴趣攻读了中国历史文学司马迁(公元前145—公元前86)的《史记》和曹雪芹(1722—1763)的《红楼梦》及其他古典名著。这一切都为未来伟大诗人和学人奠定了创作与治学的坚实基础。

第二,在1924年郭沫若就确立了自己的马克思主义世界观,翻译了许多马克思主义经典著作,加强了马克思主义文献学习和研究,以崭新的观点观察中国社会和政治生活,促进了其革命活动、创作和学术工作。所以费德林认为,"作为社会活动家和作家的郭沫若的形成,是与中国民族解放运动新时期的开端,与与之相关联的革命斗争的新方式同步发生的","郭沫若是最早公开宣告文艺创作应同中国共产党领导的反帝反封建斗争紧密联系的文艺家之一"。[2]

---

[1] Федоренко. Н. Т., Го Мо-жо. в книге 《Го Мо-жо. Избранные сочинения》—Государственное издальство Художественной литературы.Москва 1955.C.3.

[2] Там же.CC. 4-5.

第三,从郭沫若的学术研究中去反观郭沫若的文学创作活动。他说郭沫若在日本期间,加紧从事中国历史和古代社会的研究,写出了一系列极有学术价值的专著:《甲骨文字研究》《卜辞通纂》《古代火之研究》《先秦天道观之进展》《屈原研究》等。所以,他认为郭沫若属于那一派中国文学艺术家,他们最早懂得中国封建社会分化为两极:一极是占绝大多数的被压迫者世界;另一极是占极少数人的压迫者世界。所以,郭沫若在其早期的创作活动中就在努力"去探求反抗极端不合理的社会制度的力量",他是中国作家中"最早一个阐明了文学与社会生活之间、艺术家的创作与人民争取解放的斗争之间、文学与革命之间的密切关系的作家"。①

鉴于以上三点,笔者认为,费德林认识、理解和评价郭沫若是抓住了问题的"牛鼻子",捏住了这三点,或者说从这三点入手,去认识、理解和研究郭沫若,就不难理解郭沫若早期浪漫主义的《女神》和中年成熟期《屈原》的艺术价值和历史与现实意义了。费德林认为,郭沫若的早期诗歌受惠特曼的影响很大,是浪漫主义的;抗战时期创作的历史悲剧《屈原》有其"特殊的意义",它的问世,"是当年中国文学生活中最大的事件,是诗人、作家、剧作家的毫无疑义的巨大创作成就之一"。

为此,费德林总结道:如果说在其早期作品中郭沫若往往以浪漫主义情调歌者的面目出现,那么在其后的作品中他便"作为具有独特艺术风格的成熟的现实主义大师出现在读者面前"。因为,"郭沫若的异乎寻常的多才博学、完全创新的科研活动、积极主动的社会政治工作以及直接参与中国人民的革命运动,这一切便决定了郭沫若作品的开阔、精深、博学。郭沫若不仅是一位诗人,而且同时还是一位散文作家、剧作家、批评家、文艺理论家以及直接反映当代重要事件的优秀的政论家"②。

著名汉学家 B.索罗金和 Л.艾德林合写了一部专著《中国文学简论》(Китайская литература Краткий очерк. М. 1962)。书中多次论述了郭沫若。在论及鲁迅文学的现实主义时,著者指出,鲁迅文学的现实主义是革命的现实主义,它号召作家为劳动人民的幸福投入到消灭压迫者的斗争中来。他们认为,郭沫若将这一优点发展为五四诗歌的"战斗传统",在郭沫

---

① Там же. С. 5.
② Федоренко. Н. Т., Го Мо-жо. в книге Го Мо-жо. Избранные сочинения.——Государственное издательство Художественной литературы. М. 1955. С. 5.

若1919年至1927年的创作中最能考察得出来。著者指出。郭沫若的第一部诗集《女神》于1921年出版,诗人独具反抗精神的浪漫主义的诗歌写得非常抽象,其中十分明显地令人感到象征主义的影响,但是,"由于其内心充满了乐观主义的内驱力,其诗歌仍然唱出了创造新世界的庄严之歌"。在其诗歌中,诗人诅咒令人感到痛苦和悲惨的监狱;歌唱"地球母亲"的荣光;不停地思虑着自己的祖国。在其诗歌中,诗人将希腊神话同中国传说中的人物形象结合起来。这全然是创新的,过去未曾有过的新诗,很少像郭沫若之前的那些离开中国古诗而尝试"创作"的"新诗"。郭沫若的新诗令人感受到惠特曼的伟大精神(后来郭沫若自己也谈到过),不仅在诗歌的情调方面,而且在内容充实、富有节律的各种自由诗的诗体形式方面,都会使人有所感悟;但是,由于中国节律散文的悠久传统,这些诗歌非常习惯生长在这块"中国土壤"里。①

著者还指出,郭沫若的诗歌是平民性同感知世界的抒情性相结合,同专注于大自然及其所生成的宁静相结合,就像为了回答鸟儿,心中在静静歌唱;诗人从来没有离开过这种抒情,但是,在诗集《女神》之后的诗集中,便稍微真实地表露出了其诗歌的阶级性,变得似乎痛恨那种大自然,当它阿谀奉承富人并成为其"无耻奴才"之时。

诗人坚信,"黎明时刻即将来临",在"我们流过血"的柏油马路上,即将喷出火山的熔岩,他知道,他要与"人民战士站在一起"。为参加1924—1927年的大革命,他要与人民大众站在一起。索罗金与艾德林指出,中国诗歌形式多少世纪以来几乎没有什么变化,而在郭沫若的新诗中,革命内容找到了表现自己的最佳民族形式,所以,他们称"郭沫若的诗对中国诗歌产生了重大影响,成为中国新诗的开端"②。

1937年,郭沫若从日本回到祖国。1938年,他与茅盾、田汉、老舍一起主持在汉口成立的中华全国文艺工作者抗敌协会工作,团结国统区的进步作家。郭沫若与这些作家生活在艰苦环境中,当然,他们的创作也就打上这一时代的"烙印"。索罗金与艾德林指出,这一时期,郭沫若反映远古时代人生活的优秀悲剧,毫无疑问,都与中国的现实生活有关。1941年1

---

① В.Сорокин,Л.Эйдлин.,Китайская литература Краткий очерк.—Издательство восточной литературы.М.1962.СС.150-152.

② В.Сорокин,Л.Эйдлин.,Китайская литература Краткий очерк.—Издательство восточной литературы.М.1962.СС.150-152.

月,国民党反动派枪杀了新四军的9000名英勇抗击日本侵略者的爱国战士。他们认为,郭沫若创作的优秀剧目《屈原》,描写了伟大诗人屈原为争取人民的幸福,在与统治者的殊死斗争中英勇献身的故事,这就向国民党反动派的猖狂行径,发出了最强烈的抗议!当时的屈原与战斗的人民群众站在一边,以自己的声望和榜样鼓励人民奋起投入战斗!著者认为,郭沫若也正是这样,他以其卓越的才华,给古代的事件注入了生动的人文精神,致使观众几乎忘记了这一切都发生在2000年以前,他们的思维都情不自禁地转到日本帝国主义者同叛徒蒋介石所搞的"勾当"上来,激发了他们的爱国之心。所以,索罗金等认为,"在国民党统治的黑暗年代,中国剧作家把屈原塑造为爱国者的一面旗帜,正直人的不朽的代言人",这正是该剧的最大成功。①

С.Д.马尔科娃也是研究中国新文学的著名汉学家,她潜心研究中国新诗:1957年为《谁是最可爱的人》俄译本(莫斯科,1957)撰写了《序言》;1958年出版了专著《中国民族解放战争时期的诗歌》(1937—1945)(东方文学出版社);1961年出版了专著《郭沫若的诗歌创作》(东方文学出版社)。在该研究著作中,马尔科娃指出,《女神》诗集出版后,郭沫若很快就跻入了中国著名诗人的行列,并不突然。早在五四运动初期他就已经坚信文学艺术必将成为中国革命斗争的有力武器。1921年8月15日诗集《女神》问世后,在全国引起了强烈的反响。中国批评家们一致认为,郭沫若诗集《女神》的问世,是中国文学生活中的一件大事。中国在郭沫若之前,从未有过这样的诗人,以如此高超的艺术水准确立了新诗在生活中的地位。正如鲁迅以自己的短篇小说奠定了中国现代散文的基础一样,郭沫若也以自己热烈的,激情奔放的,富有反抗精神的诗歌,为中国现代诗歌开辟了广阔的发展空间。《女神》以其强烈的反抗精神、狂放的自由精神和最新的诗歌形式,震撼了中国年轻读者的心。马尔科娃一心想探明的是,"在郭沫若的诗歌中,究竟是什么对其同胞产生了如此之大的影响?"

通过对文本的认真梳理和分析,马尔科娃认为原因有三:其一,独具反抗精神的《女神》的问世,恰逢其时:年轻诗人的早期诗歌是在五四运动的

---

① В.Сорокин,Л.Эйдлин.,Китайская литература Краткий очерк.—Издательство восточной литературы.М.1962,СС.174-176.

最高潮期创作的,此时革命的浪潮席卷了全国所有有思想的人们;此时的年轻人迷恋于革命斗争,幻想改造社会。郭沫若的浪漫诗张扬反抗精神,拉近了与成千上万同胞的距离;其二,天才的力量使年轻诗人能在自己的诗歌作品中很好地体现出时代的最佳思潮和美好的理想;其三,受西方浪漫主义诗人的影响,在很大程度上,促使他运用其令人振奋的诗歌形式,展现出诗人的这些理想;亦即浪漫主义最好地适应了当时的时代精神。在郭沫若的诗歌作品中,愤怒反抗现存的社会制度,爱国主义的激情,爱好自由的情调,同传统诗歌的脆弱结构、同诗歌书写的最新形式结合在了一起。郭沫若的诗赋有激越的激情和坚定的革命性,充满了对旧社会制度的否定之音,对同时代的中国人产生了重大影响。①

至于据说郭沫若的诗歌创作深受包括惠特曼诗歌在内的西方文学的影响,马尔科娃指出,关于这方面,应该强调指出,郭沫若的诗歌中没有任何模仿的痕迹;他在走着自己的创作道路,他的创新紧密结合中华民族诗歌自古以来所固有的艺术表现方法;而惠特曼则相反,他完全抛弃其先辈作家创造的一切文学传统:"从最初,我就愤怒拒绝过去时代所遗留下的一切形式、题材、形象。"(参见《草叶集》第 61 页—См.Уолт Уитман Листья,С.61)

那么。在郭沫若的诗歌创作中,究竟怎样反映中国诗歌的传统呢?马尔科娃认为首先表现在其诗歌的本质方面:它具有热烈的爱国主义思想,强烈的反抗非正义的精神,歌颂为真理而斗争的性格——这一切都是从屈原开始的中国古典诗歌的最优秀的代表作所具有的特征,郭沫若很喜欢这些诗歌并认真地研究它们。但是,在郭沫若的诗歌中,传统的平民基调并不抽象,也不合辙押韵,诗人是运用中国古典诗歌所惯用的形象体现作家的思想。他精心考虑的是贴近每个中国人的具体对象。②

以上四位权威汉学家对郭沫若的评价,可以说,是能代表俄苏汉学界的一般观点的。为此,我们殊感欣慰!

---

① Маркова.С.,Поэтическое творчество Го Мо-жо.—Издательство восточной литературы,Москва 1961,СС.16-17.

② Маркова.С.,Поэтическое творчество Го Мо-жо.—Издательство восточной литературы,Москва 1961,С.28.

三 俄苏茅盾译介与研究50年

(一) 译 介

茅盾,像鲁迅、郭沫若一样,其尊名早为世界熟知;其作品像法国的巴尔扎克、俄国的果戈理、托尔斯泰的那样,备受世界读者的青睐和热爱。从20世纪30年代初至80年代初的50年间,世界参与译介和传播茅盾著作的国家有:日本、苏联、美国、法国、英国、德国、捷克、匈牙利、波兰、阿尔巴尼亚、保加利亚、罗马尼亚、蒙古、越南、朝鲜、泰国、印度尼西亚、印度、巴基斯坦等20多个国家。总共发表和出版了数百种茅盾著作译品。这些译品所使用的语言近20种,完全涵盖了包括英、法、德、俄、日,以及西班牙语和阿拉伯语在内的世界主要语种,在世界产生了广泛而深远的影响①。

茅盾的文学作品,最早被译成英语走向世界的是短篇小说《喜剧》——1931年美国记者乔治·肯尼迪将其译成英语,并于次年(1932年)发表于英文版《中国论坛》(上海:第1卷第5期)。其实,真正走出国门在国外发表的,还是1934年,美国《今日中国》(China today)重新刊登的乔治·肯尼迪翻译的《喜剧》。

俄苏的茅盾译介,也始于1934年。译介的第一篇作品不是短篇小说《喜剧》,而是中篇小说《春蚕》。所以说,俄苏当属世界最早译介茅盾作品的国家之一。

1934年,苏联《国际文学》杂志第3—4期合刊,连载了涅克拉索夫翻译的《春蚕》;同年,伊文翻译了《子夜》片段《罢工之前》,刊于《青年近卫军》第5期;同年,苏联《国际文学》第3—4期,发表了茅盾执笔的《在我们与你们之间不存在"中国墙"》(致苏联作家协会第一次代表大会)。

1935年,列宁格勒国家文艺出版社出版了茅盾长篇小说《动摇》,С.辛译,Б.А.瓦西里耶夫(汉名王希礼)、В.Г.鲁德曼校,Б.А.瓦西里耶夫作序;同年,《国际文学》第5期发表了《暴动》(《子夜》的一章),普霍夫译自英语。

---

① 参见拙著《中国新文学20世纪域外传播与研究》,学苑出版社2012年版,第151-153页。

1936年,哈尔科夫出版了《中国文学集》,其中选译了茅盾的《暴动》(《子夜》之一章,普霍夫译自英文)、《春蚕》(译者不详)。

1937年,列宁格勒国家文艺出版社出版了长篇小说《子夜》,霍夫、B.鲁德曼合译,B.鲁德曼作序。

由于日本侵华战争和第二次世界大战的爆发,包括俄苏汉学在内的世界汉学,受到了严重破坏。尤其俄苏,为了抗击德国法西斯的突然进攻,大部分汉学家都投笔从戎,奔赴战场,与敌人展开生死搏斗。只有极少数留在后方的汉学家仍在坚守。从1940年至1947年8年的战乱中,俄苏的茅盾译介也取得了难得的成绩:

1940年,M.鲍戈斯洛夫斯卡娅翻译了茅盾著《写什么》——苏联《国际文学》1940年第7—8期,第147-150页。

1943年,苏联《国际文学》第1期,译载了由郭沫若、茅盾、老舍等签字的《中国作家致苏联作家协会函:庆祝伟大十月社会主义革命25周年》。

1944年,莫斯科国家文艺出版社出版了B.罗果夫主编、作序、注释的《中国短篇小说集》,其中选译了姚雪垠、老舍、茅盾、端木蕻良、萧红、张天翼、司马文森等作家作品及其小传。

1946年12月28日,苏联《文学报》翻译发表了茅盾撰写的《祝苏联朋友们幸福!》(新年贺词)。

1947年6月21日,苏联《文学报》发表了茅盾撰写的《向远方的朋友们致敬!》;同年11月5日,苏联《真理报》《消息报》,发表了《中国作家茅盾向苏联人民致敬!》。

1949年以后,中华人民共和国以巨人形象屹立于世界东方,壮大了世界和平民主阵营的力量,提升了中国的国际地位,引发了世界新一轮的"中国热";此时,正值中苏友好的"蜜月"期,因而,俄苏的茅盾译介也出现了从未有过的高涨期:

1950年,苏联《星火》杂志第36期发表了茅盾的《他们的侵略行径将受到惩罚!》(原载《人民文学》1950年8月号),A.贾托夫译。

1951年2月13日,苏联《文学报》发表了茅盾撰写的《欢腾的中国》(与准备签订《中苏友好同盟互助条约》有关);同年,苏联《星火》第49期刊发了《必须承认,同世界和平委员会委员——中国作家茅盾交谈的这一事实》。

1952年,莫斯科国家文艺出版社出版了茅盾的长篇小说《子夜》(节译本),B.鲁德曼译并作序。全书484页;同年,苏联《保卫和平》杂志第10期,译载了茅盾撰《为什么我们喜爱雨果的作品》;同年,苏联《保卫和平》第12期,发表了茅盾撰《万恶之物——无名疾病》(随笔)。

1953年,俄文版《人民中国》(北京)第21期发表了茅盾撰《新的现实与新的任务》(茅盾在1953年9月25日召开的第二届全国文艺工作者代表大会上的报告);同年,莫斯科国家文艺出版社出版了《中国作家短篇小说集》(费德林主编并作序),其中选译了茅盾著《春蚕——林家铺子》,B.鲁德曼译,第173-251页。

1954年,莫斯科国家文艺出版社出版了《茅盾短篇小说集》,费德林主编,B.鲁德曼译,Л.乌里茨卡娅作序(第3-9页);同年,《星火》第1期刊发了茅盾撰《迎接1954年!》(友谊祝酒词);同年9月30日,苏联《文学报》发表了茅盾撰《理想的实现》(关于中华人民共和国宪法);同年11月27日,苏联《真理报》发表了茅盾撰《预祝苏联作家协会第二届全会圆满成功!》。

1955年,莫斯科国家文艺出版社出版了费德林主编的《茅盾选集》,内含长篇小说《子夜》、中篇小说《春蚕》《秋收》《林家铺子》等,B.鲁德曼、Л.乌里茨卡娅译,茅盾为俄文版撰写了序言,全书696页。同年,莫斯科《真理报》出版社出版了茅盾著《林家铺子》短篇小说集,B.鲁德曼译;同年,《星火》第47—48期,也全文译载了这篇小说;同年,莫斯科出版了《中国作家短篇小说集》,其中选译了茅盾著《春蚕》《秋收》等短篇小说,B.鲁德曼译。同年,苏联《外国文学》第2期译载了茅盾撰《必须彻底地全面地展开对胡风文艺思想的批判》(原载《文艺报》1955年第5期);同年6月29日,苏联《真理报》发表了《茅盾在世界和平大会上的发言》;同年,莫斯科国家文艺出版社出版了费德林主编并前言的《中国作家短篇小说集》,作者是鲁迅、郭沫若、茅盾、巴金、丁玲、叶圣陶、老舍、柔石、艾芜等。这一年(1955年)是俄译茅盾作品的丰收年,一年之内发表/出版了7种茅盾译品,含11部小说和论文。

1956年,莫斯科国家文艺出版社出版了3卷本《茅盾文集》,费德林主编并作领衔文,作者茅盾为俄文版撰写了序言。

第1卷,共462页:

作者为俄文版作的序言,费德林译;

长篇小说《动摇》,E.谢列勃里亚科夫译;

长篇小说《虹》,第 1 章至第 7 章,Б.利西查译;第 8 章至第 10 章,Б.穆德罗夫译。

第 2 卷,共 561 页:

长篇小说《子夜》,B.鲁德曼、Л.乌里茨卡娅译。

第 3 卷,共 371 页:

短篇小说《春蚕》《秋收》《林家铺子》《赵先生想不通》《微波》《夏夜一点钟》《第一个半天的工作》《儿子去开会去了》《列那和吉地》《喜剧》,B.鲁德曼译;《中国的一日》,Л.乌里茨卡娅译;《三人行》,中篇小说,B.罗日杰斯特文卡娅、E.伊利伊娜译;《在反动派压迫下斗争和发展的革命文艺》,M.切尔卡索娃译;《新中国文化艺术的繁荣》《新的现实和新的任务》,Б.穆德罗夫译;《预祝苏联作家协会第二届全会圆满成功!》《必须彻底地全面地展开对胡风文艺思想的批判》,И.伊瓦辛科译。

评论:B.涅林,载《星火》1957 年第 9 期,第 16 页。

1959 年,莫斯科国家文艺出版社出版了茅盾著《子夜》,B.鲁德曼、Л.乌里茨卡娅译,费德林作序。

1960 年,莫斯科国家文艺出版社出版了《茅盾短篇小说集》,B.鲁德曼、B.索罗金等译。

1972 年,莫斯科国家文艺出版社出版了茅盾著《腐蚀》长篇小说、短篇小说集,B.索罗金为本书撰写了领衔文章,全面、系统地论述了茅盾的文学创作与文学批评著作,给茅盾及其作品以高度评价。

20 世纪,从 30 年代初至 80 年代初的 50 年间,俄译茅盾取得了可喜成绩——俄译茅盾近 50 种译品,可以说,茅盾的短中长篇小说、散文、政论文、文艺批评、学术著述等主要代表性著作都已全部译成俄文,对传播茅盾作品和提高茅盾的国际知名度起了重要作用,对弘扬中华文化和加强中俄文化交流做出了重要贡献!特向辛勤的俄苏汉学家们表示由衷的敬意和谢意!

(二)研 究

俄苏的茅盾研究与译介并非同步进行,而是迟了两年,始于 1936 年。

1936 年,苏联学者里米达利夫开始评论茅盾的长篇小说《动摇》(列宁格勒 1935 年版),刊于苏联《星》杂志,1936 年第 3 期;同年,《文学列宁格勒》第 5 期（1 月 26 日）也发表了简评茅盾的文章；同年，苏联《当代文学家》第 5 期，刊登了 B.鲁德曼《中国革命作家茅盾（沈雁冰）》。开局头一年发表了 3 篇评论文章，初显出对茅盾作品的兴趣。

1937 年，苏联《读什么》杂志第 6 期发表了 B.沃勒科娃评《子夜》（列宁格勒 1937 年版）的文章；同年，苏联《国际文学》第 11 期发表了《茅盾》（图书索引资料），作为"世界反法西斯作家"资料；同年，苏联《书讯》第 8 期刊登了 B.鲁德曼的评论文章《中国生活的百科全书》。

30 年代末 40 年代初，在苏德战争爆发前后，苏联汉学受到了极大冲击，茅盾研究出现了 6 年空白。直到 1944 年，莫斯科出版了一部《中国短篇小说集》（内容包括茅盾《林家铺子》、萧红《莲花河》、张天翼《华威先生》、老舍《被占领的城市中》、司马文森《栗色马》、姚雪垠《差半车麦秸》和《红灯笼的故事》以及端木蕻良《风陵渡》等 7 位作家的 8 篇作品），其中刊发了 B.罗果夫著《七位中国作家》图书索引资料，该书第 147-148 页也刊发了《茅盾》（简短图书索引资料）。"茅盾图书索引资料"的问世，表明俄苏的茅盾研究正在和即将进入深入的阶段。

进入 50 年代，新中国的建立，中苏友好的加深，天时地利，俄苏的茅盾研究进入了一个红火、深入、深化的时期。

1950 年，莫斯科国家文艺出版社出版了王希礼翻译的茅盾长篇小说《动摇》，译者为本书撰写了《〈动摇〉俄译本序言》，全面、系统地评析了茅盾及其艺术创作。

1952 年，莫斯科出版了《子夜》俄译本，B.鲁德曼为该译本撰写了《〈子夜〉俄译本序言》（莫斯科）。

1953 年，莫斯科国家文艺出版社出版了费德林著《论中国现代文学》（全书 256 页），其中以相当的篇幅评析了茅盾的艺术创作。

1954 年，莫斯科出版了《苏联大百科全书》（第 2 版），第 26 卷中刊发了显赫的《茅盾》词条，对茅盾进行了定评性深入研究；同年，苏联《新世界》第 9 期，刊登了费德林撰写的《会见中国作家》，其中也评析了茅盾及其创作；同年，10 月 3 日，苏联《红星报》发表了 Г.帕弗洛夫评论《茅盾短篇小说集》（莫斯科）的文章《伟大的中国人民的声音》；10 月 12 日，莫斯科《真理报》刊发了 B.彼特罗夫评论《茅盾短篇小说集》的重要论文《生活的真实》，客观地、学理地给茅盾的短篇小说以高度评价。

1955 年，苏联《哈萨克斯坦》第 2 期，刊发了 Ю.普雷舍弗斯基著《远见卓识的艺术家》,深入地评析了茅盾其人及其艺术创作;同年,莫斯科作家出版社出版了费德林著《中国札记》(全书536页)。关于茅盾,刊于第385—410页;同年还发表了费德林撰写的《茅盾》,载茅盾《林家铺子》俄文版(莫斯科);同年,还刊登了费德林的另一篇《茅盾》,载《茅盾选集》俄文版。

1956年,苏联《外国文学》第7期发表了Б.利西查撰写的《茅盾》;同年,苏联《旗帜》第7期,刊发了В.罗果夫撰写的《茅盾》;同年,费德林也撰写了《茅盾》,载三卷本《茅盾文集》第一卷;同年9月11日,苏联《文学报》刊登了Л.艾德林撰写的《茅盾》,阐明了关于俄译本《茅盾文集》第一卷的出版问题;同年,莫斯科国家文艺出版社出版了费德林著《中国文学》(中国文学史纲),其中第十章至第十五章,分别以专章论述了鲁迅、郭沫若、茅盾、老舍、赵树理、艾青等现代作家和诗人;同年,莫斯科《知识》杂志刊登了费德林撰写的《茅盾》,再次对茅盾做出评析。

1958年,《苏联中国学》第3期发表了Б.利西查《茅盾的早期创作》,对茅盾的早期作品进行了系统的梳理和分析,给出了客观而公正的评价;同年,全苏书籍出版署出版社出版了В.В.库宁编《茅盾作品翻译、研究文献索引》。这一资料性著述的出版,表明俄苏的茅盾研究已进入成熟期和丰收期。

1959年,莫斯科再版了《子夜》,同时刊发了费德林撰写的《〈子夜〉俄译本序言》。

1962年,莫斯科出版了В.索罗金和Л.艾德林合著的《中国文学简论》,其中在许多章节都探讨和评析了茅盾的文学活动和文学创作;同年,莫斯科又出版了В.Ф.索罗金的研究专著《茅盾的创作道路》。著者"首次为国外提供了在中国文化生活中数十年起着主导作用的著名文学家的生活与工作的广阔画面"①,指出茅盾更加重视描写工农群众为争取权利,为争取社会正义而进行的斗争,该著还论述了抗日战争时期茅盾的爱国与民主的创作方向,比较全面地论述了茅盾的创作道路。

1972年,莫斯科出版了茅盾的长篇小说《腐蚀》并刊发了В.索罗金为该著俄译本撰写的序言《艺术家与时代——长篇小说〈腐蚀〉俄译本序言》,全面系统地评析了茅盾的《腐蚀》等长篇小说的艺术特色和社会意义;同年,莫斯科出版了В.И.戈列洛夫著《茅盾长篇小说〈子夜〉中自然描写的某些看点》,载《中国文学与文化》第331—335页。

---

① 费德林《中国文学研究与翻译在苏联》(宋绍香译),载《岱宗学刊》2000年第2期。

时过 10 年,1981 年 4 月 8 日,苏联《文学报》刊登了 В.Ф.索罗金的重要文章《纪念茅盾》,再次全面系统地评析了茅盾其人及其文学创作,给茅盾的文学创作以高度评价,成为俄苏茅盾研究的压卷之作。

(三)评　价

俄苏研究茅盾的著名汉学家很多,诸如早期的王希礼、В.罗果夫、В.鲁德曼、Б.利西查等,后来的费德林、Л.艾德林、В.彼特罗夫、В.索罗金、В.И.戈列洛夫等,都撰写过研究茅盾的很有学术价值的著述。他们的研究时段、研究重点、研究方法虽然不尽相同,但是他们对茅盾其人、其作都给予了高度评价。

费德林的中国文学(含新文学)和茅盾文学研究在俄苏和国际汉学界具有很大的权威性。

在其汉学专著《论中国现代文学》(1953)、《中国札记》(1955)、《中国文学》(1956)中都设有《茅盾》专章,被誉为中国新文学研究专家。为此,他为许多中国新文学俄译本撰写了大量的序言。其中为茅盾著作俄译本撰写的序言也不少,如《茅盾——〈林家铺子〉俄译本序言》(1955)、《茅盾——〈茅盾选集〉俄译本序言》(1955)、《茅盾——〈茅盾文集〉俄译本(第一卷)序言》(1956)、《〈子夜〉俄译本序言》(1959)等。这些《序言》的特点是:篇幅很长,资料翔实,论述系统全面、客观公正,本身就是一篇很精道的研究论文。费德林对茅盾著作的关注重点在三个方面:一是以《春蚕》《秋收》《残冬》为主的反映农村生活的中短篇小说;二是以《蚀》爱情三部曲、《虹》为主的茅盾早期的长篇小说;三是巅峰之作长篇小说《子夜》。

费德林认为,茅盾这些反映农村生活的中篇小说《春蚕》《秋收》《残冬》等,"反映了人民的深刻痛苦与潜在力量——尽管他们还在水深火热中受奴役,但已开始逐渐觉悟,认识到了生活的严重不公平,并努力挺起腰杆摆脱长期以来的封建压迫"。这种描写极具社会意义和审美价值。所以,他指出,茅盾文学艺术创作的基本特点,在其早期作品中就已经表现出来:这首先是反映时代的重大生活现实,塑造各种社会阶层的代表人物,描写他们的性格、环境和思想。①

---

①　费德林《茅盾论》,载费德林等著《前苏联学者论中国现代文学》(宋绍香译),新华出版社 1994 年版,第 85 页。

茅盾文学艺术创作的这些"基本特点",费德林认为,不只表现在其早期的中短篇小说创作中,也表现在其早期的长篇小说创作中,他对其长篇小说《蚀》(爱情三部曲)和《虹》也给予了很高评价。他称《蚀》的问世是中国文学生活中的一件大事,因为该三部曲是在作品中提出了当代尖锐的社会重大问题的第一部力作;他说长篇小说《虹》,这题名本身就象征着乐观主义的开篇。它的主导题材,已不再是意志薄弱的知识分子的幻灭和动摇,而是英勇的、生机勃勃的斗争。作者成功地塑造了卓越的正面人物形象:年轻女士梅。她是经过复杂的斗争和动摇之后投入到争取祖国解放和自由的坚强战士队伍中的。他认为梅形象,毫无疑问,是艺术家创作的一大成功。她是茅盾作品中最为吸引人的一个形象。作者塑造了20年代末政治进步的,为伟大的人民解放事业、为改造社会生活、为祖国的前途而矢志不移的战士的典型。为此,茅盾力图这样描写人物,事实上他已经这么做了:即以展示人物在复杂矛盾中的丰富生活来描写人物,而不是沉醉于描写生活琐事和次要情节,同时也不回避严酷的人生现实。①

　　费德林认为,茅盾的巅峰之作还是20世纪30年代初创作的长篇小说《子夜》。它是这一时期中国最优秀的文学作品之一。在该长篇小说中,茅盾善于描写中国历史上最关键、最艰难的历史时期——20年代末和30年代初——的中国社会广阔的生活画面。从而成为中国现实主义的艺术大师。该长篇小说的主题思想是,旧中国全国经济依附于外国帝国主义,其结果必然导致民族工业的破产。小说揭露了为奴役中国人民而勾结外国帝国主义的买办阶级、大资产阶级和地主阶级的反动本质,描写了国内尖锐的阶级斗争、革命运动高潮和英勇的反帝斗争。② 所以,费德林结论道:

　　茅盾的文学作品是中国20世纪二三十年代社会生活的百科全书。任何一位中国作家,都不能像茅盾那样,在其中长篇小说中描绘出如此广阔的中国现代社会的画面,塑造出如此广泛的同时代人的形象系列,摆出那么多重大的时代课题。③

---

① 费德林《茅盾论》,载费德林等著《前苏联学者论中国现代文学》(宋绍香译),新华出版社1994年版,第83-84页。
② 《费德林论茅盾——茅盾〈子夜〉俄译本序言》(宋绍香译),载《国际汉学》2015年第2期。
③ 同上。

В.Ф.索罗金也是研究茅盾的著名汉学家,其研究成果也很卓越:从1962—1981年的20年间,他先后撰写了《中国文学简论》(与Л.艾德林合著,1962年)、专著《茅盾的创作道路》(1962)、《艺术家与时代——长篇小说〈腐蚀〉俄译本序言》(1972)、《纪念茅盾》(1981)等研究著述,全面系统地评析了茅盾的文学创作,给予了很高的评价。

　　В.Ф.索罗金指出,茅盾一直坚守着自己的"创作理念"("信条"):一、写真实——"不真的就不会美";二、完全用"客观冷静的头脑"描绘生活;三、新文学应具备新思想。这种创作理念必然要求作家关注重大社会问题和"被损害与被侮辱者"。审视茅盾的创作道路,索罗金认为,茅盾从国内第一次国内革命战争结束后不久写成的三部曲《蚀》开始,到1948年中国人民解放斗争胜利前夕创作的长篇小说《锻炼》为止,其间茅盾创作的文学作品就是这种文学的范例。①

　　索罗金指出,在中国历史处于重要转折关头的几十年中,茅盾描写了异常广阔而又丰富多彩的生活图景,塑造了社会各阶层的各式各样的人物形象。在这方面,恐怕没有一个中国作家能与之媲美。特别是在他创作力最旺盛的30年代初期,就更是如此。就是在这个时期,他创作了获得世界声誉的长篇小说《子夜》、中篇小说《林家铺子》《农村三部曲》和《右第二章》。这些作品,也像他的大多数作品一样,没有错综复杂的矛盾纠葛,没有浪漫主义的激情呼叫,它们的艺术魅力在于对待生活的严肃性和社会分析的明确性,在于它们善于表现时代精神。他向自己提出的写作任务是:要表现出"时代给予人们以怎样的影响"和"人们的集团活力又怎样地将时代推向了新方向"。索罗金认为,茅盾的优秀作品是实现了这一任务的。为此,В.Ф.索罗金满怀信心地展望道:茅盾的优秀作品已经成为世界进步文化的一个有机组成部分。俄苏读者早在30年代中期就接触到了他的作品,此后,他的作品多次被译成俄文和苏联各民族的语言出版。可以设想,他的作品还将长期拥有自己的读者,因为它们艺术地反映了伟大的中国人民在自己的艰苦而又重要的历史时期里的真实生活。②

　　B.彼特罗夫是一位知识渊博的汉学家,他不但精通中国古典文学(尤

---

① В.Ф.索罗金《纪念茅盾》(王富仁译),原载1981年4月8日苏联《文学报》。
② 同上。

其诗词格律),而且精通中国现当代文学;长期在列宁格勒大学讲授中国现当代文学,曾撰写过评论《茅盾短篇小说集》的论文《生活的真实》(1954)、《才能与劳动——庆祝茅盾70周年诞辰》(1966)等论文,对茅盾的评价也很有权威性。B.彼特罗夫认为,茅盾属于老一代现代作家。在半个多世纪的紧张工作中,他差不多在所有的文艺体裁中都尝试过自己的力量,但在其创作中,主要的是艺术散文(指小说——笔者)。批评家和读者把三部曲《蚀》,长篇小说《虹》《子夜》《腐蚀》,中篇小说《路》,短篇小说《林家铺子》《喜剧》《右第二章》列为中国散文的最优秀的作品,是非常正确的。彼特罗夫指出,社会问题始终吸引着散文作家茅盾,作家力求唤起人们对于旧社会、对于人的剥削与精神奴役的憎恨。在这方面,茅盾继承了鲁迅的传统。但是批评和揭露,并没有影响茅盾对于历史前途的正确理解。作者从没有忘记那些勇敢地、真诚地献身于革命的人们。这就是长篇小说《虹》里面的共产党员梁刚夫,长篇小说《腐蚀》里面的昭和他的朋友地下工作者等。①

  彼氏认为茅盾创作手法的特点在于,在描写自己的主人公时,茅盾着重强调展示和揭示他们的社会本质,力求首先创造出社会的典型。可是,这并不意味着他就放弃深入洞察主人公的心理和内心世界。

  彼特罗夫指出,茅盾不但是一位伟大的文学家,同时还是一位严谨的翻译家和文学批评家。他不但珍视本国的优秀文化传统,同时也珍视其他民族的优秀文化传统。茅盾译有莫泊桑、梅特林克、裴多菲、热罗姆斯基的作品,也研究过福楼拜、拜伦、罗曼·罗兰、显克维支、萧伯纳、伊巴涅斯这些作家的创作;作为一位翻译家和评论家,他特别关注俄国古典文学和苏联文学。茅盾对苏联文学的整个创作经验、它的教育作用和世界意义给予了很高的评价:"可以毫不夸张地说,具有伟大理想和感情的、富有经验的苏联文学,已达到世界文艺创作的新的高峰……所有各国的人民为了自己的解放斗争和为了建设自己的新生活,都从苏联文学中汲取精神力量。正因为如此,中国人民对苏联文学有着极为深厚的感情,把它当作良师益友!"

  所以,彼特罗夫说,茅盾的名字在苏联早已为人们所知晓。他的作品

---

① B.彼特罗夫《才能与劳动——庆祝茅盾70周年诞辰》(戈宝权译),原载苏联《文学报》(第113期)1966年9月24日。

曾不止一次地被译成俄文和苏联其他民族的文字出版。茅盾的创作也吸引着苏联研究者的注意。彼氏肯定:所有这些事实都说明一点,就是苏联人民对于茅盾的创作怀有很大的兴趣和尊敬——在过去他是现代中国文学的一位先驱者,而现在则是它的一位杰出的代表。同时这些事实也表明苏联人民对中国人民及其文化经常怀有的友好感情。①

В.Ф.索罗金在探索茅盾的创作道路时,对抗战时期茅盾继《腐蚀》之后创作的《霜叶红似二月花》产生了浓厚兴趣。首先,《霜叶红似二月花》与《腐蚀》之间差别之大,令人难以想象,似乎这两部著作出自不同作家之笔;另外,《霜叶》似一幅色彩斑斓的风俗画,又似一部各色人等的谈话录,他很喜欢。

索氏认为,长篇小说《霜叶红似二月花》在许多方面显示出中国传统小说风格、结构方式的影响,显然,这种影响来自于《红楼梦》。但就内容而言,长篇很接近巴金的三部曲,特别是第一部,也是最好的一部《家》。但茅盾的小说同巴金的区别在于,巴金的三部曲是从内部,主要是从心理方面揭示封建家庭衰落的主题的,茅盾的则是主人公独特命运的表现,服从于国家社会经济生活中普遍发生的悲惨过程。②

所以他指出,长篇小说《霜叶红似二月花》在茅盾创作中占有独特的地位,这不单是因为这部小说是故事发生的时代离写作有四分之一世纪的唯一一部大型作品,这部小说就其艺术手法来说也是最独特的;这种艺术手法证明了作家创作范围的阔大。当然,这是受到中国古典小说的影响。这种影响的表现,既在外部特点(风格、语言)上,又在相当程度上表现在作品组成的结构——题材的原则上。在这部长篇里,我们发现了较之他通常作品更大量的文言成分,经常运用直接引语的手法。茅盾语言的结构方式,起着独特的风格化作用。描写日常生活也深受传统小说的影响,表现在缓缓的节奏上、表现在细致地甚至可以说是自然主义地记录登场人物的对话上、表现在头几章引入人物的众所皆知的手法上。显然,这里所说的只是影响,而绝非机械地搬用传统的形式和方法。因为茅盾从中国古典文学中吸取的这些富于经验的思想和艺术的传统,完全适应于当代长篇小说

---

① В.彼特罗夫《才能与劳动——庆祝茅盾70周年诞辰》(戈宝权译),原载苏联《文学报》(第113期)1966年9月24日。

② В.Ф.索罗金《论〈霜叶红似二月花〉》(曹万生译),原载《茅盾的创作道路·战争年代的茅盾创作》,莫斯科:东方文学出版社1962年版。

的题材和倾向性,使作家独特地将符合中国读者习惯的结构、风格的手法与现代心理分析方法相结合,更鲜明地复制出能感受到过去宗法制中国的制度及生活于其中的人物形象。小说里登场人物长久的对话,有时显得冗长而无甚重要,实际上却很好地表达了地主家族人物迟滞的生活与视野的狭窄。作家运用作者不议论的白描手法,却使我们看到了这一整个社会阶层在历史上行将灭亡的必然性。①

总之,索罗金强调指出,尽管在《霜叶红似二月花》里没有同战争年代的现实有关的直接描写,但仍有其现实的意义,因为其中含有对地主、资产阶级的假革命性、个人主义和温情的自然主义的尖锐批评。这样一来,在蒋介石"无墙的监狱"令人精神窒息的气氛里,茅盾继续完成了革命文学的使命。②

四 老舍文学在俄苏:译介、研究、评价

(一)译 介

老舍的名字被传到俄苏的最早时间,是40年代初期:1943年,苏联《国际文学》第1期(第141页),刊登了中国作家为纪念十月社会主义革命25周年而撰写的《致苏联作家协会函》,信函的签字者,除著名诗人、作家郭沫若、茅盾等外,还有作家老舍。这是老舍的名字第一次与俄苏读者见面。

老舍作品最早被翻译到俄苏的是短篇小说。1944年,莫斯科国家文艺出版社出版了《中国短篇小说集》,编者、序言、注释:B.罗果夫,其中选译了老舍的短篇小说《在被占领的城市中》③,Л.波兹德涅耶娃译,载该译本第28—37页。这是老舍的小说第一次与俄苏读者见面。除此之外,在40年代,没再见老舍其他作品在苏联问世。

老舍作品,真正被大规模地移植到俄苏,是1953年以后的事。1953年

---

① В.Ф.索罗金《论〈霜叶红似二月花〉》(曹万生译),原载《茅盾的创作道路·战争年代的茅盾创作》,莫斯科:东方文学出版社1962年版。
② 同上。
③ 笔者曾检索老舍著译年表,未发现相应的中文题名,只好按俄文题名译出。

莫斯科出版了《中国作家短篇小说集》,其中选译了老舍的小说《月牙儿》(А.季什科夫译)、《听来的故事》(Е.罗日杰斯特文斯卡娅译)等3篇(载第268—327页);同年5月1日,苏联《艺术报》译载了老舍文章:《新中国戏剧理论》;同年6月30日,苏联《文学报》发表了老舍的《在我家》(俄译)及《小中见大》(同老舍的谈话)等文章,从此拉开了俄苏译介中国现代著名作家老舍的序幕。

从1953年至1986年的34年间,俄苏共发表、出版老舍的《骆驼祥子》《猫城记》《月牙儿》《离婚》《小坡的生日》《末一块钱》《龙须沟》《方珍珠》《全家福》《茶馆》《鼓书艺人》《老舍文集》(两卷本)、《老舍选集》《老舍短篇小说集》等80多种译品,可以说,老舍的主要代表作品都已被移植过去。参与翻译这些作品的汉学家有:В.罗果夫、费德林、Л.波兹德涅耶娃、А.季什科夫、Е.罗日杰斯特文斯卡娅、В.谢马诺夫、М.施奈德、А.热洛霍弗采夫、А.罗加切夫、Л.尼科利斯卡娅、А.安季波夫斯基等数十位著名汉学家,形成了一支阵容庞大的高水平的翻译队伍;参与发表和出版这些翻译作品的报纸杂志与出版社有:《国际文学》《外国文学》《文学报》《艺术报》《文化报》《文化与生活》杂志、《远东》杂志、《远东问题》杂志、《鳄鱼》杂志、《周围世界》杂志、《苏联妇女》杂志、《真理报》《消息报》《劳动报》《莫斯科晚报》《苏维埃俄罗斯报》《共青团真理报》等数十家文学期刊和报纸杂志;还有,莫斯科:国家文艺出版社、艺术出版社、军事出版社、国家教育出版社、科学出版社、儿童文学出版社、虹出版社,列宁格勒:国立文艺出版社,乌克兰:国立文艺出版社等数十家出版社,形成了一个强劲的出版阵容,为老舍作品的出版做出了重大贡献。

纵观俄苏老舍作品译介的史迹,我们发现有以下几个特点:其一,20世纪40年代俄苏对老舍的译介,仅仅是个开端;仅是在1944年俄苏出版的中国集体著作《中国短篇小说集》中,选译了老舍的一篇短篇小说(《在被占领的城市中》)。其实,当时老舍已是名扬中外的长篇小说作家。他的《猫城记》《离婚》《骆驼祥子》等著名长篇小说早已出版,然而,40年代,这些老舍小说,并没引起俄苏汉学界的多大"关注",所以,我们说,40年代俄苏对老舍的译介,仅仅是个"开端"而已;其二,俄苏真正关注老舍,并将老舍译介很快推向热潮的时代,是20世纪50年代。当时中华人民共和国刚刚建立,一个"东方巨人"正在崛起。它的出现,大大改变了当时所谓"两大阵营"的格局,"中苏友好"进入了一个"蜜月期";加之,当时老舍是

30年代老作家中创作最为活跃的一员,所以,俄苏汉学家将译介重点转向老舍,则是顺理成章之事。据苏联图书索引统计,20世纪俄译鲁迅作品百余种,在中国现代作家"俄译数量"排行榜上,排名第一;而俄译老舍作品80余种,据笔者考察,老舍译品之多,当属第二。

50年代初期,俄苏对老舍的译介来势汹涌,很快便形成了热潮:1953年翻译发表了短篇小说《月牙儿》(A.季什科夫译)、《听来的故事》(E.罗日杰斯特文斯卡娅译)等6种;1954年翻译出版、发表了《老舍短篇小说集》(A.季什科夫等译)、《龙须沟》(A.季什科夫译)等9种;1955年译载了老舍短篇小说《兄弟》(俄译题名,E.罗日杰斯特文斯卡娅译)、《田大妈》(T.茨维特科娃译)等6种;1956年翻译出版了《老舍选集》(国家文艺出版社)、《骆驼祥子》(E.罗日杰斯特文斯卡娅译,国家文艺出版社)、《方珍珠》(A.季什科夫译)等6种;1957年翻译出版了两卷本《老舍文集》(国家文艺出版社)、《茶馆》第一幕(E.罗日杰斯特文斯卡娅译,《外国文学》第9期)等8种;1958年翻译出版了中篇小说《无名高地有了名》(A.罗加切夫译,苏联军事出版社)、《方珍珠》(A.季什科夫译,艺术出版社)等6种。1959年翻译发表、出版了《骆驼祥子》(四卷本,E.罗日杰斯特文斯卡娅译)、《月牙儿》(A.季什科夫译)、《末一块钱》(E.罗日杰斯特文斯卡娅译)、《眼镜》(B.谢马诺夫译)等12种译品,将俄译老舍作品达到了最高峰。1953年至1959年,仅仅7年时间,俄苏共翻译老舍作品53种,占俄译老舍总量(82种)的65%。在俄译老舍21%的时间里(7年),完成了65%的任务。这7年,实属俄译老舍作品的热潮期,可喜可贺,值得回忆!

其三,令人震惊和敬佩的是,即使在中国"文革"期间,俄苏汉学家们也基本没有中止对老舍的译介和研究。1966年,莫斯科儿童文学出版社出版了老舍的中篇小说《小坡的生日》(E.罗日杰斯特文斯卡娅、C.霍赫洛娃合译);1967年,莫斯科国家文艺出版社出版了《离婚》(E.罗日杰斯特文斯卡娅译),苏联《文学报》1968年8月28日,还发表了C.克托罗夫对该作品的评论:《心系祖国》;1969年,首先《新世界》第6期发表了《猫城记》(В.И.谢马诺夫译),接着,莫斯科科学出版社又于同年出版了这部作品;1970年,莫斯科国家文艺出版社再版了《骆驼祥子》(E.罗日杰斯特文斯卡娅译);1974年,在短篇小说集《雨》中,又选译了老舍的《善人》《月牙儿》(A.季什科夫译);同年,《远东问题》第1期还译载了《老舍致〈诗刊〉主编臧克家函:关于比较诗歌》(A.A.安季波夫斯基译)。总之,俄苏汉学家们,关心中国文化的命运,为了悼念"文革"中"宁作玉碎,不作瓦全"的老舍先生,他们没有中止对老舍的译介工作,而是排除一切干扰,在艰难地、默默地工作着……

其四,俄苏的老舍译介最具特色的是,他们不但出版了俄文版本,而且还出版了亚美尼亚语、东干语、哈萨克语、拉脱维亚语、立陶宛语、乌克兰语、楚瓦什语等近十种苏联少数民族语文版本,大大拓宽了老舍作品的读者面和影响面。这样一来,以下老舍作品,便在一国内出现了多种语文版本:《骆驼祥子》——亚美尼亚语文版(К.西莫尼扬译)、哈萨克语文版(А.汉格利金译)、拉脱维亚语文版(Э.卡泰、Ю.恰库尔斯译)、立陶宛语文版(Ю.瓦伊什诺拉斯译)、乌克兰语文版(И.奇尔科译);《猫城记》——亚美尼亚语文版(Ж.阿维季相译)、哈萨克语文版(不详);《月牙儿》——东干语文版(А.阿尔布杜译)、乌克兰语文版(И.奇尔科译,李福清作序);《老舍短篇小说集》——乌克兰语文版(К.斯克里普钦科译)、楚瓦什语文版(В.尤金译)。从以上版本不难看出,老舍的长篇小说《骆驼祥子》,中篇小说《月牙儿》和《老舍短篇小说集》等,在俄苏读者中最受欢迎!

(二) 研 究

俄苏对老舍的研究,一般来说,先于译介,因为俄国有关老舍的评论文字最早出现在1934年:是年,哈尔滨出版了俄国人И.Г.巴拉诺夫编著的《现代中国艺术文学》,其中有相当篇幅论述了老舍及其作品,这是俄国人首次对老舍的评论。后来,В.鲁德曼在《中国的抗日文学》和《解放斗争的话剧》(1938)中;В.罗果夫在《中国解放战争文学》(1940)中;费德林在《论中国新文学》(1949)中,都从不同的侧面和角度评论了老舍及其作品。但这都属于在综合评论中的对老舍的兼及论述,并非专门研究。所以,从严格意义上来讲,俄苏的老舍研究,与译介基本上是同步进行的,也是始于1953年——因为,直到1953年,俄苏才出现了以"老舍"为专题的评论:1953年,《苏联大百科全书》再版,在第24卷,第288页刊载了《老舍》词条,这是俄苏开始专门研究老舍的重要标志。

从1953年至80年代末的三十多年间,俄苏共发表、出版老舍研究论文、论著约一百二十篇、部;其中,专题研究72篇,专著3部;兼及研究:论文40余篇,专著7部——譬如1956年,莫斯科国家文艺出版社出版的费德林著:《中国文学》(中国文学史纲),其中第十三章专门开列了《老舍》专章(第 591-615 页)。出现了一大批研究有成的老中青汉学家:他们是:费德林、В.В.彼特罗夫、Л.З.艾德林、В.Ф.索罗金、В.И.谢马诺夫、А.季什科夫、А.А.安季波夫斯基、А.А.法伊恩加尔、А.基里尔洛夫、М.施奈德、А.Н.热洛霍夫采夫、О.П.鲍洛季娜、Е.А.齐比娜、Н.斯佩什涅夫等。

纵观俄苏老舍研究的史迹,俄苏老舍研究,大致可以划分为四个时期:兼论时期、专论时期、"文革"活跃期、成熟丰收期。

Ⅰ.兼论时期(1934—1952)

所谓"兼论时期",即在一些综合性文学研究和评论中,并非对老舍进行专题研究,而是兼及论述研究的时期。这一时期,俄苏共发表和出版了二十余篇(部)这样的著述:如 1934 年,[俄]И.Г.巴拉诺夫出版了《现代中国艺术文学》(哈尔滨);1938 年,В.鲁德曼发表了《中国的抗日文学》(《旗帜》,第 2 期)、《解放斗争的话剧》(《戏剧》第 2—3 期)和《民族解放斗争文化》(《旗帜》第 2 期);1939 年,Д.诚发表了《中国的国防文学》(《国际文学》第 2 期);1940 年,В.罗果夫发表了《中国解放战争文学》(《国际文学》第 3—4 期);1948 年,О.菲什曼发表了《反映民主力量与反动势力斗争的中国新文学》(《列宁格勒大学学报》第 8 期);1949 年,费德林发表了《论中国新文学》(布尔什维克》第 19 期)等。这期间,只在 1944 年莫斯科出版的《中国短篇小说集》中,刊载了一篇以《老舍》为题的文章(第 148-149 页),其余均是兼及论述和研究,所以,我们称这一时期为"兼论时期"。这一时期的有关论文和论著,对老舍的评论,虽不是对老舍的专题研究,但是,对于俄苏读者和学界对老舍及其作品的认识和理解,对提高老舍在国际的知名度,乃至对未来的老舍专题研究,都起了很好的作用。所以,俄苏汉学家都喜欢把这部分资料,列入俄苏老舍研究的图书索引之中,我想,这是有道理的。①

Ⅱ.专论时期(1953—1965)

1953 年,《苏联大百科全书》(第 24 卷)开了专题研究老舍的先河。从

---

① 请参阅:Сорокин В.Ф. Лао Шэ. Биобиблиографический указатель.—Москва《Книга》1983.

此出现了大批的专门研究者和专题研究论文和论著。这些研究著述包括三个方面:一是辞书中的《老舍词条》,如《苏联大百科全书·老舍词条》(1953)、《苏联小百科全书·老舍词条》第5卷(1959)等;二是老舍作品俄译本的序言:如,А.季什科夫《〈老舍短篇小说集〉序言》,载《老舍短篇小说集》(莫斯科,1954);В.В.彼特罗夫《老舍及其创作》,载《老舍·骆驼祥子》(莫斯科,1956);费德林《老舍》,载《老舍短篇、剧作、论文集》(莫斯科,1956),《〈老舍文集〉俄译本序言》,载《老舍文集》(两卷本)第1卷(莫斯科:国家文艺出版社,1957);В.Ф.索罗金《〈无名高地有了名〉俄译本序言》,载《无名高地有了名》(莫斯科,1958);А.А.法伊恩加尔《〈末一块钱〉序言》,载老舍《末一块钱》俄译本(莫斯科,1965)。这些《序言》,往往篇幅很长,资料翔实,内容丰富,富有研究个性,其本身就是一篇很精湛的学术论文;三是专题研究论文:如1954年,В.И.谢马诺夫推出了其首篇研究论文:《源于中国现代戏剧理论:老舍话剧〈龙须沟〉》(载《大学生东方国家语文学论文集》,列宁格勒);1955年,费德林发表了《论老舍的创作》(《苏联东方学》第5期);1960年,В.И.谢马诺夫又发表了《老舍的戏剧艺术》(载莫斯科《人民民主国家作家》第4辑);1963年,А.А.安季波夫斯基《老舍的早期长篇小说》载《中国语文学问题》,莫斯科,1963年出版;1964年,А.А.安季波夫斯基《老舍的早期创作(1926—1936)》(候补博士论文提要),莫斯科。

这一时期的特点是:老一辈汉学家,诸如费德林、艾德林、彼特罗夫等,为老舍译品撰写《序言》,为老舍研究鸣锣开道;后起之秀,诸如В.И.谢马诺夫、А.А.安季波夫斯基等作为老舍研究的主力军,取得了可喜的研究成果。

Ⅲ."文革"活跃期(1966—1976)

对于国际汉学的考察,不难发现,中国"文革"期间,世界各国汉学的发表基本上都处于一种低潮状态。当然,俄苏也不例外。面对中国的"文革",俄苏汉学家们大都感到"莫名其妙",只好"静观""等待"。十年间所译30年代文学只有三种(如果不计老舍作品的话):《雨巷:20—30年代中国抒情诗》(Д.切尔卡斯基译,莫斯科,1969)、《雨:中国20—30年代作家小说集》(费德林主编,莫斯科,1974)和《五更天:30—40年代中国抒情诗》(Л.切尔卡斯基译,莫斯科,1975)。而且,这三种,也是在较稳定的"文革"后期翻译出版的,而在"大乱"中的初、中期,整个处于一种"0"翻译出版状态。相比之下,老舍那就太"幸运"了。"文革"期间,俄苏对老舍的研究,既没有"静观",也没有"等待",而是立马立行,加强了对老舍的研究,以实际行动来缅怀他们所崇敬的老舍先生。

原来,"文革"初期,老舍先生不堪忍受对知识分子的这种侮辱,于是背起他的全部著作,跳进北海自尽了。这种"宁做玉碎,不做瓦全"的高尚情操,深深震动了俄苏汉学家,他们默默地加强了自己的研究工作,以崭新的研究成果,来寄托自己的哀思——

1966年,В.И.谢马诺夫发表了《从新加坡来的孩子》,载《小坡的生日》俄译本,莫斯科;同年,А.季什科夫撰写了《大艺术家——老舍》,载苏联《文学报》10月2日;同年,Л.З.艾德林发表了《辛辣无情之笔》(评《末一块钱》),载《外国文学》第2期。一年之内,发表了3篇。

1967年,А.А.安季波夫斯基出版了研究专著《老舍的早期创作:主题、主人公、形象》(科学出版社)、论文《老舍早期创作中对社会矛盾的反映》(载《东方文学与民俗》);同年,А.基里尔洛夫撰写了《与现实决裂》(《离婚》俄译本《后记》)(莫斯科);同年,苏联《简明文学百科全书》第4卷刊载了《老舍》词条(莫斯科);同年,В.И.谢马诺夫发表了评老舍作品的《抒发感情的散文》(莫斯科)。这一年共出版研究专著1部,发表研究论文4篇,共5篇(部)。

1968年,С.克托罗夫发表了《祖国漫想》(《离婚》书评),载8月28日苏联《文学报》;同年,А.А.安季波夫斯基出版研究专著:《老舍的早期创作:主题、主人公、形象》(莫斯科),共发表2篇——一论,一著。

1969年,В.И.谢马诺夫《讽刺家、幽默家、心理学家》(序言),载俄文版《猫城记》,莫斯科;同年,А.А.安季波夫斯基评老舍作品,载 З.斯鲁普斯基《一位中国现代作家的演变》(英语版),布拉格,载苏联《亚非人民》第1期;同年,А.伊尔莫拉耶夫《祖国人民的儿子》,载《苏维埃文化报》2月2日;同年2月18日,苏联《消息报》刊登《人道主义作家——老舍》;同年3月5日,苏联《文学报》刊发M.施奈德评论老舍文章;同年7月9日,苏联《共青团真理报》登载А.Н.热洛霍夫采夫、В.И.谢马诺夫《惩罚的预兆》,评长篇小说《猫城记》等,共发表论文6篇,将"文革"时期的老舍研究掀起了一个小高潮。

这样,截至1976年"文革"结束,十年间,俄苏共发表出版老舍研究著述近四十篇、部,平均每年 4 篇(部),大大超越了过去的研究进度,堪称老舍研究的"活跃期"。

Ⅳ.成熟、丰收期(1977—80 年代中后期)

这一时期,时间不长,从 1977 年至 1986 年,不到十年的功夫,俄苏共发表研究老舍的著述近三十篇、部,也是一个丰收期。但却不是仅从数量来衡量的一般意义上的"丰收期",而是一个研究质量成熟的丰收期。其"成熟"的重要标志在于:

其一,研究课题的不断深入和深化:譬如,老舍研究新秀 O.П.鲍洛季娜,她从 1975 年开始研究《中国民族解放战争时期(1937—1945)老舍的短篇小说》,到研究老舍的长篇小说《四世同堂》,到研究《老舍与中国大众文学问题》(莫斯科,1977 年),再到研究《抗日战争前夕老舍诗学的特点》(莫斯科,1978 年)、《论心理学家老舍的艺术技巧(《四世同堂》)》(莫斯科,1980 年)、《老舍三部曲〈四世同堂〉中反映的中国社会问题》等,其研究课题在不断深入与深化;再看其他汉学家的研究:B.И.谢马诺夫于 1977 年发表了《老舍论讽刺与幽默》(载《远东文学研究理论问题》);E.A.齐比娜撰写了《茅盾、叶圣陶、老舍》(载《当代东方文学(1917—1945)》,莫斯科,1977 年),对老舍进行了比较研究;1979 年,A.H.热洛霍弗采夫发表了《老舍创作遗产的命运》(《远东问题》第 2 期)等。以上成果的出现,显而易见,俄苏的老舍研究在不断深入和深化,这是研究成熟的重要标志;

其二,"研究索引"等资料图书的出版:1967 年,A.A.安季波夫斯基在其《老舍的早期创作:主题、主人公、形象》(莫斯科:科学出版社)中,添加了附录:《老舍著作译介、研究目录索引》,第 185-186 页;1977 年,B.И.谢马诺夫发表的《老舍论讽刺与幽默》(载《远东文学研究理论问题》)中,也特地添加了《附录:老舍译介、研究索引》;1978 年,O.П.鲍洛季娜在其《老舍的艺术散文(1937—1949)》中,也附有《老舍译介、研究索引》(候补博士论文);1983 年,俄苏出版了第一部"老舍研究"索引著述:B.Ф.索罗金《老舍作品、译介、研究目录索引》(莫斯科:书籍出版社)。这一学术现象,表明俄苏的老舍研究在走向成熟期;

其三,出现了一批老舍研究的精英和新秀学者,形成了实力雄厚的俄苏老舍研究学派。这一学派,除德高望重的费德林、艾德林、彼特罗夫等老一辈汉学家外,应当首推谢马诺夫。B.И.谢马诺夫是莫斯科大学的年轻教授,是中国现代文学研究的后起之秀。他思维敏捷,视域开阔,锋芒毕露。1960年代初他开始研究鲁迅,1962年发表博士论文《19世纪和20世纪初的中国文学与鲁迅》;1967年推出其成名专著《鲁迅和他的前驱者》(莫斯科科学出版社),在国际汉学界产生了重大影响。谢马诺夫的学术兴趣十分宽广,1954年他还在大学读书时,就发表了研究老舍的论文《源于中国现代戏剧理论:老舍话剧〈龙须沟〉》(载《大学生东方国家语文学论文集》,列宁格勒);1960年,В.И.谢马诺夫又发表了《老舍的戏剧艺术》(载《人民民主国家作家》第4辑,莫斯科);此后又一连推出了:《从新加坡来的孩子》(1966)、《抒发感情的散文》(1967)、《讽刺家、幽默家、心理学家》(1969)、《老舍〈猫城记〉中有某些与欧洲相符之处》(1972)、《讽刺作家老舍的演变》(1974)、《进步和假进步现象在老舍讽刺作品中的反映》(1976)、《老舍论讽刺与幽默》(1977)等学术著述。其学术成就,铸就了他的学术地位,使其成为当之无愧的学派首领;1963年出现的А.А.安季波夫斯基,也是老舍研究的后起之秀。从1963年至1974年的11年间,他一连推出了许多研究老舍的高质量的学术著述:如《老舍的早期长篇小说》(载《中国语文学问题》,1963)、《老舍的早期创作(1926—1936)》(候补博士论文提要,1964)、专著《老舍的早期创作:主题、主人公、形象》(莫斯科,1967)、《老舍早期创作中对社会矛盾的反映》(载《东方文学与民俗》,1967)、《讽刺:20世纪20—30年代中国文学的一种主导流派》(载《远东文学研究理论问题》,1972)、为《苏联大百科全书》第14卷撰写的《老舍》词条(莫斯科,1973)、《20年代的老舍:世界观与创作》(载《远东文学研究理论问题》,1974)、《文艺理论批评家老舍》(载《远东文学研究理论问题》,1974)等,使其成为学派的中坚力量;1975年出现的新秀О.П.鲍洛季娜,更是出手不凡,一连推出了许多很有分量的研究论文:如《中国民族解放战争时期(1937—1945)老舍的短篇小说》(1975)、《中国民族解放战争(1937—1945)对老舍世界观和创作的影响》(1976)、《老舍长篇小说〈四世同堂〉中的人物个性与时代》(1976)、《老舍长篇小说〈火葬〉中的人与战争:关于作家创作中的英雄形象问题》(1976)、《抗日战争前夕老舍诗学的特点》(1978)、《论心理学家老舍的艺术技巧(〈四世同堂〉)》(1980)、《老舍三部曲〈四世同堂〉中反映的中国社会问题》(1980)等。她是俄苏后期老舍研究的骨干力量之一。由这样一批有研究实力,又硕果累累的年富力强的汉学家组成了老舍研究学派,将俄苏的老舍研究推向了一个成熟的研究时期。

(三)评 价

从总体来讲,俄苏对老舍的评价很高。评论面虽然很广,但重点却很突出,主要集中于以《骆驼祥子》《猫城记》《四世同堂》为重点的长篇小说;以《月牙儿》《小坡的生日》《善人》等为重点的中短篇小说;以《茶馆》《龙须沟》为重点的现代话剧;以《老牛破车》为首的文学评论,即老舍的文艺美学观。

资深汉学家费德林,对以鲁迅、郭沫若、茅盾为中心的中国现代文学有精深的研究,对老舍也不例外。1981年,他在为《老舍选集》俄译本撰写的序言中指出:20世纪中国很活跃的散文作家之一——老舍的极具独特风格的人道主义的创作,很久已跨越了民族的界限,博得了国际的好评。老舍在创作中国现代长、短篇小说方面所发挥的作用,是异乎寻常的巨大——他属于那一代老作家(茅盾、叶圣陶、巴金等)之列,他们跟随鲁迅,为中国文学开辟了一条崭新的道路。① 对于老舍的长篇小说《骆驼祥子》。他认为,尽管"创作《骆驼祥子》时的作家老舍,还存有一定的局限性",然而,这部"独具艺术视野特点"的长篇小说与作者更早期的作品相比,"毫无疑问,是向前跨越了一步。该小说是用精练、准确、鲜明的语言创作的,在这里,已经表现出了作者真正成熟的艺术造诣、出色地通晓人民语言"。当然,其语言运用,"都服从于作者的艺术构思,使小说的语言结构生动而富有朝气"。②

著名汉学家B.彼特罗夫也认为,长篇小说《骆驼祥子》,"是老舍发展现实主义创作方法,完善其艺术造诣,向前跨越的一大步"。在这部作品中,老舍更加深刻地真正懂得了社会矛盾,同时,也更加充分地、真实地将它们描绘了出来。他指出,"这部小说的进步意义在于,他严厉地控告了社

---

① Федоренко Н.Т.Лао Шэ и его творчество (Предисловие).В кн.:Лао Шэ.Избранное. Сборник.—М.:《Прогресс》,1981.(Мастера современной прозы),С. 16.

② Федоренко Н.Т.Лао Шэ.В кн.:Лао Шэ Сочинения.Том 1.—М.,:Гослитиздат,1957, С. 8.

会制度","对社会丑恶的批判和指控,形成了该小说思想内容的基础"。① 在艺术方面,彼特罗夫认为,在这部作品中,"老舍表现出了成熟的语言艺术造诣和非常熟悉人民语言",其语言"精练而又充分表达感情,避免使用一些不必要的华丽辞藻"。但老舍使用方言,并非其最终目的,"而是极好地展现其艺术表现力的一种手段";其"语言主旨,从属于人物的性格及其思维活动"。使读者能从中最清晰地感受到"老舍作品艺术表现形式的民族个性"。② 除此之外,彼特罗夫对老舍的短篇小说也很欣赏,也有其经典性的评论:"老舍的短篇小说有很高的艺术造诣。他善于选取表现人物性格特征的最本质的东西,善于运用结构故事的各种方法,避免篇章冗长和空泛的议论。老舍的短篇小说中,没有那种纠缠不休的作者的'教学论'。作品的思想,是通过人物的行动、语言和人物之间的相互关系而展现出来的。"他指出,老舍"作品中描绘出的那许多风景画和风俗画,都证明老舍具有高超的艺术造诣"。③

В.И.谢马诺夫称老舍是"讽刺家、幽默家、心理学家"。他指出,天才的中国作家老舍(1899—1966)很多年来,无论在散文作品方面,还是在话剧创作方面,尤其在带有散文风格的政论文方面,老舍"都展示了几乎同样的成就,他出色地掌握了长篇小说、中篇小说和短篇小说的创作技巧"。他认为,老舍从西方文学中,尤其从狄更斯、康拉德、威尔斯等的作品中学到了不少东西;同时,他又继承了民族传统,为发扬讽刺-心理小说风格,老舍巧妙地不仅运用新的语言,而且也使用中国古典语言进行创作。譬如,《赵子曰》中的主人公"赵子曰"的名字,"就是讽刺性地模仿中国经典的刻板的'开头语'——'子曰'"。同时,老舍的讽刺天才还表现在中篇小说《小坡的生日》(1929)中,本小说是为孩子们写的,但是成年人也很感兴趣。总之,谢马诺夫认为,"老舍是一位卓越的抒情诗人和心理学家(读一读这里刊登的小说《月牙儿》和《大悲寺外》就够了)。在这方面,他与鲁迅并

---

① Петров В.Лао Шэ и его творчество.В кн.:Лао Шэ Рикша.—М.,:Гослитиздат,1956.С.11.

② Петров В.Лао Шэ и его творчество.В кн.:Лао Шэ Рикша.—М.,:Гослитиздат,1956.С.11.

③ Петров В.Лао Шэ и его творчество.В кн.:Лао Шэ Рикша.—М.,:Гослитиздат,1956.СС.7-11.

列;而作为幽默家和讽刺家,他有时甚至超过鲁迅。"①

О.П.鲍洛季娜是俄苏老舍研究的后起之秀,她致力于研究老舍,是因为老舍是俄国"读者百年来最爱阅读的中国作家之一"。他的《骆驼祥子》中的祥子或《月牙儿》中的女主人公的命运感动了苏联读者。长篇小说《正红旗下》和话剧《茶馆》中所描绘的老北京城的生动画面,引起了他们的极大兴趣。而讽刺性长篇小说《猫城记》,则赋有独特的通俗性,显示了作者敏锐的观察力和真正有力的讽刺性。② 诚然,鲍洛季娜非常看重上述老舍作品;然而,她更加看重的还是抗日民族解放战争时期的老舍作品。因为"这一时期,不仅展示了老舍选题的独特风格,而且也发展了其创作思想与艺术风貌的许多特点";因为"抗日民族解放战争,对老舍的政治观点和艺术立场,产生了重大影响"——"渴望到斗争最前沿去的志向,毫无疑问,影响了老舍的美学观"。③ 所以,鲍洛季娜惊叹:"在中国现代文学史上,很难找到像老舍那样的作家,抗日战争在其命运中留下了那么深刻的印迹,以至影响了他的艺术立场"和"文艺美学观"。④ 她指出,老舍投入抗战活动之后,初步了解了战争生活,他以已经成熟的艺术技巧,重新开辟了许多新的领域;他站在中华全国文艺界抗敌协会前列,编辑以文艺宣传为方针的文艺期刊,从事政论文创作,并视其为政治斗争的真正武器。那时他已经掌握了民间说唱文学体裁,开始创作古典戏曲、多幕话剧,还有新的长篇小说创作。

在论及这一时期创作的长篇小说《四世同堂》时,她认为尽管它还存在某些缺点,然而,"三部曲《四世同堂》在中国现代文学史上确是一个鲜明的亮点,在老舍创作中也占着当之无愧的重要位置。在评价该作品的意义时,应特别指出,作者成功地表现了作品的主旨——在民族解放战争影响下的中国人思想觉悟的变化:他们为创建民主的新中国,愿与反动制度斗争到底!"她说在这部长篇小说中,"老舍以巨大的艺术力量,再现了深

---

① Семанов В.И.Сатирик,юморист,психолог.В кн.:Лао Шэ Записки о Кошачьем городе. Роман и рассказы.—М.,Главная редакция восточной литературы изд-ва《наука》,1977.СС. 3-4.

② Болотина О.П.Введение.В кн.:Лао Шэ Творчество военных лет 1937—1949.—Москва:Издательство《наука》,Главная редакция восточной литературы,1983.С. 3.

③ Болотина О.П.Лао Шэ Творчество военных лет 1937—1949.—Москва:Издательство《наука》,Главная редакция восточной литературы,1983.СС. 3、12、14.

④ Болотина О.П.Лао Шэ Творчество военных лет 1937—1949.—Москва:Издательство《наука》,Главная редакция восточной литературы,1983.С. 9.

刻的社会矛盾和现存社会制度的反人道和反人民的性质；揭露了不可医治的，在战争年代更加恶化的，中国社会的疾病"，具有深刻的社会意义和艺术价值。①

3.阿勃德拉赫马诺娃是研究老舍文艺批评的专家。她指出，"研究老舍的文艺批评活动，不仅能深刻理解这位多才多艺的天才的全部意义，而且能拓宽我们的文艺批评概念"。她认为，老舍在其一系列论文中，"阐释了典型形象的形成过程"："艺术形象乃是共性与个性、现象与本质的辩证统一"；"论述了概括和揭示生活本质的重要性，同时也强调了塑造生动活泼的形象的责任性"；"竭力揭示了审美的本质和艺术形象的特性"——"形象的本质，按其想法，应以具体的人物形象来显现；决不允许离开人物心理和生活细节描写概念化人物，掺进直接说教的形象内容"②，从而形成了独特的"老舍文艺美学观"。

阿勃德拉赫马诺娃将老舍文艺美学观概括为：；老舍强调艺术首先具有审美性质；但他并不否认文学艺术的教化作用，相反，他却强调文学艺术应成为社会主义建设事业的一部分，但艺术的教化功能只能借助于其审美感化而实现——艺术的审美价值与教化功能是不可分割的。阿勃德拉赫马诺娃强调指出："老舍的文学评论，广泛地融进了作家个人的创作感受，因而形成了其深刻的独特个性。"她认为："这种特征在当时的中国是独一无二的，任何人都不能以如此风格写作。因而，它具有重要的意义。"③

俄苏对老舍的评论文章实在太多，难能"求全"。然而，就其观点而言，上述观点，肯定有较大的代表性。汉学家们的评论，不但公允、到位，评出了学术水平，而且也融进了友谊和感情——论文作者最后写道："浸透着善良与正义、人道主义与民主思想的老舍作品，得到了全世界的公认。他的论文和解放后创作的文学作品——热情洋溢的社会主义赞歌，使我们感到特别亲切和理解。"④

---

① Болотина О.П. Лао Шэ Творчество военных лет 1937—1949.—Москва : Издательство 《наука》,Главная редакция восточной литературы,1983.CC.210-221.
② ［俄］3.阿勃德拉赫马诺娃《论老舍的文艺美学观》，载费德林等著《前苏联学者论中国现代文学》(宋绍香译)，新华出版社1994年版。第158-160、161-166页。
③ 同上。
④ ［俄］3.阿勃德拉赫马诺娃《论老舍的文艺美学观》，载费德林等著《前苏联学者论中国现代文学》(宋绍香译)，新华出版社1994年版。第168页。

五 巴金文学在俄苏：译介、研究、评价

（一）译 介

巴金是以长篇小说著称的著名现代作家。然而,其作品最早走出国门的却是短篇小说——最早被译成英文的是短篇小说《狗》,载［美］埃德加·斯诺编译《活的中国——现代中国短篇小说选》(1936)；最早被译成俄文的也是短篇小说,载苏联《在国外》1937年第9期。但是,巴金作品大量走向世界则是始于50年代,走红于60—70年代和80年代初。对于巴金作品的译介,从国际来看,苏联主要在50年代,东欧主要在60年代初,美国主要在70年代,法国、德国、意大利、瑞典、挪威等国主要在70年代末80年代初。至此,可以说,一个译介中国新文学的"巴金热",在欧美各国已经形成。其作品已被译成英、俄、德、意、日、泰等20多种语言,在世界读者心中引起了强烈反响和共鸣。

本文的要旨在于探讨俄苏对巴金的译介与传播。可以说,在世界译介巴金的热潮中,俄苏的巴金译介,不管数量还是质量,大底都处于世界的前列。

20世纪50年代是中苏友好的"蜜月"时期。俄苏的巴金译介,恰逢其时,如鱼得水,成绩斐然。1955年,莫斯科国家文艺出版社出版了俄文版《巴金短篇小说集》,费德林主编,B.彼特罗夫作序,译者：Б.穆德罗夫、A.康金、A.兹沃诺夫；同年,同出版社又出版了《中国作家短篇小说集》,编者、主编、前言：费德林；作者：鲁迅、郭沫若、茅盾、巴金、丁玲、叶圣陶、老舍、柔石、艾芜。

1956年,苏联国家文艺出版社出版了巴金长篇小说《家》俄译本,B.彼特罗夫译；同年同出版社又出版了巴金长篇小说《春》。

1957年,《巴金文集》(两卷集)俄译本问世,莫斯科,国家文艺出版社出版；同年,同出版社又出版了巴金《爱情的三部曲·短篇小说集》；同年,同出版社又出版了巴金长篇小说《秋》。一年内出版了巴金的3部长篇小说,令世界汉学界瞩目。

1959年,莫斯科国家文艺出版社出版了《巴金文集》1—2卷。两卷本

文集基本涵盖了巴金的主要代表作品。

苏联解体前,莫斯科"虹"出版社还出版了B.索罗金主编的《巴金选集》俄译本(1991),内容包括《雾》《灭亡》《寒夜》《短篇小说选》《随想录》等巴金文学作品,在国际汉学界引起了强烈反响。

这样,从20世纪50年代初至90年代初的40年间,俄苏共翻译出版了数十种巴金作品译品,计有50多万册,可以说,巴金的作品从短篇小说到中长篇小说,从散文到笔记和《随想录》的代表作品基本都移植到了俄国并引起了俄国读者的强烈反响。这对中俄文化交流和弘扬中华文化,其意义是不言而喻的。

(二) 研 究

俄苏的巴金研究,是与译介同步进行的,也是始于20世纪50年代中期。

1955年,B.彼特罗夫撰写了《〈巴金短篇小说集〉俄译本序言》,载费德林主编《巴金短篇小说集》俄译本,莫斯科国家文艺出版社出版。本文首次全面、系统地介绍、评析了巴金的文学创作。

1956年,B.彼特罗夫又撰写了《巴金的创作及其长篇小说〈家〉——〈家〉俄译本序言》,载巴金长篇小说《家》俄译本(莫斯科),更加全面系统地研究巴金的文学创作,在国际汉学界引起了强烈反响。

1957年,莫斯科国家文艺出版社出版了巴金的《爱情的三部曲》俄译本,B.彼特罗夫为其撰写了序言:《巴金的创作》;同年,B.彼特罗夫又为两卷本的《巴金文集》俄译本撰写了长篇序言:《〈巴金文集〉俄译本序言》(莫斯科)。

B.彼特罗夫是俄罗斯现代汉学创始人B.M.阿列克谢耶夫院士的弟子,很早就致力于中国现当代文学的教学与研究,长期在列宁格勒大学讲授中国现当代文学,收藏了大量中国现代文学资料,对中国新文学很有研究。他为中国新文学俄译本撰写的序言,其特点是内容丰富,资料翔实,往往以马克思主义的文艺观,从作家所处的时代背景,作品在当时及其在文学史上的地位,全面、系统地对作家、作品进行评析。虽然序言显得有点过长,但它本身确是一篇很精湛的学术论文。对读者和研究者很有助益。

1959年,莫斯科国家文艺出版社再版《巴金文集》俄译本(两卷本),发表了 B.彼特罗夫的长篇研究论文《巴金的创作道路》,使俄苏的巴金研究进入了一个更加成熟的时期。

1976年,莫斯科大学出版社出版了莫斯科大学年轻学者 Л.А.尼科利斯卡娅的研究专著《巴金创作概论》。该著系苏联研究巴金的第一部学术专著,在世界也算较早的巴金研究著述之一①。该书详细介绍了巴金的主要长篇及中短篇小说,论述了作品的政治倾向和现实意义,为巴金 20 世纪 30—60 年代的作品勾画出了一个清晰的轮廓,对俄苏读者全面解读巴金作品很有意义,在世界也产生了重大影响。它是继美国哈佛大学出版的奥尔格·朗的专著《巴金和他的著作——两次革命中的中国青年》(1967)之后的第二部具有国际影响的巴金研究著述。我们为巴金著作能引起世界两所著名大学——哈佛大学和莫斯科大学的关注和研究感到无比自豪!

1983年,俄苏著名汉学家 А.Н.热洛霍夫采夫著《爱国作家巴金》问世,载苏联《远东问题》同年第 4 期。该论文全面系统地探讨了作为"无政府主义者"的巴金是怎样成为一位革命作家的"巴金的创作道路",极具哲理和文学韵味,对巴金作品给予了高度评价。

1991年,B.索罗金为俄文版《巴金选集》撰写了长篇序言:《漫长道路的里程碑》(莫斯科:虹出版社),全面、系统地梳理了巴金的创作,给巴金作品以高度评价。译者在序言的最后写道:苏联读者结识巴金创作已经几乎 40 年了,我们已经出版了他的两卷本文集和许多少数民族语言版的巴金著作单行本。要相信,当前我们同这位已经很熟悉的,现代中国老作家的作品的相识,大大拓宽了中国作家协会的代表人物、优秀的语言大师、爱国主义者和国际主义者——巴金的艺术面貌和创作道路的概念。②

---

① 世界研究巴金著作较早的学术专著有:[法]明兴礼《巴金的生平与创作》(又译《巴金的生活与著作》,法国文风出版社,1950 年);[阿]伊·杰奇《巴金和他的〈爱情的三部曲〉》(地拉那,1964);[美]奥尔格·朗著《巴金和他的著作——两次革命中的中国青年》(美国哈佛大学出版社,1967);[苏]Л.А.尼克利斯卡娅《巴金作品概论》(莫斯科大学出版社,1976);[美]内森·K·茅著《巴金》(美国特维思出版社,1978)等。

② БА ЦЗИНЬ. ИЗБРАННОЕ: ТУАН ГИМБЕЛЬ ХОЛОДНАЯ НОЧЬ РАССКАЗЫ ДУМЫ /Состал.и предисл.В.Сорокина Пер. С кит.——М. Радуга, 1991. С. 14. ([俄]В.索罗金著《漫长道路的里程碑—〈巴金选集〉俄译本序言》,载《巴金选集》俄译本(В.索罗金译),莫斯科:虹出版社 1991 年版。原文第 14 页。)

(三)评　价

一般来说,巴金以其著名的中国现代长篇小说作家的资历,以其作品独特的艺术特色,甚至,以其蕴含着许多"离奇"故事的"笔名",普遍引起和受到俄国读者和研究家们的兴趣和青睐,并普遍给予好评。

B.彼特罗夫,是俄罗斯现代汉学的创始人 B.M.阿列克谢耶夫院士的弟子,从 20 世纪 50 年代,他从研究中国新诗,到扩而大之研究整个中国现代文学。他研究的现代作家有鲁迅、郭沫若、茅盾、老舍、巴金、郁达夫、丁玲、曹禺等。50 年代中期是俄苏大量译介巴金作品的开始时期,也是彼特罗夫研究巴金的丰硕时期。其主要成果表现为巴金作品俄译本撰写《序言》。从 1955 年至 1959 年的 4 年间,他一连撰写了 5 篇序言:《〈巴金短篇小说集〉俄译本序言》(1955)、《巴金的创作及其长篇小说〈家〉——〈家〉俄译本序言》(1956)、《巴金的创作——〈爱情的三部曲〉俄译本序言》(1957)、《〈巴金文集〉(两卷本)俄译本序言》(1957)、《巴金的创作道路——〈巴金文集〉(两卷本)俄译本序言》(1959)。这 5 篇《序言》,每篇篇幅都很长,资料翔实,涵盖面大,可以说,基本涵盖了巴金长中短篇小说的全部;另外,彼氏对巴金资料的梳理系统性强,阐释逻辑性和理论性强。这 5 篇《序言》,可以说,基本代表了彼氏对巴金评价的主要观点。

首先,彼特罗夫认为,1919 年五四运动时期奠定的"革命文学"思想,激励中国作家们反对反动的封建文学,反对僵死的"文言"书面语言的统治,为创建新现实主义文学和新文学语言而奋斗。巴金的早期创作就是在这种"文学革命"思想的影响下发展起来的。他是"为捍卫真理与自由而大声疾呼"的进步作家之一[①];在为中国现代文学发展做出重大贡献的作家之中,巴金是名列前茅的。他的作品在中国广为流传,他是一位独具高度天赋的艺术家。对人类的爱,对理智必胜的信心,战斗的民主主义和爱国主义,是其作品的主要特点。巴金的创作道路是复杂的,但是在这条道路的各个阶段上,他的作品都是追求光明、自由和真理的。他同情被压迫人民,反对不合理的社会制度,反对封建道德,反对帝国主义,热情歌颂革

---

① B.彼特罗夫《论巴金的创作道路——巴金〈爱情的三部曲·短篇小说集〉俄译本序言》,载费德林等著《前苏联学者论中国现代文学》(宋绍香译),新华出版社 1994 年版,第 131 页。

命,要求用革命推翻旧社会①。

其次,在总体论述的基础上,彼特罗夫指出,巴金首先以其大部头的叙事文学作品享有广泛盛誉。30年代初,他完成并出版了几部长篇和中篇小说:《家》《死去的太阳》《海底梦》《雪》《萌芽》《春天里的秋天》《爱情的三部曲》(《雾》《雨》《电》)等。但是,其中占有中心地位的还是长篇小说《家》(1931)。该作品描写了封建旧家庭的解体和年轻一代追求光明和新生活的道路;揭示在摧枯拉朽的疾风暴雨的革命年代里的新与旧、新生与垂死事物之间的矛盾冲突,组成了这部长篇小说的主题思想。由此可见,巴金"善于表现生活的激流","善于创作严厉批判阻碍社会前进的腐朽制度的真实作品"。②

第三,彼特罗夫对巴金的短篇小说也很赞赏。他指出巴金在短篇小说创作方面成绩也非常卓著。30年代,他的多部短篇小说集问世:《复仇集》《光明集》《电椅集》《将军集》《抹布集》《发的故事》《沉默集》及其他后来编入《巴金短篇小说集》的作品。这些作品,以其题材之广泛、现实主义地表现生活、朴素而富于感情的语言,形成了短篇小说家巴金的独特风格。③

由此,彼特罗夫对巴金作品的语言艺术给予了高度评价:巴金创作风格的抒情性。不仅在短篇小说,而且在散文诗——简短的速写中。也非常出色地表现了出来;在这些作品中,作家以令人陶醉的轻柔的抒情风格,往往与自然景致相映衬,表达自己的生活观察和感情。这些富有诗情画意的作品都收入了《旅途杂记》《点滴》和《忆》等作品中。不仅如此,彼氏指出,就是在长篇小说《家》和《爱情的三部曲》中也都充分表现出了巴金的语言特色:语言简洁而清晰,热情洋溢而富有表现力,富于动作的叙述风格,描写手段的广泛应用等;然而,他绝对不滥用这些艺术技法。脉脉含情与轻描淡写,代表了巴金的艺术风格。风景描写与抒情插话,不是以色彩的绚丽而是以深刻的心理分析的魅力吸引读者。④

巴金作品之所以取得如此艺术成就,彼氏认为,根本在于巴金的现实

---

① B.彼特罗夫《巴金的创作道路——〈巴金文集〉俄译本序言》,莫斯科:国家文艺出版社1959年版。
② B.彼特罗夫《论巴金的创作道路》,巴金《爱情的三部曲·短篇小说集》俄译本序言,载费德林等著《前苏联学者论中国现代文学》(宋绍香译),新华出版社1994年版,第134-135页。
③ 同上,第138页。
④ 同上,第141-152页。

主义创作方法的实质,即其人物的典型化倾向。"浪漫主义的情调"是巴金创作的独特风格。巴金在塑造人物形象时,往往不只从现实生活中所显示出来的特征描写人物,还要从他渴望能看到的更加美好的方面去刻画人物。因而,好像他把自己的人物稍微拔高了一点儿,以便使其体现自己的理想。巴金的梦想有时超越了现实进程,然而,他的创作出发点始终是活生生的现实。①

最后,彼特罗夫特别指出:其一,巴金创作风格的形成"不仅受中国古典文学的有力影响,而且还受俄国古典文学的有力影响。巴金的翻译工作在很大程度上加深了这种影响";其二,但是,巴金接受中国和世界文学的优秀传统,从来不模仿其他作家——自己的前辈或同辈作家的风格。"他作为一个真正的艺术家在文学领域内走着自己独立的艺术之路"。②

1976 年,莫斯科大学出版社出版了年轻学者 Л.А.尼科利斯卡娅的专著《巴金创作概论》。著者 Л.А.尼科利斯卡娅,莫斯科大学教师,语文学副博士;该著系俄苏研究巴金的第一本专著。该著全面、系统地介绍、评析了巴金的长中短篇小说,为巴金 20 世纪 20 年代至 60 年代的作品勾画出了一个清晰的轮廓。著者指出,20 年代,巴金所受文学方面和政治世界观方面的影响是非常复杂的,因而,片面地理解和解释他的世界观问题是不妥当的。所以,著者十分重视对巴金创作道路的研究。

Л.А.尼科利斯卡娅,在《巴金创作概论》的第一章中,就专门探讨了巴金世界观的形成过程。她指出,巴金年轻时读过十二月党人和赫尔岑、俄国民主革命党人、无政府主义者和民粹派、托尔斯泰学说的信徒,以及俄国和其他国家社会政治思想派别的代表人物的著作。当年中国青年知识分子中最为流行的是无政府主义。直到 1925—1927 年大革命时,即革命的领导作用转到共产党人身上之前,无政府主义的影响还超过社会主义。无政府主义者诅咒一切压迫和剥削的空谈吸引着怀有各种抱负的人。于是,巴金翻译了克鲁泡特金的《伦理学》。这次翻译使他受益匪浅。在翻译过程中他钻研了世界文化,读了柏拉图、亚里士多德、斯宾塞、康德的书,还看过《圣经》。15 岁时加入了中国无政府主义组织,直到 40 年代中期才退

---

① B.彼特罗夫《论巴金的创作道路》,巴金《爱情的三部曲·短篇小说集》俄译本序言,载费德林等著《前苏联学者论中国现代文学》(宋绍香译),新华出版社 1994 年版,第 151 页。

② 同上,第 152-153 页。

出。这种学说所以能够吸引巴金,是因为它主张的个性自由,符合巴金反对封建礼教践踏个性和人的尊严的那种感情。

由于接触了西方社会思想,阅读了民粹派和无政府主义者的著作,巴金熟悉了俄国19世纪的作家。俄国经典作家屠格涅夫、列夫·托尔斯泰和契诃夫对巴金影响最大。由此可以看出,巴金走过的是一条曲折的道路,他的作品里也有一些矛盾的倾向交织着、共存着。他在各个不同的方向上去寻找自己,好像在读一堆"破书",但这"破书"里却有自己的逻辑,比如恐怖分子使他发现了法兰西;而法兰西之行,使他"逃出"了闭关自守的封建社会,又反过来加深了他对本国人和事的认识。作为天生的语言艺术家,他只能通过文学创作去认识世界,于是作家看到的情况便同他的世界观发生了矛盾。但是,不管外国思想对他的影响多么强烈,巴金还是成了批判现实主义者——首先是他的同胞——鲁迅的文学和美学原则的坚定信徒①。这说明,"作为艺术家,巴金的确找到了自己。他的鲜明的独特的风格是在个人的经验,自己的生活感受的基础上形成的";所以,他的作品"洋溢着真挚炽热的感情,充满对人的最高使命的信念","直接面对读者,唤起他们对光明的热爱和对黑暗的憎恨"。②

А.Н.热洛霍夫采夫是俄苏著名的汉学家,也是当代俄罗斯汉学最活跃的汉学家之一。他精通汉语,同时也精通英语,所以也是著名的美国学家。他有一篇研究鲁迅的著名论文《鲁迅在美国汉学界》(载《远东问题》1982年第3期),在美国乃至欧洲和世界汉学界影响很大。1983年,《远东问题》第4期又发表了А.Н.热洛霍夫采夫研究巴金的学术论文《爱国作家巴金》,该论文也参阅了不少美国研究巴金的资料,所以,研究视野比较宽泛。

А.Н.热洛霍夫采夫一针见血地指出,爱情与革命是巴金作品的主题,所以他才能在当年酝酿着革命的中国一举成名。接着,他便引用美国中国学家奥尔格·朗的话说:"能够将终生作为青年人的代言人的,在中国现代文坛上只有巴金。他写青年,为青年而写,写得最多的是青年知识分子。巴金的作品为我们绘出了一幅处于转折时期的中国的青年人的复合肖像,这幅肖像我们可以与19世纪欧洲文学中西方青年的肖像相比。"③热氏

---

① [俄]Л.А.尼科利斯卡娅《巴金创作概论·第一章》,莫斯科1976年版。
② 同上。
③ [美]奥尔格·朗《巴金和他的著作——两次革命之间的中国青年》,坎布里奇1967年版,第2页。

说,这个高度的评价是正确的,不管美国的中国学界后来进行怎样的指责,朗的这番话还是抓住了关键所在。接着,他概括性地指出,巴金是位既有声望又多产的作家,对促进中国革命进步的"左倾"气氛的形成是做出了贡献的。他吸引读者走上了倾向革命的通路,他的作品传播着革命情绪,是第一个台阶,走上这个台阶之后,距离中国共产党,距离有组织的反对帝国主义和国内反动派的斗争便不远了。①

热氏认为,为了追求真理,青年巴金到法国留学,对其世界观和艺术观产生了重大影响。在政治方面,对青年巴金产生决定性影响的,是Л.克鲁泡特金的《告少年》和廖抗夫的《夜未央》;在文学方面,俄国文学尤其列夫·托尔斯泰和屠格涅夫的作品对巴金的影响最大。所以,他指出,巴金是中国作家中最欧化的一个。外国文学,特别是19世纪的俄国文学,对他的影响是巨大的。他可以直接阅读外国作品,自觉地向他们学习写作。巴金把欧洲小说的技巧移用于中国的生活素材,溶化进个人的生活感受,便成了一位名副其实的现代作家。但同时他又强调,巴金学会了用欧洲的方法创作,但他并没有局限于仿制。在题材上他也吸取外国的经验,但其基本素材是作家从自己的经历和周围的现实生活中吸取的。他"写作一不是为了谋生,二不是为了出名","是为着同敌人战斗"。"在创作上他走出了自己的路子,而且相当地现代化。"②

1991年,莫斯科虹出版社重新出版了巴金的《巴金选集》,其中选辑长篇小说一部《寒夜》,中篇小说两部:《灭亡》和《雾》,短篇小说《奴隶的心》等8篇,《随想录》23篇。著名汉学家B.索罗金为其撰写了长篇序言:《漫长道路的里程碑——〈巴金选集〉俄译本序言》。在该序言中,B.索罗金首先对巴金的长篇小说《家》作了充分的肯定。他说:"毫无疑问,在巴金早期的创作中,过去最受欢迎,今后将长期受到欢迎的,仍然是长篇小说《家》(1931)。它的自传性根基十分明显,但是它的概括力是毫无疑义的;作者利用这种力量,从自己的童年和青年时代的记忆中,挑选出了最本质的,对大家都很重要的素材,创作出了内部分成若干等级的,即将崩溃的父

---

① [俄]A.H.热洛霍夫采夫《爱国作家巴金》,载《远东问题》1983年第4期。译载张立慧、李今编《巴金研究在国外》,湖南文艺出版社1986年版,第224页。
② 同上,第225—226页。

权制封建大家庭的生动画面。"①

同时,他对巴金早期的中篇小说也持肯定态度。他指出,巴金的早期作品,在被评价中,经常作为"太黑暗"、传播"无信仰和悲观主义"而被否定;而中篇小说《新生》,在这方面,不会再受到指责了:作品中散发着希望的曙光。即使李冷牺牲了,但他的妹妹及其女友已经逃出了监狱,并准备继续投入战斗。② 他认为,长篇小说《火》是巴金对抗战文学的重要贡献;《火》由3部小说组成,其创作意图,是展现奋起与侵略者搏斗的上海青年的爱国主义精神,主要在前线附近农村进行宣传鼓动工作,联合社会各阶层力量共同抗日。优秀的长篇小说作品把作者的爱国热情和小说人物的志向,很快传播到全国各地,迅速变成了抗日救国的现实行动。同时,他也指出了作品的缺陷:小说中描写的是一支进行恐怖和冒险行动的独立部队,没搞出什么名堂。也就是说,巴金似乎还没有发现,抗日战争时期的年轻人在寻找而且已经找到了同进步力量联系的组织关系。在《火》的艺术蓝图中,很难使巴金取得明显成功。③

索罗金对巴金晚年的散文著作《随想录》也给予了高度评价。他称这部书,"是巴金创作生涯的总结,是从多灾多难的痛苦教训中聪明起来的人的一种思考";"他缝制作品的每一道细密的针脚,都在述说着对人类和祖国人民未来前途的关怀,都在深刻思考中国和人类的福祉"。"我家乡的泥土,我祖国的土地,我永远同你们在一起接受阳光雨露,与花树、禾苗一同生长。"④

索氏惊叹巴金创作道路的漫长,他更惊叹,在这漫长的创作与人生道路上,巴金以个人的"不变"应世间的"万变",而最终实现个人的追求。索氏指出,20世纪中国最大的作家之一巴金的创作道路延续了60多年。这期间中国和全世界都经历了巨大的变迁。自然,作家在许多方面,创作内容、艺术表现手法等,也都发生了变化。然而,其主要的东西仍旧未变:作家对人的责任意识,作家对真理和正义的追求,作家对解放全人类思想的

---

① Сорокин.В., Вехи большого пути. в кни. БА Цзинь. Избранное: Туман Гибель Холодная Ночь Рассказы Думы.——М.Радуга,1991.С. 11.

② Там же.С. 9.

③ Там же.С. 12.

④ Там же.С. 14.

忠诚没有变——决心使人类摆脱各种社会与精神的奴役状态!① 我想,巴金的伟大就在于此。

六 曹禺话剧在俄苏:译介、研究、评价

(一)

曹禺是世界级的大戏剧家。他的作品从20世纪30年代初,几乎与在国内问世的同时,就被译介到国外,受到了国外读者和观众的热烈欢迎,获得了国外汉学家、批评家的高度赞誉。

国外译介曹禺剧作,最早的是日本(1936年翻译出版《雷雨》),其次是俄苏(1952年开始介绍曹禺),欧美对曹禺剧作的译介起步较晚,大抵是在20世纪七八十年代以后的事。然而,对曹禺及其作品的研究却起步很早。世界研究曹禺话剧最早的是英国人。1936年12月27日《大公报》刊登了英国人H·E·谢迪克研究曹禺的文章《一个异邦人的意见》。这是欧美研究曹禺剧作最早的一篇论文,也是世界研究曹禺的最早著述。其论点的犀利与新颖,引起了读者和学界的强烈反响。应该肯定地说:从那时起,曹禺就已成为世界著名的大剧作家。

由于三四十年代俄苏国内战争频仍,尤其第二次世界大战的爆发,汉学发展进程受到了很大影响,曹禺的译介与研究也不例外。直到20世纪50年代初俄苏才开始关注曹禺。1952年,俄苏第十五出版社出版了《丁玲、曹禺》(介绍)。后又转载于苏联《共青团真理报》(1952年3月6日),从此,拉开了俄译和研究曹禺的序幕。

1958年,俄苏出版了曹禺解放后创作的第一部话剧《明朗的天》,林克永、Л.波波娃译,外国文学出版社出版;1960年,莫斯科国家艺术出版社出版了《曹禺剧作集》1—2卷,B.费奥克季斯托夫译,B.彼特罗夫作序。

内容:第一卷:《雷雨》《日出》;

第二卷:《北京人》《明朗的天》。

---

① Сорокин.В., Вехи большого пути. в кни. БА Цзинь. Избранное: Туман Гибель Холодная Ночь Рассказы Думы.——М.Радуга,1991.С. 14.

正如著名汉学家 B·彼特罗夫指出,曹禺的天才的话剧几十年来一直占领着舞台,常盛不衰,由于"其作品的现实主义的深度、人道主义、鲜明独特的艺术风格,使曹禺不仅享有全民族的,而且享有全世界的盛誉"①。

(二)

俄苏对曹禺作品的研究先于译介,始于 50 年代初。1952 年 3 月 6 日,苏联《共青团真理报》首先发表了《丁玲、曹禺》,对曹禺进行了简明扼要的介绍,使俄苏读者对曹禺有了一个初步的认识。1957 年,С.奥勃拉兹佐夫撰写了综合性论文《中国人民的戏剧》,全面概括了中国现代戏剧的发展,对曹禺也做了重点介绍;1958 年,莫斯科外国文学出版社出版了《明朗的天》俄译本(林克永、Л.波波娃译),书前的《编者的话》,其本身就是编者研究的精华,也可以说是一篇浓缩了的小论文。1958 年,《苏联中国学》第 4 期发表了 Л.А.尼科利斯卡娅的研究论文《曹禺的戏剧艺术》;1960 年,В.Ф.索罗金撰写了《中国话剧艺术发展的基本阶段》,载《中华人民共和国的文化革命问题》,莫斯科 1960 年版,对曹禺的创作做了深入的探讨;同年,B.彼特罗夫发表了《论曹禺的创作》,载《曹禺话剧集》第 2 集。这是为两卷本《曹禺戏剧集》俄译本撰写的一篇长篇跋文,全面、系统、学理地评析了曹禺的现代话剧艺术,给曹禺及其作品以高度的评价;1962 年,莫斯科:东方文学出版社出版了 B.索罗金、Л.艾德林合著的学术专著《中国文学简编》。在其论述五四之后中国现代戏剧的发展时,以较长的篇幅对曹禺的早期话剧《雷雨》和《日出》进行了精致的艺术评析,给出了客观公正的评价。

俄苏汉学家们对中国的古典戏曲和现代话剧,有着浓厚的兴趣,即使在"文革"期间也在坚持研究。1973 年,М.В.塔拉索娃发表了《"文革"中的中国戏剧》,С.А.托罗普采夫发表了《〈白毛女〉及其"两结合"的创作方法》,均载于《中国文学研究在苏联》,莫斯科"科学"出版社 1973 年版。直到 80 年代,费德林还撰写了《中国戏剧的一些问题》(《远东问题》,1980 年第 3 期)。以上几篇文章虽然不是直接研究曹禺的,但与曹禺作品在俄苏

---

① Петров В. О творчестве Цао Юя. В кн.: Цао Юй Пьесы (том второй).—М.,: Гослитиздат,1960.СС. 336-337.

引发的那股中国话剧"热"不无关系,甚至可视为是这一"热潮"的"余波"。这一"余波"一直蔓延到80年代中期,莫斯科大学年轻学者 Л.А.尼科利斯卡娅出版了自己研究多年的学术专著:《曹禺创作概论》(莫斯科大学出版社1984年版)。该著系俄苏研究曹禺的第一部专著,全面、系统地评析了曹禺的几乎全部创作。请参阅其《目录》:绪论　前言　第一章《雷雨》　第二章《日出》　第三章《原野》　第四章《北京人》　第五章《蜕变》　第六章《家》　第七章《明朗的天》　第八章《胆剑篇》　第九章《王昭君》　后记。

(三)

俄苏对曹禺话剧的研究,有序跋,有论文,有专著,应该说,硕果累累。其研究表现出了两个特性:一是"激情",二是"理性"。曹禺话剧,尤其早期话剧,写的是"日出"前的中国的社会生活,具有独特的艺术架构和独特的艺术魅力,对此,汉学家们往往表现出极大的兴趣和难以遏抑的"激情"。他们善于以马克思主义的文艺观审视作品,既肯定其独特的艺术成就,同时,又指出其不可避免的思想的或艺术的缺陷,表现出了严肃的"理性"原则。

著名汉学家B.彼特罗夫对曹禺的研究比较全面,也比较深刻。但其重点研究的还是曹禺早期的话剧《雷雨》《日出》和新中国成立后创作的话剧《明朗的天》。

谈到曹禺早期的话剧,彼氏不免有些激动,他指出,《雷雨》出色地、充分地显示了曹禺创作的才能。这剧作家的第一部作品便赢得了社会的公认和声誉。批评界评论这部作品时,认为它是中国现代文学的辉煌胜利。《雷雨》坚实地被列为中国话剧的保留剧目,新中国成立前后一直占领着中国舞台,剧本前后出版了数十次①;在论及《日出》时,他也指出,话剧《日出》问世之后在中国批评界立刻引起了热烈的争论,争论过程中发表了大量的各种各样的意见;然而,批评界和作家们却达成了共识:他们全都高度评价这部剧作,认为该剧不仅是中国现代文学的空前跃进,而且是中国文

---

① [俄]B.彼特罗夫《论曹禺的创作》,载《前苏联学者论中国现代文学》(宋绍香译),新华出版社1994年版,第174页。

学史的最光辉的一页。①

彼氏很喜欢曹禺的早期话剧《雷雨》和《日出》。这些作品究竟有什么意义和价值？批评家给予了明确而肯定的回答：曹禺描写了"在旧社会里人们的苦难"，他的作品带有强烈的暴露特性。虽然作家出身于剥削阶级家庭，但他明白，地主和资本家社会是注定要灭亡的，这个社会正在被无法解决的各种社会矛盾撕裂着做垂死的挣扎。曹禺的剧作给了这个寄生社会制度以沉重的打击，这便是它们的主要意义。②

曹禺之所以取得如此巨大的艺术成就，B.彼特罗夫认为，曹禺早就做好了充分的文学准备：他不但精通中国古典文学，而且广泛阅读西方经典作品，尤其"入迷地阅读中国新文学"。从鲁迅作品中，他懂得了，"文学要反映人民的生活，并给人民指出前进的道路"。③ 所以，彼氏指出，虽然，曹禺接受了许多西方作家的东西。中国批评界在《雷雨》中也发现了欧里庇得斯、莱辛和契诃夫等作家的一些影响痕迹；然而，"在这两部剧作中，曹禺创作在人物形象、语言、结构方面表现出来的独特艺术风格的基本特点已经形成"。这就是说，曹禺吸纳中国文学和外国文学的养分，融汇中西，创作出了独具特色的艺术作品。进而，彼氏对曹禺话剧的艺术特色作了精确的分析：

曹禺运用了不同的戏剧结构手法，但并没破坏创作风格的统一。曹禺创作的特点之一是选取偶然性事件作为剧情不可缺少的成分，这些事件推动了剧情发展，增强了对戏剧冲突的紧张性尖锐性。这些情节，特别在结局时的关键时刻的情节，如《雷雨》中的破损的电线，《日出》中的安眠药，对剧情的发展都起了很好的作用；特点之二，曹禺剧作中那些具有象征意义的环境也非常重要，特别当人物情绪达到高潮时的场景尤其如此。在鲁侍萍要女儿发誓时的紧张时刻，窗外雷声轰隆闪电骤亮，这两个女人感到惊恐万状，仿佛预示了大祸即将临头（《雷雨》）；在寂静的深夜，在决定小东西命运的重要时刻，街头那卖硬面饽饽小贩的单调、凄凉的叫卖声和一个女人隐约的哭声传来……这一切，都给剧情增添了无穷尽的悲凄哀怨的情调（《日出》）；特点之三，曹禺喜欢通常按剧情发展插入一些烘托环境和

---

① ［俄］B.彼特罗夫《论曹禺的创作》，载《前苏联学者论中国现代文学》（宋绍香译），新华出版社1994年版，第178页。
② 同上，第179页。
③ 同上，第173页。

详尽介绍人物的对话,这也是曹禺剧作的一大特点;这些对话描写人物的外形、性格和经历。这一独具特色的戏剧酝酿部分是以高度的艺术技巧写成的,决不会冲淡塑造个性的动作和对话的重要作用。①

尽管 B.彼特罗夫很赞赏曹禺的早期作品,然而,用马克思主义文艺观去打量,他还是指出了这些作品不可避免的弱点。他指出,曹禺为人道主义和自由理想而工作,批判社会的弊端,预示工人阶级中那种以改造"大社会"为己任的生机勃勃的力量,但是作家既没有足够的生活经验,也没有成熟的政治观点。他读了很多书,想从这些书籍中找到生活中的根本问题的答案。但是,要想彻底通晓这些复杂的社会问题,只有靠先进的科学的世界观;而作家当时离无产阶级的阶级斗争,离马克思主义思想还相距很远。激励他批判旧社会的不是革命的观点,而是超然于阶级利益之外的抽象理解的"正义感",尽管他的同情明显地在被压迫人民一边。不合理的社会没有给曹禺"一分钟安宁",然而,他揭露这个社会的痼疾时,却总是不明白这个社会丑恶的原因和根源何在。② 这些意见真知灼见,令人深思!

1954 年 9—10 月间,曹禺的新作《明朗的天》问世了。这是一部反映知识分子思想改造的作品,描写了中国知识分子摆脱帝国主义和个人主义的思想毒素,走上了为人民服务的道路。彼特罗夫指出,这是中国现代文学的迫切而又复杂的主题。曹禺忠于生活真实,深刻地揭示了知识分子的痛苦改造过程,这一思想改造工作在党的领导下取得了很大成绩。③ 他认为,《明朗的天》仍然保持了曹禺创作的独特的艺术风格,然而,这部剧作与其以往作品的不同之点在于,作品鲜明地表现了政治的热情,宣扬了新的社会主义的理想。新的政治立场对作家的创作方法产生了很大影响。《明朗的天》的现实主义已经与批判的现实主义不同了,它属于社会主义现实主义的范畴。《明朗的天》在曹禺创作中向前跨越了一大步,成为中国现代戏剧创作发展的重要标志。

总之,批评家结论道:

曹禺的天才的话剧几十年来一直占领着舞台昌盛不衰,不断受到数百

---

① [俄]B.彼特罗夫《论曹禺的创作》,载《前苏联学者论中国现代文学》(宋绍香译),新华出版社 1994 年版,第 181 页。
② 同上,第 179-180 页。
③ 同上,第 186 页。

万中国观众的热烈欢迎。对人类和祖国人民的爱,对非正义和社会邪恶的恨,是这位谦虚的严格要求自己的作家曹禺创作追求的基础。其作品的现实主义的深度、人道主义,鲜明独特的艺术风格,使曹禺不仅享有全民族的,而且享有全世界的盛誉。曹禺的剧作被译成了多种语言,《雷雨》在苏联许多剧院的上演都非常成功。①

Л.А.尼科利斯卡娅是莫斯科大学的副教授,从1958年开始研究曹禺,发表了研究论文《曹禺的戏剧艺术》(《苏联中国学》1958年第4期);1984出版了研究专著《曹禺创作概论》(莫斯科大学出版社版),系俄苏研究曹禺的第一部专著。对曹禺很有研究。Л.А.尼科利斯卡娅指出:"曹禺的创作独具特色。他有自己的视野、自己的人物、自己的问题范围。他的话剧艺术,不仅同中国现代话剧艺术和现代戏剧艺术共同发展进程有机地联系在一起,而且同整个中国文学及其现实主义命运共同发展进程有机地联系在一起。"②

尼科利斯卡娅认为,广泛地结识世界文化,大大拓宽了曹禺的视野,有力地影响到艺术家的形成。曹禺话剧深受欧洲话剧艺术的影响,给自己的作品赋予了深刻的社会内涵,公开反对整个的资本主义时代。作者善于通过剧中人物,深刻揭露20世纪20年代中国的社会现实,真实地描写了中国的资产阶级代表人物。所以,曹禺相继出版的《雷雨》和《日出》,一问世,就立刻引起了社会舆论的关注,很快就被译成日文、英文和俄语,成为轰动世界剧坛的现代话剧。所以,尼氏称"在欧洲话剧艺术的卓越影响下创作的"曹禺话剧,"开始打破了存在数世纪的,陈旧的世界话剧的格局","真实地描写了中国的资产阶级人物和即将到来的革命的'暴风雨'——它将势不可当地清除掉一切腐朽的精神垃圾。"③

Л.А.尼科利斯卡娅将曹禺的创作成就基本概括为:

Ⅰ.揭露资本主义社会里"损不足以奉有余"的思想是曹禺话剧的主旋

---

① [俄]B.彼特罗夫《论曹禺的创作》,载《前苏联学者论中国现代文学》(宋绍香译),新华出版社1994年版,第188页。

② В. СОРОКИН, Л. ЭЙДЛИН. Китайская литература (Краткий очерк)—Издательство восточной лите-ратуры М. 1962.C. 71.

③ Там же.CC. 71–72.

律,艺术家正确地捕捉到了资本主义时代的根本矛盾,并以令人信服的艺术手法将其描绘出来;

Ⅱ.曹禺成功地塑造了三个女性形象:蘩漪、陈白露、鲁妈;成功塑造了工人鲁大海形象;创作了资本社会完整的性格系列:从银行大亨到社会底层的代表人物妓女。话剧中没有固定的中心情节或主要的出场人物——它是多层次的,多冲突的组合;

Ⅲ.曹禺人物的语言个性化鲜明,语言通俗,切合人物实际;剧作家善于选取方言和行话词汇,以便充分揭示人物性格。①

B.索罗金和Л.艾德林在其合著的《中国文学简编》(1962)中,在论述中国革命文学的中国现代话剧时,对曹禺话剧,进行了深入的分析,给予了高度的评价。他指出,在当时批判现实主义的话剧方面,"以洪森的创作为代表,而创作成就达到最高峰者,我们已经提及,当属曹禺的早期剧作《雷雨》和《日出》"。当时创作这两部作品时,作者还很年轻。"这两部剧作,以其令人信服的艺术魅力,热烈而灼热的思想感情以及充满张力的场次安排,令读者和观众震惊!"对于那些"自命为人的冷血动物"的憎恨,对于旧中国家长的憎恨,确定了曹禺话剧的剧名。②

曹禺在《雷雨》中,描写了一个"散发着霉味的,充满了利益与伪善的"富豪之家。这个家的主人周朴园,是个大企业家,是个"不停地追逐金钱和权力"的"残酷无情的人"。在这个家里,"丑陋的旧中国家规的传统,与新式的建立在权钱基础之上的资产阶级的人际关系,紧密地交织在了一起";在《日出》中,曹禺以巨大的艺术魅力,描写了交易所经纪人和奸商,强盗和黑窝的老板,他们控制着局面,没有纯洁和正派人活动的空间。不愿同流合污者,要么去死,要么逃离。所以,B.索罗金和Л.艾德林指出,"曹禺话剧的价值在于,运用充满人道主义的艺术技巧,揭露了资本主义的社会制度"。③

在人物塑造方面,索罗金和艾德林认为:工人鲁大海,是周朴园抛弃的第一个儿子,他在该剧的思想构思方面,起着重要的作用。尽管,鲁大海的

---

① В. СОРОКИН, Л. ЭЙДЛИН. Китайская литература (Краткий очерк)—Издательство восточной лите-ратуры М. 1962.С. 74.

② Там же.СС. 166-167.

③ Там же.СС. 168-169.

精神面貌还有些粗糙,但这一形象,可以认为,是中国文学中试图描绘工人肖像的一个最早的有趣的尝试,成功地塑造了一个为争取自身权利而斗争的人的形象。同时,他们还认为,《日出》中的陈白露是个"美丽而聪慧的女人形象,就其心理描写而言,是中国现代话剧中最值得仔细研究的一个形象。她为自己成为自己痛恨的银行家的姘妇角色而感到痛苦,但是,她已经没有力量拒绝这种获得'幸福'生活的'奖赏'。她的老朋友来到上海,企图引领她离开这个'金笼子',结果未成功"。①

最后,B.索罗金和Л.艾德林从文学影响学的视野审视曹禺话剧,得出了这样的结论:《雷雨》和《日出》,像随后创作的其他剧本一样,充分证明了,曹禺专心致志地研究了包括俄国古典文学和话剧艺术在内的世界文学。在其舞台上的某些场景中,可以发现各种文学影响的痕迹——从古希腊的命运悲剧,到契诃夫和奥尼尔的现代话剧。但是,曹禺接受这些影响纯属其天性使然,其情节背景已达到中国生活化水准,所塑造的人物形象已是民族风格。曹禺创作具有鲜明的原创性,这是显而易见的,也是令人信服的②。

这一评价,对曹禺而言,是客观公正的,也是至高无上的。

七 其他作家(诗人):译介与研究

俄译中国新文学作品近六百部(篇),研究成果五百余部(篇),涉译涉研作家各近百位。这是一个可观的数字。因而,一部薄书难能概全,只能根据俄译和俄研之要者述之。除上述现代作家作品外,以下几位现代作家、诗人的作品在俄苏的传播与研究,也很值得提及。

郁达夫

郁达夫是一位具有独特气质的,感情极为丰富的爱国作家、诗人和战士。他以其具有"独异性"的纯文学作品,为中国新文学的建设和发展做

---

① В. СОРОКИН, Л. ЭЙДЛИН. Китайская литература (Краткий очерк)—Издательство восточной лите-ратуры М. 1962.C. 168.

② Там же.CC. 167–168.

出了重要贡献。然而,长期以来,在中国现代文坛上他却一直被列为"非主流"作家,受到了不应有的"冷遇"和曲解。这是中国现代文学的损失和不幸!

俄苏汉学家们几乎没有这种偏见。郁达夫的短篇小说几乎与鲁迅的短篇小说《阿Q正传》同时被译介到苏联。俄苏译介中国新文学的第一部书,是1925年王希礼翻译的《阿Q正传》。1929年,苏联青年近卫军出版社出版王希礼译《阿Q正传》中短篇小说集时,同时也收入了郁达夫的短篇小说《一个人在途上》。可见,俄苏对郁达夫的"赏识",非同一般。

1936年,哈尔科夫出版了《中国:文学集》,其中译载了郁达夫短篇小说《春风沉醉的晚上》。

1972年,莫斯科国家文艺出版社出版了郁达夫著《春风沉醉的晚上》短篇小说集,B.阿德日马穆多娃编,B.索罗金、B.谢马诺夫等译。本书收集了郁达夫的短篇小说《沉沦》(B.索罗金译)、《采石矶》(B.索罗金译)、《血泪》(B.谢马诺夫译)、《春风沉醉的晚上》(O.菲什曼译)、《薄奠》(A.拉林译)、《一个人在途上》(B.阿德日马穆多娃译)、《过去》(B.阿德日马穆多娃译)、《微雪的早晨》(B.阿德日马穆多娃译)、《历史的一页》(B.谢马诺夫译)、《迟桂花》(B.谢马诺夫译)、《空虚》(B.阿德日马穆多娃译)、《逃走》(Л.乌里茨卡娅译)等12篇短篇小说。应该说,其代表作基本都已译成了俄文。

俄苏对郁达夫的研究,始于20世纪60年代中后期。1967年,B.彼特罗夫在《列宁格勒大学学报》(第2期)上发表了其研究论文《鲁迅与郁达夫》,比较全面地阐释了鲁迅与郁达夫的异同,给予郁达夫及其文学以充分肯定;1971年,莫斯科科学出版社出版了B.C.阿德日马穆多娃的学术专著《郁达夫和创造文学社》;紧接着,1972年苏联出版了俄译本郁达夫著《春风沉醉的晚上》短篇小说集,著名汉学家B.彼特罗夫为其撰写了长篇序言《郁达夫的创作道路》。郁达夫短篇小说的被译介和这几部研究著述的问世,比较全面地诠释了郁达夫的创作、治学和为人,全面、客观地评析了郁达夫的作品,给予了很高的学术评价,他们把郁达夫在中国文坛的地位放到了与鲁迅、茅盾一类作家的位置,实在高明。

著名汉学家B.阿德日马穆多娃在其研究专著《郁达夫与"创造"文学社》"前言"中指出,在十月革命和国内蓬勃发展的民族解放运动影响下,1919年中国爆发了五四运动。随之,产生了新文学。"新文学造就了鲁迅、茅盾、郭沫若、老舍、巴金,他们的名字在国内外闻名遐迩。但是,20 年代的文学,令人不可思议的是,没有几个作家像郁达夫那样,在民族精神文化中留下自己的痕迹。他们中的郁达夫,是当时青年知识分子的偶像,是一位具有独特天赋和悲惨命运的作家。尽管时代更加严厉和刻薄地责备郁达夫的作品,然而,由于其作品标志着一种独特的艺术倾向,所以研究该作家的创作遗产,具有不容置疑的意义。"阿德日马穆多娃认为,在郁达夫的"亲切坦率"、伤感-抒情、富含天性与含蓄风格的散文作品中,其个性化因素的增强表露无遗。"郁达夫的这种内省的创作方法,在此后中国文学的发展中,再未曾发现过。郁达夫创作的表现自我轻佻的作品是虚构的,因而,在 20 年代的散文作家中,很少有人能超过郁达夫的'我'——这位抒情诗人。"她指出,郁达夫的创作反映了文学民主化的共同倾向:转向"白话"文学创作,描写来自"底层"的新的主人公,加强短小体裁——其中包括自由抒情散文小品的作用;以及要求文笔最简洁、自然、真实,忠于现实,甚至,生活节奏。①

　　B.彼特罗夫在其《序言》中指出,郁达夫属于对 20 世纪中国文学做出了重大贡献的作家之列。他是与鲁迅并列的中国新文学的创始人。当时,中国青年如痴如醉地阅读他的作品,这些作品印行了大量份额。今天,这些作品仍然帮助读者最好地了解中国人民不久前的过去。郁达夫的生活非常困苦。他的创作道路十分艰难。在这条道路上,他很多年都保持着高昂的创作积极性,那时,他全神贯注地从事创作,取得了重大创作成就;但有些时间情绪低落,创作较少;其实,即使在那些时间,他也在全身心地进行书写。尽管,他也有不少错误观点,但郁达夫总是保持着追求真理的崇高的理想信念。善良和正义永远使他成为真诚的艺术家、人道主义者和爱国主义者。他的作品至今还保留着自己的艺术价值,这便是有力的证明。②

---

① [Ru.] Аджимамудова В. С. Юй Да-Фу и литературное общество 《Творчество》. Издательство 《Наука》, Главная редакция восточной литературы, Москва, 1971.CC. 3-4.

② [Ru.] В. Петров. Творческий путь Юй Да-фу.——Предисловие к русскому изданию "Весенние ночи"(рассказы)——.В кни."Весенние ночи", М.,1972.C. 5.

叶圣陶

叶圣陶是五四时代的主要作家,也是中国新文学创始人之一。他的作品于20世纪50年代中期传入俄苏后,深受俄苏读者的欢迎和好评。

1955年,莫斯科国家文艺出版社出版了费德林主编的俄译本《叶圣陶短篇小说童话集》。同年,同出版社又出版了费德林编《叶圣陶故事与寓言集》俄译本。

1956年,莫斯科国家文艺出版社出版了俄译本《叶圣陶长篇小说〈倪焕之〉、短篇小说集》,B.索罗金作序。

1960年,莫斯科国家文艺出版社出版了叶圣陶著《一生》短篇小说集,B.Ф.索罗金翻译并作序。俄苏对叶圣陶的研究是与译介同步进行的。

1955年,Г.亚罗斯拉夫采夫为《叶圣陶故事与寓言集》俄译本撰写了序言《叶圣陶——〈叶圣陶故事与寓言集〉俄译本序言》,莫斯科。

1956年,B.索罗金为《长篇小说〈倪焕之〉俄译本》撰写了《序言》(莫斯科)。

1960年,B.索罗金为叶圣陶《一生》短篇小说集俄译本撰写了序言:《叶圣陶及其创作——〈一生〉短篇小说集俄译本序言》(莫斯科)。

以上这些序言,篇幅都很长,资料翔实,研究细致,阐释逻辑,观点新颖,其本身就是很精湛的研究论文。对叶圣陶及其创作给予了很好评价。著名汉学家B.索罗金在其《长篇小说〈倪焕之〉俄译本序言》中指出,叶圣陶最大部头之作是长篇小说《倪焕之》。该作品的出版,是中国文学生活中的一件大事,它受到了进步社会舆论的热烈欢迎。在长篇小说《倪焕之》中,充分表现了艺术家叶圣陶的创作技巧。作家将作品人物置于发展中,紧密联系当时中国政治的和精神的生活变化,成功地塑造了小说的主要人物形象。这些人物,处在自己的生活矛盾中,带着各自的优缺点,呈现在读者面前。几乎每一个次要人物也都有自己的个性,描写得突出而鲜明。①

同时,索罗金对叶圣陶的童话创作评价也很高。他说,叶圣陶在童话

---

① [俄]B.索罗金《叶圣陶:冷静、严峻的现实主义》,载费德林等著《前苏联学者论中国现代文学》(宋绍香译),新华出版社1994年版,第101—106页。

创作方面也是一位革新者,因为在中国古典文学中缺乏这种体裁的儿童作品。叶圣陶的童话以儿童易于接受的独特的艺术形式,颂扬了智慧、高尚、朴实的劳动者,谴责了人类的恶习,嘲弄了寄生虫和傲慢者。许多童话作品充满了现实生活中的政治内容。①

年轻学者 H.A.列别杰娃对叶圣陶的儿童作品很感兴趣,对其进行了专门研究并取得了初步成绩。1982 年,他发表了研究论文《叶圣陶的儿童题材作品》,刊于《东方文艺学问题:传统与现代》论文集。关于叶圣陶的儿童文学作品,他提出了自己独到的见解。他认为,对叶圣陶早期儿童文学作品的研究有两种评价:一种是以美国学者夏志清为代表的评价,认为叶圣陶的儿童题材作品代表了传统上对儿童心理和儿童福利的冷淡,以及社会对于现代教育的漠视……而另一种则是以苏联评论家 M.蒂尔洛夫为代表的评价,认为叶圣陶"描写儿童的短篇小说的主题之一,是人类的幸福,精神生活的充实。作家用他笔下的形象有力地表明,人是为幸福而生的,他还呼吁对青年一代要给予极大的关注"。列别杰娃认为这两种观点都有其存在的道理,"不过,我们认为苏联学者的看法更正确,更能给人以启发"。②

通过对叶圣陶儿童文学作品的深入研究,列别杰娃发现了叶圣陶创作风格与鲁迅创作风格的"共同之处"。他指出,叶圣陶的创作方法,正是鲁迅使用的批判现实主义。"这两位同时代的、对人生和文学的看法多半一致的中国作家,在儿童作品里表达了一个共同的基本观点:必须改造、完善人的本性,而且要自儿童始。吃人的社会一定会成为历史,'其实地上本没有路,走的人多了也便成了路'。"

鲁迅在《狂人日记》中发出了"救救孩子"的呼声;"叶圣陶的作品也有同样的要求变革的呼声"。③ 所以,列别杰娃援引 M.A.蒂尔洛夫的话说:"鲁迅与叶圣陶的小说有着共同之处,说他们的主题、形象甚至一些手法都很相近。儿童题材作品便是一个有力的证明。"④

---

① [俄]B.索罗金《叶圣陶:冷静、严峻的现实主义》,载费德林等著《前苏联学者论中国现代文学》(宋绍香译),新华出版社 1994 年版,第 101-106 页。
② [俄]H.A.列别杰娃《叶圣陶的儿童题材作品》,载《东方文艺学问题:传统与现代》,莫斯科:科学出版社 1982 年版。
③ 同上。
④ 同上。

张天翼

张天翼的文学作品从20世纪50年代初就被译介到俄苏,受到了俄苏读者和学界的热烈欢迎。

1950年,著名汉学家 Л.艾德林首先翻译了《张天翼寓言集》,载苏联《火花》1950年第2期。

1955年,莫斯科国家文艺出版社出版了费德林主编的《张天翼短篇小说集》,Л.切尔卡斯基译,A.贾托夫作序。

1957年,莫斯科国家文艺出版社出版了《张天翼选集》,Л.Е.切尔卡斯基译。

1958年,莫斯科儿童文学出版社出版了张天翼著《大林和小林》,儿童文学作品,Ar.贾托夫译。

1960年,莫斯科国家文艺出版社出版了张天翼著《二十一个》,短篇小说集,Л.切尔卡斯基编,作序。

1962年,莫斯科儿童文学出版社出版了张天翼著《宝葫芦的秘密》(小学生版),责任编辑:P.И.菲利普诺娃。

俄苏的张天翼研究与译介同步展开:1953年,Ar.贾托夫为《大林和小林》俄译本撰写的《译者的话》,实际上是《大林和小林》的俄译本《序言》,为张天翼研究开了头。

1957年,Л.Е.切尔卡斯基为《张天翼选集》俄译本撰写了《跋》(莫斯科),这也是一篇很精到的研究论文,对张天翼的作品给予了系统的评价和学理的分析。

Л.Е.切尔卡斯基称张天翼是"短篇小说大师",对张天翼及其创作给予了高度评价。在论及张天翼的早期(1928—1936)作品时,他指出:张天翼的书以最动人的篇章描写了斗争的主题。张天翼用高超的艺术技巧真实感人地表现了人民的高度的革命觉悟和爱国主义精神。在论及抗战时期张天翼的"暴露小说"时,切尔卡斯基指出,"这些具有高度艺术技巧和巨大社会意义的小说,特别是《华威先生》,是中国新文学的瑰宝"。"他是写短篇小说的大师","是一位语言大师、现实主义者、当代中国老一代作家的光辉代表"。①

为张天翼短篇小说集《二十一个》作序的 H.菲利普波娃对张天翼的评价也很高。他说:"张天翼是描写人物性格冲突的大师,人物的情绪、感情、思想变化的对比,在这一冲突中起了很重要的作用。对比,是作家最喜欢运用的一种艺术手法。"同时,他还认为,讽刺作家张天翼也是"一位滑稽作品大师。他把饿死农民的养蜂场叫作'振华养蜂场'"。"深刻揭露了它的实质,并强调指出:反动统治者正在把国家引向破产和灭亡。"②

总之,俄苏汉学家大都认为,张天翼是鲁迅发现并培养起来的天才的著名的五四作家之一。

闻一多

闻一多是一位严谨治学的学者、教授,同时也是一位热情洋溢的爱国诗人、中国新格律诗的创始人和实践家。俄苏汉学家对其也很感兴趣。其作品,20 世纪 60 年代开始译介到俄苏。

1960 年,莫斯科国家文艺出版社出版了《闻一多选集》俄译本,B.乌利亚诺夫、Г.亚罗斯拉夫采夫译。

1973 年,莫斯科出版了闻一多著《咏菊》诗集,Г.亚罗斯拉夫采夫译,B.苏霍鲁科夫作序,外国文学主编。

随着对闻一多诗歌的译介,闻一多诗歌研究也随即展开。1960 年,B.乌利亚诺夫为《闻一多选集》俄译本撰写了序言《闻一多的生平与创作》(莫斯科),全面系统地介绍、评析了闻一多的新诗创作。

1968 年,莫斯科科学出版社出版了 В.Т.苏霍鲁科夫的研究专著《闻一多的生平和创作》,全面、系统地梳理、评价了闻一多的新诗创作:成就、经验与教训。

1973 年,B.苏霍鲁科夫为闻一多诗集《咏菊》俄译本撰写了序言《闻一多》,再次对闻一多及其诗歌进行了深入的探究。

值得关注的是 1968 年 В.Т.苏霍鲁科夫的研究专著《闻一多的生平和

---

① [俄]Л.Е.切尔卡斯基《〈张大冀选集〉俄译本跋》——Л.Е.Черкасский., Послесловие к русскому изданию "ЧЖАН ТЯНЬИ.Избранное".М.,1957.

② Там же.

创作》，这是当时中国和世界其他国家都还没有的一部书。出版后在世界产生了较大影响。著者 B.T.苏霍鲁科夫系苏联科学院东方研究所候补博士，专门研究闻一多的中国学家，著述 20 余种，堪称世界研究闻一多的权威学者。本书共三章：第一章"生活道路"，第二章"诗歌创作"，第三章"诗歌特色"。

  本书著者重点评析了闻一多的新格律诗的改革。他说，闻一多久负盛名，不仅因为他写下了许多壮丽的爱国诗篇，还因为他在诗歌形式方面做出了出色的成绩。其代表诗集《死水》为他博得了优美语言的大师、中国新诗坛上一位最高明的修辞学家的桂冠。① 同时，他认为，五四后最著名的诗集《女神》的成就，是 20 年代中国诗坛上作为新诗——自由诗的伟大胜利；其基本形式已被牢固地、几乎是独一无二地确立下来。自由诗由于采用了包容广泛、灵活多样、接近口语的形式，"五四"诗人们便可以去写新的题材，并在仅仅几年内就创作了相当多的口语化新诗。但是，闻一多认为，自由诗，尽管有它的功绩和优点，但也有重要的缺陷：在很大程度上失去了中国旧诗的音乐美、节奏感和严格的形式。苏霍鲁科夫指出，对于滥写自由诗的反应，就是闻一多在 20 年代后期进行诗律改革尝试的动因。他认为自由诗不能说是新诗唯一可行的形式，并坚信在中国的土地上可以也应该创立一种既有别于旧诗，又有别于自由诗，既适合白话的特点，又遵守一定规律的新诗体。为了区别于传统的格律诗，新诗体被命名为"新格律诗"②。

  其实，诗人彻底转向严格的格律诗，是 20 年代后半期，即他写《死水》时的事。这个时期闻一多发表了著名的宣言式论文《诗的格律》，阐述了他主张实行格律改革的主要理由。他认为，这种改革可以杜绝滥写自由诗，消除诗歌艺术中的各种"浪漫主义安拉基"和信笔诌诗的现象。③

  闻一多认为，丰富多样的格律，特别是节奏，会大大加强对读者和听众的审美作用，因此，对诗的格律决不能全然不顾。苏霍鲁科夫指出，闻一多的"新诗改革"分成视觉方面和听觉方面两类。第一类有句的均齐（即每行字数相同）和节的匀称。句的均齐和节的匀称本身就会给读者以美的感

---

① В.Сухоруков.Жизнь и творчество Вэнь И-до. монография.——М., Изд."наука", 1968. См. *Главу третью*.

② Там же.

③ Там же.

受,而对公认具有艺术价值的方块字尤其如此;第二类即听觉方面有节奏、音尺、平仄、韵脚。其中节奏最为重要;节奏决定着其他因素;没有节奏就没有诗。另外,再加上修辞手段,就可以得出决定诗的艺术质量的三章基本要素:即主要由节奏和韵脚表现出的音乐美,由修辞手段表现出的形象美或绘画美,和由句的均齐和节的匀称表现出来的建筑美。①

闻一多在新格律诗的改革方面,可以说,绞尽脑汁,既有理论也有实践;然而,"过时"的东西就是"过时"了。他没有成功。所以,苏霍鲁科夫说,在中国新诗史上,新格律诗虽然也盛行一时,但终究是个暂时的现象。由于新格律诗的创始者的才华和《死水》的高度艺术价值,这种诗才风行几年,并为"新月派"诗人广泛采用。后来,到了30年代,它的影响便急剧下降了。自由诗重新恢复了它的失地,再后来就是一段很长的热心于民歌的节奏和形式的时期。新格律诗未能在中国诗坛上站住脚跟,它仅仅是改革中国现代诗的一种天才的尝试,而不是真正的改革。②

然而,苏霍鲁科夫认为,闻一多的新格律诗的改革虽然失败了,但这并不影响他仍是一位爱国的,优秀的诗人。他的诗歌理论,至今仍然闪烁着金子般的光辉。他认为,没有民族传统和民族色彩,新文学的建立是不可思议的;写"新诗"并不意味着机械地搬用外国诗的内容,不但要新于中国固有的诗,而且要新于西方固有的。他还认为,"地方"(民族)色彩与"时代"(西方)精神的有机结合和统一,是中国新文学长足进步的必要条件和规律。他认为要建设一个好的世界文学,只有各国文学充分发展其地方色彩,同时又贯以一种共同的时代精神,然后并而观之,各种色料虽互相差异,却又互相调和,这便正符合那条艺术的金科玉律"变异中之一律"了。所以,他要求中国新文学的专家们既要记住时代精神,又要记住民族特色,只有这样才能在中国艺术和世界艺术里标新立异。③

1997年,世界著名俄苏汉学家Л.Е.切尔卡斯基推出了他的新著《徐志摩:在梦幻与现实中飞行》。在论及中国新诗的成就时,切尔卡斯基指出,20世纪上半叶,中国诗坛出现了一个新的特征,即对来自西方的自由诗产生了一种积极的见解。许多诗歌创作者燃起了最终要摆脱"标准的"诗论

---

① В.Сухоруков.Жизнь и творчество Вэнь И-до.монография.——М.,Изд."наука",1968. См.*Главу третью*.
② Там же.
③ Там же.

的希望之火,所以,心满意足地接过了惠特曼的"诗歌创作绝对自由"的思想。中国新诗中的自由诗成了旧体诗的反对者;同样,外来的欧化诗歌也成了自由诗的反对者。新欧化格律诗的理论家闻一多,力求使欧洲的、英国的音节轻重抑扬格律诗适应中国新诗创作特点。但是,将音节分成音步的新格律诗的创作没有成功,然而,他的关于新格律诗的理论原理及其个人创作经验,还有徐志摩的个人创作经验,及其全部欧化诗歌理论,在词法与句法、语言结构、诗节诗行、韵律与节奏诸方面,都引进了许多新的东西。① 他同时指出,《志摩的诗》与闻一多的《死水》风格不同,但这两部诗集都使中国新诗充实了现代语言,丰富了西方诗歌形式。②

---

① Л.Е.切尔卡斯基著《徐志摩:在梦幻与现实中飞行》(宋绍香译),天津大学出版社2015年版,第65页。

② 同上,第239页。

第五章
解放区作家作品研究

一 萧三的文学活动在俄苏

（一）

中国解放区文学作品最早被译介到苏联的是诗人萧三（1896—1983）的作品。20世纪30年代初，苏联读者就已经熟悉了中国诗人埃弥·萧的名字。

埃弥·萧，是萧三在20世纪二三十年代旅居苏联时的笔名，原名萧子暲，1896年10月10日生于湖南省湘乡县萧家冲。早在20世纪初叶就投身于革命运动。1918年赴京，入勤工俭学留法预备班。同年，他和毛泽东、蔡和森等一起创建革命组织"新民学会"。在李大钊的帮助下，初步接触了马克思主义，后参加五四运动。为了寻求"救国救民"之道，1920年5月赴法国勤工俭学，入蒙达日公学，参加了以"实行社会革命，改造中国与世界"为宗旨的"工学世界社"的组织工作。他同蔡和森等发起马列主义学习运动，阅读了《共产党宣言》《国家与革命》等马列主义经典著作，彻底摆脱了无政府主义的影响，确立了马克思主义观点，坚定了共产主义信念，成为一名坚决勇敢的无产阶级战士。他和蔡和森等组织发动声讨中、法反动派迫害中国勤工俭学学生，为求生存权和求学权而举行的"二八"运动和"进占里昂中法大学"的斗争。1922年，他同赵世炎、周恩来等发起组织了"少年中国共产党"（即"社会主义青年团"，后改为"中共旅欧支部"）。经胡志明介绍，他和赵世炎、王若飞等五位加入了法国共产党，同年转入中国共产党。同年底，他只身赴苏，到莫斯科东方劳动者共产主义大学学习。编写并演出了反映我国"二七"革命风暴的话剧。同陈乔年一起首次把《国际歌》歌词译成中文，在国内外广泛流传。1924年1月，他和任弼时等代表中共莫斯科支部，参加了伟大列宁的护灵和葬礼。同年夏天回国，参加了第一次大革命。1928年，因跌倒脑受重伤，在瞿秋白和共产国际的帮助下，到莫斯科疗养。起初和徐特立、林伯渠、董必武、吴玉章、何叔衡等一起在莫斯科中山大学学习，后来就分手了，萧三先后任教于远东大学和莫斯科东方学院。1930年秋作为中国左翼作家联盟的代表，出席在苏联哈尔科夫召开的国际革命作家代表会议，并被选为国际革命作家联盟书记处书记，参加了国际革命作家联盟的工作，主编《国际文学》中文版。1933年入红色教授学院学习。1934年，代表中国作家出席苏联作家第一次代表会议，并连任两届苏联作协党委委员。1939年归国在延安鲁艺等文化部门工作。

萧三自幼勤奋好学，热爱文学艺术，少年时就显露了他的诗歌才能。在五四运动和第一次大革命中，曾写过一些反帝反封建的诗歌、杂文和通讯报道。但他把青年时代的精力，主要投入到革命的实际工作中，他的真正的诗歌创作生涯，是从1928年在莫斯科东方学院任教期间开始的。

萧三怀着文艺的"革命功利主义"精神踏入文坛，他"决定用文艺、用诗歌当武器，为中国革命的胜利，为共产主义理想而战斗到底！"在苏联期间，萧三虽身居异邦，却心系祖国，他用中文和俄文写了大量的诗歌、散文、小说和报告文学。这些作品有的寄回国内发表，有的则或由苏联汉学家翻译或自译以埃弥·萧的笔名陆续刊登在苏联一些重要刊物上。这时期，他除用俄语写作并出版了《诗歌》《拥护苏维埃中国》《湘笛集》《萧三诗选》等作品外，还经常为《救国时报》撰写文稿，向全世界宣传中国工农红军和土地革命，歌颂中国共产党和苏维埃政权，宣传鲁迅和中国左翼文学，在国际上产生了相当大的影响。在当时中国革命被重重封锁的年代里，在国内外敌人对中国革命、中国共产党和工农红军大肆诬蔑、丑化、进行歪曲宣传的情况下，当时除美国记者兼作家的史沫特莱和斯诺，冲破各种阻力，用通讯的形式向世界报道中国革命的真实情况外，最早用诗歌及其他文艺形式向全世界宣传中国革命真相的，只有萧三一人。

出于革命需要，萧三开始写诗，又出于革命需要而坚持写诗。他自述

20世纪30年代之后他读了列宁关于"党的组织和党的文学"的论述后,才放弃了"文学是雕虫小技"的看法,"才懂得诗是可以成为宣传革命的工具的,也产生了在国外为中国左翼文学争口气的想法"。萧三踏入诗坛后,在苏联积极介绍中国进步作品,同鲁迅先生保持着密切的通讯联系。他是最早在苏联向全世界宣传伟大鲁迅和介绍中国左翼文字的,他曾代替鲁迅出席苏联作家第一次代表大会,他写了许多介绍鲁迅生平事迹和纪念鲁迅的文章,翻译了鲁迅的作品,还主持编辑出版了鲁迅著作,他对鲁迅的崇敬终生不渝。萧三还是我国新文字运动的先行者之一,早在20年代,他就和瞿秋白、吴玉章、林伯渠等以及苏联著名的汉学家郭质生、龙果夫等人一起制订了《中国新文字方案》。在以后的几十年里,他对我国的文字改革做了许多工作。

他的诗歌旗帜鲜明,是激进的呐喊,是反映无产阶级世界观、人生观的文艺方式。他时常根据革命形势需要,选取通俗明了的文艺形式,来宣传、鼓动、揭露、战斗。他身居域外,但他的心无时不牵挂着祖国的命运。在日寇铁蹄践踏我大好河山、祖国危难的时刻,诗人热血沸腾,不断地发出激昂慷慨、深情的呼声:"秦时明月汉时关/吴宫花草晋衣冠/踏雪寻梅饶古趣/忍看倭马渡关山?!"(《故都吟》)借用古诗词的格律,文字简练,寓意深远。萧三的诗里蕴含着深刻的革命内容。不管形式如何,他的诗从题材内容上,大多与政治斗争密切配合,政治性很强,充满爱国主义与国际主义,充满现实生活与革命理想,在暴露黑暗的同时也歌颂光明。他的诗充满人间烟火味道。萧三自己也说:"我的几乎全部的微薄的作品都是反映国内外人民的斗争的,是为这个斗争服务的。"早在延安诗社的座谈会上,他就说过:"我们首先是共产党人,然后才是诗人。"

萧三在苏联以诗会友,结交了许多外国作家、诗人。他首先结交了苏联著名作家法捷耶夫,法捷耶夫在自己的报告中,特别感谢伟大作家鲁迅翻译了他的著作《毁灭》,对中苏文化交流做出了卓越贡献。萧三及时向鲁迅转达了这一信息,加深了中苏文学关系。在一次会议上,萧三向法捷耶表示要成立苏维埃作家联盟远东中国作家支部。会后,法捷耶夫和萧三召集当地和学校的文学作者和爱好者,成立了这个文学组织。该组织成立后,使《国际协报》文艺副刊、《太平洋》和《工人之路》报刊,在远东的文学创作和文学普及方面发挥了重要作用。1934年,萧三出席了苏联作家第一次代表大会,并代表鲁迅和中国左联在大会上发言。经中共党组织批准,由法捷耶夫介绍,他加入了苏联共产党,任苏联作家协会党委委员。这期间,他还与彭秀纶、屈公合编了《太平洋灯塔》文艺性刊物。此时,他结识了苏联著名作家高尔基、奥斯特洛夫斯基、阿·托尔斯泰和诗人马雅可夫斯基等;还有美国的史沫特莱、哥尔德;法国的罗曼·罗兰、阿拉贡、巴比塞等许多国家的著名作家、诗人。所以,他曾谦虚地说自己不是诗人,只是一名革命需要的文学工作者。这一时期苏联出版了《萧三诗选》《湘笛》等很多萧三诗集,他被誉为"国际诗人"。萧三的俄语笔名是埃弥·萧。埃弥,是左拉的名字。他在法国勤工俭学时,很喜爱左拉的作品,就选用了这个名字作为自己的笔名。埃弥·萧,当时在苏联已很有名气,在一些大城市举行文艺晚会时,经常有著名诗人、演员朗诵埃弥·萧的诗歌,苏联听众每次都报以热烈的掌声和欢呼声。在苏联,俄国诗人普希金的名字家喻户晓,不会朗诵普希金的诗,会被认为没有文化、没有知识的人。如果谁不知道中国诗人埃弥·萧,同样被认为没有文化、没有知识。

(二)

俄苏开始译介萧三是在 20 世纪 30 年代初。

1932 年,莫斯科国家文艺出版社出版了《萧三诗集》,萧三著,A.罗姆译,70 页。内容:《棉花》《故乡——南京》《纪念广东公社》《我们的命运就如此》《张五嫂的决心》《向兄弟们致敬!》《瓦西电影院》《血书》《三个上海摇篮》《上海——大财阀》。

1935 年,莫斯科国家文艺出版社出版了《血书》诗集,萧三著,A.罗姆译,90 页。内容:《血书》《语言》《故乡——南京》《我们的命运就如此》《张五嫂的决心》《三个上海摇篮》《长诗〈列宁〉片断》《纪念广东公社》《致马克西姆·高尔基》。

1936 年,萧三在苏联发表了《毛泽东》,随笔(《苏维埃中国的人们》丛书之一),萧三著,载苏联《青年近卫军》1936 年第 6 期;苏联《十月》,1936 年第 6 期也全文译载了萧三的这部作品。

1938 年,萧三发表了《毛泽东》,随笔(《苏维埃中国的人们》丛书之一),萧三著,载苏联《红色处女地》1938 年第 12 期,第 197-209 页。同年,萧三著《朱德》随笔发表,载苏联《国际文学》1938 年第 11 期,第 140-

146页。

1939年,萧三著《毛泽东·朱德》出版,莫斯科,青年近卫军出版社出版。

1940年,萧三著《中国短篇小说集》出版,М.先加列维奇译,莫斯科国家文艺出版社出版。内容:《田作明沉默》《一多上校的计划》《人民军队》《礼物》《女主人》《三个朋友》《平型关战斗》《政治委员兰英》《关于母亲、儿子、女儿》。同年,萧三著《湘笛》问世,A.罗姆译,列宁格勒国家文艺出版社,1940年出版,104页,44首诗:《在花园里》《战争》《归来》等。

1954年,《萧三(埃弥·萧)诗选》俄文版出版,萧三著,萧三译,И.弗连克利校,莫斯科外国文学出版社出版。同年,萧三编校《刘氏兄弟》,中国民间故事,苏联古比雪夫出版社出版。

1959年,莫斯科国家文艺出版社出版了《中国新诗集》(1919—1958),费德林编,Л.艾德林、Л.切尔卡斯基、А.基托维奇、Г.亚罗斯拉夫采夫、А.艾弗隆等35位译者参与翻译。其中译载了毛泽东、朱德、刘伯承、柯仲平、萧三、蒲风、何其芳、卞之琳、力扬、田间、王亚平、严辰、戈壁舟、李季、阮章竞、张志民、贺敬之、郭小川等诗人作品。

从1932年到1959年,在不到30年的时间内,俄苏翻译出版了十余部萧三著作,其中主要是诗歌创作,其次是散文著作。可以说,萧三的主要作品基本上都已移植到了俄苏,成绩斐然,可喜可贺!

(三)

俄苏对萧三的研究,是与译介同步进行的。

1933年,俄苏著名文学评论家列旺京首先发表了评《萧三诗集》(A.罗姆译,1932)的文章,载苏联《艺术文学》1933年第5期。

1934年,萧三与彭秀纶、屈公合编了一期名为《太平洋灯塔》的文艺性刊物。该刊由苏维埃作家同盟远东管理委员会中国分部出版,内容分为"短篇小说""诗""戏剧""论文"4个栏目,共刊登小说10篇,诗8首,剧本一个,论文两篇。作者除萧三外,还有莎利、袁明远、汤文渊、方格、纳客吐哺、宝力特、丁尧山、林啸等。萧三在该刊发表了短篇小说《蜀道》,诗《纪念广州公社》《张五嫂的决心》。该刊还发表了一篇评介萧三诗作的文章《中国革命诗人—萧三》,署名"M·C"。

1935年,П.涅兹纳莫夫发表了评萧三的《血书》(苏联国家文艺出版社,1935),载苏联《艺术文学》1935年第5期。

1939年,A.法勃里奇内发表了《中国人民的英雄们》(评《毛泽东/朱德》),载苏联《书籍与无产阶级革命》1939年第10期。

1940年,K.布钦斯卡娅发表文章评论《毛泽东/朱德》(青年近卫军出版社,1939),载莫斯科《青年近卫军》1940年第2期。

其他评论《毛泽东/朱德》(青年近卫军出版社,1939)的评论文章7篇:(1)В.洛巴诺夫,载苏联《莫斯科布尔什维克》1940年4月24日;(2)Е·波塔波夫,《与侵略者搏斗的中国》,载莫斯科《青年近卫军》1940年第4期;(3)A.奥鲍林,载苏联《书籍与无产阶级革命》1940年第8期;(4)В.鲁德曼,载苏联《旗帜》1940年第8-9期;(5)C.列文,载苏联《女工》1940年第13期;(6)Е.德米特里耶娃,载苏联《文学评论》1940年第16期;(7)Н.加宾斯基,载苏联《新世界》1940年第11-12期。

评论萧三《湘笛》(列宁格勒国家文艺出版社,1940)的论文4篇:(1)Н.加宾斯基,载苏联《新世界》1940年第11-12期;(2)В.罗果夫,载苏联《国际文学》1940年第11-12期;(3)Н.谢尔格耶夫,《愤怒与勇敢的书》,载苏联《国际青年》1940年第10期;(4)A.什捷英别尔格,载苏联《文学评论》1941年第2期。另外,И.弗连克利为《萧三诗选》撰写了前言《〈萧三诗选〉俄文版前言》,莫斯科:外国文学出版社1954年版。

从1933年开始到1940年截止的8年间,俄苏报刊就先后发表了数十篇评论萧三的文章,可谓红火和热烈。其中,1940年最为火爆,仅这一年就发表了10篇评论文章。究其原因,一是萧三作品的引力,二是苏联人民的友谊。

俄苏对萧三诗歌的研究很激情,很投入,大抵是有感而发的。虽然大多篇什不长,但言简意赅,基本捉住了萧三诗歌的要领和特点,所以,在当时的苏联引起了较大的反响,使萧三在苏联成为几乎"家喻户晓"的"国际诗人"。他们普遍认为,萧三不但是一个激情的甚至浪漫的诗人,而且是一位旗帜鲜明的,立场坚定的革命者;他的诗歌主要反映了中国革命和世界革命的内容,萧三的诗里蕴含着深刻的革命内容。他的诗无论形式如何,从题材内容上,大多与政治斗争密切配合,政治性很强,充满了爱国主义与国际主义,充满了现实生活与革命理想,在暴露黑暗的同时也歌颂光明,他的诗里充满了人间烟火和人情味道。萧三自己也说过:"我的几乎全部的微薄的作品都是反映国内外人民的斗争的,是为这个斗争服务的。"他是为革命斗争而写诗;写诗是为了革命斗争。正如他自己所言,他首先是一位共产党人,然后才是一位诗人。苏联评论家穆斯塔甫多夫说:"萧三的诗对中国革命斗争作了正确的反映,使人能够感到中国革命的脉搏。"萧三的许多抒情的、清新隽永的诗句里,包含着深刻的政治内容。下面这首诗,就充满了浓郁的乡情和悲愤感慨的激情:

晚霞吊在天空,/夕阳落在水中,/青黄不接,没收成,/
空喝一辈子西北风。/乡村静,/月上升,/渔船儿飘飘各西东。/
一辈子儿,/尽劳动。/凭日本铁蹄踏个空!杀人放火不留情。

——(《两首诗》)

像这样的诗,易朗读易歌唱,富音韵,有形象,深深地印刻在苏联读者的心中,加深了他们对中国革命和中国乡情的理解和敬仰。

还有一首新诗写法更加别样:
……

一河好水连接着天边/远远地浮着风帆一片……/
这样美丽的邦家国土/怎忍叫敌人的铁蹄蹂躏?!

——(《我记得……》)

这是一首典型的五四新诗,很有些"刘半农"味,很受俄苏读者的欢迎,大得汉学家们的青睐。他们认为,这里面不只充盈着"政治",而且充实着自然、风光和深情,具有极大的艺术魅力。

作为沟通中外文化的桥梁和和平使者,萧三早就在国际上闻名遐迩。他和国际和平和进步人士都有着广泛的交往,结识了法共的理论家沙里·拉波波、越南的革命家胡志明、保加利亚的革命家季米特洛夫、土耳其的革命诗人希克梅特,以及苏联等国的许多社会名流。为中外文化交流和促进世界各国对中国革命和中国工农红军的了解和声援,做了大量的工作,取得了历史性功绩,值得"点赞",值得研究。

二 丁玲文学在俄苏:译介、研究、评价

丁玲以其独特的艺术个性和丰硕的创作成果,早就引起了世界的瞩目。远在20世纪30年代初(1932),丁玲作品就被移植到西方(《某夜》,[美]乔治·肯尼迪译)。20世纪的50年间,世界主要国家和地区都在译介和研究丁玲。据不完全统计,丁玲作品已被译成了英、俄、日、保、丹、罗、匈、波、朝、捷、德、巴(西)、法等二十几种文字。其主要作品,甚至文论、回忆录等几乎全部被译成了外文。世界丁玲作品译品约有一百五十多种;世界丁研成果约有三百多篇(部)。所以,我们说,丁玲不仅是中国著名的作家,同时也是世界著名的大作家。

本文的主旨是探讨俄苏对丁玲作品的译介、研究和评价。也许,从这一"国别汉学研究"的侧面,也能窥探出丁玲文学的意义、真谛和国际影响。

(一) 译 介

丁玲作品被译成外文时间之早,在中国新文学作家中仅次于郭沫若(1922年日译)和鲁迅(1924年日译),而与茅盾作品则同时被译成英文(1932年,[美]乔治·肯尼迪翻译了茅盾的《戏剧》和丁玲的《某夜》)。俄苏对丁玲作品的译介,比西方仅仅晚了一年,始于1933年。

1933年,苏联《国际文学》第3期,发表了丁玲执笔撰写的《中国作家为恢复中苏两国外交关系的致电》。从此,拉开了俄译丁玲作品的序幕。

接着,1934年,莫斯科国际出版社出版了[美]A·史沫特莱编《中国短篇小说选》(英文版),其中选编了丁玲的《某夜》;1935年,苏联《国境线上》第11—12期,发表了Л.波兹德涅耶娃翻译的丁玲作品《水》;1936年,苏联《青年文艺》第2期也刊登了斯坦贝尔格译自英文的丁玲作品《某夜》;同年,苏联《青年无产者》第18期,又译载了丁玲的《某夜》;莫斯科国家文艺出版社出版了哈尔科夫编译的《中国文学选集》,其中选译了丁玲的作品《从夜晚到天明》;1937年,苏联《国境线上》第9期,发表了Ю.萨维丽耶娃译自英文的丁玲作品《消息》;同年,苏联《外国文学》第11期,刊载了A.伊万娜翻译的丁玲作品《礼物》。

纵观俄苏汉学的译介史迹,俄苏对丁玲作品的译介大致可分三个时期:

1. 初始时期(1933—1937)

这一时期共五年时间,俄苏共发表、出版了 8 种丁玲译品。这是俄苏译介丁玲作品的开始阶段,我们称之为"初始时期"(1933—1937)。它之所以被称为"初始"时期,不只是因为刚刚"开始",主要是因为这一时期的丁译势头不大,翻译作品不多。5 年间仅翻译丁玲作品 8 种;而且,从所译作品来看,这一时期对丁玲的译介,实际上是对作为 30 年代现代作家的丁玲的译介,且非其代表性作品。对其某些早期作品(《某夜》《消息》等)还不是直接从中文译出,而是从英文转译的。另外,再从译者方面来看,这一时期参与翻译的人员,只有如 Л.波兹德涅耶娃等一二位著名的汉学家,形不成一支翻译队伍。而且,发表、出版译品的报刊、出版社也寥寥无几,形不成一定的译介气势,所以影响不大,仅仅是一个"开始"而已。然而,从其发展的态势来看,这一阶段的前三年共发表或出版了 3 种丁玲译品,后两年则发表、出版了 5 种丁玲译品,其发展态势呈上升趋势。如果能照此发展下去,应该说,也是相当可观的。但是,天有不测风云,这期间人类遭受了战争的劫难:日本侵华战争和第二次世界大战的爆发,不但摧残、消灭人类的肉体,而且毁灭人类的文化和文明。这期间,世界的汉学研究受到了严重戕害,基本处于停滞状态;俄苏受到的影响更为严重。苏德战争的爆发,驱使大部分汉学家像全俄人民一样,纷纷走上了战场。致使俄苏的丁玲译介出现了从 1938 年至 1948 年 10 年的"空白"。这是战争给人类带来的一种灾难!

雨过天晴,俄苏的丁玲作品译介,终于迎来了辉煌的"繁盛时期"。

2. 繁盛时期(1949—1955)

1949 年中华人民共和国成立后,正值丁玲心情最佳状态,社会活动和写作均在旺盛时期,俄苏的丁玲作品译介也进入了高潮期。这一高潮期是从 1949 年开始的。一开始就来势汹涌。1949 年苏联《旗帜》第 5—7 期,全文连载了 Л.波兹德涅耶娃翻译的丁玲长篇小说《太阳照在桑干河上》。接着,苏联《矿工小说报》第 9—25 期又全文译载了这部长篇小说。同年,莫斯科外国文学出版社和玛加达苏维埃摇篮出版社,先后出版了《太阳照在桑干河上》两种俄译版本。这样,连同当时苏联报刊译载的丁玲其他文章,仅1949年这一年,苏联就出版(发表)了丁玲的包括长篇小说、论文、随笔等在内的14种译品。其中仅《太阳照在桑干河上》就出版了4种版本,俄译丁玲文学形成了一个"热潮"。

这一"热潮"一直持续到50年代中期。除1950年仅出版了一种译品(《太阳照在桑干河上》,莫斯科:国家文艺出版社)外,其余诸年,每年都以五六种译品面世的速度译介丁玲作品:1951年翻译出版、发表了《太阳照在桑干河上》(Л.波兹德涅耶娃译)、《新中国的女英雄》等5种译品;1952年出版、发表了《太阳照在桑干河上》(乌德摩尔梯语、维吾尔语文版,伊热夫斯克译)、《中国的春天》等6种;1953年出版、发表了《太阳照在桑干河上》(哈萨克语、拉脱维亚语、摩尔达维亚、乌兹别克语文版/节译本、阿塞尔拜疆语、阿美尼亚语、塔吉克语、土库曼语文版)、《消息》、《某夜》等12种;1954年出版、发表了《太阳照在桑干河上》(白俄罗斯语文版)、《丁玲选集》(Л.波兹德涅耶娃译)、《文学与作家》(Г.戈洛夫涅夫译)等5种;1955年出版、发表了《太阳照在桑干河上》(格鲁吉亚语文版、蒙古语文版)、《梦珂》等6种。

据不完全统计,从1949年至1955年的7年间,俄苏共出版(发表)丁玲译品49种,占44年(1933—1977)俄译丁玲总量的80%以上。其中,仅《太阳照在桑干河上》就出版了14种版本(其中8种少数民族语文版本)。在这么短的时间内,一国出版一书版本(语种)之多,在世界出版史上堪称"出版之最"。

这一时期的丁玲译介,表现出了以下几个特点:

(1)翻译队伍强悍:众多一流的汉学家、翻译家积极投入了丁玲作品的译介工作。

诸如费德林、Л.波兹德涅耶娃、B.鲁德曼、B.帕钠秀克、M.施奈德、H.帕霍莫夫、Я.亚舒拉文、B.斯拉勃诺夫、T.茨维特科夫、B.戈洛夫涅夫等都为丁玲的译介工作做出了卓越的贡献。这充分展示了俄苏对丁玲作品译介的极大重视和高度热情。

(2)出版社、期刊、报纸等齐上阵,形成了出版、发表丁玲作品的庞大阵容,造成了译介、传播丁玲作品的宏大气势。参与出版工作的主要出版社有:莫斯科国家文艺出版社、莫斯科外国文学出版社、白俄罗斯国家出版社、格鲁吉亚国家出版社、马加达苏维埃摇篮出版社、乌德摩尔梯图书出版社、阿拉木图新生活出版社、巴库出版社、蒙古语出版社等;发表丁玲作品的期刊和报纸有:苏联《文学报》《小说报》《苏联艺术》《旗帜》《苏维埃妇女》《汽笛》《火花》《东方之星》《新世界》《真理报》《消息报》《共青团真理报》《红星报》《喀山真理报》《东方真理报》《莫斯科之夜报》等。它们都为丁玲作品在俄苏的迅速传播和普及,为加强和巩固中俄两国人民的友好感情,做出了卓越的历史性的贡献。

然而,令人遗憾的是,正当苏联汉学界对丁玲文学的译介和研究方兴未艾之时,1957年丁玲被错划为右派,给俄苏汉学界劈头浇了一盆凉水,从此,俄苏汉学界对其缄默不语,几乎"窒息"了近20年。

3. 复苏之"声"(1974之后)

俄苏的丁玲译介沉寂了几乎二十年,随着国际形势和中国内部的变化,直到1974年,苏联才出版了《雨——中国20—30年代作家小说集》(费德林编,莫斯科:国家文艺出版社),其中收录了丁玲的短篇小说《梦柯》。事过三年,即1977年,苏联《译丛》第8期又译载了丁玲的小说《在医院中》。这两部丁译的出版,表明俄译丁玲有了新的转机,似乎向世界发出了"复苏"之声。友好的中国人民一直在期待着……

(二)研　究

俄苏的丁玲研究与丁玲译介是同步进行的,也是始于20世纪30年代初。

1933年,莫斯科《国际文学》第3期刊发了《中国左翼作家联盟为丁潘被捕反对国民党白色恐怖所发表的声明》,同期还刊发了《丁玲失踪》的消息和《丁玲小传》。这表明俄苏学界开始关注中国左翼作家丁玲。

1936年,苏联《青年无产者》第18期发表了B.鲁德曼、霍夫合写的文章《中国革命中的女作家》,开始向苏联读者介绍中国女作家丁玲。接着,1937年,苏联《外国文学》第11期又刊发了《丁玲》,将丁玲作为"反法西斯主义的和平作家",再次介绍给苏联读者。

纵观俄苏丁玲研究的史迹,基本可分为三个时期:

1.一般性介绍时期(1933—1937)

这一时期,时间不长(5年),是俄苏开始认识丁玲和一般性介绍时期。这一时期,俄苏共发表关于丁玲的文字5篇,大多是消息报道和一般性介绍。所以,我们把这一时期称为"一般性介绍"时期。

然而,这一时期,不可轻觑。因为这一时期,系1933年5月丁玲被国民党逮捕后,引起了国际文学界和舆论界的极大关注,作为俄苏丁玲研究的"开头",应该说,"开"得非常好——非常"悲壮",非常令人关注,致使丁玲在俄苏很快就产生了重大影响,这便给后来学理的丁玲研究打下了坚实的基础。

2.兴隆繁盛时期(1949—1954)

解放初期,解放区作家备受重视,这是其一;其二,中国作为新生的大国巍然屹立在世界的东方,中苏友好正处于"蜜月"时期;其三,丁玲新著《太阳照在桑干河上》荣获1951年度斯大林文学奖金。所以,俄苏的丁玲研究很快就进入了一个兴隆繁盛时期。

这一时期的到来,是从1949年,《太阳照在桑干河上》(Л.波兹德涅耶娃译)在苏联《矿工小说报》(第9—25期)上发表为契机的。该长篇小说(俄译本)发表后,在俄苏读者、文学界、汉学界引起了强烈反响,苏联《真理报》《消息报》《文学报》《苏联文学》《新时代》《远东》杂志等数十家报纸杂志,争相跟踪报道,发表消息,介绍作家,刊登读者来信,组织读者讨论会,发表读者和专家的评论文章。反响力度较大的第一篇论文是著名汉学家Л.艾德林发表在苏联《文学报》(1949年10月12日)上的著名论文《发展中的中国文学》。这篇论文一发表,于是便引发了苏联第一波的评论丁玲作品的热潮:

1949年10月22日,苏联《消息报》发表了M.谢苗诺夫《当太阳升起的时候》;10月26日,苏联《文学报》发表了P.基姆《伟大的转变——评〈太阳照在桑干河上〉》;10月31日,苏联《文化与生活报》第30期,发表了M·切察诺夫斯基《两本中国作家的书》(评《太阳照在桑干河上》和《李家庄的变迁》);11月17日,莫斯科《布尔什维克》发表《会见中国女作家丁玲》;11月23日,苏联《文学报》刊登《在〈旗帜〉杂志编辑部会见中国女作家丁玲》;12月5日,苏联《真理报》发表苏联作家A.法捷耶夫《在自由的中国》；《布尔什维克》第 19 期，发表费德林《论中国文学》；《火花》第 26 期，发表《中国文化活动的记述》（关于丁玲）；《新时代》第 30 期，发表 C. 乌克伦杰夫《描写中国农村的小说》。这一年，不到两个月的时间共发表报道、评论丁玲的文章 11 篇。将丁玲评论形成了热潮。

这一"热潮"还在持续下去，《苏维埃军事》《西伯利亚火花》《加里宁格勒真理报》《远东》杂志等又先后发表了 E.苏尔科夫、B.托克马科夫、H.彼特罗夫、Б.阿克辛斯基等撰写的 6 篇评论文章。继之，1952 年又发表了《社会主义现实主义文学的新成就》（苏联《文学报》社论）、《丁玲》（B.彼特罗夫）、《评〈太阳照在桑干河上〉》（П·阿尔奇米耶夫）、《丁玲及其长篇小说〈太阳照在桑干河上〉》（И.叶尔马雪夫）、《描写伟大改造的长篇小说》（Л.艾德林）等 16 篇，将这一评论"热潮"推向了高峰。一时间，中国女作家丁玲成了俄苏家喻户晓的外国作家。据苏联有关书目索引统计，这一时期在 6 年时间内共发表研究丁玲的论文近四十篇，占俄苏丁玲研究总量的 77%。可见，这一时期是俄苏丁研的最佳时期——天时地利人和。

3."死而复生"时期（1972—1979）

然而，好花总是不常开。丁玲的命运总是那么不平坦。当俄苏开始研究丁玲时，1937 年日本发动了全面侵华战争；世界爆发了第二次世界大战，继之苏德战争爆发，俄苏被迫出现了从 1938—1948 年 10 年"丁研空白"；当 20 世纪 50 年代中期前，俄苏丁玲研究正在蓬勃发展时期，中俄关系逐渐恶化，特别是 1957 年，丁玲被错划为右派，致使俄苏的丁玲研究处于"窒息"状态，从而导致了从 1955—1971 年 15 年的"丁研空白"。这不仅是丁玲命运的悲哀，也是人类文化史的不幸！

幸好，地球在照样运转，历史在照样前进，随着中国新时期的到来；随着中苏关系的不断改善，俄苏的丁玲研究又开始复苏，进入了一个"死而复生"的时期。1972 年，苏联国家科学出版社出版了《苏联大百科全书》第 8 卷和第 12 卷（《中国文学》卷），在这两卷书中都分别刊登了《丁玲》词条。这是俄苏"丁研""死而复生"的信号。果然 5 年之后，1977 年，莫斯科大学出版社出版了 E.齐宾娜等著《现代东方文学·第五章左翼作家联盟时期和抗日战争时期的文学》，比较深刻地评价了丁玲作品；同年，该出版社又出版了 И.勃拉金斯基、B.谢苗诺夫等编《现代东方文学·（中国）左联时期和抗日民族解放斗争时期的文学》（1917—1945），其中也重点探讨了丁玲文学;1978 年,苏联国家科学出版社出版了《简明百科全书第九卷·补遗·丁玲》;1979 年 1 月 4 日,苏联《文学报》发表了 M.施奈德的文章《一位作家的命运》(关于丁玲)。这种迹象表明:俄苏的丁玲研究在复苏,虽不再见那"昔日的"辉煌,但却能嗅出那"死而复生"的气息:丁玲在"死而复生";俄苏的丁玲研究也在"死而复生"。

(三) 评 价

俄苏汉学家善于以科学的马克思主义文艺观、美学观审视作家与作品;并以社会主义现实主义的创作方法为创作的最高标准;加之,当年中苏具有相同的社会制度和基本相同的价值观,所以,丁玲作品在俄苏受到了普遍欢迎,并给予了高度评价。

俄苏汉学家对丁玲作品研究的重点是长篇小说《太阳照在桑干河上》、中篇小说《水》和《莎菲女士的日记》。

俄苏著名汉学家 Л.波兹德涅耶娃是丁玲长篇小说《太阳照在桑干河上》和《丁玲选集》的译者,对丁玲有精深的研究。她撰写的《〈太阳照在桑干河上〉俄译本序言》(1949) 和《〈丁玲选集〉俄译本序言》(1954) 是两篇很精到的丁玲研究论文,对丁玲作品进行了精细的,全方位的学理研究,对丁玲作品给予了公允的,具有权威性的评判。

Л.波兹德涅耶娃指出,中国女作家丁玲荣获 1951 年度斯大林奖金的长篇小说《太阳照在桑干河上》,描写了中国农村暖水屯的土地改革。作品事件是在农村没收地主土地、分发地主余财、唤起群众阶级觉悟的最激烈的斗争时期展开的。"这部小说全面地而非简单化地反映了土改这一复杂进程。"其作品以大部分篇幅描写了解放区的新人、新的组织——农村党支部、农救会、学校等已经牢牢进入解放区农村日常生活的一切新生事物;同时,女作家也非常注意描写农村的反动势力,它们利用种种手段企图延缓其必然灭亡的命运。于是,"解放区的土地改革以其全部的复杂性被展现在读者面前"。[①]

[①] Л.波兹德涅耶娃《〈太阳照在桑干河上〉俄译本第二版序言》,原载《太阳照在桑干河上》俄译本(Л.波兹德涅耶娃译),莫斯科:外国文学出版社 1962 年版;译文载宋绍香译/编《中国解放区文学俄文版序跋集》,中国文史出版社 2004 年版,第 29—31 页。

Л.波兹德涅耶娃认为,丁玲继承了中国近代长篇小说传统,对每个主要人物都写成一个单独的短篇,从而展示人物的经历。作者巧妙地运用这一必要手法展现了主人公们在日本占领时期的作为,因为"只有从可怕的旧社会去观照,才能彻底认识中国贫雇农生活的巨大转变——他们从千百年来的地主的奴隶,而今变成了土地的主人"。所以,她结论道:"长篇小说《太阳照在桑干河上》的基本优点是运用现实主义手法描写人,就其全部复杂性和多样性方面描写中国农村的活生生的人。"①波兹德涅耶娃将丁玲新作《太阳照在桑干河上》与其旧作中篇小说《水》作过比照之后指出,如果说丁玲1931年写成的中篇小说《水》反映了中国共产党领导下的农民斗争的初期阶段,那么,其1948年问世的长篇小说《太阳照在桑干河上》所描写的则是经过多年不断斗争而取得的胜利成果,当年"耕者有其田"的口号已变成了生活现实。所以说,"这部作品,就其艺术技巧,其展示形象和事件的现实主义手法而论,表明了女作家的长足进步"。② 后来,在其《〈丁玲选集〉俄译本序言》(1954)中,波兹德涅耶娃再次明确指出:《太阳照在桑干河上》,"这部作品代表了女作家这一时期的创作规律。它表明了丁玲作为现实主义艺术家的巨大进步;表明她是一位不仅由斗争理论,而且由社会活动家的实际经验所武装起来的现实主义作家"。③ 而且,"必须承认,这部作品对创建新民主的真正的现实主义文学事业做出了重大贡献!"④

　　费德林是俄苏资深汉学家,在其《中国札记》(1955)和《中国文学》(1956)等大著中,对丁玲都有精深研究。20世纪50年代他曾三次会见丁玲,对丁玲比较熟悉和了解,也很有感情。他曾说:"中国人说,丁玲是人民解放战争的英雄。对此,丁玲是受之无愧的——她是一位女战士,是人民的忠诚无畏的女儿。"⑤他认为,丁玲的长篇小说《太阳照在桑干河上》与丁玲青年时代写的中篇小说《水》"在许多方面都是承接呼应的。如同《水》

---

① Л.波兹德涅耶娃《〈太阳照在桑干河上〉俄译本第二版序言》,原载《太阳照在桑干河上》俄译本(Л.波兹德涅耶娃译),莫斯科:外国文学出版社1962年版;译文载宋绍香译/编《中国解放区文学俄文版序跋集》,中国文史出版社2004年版,第32—33页。
② 同上,第36页。
③ 同上,第52页。
④ 同上,第37页。
⑤ 费德林《丁玲印象记》,原载 H.费德林《中国札记》,苏联作家出版社1955年版,译文载孙瑞珍、王中忱编《丁玲研究在国外》,湖南人民出版社1985年版,第397页。

一样,小说在运动、斗争和伟力当中表现了人民"。① 他对该作品描写人物之众多、反映事件之复杂、题材之宏巨性给予了充分的肯定。他说:"总的看来,(《太阳照在桑干河上》)开头部分比后面写得更充实、宏伟,读者捧读起来就会想到,自己是在读一部史诗。"②但是,在其另一部著作中他又指出:这一长篇的史诗性内容,固然与它题材的宏巨性有关,但更为重要的是:"丁玲既不简单化也不夸大地反映了包涵着全部复杂性和多样化的生活真实。也许作家的才能在这里表现得最充分和多方面。这位语言艺术家所描写的暴风雨将临的情景是令人难忘的。"③作品之所以能达到如此的艺术效果,是因为题材的宏巨性与描写人物的细腻性和事件发展的真实性有机地结合在了一起。

　　费德林很喜欢丁玲笔下的人物。他认为,"尤其富裕农民顾涌的形象更为生动。顾涌形象的塑造是小说一大成功之笔。依我之见,描写顾涌疑虑重重,惴惴不安,在村里东奔西跑,想把多余的土地交给农会的那一章,写得很出色。这一章笔触凝练,绘声绘色,把握住了人物的心理;小说最后几章斗争地主的场面,处理的情绪激昂,生动鲜明。"④他还以自己的亲身经历证实丁玲描写"事件"的真实性。他说:"我在河北、湖南农村也目睹过斗争地主的场面,作家写的是相当真实的,我很钦佩。小说情节的发展做到了逐章深入,在斗争地主的场面中达到了高潮。如果将小说首尾相比较,这一特点尤为明显;篇首作家有意使情节缓缓展开,与缓缓进村的大车相应;篇末则展示了全书最为激烈的事件。我猜想,篇首缓缓叙写的手法是作家有意安排的,因为这种写法可以更充分地展现出情节的来龙去脉历史的发展。"⑤

　　俄苏研究家普遍认为,丁玲的《太阳照在桑干河上》,已经达到了社会主义现实主义文学水准,苏联文学评论家阿尼西莫夫指出,"在美学方面","有充分理由可将其列为社会主义现实主义的成就"。他认为,社会

---

　　① 费德林《丁玲印象记》,原载H.费德林《中国札记》,苏联作家出版社1955年版,译文载孙瑞珍、王中忱编《丁玲研究在国外》,湖南人民出版社1985年版,第399页。
　　② 同上,第400页。
　　③ 费德林《中国文学》,莫斯科:国家文艺出版社1956年版。
　　④ 费德林《丁玲印象记》,原载H.费德林《中国札记》,苏联作家出版社1955年版,译文载孙瑞珍、王中忱编《丁玲研究在国外》,湖南人民出版社1985年版,第401页。
　　⑤ 同上。

主义现实主义这一问题,"已由人民民主国家的作家们和资本主义世界保卫世界利益的进步作家们深刻探讨并创造性地解决了"。① 自然,中国女作家丁玲也在其内。

丁玲的长篇小说《太阳照在桑干河上》和周立波的长篇小说《暴风骤雨》同时获得1951年度斯大林文学奖金,引起了苏联学界的震惊,他们在赞叹中国新文学飞速发展的同时,还在积极探索其发展的"原因"。他们大抵归结为三点:一是延安文艺座谈会的成果;二是向苏联社会主义现实主义学习的结果;三是作家创作环境的改善。著名汉学家、中国文学史家B.索罗金、Л.艾德林在其合著的《中国文学简编》中指出,"延安文艺座谈会对中国文学的发展具有重大意义"。历史已经证明,从五四运动,尤其从中国共产党成立起,中国进步作家们的一切追求就是真实地描写中国革命发展的现实。"然而这在过去(国统区),总是办不到的","作家与人民群众的真正联系,只有在摆脱了国民党压迫的自由的解放区里才能得到实现"。所以,"许多当代优秀的作品在中国解放区诞生了"。②

除长篇小说外,波兹德涅耶娃对丁玲的短篇小说《奔》、中篇小说《水》和《莎菲女士的日记》也都给予了充分的肯定:她认为《莎菲女士的日记》,是丁玲处女作《梦珂》的续篇,连同其后的《庆云里中的一间小房里》等,"这些作品的重心均是引起她注意的课题:寻找中国妇女的解放道路"。波兹德涅耶娃同意中国批评家们对莎菲的评价,称"莎菲女士是'五四'以后解放的青年女子在性爱上的矛盾心理的代表者"。③ 她特别欣赏短篇小说《奔》,称丁玲"以高超的艺术技巧,透过初次流入城市的农民的印象之棱镜,表现了上海工人的生活与斗争"。她认为中篇小说《水》(1931)反映了中国土地革命的高潮,"表明了作为艺术家的丁玲的进步"。她强调说,"丁玲的每一部新作都是她在艺术思想和艺术技巧方面向前迈出的新的一步"。④

---

① [俄]阿尼西莫夫评《太阳照在桑干河上》,载《真理报》1952年3月19日。
② B.索罗金、Л.艾德林《中国文学简编》,莫斯科:东方文学出版社1962年版,第178页。
③ Л.波兹德涅耶娃《〈丁玲选集〉俄译本序言》,原载《丁玲选集》,俄译本(Л.波兹德涅耶娃译),莫斯科:外国文学出版社1954年版;译文载宋绍香译/编《中国解放区文学俄译文版序跋集》,中国文史出版社2004年版,第42—43页。
④ Л.波兹德涅耶娃《〈丁玲选集〉俄译本序言》,原载《丁玲选集》,俄译本(Л.波兹德涅耶娃译),莫斯科:外国文学出版社1954年版;译文载宋绍香译/编《中国解放区文学俄译文版序跋集》,中国文史出版社2004年版,第47页。

进而,波兹德涅耶娃指出,丁玲在不断进步,她总是"面向未来,胜过过去",所以才"经历了一条思想—艺术发展的复杂而坎坷的道路"①。她认为,这条道路,概括起来,可分三个时期:第一时期(1927—1929),是对旧中国不自觉的个人反抗时期,这一时期的创作方法是批判现实主义的;第二时期(1930—1933),是左联时期,创作了大量作品和运用马列主义文艺理论写了不少理论文章。这一时期,其艺术技巧臻于成熟;第三时期(始于1937年),参与解放区的实际工作,是向社会主义现实主义转变的时期。"在其创作生涯中,《在延安文艺座谈会上的讲话》起了很大作用。在其后几年里,她的作品达到了最成熟状态。"②

Л.波兹德涅耶娃,对丁玲作品的评析,可谓条分缕析、客观公允。须知,她的"丁玲观",在俄苏汉学界很有"市场",具有很大的代表性。

三　赵树理文学在俄苏:译介、研究、评价

文学贵在创新。

赵树理文学"除了主题新颖外,叙述方式也很新颖"(小野忍);它"运用生动的群众语言,准确地表现出具有独特个性的典型人物"并创造了独具民族特色的"赵树理式"的"文体"与"文风"(雅·普实克)。所以,赵树理文学在20世纪40年代初期,在延安一经问世,便首先引起了以延安为中心的解放区的读者、文艺界和民众(听众)的轰动;继之引起了蒋管区广大读者和文坛巨星的震惊、评论和热议。日本学者称当时中国文坛的"这一奇异现象"是"史无前例的";几乎与此同时,也引起了国际汉学界的青睐和探"谜"。据不完全统计,从40年代末至80年代初的30年间,赵树理文学已被译成日、俄、英、法、德、意、捷、波、匈、罗、阿等20多种语言;出版(发表)的译品约120种,国际研究论文或专著近200篇(部)。所以,我们说,赵树理,这位农民出身的"山药蛋"派中国作家,堪称世界著名作家,是当之无愧的!

在国际汉学界译介和研究赵树理文学的进程中,不言而喻,俄苏汉学家们扮演了比较重要的角色,做出了较为突出的贡献。

---

①　Л.波兹德涅耶娃《〈丁玲选集〉俄译本序言》,原载《丁玲选集》,俄译本(Л.波兹德涅耶娃译),莫斯科:外国文学出版社1954年版;译文载宋绍香译/编《中国解放区文学俄译文序跋集》,中国文史出版社2004年版,第42页。

②　同上,第51—52页。

(一) 译 介

俄苏最早译介赵树理文学是从 20 世纪 40 年代末开始的。

1949 年,苏联《远东》第 2 期译载了赵树理中篇小说《李家庄的变迁》(B.克里弗佐夫译);同年,莫斯科外国文学出版社出版了该小说的俄文版单行本(B.克里弗佐夫译并作序,Б.舒普列佐夫校)。该小说俄文版问世后,在俄苏读者、学界和舆论界引起了较大反响,多家报刊,诸如苏联《文学报》《文化与生活报》《新时代》《星火》《火花》《列宁格勒之夜》等,争先发表消息和评论文章,引发了下一年的译介热潮。

1950 年,是俄苏赵树理译介的丰收年,共发表、出版了 5 种赵树理译品,将俄苏"赵译"推向了一个译介"热潮":首先,《远东》1950 年第 2 期发表了赵树理短篇小说《小二黑结婚》(B.克里弗佐夫译);继之,《星火》1950 年第 7 期又全文转载了 B.克里弗佐夫翻译的《小二黑结婚》;同年,苏联《青年集体农庄庄员》杂志第 2 期,发表了 H.帕霍莫夫翻译的赵氏短篇小说《小经理》;苏联远东出版社也出版了 B.克里弗佐夫译并跋的《李家庄的变迁》;莫斯科真理报出版社出版了赵树理著《小二黑结婚》(短篇小说集),B.克里弗佐夫作序,其中:《小二黑结婚》,B.克里弗佐夫译;《地税》,E.沙卢诺夫译;《福贵》,E.沙卢诺夫译;《小经理》,H.帕霍莫夫译。

就这样,在一年之内,中国作家赵树理的 5 部中短篇小说,先后以俄文方式出现在俄苏读者面前,引起了他们极大的兴趣和关注。很快,赵树理便成了俄苏家喻户晓的"热门"外国作家。

俄苏的赵树理"热"在继续升温。1951 年和 1952 年重点译介了《李有才板话》。两年发表、出版了三种俄译《李有才板话》版本:一种是《新世界》(1951 年第 12 期)版本(B.罗果夫译);一种是《星火》丛刊(1951 年第 19 期)版本(同译者)和《真理报》版本(同译者)。接着,1953 年又出现了第二次译介、出版热潮,全年又出版(刊登)了 5 种赵树理译品:

(1)莫斯科国家文艺出版社出版了费德林主编的《中国作家短篇小说集》,其中收录了赵树理的短篇小说;

(2)莫斯科外国文学出版社出版了 M.卡皮查编译的《赵树理选集》,内容:《小二黑结婚》《地板》《小经理》《李家庄的变迁》,B.克里弗佐夫译;《李有才板话》《登记》,B.罗果夫译;《邪不压正》《田寡妇看瓜》《传家宝》,

B·斯佩兰斯基译;《福贵》,E.沙卢诺夫译;

(3)苏联《远东》1953年第2期重新发表B.克里弗佐夫译,赵树理著《地板》;

(4)苏联《接班人》杂志,1953年第13期,重新刊载赵树理著,B.克里弗佐夫译《地板》;

(5)苏联哈萨克共和国(今哈萨克斯坦共和国,通称哈萨克斯坦)小说诗歌出版局出版了《赵树理短篇小说集》(哈萨克文版)。

此后,虽然没再出现什么译介"热潮",但是,除个别年份外,基本每年都有一二种赵树理作品译品在俄苏面世。截止70年代初期,俄译赵树理作品近四十种。这样,在"文革"前后,赵树理的主要作品就全部被移植到俄苏。其中,《李家庄的变迁》出版了4种(次)版本,《小二黑结婚》出版了3种(次)版本,《赵树理选集》出版了2种(次)版本。由此可看出当时俄苏译介赵树理文学之盛况。

在赵树理文学译介、传播过程中,俄苏的报纸、期刊、出版社三位一体齐上阵,各自发挥自己的优势,既互相配合,又互相竞争,使译品的发表、出版、书评搞得红红火火,造成了一种良好的译介氛围。在这方面,苏联《远东》《星火》《新世界》《真理报》《外国文学》等报纸和期刊,莫斯科国家文艺出版社、远东出版社、莫斯科真理报出版社、外国文学出版社、科学出版社等出版社,都为赵树理文学的译介和出版做出了重要贡献。另外,值得提及的是,为了翻译赵树理作品,许多著名的汉学家亲自出面担当重任。如B.罗果夫翻译了《李有才板话》《登记》等,B.克里弗佐夫翻译了《李家庄的变迁》《小二黑结婚》等,M.卡皮查编译了《赵树理选集》等,A.季什科夫翻译了《三里湾》,A.贾托夫翻译了《张来兴》等。这些著名汉学家的加盟,大大加强了翻译队伍的阵容,提高了"赵译"质量,在国际汉学界产生了重大影响。

(二)研 究

俄苏的赵树理研究与其译介基本是同步进行的,也是始于20世纪40年代末期。其特点是:译介、研究并举,报纸、期刊、出版物齐上阵,声势浩大,成绩可观。从1949年至1980年的31年间,俄苏共发表(出版)研究论文五十余篇。许多著名汉学家也都参与其中。诸如B.罗果夫、费德林、Л.

艾德林、B.克里弗佐夫、M.卡皮查、C.伊凡科等都为赵树理研究做出了重要贡献。这说明俄苏对赵树理的研究是非常重视的。

从时间上来看,赵树理研究的热潮是在研究的最初两年:1949 年发表研究论文 8 篇,1950 年发表研究论文 12 篇;从研究方式来分,大致可分以下四块内容:

1.译著序跋

俄苏汉学有这样一个优良传统,即非常重视为译著撰写《序》《跋》。或请学术名家撰写,或由译者亲自撰写。这些《序》《跋》的内容,通常是简介作者,简述作者创作生涯,表明对作者的评价。序跋作者们大抵是翻译家兼汉学家,大多使用第一手资料撰写,资料丰富而翔实,加之敢于直言,敢于立论。所以,这些序跋,实际上就是一些非常精湛的学术论文。具有很大的权威性。譬如:

1949 年,《远东》第 2 期发表 B.克里弗佐夫翻译的《李家庄的变迁》时,同时发表了他撰写的序言和后记《〈李家庄的变迁〉译者序言并后记》;后来,莫斯科外国文学出版社出版《李家庄的变迁》俄译本单行本时,译者将原序言改为《论赵树理的中篇小说》的序言。

1950 年,B.克里弗佐夫为《小二黑结婚》短篇集撰写了序言(《〈小二黑结婚〉短篇小说集序言》),载苏联《星火》丛刊 1950 年第 41 期。

1951 年,B.罗果夫为赵树理小说《登记》俄译本撰写了序言《〈登记〉俄译本编者的话》,载苏联《新世界》1951 年第 2 期。

1953 年,M.卡皮查为《赵树理选集》俄译本撰写了序言《赵树理选集·序言》,载《赵树理选集》俄译本,莫斯科:外国文学出版社。

1954 年,M.卡皮查为《李家庄的变迁》在伊尔库茨克的出版撰写了序言《〈李家庄的变迁〉俄译本序言》,苏联伊尔库茨克图书出版社。

1958 年,费德林为《赵树理选集》撰写的序言是《论赵树理的创作》,载《赵树理选集》俄译本,莫斯科国家文艺出版社。

1974 年,И.利谢维奇为《李有才板话》俄译本撰写的序言是《论作家赵树理及其创作》,载《李有才板话》俄译本,东方文学主编,莫斯科:科学出版社。

2.报刊评论

赵树理作品在俄苏每发表或出版一次,都会招来报纸、杂志的热议:或发表消息,或简介作者,或发表评论文章。1949 年,苏联《远东》杂志译载赵树理小说《李家庄的变迁》后,苏联报刊连续进行了评论:10 月 26 日,苏联《文学报》发表了 P.基姆的《伟大的变迁》;10 月 31 日,苏联《文化与生活》报发表了 M.切恰诺夫斯基的《中国作家的两本书》;《新时代》第 30 期,发表了 Ю.斯维特洛夫、M.乌克拉英采夫的《描写中国农村的中篇小说》;《火花》1950 年第 3 期,发表了 Е.布科夫斯基评论赵树理文章;1950 年 4 月 1 日,苏联《列宁格勒之夜》发表了 С.马尔科夫、Г.涅克拉索夫评论赵树理文章;1950 年,《星火》第 3 期发表了 К.布科夫斯基《评〈李家庄的变迁〉》。

评论在继续关照赵氏的其他作品:

1951 年,《新世界》第 2 期发表了 Л.艾德林撰写的《论赵树理》;1952 年 12 月 11 日,苏联《真理报》刊登了 Л.艾德林《评〈李有才板话〉》;1958 年 7 月 18 日,《文学与生活》发表 С.伊凡科《中国农村的歌手》(评赵树理);1958 年 8 月 21 日,苏联《文学报》发表了扎雷金的《人民作家》(评赵树理)等。

文学评论是文学研究的"尖兵",是一种文学研究形式;更何况在这些评论中有不少文章确实写得不错,极富时代性、理论性和科学性。

3.研究论文

在这方面,笔者认为,以下论文值得提及:

В.克里弗佐夫《论赵树理中篇小说》,莫斯科:外国文学出版社 1949 年版;

费德林《论中国文学》,载莫斯科《布尔什维克》1949 年第 19 期。

К.布科夫斯基《评〈李家庄的变迁〉》,载苏联《星火》1950 年第 3 期。

Г.康德拉舍夫《描写中国人民斗争的真实小说》,载苏联《列宁格勒真理报》1950 年 12 月 31 日;

Л.艾德林《论赵树理》,载苏联《新世界》1951 年第 2 期。

费德林《中国文学·赵树理》,莫斯科:国家文艺出版社 1956 年版。第 616-637 页。

费德林《论赵树理的创作》,载《赵树理选集》俄译本,莫斯科:国家文艺出版社1958年版。

《艺术家和教师》,A.鲍尔夏戈夫斯基,载《张来兴》俄译本,俄译《硬骨头》(《Крепкая кость》),莫斯科:外国文学出版社1963年版。

Н.П.拉扎列娃《50年代至60年代末赵树理创作的思想艺术分析》,莫斯科大学1972年学位论文。

И.利谢维奇《论作家赵树理及其创作》,莫斯科:科学出版社1974年版。

……

以上这些论文,资料丰富、翔实,对原著文本研究透彻、到位,对深化赵树理研究,产生了巨大作用。

4.大型辞书

从50年代中期到1980年,俄苏出版了七八部《大百科全书》式的大型辞书,在上面均在重要位置开列了《赵树理》词条,对赵树理进行了全方位的、深入的、学理的研究,给赵树理的人品与文品以高度评价。这是中国人民的光荣,也是中国乃至世界人民文学的光荣和魅力。诸如:

《苏联百科辞典·赵树理》第3卷,国立苏联大百科全书科学出版社1955年版,第608页;

《苏联大百科全书·赵树理》第47卷,国立苏联大百科全书科学出版社1957年版,第305页;

《苏联小百科全书·赵树理》第10卷,国立苏联大百科全书出版社1960年版,第429页;

《简明文艺百科全书·赵树理》,国立苏联大百科全书出版社1962年版,第429页;

《简明文艺百科全书·赵树理》第8卷,国立苏联大百科全书出版社1975年版,第513页;

《苏联大百科全书·赵树理》第29卷,国立苏联大百科全书科学出版社1978年版,第183页;

《苏联百科辞典·赵树理》(一卷本),国立苏联大百科全书科学出版社1980年版,第1505页。

在这些大型辞书中"赵树理"词条的出现,表明俄苏"赵树理研究"的成熟和升级,表明俄苏学界对赵树理文学成就的一种严肃定位。

(三)评　价

从总体来说,赵树理是一个非常幸运的作家。他的成名作《小二黑结婚》问世时,延安文艺座谈会刚开过一年;他的作品被翻译到俄苏时,正值中苏友好的"蜜月"时期,俄苏汉学家们对中国人民的友谊,一股脑儿倾注进了对延安文艺的译介与研究之中。真所谓"天时地利人和"。赵树理文学的"土"与当时苏联的"洋",形成了极大反差;反映的"新人物,新生活,新思维",又是那么"似曾相识"。共同的意识形态,和基本相同的价值观与审美观,加之赵树理独特的语言风格和独特的文体风格与艺术形式,所以俄苏汉学家,对赵树理及其文学非常欣赏,给予了很高的评价。

B.克里弗佐夫,是赵树理作品《小二黑结婚》与《李家庄的变迁》的译者和研究家。当赵树理的第二部作品《李有才板话》问世后,他就感慨地说,看来,"一个新的大作家已来到中国文坛"。1946年他翻译出版了《李家庄的变迁》,随后又出版了单行本。他说,这部中篇小说已"远远冲出其边界,受到了广泛的欢迎"。他指出,这部中篇小说,"写得简洁、朴素,广大群众喜闻乐见、通俗易懂,所以,受到了最广泛的欢迎"。[1] 他很赞赏作品中"通俗易懂"的文学语言。他指出:"赵树理作品中的语言,不是像某些作家为修饰自己的作品而经常采用的那种'文学装饰图案',而是真正的人民语言,形象、生动、朴素和富于表现力的语言。"[2]所以他认为"赵树理作为作家的主要业绩在于,他响应毛泽东的号召,使其创作紧密联系人民群众",写出了成功的作品,他借用茅盾的话说,《李家庄的变迁》"这部作品是走向民族形式的一个里程碑",在其作品中,"一个具有现代中国农民特性的完整的农民典型系列展现在了读者面前"。[3]

---

[1] B.克里弗佐夫《论赵树理及其中篇小说〈李家庄的变迁〉》,载宋绍香译/编《中国解放区文学俄文版序跋集》,中国文史出版社2004年版,第110页。

[2] 同上,第118页。

[3] B.克里弗佐夫《论赵树理及其中篇小说〈李家庄的变迁〉》,载宋绍香译/编《中国解放区文学俄文版序跋集》,中国文史出版社2004年版,第116页。

И.利谢维奇曾为 M.施奈德编译的《李有才板话》(1974)撰写序言,对赵树理也有较深研究。他认为"赵树理的作品具有深刻的人民性与民族性"。"善于反映他们(农民)的内心世界、传统与偏见给他们造成的重负;同时还善于表现普通劳动者对幸福的难以遏止的追求——正是这种追求保证了未来的变革"。① 在庆祝赵树理70周岁诞辰时,他指出,赵树理在人生的"第七个'十年'他就很少创作了。但是,他所取得的成绩已足够使他的名字载入中国文学的史册。不管怎么说,近三十年来在描写中国农村生活方面还没有哪一个作家能超过他"。②

资深汉学家费德林,对赵树理有精深研究。他从艺术的源泉、艺术的本质价值、审美价值、创作方法、艺术风格等诸方面,对赵树理进行了全方位的研究,给出了恰当的评价。他认为赵树理的作品渗透着人民的深刻智慧与伟大质朴,真正体现了艺术的天赋,充满幽默,风格独特,"具有极大的艺术魔力"。③ 之所以如此,是因为赵树理摆正了艺术与社会的关系,艺术源于生活。费德林指出:赵树理熟悉中国农村,熟悉农民的独特生活,熟悉他们自古以来的习俗、思想和追求,把文学创作视为为人民服务,为人民的解放事业服务。所以,赵树理从人民的立场出发观察生活和人,用人民的慧眼观察人物的行为和人与人之间的关系。这一美学思想,就注定了"赵树理的文学艺术创作具有深刻的人民性"。④ 费德林称赵树理的艺术风格"自成一家":心理描写简洁,语言生动而形象化。其作品的特点是"独具特色的生动而富有新意的观察与思考,生机盎然的热情、激情与朴实的故事"。⑤

В.索罗金、Л.艾德林是著名的中国文学史家,在论述40年代中国文学的发展时,从文学史的视角点明了赵树理文学的意义。他们指出:"40年代下半期的中国文学,是以一部反映中国农村生活的最好作品——1946

---

① И.利谢维奇《论作家赵树理及其创作》,载宋绍香译/编《中国解放区文学俄文版序跋集》,中国文史出版社2004年版,第108页。
② 同上,第100页。
③ 费德林《赵树理:创作与探索》,载费德林等著《前苏联学者论中国现代文学》(宋绍香译),新华出版社1994年版,第264页。
④ 同上,第265、281页。
⑤ 同上,第266页。

年问世的赵树理的大部头小说《李家庄的变迁》为标记的"。① 他们认为赵树理创造性地继承人民文学传统,善于运用绝妙的、朴素而又形象的语言描写人物,"对人物心理观察精致,善于在错综交织的外部环境中揭示人物的内在本质"。所以,赵树理才创作出了"其艺术性与思想性得到了和谐结合的作品,创作了运用人民感到亲切的民族艺术形式描写中国农村的新旧事物斗争的作品"②。

A.鲍尔夏戈夫斯基是一位很有思想、很有见地和艺术灵感的汉学家。在其评论中,他认为那些只喜欢猎奇故事书的"贪婪的读者",可能"从(赵树理作品)中学不到多少东西",而他本人读过赵树理作品后却感到"有许多值得读一阵的东西"。然后他又嘲讽了那些"追求独出心裁","以华丽辞藻和装饰图案"进行创作的"艺术家",他说他们得到的报复是:生活的真正色彩、声音、气味和真实却从他们的作品中溜走了。而"只有勇敢的艺术家在走着一条朴实的、真诚的道路,他们从人民生活深处获取了自己作品的题材、音响、节奏和创作风格。赵树理就是一位这样的艺术家。"③多么精辟的见解!A·鲍尔夏戈夫斯基继续写道,对中国文学兴趣盎然的俄苏读者关于这位天才的、朴实无华的艺术家已经形成了这样的概念:赵树理的艺术特点是:"简洁朴素的叙述与诙谐生动的民间幽默相结合;生动的趣味性与心理细节的艺术性相结合。"赵树理写的作品"毫无雕琢痕迹",其目的是想使人民群众都能读懂,"并以各种方式品尝这种农民的'丰盛宴席'"。④

文学是时代的产物。每个时代有每个时代的文学。赵树理文学占据了那个时代中国乃至世界"人民文学"的制高点,所以赢得了世界读者;每个时代有每个时代的学术,俄苏汉学家积极译介-传播、研究赵树理文学并给以高度评价,应是顺理成章之事。

越是民族的越是世界的。

---

① B.索罗金、Л.艾德林《20世纪40年代的中国人民文学》,《中国文学简论》,莫斯科东方文学出版社1962年版,第178页。

② 同上。

③ A·鲍尔夏戈夫斯基《艺术家和教师》,《张来兴》俄译本,莫斯科:外国文学出版社1963年版,第6-7页。

④ 同上。

四 切尔卡斯基论艾青
——在 20 世纪世界诗坛上应怎样给艾青定位

Л.Е.切尔卡斯基是世界著名的俄国汉学家。他以 20 余部中国现代诗歌的翻译作品和学术著述被国际汉学界誉为中国现代诗歌研究的权威学者,20 世纪 80 年代欧洲利学基金会在编纂大型学术书 A Selective Guide to Chinese Literature.(1900—1949)(《中国文学精选指南(1900—1949)》)时特约他编纂本书的《现代诗歌卷》。为此,他撰写了徐志摩、戴望舒、汪静之、蒲风、艾青、田间等中国现代诗人的篇章,把中国诗人推向了世界。

切尔卡斯基在研究中国现代诗歌的过程中,逐渐对活跃于 20 世纪中国诗坛的杰出诗人艾青发生了浓厚兴趣。他不仅在其《中国 20—30 年代的新诗》(1972)、《中国战争年代的诗歌》(1980)等宏观研究中国现代诗歌的论著中,充分涉足和精心探究艾青诗歌,而且此后,还潜心翻译艾青诗歌和诗论,以便积累资料,对艾青进行专题研究。1989 年他翻译出版了艾青诗选《太阳的话》(莫斯科:虹出版社),并撰写了长篇序言,该序言可以说是一篇研究艾青的非常精湛的学术论文,比较精练地概括了艾青诗歌的艺术成就和审美价值;1993 年他又推出了一部研究艾青的专著《艾青:太阳的使者》(莫斯科:东方文学出版社),对艾青进行了深入细致的全方位的研究。因为他的研究是在宏观把握中国现代诗歌的基础上,在同俄国和世界著名诗人的比照中立论的,所以,他对艾青及其艺术成就的评价,还是比较客观而公允的;他给予艾青在中国和国际诗坛的定位,是非常准确的。

切尔卡斯基如此矢志不移地研究艾青诗歌及其创作道路,其最大的愿望就是要搞清艾青在世界诗坛上的定位。他在其《〈太阳的话〉俄译本序言》和《艾青:太阳的使者》等许多著述中都反复表述了这一思想。他说:"在 20 世纪世界诗坛上应把中国诗人——艾青放在与谁并列的位置?今天,在评论艾青五十多年的创作道路时,我们试图回答(后来又强调为"一定能够回答"——宋注)这个问题。"①

切尔卡斯基认真缕析了艾青的全部创作和理论著述之后庄重指出:艾青的诗歌创作在中国诗歌史上构成了一个完美的诗歌时代。卓越的天才诗人、诗歌批评家和理论家——艾青是作为抒情诗人、史诗作者和讽刺作家而闻名于世的。他的充满人道主义、坚信人民的创造力的诗歌作品很久已成为中华民族文化的不可分割的一部分。② 他指出,就艾青诗歌实质而论,艾青应是祖国文化传统的理所当然的继承人;同时,他的诗歌形式又是现代的,与20世纪的欧洲诗歌密切相关。③ 所以,艾青的诗歌很久以前就已跨出了国界。他的诗歌已经和正在被译成英语、法语、德语、意大利语、西班牙语、希腊语、日语和马来语等,很多年前就已译成了俄语。艾青的作品已成为世界文化的不可分割的一部分。④

切尔卡斯基对艾青的这种高度评价,是基于对艾青漫长而坎坷的人生经历和创作道路的深刻研究而提出的。其基本观点是:

(一)艾青是一个"永远和人民群众在一起"的平民化诗人

切尔卡斯基认为,艾青虽出生于地主家庭,但"从他出生的那天起,他就遭受了人世间的不公道和屈辱"。诚然,他生在地主之家,"人们有理由认为他是个少爷。然而,情况并非如此。其实,他的命运是非常不幸的!"⑤也许,正是由于这种"不幸",他才"幸运"地走进了劳动人民之中,从小就培养起了那种疾恶如仇,同情劳动人民的思想感情。所以,切尔卡斯基指出,童年时代"艾青在诸如其乳母大叶荷那样的劳动人民中间,培植起了一种纯朴的年轻人的思想感情"。⑥ 后来,当艾青知道了自己的乳母为了养育他而"亏待"(溺死)了自己的小女儿时说道:"自从听了这件事之后,我的内心里常常引起一种深沉的愧疚;我觉得我的生命,是从另外的一

---

① Л.切尔卡斯基《〈太阳的话〉(诗选)俄译本序言》,载宋绍香译/编《中国解放区文学俄文版序跋集》,中国文史出版社2004年版,第298页。
② 同上,第283页。
③ 同上,第284页。
④ Л.切尔卡斯基著《艾青:太阳的使者》(宋绍香译),中国文史出版社2007年版,第283页。
⑤ 同上,第7页。
⑥ 同上,第16页。

个生命那里抢夺来的。这种愧疚,促使我长久的成了一个人道主义者。"①切尔卡斯基指出,艾青的这种人道主义是用眼泪和鲜血凝聚而成的;在诗人的性格中,过去没有现在也没有狂放的温情主义和热衷于慈善事业的影子,"他总感到自己是属于这个世界的,是这个世界上的那些默默地严肃地献身,耐心地、通情达理地对待每天艰苦生活的人中的一分子"。②艾青从小铸就的这种平民化思想彻底影响了他的诗歌创作。切尔卡斯基说,艾青一生都处于一种严酷的社会环境之中,社会环境通常决定着诗人的语言风格和基调。"永远和人民群众在一起"——这就是艾青创作的基石。艾青认识到诗人只有与民众站在一起,才能产生内心的激情,使诗歌富于"战斗性"。艾青主张描写形成中国革命基石的劳动人民,塑造人民的光辉形象。为了让被描写对象读懂,他提倡文笔要朴实,要运用口语和人民语言写作;决不使用古典文学中的"八股腔"和那些只流行在知识分子层中的"过于文绉绉的辞藻"进行创作。③艾青对诗歌的要求是8个字:"朴素、单纯、集中、明快。"他呼吁诗人:要避免华丽的辞藻和为掩饰空话和假话的大话;要通过形象思维的方法表达自己的感情和观点……平民化诗人艾青的美学思想的核心就是清新、明快。他不倦地反复强调诗歌应该让被描写对象读懂。④为此,他注意并善于运用"明喻""隐喻"和形象对比的艺术手法。这些艺术手法的运用是出其不意的,但是原原本本的,自自然然的流露,决非其超群的才智之产物,而是因为他有一颗善良的富于同情的(平民)心。⑤

(二)艾青具有坚定的人生信念

艾青虽历经磨难,但却勇往直前,永葆"创作青春"。切尔卡斯基认为,这就是因为他具有坚定的人生信念。其创作信念在其《诗论》《诗人

---

① 艾青《赎罪的话——为儿童节写》,娄东仁、夏晓非编《艾青散文》上集,中国广播电视出版社1994年版,第223页。
② Л.切尔卡斯基著《艾青:太阳的使者》(宋绍香译),中国文史出版社2007年版,第9-10页。
③ 同上,第103-104页。
④ 同上,第269、51页。
⑤ 同上,第265页。

论》等论著中都已阐明无遗。切尔卡斯基援引下列艾青名言,概括了艾青的创作信念:

诗是自由的使者,永远忠实地给人类以慰勉,在人类的心里,播散对于自由的渴望与坚实的种子。

诗的声音,就是自由的声音;诗的笑,就是自由的笑……

把诗交还给人民吧!——让它成为人民精神的武装。①

诗不但教育人民应该怎样感觉,而且更应该教育人民怎样思想。

诗不仅是生活的明哲的朋友,同时也是斗争的忠实的伙伴。②

诗人们,在我们生活着的岁月,应该勇猛地向暴君、寄生者、伪君子们射击。

——因为这些东西存在着一天,人类就受难着一天③

切尔卡斯基在指明了艾青的"创作信念"之后,严肃地指出艾青没有什么可遗憾的,他出色地完成了自己的神圣使命。他说:"艾青没什么可自责的,他最先履行了自己的诺言。严正的人道主义和对非正义的愤慨,促使他拿起了写诗的笔。"④切尔卡斯基指出,艾青始终虔诚地坚守自己的创作信念,他"反对形形色色的形式主义和沉湎于'西化'的作品,他不理会那'写光明呢? 写黑暗呢?'的争论话题,对他来说,一条重要的原则就是忠实地反映现实,客观地描写现实——描写发展变化中现实生活的真实。艾青是片面性和主观性的大敌"⑤。切尔卡斯基对某些中国批评家无视诗人的创作信念,误读或曲解诗人作品的现象进行了严厉批评,他指出,某些批评家在《我的父亲》这部长诗中似乎看到了艾青"背叛了自己的阶级"(当然是个重要标志),但实际上,艾青什么都没有"背叛"!他只是遵循自己初始的心灵"召唤"(信念),不懈地探索周围世界,认准人类最有意义的奋斗目标之后而做出的一种"社会选择"。自传体长诗《我的父亲》,其主

---

① 艾青《诗论》,海涛、金汉编《艾青专集》,江苏人民出版社 1982 年版,第 114 页。
② 同上,第 118 页。
③ 同上,第 135 页。
④ Л.切尔卡斯基《〈太阳的话〉(诗选)俄译本序言》,载宋绍香译/编《中国解放区文学俄文版序跋集》,中国文史出版社 2004 年版,第 283 页。
⑤ Л.切尔卡斯基著《艾青:太阳的使者》(宋绍香译),中国文史出版社 2007 年版,第 104 页。

题思想与长诗《大堰河——我的保姆》是一脉相承的,它们都描写了中国社会的对抗性矛盾的一种"内趋力"。① 切尔卡斯基评论道:"他(艾青)的作品是用心血写成的,他只忠实于自己的情感,信奉生活的真理。"②

切尔卡斯基自问自答:在瞬息万变的世界,在战争与革命、流血与暴力肆虐的世界,在不可遏抑的渴望美好未来的世界,诗人的作用是什么? 诗人的岗位在哪里? 艾青早就十分清楚地认识到:"诗人不仅应该是社会的斗士,同时也必须是艺术的斗士——和恶俗斗争,和无意义的喧吵斗争,和同时代的坏的倾向、低级趣味、一切不健康的文字风格斗争……"③艾青在"努力贯彻"从惠特曼、凡尔哈伦,以及马雅可夫斯基所带给诗上的革命,他说:"我们必须把诗成为足够适应新的时代的新的需要的东西。我们要改变诗的生产方法——把诗从小手工业的形式中突破,用任何新的形式去迎合新的时代的新的需要。"④

切尔卡斯基认为,艾青把履行自己的创作信念视为神圣天职,管它叫"诗神"。艾青说每个诗人都有自己的诗神,惠特曼和着他的诗神散步在工业的美利坚的民众里;叶赛宁的诗神驾着雪橇追赶着镰刀形的月亮;凡尔哈伦的诗神彷徨在佛拉芒特的原野,又忙乱地出入于大都市的银行、交易所、商场,又在烦嚣的夜街上,像石块般滚过;而马雅可夫斯基则和着他的诗神以口号与示威运动欢迎"十六年"的到来……艾青向这些令人尊敬的诗人们学到了许多宝贵的东西,然而,他走的却是自己的道路。因为,他说:"每个诗人有他自己的一个诗神。"⑤

切尔卡斯基在评析艾青的监狱诗时指出,艾青歌颂了那些为他人而献身的伟大人物,心甘情愿地接受了痛苦的真理并永不放弃;还在监狱时他就表明已准备好了一支"自由歌者的芦笛",就像在法国大革命时期一样,到"烈火中锻炼"。艾青坚信艺术和革命,因为——切氏援引艾青的话——"假如说,革命的理论是从思想上去影响人朝向革命,组织人为革命而行动;那么革命的文艺创作则是从感情开始到理智去影响人走向革命,

---

① Л.切尔卡斯基著《艾青:太阳的使者》(宋绍香译),中国文史出版社2007年版,第110页。
② 同上,第102页。
③ 同上,第221-222页。
④ 同上,第222页。
⑤ 同上,第222页。

组织人为革命而生,为革命而死。"①

正是这种坚定的艺术与革命的信念,使艾青的诗歌登上了当代诗歌的巅峰。

(三)艾青:太阳的使者、歌者、代言人

一个伟大的诗人永远诅咒黑暗,讴歌光明。

切尔卡斯基认为,艾青正是这样一位诗人。抗战前他写了歌颂太阳的《太阳》(1937);抗战中又写了《向太阳》(1938)、《太阳》(1940)、《太阳的话》(1941)、《给太阳》(1942),还有歌赞光明的《火把》(1940)、《野火》(1942)和《黎明的通知》(1943);"文革"后又一连推出了歌颂光明和温暖的诗歌《电》(1978)、《东方是怎样红起来的》(1978)和《光的赞歌》(1979)等,构成了一个绚丽多彩的阳光世界。所以,切尔卡斯基说:"我称艾青是'太阳的使者',但他同时也是'太阳的歌者''光的代言人'。"尽管太阳有时"隐藏在乌云后面",有时"痛苦地半微笑着似乎永远离开了人间",但是,诗人按现实生活和人民的感情及诗人本人的意愿而改观了的这唯一的太阳,仍然在天空明亮地照耀着大地——人间。② 太阳这一光辉意象,给人民增强了力量,给国家/民族带来了希望。从这种意义上讲,"太阳的歌者"就是国家/民族、人民的歌者;"光的代言人"就是国家/民族、人民的代言人。美国诗人惠特曼早就强调指出,作为国家/民族代言人的诗人应当与国家/民族具有绝对的一致性③。切尔卡斯基也认为,民族的歌者,并不就是"歌德派",而是当国家/民族面临危难之时,他能挺身而出,用自己的诗歌唤起民众,"否定黑暗的过去,批判残酷的现在,争取光明的未来"。④ 切尔卡斯基指出人民的歌者艾青正是这样做的:当1931年9月18日,日本侵略者侵占了东三省,民族危急日益加剧时,当时正在法国学画的艾青就积极参加了"世界反帝大同盟"会议,并于1932年1月16日创作了

---

① 艾青《我对于目前文艺上几个问题的意见》,《艾青专集》,海涛、金汉编《艾青专集》,江苏人民出版社1982年版,第337页。
② Л.切尔卡斯基著《艾青:太阳的使者》(宋绍香译),中国文史出版社2007年版,第258页。
③ 参阅刘树森《21世纪惠特曼研究管窥——兼评〈致惠特曼,美国〉》,载《国外文学》2004年第4期。
④ Л.切尔卡斯基著《艾青:太阳的使者》(宋绍香译),中国文史出版社2007年版,第90页。

诗歌《会合》。初始诗人首次拿起写诗的笔,描写了一群来自中国、日本、越南等国的年轻人,"虔爱着自由,恨战争,/为了这苦恼着,/为了这绞着心……"(《会合》);抗战前夜艾青创作了《煤的对话》,他以"煤"讲出的无可辩驳的真理,即中华民族于危难中奋起的道理去感染读者,这是燃烧的、不屈的民族之魂的象征;这是渴望战斗("我还活着")、准备战斗("给我以火")的人民精神的象征①;战争时期艾青写了《他死在第二次》,呼唤了为祖国、为解放而英勇献身的精神,歌颂了伟大的爱国主义思想;诗集《北方》是艾青描写战争的最优秀的作品。作品中虽然没有战斗场面的描写,也没有描写冲锋陷阵的士兵,但是它却令人信服地、令人看得见地展现了战争的氛围,大规模地描写了卷入这场风暴的人民群众。但诗人重点描写的还是人民群众所发生的巨大变化:日本侵略者的暴行激起了他们的民族仇恨,他们不再消沉,不再犹豫,坚决投入到火热的抗日斗争中去②;在和平年代的"文化大革命"时期,国家/民族又面临着严重的危机。当时身在塞外的"摘帽右派"艾青在挨整之余,仍在为国家/民族命运担忧,"文革"末期还偷偷跑到北京,加入到挽救祖国命运的天安门广场的花海与诗海之中。切尔卡斯基指出,这一时期,艾青顽强地创作了大量诗歌作品,他从当代国家发生的根本变化出发,对国家出现的这场"文革"悲剧反反复复地进行了深刻的思考。③ 切尔卡斯基说,艾青描写"文化大革命",从不装腔作势,甚至非常冷静,避免描述详细情节,不去描写生活中的"伤痕"和"伤疤"面,至于他个人的"流放"生活更不是审美描写的对象,重点在于关注这场悲剧的道德观念,但是他的痛苦也并未因此而减弱。④ 总之,艾青对人民的苦难不想轻描淡写,不想将这一冲突简单化,也不低估这场灾难的波及面。摆在他面前的一项道义上的任务就是要讲真话;"讲真话的目的不是教育受害者要'复仇',而是教育犯错误的人要'忏悔',要提高警惕,确保历史悲剧不再重演。"⑤"太阳的使者"——人民歌者艾青就是这样"与国家/民族具有绝对的一致性"。

---

① Л.切尔卡斯基著《艾青:太阳的使者》(宋绍香译),中国文史出版社 2007 年版,第 62 页。
② 同上,第 83、86 页。
③ 同上,第 206 页。
④ 同上,第 299 页。
⑤ 同上,第 228 页。

（四）艾青是祖国文化、东西方优秀文化的继承人

艾青出生于辛亥革命前一年,是中国社会从近代向现代转型的民主革命时期。郭沫若说:"文学是革命的前驱,而革命的时期中永会有一个文学的黄金时代出现。"①从这种意义上讲,艾青的人生和创作道路尽管非常坎坷,但作为一位伟大诗人,生于斯长于斯,应该说,也还是很幸运的。他从小就受到了中国传统文化的良好教育,上小学时就能出色完成老师布置的改写杜甫名诗《石壕吏》的作文,并得到老师的表扬;上初中时就"拜读了'五四'作家,首先是鲁迅的作品;结识了当年传播社会科学、哲学、美学的定期刊物——《新青年》《创造》《科学的社会主义》等"②;在杭州"艺术院"时,院长是著名画家、齐白石的朋友林风眠,中国画老师是国画艺术大师潘天寿,水彩画老师是"掌握其艺术奥妙的"孙福熙,中国著名的象征派诗人李金发也是他的老师。可以说,艾青是饮着中国传统和现代文化的乳汁长大的。这对其后的诗歌创作产生了重大影响。切尔卡斯基称赞艾青诗歌中的形象"婀娜多姿,具有国画风格,矜持而低沉",烙有"中国传统的印迹"③;赞扬其诗歌中"诗节是灵活可变的,韵脚是多种多样的";其"诗歌语言富于意象比喻,同时又是简洁明快的"。他说:"就其诗歌实质而论,艾青应是祖国文化传统的理所当然的继承人。"④

切尔卡斯基同时又指出,艾青的诗歌形式还是现代的,这与20世纪的欧洲诗歌密切相关。这是因为年轻艾青在巴黎学画时就努力汲取西方文化,他结识了西方艺术大师列奥纳多·达·芬奇、埃尔·格列科、维拉斯克斯、鲁宾斯、伦勃朗等的油画;他更钟爱塞尚、高更、梵·高、马蒂斯的伟大作品。切尔卡斯基认为,这些伟大作品中的卓越形象,"帮助他(艾青)感觉到了对象的色感和质感,线条的节律和形式的和谐。这一切,都出其不意地在其诗歌语言中充分地体现了出来"。其实,还在巴黎时,艾青就对中国传统绘画及其理论与展现在他面前的这种亘古未有的崭新艺术,作了充

---

① 郭沫若《革命与文学》,《郭沫若研究资料》,中国社会科学出版社1981年版,第230页。
② Л.切尔卡斯基著《艾青:太阳的使者》(宋绍译),中国文史出版社2007年版,第15页。
③ 同上,第260-261页。
④ Л.切尔卡斯基《〈太阳的话〉(诗选)俄译本序言》,宋绍香译/编《中国解放区文学俄文版序跋集》,中国文史出版社2004年版,第283页。

分的对比和深入的研究。① 这一时期艾青还贪婪地读了许多书：从空想社会主义、马克思主义，到康德和黑格尔的哲学著作他都读。但是，他重点拜读的除俄国的果戈理、屠格涅夫、陀思妥耶夫斯基、安德烈耶夫、马雅可夫斯基、布洛克等的作品外，为了学习法语，他还阅读了大量的法国文学作品，"为自己打开了阿波里内尔和兰波的诗歌世界"。艾青的早期诗歌大抵是反映这段生活的作品（《芦笛》《马赛》《巴黎》等），所以，切尔卡斯基说："艾青全心全意地接受了法国的文化和法国的自由思想"，他"永远是学习西方优秀文化的热情的支持者"。② 但是，艾青并不是"盲目模仿"（"抄袭外国"），他反对"引进那些在外国都已经抛弃了的破烂"。③ 他接受法国科学、民主、自由思想，却"痛斥资产阶级生活形象"。他称马赛是"掠夺和剥削的脏库"，是"盗匪的故乡"。他追求的是人类美好、进步的东西。他从普希金的《先知》中领悟到了"东西方思想文化上有许多共同的东西"。所以，切尔卡斯基认为艾青"理所当然的"是"东西方伟大文化的继承者"。④

切尔卡斯基追忆了半个多世纪来艾青"与祖国人民同患难共胜利"，以自己的诗歌，唤起民众的"危机意识"，激发人民的"民族感情"，"鼓舞人民投入社会主义建设"的创作道路后结论道：艾青的"这些美德都是世界著名诗人如纳兹·希克梅特和巴勃罗·聂鲁达所共有的。他们创作的所有诗歌作品，和艾青的作品一样，都唤起了这个世界上最需要的良知和人格、勇气和英雄主义、善良和希望"；都"给人一种得以激发起这些道德规范的力量"。⑤

艾青是与希克梅特和聂鲁达并驾齐驱的世界级的大诗人——这便是世界著名汉学家 Л.Е.切尔卡斯基给艾青在 20 世纪世界诗坛上的定位。

五 周立波文学在俄苏：译介、研究、评价

周立波是一位荣获斯大林文学奖金的著名的解放区作家。其文学创作

---

① Л.切尔卡斯基著《艾青：太阳的使者》（宋绍香译），中国文史出版社 2007 年版，第 25 页。
② 同上，第 47、239 页。
③ 同上，第 239 页。
④ 同上，第 282 页。
⑤ Л.切尔卡斯基《〈太阳的话〉（诗选）俄译本序言》，宋绍香译/编《中国解放区文学俄文版序跋集》，中国文史出版社 2004 年版，第 299 页。

和文学翻译功底深厚。他以自己独具一格的文学创作、精辟的文艺批评和出色的文学翻译构筑起自己的文学体系。他像某些二三十年代的很有成就的大作家那样，也是经历了"翻译—理论—创作"的文学准备阶段，因而具有很深的文学功底和很高的艺术造诣；同时，他又像当时解放区的其他新秀们那样，饱饮了革命圣地的乳汁，经历了革命战争的洗礼，所以，他又赋有强烈的历史使命感和时代责任感。半个多世纪以来，他始终和人民同呼吸，共命运，真实地表现时代的脉动和人民的心声，写出了许多优秀的文学作品。这些作品，不但在国内引起了强烈的反响，而且几乎同时也引起了国外尤其俄苏读者和汉学界的极大关注，对其进行积极的传播与研究。

（一）译　介

1951年，莫斯科外国文学出版社出版了苏联著名作家、汉学家 В.鲁德曼和 В.卡利诺科夫合译的《暴风骤雨》俄译本。

1952年，莫斯科外国文学出版社再版《暴风骤雨》，В.鲁德曼、В.卡利诺科夫合译，Б.舒普列佐夫校，附有《出版者的话》和周立波《我怎样写〈暴风骤雨〉》。

1953年，莫斯科，外国文学出版社出版了《中国中短篇小说集》，Ю.卡拉谢夫编，С.伊凡科作序。其中收录了袁静、孔厥、马烽、周立波、康濯等作家作品。

1955年5月，北京作家出版社出版了《铁水奔流》单行本。

1957年，俄苏就出版了周立波著《铁水奔流》俄译本，С.伊凡科译，Р.阿法纳西耶夫校，莫斯科：外国文学出版社出版。

1958年，周立波的长篇小说《山乡巨变》正篇在国内问世。1960年，莫斯科外国文学出版社便出版了它的俄译本。该译本由 В.克里弗佐夫译，В.沃叶沃金校。译者将书名译为《春到山乡》（Весна приходит в горы），并在卷首辅以研究论文《周立波及其新长篇小说〈春到山乡〉》作为译序，比较全面地论述了周立波的创作道路及其新作《山乡巨变》正篇的艺术成就。

1960年，北京出版了《山乡巨变》续篇。1962年，莫斯科外国文学出版社就出版了它的俄译本。译者仍为 В.克里弗佐夫，但由 В.彼特罗夫校审。译者将《续篇》书名译为《清溪》，并重新撰写了序言。

到1960年代初,可以说,周立波的代表作品基本都被移植到俄苏,立波文学被译介到俄苏后,以其题材的重大、时代特质的强烈,以及具有民族特色的中西艺术之融合,深受俄苏读者的欢迎,颇得汉学界的重视,几乎与其同时,便展开了对周立波的研究。

(二) 研 究

1951年7月,周立波参与摄制的彩色文献纪录片《解放了的中国》荣获斯大林文艺奖金一等奖。同年,B.鲁德曼为《暴风骤雨》俄译本撰写的《序言》问世(外国文学出版社,1951),开始全面、系统地研究这部巨著。

1952年3月,苏联斯大林奖金委员会决定授予《暴风骤雨》1951年度斯大林文学奖金三等奖。为此,1952年3月15日,苏联《真理报》发表了《关于给丁玲、周立波、贺敬之、丁毅颁发1951年度斯大林奖金》的报道。同日,苏联《文学报》发表了重要社论:《社会主义现实主义文学的新成就》。同年,莫斯科外国文学出版社出版了Б.舒普列佐夫撰写的《〈暴风骤雨〉俄译本第二版出版前言》。

紧接着,苏联其他报刊也都争先恐后地跟上进行评论:

1952年1月27日,苏联《真理报》发表了H.霍赫洛夫《描写中国农村伟大变迁的长篇小说》;3月19日,苏联《真理报》刊发了И.阿尼西莫夫评论周立波的文章《与人民同行的作家》;6月,苏联《远东》杂志第6期刊登了B.克里弗佐夫评论周立波的文章《新中国上空的太阳》;7月2日,苏联《劳动》杂志发表了З.特罗伊茨卡娅的《胜利的果实》评论周立波的长篇小说;7月18日,苏联《乌克兰真理报》刊登了Л.波兹德涅耶娃《兄弟般人民的形象》;8月,苏联《女工》杂志第8期发表了H.帕霍莫夫《描写伟大转变的书》;11月,苏联《东方之星》杂志第11期,刊登了鲁德曼《新中国文学的旗手们》;同年,苏联《苏联军人》杂志第18期发表了A.马卡罗夫《在火线上》。同年,莫斯科出版了И.叶尔马舍夫、B.维什尼亚科娃著《人民巨人的形象》,载苏联《1951年优秀文学作品论文集》,第376-399页。

1955年,Л.艾德林发表研究论文《周立波及其长篇小说〈暴风骤雨〉》,载苏联《人民民主国家作家》论文集,莫斯科国家文艺出版社,第52-69页。

1957年,苏联外国文学出版社出版了P.阿法纳西耶夫撰《〈铁水奔流〉

俄译本出版前言》。

1960年,苏联外国文学出版社出版了В.克里弗佐夫撰《周立波及其新长篇小说〈山乡巨变〉》,载《山乡巨变》正篇俄译本。

1962年,В.克里弗佐夫撰《〈山乡巨变〉续篇俄译本序言》,载《山乡巨变》续篇俄译本,莫斯科外国文学出版社出版。

……

俄苏报刊对周立波作品的报道和评论,在俄苏掀起了一轮周立波"热",大大促进和深化了俄苏的周立波研究。一时间涌现出一批较有分量的研究著述:如Л.艾德林《描写伟大改造的长篇小说》(莫斯科,1952)、《论当代中国文学》(《真理报》,1955)、《周立波及其长篇小说〈暴风骤雨〉》(莫斯科,1955);В.鲁德曼《〈暴风骤雨〉俄译本序言》(莫斯科,1952);费德林《中国当代文学论集》(莫斯科,1953);В.克里弗佐夫《周立波及其新长篇小说〈山乡巨变〉》(莫斯科,1960);В.索罗金、Л.艾德林《中国文学简论》(专著)(莫斯科,1962)等。这些论文和论著,都对周立波的创作道路进行了全面、系统的分析和研究,对周立波及其文学给予了高度评价。

(三)评 价

众所周知,俄苏对周立波文学的评价是很高的。他们探讨的重点是周立波的获奖作品《暴风骤雨》。俄苏汉学家们指出,周立波的《暴风骤雨》和丁玲的《太阳照在桑干河上》一样,都是反映土地改革的优秀作品。

土地改革题材,在当时来说,是十分"重大"的,也是十分"必要"的,它已"成为当代中国文学的一个中心主题"。《暴风骤雨》俄译本的译者В.鲁德曼和编者Б.舒普列佐夫都分别十分明确地表明了自己的观点:

其一,"土地改革",是解放中国生产力,保障中国经济、政治独立的基础,也是创建独立的人民共和国十分必要的条件。所以,它是当时中国文学的一个"中心主题";

其二,解放区文学是接受民主革命时期尤其抗日战争时期的文学成就发展起来的,因而,土地改革巨大的进步意义不仅在于改善了人民的生活,而且促进了贫农阶级觉悟的迅速提高,为中国一切生产力的发展创造了条件。它最充分地展示了人民中新人的形成历程;

其三,解放区文学,就其本质富于人民性的,运用人民群众通俗易懂的生动语言写作的文学而言,它是沿着1942年毛泽东指引的道路发展起来的。①

"对人民群众,对人民的劳动和斗争,对人民的军队,人民的政党,我们当然应该赞扬……我们所写的东西,应该是使他们团结,使他们进步,使他们同心同德,向前奋斗,去掉落后的东西,发扬革命的东西,而绝不是相反。"②中国共产党领袖的这些指示,揭开了中国文学史的新篇章。

在表现这一"中心主题"的作品中,周立波的《暴风骤雨》得到了俄苏汉学家们很高的评价。Б.舒普列佐夫在编者前言中写道:"反映土改的第一部巨著,就是天才的中国作家周立波的长篇小说《暴风骤雨》。"③著名汉学家 B.索罗金、Л.艾德林在论及反映这一"中心主题"的作品时强调指出:"在这里,首先应该提到共产党员作家周立波的长篇小说《暴风骤雨》。"④该著译者、著名作家 B.鲁德曼在译者序言中也表达了这一观点:"长篇小说《暴风骤雨》,以其激动人心的题材的宽广与丰富,明显地区别于中国描写土改生活的其他作品。"⑤

那么,俄苏学者们的这一论点是基于什么样的"论据"而提出来的呢?综合他们的宏论,可以概括为如下几点:其一,文学是人学,应该写人,写新人,尤其要写新人的形成历程。他们认为:土改这一主题对当代中国文学的鲜明意义在于,它最充分地展示了人民中的新人的形成历程。⑥ Б.舒普列佐夫说:"周立波在其小说中并未局限于描写农民反对使他们陷入贫困与饥饿的封建土地所有制的斗争,他集中描写的主题是展现新人的诞生和

---

① B.鲁德曼《暴风骤雨》俄译本第一版序言,载宋绍香译/编《中国解放区文学俄文版序跋集》,中国文史出版社2004年版,第60-61页。

② 毛泽东《在延安文艺座谈会上的讲话》,《毛泽东选集》一卷本,人民出版社1964年版,第806页。

③ Б.舒普列佐夫《暴风骤雨》俄译本第二版出版前言,载宋绍香译/编《中国解放区文学俄文版序跋集》,中国文史出版社2004年版,第67页。

④ B.索罗金 Л.艾德林《20世纪40年代的中国人民文学》,原载《中国文学简论》俄文版,莫斯科东方文学出版社1962年版,第178页;译载宋绍香译/编《中国解放区文学俄文版序跋集》,中国文史出版社2004年版,第313页。

⑤ B.鲁德曼《暴风骤雨》俄译本第一版序言,载宋绍香译/编《中国解放区文学俄文版序跋集》,中国文史出版社2004年版,第64页。

⑥ B.鲁德曼《暴风骤雨》俄译本第一版序言,载宋绍香译/编《中国解放区文学俄文版序跋集》,中国文史出版社2004年版,第61页。

成长的历程"①;其二,文学作品应塑造艺术形象,周立波成功地塑造了"一系列农村典型人物"。B.索罗金、Л.艾德林在其论著中曾经提出文学作品主要应该塑造艺术形象。而 B.鲁德曼指出周立波在其作品中成功地推出了"一系列农村典型人物"。如"党的智慧与良知的体现者"肖祥,"农民的领头人"赵玉林,老雇农郭全海,还有"色彩鲜丽的人物"白玉山和白大嫂形象等等。但是,他又进一步阐明:"但作者决不仅限于此,同时,他还描写出了中国农村先进人物的形成和思想发展的典型的当代中国画卷";其三,人民文学应具有使人民通俗易懂的艺术形式。B.鲁德曼认为《暴风骤雨》正是这样的作品。所以,"这部从艺术形式到语言运用都是广大人民群众通俗易懂的长篇小说受到了热烈的欢迎"②。基于以上的因素,所以 B.索罗金、Л.艾德林结论道:"文学作品主要应该塑造艺术形象,长篇小说《暴风骤雨》作者的成就在于,他创作了具有高度思想性与艺术性相结合的作品,描写了当代从未发生过的历史变革。"③

俄苏汉学家对周立波的新长篇小说《山乡巨变》正篇和续篇也颇感兴趣。《山乡巨变》的译者,著名汉学家 B.克里弗佐夫在其俄译本《序言》中指出,周立波的第一部长篇小说《暴风骤雨》描写的是中国农村的"土改"生活,而这部新长篇小说描写的则是中国农村的"合作化"生活。如果说,在《暴风骤雨》中,"作者通过许多不同人物的命运,描绘了共产党怎样焕发起沉睡中的农民的创造力,农民怎样克服自己对地主的固有的恐惧和听天由命的心理,在农村掀起一场巨大的农民运动,这场运动,其势如暴风骤雨,彻底扫除了过去统治了数千年之久的封建关系"。那么,"周立波这部新长篇小说的特点是结构极为单纯、朴实、自然。这部小说的情节是以后章与前章首尾相接的形式展开的。作者运用中国古典小说的传统手法,把小说中的人物一个一个地介绍给读者,作者几乎把每一章都写成了一个具有独立意义的短篇,同时,每一章又与全书的总体结构有机地糅合在一起,

---

① Б.舒普列佐夫《暴风骤雨》俄译本第二版出版前言,载宋绍香译/编《中国解放区文学俄文版序跋集》,中国文史出版社 2004 年版,第 67 页。

② B.鲁德曼《暴风骤雨》俄译本第一版序言,载宋绍香译/编《中国解放区文学俄文版序跋集》,中国文史出版社 2004 年版,第 64 页。

③ B.索罗金 Л.艾德林《20 世纪 40 年代的中国人民文学》,原载《中国文学简论》俄文版,莫斯科东方文学出版社 1962 年版,第 178 页;译载宋绍香译/编《中国解放区文学俄文版序跋集》,中国文史出版社 2004 年版,第 313 页。

犹如事件总链条中的一个单环"。他认为,这部小说洋溢着中国农村的乡土气息,散发着山中盛开的茶子花的幽香。读完作品的前几章,读者已经爱不释手,立刻感到,这部作品不是在与世隔绝的书房的死寂中,而是在生活的最深处写成;作者不是一位脱离生活的杜撰家,而是一位生活的积极参与者。①

克里弗佐夫的分析十分到位。并进而指出,作者十分熟悉他所写的对象。正因为如此,他的长篇小说才给我们展现了一幅独具中国画风的风俗画,他的作品中的农民形象才如此绚丽多姿,他们的语言才这样闪烁着劳动人民无比的幽默。②

同时,他还非常赞赏周立波的语言特色及其刻画人物的艺术手法。他说,关于周立波的语言特点,应该多讲几句。周立波是生动的群众语言的专家。他在这部新小说中使用了许多方言。作者广泛地,尤其在像亭面糊这样一些人物的对话中,丰富地夹杂上了许多方言土语。这就给他的语言增添了一种特别鲜亮的色调,从而能够给自己的人物赋予其个性化的语言。虽然,这给翻译工作造成了特殊的困难。但是,要保留中国人讲话的那种韵味,这是非常重要的。③

克氏进一步指出,周立波善于运用简洁的笔法刻画人物形象。但是,作者的绘画才能——可能——在写景方面表现得尤其突出。小说中片片断断有不少自然景色的描写,构成了一幅幅洒脱、精致的山乡的风俗画。但是其中亦有在风景画中所没有也不可能有的东西——当时的运动、进程、变化。但是,周立波任何时候也不满足于单纯的写景,他善于精练地、巧妙地以景寄情,情景交融,揭示人物的内心世界,通过对自然景致或者势态细节的描写刻画人物性格。克氏认为,小说中漫散着这样一些细节,骤然看来并不怎么起眼儿,而事实上却是非常重要的,正是这些细节构成了中国新农村的宏伟、美丽的画卷。但是,周立波的长篇小说最有力之点在于作者虽然喜欢描写生活细节,但他力求反映的绝不是局部的,偶然的事情,而是突出的,鲜明的事件,是人民生活的最重要的方面。虽然该小说所反映的事件并没超越山乡这一范围,然而作者却给我们打开了通向所有中

---

① B.克里弗佐夫《周立波及其新长篇小说〈春到山乡〉——〈山乡巨变〉正篇俄译本序言》,载宋绍香译/编《中国解放区文学俄文版序跋集》,中国文史出版社2004年版,第69-76页。

② 同上。

③ 同上,第89-91页。

国农村的窗口,展示了数百年的中国农村制度实现了巨大的具有深远历史影响的变革,基本上形成了新的人与人之间的关系,我们亲自看见这种关系改变了这个地球上最古老的国家的整个面貌。①

俄苏汉学家不但看重周立波的创作,而且也十分重视他的翻译作品。20世纪40年代周立波翻译的第一部巨著是肖洛霍夫的《被开垦的处女地》,俄苏学者对此非常敬重。他们认为,周立波是苏联文学的热情的宣传者。他把苏联文学当作自己最好的先生。周立波写道:"我们文艺工作者从苏联文学里学习了最进步的创作方法。这种方法教导着我们要有深刻的思想性,要紧紧和人民联结在一起,要忠实地表现劳动人民的战斗和生活。"(《我们珍爱苏联的文学》)并由此得出以下结论:

(1)中国人民的民族解放斗争是世界革命斗争的一部分;而由其诞生的中国的民主文学也是世界革命文学一部分。这一斗争的发展,这一文学的形成,都是在俄国伟大的十月革命的直接影响下在中国完成的。

(2)正如中国现实主义文学奠基人鲁迅不止一次地指出的那样,起初是俄国文学,而后是苏联文学,对中国人民来说,它们是老师和朋友。鲁迅强调指出,俄国和苏联文学使中国人看清了世界上有两种人:压迫者和被压迫者。

(3)周立波属于鲁迅培养出来的那一批中国现实主义作家——鲁迅教他们热爱苏联文学,并嘱咐他们要在中国广大群众中广泛宣传苏联文学。周立波翻译的苏联优秀著作——米哈伊尔·肖洛霍夫的长篇小说《被开垦的处女地》,对其后来的所有文学创作产生了巨大的影响。②

于是,他们从文学影响学的角度,运用比较文学的研究方法,分析研究周立波作品的人物。B.鲁德曼认为周立波自觉地赋予其众多人物以肖洛霍夫人物的特点,最突出的例子就是赶车人老孙头。"这个滑稽鬼和愉快的打诨者是出身格列米亚奇山谷的舒卡里老爹的亲兄弟。"但是。鲁德曼又强调指出,周立波绝不是模仿,而是具有深刻的原创性。他说:"但是,这里要特别说明的是,任何模仿或机械借用当然是绝对不可以的,长篇小说《暴风骤雨》的人物形象决非如此,而是具有深刻的独特风格和原创性,就

---

① B.克里弗佐夫《周立波及其新长篇小说〈春到山乡〉——〈山乡巨变〉正篇俄译本序言》,载宋绍香译/编《中国解放区文学俄文版序跋集》,中国文史出版社2004年版,第89-91页。

② B.鲁德曼《暴风骤雨》俄译本第一版序言,载宋绍香译/编《中国解放区文学俄文版序跋集》,中国文史出版社2004年版,第60-65页。

像养育他的环境那样,具有独特的风格和不可模仿性。"①

《山乡巨变》俄译本的译者 B.克里弗佐夫也作了这样的比较研究。他指出:"俄罗斯读者不难感到,作品(指《山乡巨变》续篇——引者)中这些人物的言行、痛苦、斗争,直至找到幸福时的欢快,虽然都带有其民族特性,然而,它们作为人,却使我们感到非常亲切,有时竟与我们在俄罗斯故乡农村所见到的某些人物多么惊人的相似!"② B.克里夫佐夫把《山乡巨变》中的亭面糊也同肖洛霍夫笔下的舒卡里作了比较。他说:"你瞧我们的老相识亭面糊,他是个可爱的饶舌家和吹牛匠,在他身上虽说有其个性和民族特性,可是也有格列米亚奇谷地里的舒卡里老爹的某些性格。他作为一个有血有肉的活生生的人出现在读者面前。"③

俄苏汉学家们将周立波文学同世界文学名著《静静的顿河》《被开垦的处女地》作了比较深入的比较研究,其目的,绝非贬低周立波文学"模仿复制"或"机械搬用",而是在探讨作为"人学"的文学的共性和个性,从而真正理解周立波文学的文学价值及其世界意义。

总之,俄苏汉学家认为,周立波的创作乃至全部生活都密切联系人民,积极干预生活,生动反映现实中最重要的课题,善于在作品中描绘广阔的、令人难忘的人民生活的画面……"在这些方面他是我们卓越的楷模"。④

正如实事求是地、严肃地对待周立波文学的成就那样,俄苏汉学家们对周立波文学的不足之处也给予了诚恳的批评。他们指出《暴风骤雨》"显得有些冗长和结构松散"(B.鲁德曼);《山乡巨变》中的个别人物如李月辉、刘雨生写得还不够丰满——"周立波的严重失算在于,在小说中街坊邻居和同志们对李主席的言论评价够多的了,然而没有很好地在行动中去刻画他,没有在同其他人物的矛盾冲突中去展示他的形象"。而刘雨生的形象呢?也"不够丰满,未能塑造成一个活生生的有血有肉的现实生活中的人"(B.克里弗佐夫)。

---

① B.鲁德曼《暴风骤雨》俄译本第一版序言,载宋绍香译/编《中国解放区文学俄文版序跋集》,中国文史出版社 2004 年版,第 60—65 页。
② B.克里弗佐夫《〈山乡巨变〉续篇俄译本序言》,载宋绍香译/编《中国解放区文学俄文版序跋集》,中国文史出版社 2004 年版,第 89、87 页。
③ 同上。
④ B.克里弗佐夫《周立波及其新长篇小说〈春到山乡〉——〈山乡巨变〉正篇俄译本序言》,载宋绍香译/编《中国解放区文学俄文版序跋集》,中国文史出版社 2004 年版,第 71—72 页。

正如我们大家都能理解的那样,由于历史的原因,周立波文学也不可避免的带有一定的局限性。俄苏汉学家也认同某些西方学者的意见:周立波应该是一个有能力把握生活而且愿意深入生活的作家,所以,在他的作品里,可以看到现实生活的感受给它赋予了现实主义成分。但是,"由于政治要求,又使它忽视了生活本身强有力的逻辑发展,这从《山乡巨变》所创造的人物形象上可以看到这种矛盾在艺术表现上不平衡的状态"。①

然而,瑕不掩瑜,如上所述,周立波文学早就洋溢着"中国农村的乡土气息",散发着湖南山乡"盛开的茶子花的幽香",跻入了世界文坛。他的优秀文学作品同他的丰富的创作经验,不但丰富了我国的文学宝库,而且对世界文学也做出了应有贡献。

六 刘白羽创作在俄苏:译介、研究、评价

(一)译 介

刘白羽是中国著名的军事题材作家,斯大林文艺奖金获得者。其作品备受苏联读者和汉学界青睐。1950年,刘白羽在莫斯科与苏联电影工作者一起创作的电影剧本《中国人民的胜利》,一开始就是以中俄两种语言问世的,并以其深刻的思想性和高度的艺术性获得1951年斯大林文艺奖金。从此,拉开了俄译刘白羽作品的序幕。

著名汉学家H.帕霍莫夫认为,是"中国人民民族解放斗争把刘白羽作为作家推上了人民文学的舞台"。军队、人民——这是刘白羽作品的真正的主人公。"善于思考精于观察的艺术家刘白羽创作出了在中国广为流传(其中一部分在苏联也很驰名)的作品:诸如短篇小说《无敌三勇士》《政治委员》《回家》《早晨六点钟》《血肉相连》,散文集《勇敢的人》《战火纷飞》《上海的故事》,中篇小说《火光在前》等。"②

---

① 巴黎第七大学东亚出版中心1978年版《中国当代文学史稿——大陆部分》。
② [俄]H·帕霍莫夫《〈火光在前〉俄译本序言》(1951),载宋绍香译/编《中国解放区文学俄文版序跋集》,中国文史出版社2004年版,第179页。

同时，帕霍莫夫特别指出，刘白羽的军事题材作品"不是简单的军事大事记，而是真实生活的记录。作家关注的重心是中国人民解放斗争的决定性阶段"。因而，作家"描写了中国人民解放军的最重要时期"；"描绘了人民解放军大举进攻的部分画面，再现了中国军民在摧毁国民党制度时期所表现出来的那种英雄主义和全民爱国主义的高涨氛围"。所以，刘白羽的作品"总是深受读者欢迎"。①

著名汉学家 M.卡皮查也持相同见解，并道出了苏联人喜欢刘白羽作品的原因。他说，"苏联人民和中国人民的牢不可破的友谊将两国人民紧紧地联结在一起"，所以，"苏联人对中国，对中国的武装力量深感兴趣"。而刘白羽的作品，能"帮助苏联读者和苏联军人更好地了解兄弟般的人民解放军及其为中国的自由和独立而立下的丰功伟绩"，所以，"深受（苏联）读者欢迎"。②

20世纪50年代初，是"中苏友好"的蜜月时期，应广大苏联读者的要求，俄苏汉学家对刘白羽作品的译介和研究逐渐形成热潮。1950年，莫斯科，儿童文学出版社翻译出版了刘白羽著《政治委员/回家》（短篇小说集）。1951年，莫斯科外国文学出版社出版了刘白羽的《火光在前》，C.伊凡科、B.帕钠秀克合译，H.帕霍莫夫作序，Ю.卡拉谢夫校。1955年，莫斯科，外国文学出版社又出版了《刘白羽选集》俄译本，C.伊凡科编，Я.切尔尼亚克校，Г.罗扎诺夫作序，全书244页，主要内容是：作者简介、短评（3—10页）；《火光在前》，B.帕钠秀克、C.伊凡科译；《回家》，H.帕霍莫夫译；《血凝》，П.扎罗夫译；《红旗》，B.帕钠秀克译；《永远前进》《斗争的幸福》，Д.沃斯克列先斯基译；《无敌三勇士》，王光明译；《早晨六点钟》，M.卡皮查译；《路标》，A.贾托夫译；《红领巾》，B.斯拉勃诺夫、Я.舒拉文合译。

以上刘白羽几部著作的出版，在苏联读者中产生了强烈反响，一时间形成了阅读和研究刘白羽小说"热"。这一"热"潮一直持续到50年代末期。1957年，苏联国防部军事出版社出版了《火光在前——中国作家中短篇小说集》，M.卡皮查编、校并作序；1959年，莫斯科军事出版社又翻译出版了刘白羽著《无脚拖拉机手》（俄译《永不熄灭的火焰》——Неугасимое

---

① ［俄］H·帕霍莫夫《〈火光在前〉俄译本序言》（1951），载宋绍香译/编《中国解放区文学俄文版序跋集》，中国文史出版社 2004 年版，第 180 页。

② ［俄］M·卡皮查《〈火光在前——中国作家中短篇小说集〉俄译本序言》（1957），载宋绍香译/编《中国解放区文学俄文版序跋集》，中国文史出版社 2004 年版，第 184 页。

пламя），B.斯米尔诺夫译，C.别尔克曼校，A.马列西耶夫作序。这样，在50年代的10年间，俄苏共出版刘白羽的包括《政治委员》《勇敢的人》《无敌三勇士》《火光在前》等主要中短篇小说在内的至少有10种译品，可以说，刘白羽的主要代表作品，都已全部译植到俄苏，得到了广泛的传播，赢得了普遍的好评。

(二) 研　究

俄苏的刘白羽研究，是与译介同步进行的。其研究成果由两部分组成：一部分是译品《序言》或《译跋》；一部分是研究论文。

1951年，莫斯科外国文学出版社出版刘白羽著《火光在前》俄译本时，著名汉学家 H·帕霍莫夫为其撰写了《〈火光在前〉俄译本序言》。该《序言》对刘白羽的创作进行了全方位的梳理与研究，给予刘白羽创作以高度评价。

1955年，莫斯科外国文学出版社出版《刘白羽选集》俄译本时，著名翻译家、汉学家 Г·罗扎诺夫为其翻译，并撰写了《〈刘白羽选集〉俄译本序言》，该序言也是一篇研究刘白羽创作的优质论文。

1957年，莫斯科苏联国防部军事出版社出版《〈火光在前〉——中国作家中短篇小说集》俄译本时。著名汉学家 M.C.卡皮查为其撰写了《〈火光在前——中国作家中短篇小说集〉俄译本序言》。

1959年，莫斯科苏联国防部军事出版社出版刘白羽新著《无脚拖拉机手》俄译本（俄译为《永不熄灭的火焰》——Неугасимое пламя）时，苏联作家 A.马列西耶夫为其撰写了《〈无脚拖拉机手〉俄译本序言》。

以上所述《序言》，都以翔实、丰富的第一手资料，全面论述了刘白羽的创作成就，均给刘白羽的军事题材创作以很高评价。除此之外，在50年代俄苏汉学家的许多总论中国新文学的论文、论著中，也有不少论及战争文学和刘白羽创作的内容，这是研究刘白羽创作的一批珍贵资料和重要文献。仅列举要者，以供参考：

1949年，费德林《论中国文学》，载莫斯科《布尔什维克》1949年第19期。

1950年，Л.杜勃罗维娜《中国当代短篇小说》，载苏联《新时代》1950年第40期；Г.康德拉舍夫《描写中国人民斗争的真实小说》，载苏联《列宁格勒真理报》1950年12月31日。

1952年,《关于对1951年度科学、发明、文学、艺术方面的优秀著作颁发斯大林奖金(消息)》,载苏联《真理报》《消息报》3月15日;苏联《文学报》社论《社会主义现实主义文学的新成就》,载苏联《文学报》3月15日;B.鲁德曼《新中国文学的旗手们》,载苏联《东方之星》第11期;A.马卡罗夫《在火线上》,载苏联《苏联军人》第18期。

1953年,《中国作家短篇小说集·序言》,费德林编并作序,莫斯科:国家文艺出版社1953年版;费德林《中国当代文学论集》,莫斯科1953年版。

1954年,E.多勒马托夫斯基《描写新旧中国的短篇小说》,载苏联《文学报》8月12日。

1955年,Л.艾德林《论当代中国文学》,莫斯科版。

1956年,费德林《中国文学》,中国文学史纲要,莫斯科:国家文艺出版社。

1959年,B.索罗金《〈中国作家短篇小说集〉俄译本序言》,《中国作家短篇小说集》俄译本,莫斯科:国家文艺出版社。

同年,俄苏汉学家H.巴拉绍夫和李福清合作撰写了研究刘白羽创作的长篇论文《论刘白羽的创作》,原载苏联《人民民主国家作家》(论文集)第3卷(莫斯科:国家文艺出版社1959年版)。该论文较长,约2万汉字,全面系统地论述了刘白羽的创作道路。著者指出,共产党员作家刘白羽,与中国人民解放军一起,走过了从东北到广州的光辉战斗历程;后来,又与中国人民志愿军一起,战斗在抗美援朝的朝鲜战场。所以,"他比其他任何一位中国作家都更充分地展现了,人民战士在赢得革命胜利的战争中,迅速提高思想觉悟从而迅速成长起来的这一成长过程"。H.巴拉绍夫和李福清认为:"分析研究刘白羽的创作,可以彻底弄清中国当代文学与鲁迅传统的关系,可以真正理解鲁迅传统对中国当代文学的重大意义。"①

(三)评 价

对一个作家和一部文学作品的评价,归根到底,是由批评家的政治观

---

① [俄]H.巴拉绍夫、李福清著《论刘白羽的创作》(宋绍香译),载《文艺理论与批评》2008年第1期。

和文艺美学观决定的。俄苏汉学家的优长在于,他们继承卢那察尔斯基马克思主义文艺批评传统,运用马克思主义的政治观和文艺美学观,审视中国作家及其文学作品;尤其他们善于将中国解放区文学置于以五四新文化运动为发端的中国新文学的大系统中对其进行总体考察和宏观把握。因而,对中国作家及其作品能够做出正确的"评判",给出一个客观而公允的评价。当然,对于刘白羽及其创作的评价,亦不例外。

从总体来说,俄苏汉学家对刘白羽及其创作的评价很高,当然,不仅从刘白羽描写军事重大题材的"社会价值批评"方面,而且也从描写军民生活的"美学批评"方面来看。卢那察尔斯基认为,"从生物学观点看,评价当然只能有一个:凡是有助于生活的都是真、善、美,都是某种值得完全肯定的、好的、吸引人的东西"①;他指出,最伟大的艺术是生活的艺术,艺术应当教会人们热爱生活,成为争取美好生活的手段。他说:"一切生动的、真正美的艺术,就其本质而言是战斗的。"②基于这样的美学观点,所以,俄苏汉学家对刘白羽作品,普遍给予高度评价。

著名汉学家H·帕霍莫夫在其《〈火光在前〉俄译本序言》(1951)中指出,《火光在前》是一部资料翔实的纪实性中篇小说,作者"追求巨大的历史性的概括","描写了中国人民解放军的最重要时期","真实的具有历史意义的事件是其情节基础","读起来颇有兴味"——因为"刘白羽找到了描写人民解放军陆军共产党的领导和组织能力的真实的极富感染力的色调;描绘出了一幅军民生活和风俗的艳丽画卷;作品用不多的语言却绘声绘色地描绘出了中国南方的自然风光"。因此,他断定:这部作品"必将受到苏联读者的热烈欢迎"。③

著名翻译家-汉学家M.卡皮查在其《〈火光在前——中国作家中短篇小说集〉俄译本序言》(1957)中也指出,刘白羽是军事题材作家。他同中国人民解放军一起走过了从哈尔滨到广州的艰苦路程。"他的短篇小说——几乎是一部中国人民解放军从松花江到海南岛的巨大进军的资料翔实的编年史。""该集作品中的主人公都是些热情的理想主义者。他们

---

① 卢那察尔斯基《艺术及其最新形式》(郭家申译),百花文艺出版社1998年版,第24页。
② 卢那察尔斯基《关于艺术的对话》(1905),转引自程正民、王志耕、邱运华著《卢那察尔斯基文艺理论批评的现代阐释》,北京大学出版社2006年版,第44页。
③ [俄]H.帕霍莫夫《〈火光在前〉俄译本序言》(1951),载宋绍香译/编《中国解放区文学俄文版序跋集》,中国文史出版社2004年版,第179-181页。

为了克服前进道路上的困难,在牺牲自己的生命时,还在想着社会主义和共产主义,想着祖国的伟大未来。这些热情地坚信'未来是美好的'信念,使人民解放军指战员的战斗力倍增,使敌人胆战心惊!"①

著名汉学家Г.罗扎诺夫,在1955年为《刘白羽选集》俄译本撰写的《序言》中同样指出:刘白羽的"世界观形成于中国人民捍卫自己的自由与独立的年代",其"生活与创作是与人民解放军的斗争生活分不开的"。所以,"刘白羽对自己描写的人物非常熟悉",这便使他"艺术地概括了中国人民奋不顾身的勇敢精神的典型,因而创作出了活生生的军人——解放者和准备为祖国人民的自由和独立而献身的军人——英雄的现实主义的完整的形象系列。与其并列的还有志愿军英雄们"。所以,他从刘白羽的创作中"发现"了"三条基本线":"描写新人及其为争取自由、为铲除封建思想的斗争;展示马克思列宁主义思想在中国革命改造中的意义;表现中国人民同苏联和各人民民主国家人民、同世界各国劳动人民的牢不可破的兄弟般的关系"。总之,罗扎诺夫认为:"刘白羽的中、短篇小说是对指战员的勇敢精神、对其忘我地忠于祖国、对其战胜敌人的坚强意志的一支具有感召力的赞歌。"②

世界著名汉学家李福清,俄罗斯科学院院士,俄苏时期他与H·巴拉绍夫合作撰写的研究论文《论刘白羽的创作》,很有分量,在当时影响颇大。论者将刘白羽的创作与鲁迅文学传统联系在一起,从更宽阔的视域探讨刘白羽的创作道路,从而,使读者更加深刻地理解刘白羽创作的意义。论者指出,共产党员作家刘白羽,与中国人民解放军一起,走过了从东北到广州的光辉战斗历程;后来,又与中国人民志愿军一起,战斗在抗美援朝的朝鲜战场。所以,"他比其他任何一位中国作家都更充分地展现了,人民战士在赢得革命胜利的战争中,迅速提高思想觉悟从而迅速成长起来的这一成长过程"。所以,李福清、巴拉绍夫认为:"分析研究刘白羽的创作,可以彻底弄清中国当代文学与鲁迅传统的关系,可以真正理解鲁迅传统对中国

---

① [俄]M.卡皮查《〈火光在前——中国作家中短篇小说集〉俄译本序言》(1957),载宋绍香译/编《中国解放区文学俄文版序跋集》,中国文史出版社2004年版,第182—184页。

② [俄]Г.罗扎诺夫《〈刘白羽选集〉俄译本序言》(1955),载宋绍香译/编《中国解放区文学俄文版序跋集》,中国文史出版社2004年版。参见:第186、191、188页。

当代文学的重大意义。"①

论者为了阐释这一论点,列举了大量论据,概括起来,大致有以下几点:

其一,刘白羽是在30—40年代中国激烈的社会斗争中,在鲁迅传统和苏联文学的直接影响下,成长起来的"一代中国青年作家的典型代表之一";刘白羽"从揭露国民党军队的阴暗面转向描写共产党领导下的真正的中国革命军队的生活"的创作道路,"对中国当代作家来说,有其一定的代表性"。这说明,刘白羽继承鲁迅文学传统具有内因因素;

其二,鲁迅在其生命的最后几年,非常关注中国工农红军的英勇斗争,他曾打算写一部描写红军长征宏伟画面的作品。但是,伟大作家的去世,使其未能实现这一创作计划。为了完成这一重任,刘白羽一直进行着有关这一新的人民军队题材的创作。刘白羽将此举同鲁迅遗言紧密联系在一起。② 这是时代给刘白羽带来的"机遇";

其三,刘白羽描写了普通战士和军中的日常"琐事"——正是这些日常"琐事",培养和铸就了这些战士的英雄性格。为了表现英雄主义与勇敢精神的典型,刘白羽努力为自己的短篇小说选取了最普通的,表面看来是些平平常常的人物。他们不是指挥具有重要战略意义的重大战役的统帅,而是些普普通通的士兵,而且通常都不是直接参加战斗的步兵或炮兵,而是以自己平凡的工作,为取得胜利提供必要条件的通信兵和工兵。这些人常常连自己也想不到能干出什么非凡的业绩,但是,他们的功绩都成了刘白羽关注的中心。显然,这是继承了鲁迅的文学传统——鲁迅最早真实地把普通人写进了中国文学。伟大作家鲁迅的这种独具个性的思想感情,充满了旨在服务于广大读者群众的全部中国当代文学。刘白羽特写中的人物,不是编造出来的,而是现实中的真人。③

刘白羽和其他中国当代作家们继承了鲁迅文学传统,对其文学创作产生了巨大作用。中国的进步文学正是沿着这条道路发展的。中华人民共和国成立后,新中国的作家们积极参与中国社会生活,反映当代问题的题材在其作品中占了主要位置。为了抨击旧事物,中国作家非常注

---

① [俄]H.巴拉绍夫、李福清著《论刘白羽的创作》(宋绍香译),载《文艺理论与批评》2008年第1期。

② 同上。

③ 同上。

意描写和扶持发展中的新生事物。为争取创建中国的现实主义文学而奋斗!①

因此,论者认为,如果说当年鲁迅创作那些艺术作品时,中国社会还不具备充分发展社会主义现实主义文学的足够条件,他只是描写了一些中国社会早期萌芽状态的新生事物;那么中华人民共和国成立后。在新的条件下,中国作家必须遵照鲁迅的基本原则发展和丰富珍贵的鲁迅文学遗产。众所周知,刘白羽正是这么做的:"刘白羽在其短篇小说中,特别注意表现包括农民在内的中国劳动人民在1946—1949年的解放战争中思想觉悟的提高;善于揭示这种思想转变的规律性;可以说,共产党的正确政策是战争中中国劳动人民思想觉悟提高的根本保证。"②

诚然,论者认为刘白羽出色地继承了鲁迅文学传统,但是他们又指出:"从刘白羽的短篇小说中可以看出,劳动人民在思想觉悟方面与鲁迅在《阿Q正传》中所揭示的人物形象迥然不同,也区别于中国30年代文学所描写的同类人物形象。只要把姚雪垠的短篇小说《差半车麦秸》(1938)中的农民(绰号'差半车麦秸')形象同刘白羽的短篇小说《回家》中的农民形象加以比较,就足以证实了这一点。"③另外,在描写知识分子方面,刘白羽作品中对政治工作人员(知识分子)的描写,与鲁迅、茅盾和其他老一辈作家对知识分子的描写相比,也是一种"描写知识分子题材的新模式";无论鲁迅还是其他许多进步作家,直至30年代末的一些作家的作品,"在描写知识分子时,主要注意揭露与人民为敌的封建阶级和资产阶级的旧知识分子;而在献身于描写人民战争的作家刘白羽的作品中,知识分子主题已首先成为人民解放军指挥人员与政治干部成长的主题,成为他们掌握新的作战技术和军事艺术的主题"。④

进而,李福清等又强调,刘白羽小说中的农民形象与鲁迅的乃至30年代文学中的农民形象的根本区别,致使艺术手法发生了重大变化。刘白羽的作品中几乎全然没有运用过去作品刻画人物时所惯用的那种讥讽与怪诞的艺术手法,诸如"差半车麦秸"形象与鲁迅人物形象描写等。当然,当

---

① [俄]H.巴拉绍夫、李福清著《论刘白羽的创作》(宋绍香译),载《文艺理论与批评》2008年第1期。
② 同上。
③ 同上。
④ 同上。

时鲁迅为了痛击千百年来中国人因袭的奴性——"听天由命"和"阿Q精神"而运用那种艺术手法是完全必要的。论者认为,伟大的鲁迅推倒了旧中国知识分子竭力使文学与人民隔绝的围墙,他的作品把中国的反帝反封建斗争推向了高潮。他不仅开始用人民易懂的生动的白话文写作,而且还把激动中国社会的现代题材写进自己的作品。随着20世纪中国社会的迅速发展,鲁迅在其晚年的杂文创作中,独树一帜,将批判现实主义同社会主义现实主义结合了起来。① 对此,李福清们认为,刘白羽像其他中国现当代作家一样,"在自己的创作中不仅发扬了艺术家鲁迅的传统,而且还发扬了鲁迅杂文的战斗传统"。鲁迅是中国战斗的论文——杂文的真正创始人。鲁迅去世后他的战友及其追随者们发扬光大了鲁迅杂文传统。"刘白羽,作为政论风格的特写巨匠,自然也属于他们之列。作家刘白羽在朝鲜写的许多文艺通讯就是这种作品的典范"。为了继承鲁迅政论文的传统,刘白羽通常以第一人称的手法描写事件。作家深入到生活最基层——参加战斗、泡在战壕里,成了自己未来的作品主人公的亲密战友。②

总之,论者认为,刘白羽在其作品中不仅继承了鲁迅文学传统,而且发展了鲁迅文学传统。刘白羽创作的报告文学作品"冲破了30年代许多进步作家写作的文学报道的框架"。1939年,鲁迅的亲密战友茅盾曾向中国作家提出要求:要求作家们不要停留在单纯描写事件上,要塑造人,要创作出优秀作品。刘白羽对此"做出了回答":"刘白羽创作中最重要的主题之一",就是"描写中国人民中发展着的新型的英雄人物——共产党员及共产党培养起来的先进分子","刘白羽高举这一主题,走上了苏联作家——描写当代生活的先进事物的文学巨匠——的创作道路"。③

俄苏汉学家们认为,刘白羽是一位任何时候都不会放弃军事题材的作家。他的作品的基础是争取祖国自由与统一的具有伟大历史意义的正义斗争的思想。这一思想,引起了苏联读者的共鸣;他们从真正的爱国者——军人作家刘白羽的范例中可以清楚地看到,被中国人民的辉煌功绩鼓舞起来的中国当代文学正沿着鲁迅开辟的文学道路

---

① [俄]H.巴拉绍夫、李福清著《论刘白羽的创作》(宋绍香译),载《文艺理论与批评》2008年第1期。

② 同上。

③ 同上。

奋勇前进！①

七　马烽作品在俄苏：译介、研究、评价

（一）译　介

马烽是在延安成长起来的解放区作家，成名作是1946年出版的长篇小说《吕梁英雄传》。其短篇小说也很有特色，他是继赵树理之后，最著名的"山药蛋"派作家之一。他的短篇小说是在20世纪50年代被译介到俄苏的。其中有马烽短篇小说集，也有作为单篇作品被选译在各种中国短篇小说集俄译本中的，逐渐被苏联读者认识和喜欢。

1950年，B.H.罗果夫主编了一部《中国作家短篇小说集》俄译本（北京）。书中简单介绍了短篇小说《夜》的作者丁玲、短篇小说《登记》的作者赵树理、短篇小说《政治委员》的作者刘白羽、短篇小说《芦花荡》的作者孙犁、短篇小说《改造的开端》的作者赵熙、短篇小说《幸福》的作者秦兆阳、短篇小说《煤》的作者李纳、短篇小说《第一次收获》的作者束为、短篇小说《三年早知道》的作者马烽、短篇小说《家和日子旺》的作者俞林、短篇小说《生长》的作者思基等。

1951年，莫斯科外国文学出版社出版了马烽、西戎著长篇小说《吕梁英雄传》，A.罗加切夫、B.斯佩兰斯基译，B.罗扎诺夫校，全书568页。

1952年，莫斯科：国家文艺出版社出版了《中国作家短篇小说集》俄译本，翻译：B.帕纳秀克、B.鲁德曼合译，序言（3-6页）：费德林。其中译载了谷雨、马烽、鲁煤等作家作品。

1953年，莫斯科外国文学出版社出版了Ю.卡拉谢夫编，C.伊凡科作序的《中国中短篇小说集》俄译本。其中收录了袁静、孔厥、马烽、周立波、康濯等作家作品。

1955年，马烽著《婚礼》短篇小说集俄译本出版，A.贾托夫译，莫斯科《真理报》出版社出版。同年，苏联《火花》杂志，第12期，也翻译发表了该作品

---

① ［俄］H.巴拉绍夫、李福清著《论刘白羽的创作》（宋绍香译），载《文艺理论与批评》2008年第1期。

全文。并发表了译者 A.贾托夫的评论文章《马烽:〈婚礼〉》;另外还发表了马烽其他短篇小说的译品《韩梅梅》《八十亩黏土地》《饲养员赵大叔》等。

1960年,马烽短篇小说集《仅仅十年》俄译本出版,A.贾托夫译并作跋,莫斯科外国文学出版社出版。同年,马烽短篇小说集《不能忘记的人》俄译本出版,译者不详,莫斯科:国家文艺出版社1960年版。

马烽短篇小说集《仅仅十年》,共选译了马烽的短篇小说17篇:《村仇》《两个收生婆》《光棍汉》《金宝娘》《一架弹花机》《结婚》《孙老大单干》《饲养员赵大叔》《韩梅梅》《三年早知道》《停止办公》《我的第一个上级》等。再加上长篇小说《吕梁英雄传》和短篇小说集《婚礼》《不能忘记的人》以及短篇小说集《仅仅十年》的俄译本早已出版,可以说,在1950—1960年的10年间,马烽的文学创作——从长篇小说到短篇小说的主要作品都已完全被译成了俄文。加深了俄苏读者对马烽创作的认识、理解和接受。同时也引起了汉学家们的研究兴趣。

(二) 研　究

俄苏对马烽作品的研究,几乎与译介是同步进行的。

1951年,莫斯科外国文学出版社出版《吕梁英雄传》俄译本时,发表了B·罗扎诺夫为该译本撰写的《〈吕梁英雄传〉俄文版编者的话》。本篇对马烽及其《吕梁英雄传》进行了系统的梳理和评析,这便是俄苏对马烽及其创作研究的开端。

1951年莫斯科外国文学出版社出版了《吕梁英雄传》《新儿女英雄传》后,引起了苏联报刊的积极评论,发表了6篇评论文章:

(1) H.A.彼特罗夫发表了评论文章《描写新英雄的小说》,载苏联《太平洋之星》,1951年11月16日。

(2) И·叶尔马舍夫撰写了《新中国的英雄》,载苏联《共青团真理报》1952年1月23日。

(3) 费德林发表了《中国的新人》,载苏联《文学报》1952年5月15日。

(4) B·谢马诺夫、李福清发表了《中国文学的新英雄人物》,载苏联《新世界》1952年第10期。

(5) A.茹拉夫斯基刊发了《描写中国爱国者的长篇小说》,载苏联《苏联军人》1952年第24期。

(6)苏联《文化教育工作》1952年第12期,第58页刊发了"新书"推荐和评论。

1960年,A.贾托夫发表了为《仅仅十年》俄译本撰写的序言——《〈仅仅十年〉俄译本序言》,莫斯科,外国文学出版社,1960年版。

同年,莫斯科国家文艺出版社发表了《马烽〈不能忘记的人〉俄译本前言》。对马烽及其创作作了扼要的"简介"。

以上这些关于马烽及其作品的俄译本"序言""编者的话"以及发表于报纸杂志上的评论文章,都对马烽作品进行了认真的阅读和精心的研究,都对马烽作品进行了客观、公正的评析,而且给出了较高评价。

(三)评 价

马烽与西戎合作的长篇小说《吕梁英雄传》,在抗日战争刚刚结束,解放战争正在进行中的特殊的历史节点上问世了,立刻在全国引起了强烈的反响。时代给它赋予了沉重的历史感。《吕梁英雄传》俄译本的编校者B.罗扎诺夫,从中国革命和世界反法西斯战争的历史大背景下来观照这部作品,充分肯定了它的社会意义和时代价值。他指出,中国现代文学积极参与中国人民伟大的解放斗争,它已成长和发展为一种具有先进思想的文学,生动地反映了当代的迫切问题和重大事件。中国的进步作家已经创作了许多作品,这些作品描绘了中国人民及其军队的战斗功绩,描写了新的民主中国的劳动英雄、广大劳动群众的爱国热情,反映了反动的封建制度的破灭和中国伟大的民主改革。他结合中国当时的文艺形势,进一步指出:1942年召开的延安文艺座谈会对中国现代文学的发展给予了决定性的影响。会上,中国人民的领袖毛泽东号召作家们创作出适合中国人民反抗外国侵略者的民族解放斗争任务的作品,以广大劳动群众明白、易懂的通俗鲜明的语言创作出从多方面真实反映中国人民的劳动生活和英勇斗争的作品。中国作家们响应这一号召,创作了一大批优秀作品,其中最优秀者已被列入《人民文学》特别系列丛书。引起读者注目的长篇小说《吕梁英雄传》,也列入了这一系列丛书。①

---

① B.罗扎诺夫《〈吕梁英雄传〉俄文版编者的话》,载宋绍香译/编《中国解放区文学俄文版序跋集》,中国文史出版社2004年版,第205页。

罗扎诺夫认为,《吕梁英雄传》这一著作形成的真正历史证明了先进的中国文学同生活的密切关系。1945年《大众日报》社建议两位报刊作家马烽和西戎撰写描写民兵英雄的特写系列。这两位作家研究了存放在八路军政治部的文件资料,亲自认识了参加前不久战斗的英雄们,陆续发表了几十篇特写。后来,便以此扩展为长篇小说《吕梁英雄传》。①

罗扎诺夫仔细研究了这部小说的思想内容和艺术结构,指出作家马烽和西戎在其作品中描写了日寇占领区靠山堡地区的一支民兵队伍的诞生、生活和战斗的故事,内容极为丰富而生动。他指出《吕梁英雄传》揭示了中国人民反帝反封建解放斗争的民族性与人民性,指出了正是广大的农民阶层积极参加了这一工人阶级及其政党领导下的反帝运动。作家真实地描写了,由于共产党巧妙而正确的领导,民兵组织提高了自己的战斗力,给了敌人以沉重的打击。他特别指出,作者为自己的故事选取了中国旧的章回小说形式。这种形式使作家把描写民兵英勇斗争的全部事件链条连成了一个包含许多事件的情节整体。但是,这种形式同时也缩小了作者施展的可能,并在很大程度上决定了出现某些缺陷。作者在自我批评式评价自己的作品时,也有过表述。

论者特感兴趣的似乎更是,小说的选题、作家对人民从自发的愤慨转向自觉的斗争过程的兴趣,对把先进的意识引入这场人民运动的共产党的作用的真实描写,"这一切都说明了,苏联文学对这部作品的影响是毫无疑问的";论者特别满意的则是:苏联读者以极大的兴趣读完了这部反映中国人民的生活和英勇斗争、描写以大无畏的英雄主义气概反抗外国侵略者的平凡而勇敢的人、描绘击溃了外国反动势力现正建设着自由、民主的新中国人的长篇小说《吕梁英雄传》。②

另一位著名的翻译家和汉学家A.贾托夫,他是马烽短篇小说集《仅仅十年》的译者,并为该译本撰写了序言,对马烽及其创作很有研究。

虽然他研究的主要方向是马烽的短篇小说,但他对马烽的"第一部巨著"评价也很高。他说这部作品是用"革命根据地的人民同侵略者及其走狗斗争的真实素材"创作的。"这部作品发扬了许多民间长篇小说的优良

---

① B.罗扎诺夫《〈吕梁英雄传〉俄文版编者的话》,载宋绍香译/编《中国解放区文学俄文版序跋集》,中国文史出版社2004年版,第205-206页。

② 同上,第207-208页。

传统。它一问世立刻引起了中国读者的注意,成了他们喜爱阅读的作品之一"。①

贾托夫对马烽短篇小说的研究更加细致和深入。其主要观点可概括为以下几点:

一是,正如读者所看到的,马烽在每篇小说中,都描写了当时每个历史片断的最有代表性的、最典型的事件,正确地概括地再现了中国农村的生活画面;马烽在其短篇小说中描写了新生事物的诞生,反映了当时尖锐的社会矛盾,具有毫无疑义的价值。这种矛盾冲突在宋师傅这个形象中已经体现出来了(《一架弹花机》)。近年来,马烽不但描绘了人同大自然"水龙王"的斗争(斗争中人定胜天),而且描绘了为新人的成长、为培养社会主义觉悟、为作为决定性胜利条件的集体主义所进行的斗争——这些斗争构成了马烽近年创作的主要内容。作者塑造了众多的共产党员领导、党的干部、群众的引路人的动人心弦的光辉形象。于是,这便使他的新的主人公们成为最诱人的艺术形象。

二是,1956 年,马烽回到故乡——山西省农村。正是在这里,他的一批新的短篇小说问世了:《停止办公》《我的第一个上级》《太阳刚刚出山》及其他作品。这批新的作品赢得了读者和评论界的一致赞许。马烽的小说的主人公总是站在斗争的最前哨。作家的生活与人民的生活和斗争是不可分割的;同样,作家的创作与人民的生活和斗争也是不可分割的。它反映人民的精神,在历史的最重要的时刻促进人民的斗争成果,帮助人们感到自己就是历史的英雄及其创造者。

三是,马烽的短篇小说的特征是:同人民密切联系,同人民争取解放、建设新生活的斗争密切联系,这是作家所有作品的独特风格。换言之,马烽短篇小说的特写体裁性、政治体裁性、珍重真实的审慎态度,是其短篇小说的鲜明特征。这是十分自然的:须知,他是作为一位新闻工作者,作为一位办报人,立足于自己这个文学创作的发源地而开始了他的文学生涯的。他的所有作品都激荡着一种热情——热爱人民,热爱祖国,并关心他的幸福和繁荣。这种热情在激励着这位共产党员作家的创作思想,即不能离开党的事业去写人,要写美好的社会主义今天的美好的人,也要写美好的共

---

① A.贾托夫《短篇小说集〈仅仅十年〉俄译本跋》,载宋绍香译/编《中国解放区文学俄文版序跋集》,中国文史出版社 2004 年版,第 216 页。

产主义明天的美好的人。①

1960年,莫斯科国家文艺出版社出版了马烽短篇小说集《不能忘记的人》俄译本,出版者为其撰写了《〈不能忘记的人〉俄译本前言》。在该《前言》中,编者也分别"点赞"了马烽的长篇小说和短篇小说。编者指出,1946年马烽与西戎合写的第一部长篇小说《吕梁英雄传》以中国古代惊险章回小说风格创作的,描写了中国的平凡而勇敢的人,这些人在1937—1945年的抗日战争中,以不怕牺牲的英雄主义和勇敢精神反抗日本侵略者。作品也描写了那种人,他们过去消灭了国内反动派,如今又在顽强地建设着自由民主的新中国。编者欣喜地指出,近年中国出版了许多部马烽短篇小说集。作家马烽总是生活在最基层,他在山西省某县委工作。他的短篇小说在中国享有盛誉,这些作品曾多次被译成俄文在苏联出版,受到了苏联读者的热烈欢迎和普遍好评。②

1959年,莫斯科国家文艺出版社出版了一部Б.彼特罗夫编选的很有权威性的《中国作家短篇小说集》俄译本,费德林、Л.艾德林、В.索罗金、Л.切尔卡斯基、А.贾托夫、М.施奈德等译,В.索罗金作序。В.索罗金在该《序言》中指出:在赵树理之后,中国新文学迎来了一批在人民中成长起来的青年作家,他们共同经历了斗争的磨难,他们是:马烽、康濯、孙犁、王愿坚、陈登科等许多青年作家。人民的事业、党的事业,是他们最亲近最密切的事业。这支队伍在逐渐扩大,从工厂、工地、部队和大田里不断涌现出一些天才的年轻人,充实这支队伍。这些作家学习传统艺术手法,吸取外国先进的文学经验,不断提高自己的理论水平,从而迅速成长起来;实质上,现在,他们已经决定着人民中国文学的总体面貌。③

从索氏的这篇并非主要论述马烽创作成就的序言中,我们清楚地感到了索罗金对马烽创作的高度评价;他将青年作家马烽,视为这批"实质上,现在,他们已经决定着人民中国文学的总体面貌"的天才的年轻作家群体之一,而且排在了第一号。这一评价是很高的,当然也是很认真和很客

---

① А.贾托夫《短篇小说集〈仅仅十年〉俄译本跋》,载宋绍香译/编《中国解放区文学俄文版序跋集》,中国文史出版社2004年版,第210-214、217-218页。
② 《不能忘记的人》俄译本出版者《〈不能忘记的人〉俄译本前言》,载宋绍香译/编《中国解放区文学俄文版序跋集》,中国文史出版社2004年版,第219-220页。
③ В.索罗金《中国作家短篇小说集》俄译本序言,载宋绍香译/编《中国解放区文学俄文版序跋集》,中国文史出版社2004年版,第303页。

观的。

　　索罗金从宏观上进一步指出,这些青年作家的短篇小说给我们展现了一幅伟大国家变革的宏伟画卷;在基本上还是个农业国家的中国,农民生活自然成为文学的主要题材之一。但是。这并不导致文学题材的千篇一律,因为现实生活是如此丰富多彩,生活形象和农村劳动者的心理变化如此迅速,所有这一切,即使整个作家大军都来写,也不能全部反映出来。马烽的《结婚》和《韩梅梅》都是描写农村生活的最著名的短篇小说。①

　　总之,马烽的文学创作,作为解放区文学作品,在俄苏受到了热烈欢迎,获得了很高的评价。这大大增强了中国新文学的"理论自信"和"文化自信",大大增强了中俄两国人民的传统友谊,为此,我们十分珍重!

---

　　① B.索罗金《中国作家短篇小说集》俄译本序言,载宋绍香译/编《中国解放区文学俄文版序跋集》,中国文史出版社2004年版,第303页。

第六章
俄苏中国新文学学派的形成与发展

一 俄苏中国新文学学派的奠基者

汉学是一门关于中国语言、文化、历史、宗教、哲学、法律、军事、科学等研究的综合性学科。俄罗斯汉学也不例外。俄罗斯汉学分为三个历史时期:古典汉学时期(1608—1916)、现代汉学(苏联汉学)时期(1917—1991)和当代汉学时期(1992—)。俄罗斯现代汉学的最大特征就是从汉学综合性学科向分支学科的大量转移——分支学科丛生,如汉学-宗教学、汉学-历史学、汉学-考古学、汉学-哲学、汉学-经济学、汉学-军事学、汉学-文化学、汉学-文艺学等。从研究人员之众,研究队伍之壮,研究成果之丰来看,中国文学翻译与研究逐渐成为现代汉学的一门重要分支学科——汉学-文学或汉学-文艺学学科。其奠基人是现代汉学的创始人 B.M.阿列克谢耶夫(1881—1951)院士。

B.M.阿列克谢耶夫是俄罗斯现代汉学的创始人,也是俄苏中国文学学派的奠基者。

纵观俄罗斯汉学发展史,我们发现,虽然古典汉学时期,俄罗斯汉学大师们对中国文学就开始关注并有研究著作面世,然而,那还不是现代意义上的文学研究,而是从文化的层面,从文史经典研究的角度涉猎的中国文学,不是真正从审美意义上研究中国文学,仍然是继承西方汉学的"本初意义":"即有关中国语言遗存之物即汉语文献的语文学"[1]研究。俄国著名

---

[1] [美]薛爱华《汉学的内涵与现状》,转引自周发祥《比较文学与国际汉学的学科同异性》,载《中国比较文学教学与研究》2002年第1期。

汉学大师 H.比丘林(1777—1853)的学术成就,主要是全面阐述中国历史、人文科学、文化和日常生活。他的研究只是为中国文学艺术史的专门研究奠定了基础;继 H.比丘林之后,与其齐名的汉学大师巴拉第(1817—1878),其学术成就是对蒙古史、中国宗教史的翻译与研究①,其最大成就是编著了俄国第一部《华俄辞典》(1888),为以后中国文学的翻译和研究减少了障碍,从而使更多的俄国人认识了中国文学,但他亦非专门研究中国文学;俄罗斯第三位汉学大师 B.瓦西里耶夫(1818—1900)院士是俄国汉学界志在把中国文学艺术作品介绍给俄国的第一人。他的研究课题是中国文学(文字)史,主要专著有:《汉字的字体系统》(1867)、《中国文学史纲要》(1880)、《汉字分析》(1884)。其《中国文学史纲要》,系俄国第一部也是世界第一部中国文学史书,目的在于"将中国文学置于最伟大的文学之林,置于世界文化尤其东方文化发展史中应有的位置"②。然而,就其文本分析,也不属纯文学研究,而是对中国语言、文字、儒学、哲学、宗教、科技、法律等的研究。全书共163页,只用13个页码书写了中国的"美文学""俗文学"和戏剧、小说。由此可见,瓦西里耶夫的书仍属于中国古籍、古文化的研究,并非真正意义上的文学研究。真正意义上的中国文学研究,则是到了阿列克谢耶夫为旗手的现代汉学时期才开始的。

B.M.阿列克谢耶夫历史地充当了 B.П.瓦西里耶夫院士事业的继承人,但在某些问题上,他又是他的反对者。后来,阿列克谢耶夫的多种多样的光辉著作,成了革命前俄国汉学和苏联汉学之间连接的一个环节。知识渊博的精通中国文化的行家里手,展示出各种不同的才干;不知疲倦的中国文化传播者、优秀的修辞学家,他从青年时代就坚守一个原则:每一个研究成果,应该建立在对中国文本精确翻译的基础上;每一种翻译作品,都应吸纳最新的学术成果。所以,他十分重视对中国经典文献的翻译。1916年他发表了一部很有学术价值的研究论著《中国诗歌论诗人》,其后又花了一年时间发表了论文《论中国文学的定义及历史学家当前的任务》。这

---

① 巴拉第对蒙古史的研究主要有3部著作:1.巴拉第译注《长春真人西游记》(1866);2.巴拉第译注《元朝秘史》(1866);3.巴拉第译注《圣武亲征录》(1866)。详述,请参阅陈凯歌著《巴拉第的汉学研究》(学苑出版社2007年8月版)第二章;巴拉第对中国宗教史的研究与翻译有4部著作:1.《中国佛教诸神及他们的画像纪要》(手稿,1843);2.《迦毗罗学说》(1844);3.《佛陀传》(1847);4.《古代佛教史纲要》(1847)。详见上著第四章。

② Федоренко Н.Т., Исследование и переводы китайской литературы в СССР.—Проблемы Дальнего Востока. 1986, №4, С.121.

篇论文在许多方面至今还保留着自己的学术价值。阿列克谢耶夫晚年写了大量的很有学术价值的汉学著作,这些著作大都是关于中国文学史的很有见地的论文和讲义或研究某些作家、风格和问题的草稿。

阿列克谢耶夫的研究兴趣虽然非常宽广,但其终生奋力的还是中国文学研究。他认为,文学与哲学、宗教学和社会美学概念,与古代传统和当代的改革思想,都有不可分割的关系。他几乎是世界汉学第一人,开始对中国文学与欧洲文学进行综合性的对比研究,譬如他的许多著名的代表作,都这样展现了中国文学的不可复制性的特色及其全人类性的内涵。

阿列克谢耶夫专心致力于汉学研究,一生共发表汉学著述260余种,其内容主要是对中国古典文学(古典诗歌、古典散文)的翻译与研究,其次是对中国历史、文学史、语言、民间文化、艺术(年画和戏曲)的研究。

阿列克谢耶夫最大的学术成就是完成了两部不朽的学术著作:一部是不朽的研究著作《司空图的〈诗品〉翻译与研究》(彼得格勒,1916)。这是一部纯粹研究中国文学的书。该著由翻译和研究两部分组成。翻译部分:在逐字逐句理解原文的基础上,参阅历代中国批评家的注释和解读,对照不同版本,深刻理解原文之后,方进行翻译,所以,译品不但正确表达了俄国人都能读懂的中文原意,而且还译出了作品的风格和韵味,堪称俄译之精品;研究部分有4篇文章:第一篇,研究《诗品》内容、特点及其在中国和世界文学中的地位;第二篇,考察版本、注家、仿作,对英译本提出质疑和批评;第三篇,评析作者生平与创作;第四篇,从方法论视角阐释《诗品》的价值和意义。阿列克谢耶夫运用世界文艺学理论,全面、系统、科学地对司空图及其《诗品》进行了评析,高度评价了这部中国诗论的学术价值;另一部是不朽的翻译力著:《聊斋志异》。它是俄罗斯汉学界公认的最高翻译成就。阿列克谢耶夫不但是一位翻译实践家,而且是一位翻译理论家。对汉文的翻译有其独特的思考。通过对汉字、汉文特点的分析,他决定其译法既不能采用"自由写作式",也不能采用"准确的语言学式"译法,而是采用了介乎这二者之间的"中间方法"。所以,其译文既有"可读性",又具科学性和文学性,堪称世界中国古典文学翻译的上乘之作。

但是,翻译并不是其最终目的,其最终目的是通过翻译,梳理中国文学脉络,从感性到理性,最后完成中国文学史的研究与写作。为此,他非常重视最能表现中国文学水准的古典诗歌的翻译。他翻译和研究中国诗歌的第一篇作品是《李白咏自然诗》(《俄国皇家考古学会东方部丛刊》,1911)。

其后才是对司空图《诗品》的翻译与研究（1914）。除翻译和研究司空图的作品以外，从1911年开始翻译李白诗歌起，到1951年（仙逝）的40年间，共翻译了数十位中国古代诗人和学者的诗作。按翻译先后排列他们是：李白、欧阳修、陆机、苏洵、文天祥、屈原、柳宗元、刘禹锡、苏轼、韩愈、宋玉、司马相如、司马迁、贾谊、张衡、高适、顾况、戴叔伦、杜甫、刘长卿、孟郊、贺知章、贾岛、崔颢、陈子昂、王维，还有王羲之、陶渊明、王勃、王安石等。另外还翻译了许多集体著作，如《中国抒情诗选》（1922）、《中国诗歌》（1930）、《古代中国的古典诗歌》（1937）、《中国诗人论中国诗歌》（1947）、《中国古代经典著作〈诗经〉俄译前提》（1948）等。这些都为中国文学史诗歌章节的撰写奠定了坚实的基础；同时，阿列克谢耶夫，也很重视古典散文的翻译和研究，他甚至认为其最大的学术成就不是对《诗品》的翻译和研究，而是对中国古典散文的翻译与研究①。他先后翻译发表了许多重头译著和研究著述，有的生前发表了，有的未来得及发表，只是手稿，直到后来后人给其发表，如《中国散文经典》（1945）、《中国古典文学选译》（1955）、《中国古典散文》（1958）、《〈史记〉选译》（1973）、《中国散文精品》（1974）、《中国文学选集》（1978）、《中国古典散文选集》（1981）等。这样，由此可见，阿列克谢耶夫要写一部真正意义上的《中国文学史》的任务已经完成。而且，不仅如此，更重要的是，阿列克谢耶夫以自己的榜样和自己的公正批评，确立了汉学家崇高的责任意识，号召在俄国读者中建立学术上正确的和艺术上令人信服的传播中国经典文学的观念。在他的影响与教诲下，他的同代汉学家及其弟子大多也都从事于这一重要课题的翻译与研究工作，而且，成绩斐然。当时他的学生Ю.К.舒茨基就翻译出版了《中国抒情诗选集》。后来还补充出版了Б.А.瓦西里耶夫、А.А.伊文（伊万诺夫）和其他汉学家的翻译著作。1940年，出版了科学院总结性的学术论文集《中国》，其中论述中国古典文学的一章，仍属В.М.阿列克谢耶夫之笔。伟大的卫国战争进行一年后，许多天才的汉学家被夺走了生命，当时传播中国古典文学的工作被迫中止。这一工作新高潮的出现，只得等到战后年代，这一时期，其弟子艾德林（Л.З.Эйдлин）的成绩比较突出，他翻译了大量中国古典诗歌和散文，写出了许多研究中国文学史的著述。他的学术著作《白居易四行诗》（1949）是对唐朝大诗人白居易进行精心研究的总结，是"以苏联

---

① 阎国栋《阿列克谢耶夫与俄国汉学》，载《汉学研究》第4集，第118页。

汉学学派优秀的传统精神翻译中国语言艺术家们的最佳艺术品"①。尤其中华人民共和国成立之后,中苏两国的文化关系增长得很快,苏联人对中国的兴趣增长得更快。阿列克谢耶夫及其弟子的中国文学翻译与研究如鱼得水,硕果累累,蔚蔚然,形成了一支具有国际影响的中国文学学派。此时,应该说,B.M.阿列克谢耶夫已经完成了从汉学的综合研究向其分支学科——中国文学翻译与研究偏离和转移的重要任务。为俄罗斯现代汉学的重要分支学科中国文学翻译与研究的形成,为俄苏中国文学学派的形成,奠定了坚实的基础;为这一学科的发展树立了标杆,转变了概念,培养了人才,积蓄了力量。

总之,阿列克谢耶夫将综合的汉学学科向中国文学翻译与研究倾斜,并发展成为一门独立的分支学科——中国文学翻译与研究,取得了举世瞩目的重大成绩和突破,使俄苏汉学的中国文学翻译与研究跻身于世界先进行列,实在难能可贵,功不可没!

然而,当我们仔细认真地考察阿列克谢耶夫的全部著述及其主要学术活动时,便不难发现,其对中国文学的翻译与研究很不平衡,既不全面,也不完备,甚或存在着严重的"厚古薄今"现象和观念。阿列克谢耶夫知识渊博,治学严谨,勤于耕耘,成就非凡,一生共发表汉学著作260余种,其内容主要是对中国古典文学(古典诗歌、古典散文)的翻译与研究和对中国历史、文学史、语言、民间文化、艺术(年画和戏曲)的研究。虽然,他的翻译和研究重点,比之古典汉学时期,在明显地从经史哲向文学与文化转移,然而,他太偏爱中国古代与古典经典。在其发表的260余种成果中,涉及现代内容的篇目只有5篇:

(1)《关于中国文学的定义和中国文学史家当前的任务》(载《国民教育部杂志》1917年第5期);

(2)《现代中国概论》(载《东方》1923年第2期);

(3)《关于现代中国的几个问题》(载法国《东方之友协会会刊》1926年第8期);

(4)《中国当代文学问题》(载《巴黎杂志》1929年第15期);

(5)《中国语言及中国文学的演化和革命在十月革命中的反映》(载

---

① Федоренко Н.Т.,Исследование и переводы китайской литературы в СССР.—Проблемы Дальнего Востока. 1986,№4,С. 123.

《苏联科学院十月革命纪念大会丛刊》,1933年)。

260篇与5篇之比,实在悬殊太大!更值得注意的是,阿列克谢耶夫与中国的鲁迅是同龄人(都是1881年生),十月革命后,当阿列克谢耶夫承担了领导俄罗斯现代汉学的重任时,也正是五四文学和鲁迅的创作旺季,应该引起俄苏汉学界的更大关注。然而,他失去了这一良机,未能对现代中国、现代中国文学引起足够的重视。看来,这一现象并非偶然,因为,阿氏一开始就给苏联汉学规定了《关于中国文学的定义和中国文学史家当前的任务》,这说明,其"研究计划"还没有完全摆脱古典汉学的影响。应该说,作为个体汉学家,有权选择自己的研究方向。为了集中精力,将自己的研究方向集中于学科的某一个侧面,也应该是无可非议的。对于阿列克谢耶夫个人的研究方向也应如是观。然而,他不是一般的汉学家,而是学科的发起人和领头人,他应该从学科的整体性、完整性与和谐性去考虑和处理问题。他没有给其弟子和同行学人做好分工,"集体"攻关,以至于,在其八大弟子中,除彼特罗夫(H.A.彼特罗夫)外,大都也是研究中国古典文学、古代文字、语言和历史学的。所以,严格地说,阿列克谢耶夫所完成的这一"转移",主要侧重于中国古典文学,所形成的"中国文学学派"也主要是中国古典文学学派,尽管他最早提出了《你研究新诗否?》(1925),也一再强调要关心《中国当代文学问题》(1929),但因种种原因,或人力不足或个人精力所限,他未能实现自己的心愿。诚然,阿列克谢耶夫及其弟子重视研究中国古典文学,是绝对正确和绝对必要的,它为整个中国文学的研究起了个好头,奠定了坚实的基础。然而,苏联汉学的现代中国研究应该加强!列宁在十月革命前就提出了《落后的欧洲和先进的亚洲》(1913)这一命题。文学是时代的反映和产物,关注当代中国,最有力者,莫过于关注当代中国的经济和文学。在列宁的领导下,俄苏汉学家们很快发现了这一问题。俄译《阿Q正传》的第一译者、与曹靖华、鲁迅交往都很密切的著名汉学家王希礼(1899—1946)在20世纪30年代中期,就很严肃地批评了苏联汉学中这一"厚古薄今"的不良倾向。所以,从40年代末50年代初,就加强了对现当代中国文学的翻译与研究,以费德林、王希礼、B.罗果夫、B.鲁德曼、Л.З.艾德林、B.B.彼特罗夫、Л.E.切尔卡斯基、Л.Д.波兹德涅耶娃、В.Ф.索罗金、В.Н.克里弗佐夫、В.И.谢马诺夫、李福清、A.H.热洛霍夫采夫、B·帕钠秀克、施奈德、贾托夫、С.Д.马尔科娃、Л.A.尼科利斯卡娅等为开拓者和骨干力量的翻译、研究现代中国文学的中国新文学学派正在崛起,并很快以惊人的学术成绩,引起了国内外汉学界的瞩目。

尽管,俄苏中国新文学学派的真正崛起,实际上,是在 B.M.阿列克谢耶夫去世(1951)后的五六十年代,但是,它与阿氏开创的中国文学学派是一脉相承的,同宗同根同基因,中国新文学学派的奠基者,当然仍属中国文学学派的创始人 B.M.阿列克谢耶夫。

二 俄苏中国新文学学派的开拓者

著者愿再次强调一下,B.M.阿列克谢耶夫集毕生之力,开创了中国文学翻译与研究的独立的分支学科,创建了令世界瞩目的中国文学学派,功不可没!然而,由于历史的原因,在他生前,他和他的团队基本是对古代中国文学的翻译与研究,对现代中国的文学翻译与研究尚未来得及顾及,这是十分遗憾的事。因为,"中国文学学派"的含义本身,就应包含中国古典文学和现当代文学的内容,二者缺一不可;缺少哪一个,都不能算是完整的"中国文学学派"。中国新文学的翻译与研究起步并不晚,1925年,当时在河南国民革命军第二军俄国顾问团工作的王希礼(Б.А.瓦西里耶夫)首先打破了这一僵局,将《阿Q阿正传》翻译成俄文,鲁迅为其撰写了《著者自叙传略》和《俄文译本〈阿Q正传〉序》。在当时虽然影响较大,但当时的总体氛围还不到时候,中国新文学的译介和研究步履艰难,进展缓慢。

1925年至1948年的24年间,翻译中国新文学作品仅50多种(其中有3部集体著作);参与翻译的译者有霍富、B·鲁德曼、C.辛、H.涅克拉索夫、A·罗姆、Л·波兹德涅耶娃、Б.А.瓦西里耶夫、B.罗果夫、费德林、П·科马罗夫共10人。涉译的中国作家有鲁迅、郭沫若、茅盾、萧三、丁玲、郁达夫、罗烽共7位。1925—1948年的24年间共翻译中国新文学作品56种,这是一个什么概念呢?这个数字仅占俄译中国新文学总量(550种)的10%强,然而,时间却花去了24年,几乎占去了俄译中国新文学总时间(66年)的40%的时光。实在令人遗憾!中国新文学的研究,情况也如此。仅以1925年至抗战前夕的俄苏中国新文学的研究为例,这一时期共12年。12年间共发表有关中国新文学的文章32篇,其中还有数篇消息报道文章,其余大多为简介和书评。所以,这一时期,只是对中国新文学的初步的一般性的介绍阶段,还谈不上什么研究。俄苏汉学这一时期对中国新文学研究的冷清局面,与当时中国五四文学和二三十年代文学的蓬勃发展,与鲁迅创作的旺盛景象,产生了极大反差。这不能不引起俄苏汉学家们的思考。因此,阿列克谢耶夫去世后,加强中国新文学的翻译与研究,创建与中国古典文学学派相应的中国新文学学派的重任,就历史地落在了阿氏弟子及当代汉学家的肩上。

费德林,1937年毕业于莫斯科东方学院中国部,师从B.M.阿列克谢耶夫,专攻中国古典文学。1943年获博士学位,论文题目是《屈原的生平与创作》。他是阿列克谢耶夫所开创的中国文学学派的重要成员之一。1951年阿列克谢耶夫去世后,为了缅怀师长,继承先师的学术事业,他当仁不让地肩负起了这一重任。他首先撰写了大量的中国古典文学翻译和研究著述,如《中国札记》(著作,1955)、《中国古典诗歌(唐朝)》(论文,1956)、《屈原》(译著,1958)、《〈诗经〉的风格和中国诗的传统》(论文,1958)、《伟大的中国剧作家关汉卿》(1958)、《〈诗经〉及其在中国文学中的地位》(1958)、《中国记事》(1958)。后来又撰写了《英雄的史诗〈三国演义〉》(1960)、《象形文字和造型形象性》(1961)、《旧中国文学中的自然哲学思想》(1961)、《中国文学史的分期问题》(1962)、《中国神话题材的独特性》(1967)、《书经》《诗经》《易经》(《中国古代文学》,1969)、《公元前18—前13世纪中国文学的起源》(1970)、《屈原的诗歌(独特性和全民性)》(1972)、《白居易诞辰1200周年》(1972)、《敦煌手稿》(1975)、《中国古典文学名著》(1978)等30余部(篇)。与此同时也展开了他的中国新文学的翻译与研究。

费德林虽是师从阿列克谢耶夫专攻中国古典文学的,可是其研究中国新文学的课题却先于古典文学。他在莫斯科东方学院毕业后,进入研究生班,在阿列克谢耶夫指导下,准备撰写的副博士论文题目却是《论鲁迅的创作》,而后来的博士论文才是《屈原的生平与创作》。他研究中国新文学首先从鲁迅开始,这不仅仅是兴趣使然,而是表明了他的治学深度和宏愿。作为汉学-文学家,费德林虽然未赶上"鲁迅时代",未见过鲁迅,但他对鲁迅其人其作,都理解深刻、佩服得五体投地。所以,他最早写出了研究鲁迅的学术著述《论鲁迅的创作》(副博士论文,1939)。此后又写出了《论鲁迅文艺创作的特点》(1946)、《鲁迅选集俄译本序言》(1952)、《中国的伟大作家鲁迅》(1953)、《中国文学》(中国文学史纲,第十章专题论述了鲁迅)、《鲁迅(纪念鲁迅一百周年诞辰)》(1982)等,堪称鲁迅研究专家。新中国成立前他就发表了《论中国的新兴文学》(1949)。新中国成立初至1958

年前,他又完成了一批翻译和研究中国新文学的著述:《屈原》(话剧,译,1951)、《郭沫若》(专著,1952)、《当代中国文学概论》(1953)、《前言》(《鲁迅文集》第1卷,1954)、《郭沫若——〈郭沫若选集〉俄译本序言》(1955)、《论老舍的作品》(1955)、《前言》(《老舍的短篇小说、剧本和散文》,1956)、《茅盾》(三卷集第1卷,1956)、《中国诗选·序》(1957),《前言》(《郭沫若选集》第1卷,1958)、《当代中国文学概论》(1958)等。为中国新文学的翻译与研究起了极大的发动和助推作用。

在他的带动下,50年代初期俄苏便涌现出了一大批中国新文学的翻译和研究工作者,他们中有 B.罗果夫、B.鲁德曼、Л.艾德林、B.彼特罗夫、Л.E.切尔卡斯基、Л.Д.波兹德涅耶娃、В.Ф.索罗金、B.克里弗佐夫、В.И.谢马诺夫、李福清、施奈德、B.帕钠秀克、A.基托维奇、A.季什科夫、M.卡皮查、H.A.彼特罗夫、贾托夫、C.伊凡科、H.帕霍莫夫、Б.利西查、E.谢列勃里亚科夫、С.Д.马尔科娃、B.斯佩兰斯基、Л.A.尼科利斯卡娅等,约有150多位翻译者和研究者参与翻译和研究工作。从1949年至1958年的10年间,共翻译出版鲁迅、郭沫若、茅盾、郁达夫、叶圣陶、老舍、巴金、曹禺、张天翼、丁玲、赵树理、周立波、刘白羽、萧三、艾青等作家和诗人作品近250种,约占66年俄译中国新文学总量的50%;10年间共发表、出版研究中国新文学的论文和专著约200篇(部)。这些数字明显地表明:第一,俄苏的中国新文学翻译与研究活动,在50年代初期开始起飞,迅速取得了可喜成果,很快达到一个高峰期;第二,俄苏中国新文学翻译与研究队伍在翻译与研究实践中开始集结,并迅速成长、壮大;第三,在这一时期,费德林主编并参与翻译、撰写序言的著作有《鲁迅短篇小说集》《鲁迅文集》(四卷本)、《郭沫若文艺作品选集》《郭沫若选集》《茅盾短篇小说集》《叶圣陶短篇小说童话集》《巴金短篇小说集》《老舍文集》《中国作家短篇小说集》等多达18部巨著;撰写了研究中国新文学的《论中国的新兴文学》(1949)、《中国文学的新作品》(1951)、《当代中国文学概论》(1953)、《中国的伟大作家鲁迅》(1953)、《茅盾》(1955)、《论老舍的作品》(1955)、《中国文学》(中国文学史纲,1956)、《赵树理的创作》(1958)等专著、论文、序跋35篇(部)。自然是他的翻译和研究的成果最为丰富,这表明,在中国新文学的翻译与研究实践中,他自然地、顺理成章地充当了俄苏中国新文学翻译与研究的学科带头人,成为一名公认的,具有极大学术权威的中国新文学学派的开拓者。

费德林,原名尼古拉·特罗菲莫维奇·费多连科(Николай

Трофимович Федоренко，1912—2000），生于皮亚委戈尔斯克一个工人家庭。其父曾在俄国内战期间为布尔什维克而战，费德林自幼即受到共产主义熏陶，是苏联少先队和共青团成员。他从小热爱中国，对中国文化充满了倾心和向往，于是他舍弃本名与父名，只留下家姓，并按中国人三字名的习惯，改称中国名费德林。费德林一生经历复杂，从事的事业繁多，但是不管在什么情况下，他都不忘初衷，坚持勤奋治学。他一生著作等身，出版专著35部，论文300余篇，其中大多数是关于中国文学艺术的翻译和研究，学术界给予了充分肯定和荣誉：1943年获博士学位，1952年获教授职称，1957年任东方研究所高级研究员，1958年当选为苏联科学院通讯院士，1970年任《外国文学》主编等。

费德林不但学运豁达，而且官运亨通。他的30多年的外交生涯，为他的中国及其文学、文化研究提供了得天独厚的条件和机遇。"天道酬勤"，这是上苍的"恩赐"。

1939年费德林进入苏联外交部，被派往苏联驻中国大使馆工作。他先后在中国工作12年，从普通外交官升为文化参赞，直到大使。他目睹了中国人民抗日战争的伟大胜利，目睹了从国民党反动派统治到新中国诞生这一历史性转变。50年代中期，他由外交部第一远东司司长升为副部长，一直主管中国事务。1949年和1958年，他作为外交官和中国问题专家，先后参与毛泽东同斯大林在莫斯科的会谈和毛泽东同赫鲁晓夫在北京的会晤。他是中苏关系从友好到破裂的历史见证人。1962—1968年，他任常驻联合国代表，"为争取新中国在联合国的席位作了不懈努力，厥功奇伟"。①

费德林这30年的"为官"生涯，非但没有耽搁他的汉学事业，相反给他提供了接触中国高层领导人、文化精英和普通百姓的得天独厚的条件和机遇，使其汉学研究得以更加深入、高质、多产。作为汉学家，从40年代的重庆、南京到50年代的北京，他结识了中国文学艺术界的众多精英人物：郭沫若、茅盾、老舍、巴金、徐悲鸿、梅兰芳、赵树理、艾青等。他最崇敬郭沫若，尊之为师。他的博士学位论文《屈原的生平与创作》，曾得到郭沫若的指点，他的《屈原》译著更得到郭沫若的鼎力相助。他1958年完成的《郭沫若》巨著，对中国现代文学泰斗给予了高度评价。如果说郭沫若是他的

---

① 伍修权《费德林回忆录〈我所接触的中苏领导人〉序言》，新华出版社1995年版。

"恩师"的话,那么,诗人艾青则是他的挚友。为翻译艾青诗歌,他曾几度来到艾青府上,与诗人同床共枕,切磋译文。费德林对中国文学爱之切、知之多、研之深,则不言而喻。

费德林自称,他"首先是一个汉学家,其次才是外交官"。他勤奋、严谨治学,博览群书,真正做到了"中俄贯通""中西贯通"和中国文化的"古今贯通"。他不但精心翻译、研究中国古典文学,而且精心翻译、研究中国现代文学;从诗经、楚辞、诗、宋词、元曲到明清小说,从屈原、杜甫、关汉卿到鲁迅、郭沫若、茅盾、巴老曹,他都精心研究,硕果累累。他十分热衷于中国文学的历史,对中国文学史的起源和分期、古典文学遗产和现代的关系诸问题都有精辟的见解和专著。费德林最早把屈原诗歌翻译成俄文,最早研究屈原诗歌。他研究屈原时间之长,著作之多,成就之大在俄苏汉学界首屈一指,在国际汉学界也名列前茅。20世纪70年代,他提出了"屈原诗歌的独特性与全人类性"的重大研究课题,在世界汉学界引起了广泛的兴趣和关注,有力地推动了世界屈学研究的进展。最后他又推出了封顶之作:15卷本的《中国文学百科全书》,对中国两千多年丰厚的文学成就作了全面而系统的介绍。

费德林对中国文学研究的最大特点是,翻译与研究并行不悖;古典与现代的研究并行不悖。他对中国新文学的翻译与研究,从鲁迅、郭沫若、茅盾、郁达夫、巴老曹等五四文学大师,到丁玲、赵树理、艾青、李季等著名解放区文学作家、诗人,他都专门进行翻译和研究。其研究面之广,研究度之深,研究方法之新,堪称俄苏中国文学研究之冠,堪称国际中国文学研究的权威学者,实在令人敬重!

由于费德林的不朽的汉学成就和崇高的学术威望,他不仅成为苏联东方研究所的高级研究员、科学院通讯院士,还被美国、意大利、日本等国的大学、科学院和其他学术机构聘为汉学教授、院士、荣誉院士。

所以,费德林是当之无愧的俄苏中国新文学翻译与研究的开拓者、领头人。

三 俄苏中国新文学学派的形成与发展

俄苏对中国新文学的译介,起于20世纪20年代中期(1925年),翻译的第一部中国新文学作品,是王希礼(Б.А.瓦西里耶夫)翻译的《阿Q阿正传》,振兴于五六十年代,讫于苏联解体的90年代初(1991年)。其间经历了66年,共翻译中国新文学作品500余种,成绩斐然,反响强烈,影响巨大;俄苏中国新文学研究与译介同步,也是起于20世纪20年代中期。1925年B.M.阿列克谢耶夫在《东方》杂志(第5卷)发表的《你研究新诗否?》,是俄苏涉研中国新文学的第一篇论文。截至1991年苏联解体,据不完全统计,66年间俄苏共发表、出版研究中国新文学的学术著述550余篇(部),其中有40余部研究专著,也取得了辉煌成就,在国内外产生了重大影响。

在中国新文学翻译与研究的实践过程中,俄苏汉学界涌现出了一大批学有专长、治学严谨、研究成果特出的汉学家,形成了一支活跃于俄苏汉学界的中国新文学研究学派。该学派形成的重要标志有四点:其一,创造出了一大批高质量的研究成果(数百篇/部);其二,具有科研成果突出、善于团结学人、极具权威性的学科带头人费德林;其三,有一大批学有专长、扎实治学的学术骨干:王希礼、罗果夫、鲁德曼、艾德林、彼特罗夫、切尔卡斯基、波兹德涅耶娃、索罗金、克里弗佐夫、谢马诺夫、李福清、热洛霍夫采夫、马尔科娃、尼科利斯卡娅等;其四,具有可靠的发表学术成果的学术"阵地"——《苏联中国学》《远东问题》《外国文学》《文学报》等。这一切都已表明,俄苏的中国新文学研究学派已经形成,其名望早已蜚声海内外。下列著名汉学家,都为学派的形成和发展做出了重大贡献。

王希礼(Б.А.Васильев)

王希礼(Б.А.瓦西里耶夫)系《阿Q正传》的第一个俄译者,也是俄苏第一个中国新文学的传播者和研究者,他的出现,对俄苏汉学来讲,具有划时代的意义。

王希礼此名是他来中国后自取的中国名,原名希鲍里斯·亚历山德罗维奇.瓦西里耶夫(Борис Александрович Васильев,1899—1946)。他1899年12月8日生于沙俄首都圣彼得堡(1914年改为彼得格勒,1924年又改称列宁格勒,1992年1月恢复旧名圣彼得堡)一个普通职员家庭。1922年毕业于彼得格勒大学社会科学系中国部。1935年获文学理论副博士学位,同年升任教授。1921—1937年先后在佛教文化研究所、亚洲博物馆(后为苏联科学院东方学研究所)从事学术研究工作。曾在列宁格勒东方学院、列宁格勒历史语言学学院任讲师。1921—1925年,1927—1930年两次来中国进修。著作有《中国戏剧》(1929)、《聊斋的古代渊源》(1931)等;译作有《明代话本》(1924)、《阿Q正传》(1925)、《聊斋故事》(1931)、《李娃传》(1935)等。

1924年,王希礼来到中国实习。先后担任苏联驻华总领事馆和苏联驻华武官(驻京)秘书。当时正值孙中山确立联俄、联共、扶助农工的三大政策,实现了第一次国共合作。同时创建黄埔军校,筹建国民革命军。应广州革命政府和孙中山的邀请,共产国际派遣了军事顾问团。

1925年春,王希礼被分配到以斯卡洛夫为团长的苏联军事顾问团(共43人)来到河南开封国民二军中开展军事顾问工作。当王希礼来到开封不久,曹靖华也被李大钊派遣来到开封(曹系河南卢氏人,1897年8月11日生,早年就读于河南省立二中,后留学苏联)担任顾问团的翻译。这样,革命工作将王曹连在了一起,在开封保定巷6号大院工作地相识。但由于老一辈俄国汉学家,均由俄国政府派到中国,住在大使馆里,接受清政府委派的"翰林"讲授"四书""五经"经典;其老师"阿翰林"也是清"翰林"培养出来的,对《聊斋志异》推崇备至,叫学生一头扎进中国古籍中,出口便是"之乎者也",满口"聊斋"式古汉语,在生活中出了很多笑话。王希礼很苦恼,百思不得其解。曹就耐心告诉他,中国语言古汉语与现代汉语差别很大,建议他多读现代文学作品,就先读鲁迅的《阿Q正传》吧!这样,从龙亭回来后,曹就给王买了一本鲁迅的《呐喊》,让他读里面的《阿Q正传》;王也回赠了他一本俄文短篇小说集《十三只烟斗》。

王希礼读过《阿Q正传》后,兴奋地对曹说:"鲁迅是同我们的果戈理、契诃夫、高尔基一样的世界大作家!"决心将其译成俄文,并说:"我如果真的能把这件事办好,也可以算是没有白来中国了!"他说干就干,很快就开始翻译了。王在翻译中遇到很多困难,曹都热情帮他解决;有些实在解决不了的就说,以后去请教鲁迅先生。曹在北大读书时,曾选听过鲁迅先生的《中国小说史略》等课,并亲自登门求教过,深知鲁迅先生爱学生,平易近人,故说以后"请教鲁迅先生"。

王希礼译完《阿Q正传》后,曹靖华就给鲁迅先生写了一封信。关于这封信,1980年曹先生曾说,"这是我向鲁迅先生求教的第一封信,他(鲁迅)是1925年5月8日收到的。第二天即复信给我和王希礼。这个日期《鲁迅日记》中有记载,我也记得分外清楚,因为这是我和鲁迅先生通信的开始。"

5月28日《鲁迅日记》后面,有一条《注释》:《阿Q正传》俄文译者王希礼向鲁迅索序、自传和照片,鲁迅是日往容光照相馆照相,次日作《俄文译本〈阿Q正传〉序及著作者自叙传略》,后收入《集外集》。鲁迅在为俄译本写的序中说:"在这我是很应该感谢,也很觉得欣幸的事,就是:我的一篇短小的作品,仗着深通中国文学的王希礼(B.A.Vassiliev)先生的翻译,竟得展开在俄国读者的面前了。……看人生是因作者而不同,看作品又因读者而不同,那么,这一篇在毫无'我们的传统思想'的俄国读者的眼中,也许会照见别样的情景的罢! 这实在是使我觉得很有意味的。"(《集外集》,《鲁迅全集》第七卷,人民文学出版社2005年版,第83-84页)。

6月9日《京报》副刊第24期以《一个俄国的中国文学研究者对于〈呐喊〉的观察》为题刊出:

靖华老友:

前信想已收到。我近来有一个很新的发现,使我的精神上感到无限的愉快,使我对于现在中国的新文学发生一种十分热烈的爱恋! 这个新的发现,就是我由上海到汉口以后,无意中读了鲁迅先生的《呐喊》。我从前在俄国大学所研究的中国文学,对于民众丝毫没有一点关系;我读了以后,对于中国的国民生活及社会的心灵,还是一点不知道! 我现在在中国的新的作品里边,读了鲁迅先生的《呐喊》以后,我很佩服你们中国的这一位伟大的真诚的"国民作家"! 他是社会心灵的照相师,是民众生活的记录者!

他的取材——事实都很平常,都是从前的作家所不注意的,待到他描写出来,都十分的生动,一个个人物的个性,都活跃在纸上了! 他写得又非常诙谐,可是那殷痛的热泪,已经在那纸的背后透过来了! 他不只是一位中国的作家,他是一位世界的作家!

我现在已经着手翻译《阿Q正传》,打算在莫斯科出单行本;但是我不认识这位先生,并不知他现在在何处?

请你写信给我介绍一下,并请他准我译他的书。并且还要请他为《阿Q正传》的俄文译本作一篇序,介绍给俄国读者,再请他为我寄一张相片及他的传略,为的是印在一块。《阿Q正传》译完以后,我还想译他别的作品,《故乡》等。

希望你费神将我这样佩服的诚意,介绍于鲁迅先生面前。我也希望你快些给我一封回信。

你的老友
王希礼
一九二五年四月十七日,汉口

发表时,信前加了"编者按":"此信原用中文所写,并非译文,我们由此推知俄译本《阿Q正传》之正确了。"后来,王回国后,主要侧重于对鲁迅、胡也频、冯铿的研究。此外就是翻译《彷徨》、撰写《中国左翼文学》《帝国主义时代中国文学的外来影响》等著作。

另外,1936年7月21日,鲁迅在病中应捷克汉学家雅·普实克的请求(允许翻译《呐喊》,并为之作序),作《捷克文译本〈短篇小说集〉序》。在该《序》中鲁迅说:"人类最好是彼此不隔膜,想关心。然而最平正的道路,却只有用文艺来沟通。可惜走这条路的人又少得很。"王希礼就是这"少得很"中的一个。他就是第一个把鲁迅的名著《阿Q正传》译成俄文,而后介绍给苏联广大读者的著名汉学家王希礼。

罗果夫(В.Н.Рогов)

弗拉基米尔·尼古拉耶维奇·罗果夫(В.Н.Рогов,1909—1988),苏共党员,工人出身。1937年初来华任苏联塔斯社远东分社驻中国记者。罗果夫热爱中国,热爱鲁迅和中国新文学,在完成战时采访和报道任务后,注意参与中国现代文坛的活动,保持与中国文学界的密切交往与交流;1938年中华全国文艺界抗敌协会在汉口成立时,罗果夫以国际代表身份出席了会议,12月22日为了解鲁迅情况,罗果夫在重庆塔斯社分社亲自采访了萧红和端木蕻良;1939年在重庆举行的鲁迅逝世3周年纪念会,罗果夫出席并发言,重点介绍了鲁迅在苏联的影响。1940年,В.罗果夫在《国际文学》第3—4期发表了《民族解放战争时期的文学》,在苏联产生了强烈反响;1941年,罗果夫资助姜椿芳等人,创立了苏商时代书报出版社,出版《时代周刊》和《苏联文艺》月刊,介绍苏联卫国战争和苏联文艺情况。罗果夫热爱鲁迅,深有感情,鲁迅去世后经常约着其家人、亲友去给鲁迅扫墓。为了缅怀鲁迅,1943年10月19日,罗果夫创建的苏联呼声广播电台

特意播送"鲁迅"两周:第一周播送了《鲁迅传》《阿Q正传》《风波》《故乡》和《长明灯》;第二周播送了《现在的屠杀者》《聪明人和傻子和奴才》《娜拉走后怎样》《过客》《人话》《说面子》《病后杂谈》《答国际文学社问》《文人相轻》《鲁迅及中国民族在文学上的鲁迅主义》和《鲁迅与苏联文学》。这种活动一直持续到中国解放初;1944年,B.罗果夫编译了七位中国作家的图书索引情报,结集为《中国短篇小说集》(莫斯科),内容包涵茅盾《林家铺子》、萧红《莲花河》、张天翼《华威先生》、老舍《在被占领的城市中》、司马文森《栗色马》、姚雪垠《差半车麦秸》《红灯笼的故事》和端木蕻良《风陵渡》等7位作家的8篇作品,印行10000册,很快销售一空;1945年,B.罗果夫编译出版了《鲁迅选集》并撰写了跋语《鲁迅的文学遗产——〈鲁迅选集〉俄译本跋》(莫斯科);1947年1月,罗果夫在重庆发起成立"普希金纪念文集编委会",聘请郭沫若、田汉、郑振铎、叶圣陶、胡风、袁水拍、臧克家等中国著名作家为名誉编委;2月10日又组织了"普希金逝世110周年纪念会",郭沫若在会上作了《向普希金看齐》的讲演,赞扬了普希金热爱自由、反对专制的精神。当年12月,出版了中国第一部《普希金文集》;1948年,在草婴、倪海曙帮助下,出版了鲁迅著《门外文谈》;同年,罗果夫翻译出版《鲁迅小说杂文书信》和《鲁迅论俄罗斯文学》(上海时代),其翻译出版的《阿Q正传》,系国内外最早的中俄文对照版本(1955年莫斯科国家文艺出版社以此为蓝本出版了单行本)。

新中国成立后,罗果夫继续从事中苏文化交流,担任中苏友好协会副会长,对中国的文化建设和发展给予了巨大支持与帮助。1951年,B·罗果夫编译了赵树理的《登记》,并撰写了《〈登记〉俄译本编者的话》(苏联《新世界》第2期);1952年,B.罗果夫等翻译了《白毛女》并撰写了序言《〈白毛女〉俄译本序言》(莫斯科外国文学出版社);1954年,B.罗果夫与郭质生等编译了四卷本《鲁迅选集》第一卷(莫斯科);1956年,B.罗果夫发表了研究茅盾的论文《茅盾》(苏联《旗帜》第7期);1958年,B.H.罗果夫发表了《鲁迅的俄国朋友》,载苏联《旗帜》第7期。

罗果夫以塔斯社驻中国记者身份在中国期间,注意参与中国现代文坛的活动,积极翻译和研究鲁迅著作,成绩卓著;他还帮助其他作家发表文章或出版作品。所以,他不但对鲁迅有深入了解,而且与郭沫若、茅盾、田汉、郑振铎、冯雪峰、叶圣陶、臧克家、戈宝权、邹韬奋、曹靖华、萧红、邱东平等著名作家都有密切交往,对中苏文化交流做出了重要贡献。

艾德林(Л.З.Эйдлин)

Л.З.艾德林(1909—1985),1909年12月23日(新历1910年1月5日)生于契尔尼戈夫市。1937年毕业于莫斯科东方学院。1942年以《白居易的四行诗》论文获语文学副博士学位。1969年获博士学位、教授职称。苏联作家协会会员(1950)。1937—1952年,先后在莫斯科东方学院、军事外语学院执教,任汉语教研室主任。1944年起任苏联科学院东方研究所研究员。专著有《论今日中国文学》(1955)、《中国文学简编》(1962,与索罗金合著)、《陶渊明及其诗歌》(1967)等。

艾德林是B.M.阿列克谢耶夫的优秀弟子,在继承先师的中国古典文学翻译与研究方面,做出了突出贡献。费德林对他非常赞赏,将其列为"当代对中国文学研究做出显著贡献的苏联汉学家"中的第一号人物。他指出,"在这方面,首先应提到Л.艾德林的著作。他的创造性劳动,既是可以触摸到的探索与发现的,极大地丰富了我国文艺学的丰硕成果,又是以苏联汉学学派优秀的传统精神翻译中国语言艺术家们的最佳艺术品。"他像费德林一样,对中国文学也是"古今贯通"的,他在中国新文学的翻译与研究方面,也做出了突出贡献。

艾德林从30年代末开始翻译、研究中国新文学。1939年,他翻译了罗烽著《第七个坑》,载苏联《国际文学》1939年第7—8期;1941年,在《国际文学》第5期,开始发表评论文章《中国文学期刊〈文学月报〉论苏联文学》。20世纪50年代他又一连翻译了几部作品:

Л.艾德林译《张天翼寓言集》,载苏联《火花》1950年第2期;Л.艾德林译谢挺宇著《寄往江南的信》,载苏联《新世界》1950年第9期。接着,1952年,C.周、Л.艾德林合译胡可著《战斗里成长》(4幕5场话剧),丁玲作序,莫斯科外国文学出版社1952年版。同年,苏联《旗帜》杂志第7期,又全文转载了C.周、Л.艾德林合译,胡可著丁玲作序的《战斗里成长》(4幕5场话剧),在俄苏剧场和社会上产生了强烈的反响。

艾德林从40年代中期开始研究鲁迅著作,并很快取得成果。1945年,他发表了研究鲁迅的第一篇论文《论鲁迅的短篇小说》,载苏联《文学报》1945年8月18日。艾德林从研究鲁迅开始,进而研究茅盾、老舍、钱锺书等现代作家和赵树理、周立波等解放区作家,进而研究整个中国新文学,对中国新文学研究的发展做出了突出贡献。

新中国成立后,他继续潜心翻译、研究鲁迅著作。他的研究著述,"只因以艺术作品文本,以其可靠诠释的翻译为依据,因而具有科学的论据"①,具有很大的权威性。在50年代,他主编了俄译本《阿Q正传》短篇小说集(B.罗果夫译,莫斯科:儿童文学出版社,1955年和1959年两个版本),为其撰写了权威性的领衔论文《鲁迅》;在80年代,Л.艾德林又主编了《阿Q正传》(莫斯科:儿童文学出版社,1986)和《鲁迅选集》(国家文艺出版社,1989)。

他又为这两部巨著撰写了具有权威性的长篇领衔论文《鲁迅》。

1949年,中华人民共和国建国之后,当解放了的新中国的文学——丁玲与赵树理等作家的作品开始大量译介到苏联之时,Л.艾德林在苏联《文学报》(1949年10月12日)及时地发表了论文《发展中的中国文学》,引发了俄苏译介和研究中国新文学的第一次热潮。接着,Л.艾德林又一连发表了《赵树理》,苏联《新世界》1951年第2期;《描写伟大改造的长篇小说》(《一九五一年度优秀文学作品论集》,莫斯科,1952);《评〈李有才板话〉》,载苏联《真理报》1952年12月11日;《论当代中国文学》(莫斯科,1955);《周立波及其长篇小说〈暴风骤雨〉》(莫斯科:国家文艺出版社,1955)。

从50年代中期以后,直到80年代末,他基本转向了对中国现代文学的研究,并不断写出一些具有指导意义的权威性文章:

Л.艾德林《茅盾》,关于《茅盾文集》第一卷的出版问题,载苏联《文学报》1956年9月11日。

Л.艾德林《鲁迅——〈阿Q正传〉俄译本序言》,莫斯科:儿童文学出版社1959年版。

Л.艾德林《新中国文学发展概述》,莫斯科1960年版。

Л.艾德林《痛苦的无情之笔》(评老舍作品),载苏联《外国文学》1966年第2期。

Л.艾德林《鲁迅笔下的中国》,载苏联《文学问题》1969年第4期。

Л.艾德林《论鲁迅的情节散文》,载俄文版《鲁迅中短篇小说集》,莫斯科1971年版。

---

① [俄]费德林《中国文学研究与翻译在苏联》(宋绍香译),载《岱宗学刊》2000年第2期。

Л.艾德林《作家学者钱锺书的〈围城〉——长篇小说〈围城〉俄译本序言》,莫斯科1980年版。

Л.艾德林《鲁迅》,莫斯科:儿童文学出版社1986年版。

Л.艾德林《〈阿Q正传〉俄译本序言》,莫斯科1989年版。

凡此种种,Л.艾德林,继费德林之后,不但是一位优秀的中国古代文学的翻译家和研究家,而且是一位同样优秀的中国新文学的翻译家和研究家。他数十年如一日,勤奋严格治学,成为中国新文学学派的中坚力量。

彼特罗夫(В.В.Петров)

В.В.彼特罗夫(1929—1987)是В.М.阿列克谢耶夫院士的得意门生。20世纪50年代在列宁格勒大学讲授中国现当代文学。他是一位知识渊博的大汉学家,既通中国古典文学,又通中国现当代文学,尤其擅长中国的诗词格律。他的汉学治学有两大特点:一是注意丰藏中国图书资料,1958—1959年在北大进修时,他就注意买书,特别20—40年代中国出版的小说、诗歌、散文,见着就买,几年下来,收藏甚丰。彼氏的中文藏书斋叫"苏洵书屋"——因其导师研究苏洵,而他本人也喜欢苏洵《六经论》而得名。在"苏洵书屋"里,艾青的作品占两"肘"(过去的长度单位,即自肘至中指末端,约半公尺),臧克家的占两肘,田间、王亚平、汪静之的各一肘,朱湘与卞之琳的各半肘。其个人藏汉籍之丰,实属罕见!第二个特点是广交中国文坛朋友。他与中国诗人艾青、柯仲平、李季、严辰、田间、袁水拍、萧三等都有密切往来,并一直保持着通信联系。这对其学术研究助益颇大。

彼特罗夫最大的学术兴趣和成就是对中国新文学的翻译与研究。在俄国汉学界他最早关注中国新诗,对中国新诗的发展趋势尤感兴趣,50年代初他就推出了一批非常精湛的学术论文:《新中国的文学》(1950)、《新阶段:关于第一届文代会的资料》(1950)、《当代中国诗歌》(1951)、《马雅可夫斯基与中国现代诗歌》(1952)、《走向社会主义现实主义道路的中国文学》(1954)等。这些论文几乎完全参阅中国文学期刊上的原始资料写成。很有现实性和时代感,在当时的俄苏文艺界和汉学界影响很大。在此基础上,彼特罗夫明显地确立了其对中国现代诗人艾青诗歌的特殊兴趣。他利用自己"苏洵书屋"的两"肘"的艾青资料,集中精力研究艾青的传记、作品和诗论,很快便推出了世界上第一本《艾青评传》(1954)。

该《艾青评传》,深入研究了截至20世纪50年代初的艾青各个时期的创作,深刻分析了他的文艺美学观、独具特色的创作风格及其自由体诗歌。彼特罗夫特别注意揭示艾青与时代的关系,艾青诗歌与中国人民争取民族独立和革命胜利斗争的关系,尤其注意艾青诗歌的爱国主义和国际主义的基调。其基本目的是"使苏联读者了解中国文学独具特色的发展过程,了解新作品的人物及其反映的问题"(费德林语)。从这点出发,应该说,彼特罗夫比较圆满地完成了自己的"学术使命"。

50年代中期之后,他在以上研究的基础上,潜心研究中国现代文学,从鲁迅、瞿秋白、茅盾、郁达夫,到巴金、老舍、曹禺,他都进行了精细的研究,取得了一大批研究成果。这些成果归纳起来,大概有这么几种类型:

1.注释和序言

由于彼特罗夫博览群书,知识渊博,许多大型俄译本著作都请他写注释。从1950年至1955年的6年间,他为十余部俄译本著作作了详细而精确的注释和序言:《解放了的中国的诗歌》(彼注释,1950)、《解放了的中国的诗人作品》(彼注释,1950)、《东方红·(彼)致读者》(1951)、彼注释《献给朝鲜兄弟——新中国诗人诗歌》(1951)、彼为《黎明的通知》(俄译本)作序(1952)、彼注释《中国和朝鲜现代诗人诗歌》(1952)、彼为《新中国诗人诗集》撰写了《作者简明传记资料》(1953)、彼注释《郭沫若选集》(1955)。

60年代以后,彼特罗夫还为《曹禺剧作集》1—2卷俄译本撰写了序言,莫斯科国家艺术出版社1960年版。80年代以后为《鲁迅选集》(С.霍赫洛娃编,Л.艾德林领衔文章)作了详尽注释(1981)。1989年,莫斯科国家文艺出版社再版该著。该著初版(1981)印数7.5万册,很快销售一空。再版出版盛况更加令人振奋!

2.论文

彼特洛夫的精心研究,使他写出了许多高质量的研究论文,从而充实了新文学学派的研究成果,提高了新文学学派的学术档次,为新文学学派的形成和发展做出了重大贡献。50年代,他发表了许多研究中国现代著名作家的论文:

研究丁玲的论文:《丁玲》,载苏联《文学报》1952年4月1日,《介绍〈太阳照在桑干河上〉》,载《苏联文学》1952年4月1日。

研究茅盾的论文:《生活的真实——评〈茅盾短篇小说集〉》,载《莫斯科真理报》1954 年 10 月 12 日;《才能与劳动——庆祝茅盾 70 周年诞辰》,载苏联《文学报》1966 年 9 月 24 日,第 113 期。

研究郁达夫的论文:《郁达夫的创作道路——〈春风沉醉的晚上〉短篇集俄译本序言》,莫斯科 1972 年版。

研究巴金的论文:《巴金的创作及其长篇小说〈家〉》,载巴金长篇小说《家》,莫斯科 1956 年版;《巴金的创作》,载《巴金爱情三部曲》,莫斯科 1957 年版;《巴金的创作道路》,载《巴金文集》俄文版,莫斯科 1959 年版。

研究老舍的著述:《老舍及其创作——长篇小说〈骆驼祥子〉俄译本序言》,莫斯科 1956 年版。

研究鲁迅的论文:《中国人民的伟大作家——鲁迅》,莫斯科:国家文艺出版社 1956 年版;《鲁迅与郁达夫》,载《列宁格勒大学学报》1967 年第 2 期;《鲁迅和瞿秋白》,莫斯科 1975 年版。

3.专著

《艾青评传》,B.彼特罗夫著,莫斯科 1954 年版。

《鲁迅和中国诗歌》,B.彼特罗夫著,莫斯科 1958 年版。

《鲁迅:生平与创作概论》,B.彼特罗夫著,莫斯科:国家文学出版社 1960 年版;

《鲁迅与苏联》,B.彼特罗夫著,莫斯科 1971 年版。

《鲁迅(1881—1936)》,B.彼特罗夫著,莫斯科:国家文艺出版社 1981 年版。

随着彼特罗夫对鲁迅等现代作家研究的深化,他充分掌握了中国新文学的发生与发展的科学资料和内在机理,逐渐建起了自己的认识和理论体系。中国 30 年代文学的发展与深化,使彼特罗夫对诸如中国革命文学的思想和美学基础的形成这样的重要课题产生了浓厚兴趣,中国革命文学始终以马克思主义美学和苏联文学为理论基础。为此,彼特罗夫发表了一系列论文阐释自己的学术观点:《从中国传播马克思主义美学、文艺学理论著作(20 年代末 30 年代初)谈起》(列宁格勒,1967)、《列宁论文学艺术著作的最早中文译本》(列宁格勒,1970)和《苏联文学在 1928—1930 年的中国》(1977)等。上述第一篇论文,竭力再现了中国早期译介列宁的《党的组织和党的文学》及列宁论列·托尔斯泰的论文的最丰富的画面,很有特色。著者在自己的构成本文基础的历史书刊评述式的评论中,提出了个人的见解,他指出,В.И.列宁著作的翻译对中国革命文学产生了巨大的思想影响。

В.В.彼特罗夫对中国新文学的翻译与研究成果,丰富了俄苏中国新文学翻译与研究的业绩,夯实了中国新文学翻译与研究的理论基础,为俄苏中国新文学学派的发展做出了重要贡献。

切尔卡斯基(Л.Е.Черкасский)

列昂尼德·叶甫谢耶维奇·切尔卡斯基(Леонид Евсеевич Черкасский),犹太人,1925年6月2日生于俄国一个医生之家。其父是著名的眼科大夫,母亲是一位流行病学专家。1951年毕业于莫斯科军事翻译学院东方系。该院汉学师资力量雄厚,俄苏汉学创始人В.М.阿列克谢耶夫和著名汉学家Л.З.艾德林都曾先后在此任教,培养了许多汉学人才。切尔卡斯基毕业后先在苏军西伯利亚赤塔司令部工作,后考取苏联科学院中国学研究所研究生。1960年获取副博士学位并留所任助理研究员;1971年获取博士学位。从1960年至1992年,切尔卡斯基一直在苏联科学院东方学研究所任研究员,后为该所远东研究室副主任、主任。他的研究课题,除曹植研究外,主要是中国新诗的翻译与研究。在这方面,他取得了令本国和国际汉学界注目和震撼的成果。

先从翻译来看。切尔卡斯基从青年时代辗转学习汉语的目的,就是为了翻译中国诗歌,具体来说是翻译中国新诗。从50年代中期至80年代末期,仅中国新诗选集,切尔卡斯基就翻译出版了10余部:

《中国16诗人诗选》(赤塔,1954):其中选译田间诗歌15首,艾青诗歌3首。

《红朝》(五四诗选。莫斯科,1964):书中选译了刘半农、刘大白、朱自清、汪静之、应修人、潘漠华、瞿秋白、蒋光慈、殷夫等9位诗人的68首诗。

《雨巷》(中国二三十年代抒情诗选。莫斯科,1965):其中选译了刘半农、朱自清、徐玉诺、谢冰心、徐志摩、朱湘、陈梦家、殷夫、蒋光慈、戴望舒、蒲风、王亚平等16位诗人的161首诗。

《五更天》(30—40年代中国抒情诗选。莫斯科,1975):选译了田间、艾青等24位现代诗人的161首诗歌。

《中国40诗人诗选》(莫斯科,1978)。所选诗人,除上述《雨巷》中16诗人外,又新增诗人徐玉诺、谢冰心、王统照、郑振铎、瞿秋白、郭沫若、臧克家、卞之琳、何其芳、李广田、袁水拍、沙欧、李季、柯仲平、梁宗岱、宗白华、康白情、徐志摩、朱湘、邵洵美、陈梦家、冯至、戴望舒、蒲风、王亚平、温流、萧三、艾青、田间、任钧等。

《为了寻一颗明星》("中国文学丛书"之一。莫斯科,70年代)。书中选译了黄遵宪、秋瑾、苏曼殊及20—40年代诗人共38位中国近现代诗人的作品。当然。该诗集并非全由切氏独译,但其中刘半农、刘大白、朱自清、徐玉诺、汪静之、徐志摩、朱湘、应修人、潘漠华、瞿秋白、蒋光慈、邵洵美、陈梦家、蒲风、王亚平、任钧等诗人的诗作翻译,当属切氏之译笔。

《蜀道难》(50—80年代中国诗选。莫斯科,1983):选译了55位诗人的112首诗歌。其中新增作家和诗人叶圣陶、顾工、公刘、蓝曼、李瑛、王尔碑、浪波、李发模、韩瀚等,其中有不少是"文革"后的诗人。

《为要寻一个明星》(8首诗和一篇散文),徐志摩著,Л.Е.切尔卡斯基译,莫斯科,1988年版。

《太阳的话》(艾青诗选。莫斯科,1989):选译艾青诗歌121首。

够了,恕我不再罗列。仅这10部中国现当代诗歌翻译,可以说,已经涵盖了中国现代诗歌的全部。涉译诗人50位,所译诗歌千余首,五四以来的中国现代诗歌不同社团,不同流派的代表诗人的代表作品,可以说,都已翻译在册;选译诗歌之广,选译诗人之全;选译诗篇之准,选译质量之精,堪称世界之最!这不仅满足了俄罗斯广大读者阅读、欣赏中国新诗的审美需求,而且对俄罗斯的中国新诗研究,提供了充足的资料支撑,其价值难以估量。

再从研究来看。李福清先生说,切氏"虽然翻译了许多中国现代诗歌,但是,翻译绝不是他的最终目的,目的是研究中国现代诗歌"。所以,在翻译的同时他就注意学习诗学理论,在北大进修时,他就努力研读谢冕导师的诗歌理论与评论论文;认真研读西方文论与最新世界文艺学理论,为自己未来的中国新诗研究奠定了坚实的理论基础。再者,他通过中国现代诗歌的"全面"翻译,就从宏观上,从"史"的角度,全面把握了不同时期,不同流派中国现代诗歌的特色与脉动;尤其他引入了西方比较诗学,从而探明了中国现代诗歌在国际诗坛的地位与价值。其实,他的中国新诗研究是与其翻译同步进行的。他的每部译集的"译者序言",都是一篇很长的,很精

致的研究论文。他最早的研究著作是单位规定的课题,此后,主要是中国新诗研究。主要著作有:

《曹植的诗》(规定课题。学术专著。莫斯科,1963);

《中国20—30年代的新诗》(博士论文,学术专著。莫斯科,1972);

《马雅可夫斯基在中国》(与中国新诗关系研究,学术专著。莫斯科,1976);

《中国战争年代的诗歌(1937—1949)》(学术专著。莫斯科,1980);

《艾青:太阳的使者》(诗人评传,学术专著。莫斯科,1993);

《徐志摩:在梦幻与现实中飞行》(诗人评传,学术专著。1997)。

主要研究论文:

《五四诗歌中的人道主义问题》,载《东方文学中的人道主义思想文集》,莫斯科1967年版。

《中国诗人蒋光慈论文化遗产》,《亚非人民》1967年第2期。

《论中国新诗的分期》,载《东方文学理论问题》文集,莫斯科1969年版。

《中国新诗与西方文学》,载《中国1919年的五四运动》,莫斯科1971年。

《论中外文学关系:中国30—40年代的诗歌》,载《亚非人民》1979年第1期。

《中国当代的"暴露"诗歌》,载《亚非人民》1982年第2期。

《在长城后面的阴影下》,载《远东》1985年第7期。

……

以上这些学术著述,是切尔卡斯基60年代初至90年代末呕心沥血倾心研究中国诗歌(主要是新诗)的见证和不朽的学术成就。他最大的成功在于:

(1)他不但精通中国现代新诗,而且精通中国古典诗歌。50年代末他有幸考取了苏联科学院中国学研究所,指导导师是 Л.艾德林,规定课题是曹植研究。Л.艾德林是从事中国古典诗歌翻译和研究的老一代汉学家,其学术成就被 H.费德林称为俄苏汉学界的第一号人物。他提出的这一课题的重要性在于,曹植(192—232)的辞赋是中国古典诗歌的精华之一,在公元2—3世纪,这种诗体正由铺叙事物的叙事诗转向抒情诗(短赋),确立五言诗,在民歌基础上创立乐府诗体,极具研究价值。切尔卡斯基的专著《曹植的诗》(1963),厘清了曹植诗歌同民歌的有机联系,阐释了其诗歌的创新特质及其审美价值,从而确立了曹植在中国文学史上的地位;通过对曹植创作道路的分析和阐释,从而彰显了以汉代末代皇帝封号命名的建安文学的成就及其对后世中国诗歌发展的影响。

(2) 他的研究中国20—30年代和30—40年代(战争年代)诗歌的两部书,不是一般的诗人、诗作介绍性的书,而是倾其毕生精力精心研究之学术著述。其最大的特点是研究客体的广阔性,研究内容的深刻性和研究架构的宏巨性。这两部书几乎评析了中国现代诗歌各种流派的代表诗人及其代表诗作;揭示了诗人的创作道路、创作特质、艺术价值及其在中国诗坛的地位,非常到位,非常深刻。

(3) 诗歌是文学之文学。中国的二三十年代和战争年代,是中国新诗发展的两个重要时期,抓住这两个"时期",结构研究布局,这就凸显了其研究架构的宏巨性和时代特征。著者关注的是艺术方向、文体形式、传统与创新等问题;首次运用世界文艺学理论分析中国的现实主义、浪漫主义和象征主义诗人创作的美学思想和艺术特色。著者指出,现在中国诗歌已成为世界文学交往中的积极参与者,它与东西方各国文学的直接和间接的交往在加紧扩大和深化,因而得到了迅速发展。他认为中国二三十年代的诗歌作品,在许多方面,已经确定了中国诗歌尤其战争年代诗歌的未来命运。

Л.切尔卡斯基的中国新诗研究在不断深化,必然从宏观研究逐渐走向微观研究,即对有代表性的重点诗人进行全面的系统的学理的研究。在这方面他选择了两位诗人:一位是革命诗人艾青;一位是唯美派诗人徐志摩。

关于艾青,切氏撰写了艾青评传——《艾青:太阳的使者》(莫斯科,1993)。本书编者对本书曾作过这样的概括:"本书论述了中国著名诗人艾青的生平与创作。诗人在其诗歌作品中思考着祖国和全人类的命运,并深入到时间和空间的范围;历史和现实在艾青诗歌中,融成了一个不可分割的整体。本书评析了艾青50年的创作道路。"为完成这一任务,本书设专章11章、49节,以翔实而丰富的资料,从艾青痛苦的童年、漂泊的青年、成功的中年时代,到多灾多难而又"异峰"突起的老年时代,全面系统地评析了诗人艾青的生活与创作道路。著者从一个外国人的视角,以外国人的思维方式,运用世界文艺理论,不仅论述艾青的创作而且论述其坎坷的命运;不仅评析其诗歌创作而且评析其诗歌理论;不仅将其与中国诗人进行比较而且将其与俄罗斯诗人(叶赛宁、阿赫马托娃、马雅可夫斯基)和其他外国诗人(阿波里内尔、聂鲁达、希克梅特)进行比较研究。著者特别敬佩艾青的顽强的生命力和深邃的洞察力;他能透过乌云看到太阳,透过黑暗看见光明;他不但是"太阳的使者",而且是"太阳的歌者"和"光的代言人"。

关于徐志摩,切氏撰写了徐志摩评传——《徐志摩:在梦幻与现实中飞行》(1997)。在该著中切尔卡斯基说:"很多年以来,我都企望写出一部评论20世纪中国的这两位最杰出、最耀眼的诗人的著作。从我孤陋寡闻的"信息"土丘,我想冒昧说出下面的话:艾青的生活之路是悲惨的,而命运是美好的;徐志摩的生活之路是美好的,而命运是悲惨的。"这一结论,可以说是"一语破的"。

切尔卡斯基坚信马克思主义的历史唯物主义和辩证唯物主义,因而,在文学评论上坚持马克思主义美学观。马克思主义认为,社会主义文化应接受人类社会发展过程中的"一切"优秀文化(包括资产阶级文化)和人类知识的"总和"。切尔卡斯基是把徐志摩作为一位激进的革命的资产阶级诗人、散文家和学者进行综合评析而立传的。因而,这部评传显得非常包容,非常客观,非常真实到位,是一部名副其实的压卷之作。本书共设七章,每章又设若干小"节",共58节。按照时序,从徐志摩在美英留学到其婚姻与爱情纠葛;从其诗歌、翻译、散文创作生涯到创办《新月》文学期刊等一切学术活动,本书全面评析了徐志摩的艺术作品、艺术之路与人生之路。该著由于其独特的"艺术"架构和叙述格局,使其既有严谨的学术性,又有活脱的文学性,堪称优秀之作。

Л.Е.切尔卡斯基以优异的学术成就,被国际汉学界誉为中国现代诗歌研究的权威学者,20世纪80年代欧洲利学基金会在编纂大型学术书 A Selective Guide to Chinese Literature. 1900—1949 (《中国文学精选指南(1900—1949)》)时就特约他编纂本书的《现代诗歌卷》。为此,他撰写了徐志摩、戴望舒、汪静之、蒲风、艾青、田间等中国现代诗人的篇章,把中国诗人推向了世界。这不仅是中国诗坛的荣耀,更说明俄苏中国新文学学派在国际汉学界产生的重大影响。切尔卡斯基对俄苏汉学学派的发展做出了突出贡献。

索罗金(В.Ф.Сорокин)

　　В.Ф.索罗金,1927年生于萨马尔(古比雪夫)市。1950年毕业于莫斯科东方学院。1958年,以研究鲁迅早期创作的论文获语文学副博士学位。1950—1957年任教于莫斯科东方学院、莫斯科大学历史系、莫斯科国际关系学院。1957—1967年在苏联科学院东方学研究所、1967年后在科学院远东研究所中国文化组从事研究工作。1962年晋升为高级研究员。除研究鲁迅、茅盾及其他现代作家作品和中国戏剧诸问题外,还对中国古典戏曲作过深入的研究。专著有《鲁迅世界观的形成·早期政论与〈呐喊〉》(1958)、《茅盾的创作道路》(1962)、《8—14世纪的中国古典戏曲》(1979)、与艾德林合著《中国文学概论》(1962)等。欧洲汉学家协会副主席,苏联汉学家协会理事。

　　索罗金也是一位古今贯通、中西贯通的著名汉学家。他的最大的学术成就是其第一部大部头的学术专著《鲁迅世界观的形成》(1958)。该著用三章篇幅详尽地论述了鲁迅早期作品的思想倾向和作品中反映出的美学主张,揭示了鲁迅第一篇文言小说《怀旧》的创新意义。著者认为,社会问题与道德问题的综合产物是《呐喊》集中短篇小说的基础。他还就鲁迅的关于中国历史的命运和中国人的民族特性的观念,对天才的讽刺性的中篇小说《阿Q正传》进行了深入的分析,给予了极高的评价。

　　除此之外,索罗金还撰写了其他一些研究鲁迅的文章,如B.索罗金著《鲁迅创作道路的开始和小说〈呐喊〉》(副博士论文,1956),B.索罗金著《论鲁迅的现实主义》(1958)等。同时,他还翻译了鲁迅的一些短篇小说《怀旧》《孤独者》《理水》等。

　　在翻译和研究鲁迅的同时,他对其他一些现代作家也产生了浓厚兴趣,于是也做出了许多令人瞩目的成绩:

　　先看翻译成绩:主要是翻译了黄艾、茅盾、叶圣陶、艾芜、郁达夫、钱锺书等作家的作品。

　　1950年,《激荡的十年》,黄艾著、М.多涅茨、В.索罗金、И.缅希科夫译,В·鲁德曼撰写了领衔论文,В.索罗金作注释,莫斯科:外国文学出版社。

　　1960年,《茅盾短篇小说集》,В.鲁德曼、В.索罗金等译,莫斯科:国家文艺出版社。

1960年,叶圣陶短篇小说集《一生》,В.Ф.索罗金译,莫斯科:国家文艺出版社。

1962年,《芭蕉谷》,中篇小说,艾芜著,В.索罗金译,莫斯科:国家文艺出版社。

1972年,《春风沉醉的晚上》短篇小说集,郁达夫著,В.阿德日马穆多娃编,В.索罗金、В.谢马诺夫等译,莫斯科:国家文艺出版社。

1980年,《围城》,长篇小说,钱锺书著,В.索罗金译,莫斯科:国家文艺出版社。

1989年,《围城》(长篇小说与短篇小说集),钱锺书著,В.索罗金译,莫斯科:国家文艺出版社。

再看研究成果:也主要是对茅盾、巴金、老舍、艾芜、钱锺书等作家的研究。

1956年,В.索罗金《叶圣陶长篇小说〈倪焕之〉序言》,莫斯科:国家文艺出版社。

1958年,В.索罗金《〈无名高地有了名〉序言》,莫斯科:军事出版社。

1959年,В.索罗金《〈中国作家短篇小说集〉俄译本序言》,《中国作家短篇小说集》俄译本,莫斯科:国家文艺出版社。

1960年,В.索罗金《叶圣陶及其创作〈一生〉短篇小说集俄译本序言》,莫斯科。

同年,В.Ф.索罗金《中国话剧艺术发展的基本阶段》,载《中华人民共和国的文化革命问题》,莫斯科。

1962年,В.Ф.索罗金著《茅盾的创作道路》,莫斯科。同年,В.索罗金《艾芜中篇小说〈芭蕉谷〉俄译本序言》,莫斯科。

1972年,В.索罗金《艺术家与时代——长篇小说〈腐蚀〉俄译本序言》,莫斯科。

1981年,В.Ф.索罗金《纪念茅盾》,载苏联《文学报》1981年4月8日。

1989年,В.索罗金《〈围城〉俄译本译者序言》,莫斯科。

1991年,В.索罗金《漫长道路的里程碑——〈巴金选集〉俄译本序言》,莫斯科:虹出版社。

值得提及的是1962年与艾德林合著的《中国文学简编》,莫斯科:东方文学出版社。

该书主要概论了两大课题:一是生机勃勃的传统文学:诗歌、散文、戏剧;二是现代文学:(1)五四运动前的中国文学,(2)五四运动时期的中国文学(20年代和30年代初),(3)"左联"关于革命文学的论争,(4)抗日战争时期的文学——"延安文艺座谈会",(5)40年代的文学——"大众文艺丛书",(6)胜利了的人民的文学——近几年的文学创作。最后是图书索引。从这些课题的设置,便可看出该著阐释的鲜活、实在、明快、精练的特色。"正如批评界所指出的那样,著者在有限的空间内成功地为我们提供了关于中国文学史各重要阶段及其最生动的文学现象的概念,提供了其文学的艺术和思想特色的概念;成功地展示了人民政权时期中国语言大师们的文学成就。"①

В.Ф.索罗金的中国新文学翻译与研究的成就,为俄苏中国新文学学派的形成与发展奠定了坚实的基础。不但在国内闻名,而且誉满全球。

谢马诺夫(В.И.Семанов)

В.И.谢马诺夫,1933年生于列宁格勒,1955年毕业于列宁格勒大学东方系,1958年到中国进修。1967年,以研究鲁迅文学思想渊源的论文获语文学副博士学位。1958年起为科学院高尔基世界文学研究所研究员,亚非文学部主任。从1978年起,在莫斯科大学亚非学院任教。专著有《鲁迅及其前驱者》(1967)、《18世纪末20世纪初中国长篇小说的嬗变》(1970);研究中国古典与现代文学的论文多篇。译著有《老残游记》(1958)、《孽海花》(1960)等。

谢马诺夫是莫斯科大学教授,俄苏鲁迅研究的权威学者,也是世界知名的汉学家。其专著《鲁迅及其前驱者》(1967),早已被美国汉学家(阿利别尔)翻译成英语在美国出版了,在美国和西方汉学界引起了强烈反响。

谢马诺夫继承俄罗斯汉学传统,他的鲁迅和中国新文学研究,也是先从文学文本的翻译开始的。50年代,他翻译了《艾芜短篇小说集》(国家文艺出版社,1956)和吴强著《红日》(军事出版社,1959)。60年代,他为老舍长篇小说《离婚》俄译本作了详尽注释(1967);

编、序、译老舍《猫城记》长短篇小说集(1969);翻译长篇小说《猫城

---

① [俄]费德林《中国文学研究与翻译在苏联》(宋绍香译),载《岱宗学刊》2000年第2期。

记》,А.Н.热拉霍夫采夫作序,《新世界》1969年第6期。70年代后,他又参与翻译了郁达夫著《春风沉醉的晚上》短篇小说集(В.索罗金、В.谢马诺夫等译,1972),撰写了《讽刺作家、幽默作家、心理学家——长篇小说〈猫城记〉俄译本序言》(1977),翻译了当代长篇小说《芙蓉镇》(古华著)等。通过这些对原著的翻译,谢马诺夫真正感触和理解到中国新文学的内涵和实质,更加增强了他的研究兴趣和意志。在此基础上,他深入展开了对鲁迅的研究。

1961年,他首先推出了具有挑战性的研究论文《评两本关于鲁迅的著作——克列勃索娃〈鲁迅生平与创作〉(布拉格)和黄松康〈鲁迅与现代中国的新文化运动〉》(莫斯科,1961),在学术界引起了强烈反响。接着,他又发表了研究论文《19—20世纪中国散文发展中的文学联系》(莫斯科,1961)、《19世纪和20世纪初的中国文学与鲁迅》(博士论文,1961)和《伟大的中国作家——评彼特罗夫著〈鲁迅:生平与创作概论〉》(莫斯科,1962),把鲁迅和中国新文学研究推到了一个新的高度和新的热潮。

1962年之后,谢马诺夫乘胜追击,他又一连发表了一批更高质量的研究著述:

《关于东方文学中的"新时代"问题》,载苏联《亚非人民》1962年第2期;

《鲁迅论外国文学》,载苏联《亚非人民》1965年第5期。

《思想家——革命家》,莫斯科1966年版。

《鲁迅及其前驱者》,莫斯科:科学出版社1967年版。

《鲁迅和教条主义者》,载《亚非人民》1968年第2期。

《18世纪末—20世纪初中国长篇小说的嬗变》,莫斯科1970年版。

《鲁迅反对庸俗化者》,莫斯科1972年版。

《评波兹德涅耶娃著〈鲁迅:生平与创作〉》,莫斯科1973年版。

《"迅行"——为纪念鲁迅诞辰一百周年而作》,莫斯科1981年版。

由于谢马诺夫对鲁迅研究的权威性,许多大型名人辞书都请他撰写"鲁迅词条",于是遵命撰写了下列著述:

《鲁迅词条》,苏联《简明文学百科全书》(第4卷);《鲁迅词条》,新版《苏联大百科全书》(第15卷,1974);《鲁迅词条》,苏联《简明文学百科全书》(莫斯科,1976)。

В.И.谢马诺夫的学术实践证明了,他是一位优秀的具有开创性思维的中国新文学研究者,是俄苏中国新文学学派的中坚力量,为新文学学派的形成和发展做出了自己应有的贡献。

波兹德涅耶娃(Л.Д.Позднеева)

Л.Д.波兹德涅耶娃,1908年生于彼得堡。1932年毕业于列宁格勒大学。1946年以论文《元稹的〈莺莺传〉》获语文学副博士学位。高级研究员(1957)、教授(1958)。1932—1939年在中国列宁学校及国立远东大学任教。1944年以后在莫斯科大学历史系任教,为该校附属东方语学院语文学系汉语文学教研室主任(1949—1959)。发表有关中国古代文学和哲学的论文多篇。专著有《鲁迅》(1957)、《鲁迅的生平与创作》(1959)。编译了《古代中国的无神论者、唯物论者、辩证法家(列子、杨朱、庄子)》(1967)。翻译了《太阳照在桑干河上》(1949)、《鲁迅讽刺小说集》(1964)等。1974年去世。

波兹德涅耶娃起初研究中国古典文学,其副博士论文《元稹的〈莺莺传〉》,获得了初步成功。费德林指出,"在研究唐代语言文学艺术的著作中必须提到 Л.波兹德涅耶娃论述元稹著名的《莺莺传》的著述及其论述诗人世界观的论文。但是,这仅仅是揭示元稹诗作特质的开端。"①其最大学术成就,是对丁玲和鲁迅作品的翻译与研究。

1935年,Л.波兹德涅耶娃翻译了丁玲的短篇小说《水》,载苏联《国境线上》1935年第11—12期。

1942年,Л.波兹德涅耶娃译《中国诗人的宣传诗》(与 A.罗姆合译),内容:田间、史轮的诗歌。载苏联《国际文学》1942年第7期。

1949年,Л.波兹德涅耶娃译丁玲长篇小说《太阳照在桑干河上》(附有作者为俄译本写的前言),载苏联《旗帜》1949年第5期和第6期;同年,苏联《矿工小说报》第9—25期,全文转载了波译丁著《太阳照在桑干河上》;同年,莫斯科外国文学出版社出版了该著的俄译本单行本;同年,玛加达,苏维埃摇篮出版社也出版了波译丁著《太阳照在桑干河上》。

1952年,莫斯科外国文学出版社再版波译《太阳照在桑干河上》,Л.波兹德涅耶娃翻译并作序,B.托佩尔校。

---

① [俄]费德林《中国文学研究与翻译在苏联》(宋绍香译),载《岱宗学刊》2000年第4期。

1954年,Л.波兹德涅耶娃译(并作序)《丁玲选集》,C.马尔戈利斯校,莫斯科外国文学出版社出版,内容:《梦珂》,B.帕钠秀克译;《莎菲女士的日记》,Я.亚舒拉文、B.斯拉勃诺夫合译;《庆云里中的一间小房里》《过年》《消息》《奔》,T.茨维特科夫译;《田家冲》,B.帕钠秀克译;《水》《某夜》《一颗未出膛的枪弹》《给孩子们》《入伍》,H.帕霍莫夫、K.马林合译;《诗人亚洛夫》,B.斯拉勃诺夫、Я.舒拉文合译;《我在霞村的时候》,B.斯拉勃诺夫译;《夜》,B.戈洛夫涅夫译。

　　波兹德涅耶娃在翻译丁玲作品的同时便开始了对丁玲的研究,其撰写的两篇《序言》——《〈太阳照在桑干河上〉俄译本第二版序言》(1952)和《〈丁玲选集〉俄译本序言》(1954),都是资料丰富而翔实、阐释逻辑而精准的精湛论文,对推动和深化丁玲及其作品的研究,很有助益。Л.波兹德涅耶娃《兄弟般人民的形象》,载苏联《乌克兰真理报》1952年7月18日。

　　波兹德涅耶娃在翻译和研究丁玲作品的同时,也在潜心研究鲁迅,并取得了显著成绩:

　　1954年,为《苏联大百科全书》(第二版)撰写了《鲁迅条目》。

　　1956年,发表《鲁迅的创作道路》(博士论文,莫斯科)。

　　1957年,著《鲁迅》,莫斯科。

　　1959年,著《鲁迅生平与创作(1881—1936)》,莫斯科大学出版社。

　　1964年,撰《鲁迅的讽刺故事》,载鲁迅著《故事新编》俄译本(Л.Д.波兹德涅耶娃译),莫斯科:国家文艺出版社。

　　1969年,著《鲁迅》(《外国文学史》第一卷),莫斯科。

　　波兹德涅耶娃选取鲁迅和丁玲这两位中国新文学的关键性作家进行译介和研究,并且硕果累累,着实展示了其学术视野之高超和学术个性之独特,使之成为中国新文学学派的中坚力量,当之无愧。

克里弗佐夫(В.А.Кривцов)

　　В.克里弗佐夫除早期探讨过唐代诗歌,写过《论王维的诗歌》(《王维诗歌选集》俄译本领衔论文)外,其余大部分时间都在潜心翻译和研究中国解放区文学。他翻译和研究的重点是赵树理、周立波、丁玲等及其作品。他勤勤恳恳,专心致志,数十年如一日,在解放区文学的翻译与研究方面取得了丰硕成果,在俄苏中国新文学学派中,占有显赫位置。

1949年,B.克里弗佐夫翻译了赵树理著《李家庄的变迁》,中篇小说,载苏联《远东》杂志1949年第2期,从此,拉开了克译解放区文学作品的序幕。

同年,莫斯科外国文学出版社出版了《李家庄的变迁》单行本,B.克里弗佐夫翻译并作序,Б.舒普列佐夫校。

接着,1950年,B.克里弗佐夫又翻译了赵树理的短篇小说《小二黑结婚》,载苏联《星火》杂志,第7期。同年,莫斯科《真理报》出版社,作为《星火丛书》第41集,又出版了《小二黑结婚》(短篇小说集),赵树理著,B.克里弗佐夫译并作序。内容:《结婚》,B.克里弗佐夫译;《地税》,E.沙卢诺夫译;《福贵》,E.沙卢诺夫译;《小经理》,H.帕霍莫夫译。同年,苏联远东出版社出版了《李家庄的变迁》俄译本单行本,赵树理著,B.克里弗佐夫译并作跋。

1953年,苏联《远东》第2期,发表了B.克里弗佐夫译赵树理短篇小说《地板》。同年,苏联《接班人》第13期也发表了B.克里弗佐夫译赵树理短篇小说《地板》。

1954年,伊尔库茨克图书出版社也出版了B.克里弗佐夫译赵树理著《李家庄的变迁》,M.卡皮查作序。

1955年,苏联《星火》第4期发表了B.克里弗佐夫译赵树理短篇小说《求雨》。

1958年,B.克里弗佐夫编《赵树理选集》,赵树理著,B.克里弗佐夫译,费德林作序,B.维利古斯校对,莫斯科:国家文艺出版社。

1960年,B.克里弗佐夫译并作序《山乡巨变》正篇,周立波著,B.沃叶沃金校,莫斯科:外国文学出版社。

1962年,B.克里弗佐夫译并作序《山乡巨变》续篇,周立波著,C.彼特罗夫校,莫斯科:外国文学出版社。

克里弗佐夫对解放区文学的研究与译介是同步进行的。其在译著中撰写的序跋,都是很精湛的研究论文。所以,其研究成果主要有两类:

1.序言和后记(跋)

《论赵树理及其中篇小说》,载《李家庄的变迁》俄译本,莫斯科:外国文学出版社1949年版。

《〈李家庄的变迁〉译者序言并后记》,苏联《远东》1949年第2期。

《〈小二黑结婚〉短篇小说集序言》,苏联《星火》丛刊,1950 年第 41 期。

《〈李家庄的变迁〉俄译本后记》,载《李家庄的变迁》俄译本。苏联:哈巴罗夫斯克远东出版社 1950 年版。

《周立波及其新长篇小说〈春到山乡〉——〈山乡巨变〉正篇俄译本序言》,莫斯科:外国文学出版社 1960 年版。

《〈山乡巨变〉续篇俄译本序言》,莫斯科:外国文学出版社 1962 年版。

2.研究论文

《新中国战士和建设者的形象》,载苏联《远东》1951 年第 1 期。

《新中国上空的太阳——评丁玲〈太阳照在桑干河上〉》,载苏联《远东》1952 年第 6 期等(其他方面的论文从略)。

由于克里弗佐夫的积极翻译和介绍,赵树理、周立波等解放区作家的作品,迅速在俄罗斯大地传播开来;俄苏读者迷上了作品中那些似曾相识的朴实的人物和朴实的故事,从他们身上他们看到了一个真实的,有希望的新中国蔚然屹立在世界东方。从而,加强了中苏文化交流,巩固和加深了两国人民的友好感情。

四 俄苏学派的翻译理论与研究方法

俄苏的中国文学翻译理论,是汉学家们在中国文学翻译与研究的实践中,不断从感性到理性逐渐形成的。它产生于翻译实践,又能动地指导着翻译实践,深化翻译实践。就这样,实践(翻译)—认识(理论),再实践—再认识,俄苏汉学家们总结出了一整套完整的行之有效的翻译理论,有力地支撑了翻译质量的不断提升。

(一)翻译的准备

1.语言、文字准备

俄苏汉学家们大都毕业于外语学院或翻译学院的中文系,受过严格的汉语教育和培养,汉语水平普遍很高。因受传统汉学的影响,他们大多先学习中国古汉语,后学现代汉语。当然,也有古汉语与现代汉语一起学的。但是,不管哪种学习方式,他们有个共同的特点,就是重视汉语语言(文字)学习,积极性很高,因为他们热爱中国,热爱中国文化,都准备将来翻译中国文学作品,传播中国文化。理想产生动力。所以,他们想方设法要学好汉语。李福清院士,年轻时自己跑到中国甘肃省搜集民间传说,跟那里的农民学会了甘肃话;王希礼1925年到河南开封后,才从"《聊斋》式汉语"中走出来,在曹靖华的帮助下学习现代汉语。

他们到语言实践中去学,在翻译实践中去学,这条学习语言的路子是对的。但是,要去翻译文学作品,要做一位翻译家,应该达到何种水平呢?他们的翻译实践证明了,要翻译好一部文学作品,要按以下要求去做:一要记住相当数量的汉字(至少400个),达到"四会"(读说听写),并能组词、造句;二要理解、读懂原作,能够读出"兴味",读出"品味"("品位"),并能用通顺、流利的俄罗斯文学语言表达出来;三要,不但读懂原文文字,而且能搞清作者的创作意图和艺术特色,并能感觉、鉴赏原作的艺术水平和艺术价值,能做出正确的艺术判断。当然,这是对翻译者的一种高要求。为此,作为译者,单会外语(汉语)不行,必须懂文学和美学,尤其本民族语言的文学水平,亦即必须有过硬的本民族语的"文笔"。为此,还必须做好下一准备。

2.文学修养准备

这里指的是本民族的文学修养,包括文学阅读能力,文学鉴赏能力,文学表达能力;最好懂文学与美学理论,对文学作品能做出正确判断。所以,有人说,一个翻译家,既得有作家的文字水平,也得有批评家的审美能力。所以,汉学家在攻读汉语之时,也得同时提高本民族语言的文学水准和表达能力与文学鉴赏能力。

3.原作背景知识准备

对于原作的真正理解,单靠原作字面的理解是不够的,有些背景知识必须搞清楚,弄明白。如原作的时代背景,历史渊源,基本国情,甚至习惯、民俗等,都要做好充分知识(资料)准备。这样翻译起来才能更顺畅一些。

(二)翻译的原则

翻译原则,是保证译品质量的"约法三章",必须照办:

1.保留原作原貌,不可随意删减、更改

一部优秀的艺术作品,其语言运用,结构布局,形象发展,都是完整、统一的有机体,"去一字则见少,增一字则嫌多"。翻译这样的艺术作品,一定要按照原作的原貌,根据客观存在的语言文字进行全译,不可随意删减,更不可按己所需或好恶故意更改,以确保原作原貌不变样。为了阐释这一"原则"的重要性,俄苏汉学家毫不客气地指出了某些西方汉学家在这方面所存在的"缺陷"。批评者指出,上述中国诗歌和散文作品也再三被译成欧洲(英、法、德)语言,然而,其翻译通常以某些原则为基础,这些翻译原则,与我们的艺术作品翻译原则根本不同。譬如,欧洲的和美国的一些汉学家翻译的常常不译作品的全文,而只译其单独一部分或某些章节。在这种情况下,选译的资料完全以译者的兴趣而决定。他经常随意删削那些在语言和民俗方面困难之处,而有时则不顾汉文的原意,只相信自己的臆测、个人的杜撰,达到了任意拟造随意改写原文的地步。对原作含义之曲解和阐释之随意性,在西方某些翻译家似乎是极为常见的翻译现象。

2.准确理解原作,充分传达原作的思想内涵,语言特色和独特的艺术风格

俄苏汉学文艺家们将翻译不视为"原作的反光",而视为一种运用祖国语言准确传达原作的思想与艺术表现力的艺术。翻译应该保存历史的客观性,保持尽可能充分地传达原作的思想内涵。这对翻译技巧提出了很高的要求;翻译应使俄国读者最正确而准确地理解原作,使其形成关于文学原作反映的社会历史背景与精神生活的正确概念,传达出原作艺术方法的具体特点和独特风格。

汉学文艺家同样指出,这一原则也与西方不同,欧洲人翻译中国艺术作品尤其诗歌作品时,只是对所译原作的一般转述,只是猜测形象和性格,而全然不注意保留原作的特点及其风格、艺术表现力以及作家语言艺术的特色。这样,譬如,唐朝诗人白居易的诗歌不止一次由西欧和美国汉学家翻译,但大多数译作都存有很严重的缺陷,甚至连其中译得较好者——阿尔图尔·威廉的英译作品也平淡无华没有诗味,因而,没有传达出诗的主要含义。这是一种没有诗的诗,它破坏了原作的艺术准确性,没有传达出作品的内涵及其文学语言手段的修辞作用,没有再现作为一部完整、统一作品的原著的具体部分的特色。而俄苏汉学翻译家的翻译,则使用另一种方法,具有俄苏汉学文艺家的独特风格。在各个时期,白居易的诗皆有俄文译本,但是,提供白居易诗作最全的译本却是 Л.艾德林的《白居易的四行诗》。应该充分注意到,在 Л.艾德林包含 158 首白居易诗作的译本问世前,白居易的诗作仅有 28 首四行诗和两首长诗译成了俄文。Л.艾德林译本的主要优点是,译者正确理解了白居易的诗歌精神,清楚了其创作特点、思维过程和诗歌的语言系统。中国诗歌简练而含蓄,向译者-诗人提出了诗歌形式方面的严格要求;而 Л.艾德林同样善于运用精练的俄语巧妙地、非常准确地将其表达出来。

3.选择校勘精良的汉文版本进行翻译

中国文学作品译成俄文的最好范本是完全符合中国原作精神的译作。为此,翻译时要选择校勘精良的汉文版本,这种版本在作者生前出版或按照此种版本校订过的。当然,任何逸出或改变原文的做法都是不允许的。对汉语原文和俄语译文要认真检查校对,确保译文的准确性。利用最可靠和最客观的汉语辞书和百科全书,对原作中的历史事实和被译作品中遇到的文学语义问题都要认真进行详细、准确的诠释。

然而,中国文学作品译成俄文并未摆脱缺点,有时是很严重的缺点。在翻译实践中确立的这种翻译方法,从根本上保障了用俄语表达原作思想内容的准确性。然而,翻译时保留原作的艺术特色问题即对等翻译问题,一直远远未能同样顺利解决。这里经常出现译意极不准确和漏译问题。这在很大程度上被解释为汉俄语言性质截然不同,其语法结构相异,其句法与词法各有其明显特征所致。汉字文本译成俄文经常变为独特的译解符号,在其过程中发生了全部成语和句式结构的改写。在这里,机械地准确、逐字逐句地运用俄语方式再现原作,那是不可思议的,所以,将俄文句子套入汉文句子,就不可避免地破坏了原作的艺术与思想内涵的准确性。

这样,便出现了极为复杂的问题——除了要求思想内涵完全相符以外,还要求传达出作品艺术的真实性、具体的个性、作者思考和表现其固有的幻想世界与形象思维的独具特色的艺术手法；换言之，译者应该传达出作者艺术手法的一切具有个性化的独特风格及其文学语言的艺术性。我们知道，正是作者的文学创作的这些特点与作品的思想内涵紧密相连，成为揭示作品思想内涵的手段，如果在译成外文的译作中不能准确地表达出这些特点，那就不能说这部译作是一部基本有价值的艺术作品。

马克思主义经典著作清楚地指出，在译作中不仅要保持原作思想内涵的准确性，而且要再现作者艺术手法的独特风格，这些都是必要的。恩格斯在为英译《资本论》撰写的《应该怎样翻译马克思著作》一文中，也强调指出了详细了解原文语言的成语和独具特色语句的必要性和在译作中再现并非单词的字面意义而是原作的真正内涵的重要性。对准确表达原作的思想内涵及其语言风格的高要求，在翻译艺术文学作品中具有特殊的意义。

在将中国作家的作品译成俄文的翻译实践中，共同的弱点经常是对原作文学语言的表达和艺术风格的真实性把握都非常欠缺。这其中的原因是，翻译工作由各种人员完成：逐字逐句按字义翻译由懂汉语的人来做，而文学修饰——则由作家来干，这种被译作品的思想内涵与艺术部分的被肢解，导致了艺术翻译的失败。因为一方——掌握汉语的人——认为从语言角度来看，自己读懂了原著，其任务就是传达原著的思想内涵；而另一方——诗人或作家——则认为自己要干的只是对俄文译品的文学润色，不依赖于文学原著——原著，对他们来说，是完全读不懂的。所以便形成了内容与形式的机械结合。他们认为自己的目的是增强译品的"美感"与"诗意"。这种本质性的缺陷，几乎对使用上述翻译首先是诗歌作品翻译的方法进行翻译的所有作品来说，都很有代表性，因为真正具有诗歌天赋的汉学文艺家是不多的。

同时，俄译中国散文作品的疏漏与艺术缺陷也很大。其原因基本是，中国原著的文学语言方式要求译者深入于汉字文本语言结构中，深入于被译作品作家的文字特点和创作风格中去。然而，远不是所有汉学家——翻译家都同时掌握原文语言与俄罗斯文学语言的各种多样的艺术语言手段。这就不能贴近具有极大具体个性的汉语原著文本，以便考虑到被译作品的特点，用俄语将上下文协调起来，再现原著。所以，汉学家的语言进修和修养是无止境的。

然而，直到目前为止，俄译中国诗歌和散文作品积累起来的翻译经验，都是顺利解决有关翻译问题,诸如原作的艺术问题、思想与艺术表现的技巧问题,以便运用外语工具,最完善、最圆满地再现原著的重要基础。俄苏汉学翻译家们坚信,这个时代,是将外国作者的作品变为本国人民的精神生活财富的时代;人民,是全人类的精神瑰宝的继承人。①

(三)研究的方法

以 B.M.阿列克谢耶夫为创始人的苏联汉学研究中国文学,与旧俄时代研究中国文学的根本不同在于,旧俄时代的汉学家们观察中国文学问题主要是从当时统治中国精神生活的孔孟之道、儒教世界观的立场出发,而不是从文学创作的语言文学艺术的立场出发研究中国文学;而俄苏汉学家们则更新了研究概念,一开始便从新的、真正科学的立场出发,在马列主义学说的理论基础上进行研究,将中国文学作品开始视为中国社会的经济关系和阶级斗争的思想反映。基于这一点,俄苏汉学家们特别注意从宏观上去把握中国新文学,把握它产生的那个特定时代,强调作家与时代的关系,探索作家的人生和创作道路,重视本国前辈作家和世界作家对作家的影响,并运用比较的方法阐明作家对于这些"影响"的发展、突破、创新和超越。在此基础上,对作品进行充分的思想的和艺术的分析:主题思想、人物形象、艺术风格、语言特色等等。

在分析一部作品时,俄苏汉学文艺家们,总是以科学的马克思主义世界观、美学观审视艺术作品,"要求艺术家从现实的革命发展中真实地、历史地和具体地去描写现实"。② 他们认为一部优秀的艺术作品,应反映重大历史变革,反映社会特质,从而唤起人民,"使他们认清自己的力量、自己的权利、自己的自由,激起他们对祖国的爱"③。按照这样一种新的美学标准(苏联作家称之为"社会主义现实主义"),俄苏汉学家们就顺理成章地捉住了中国新文学的实质和关键:五四文学,是中国革命风暴的产物之一,是彻底的文学革命的直接成果。它是最典型的革命文学,是真正创新的现

---

① [俄]费德林《中国文学研究与翻译在苏联》(宋绍香译),载《岱宗学刊》2000年第4期。
② 转引自李毓榛主编《20世纪俄罗斯文学史》,北京大学出版社2000年版,第3页。
③ 恩格斯《德国的民间故事书》,转引自[美]皮柯维支《马克思主义文学思想与中国》,载中国社会科学院文学所国外中国学(文学)研究组编《国外中国文学研究论丛》,中国文联出版公司1985年版,第9页。

代性文学。鲁迅是这一现代性文学的杰出代表;解放区文学则是继承鲁迅传统和人民文学传统,描写人民(工农兵)、为人民(工农兵)服务的真正的人民文学;"延安文艺座谈会"是其发展的重要标志和源泉,"新生活、新人物、新思维"是其重要特征。

  以马克思主义的历史唯物主义和辩证唯物主义的政治观和美学观为主旨的俄苏中国文学的研究方法,在过去和当代,无疑都是最先进的研究方法。俄苏汉学家们,运用这一研究方法,紧紧依赖原作的客观实际,从而得出自己的文学结论,对作品给出严谨、公允、符合实际的文学评判。俄苏中国新文学的丰硕而卓越的研究成果,已经或必将,更加验证这一点。

第七章 结 语

一 价值取向与文学认同

中国新文学的发生,是祖国命运的呼唤,是历史的必然选择。

半个多世纪来,俄苏汉学家们不遗余力地翻译和研究中国新文学,表现出了对它的极大关注和深层次认同。中苏基本相同的意识形态、价值取向和共同的马克思主义的美学观,这是文学认同的根本动因。

文学是意识形态的产物,它是一种特殊的意识形态,与政治和国家命运有着直接关联。

1840年西方列强用"鸦片战争"将"闭关锁国"的清廷国门强行打开,中国被迫"开放"了;随之,西方的包括鸦片在内的"经济产品"和以传教士为传媒的"精神产品",便以排山倒海之势涌入中国。被迫"开放"的中国,遭受了被迫割地赔款和任人自由掠夺和肆意宰割的苦难,中国人民处于水深火热之中。被"开放"被欺凌的中国人,开始悟出"落后挨打"的道理,于是,放眼全球,学习西方"富民强国"之经验,企图寻找一条"救国救民"的出路。然而,1919年巴黎和会抛出的"凡尔赛和约",彻底打破了中国知识分子"全盘西化"的美梦,"西化"不行,中国知识精英开始探索新的出路。"当时在反传统的气氛和日趋混乱的形势中,中国知识分子和青年纷纷从各方面寻找新的道路。一部分人,如毛泽东、李大钊、陈独秀,是采取社会和政治方面的行动;另一部分人,如鲁迅、茅盾、郭沫若,是采取创造新文学,建立新价值观、新意识的行动。两种行动的目的都是'救中国',都是使中国得以进入现代世界的整体之中。为了达到这个目的,作家们如饥似渴地吞食着西方的思想和文学,寻找创作和表现的榜样。"①

"十月"革命一声炮响,给中国送来了马克思列宁主义。中国知识精英当仁不让,选择了马克思主义,选择了俄国;中国政治精英,接受了马克思主义理论,决心效法俄国,走俄国十月革命的道路,为建立一个社会主义的新中国而斗争;以鲁迅为首的中国作家,选择了俄国文学和苏联文学,他们"从俄国文学中,'明白了一件大事,是世界上有两种人,压迫者和被压迫者!'"②这一时期,俄国和苏联作家、诗人的作品在中国也得到了广泛的传播。鲁迅、瞿秋白、茅盾、曹靖华、耿济之等中国优秀作家和文学翻译家翻译了许多俄国和苏联的文学著作,如列夫·托尔斯泰、契诃夫、果戈理、屠格涅夫、普希金、高尔基、马雅可夫斯基、格拉特诃夫、绥拉菲莫维支、法捷耶夫、肖洛霍夫、费定和其他一些作家的作品。通过这些作品,中国读者了解了"十月"、国内战争、五年计划的英雄形象。文学作品的翻译是中苏社会团体之间所建立的广泛联系中的一个重要事实,标志着中国进步的知识分子和苏联人民的社会主义文化、崇高的革命思想、道德、美学原则在精神上是非常接近和认同的。由这样的中国现代作家所创作的新文学作品,自然引起了俄苏汉学家的极大共鸣、共识和认同。他们看到生机勃勃的中国新文学,仿佛证实了俄国文学和苏联文学的巨大影响,并为此而感到无比自豪!

二 中国新文学的特质

在十月革命的影响下,中国知识青年彻底认清了西方列强的真面目。1919年"巴黎和会"制定的"凡尔赛和约"彻底刺痛了中国青年的自尊心,于是在北京爆发了震动全国和震惊世界的五四运动。俄苏资深汉学家费德林指出,五四运动不是一个局限在一国范围之内的孤立现象,它是以俄国十月革命为中心的总的国际形势发展的一个不可分割的部分。十月革

---

① [美]梅尔·戈德曼著《五四时期的中国现代文学》前言(尹慧珉译),载中国社科院文学所国外中国学(文学)研究组编《国外中国文学研究论丛》,中国文联出版公司1985年版,第92—93页。

② [俄]费德林《革命文学二十年》(尹锡康译),载中国社科院文学所国外中国学(文学)研究组编《国外中国文学研究论丛》,中国文联出版公司1985年版,第81页。

命给人类历史带来了巨大变化,对中国人民的民主运动产生了深刻影响。① 美国权威中国学家梅尔·戈德曼也指出,五四运动的意义,不仅在反对帝国主义和反对本国政府的软弱,而且激发并复苏了一个新兴的文化运动。这个文化运动从 19 世纪末就已经开始发展,目的在抛弃孔教传统的负担,吸收西方文化。运动达到高潮时,便诞生了中国现代史上最生机勃勃,最繁荣灿烂的文学。② 那就是中国的新文学。所以,它具有以下特质:

其一,中国新文学诞生于中国社会"救亡图存"的关键的历史时期,它是五四运动的直接产物。因而,它具有热烈的革命激情、明确的文学追求和强烈的意识形态;它强调文学的革命性,文学要服务于革命工作,它以反对本国封建主义和外国帝国主义奴役为宗旨,在其光辉的著作里,充溢着民主和人道主义,社会解放和民族解放的思想,反映了在这个历史转折时期,中国社会和人民生活的典型特征。它从内容到形式,都是彻底的反帝反封建、反传统的革命文学。

其二,俄国十月革命的成功经验,苏共在巩固国家并使其工业化的社会现实以及苏维埃革命文学的光辉榜样,对中国新文学产生了巨大影响。鉴于 20 世纪初中国社会发展的迫切需要,促使中国现代作家走上了自觉的革命文学的道路。所谓"自觉的",即全盘接受了马克思主义文艺美学和苏联的"社会主义现实主义"的文学理论,进步作家们在创作上获得了显著成绩。最耀眼的文学成就,是此时创作的短篇小说,它成为中国语言艺术占压倒优势的体裁,这是独具特征性的。在这方面,鲁迅成为伟大的表率。他勇于革新,为革命文学的发展开辟了成功道路,他的作品成为中国新的短篇小说的最高典范。

鲁迅的创作标志着中国文学旧时代的结束和新的现实主义文学的开端。鲁迅是中国新文学的奠基人和它的经典大师。鲁迅作品鲜明的社会色彩,对剥削者"上层"的极端憎恶,对被压迫"底层"的真挚同情,表现了作家深刻地了解人民的生活及其深重的苦难;了解人民对解放、正义和自

---

① [俄]费德林《革命文学二十年》(尹锡康译),载中国社科院文学所国外中国学(文学)研究组编《国外中国文学研究论丛》,中国文联出版公司 1985 年版,第 63 页。
② [美]梅尔·戈德曼著《五四时期的中国现代文学》前言(尹慧珉译),载中国社科院文学所国外中国学(文学)研究组编《国外中国文学研究论丛》,中国文联出版公司 1985 年版,第 92-93 页。

由的永恒憧憬。在这一点上,鲁迅自己也承认,是深受俄国文学的影响。

其三,中国新文学中的五四文学,是暴露旧中国的黑暗,描写劳动人民的疾苦,挖掘社会"病根"的文学,属于批判现实主义的范畴;以延安为中心的解放区文学,它继承鲁迅文学传统,成为新文学的第三阶段,它运用通俗易懂、生动活泼的群众语言,描写新社会的新人新事,歌颂新社会和劳动人民,属于新现实主义的文学,俄苏称它是"新型的人民文学"。B.索罗金说,"新生活,新人物,新思维——这是解放区文学的特征"[①];美国约翰·伯宁豪森、特德·赫特斯则称赞《夫妻识字》是中国革命文学臻于成熟的关键性的第三阶段中的优秀作品。这个延安时期的作品采用了载歌载舞的秧歌剧的形式。它写得生气勃勃,带着一股农村深刻变化(如教育运动)释放出来的活力。作家现在已把自己看作是革命队伍中工人和农民的一部分,应该以文学形式去表现发生在自己眼前的广阔的社会和政治改革的现实。并且描绘新的社会秩序和共产主义革命者光明的一面。[②]

三 外来影响与继承传统

中国新文学,诞生于中国国门被强行打开,西方各种文化思潮伴随其鸦片"商品"蜂拥而至之后,中国民族工业受到重创,在列强侵略和封建奴役之下,中国人的日子民不聊生,中国人由反对"洋人"到反对"洋货",到学习西方科学民主、哲学理论和文学艺术,目的是要寻找一条"救国救民"的生路。达到高潮时,便爆发了轰动全球的五四运动。五四运动的重大收获就是:引进了西方的科学、民主,选择了马克思列宁主义,为中共的诞生奠定了坚实基础;同时,创建了彻底反帝反封建的中国新文学。

所以,中国新文学首先是革命的文学。为了创建它,起初中国作家们如饥似渴地吞食着西方的思想和文学,寻找创作和表现的榜样。凡尔赛条约的签订或许动摇了中国知识分子对西方列强的信任,但他们确信必须学习西方文化的信念却不曾动摇。在这种情况下,中国作家在短短的时期

---

① [俄]B.索罗金《〈中国作家短篇小说集〉俄译本序言》,载宋绍香译/编《中国解放区文学俄文版序跋集》,中国文史出版社 2004 年版,第 301 页。

② [美]约翰·伯宁豪森、特德·赫特斯著《中国革命文学》引言(周发祥、陈圣生译),载中国社科院文学所国外中国学(文学)研究组编《国外中国文学研究论丛》,中国文联出版公司 1985 年版,第 125 页。

内,就不同程度地吸收了西方文学发展中经历过的全部思潮:浪漫主义、现实主义、自然主义、象征主义,从而形成了自己的现代文学。① 尽管后来,他们选择了马克思列宁主义,更多地转向了俄国和苏联文学。所以,中国新文学又是开放性的文学。

这就是说,西方的尤其俄国和苏联的文艺思想和美学理论,对中国现代作家影响很大。然而,中国新文学作家的作品却又是地地道道的中国文学作品,里面充溢着中国传统经典文学的特质,许多汉学家们都曾明确地指出了这一点。

著名汉学家 B.彼特罗夫对鲁迅的总体概括可以代表苏联学者对鲁迅的总评价:"鲁迅是中国现代文学的奠基人。鲁迅真实地、多面地描绘了中国社会现实,以其伟大的作品开辟了中国现实主义文学艺术的新纪元。鲁迅优秀的文学遗产是 20 世纪初期中国社会生活的百科全书,是中国人民的智慧及其憧憬光明未来的具体体现。"②彼特罗夫认为鲁迅早期的学术研究和翻译活动对其后来的文学创作意义重大;学术研究使他接受了先辈作家的优秀传统,翻译西方作品使他找到了东欧和俄苏文学。所以,他指出:"鲁迅创造性地发展了以罗贯中、施耐庵、曹雪芹、吴敬梓的不朽作品为代表的中国古典小说传统,发展了西方批判现实主义主要是俄罗斯古典文学的创作经验和优秀的文学成就。"③但是,他强调,外国文学作品的影响,"决不会破坏鲁迅创作风格的独立性,决不意味着鲁迅摒弃了自己的民族传统。鲁迅永远是一位深刻的富有民族性的作家"。④

著名汉学家 A.H.热洛霍夫采夫,在评论巴金及其作品时也曾指出,为了追求真理,青年巴金到法国留学,对其世界观和艺术观产生了重大影响。在政治方面,对青年巴金产生决定性影响的,是 Л.克鲁泡特金的《告少年》和廖抗夫的《夜未央》;在文学方面,俄国文学尤其列夫·托尔斯泰和屠格涅夫的作品对巴金的影响最大。所以,他认为巴金是中国作家中最欧化的一个。外国文学,特别是 19 世纪的俄国文学,对他的影响是巨大的。他可

---

① [美]梅尔·戈德曼著《五四时期的中国现代文学》前言(尹慧珉译),载中国社科院文学所国外中国学(文学)研究组编《国外中国文学研究论丛》,中国文联出版公司 1985 年版,第 92—93 页。
② [俄]B.彼特罗夫《中国人民的伟大作家——鲁迅》,载费德林等著《前苏联学者论中国现代文学》(宋绍香译),新华出版社 1994 年版,第 32 页。
③ 同上,第 52 页。
④ 同上。

以直接阅读外国作品,自觉地向他们学习写作。巴金把欧洲小说的技巧移用于中国的生活素材,溶化进个人的生活感受,便成了一位名副其实的现代作家。但同时他又强调,巴金学会了用欧洲的方法创作,但他并没有局限于仿制。在题材上他也吸取外国的经验,但其基本素材是作家从自己的经历和周围的现实生活中吸取的。他写作"是为着同敌人战斗","在创作上他走出了自己的路子,而且相当地现代化"。①

中国新文学作家中的这一奇异现象,郑重表明了:

(1) 中国传统文化的悠久、深厚和内功,具有强大的融合力、凝聚力和定力;

(2) 中国现代文学大师们,大抵少年读经(念"私塾",读《四书》《五经》),青年时期留洋(东洋或西洋),学习外语、自然科学,回国后立即投身于职业或革命斗争之中,他们的文化功底、学问功底、社交功底都很深厚,传统文化积淀起来的审美观不断发酵,对于外来文化,善于吸纳、消化和创造。

(3) 传统文化有精华,也有糟粕;他们的反传统,反的是糟粕,那精华,先入为主,早在少年时代就已融入其血脉中,接受异国文化时,便情不自禁地流露了出来,只可意会,难以言传。遗传基因这东西是"智能"的,现代的。

四 "和而不同"与"世界大同"

俄苏汉学家们的翻译与研究实践,充分证明了,他们在中国新文学翻译与研究方面,取得了令世界瞩目的学术成就,使其跻入了国际汉学界的先进行列。这是俄苏汉学家们的功绩,也是中国新文学的荣光。

考察与分析这一成果的取得,究其原因,似有以下三点:

(1) 中国新文学特质的客观存在;

(2) 当年中苏共同的社会制度、意识形态,使其对作品容易读懂、理解和欣赏;

(3) 运用先进的马克思文艺美学理论评析中国新文学作品。这是全

---

① [俄]A.H.热洛霍夫采夫《爱国作家巴金》,载《远东问题》1983年第4期。译载《巴金研究在国外》,张立慧、李今编,湖南文艺出版社1986年版,第225—226页。

新的概念,在国际汉学界绝无仅有。

关于这一点,连西方的汉学家也不得不承认。美国中国学家皮柯维支指出,西方研究中国现代文学的学者们在许多问题上各有自己的见解,但有一点是各家公认的,就是马克思主义文学思想在中国现代文学中占有最重要的地位,中国现代文学史上的许多问题也都是由此而引发。事实上,这一时期一切重要作家如鲁迅、茅盾、郭沫若、巴金、丁玲、萧红、张天翼、叶圣陶、萧军等,都深受马克思文学思想的影响……总之,马克思主义已在中国文学界占领中心舞台足有半个多世纪之久。他接着指出:"但是,具有讽刺意味的是,西方中国现代文学研究者对马克思主义美学的理解至今仍是零碎的,一知半解的。"[1]

由此可见,俄苏中国新文学研究得益于中苏相同的社会制度和意识形态,于是,便出现了更为复杂的问题:那么,世界上有许多不同社会制度和意识形态的国家,如日本、法国、美国、德国等国家,其中国新文学翻译与研究,为何也搞得很好呢?

国际汉学实践证明了,意识形态的差异,会给汉学研究带来一定的阻力,它会影响汉学家的价值观、审美观,甚至判断是非的标准。为排除这种"干扰",必须淡化"意识形态",将其视为"中性",使其逐渐形成一种现代的新型"理性工具"。在这方面,美国中国学家梅仪慈是个行家。她利用这一"理性工具",分析研究丁玲作品,取得了重大的科研成果。[2]

从世界角度来看,属于不同意识形态,不同审美观和价值观的国家和汉学家尚为多数。他们不都在对中国新文学,按照各自的需要,开启各自的思维,去认识、解读、研究吗?我们认为,这是学术研究的正常现象,只有"不同",才更有必要进行交流;只有"不同",才更有研究价值。中国传统文化讲究"和而不同",只要从善意出发,从实际出发,世界上没有解决不了的问题。翻译异域文学的本身,就是认识、理解、传播异域文化的过程;研究异域文学,就是将感觉认知的东西上升为理性,表述自己的观点和意见,实际上,就是两国的"文学交流"和"对话"。随着这种"交流"和"对话"的不断增多和加深,可能,原来读不懂的东西读懂了,原来不理解的东

---

[1] [美]皮柯维支著《马克思主义文学思想与中国》(尹慧珉译),载中国社科院文学所国外中国学(文学)研究组编《国外中国文学研究论丛》,中国文联出版公司1985年版,第1页。

[2] 请参阅宋绍香著《中国新文学20世纪域外传播与研究》第六章《结语》:《三、汉学发展的阻力与抗干扰的"理性工具"》,学苑出版社2012年版,第265页。

西理解了,甚至,原来看不惯的东西也能逐渐"趋同"了。这就是文学的魅力,将"不同""和"而为"趋同"。用"和而不同"的理念,进行文化交流和对话,是使世界文化走向和谐的必由之路。"世界大同",并非指世界文化完全统一没有差别,恰恰相反,文学贵在具有鲜明的民族特性或地方特色;而是指在认知上要互相尊重,互相认知,互相学习,取长补短。"使各民族文化'你中有我','我中有你';但'你非原你','我非原我'。各民族文化之间,虽'似曾相识',却又保持各自的民族特性,这便是世界文化语境下的'大同'世界。"①

---

① 请参阅宋绍香著《中国新文学20世纪域外传播与研究》第六章《结语》:《四、汉学发展的必然与归宿》,学苑出版社2012年版,第266页。

参考文献

1.梁漱溟著《东西文化及其哲学》,中华书局2013年版。

2.冯友兰著《中国哲学简史》(赵复三译),新世界出版社2004年版。

3.周作人著《中国新文学的源流》,岳麓书社1989年版。

4.葛兆光著《中国思想史》(第一卷、第二卷),复旦大学出版社1998—2000年版。

5.李泽厚著《论语今读》,中华书局2015年版。

6.[俄]格·尼·波斯彼洛夫著《论美和艺术》(刘宾雁译),上海译文出版社1981年版。

7.[俄]П.E.斯卡奇科夫著,[俄]B.C.米亚斯尼科夫编《俄罗斯汉学史》(柳若梅译),社会科学文献出版社2011年版。

8.何培忠、石之瑜、[俄]季塔连科等编《当代俄罗斯中国学家访谈录》(一),中国社会科学出版社2015年版。

9.[俄]费德林等著《前苏联学者论中国现代文学》(宋绍香译),新华出版社1994年版。

10.[美]奥尔格·朗著《巴金和他的著作——两次革命之间的中国青年》,坎布里奇1967年版。

11.[德]爱克曼辑录《歌德谈话录》(朱光潜译),人民文学出版社1978年版。

12.[捷]雅·普实克著《普实克中国现代文学论文集》,湖南文艺出版社1987年版。

13.[俄]李福清《中国现代文学在俄国(翻译及研究)》,载阎纯德主编《汉学研究》(第1集),中国和平出版社1996年版。

14.李毓榛主编《20世纪俄罗斯文学史》,北京大学出版社2000年版。

15.李明滨著《中国文学俄罗斯传播史》,学苑出版社2011年版。

16.孙瑞珍、王中忱编《丁玲研究在国外》,湖南人民出版社1985年版。

17.冯骥才主编《永存的记忆》(李福清中国文化研究国际学术研讨会论文集),天津社会科学院出版社 2013 年版。

18.宋绍香译/编《中国解放区文学俄文版序跋集》,中国文史出版社 2004 年版。

19.陈凯歌著《巴拉第的汉学研究》,学苑出版社 2007 年版。

20.宋绍香著《中国新文学 20 世纪域外传播与研究》,学苑出版社 2012 年版。

21.阎国栋《阿列克谢耶夫与俄国汉学》,载阎纯德主编《汉学研究》第四集。

22.理然《帝俄时期:从汉学到中国文学研究》,载《汉学研究》第四集。

23.郭沫若《谈解放区文艺创作》,1946 年 8 月 24 日《群众》第 12 卷,第 4—5 期。

24.周发祥《比较文学与国际汉学的学科同异性》,《中国比较文学教学与研究》2002 年第 1 期。

25.[俄]费德林《中国文学研究与翻译在苏联》(宋绍香译),载《岱宗学刊》2000 年第 2 期、第 4 期。

26.[美]皮柯维支《马克思主义文学思想与中国》(尹慧珉译),载《国外中国文学研究论丛》,中国文联出版公司 1985 年版。

27.[俄]费德林《费德林论茅盾—茅盾〈子夜〉俄译本序言》(宋绍香译),载《国际汉学》2015 年第 2 期。

28.[俄]B.Ф.索罗金《纪念茅盾》(王富仁译),原载 1981 年 4 月 8 日苏联《文学报》。

29.[俄]B.彼特罗夫《才能与劳动——庆祝茅盾 70 周年诞辰》(戈宝权译),原载苏联《文学报》第 113 期,1966 年 9 月 24 日。

30.[俄]B.Ф.索罗金《论〈霜叶红似二月花〉》(曹万生译),原载《茅盾的创作道路·战争年代的茅盾创作》,莫斯科:东方文学出版社 1962 年版。

31.[俄]A.H.热洛霍夫采夫《爱国作家巴金》,载《远东问题》1983 年第 4 期。译载《巴金研究在国外》,张立慧、李今编,湖南文艺出版社 1986 年版。

32.巴黎第七大学东亚出版中心 1978 年版《中国当代文学史稿——大陆部分》。

33.[俄]H.巴拉绍夫、李福清著《论刘白羽的创作》(宋绍香译),载《文艺理论与批评》2008年第1期。

34.程正民、王志耕、邱运华著《卢那察尔斯基文艺理论批评的现代阐释》，北京大学出版社2006年版。

35.伍修权《费德林回忆录〈我所接触的中苏领导人〉序言》，新华出版社1995年版。

36.[美]梅尔·戈德曼著《五四时期的中国现代文学》前言（尹慧珉译），载中国社科院文学所国外中国学（文学）研究组编《国外中国文学研究论丛》，中国文联出版公司1985年版。

37.[俄]费德林《革命文学二十年》（尹锡康译），载中国社科院文学所国外中国学（文学）研究组编《国外中国文学研究论丛》，中国文联出版公司1985年版。

38.[美]约翰·伯宁豪森、特德·赫特斯《中国革命文学》引言（周发祥、陈圣生译），载中国社科院文学所国外中国学（文学）研究组编《国外中国文学研究论丛》，中国文联出版公司1985年版。

39.[俄]А.Н.热洛霍夫采夫《爱国作家巴金》，《远东问题》1983年第4期。译载张立慧、李今编《巴金研究在国外》，湖南文艺出版社1986年版。

40. Федоренко Н.Т. Очерки современной китайской литературы.——Гослитиздат, М. 1935, 256с.

41. Рудман В. Великий китайский писатель.——《Звезда》, 1936, №12, СС. 206-215.

42. Рудман В. Художник китайской революции.——《Резец》, 1936, №16, СС. 20-21.

43. Институт востоковедения АНСССР. Лу Синь（вступительная статья）. В кн.: Лу Синь.——М.·Л.: Изд. АНСССР, 1938.

44. Рогов Вл. Лу Синь и русская литература.——《Литературная газета》, 1939, 26/Ⅷ, №47, С. 2.

45. Рудман В. Писатель и борец——Лу Синь.——《Сибирские огни》, 1939, №2, СС. 119—122.

46. Рудман В. Литературное наследство Лу Синя. В кн.: Лу Синь. Избранное.——М.1945, СС. 199-206.

47. Рогов Вл. Литературное наследство Лу Синя.——М.: Гослитиздат, 1945.

48. Эйдлин Л. Образ нового человека в литературе демократического Китая. ——《Знамя》, 1948, №8, СС. 167—176.

49. Фишман О. Л. О развитии навейшей китайской литературы. ——《Вестник Ленинградского университета》, 1949, №7, СС. 148—159.

50. Кривцов В. О Чжао Шу-ли и его повести. В кн.: Чжао Шу-ли. Перемены о Лицзячжуане. —— М.: Изд. Иностранной литературы, 1949.

51. Петров В. Литература нового Китая. ——《Звезда》, 1950, №2, СС. 173-182.

52. Владимирова В. Великий китайский писатель Лу Синь. ——《Московская правда》, 1951, 19 октября.

53. Позднеева Л. Д. Октябрьская социалистическая революция и творческий путь китайского писателя Лу Синя. ——《Вестник Московского университета》, 1951, №7, СС. 115-128.

54. Рудман Вл. Предисловие. В кн.: Чжоу Ли-бо. Ураган. (роман) —— М.: Изд. Иностранной литературы, 1951.

55. Пахомов Н. Предисловие. В кн.: Лю Бай-юй. Заря впереди. —— М.: Изд. Иностранной литературы, 1951.

56. Рогов Вл. Предисловие. В кн.: Хэ Цзин-чжи. Седая девушка. —— М.: Изд. Иностранной литературы, 1952.

57. Рудман Вл. Предисловие. В кн.: Мао Дунь. Перед рассветом. —— М.: Гослитиздат, 1952.

58. Позднеева Л. Д. Предисловие. В кн.: Дин Лин. Солнце над рекой Сангань. —— М.: Изд. Иностранной литературы, 1952.

59. Федоренко Н. Т. Великий китайский писатель Лу Синь. ——《Знание》, М. 1953, 32с. (Всесоюзное общество по распространению политических и научных знаний. Серия 2. №7).

60. Позднеева Л. Д. Предисловие. В кн.: Дин Лин. Избранное. —— М.: Изд. Иностранной литературы, 1954.

61. Федоренко Н. Т. Встречи с китайскими писателями: Лу Синь, Го Мо-жо, Мао Дунь. ——《Новый мир》, 1954, №9. СС. 177-208.

62. Позднеева Л. Д. Лу Синь. Большая Советская Энциклопедия т. 25. изд. 2-е 1954.

63. Федоренко Н.Т. Китайская литература——М.: Гослитиздат, 1955.

64. Федоренко Н. Т. Го Мо-жо. В кн.: Го Мо-жо. Сочинения.——М.: Гослитиздат, 1955.

65. Эйдлин Л. Чжоу Ли-бо и его роман 《Ураган》. В кн.: Писатели стран народной демократии.——М.: Гослитиздат, 1955.

66. Ярославцев Г. Е Шэн-тао. В кн.: Е Шэн-тао. Рассказы и сказки.——М.: Гослитиздат, 1955.

67. Эйдлин Л. О китайской литературе наших дней——Изд. 《Советский писатель》. М. 1955.

68. Сорокин В. Предисловие. В кн.: Е Шэн-тао. Ни Хуань-чжи (роман, рассказы). ——М.: Гослитиздат, 1956.

69. Петров В. Лао Шэ и его Творчество. В кн.: Лао Шэ Рикша.——М.: Гослитиздат, 1956.

70. Петров В. Великий писатель китайского народа. В кн.: Лу Синь. избранное.——М.: Гослитиздат, 1956.

71. Петров В. Творчество Ба Цзиня. В кн.: Ба Цзинь. Любовь (трилогия) Рассказы.——М.: Гослитиздат, 1957.

72. Черкасский Л.Е., Послесловие к русскому изданию "Чжан Тяньи. Избранное". М., 1957.

73. Федоренко Н. Т. Лао Шэ. В кн.: Лао Шэ Сочинения. Том 1.——М., :Гослитиздат, 1957.

74. Шнейдер М. Е. Цюй Цю-бо о Советской России (1921—1922 гг.).——Советское китаеведение. 1958, №1, СС. 135—139.

75. Федоренко Н. Т. Творчество Го Мо-жо. В кн.: Го Мо-жо. Сочинения. Т. 1——М.: Гослитиздат, 1958.

76. Васильев Л. С. Исследования Го Мо-жо о рабстве в древнем Китае. Советское китаеведение. 1958, №2, СС. 144—153.

77. Эйдлин Л. Мао Дунь. В кн.: Мао Дунь (биобиблиографический указатель).——М.: Изд. всесоюзной книжной палаты, 1958.

78. Лисица Б. Я. Раннее творчество Мао Дуня.——Советское китаеведение. 1958, №3, СС. 72–86.

79. Никольская Л. А. Драматургия Цао Юя.——Советское

китаеведение. 1958, №4, СС. 71-84.

80. Книги о Китае, изданные в СССР в 1957 г.——Советское китаеведение. 1958, №4, СС. 254-262.

81. Шнейдер М. Е. Цюй Цю-бо (к шестидесятилетию со дня рождения).——Советское китаеведение. 1958, №4, СС. 51-70.

82. Федоренко Н. Т. Творчество Го Мо-жо. В кн.: Го Мо-жо. Сочинения. Т. 1—М.: Гослитиздат, 1958.

83. Никольская Л. А. Драматургия Цао Юя.——Советское китаеведение. 1958, №4, СС. 71-84.

84. Лисица Б. Я. Раннее творчество Мао Дуня.——Советское китаеведение. 1958, №3, СС. 72-86.

85. Федоренко Н. Т. Творчество Чжао Шу-ли. В кн.: Чжао Шу-ли. Избранное.——М.: Гослитиздат, 1958.

86. Федоренко Н. Т. Предисловие. В кн.: Мао Дунь. Перед рассветом.——М.: Гослитиздат, 1959.

87. Шнейдер М. Е. Жизнь и творчество Цюй Цю-бо. В кн.: Цюй Цю-бо.——М.: Гослитиздат, 1959.

88. Балашов Н., Рифтин Б. Творчество Лю Бай-юя. В кн.: Писатели стран народной демократии. (выпуск 3)——М.: Гослитиздат, 1959.

89, Кривцов В. Чжоу Ли-бо. Весна приходит в горы.——М.: Изд. Иностранной литературы, 1960.

90. Маркова. С., Поэтическое Творчество Го Мо-жо.——Издательство восточной литературы, Москва 1961.

91. В. Сорокин, Л. Эйдлин., Китайская литература Краткий очерк.——Издательство восточной литературы, М. 1962.

92. Матков Н. Ф. Инь Фу—певец китайской революции.——М.: Изд. Мос. унив., 1962.

93. Кривцов В. Чжоу Ли-бо. Предисловие. В кн.: Чжоу Ли-бо. Чистые ручьи.——М.: Изд. Иностранной литературы, 1962.

94. Борщаговский А. Художник и учитель. В кн.: Чжао Шу-ли. Крепкая кость.——М.: Изд. Иностранной литературы, 1963.

95. Семанов В. И. Лу Синь и его предшественники.——М.: Изд.

"Наука",1967.

96. В. Сухоруков. Жизнь и творчество Вэнь И-до. монография.——М.,Изд."Наука",1968.

97. Аджимамудова В. С. Юй Да-фу и литературное общество 《Творчество》. Издательство 《Наука》, Главная редакция восточной литературы,Москва,1971.

98. Петров В. Творческий путь Юй Да-фу.——Претислoвие к русскому изданию "Весенние ночи"（рассказы）——В кн. "Весенние ночи",М.,1972.

99. Сорокин В. Художник и время. В кн.: Мао Дуня: Распад （роман）,рассказы.——М.: Гослитиздат,1972.

100. Лисевич И.С.О писателе Чжао Шу-ли и его творчестве. В кн.: Чжао Шу-ли. Песенки Ли Ю-цая.——М.: Изд."Наука",1974.

101. Мясников В. С., кандидат исторических наук. Становление и развитие отечественного китаеведения.——《Проблемы Дальнего Востока》,1974,№2.

102. Семанов В. И. Сатирик, юморист, психолог. В кн.: Лао Шэ Записки о Кошачьем городе. Роман и рассказы.—М.: Главная редакция восточной литературы изд-ва "наука",1977.

103. Сорокин Ю. А.《Тебя, земля, люблю беззаветно》. В кн.: Ай Цин. Избранная лирика.——М.: "Молодая Гвардия",1981.

104. Федоренко Н.Т.Лао Шэ и его Творчество（предисловие）.В кн.: Лао Шэ. Избранное. Сборник. М.: 《Прогресс》, 1981.（Мастера современной грозы）.

105. Желоховцев А. Н. Лу Синь в американской синологии.——Проблемы Дальнего Востока. 1982,№3,СС. 72-81.

106. Сорокин В. Ф. Лао Шэ Биобиблиографический указатель.——Москва 《книга》1983.

107.Болотина О.П. Лао Шэ Творчество военных лет 1937—1949.——Москва : Издательство "наука", Главная редакция восточной литературы,1983.

108.Болотина О.П.Введение.В кн.:Лао Шэ Творчество военных лет

1937—1949.——Москва : Издательство " наука ", Главная редакция восточной литературы, 1983.

109. Федоренко Н. Т. Ай Цин: жизнь и время.—Проблемы Дальнего Востока. 1984, №4, СС. 100-171.

110. Никольская Л. А. Цао Юй (Очерк творчества).—М.: Изд. Мос. унив., 1984.

111. Эйдлин Л. Лу Синь. В кн.: Лу Синь. Подлинная история Акью.—М.: "Детская литература", 1986.

112. В. Ф. Сорокин., Вступительная стотья к русскому изданию " Китайская классичесская литература: Библиографический указатель русских переводов и критической литературы на русском языке", М. 1986.

113. Федоренко Н. Т., Исследование и переводы китайской литературы в СССР.——Проблемы дальнего востока. 1986, №4.; 1987, №1.

114. Абдрахманова З. Ю. О литературно-эстетических взглядах Лао Шэ.—Проблемы Дальнего Востока. 1987, №1, СС. 106-113.

115. Черкасский Л. Предисловие. В кн.: Ай Цин. Слово солнца.—М.: "радуга", 1989.

116. Сорокин В. Вехи большого пути. В кн.: Ба Цзинь. Избранное.——М.: "Рздуга", 1991.

117. БА ЦЗИНЬ. ИЗБРАННОЕ: Туман Гибель Холодная ночь Рассказы думы/Состал. и претисл. В. Сорокина пер. с кит.——М. Радуга, 1991.

118. Сорокин. В., Вехи большого пути. в кн. Ба Цзинь. Избранное: Туман Гибель Холодная ночь, Рассказы думы.——М. Радуга, 1991.

119. Черкасский Л. Е. Ай Цин—подданный солнца.——М.: Изд. "Наука", 1993.

120. Сорокин В. Ф., Ху Фэн, его взгляды, его судьба.——Проблемы Дальнего Востока. 2000, №4.